Adolf Wilhelm Theodor Stahr

Goethes Frauengestalten

Siebte Auflage

Adolf Wilhelm Theodor Stahr

Goethes Frauengestalten
Siebte Auflage

ISBN/EAN: 9783741124433

Hergestellt in Europa, USA, Kanada, Australien, Japan

Cover: Foto ©ninafisch / pixelio.de

Weitere Bücher finden Sie auf **www.hansebooks.com**

Goethe's Frauengestalten

von

Adolf Stahr.

I.

Siebente Auflage.

Mit Bildniß Lotte's und Minna Herzlieb's (Ottilie) sowie Facsimile eines an letztere von Goethe gerichteten Gedichts.

Berlin.

Verlag von Brachvogel & Boas.

1886.

Vorwort
zur fünften Auflage.

Der in der Vorrede zur vierten Auflage von mir ausgesprochene Wunsch: „daß es meinem Buche vergönnt sein möge, sich nicht nur die Theilnahme seiner bisherigen Freunde zu erhalten, sondern auch neue hinzuzugewinnen und so das Verständniß der Schöpfungen unseres größten Dichters in immer weiteren Kreisen verbreiten und fördern zu helfen", hat sich zu meiner Freude in reichem Maaße erfüllt. Schon nach kaum mehr als zwei Jahren ist, trotz der beträchtlichen Stärke der vierten, jetzt bereits die fünfte Auflage nothwendig geworden.

Ich habe dieselbe nur als eine „neu durchgesehene" zu bezeichnen, da wesentliche Veränderungen und Zusätze nicht nothwendig erschienen.

Dahingegen benutze ich die Gelegenheit, an dieser Stelle ein Paar Aussprüche Goethe's für seine Frauengestalten mitzutheilen, die man nicht ohne Interesse lesen wird, und aus denen zugleich hervorgeht, welchen Werth der Dichter selbst auf diese Schöpfungen seines Genius gelegt hat.

„Die Frauen" — sagte er einmal zu Eckermann bei einer Besprechung von Byron's Frauengestalten, die er sehr gut ausgeführt fand — „sind freilich auch das einzige Gefäß, das uns Neueren noch geblieben ist, um unsere Idealität hineinzugießen." Und an einer andern Stelle seiner Unterhaltungen mit demselben läßt er sich mit direktem Bezuge auf seine eignen Frauenschöpfungen also vernehmen:

„Die Frauen sind silberne Schalen, in die wir goldene Aepfel legen. Meine Idee von den Frauen ist nicht von der Wirklichkeit abstrahirt, sondern sie ist mir angeboren, oder in mir entstanden, Gott weiß wie. Meine dargestellten Frauencharaktere sind daher auch alle gut weggekommen; sie sind alle besser, als sie in der Wirklichkeit anzutreffen sind."

Damit stimmt überein, was Charlotte Schiller im Jahre 1814 an ihre Freundin, die Prinzessin Karolina von Weimar, Goethe's verständnißvolle Verehrerin, schrieb (S. Charlotte v. Schiller u. ihre Freunde I, S. 679): „es sei bewundernswürdig, daß Goethe die weibliche Natur so wahr schildere, daß er die kleinsten Züge schön aufgefaßt hat, obschon ihm selbst weder eine Leonore noch eine Natalie je im Leben begegnet sei."

Das Geheimniß aber dieser Wahrheit und Schönheit in Goethe's Schilderung und Darstellung seiner Frauen= gestalten liegt tief in dem liebevollen Gemüthe des Dichters, aus dessen Fülle Er das Wahre und Schöne ja auch in so manche Gestalten der Wirklichkeit, die ihn im Leben umgaben, gleichsam „hineinsah". Frau von Stein ist davon, neben mancher andern, ein sprechendes Beispiel.

Zum Schlusse steht hier noch ein Urtheil über Goethe's Frauengestalten aus Riemer's „Mittheilungen über Goethe" (I, 196—197).

„Goethe's dargestellte Personen", heißt es dort, „sind keine sogenannten Ideale, keine phantasmagorisirten Schein= wesen, — sondern solide, leibhafte, greif= und faßbare Ge= stalten, die einen Menschenleib angenommen haben und unter uns herumwandeln wie vom Himmel herabgestiegene Götter= wesen. So die Männer; so nicht weniger die Frauen. Seine weiblichen Wesen, selbst die zartesten, sind nicht jene der englischen Stahlstiche, — jene Luft= und Duftwesen, denen ein herabfallendes Rosenblatt den Fuß lähmen, eine Battistfalte tiefe Narben drücken würde. Aus der Fülle und Festigkeit seines eignen Gemüths hat er sie mit soviel Stärke und Energie ausgestattet, daß die leichte Anmuth und Zier=

lichkeit ihrer Bewegungen nicht eines kräftigen Halts und Gleichgewichts entbehrt, welches, weil von sittlicher Beschaffenheit, auch sittliche Anziehungskraft ausübt. Es sind keine Amazonen und Heroinen — aber menschliche, liebenswürdige, wünschenswerthe Wesen, ihrer inneren Natur gemäß dargestellt wie sie sind, aber schön und liebenswürdig selbst in ihrem Irrthum."

Berlin, den 14. Februar 1875.

Adolf Stahr.

Zur sechsten und siebenten Auflage.

Die sechste und siebente Auflage, als Ausgabe letzter Hand, sind mit der fünften Auflage völlig gleichlautend.

Inhalt.

Goethe's Frauengestalten.

I.

Goethe's Muse.

—

Am Eingange der Goethe'schen Werke steht ein Gedicht, das mit seinen vierzehn Stanzenstrophen gleichsam eine majestätische Vorhalle zu dem erhabenen Tempel der Schönheit und Wahrheit bildet, den der unsterbliche Dichter mit seinen Werken seiner Nation und der ganzen Menschheit aufgerichtet hat. Gleich den Marmorsäulen jener Propyläen, welche zu dem hohen Sammelwerke hellenischer Kunst und zu den Meister=werken des Phidias auf der Stadtburg der göttergeliebten Musenstadt Athen den Eingang bildeten, und deren ernste Schönheit kein Hellene ungerührten Herzens durchschritt: schmücken diese unvergleichlichen Strophen in ihrer vollendeten Marmorschöne den Eingang, der zu dem Allerheiligsten Goethe=scher Kunst und Dichtung führt, sind sie ebenbürtig dem Besten und Herrlichsten, was Er geschaffen, erfüllen sie das Herz des Eintretenden mit jenem Gefühle der Ehrfurcht vor dem Genius, deren bewußte Empfindung uns zugleich den Schlüssel giebt zu dem innersten Wesen des Dichters und dem tiefsten Gehalte seiner Schöpfungen.

1*

Auch dieses Gedicht, wie fast alle Dichtungen Goethe's, hat seine eigene Geschichte, in deren Laufe es mannigfache Wand= lungen und Umbildungen erfahren hat. Entstanden in dem Dufte deutscher Waldeskühle, ist es gereift und ausgestaltet unter der Sonnenwärme des italischen Himmels, in dem Lande der Schönheit, das den Dichter sich selber wiedergab. Hervorgerufen durch seine Liebe zu jener Frau, der zehn Jahre lang sein ganzes Sein und Wesen angehörte, bestimmt, diese Frau, die ihm zuerst in Freundschaft, dann in voll erfüllter Liebe viele Jahre lang zu eigen war, unter der Hülle des poetischen Schleiers mit seinen besten Gaben zu feiern und ihr zu sagen, „wie lieb er sie habe", sollte es anfangs die Ein= leitung bilden zu jenem räthselhaften Gedichte „die Geheim= nisse", das gleichfalls mit jenem Verhältnisse des Dichters zu Charlotte von Stein im nahen Zusammenhange stand.

Aber es kam anders. Die Flucht nach Italien löste jenes Verhältniß und erlöste den gefesselten Prometheus von den Banden einer Leidenschaft, deren Aufhören er selbst zuletzt als eine Befreiung empfand. Das Gedicht der „Geheimnisse" blieb unvollendet, und die Einleitung zu demselben erhielt eine andre, höhere und würdigere Bestimmung. Losgelöst von jenem fragmentarischen Werke und gereinigt von allen auf eine bestimmte einzelne Person bezüglichen Wendungen und Bestandtheilen, wurden diese Strophen von dem Dichter in Italien (1787) umgestaltet zu dem, was sie heute sind und ewig bleiben werden: zu der Eingangsweihe seines ganzen dichterischen Schaffens und Strebens. Als solche standen sie bereits im Jahre 1787 an der Spitze der ersten Ausgabe der gesammelten Werke des Dichters, gewiß zu sehr schmerzlicher Befremdung Charlottens von Stein, die sich dadurch eine

Huldigung entzogen sah, welche sie bisher als ihr persön=
liches Eigenthum betrachtet hatte. Sicherlich blieb die da=
durch erregte Mißempfindung nicht ohne Einfluß auf die ge=
reizte Stimmung, mit welcher die sich gekränkt und beein=
trächtigt fühlende Frau den Freund und Geliebten bei seiner
Heimkehr aus Italien empfing, und die zu einem vollständigen
Bruche des alten Verhältnisses führte*). Es konnte ihr nicht
gleichgültig sein, ganze Strophen, die nur auf sie bezüglich
waren, wie zum Beispiel die jetzt nur noch in Goethe's Brief
an sie vom 24. August 1784 erhaltene herrliche Stanze:

> „Gewiß, ich wäre schon so ferne, ferne
> Soweit die Welt nur offen liegt, gegangen,
> Bezwängen mich nicht übermächt'ge Sterne,
> Die mein Geschick an Deines angehangen,
> Daß ich in Dir nur erst mich kennen lerne;
> Mein Dichten, Trachten, Hoffen und Verlangen
> Allein nach Dir und Deinem Wesen drängt,
> Mein Leben nur an Deinem Leben hängt.“

von der neuen Gestaltung des Gedichtes ausgeschlossen und
unterdrückt, anderes nur in umgeänderter Form, wie die be=
kannte „Für ewig“ überschriebene Strophe, der Sammlung
der Gedichte einverleibt zu sehen.

Wenden wir uns jedoch von der Geschichte seines Ent=
stehens und seiner Wandlungen zurück zu dem Gedichte selbst,

---

*) Das Nähere darüber findet man in meinem Buche: Weimar und Jena.
2. Aufl. 1871. Th. II., S. 117 ff. In dem vor Jahren herausgegebenen: „Briefwechsel“
Goethe's mit Karl August (I., S. 105.) giebt der erstere die Gründe seiner Flucht nach
Italien in einem Briefe, den er unter dem 25. Januar 1788 aus Rom an den fürstlichen
Freund richtete, mit den Worten an: „Die Hauptabsicht meiner Reise war, mich von
den physischen und moralischen Uebeln zu heilen, die mich in Teutschland
quälten und zuletzt unbrauchbar machten.“

wie es als „Zueignung" in seiner jetzigen Gestalt an der
Spitze der Werke des Dichters steht, und wie wir es hier
folgen lassen, um unsre Erläuterungen und schließlich unsre
Bemerkungen über die von Kaulbach unternommene Versinn=
lichung der Gestalten desselben daran zu knüpfen:

Zueignung.

Der Morgen kam; es scheuchten seine Tritte
Den leisen Schlaf, der mich gelind umfing,
Daß ich, erwacht, aus meiner stillen Hütte
Den Berg hinauf mit frischer Seele ging;
Ich freute mich bei einem jeden Schritte
Der neuen Blume, die voll Tropfen hing;
Der junge Tag erhob sich mit Entzücken,
Und alles ward erquickt mich zu erquicken.

Und wie ich stieg, zog von dem Fluß der Wiesen
Ein Nebel sich in Streifen sacht hervor.
Er wich und wechselte mich zu umfließen,
Und wuchs geflügelt mir ums Haupt empor;
Des schönen Blicks sollt' ich nicht mehr genießen,
Die Gegend deckte mir ein trüber Flor;
Bald sah ich mich von Wolken wie umflossen,
Und mit mir selbst in Dämmrung eingeschlossen.

Auf einmal schien die Sonne durchzudringen,
Im Nebel ließ sich eine Klarheit sehn.
Hier sank er leise sich hinabzuschwingen;
Hier theilt' er steigend sich um Wald und Höh'n.
Wie hofft' ich ihr den ersten Gruß zu bringen!
Sie hofft' ich nach der Trübe doppelt schön.
Der luft'ge Kampf war lange nicht vollendet,
Ein Glanz umgab mich und ich stand geblendet.

Bald machte mich, die Augen aufzuschlagen,
Ein inn'rer Trieb des Herzens wieder kühn,
Ich konnt' es nur mit schnellen Blicken wagen,
Denn Alles schien zu brennen und zu glüh'n.
Da schwebte, mit den Wolken hergetragen,
Ein göttlich Weib vor meinen Augen hin,
Kein schöner Bild sah ich in meinem Leben,
Sie sah mich an und blieb verweilend schweben.

Kennst Du mich nicht? sprach sie mit einem Munde,
Dem aller Lieb' und Treue Ton entfloß;
Erkennst Du mich, die ich in manche Wunde
Des Lebens Dir den reinsten Balsam goß?
Du kennst mich wohl, an die zu ew'gem Bunde
Dein strebend Herz sich fest und fester schloß.
Sah' ich Dich nicht mit heißen Herzensthränen
Als Knabe schon nach mir Dich eifrig sehnen?

Ja! rief ich aus, indem ich selig nieder
Zur Erde sank, lang' hab' ich Dich gefühlt;
Du gabst mir Ruh', wenn durch die jungen Glieder
Die Leidenschaft sich rastlos durchgewühlt;
Du hast mir wie mit himmlischem Gefieder
Am heißen Tag die Stirne sanft gekühlt;
Du schenktest mir der Erde beste Gaben,
Und jedes Glück will ich durch Dich nur haben!

Dich nenn' ich nicht. Zwar hör' ich Dich von Vielen
Gar oft genannt, und jeder nennt Dich sein,
Ein jedes Auge glaubt auf Dich zu zielen,
Fast jedem Auge wird Dein Strahl zur Pein.
Ach, da ich irrte, hatt' ich viel Gespielen,
Da ich Dich kenne, bin ich fast allein;
Ich muß mein Glück nur mit mir selbst genießen,
Dein holdes Licht verdecken und verschließen.

Sie lächelte, sie sprach: Du siehst, wie klug,
Wie nöthig war's Euch wenig zu enthüllen!
Kaum bist Du sicher vor dem gröbsten Trug,
Kaum bist Du Herr vom ersten Kinderwillen,
So glaubst Du Dich schon Uebermensch genug,
Versäumst die Pflicht des Mannes zu erfüllen!
Wie viel bist Du von Andern unterschieden?
Erkenne Dich, leb' mit der Welt in Frieden!

Verzeih' mir, rief ich aus, ich meint' es gut:
Soll ich umsonst die Augen offen haben?
Ein froher Wille lebt in meinem Blut,
Ich kenne ganz den Werth von Deinen Gaben!
Für Andre wächst in mir das edle Gut.
Ich kann und will das Pfund nicht mehr vergraben!
Warum sucht' ich den Weg so sehnsuchtsvoll,
Wenn ich ihn nicht den Brüdern zeigen soll?

Und wie ich sprach, sah mich das hohe Wesen
Mit einem Blick mitleid'ger Nachsicht an;
Ich konnte mich in ihrem Auge lesen,
Was ich verfehlt und was ich recht gethan.
Sie lächelte, da war ich schon genesen,
Zu neuen Freuden stieg mein Geist heran.
Ich konnte nun mit innigem Vertrauen
Mich zu ihr nah'n und ihre Nähe schauen.

Da reckte sie die Hand aus in die Streifen
Der leichten Wolken und des Dufts umher,
Wie sie ihn faßte, ließ er sich ergreifen,
Er ließ sich ziehn, es war kein Nebel mehr.
Mein Auge konnt' im Thale wieder schweifen:
Gen Himmel blickt' ich, er war hell und hehr.
Nur sah ich sie den reinsten Schleier halten,
Er floß um sie und schwoll in tausend Falten.

Ich kenne Dich, ich kenne Deine Schwächen,
Ich weiß, was Gutes in Dir lebt und glimmt,
So sagte sie, ich hör' sie ewig sprechen,
Empfange hier, was ich Dir lang bestimmt,
Dem Glücklichen kann es an nichts gebrechen,
Der dies Geschenk mit stiller Seele nimmt:
Aus Morgenduft gewebt und Sonnenklarheit,
Der Dichtung Schleier aus der Hand der Wahrheit.

Und wenn es Dir und Deinen Freunden schwüle
Am Mittag wird, so wirf ihn in die Luft!
Sogleich umsäuselt Abendwindeskühle,
Umhaucht Euch Blumen-Würzgeruch und Duft.
Es schweigt das Wehen banger Erdgefühle,
Zum Wolkenbette wandelt sich die Gruft,
Besänftiget wird jede Lebenswelle,
Der Tag wird lieblich und die Nacht wird helle.

So kommt denn, Freunde, wenn auf Euren Wegen
Des Lebens Bürde schwer und schwerer drückt,
Wenn Eure Bahn ein frischerneuter Segen
Mit Blumen ziert, mit goldnen Früchten schmückt,
Wir geh'n vereint dem nächsten Tag entgegen!
So leben wir, so wandeln wir beglückt.
Und dann auch soll, wenn Enkel um uns trauern,
Zu ihrer Lust noch unsre Liebe dauern.

Die Ueberschrift: „Zueignung" ist das Erste, was unsere Erklärung verlangt. Wir finden sie in der Strophe, welche den Schluß des Gedichtes bildet.

Wer ist es, dem der Dichter seine Werke, die Früchte seines Lebens zu eigen darbringt? Nicht die Geliebte, die so viele Jahre lang sein Ein und Alles gewesen; nicht sein fürstlicher Freund und Beschützer, der ihm „August und Mäcen war", der ihm gewährt hatte —

— was Große selten gewähren:
Neigung, Muße, Vertrauen, Felder und Garten und Haus,

nicht seinem Karl August, geschweige denn sonst einem Kaiser oder Könige, widmete der vom Unverstande „Höfling" gescholtene Dichter das Werk seines eigensten Lebens, die reiche Fülle der Schöpfungen seines Genius! Freilich auch nicht der deutschen Nation, von der damals, wie selbst ein Lessing klagen durfte, noch nichts zu spüren war. Sondern bescheiden widmet er sie „den Freunden", d. h. allen Denen, die sich selbst zu eigen machen wollen und können, was er darbringt, die seine Gaben aufnehmen, wie er sie bietet, den mitempfindenden, verstehenden, Freude und Leid des Menschendaseins mit ihm theilenden, des Lebens Bürde und Mühen gleich ihm in der Betrachtung und im Genusse der Schönheit und Wahrheit zu lindern, seine Erfolge und Freuden in solchem reinen Aether der Kunst zu verklären und zu steigern beflissenen Seelen, — diesen wahrhaften „Freunden", in denen Er die Welt sieht. Denn:

„Wer nicht die Welt in seinen Freunden sieht,
Verdient nicht, daß die Welt von ihm erfahre!"

Dieses Wort ist innerste Lebensmaxime des Dichters. Es klingt hindurch durch alle seine geheimsten Geständnisse, in den vertrautesten Herzensergießungen gegen seine Freunde vom Anfange bis an's Ende seines Lebens, und es ist oft rührend zu sehen, mit wie dankbarer Seele der große Dichter jedes verständnißvolle Entgegenkommen, jeden, auch den kleinsten Beweis freundlicher und beifälliger Theilnahme an seinem

Denken und Schaffen entgegen= und aufnahm. Diese Sehn=
sucht nach Gemeinschaft des Denkens, Empfindens und Schaf=
fens wurzelte auf dem Grunde jener tiefen Lebensanschauung,
zu Folge welcher auch der von Goethe so hochverehrte Spinoza,
und mit Spinoza dessen Wiedererwecker Lessing, die „stille
Verbrüderung mit sympathisirenden Geistern" mit
„inbrünstiger Liebe zur Wahrheit" zu den höchsten Gütern
des nach Erkenntniß leidenschaftlich strebenden Denkers zählte.
Das Entbehren aber dieser „stillen Verbrüderung mit sym=
pathisirenden Geistern", der Mangel dieses entgegenkommen=
den Verständnisses, dieser beglückenden Gemeinschaft, — wie
oft und schwer haben alle größten Menschen, hat Goethe selbst
in seinem Leben solche Vereinsamung empfunden! Und wie
schmerzlichen Ausdruck giebt sich in unserem Gedichte die Klage
über solche Vereinsamung in den rührenden Worten, welche
der Dichter an die Lichtgestalt der Wahrheit richtet:

> Ach, da ich irrte, hatt' ich viel Gespielen,
> Da ich Dich kenne, bin ich fast allein!

„Fast allein", — doch niemals ganz allein. Denn es
lächelt ihm die tröstliche Hoffnung auf die Gemeinschaft mit
jener seinen Blicken unsichtbaren Gemeinde, der ihm ange=
hörigen, zu ihm sich haltenden, an ihm und mit ihm sich
fördernden und auferbauenden „Freunde", in deren Herzen
seine Dichtungen und seine Gedanken leben und wiederklingen,
und denen er zum Dank und Lohn dafür — prophetischen
Blickes und mit gerechtem Selbstbewußtsein — verheißt: daß
ihre Liebe zu ihm, ihr Andenken noch bei späten Enkeln er=
halten bleiben werde.

Der kunstvoll gegliederte Bau des Gedichts sondert sich in

drei Haupttheile: in die Einleitung, welche die drei ersten, in die Vision, welche die zehn folgenden Strophen umfaßt, und in das wieder auf den Boden der Wirklichkeit zurück= kehrende Schlußwort, welches die letzte Strophe ausspricht.

Die Einleitung ist ganz realistisch gehalten. Wir sehen den früh erwachten Dichter in der Frühe eines duftigen Sommer= morgens sein geliebtes Weimarisches Gartenhaus am Stern, seine „stille Hütte", in deren Einsamkeit er sich so oft in jener Zeit, in welcher dies Gedicht entstand, auf Tage und Wochen zurückzuziehen liebte, verlassen, und durch die thauige Frische der im Erwachen begriffenen Natur hinaufwandern zu jener Höhe, zu welcher sich der von ihm bepflanzte und liebevoll gepflegte Garten — sein liebstes Besitzthum — hinanzieht. Denn hier am Ilmthale, nicht im Saalthale von Jena, wie manche Erklärer gemeint haben, ist die Scene zu denken; das lehrt der Augenschein einen jeden, der jene Oertlichkeiten kennt, auch wenn nicht, wie es der Fall ist, die Aussagen kundiger Zeit= und Lebensgenossen Goethe's, diese meine Ansicht bestätigt hätten. Noch steht der Felsblock auf der Höhe des Gartens, und noch lesen wir auf der einfachen, in seine Wand ein= gesenkten Steintafel die Weiheinschrift, mit welcher der liebende Dichter diesen „erwählten Fels", diesen Ruhe= und Aussichts= platz huldigend der Geliebten zueignete:

Hier im Stillen gedachte der Liebende seiner Geliebten,
    Heiter sprach er zu mir: werde mir Zeuge, Du Stein!
Doch überhebe Dich nicht, Du hast noch viele Gesellen:
    Jeden Felsen der Flur, die mich, den Glücklichen nährt,
Jeden Baum des Waldes, um den ich wandernd mich schlinge:
    Denkmal bleibe des Glücks; ruf' ich ihm weihend und froh.
Doch die Stimme verleih' ich nur Dir, wie unter der Menge
    Einen die Muse sich wählt, freundlich die Lippen ihm küßt.

Zu dieser Höhe, zu dieser, der geliebten Charlotte von Stein, seiner irdischen Muse, geweihten Stätte sehen wir den Dichter in der ersten Morgenfrühe hinaufwandeln, wie er in der Wirklichkeit so oft und so gerne that, um dort die ersten Empfindungen seiner „frischen Seele" der Geliebten als Morgenopfer darzubringen; und so ist denn wenigstens in diesem Eingange noch der Ueberrest von der ersten Gestalt und Beziehung des später umgewandelten Gedichts enthalten. Wir sehen ihn bei einem jeden Schritte voll Freude weilen, bei jeder neuen, von seiner Hand gepflanzten Blume, die ihr thauerfrisches Antlitz dem jungen Tage entgegenhebt. Wir sehen ihn auf seinem Gange Erquickung saugen aus der allgemeinen Erquickung der Natur. Schon freut er sich im Steigen des Entzückens, daß ihm von der Höhe herab der Blick auf Wald und Wiesen seines geliebten Thals in hellem Glanze der jungen Morgensonne gewähren soll. Da plötzlich ändert sich die Scene. Nebelstreifen vom „Fluß der Wiesen", der Ilm, emporziehend, wallen und weben zu ihm hinauf, wachsen im schwimmenden, schwebenden Zug ihm „geflügelt um das Haupt empor", und statt des ersehnten schönen Blicks ins Freie, Weite, sieht er sich „von Wolken wie umgossen" mit sich selbst in Dämmerung allein.

Diese herrliche Schilderung, dieses Gemälde der nebelüberraschten Morgensonnenfrühe, dessen Gleichen an Einfachheit und Naturwahrheit wie an melodischem Zauber und an Feinheit und Weichheit der Farbentöne die deutsche Sprache kein zweites besitzt, bahnt nun dem Dichter in der dritten Strophe den Uebergang aus der Wirklichkeit in des Gebiet der Vision, aus dem Bereiche des Natürlichen und Irdischen in das Phantastische und Ueberirdische. Es ist die Muse, die erscheinende Göttin selbst, welche diese Nebelwolken um ihn versammelt hat, um abgetrennt von der Welt, wie die Götter es von der Altväter Homer und Moses Zeiten an lieben, sich den sterblichen Blicken ihres Lieblings darzustellen. Diese Göttin aber, deren schönheitstrahlende Gestalt zu dem Dichter hernieder schwebend sich seinen Blicken enthüllt, sie ist die Göttin der Wahrheit, die ihn zu ihrem Lieblinge erkoren hat, weil er selbst von Jugend auf mit seinem strebenden Herzen zum ewigen Bunde sich „fest und fester an sie angeschlossen", schon als Knabe sich „mit heißen Herzensthränen" nach ihr gesehnt hat. Wer Goethe's Selbstbiographie kennt, wird dieses so bescheiden klingende und doch so große Wort bestätigt finden; wer in des Dichters innerstes Wesen eingedrungen ist, wird in diesem Worte den Schlüssel zu demselben erkennen. Denn in der That von Goethe's Jugend, von dem Knaben an, der mit seinem symbolisch aufgebauten Opferaltare und dem auf demselben bei dem ersten Strahle der Morgensonne entzündeten Rauchopfer das Verlangen stillen wollte, sich dem großen Gotte der Natur, dem Schöpfer und Erhalter Himmels und der Erden unmittelbar zu nähern, bis zu dem Manne, dem jede abstracte Vorstellung, jedes traditionelle Wort eine unsagbare Pein verursachte, und der in Italien sich selbst das Gelöbniß erneuerte: „nicht eher zu ruhen, bis ihm nichts mehr Wort und Tradition, sondern alles lebendiger Begriff geworden sei", geht dieser unwandelbare Zug, dieses unverwandte Streben nach Wahrheit, nach Wahrheit in Dichtung und Forschung, in Erkenntniß und Darstellung der Natur und des Menschenherzens, durch sein ganzes Leben bis zu dem letzten Rufe des sterbend nach „mehr Licht!" verlangenden Dichters. Und so erschließt ihm denn auch hier der holde Anruf der ihm sichtbar genahten Göttin, der er sich ganz zu eigen weiß, in der sechsten und siebenten Strophe die Lippe zu jenem erneuten Geständniß seines Hingegebenseins an sie, das sich schließlich gipfelt in der Klage über die Vereinsamung, der er sich verfallen empfinde, seit er sie erkannt:

> „Ach, da ich irrte, hatt' ich viel Gespielen,
> Da ich Dich kenne, bin ich fast allein!
> Ich muß mein Glück nur mit mir selbst genießen,
> Dein holdes Licht verdecken und verschließen."

Es ist dieselbe Klage, die der Dichter, nur bitterer und herber, seinen Faust gegen den Alltagsmenschen Wagner aussprechen läßt, die Klage über die Vereinsamung, über das Verschließen der erkannten Wahrheit in sich selbst, aus dem herauszugehen und das Erkannte mitzutheilen, zum Lohne Kreuz und Scheiterhaufen bringt:

> Ja, was man so „Erkennen" heißt!
> Wer darf das Kind beim rechten Namen nennen?
> Die wenigen, die was davon erkannt,
> Die thöricht genug ihr volles Herz nicht wahrten,
> Dem Pöbel ihr Gefühl, ihr Schauen offenbarten,
> Hat man von je gekreuzigt und verbrannt!

So dichtete Goethe, der vierundzwanzigjährige Jüngling: so düster herbe ließ er die schwermüthige Melancholie des zweifelnd verzweifelnden Faust reden. Nicht also aber, nicht mehr mit dieser bittern Herbigkeit, spricht hier der ausgereifte sechsunddreißigjährige Mann. — Und dennoch „lächelt" die Göttin zu der Selbstüberhebung, die auch noch in dieser gemilderten Form der Klage liegt. Sie lächelt über den Wahn: daß er „sie kenne", sie ganz erkannt habe, da er doch kaum „dem gröbsten Truge" entflohn, kaum „Herr vom ersten Kinderwillen" sei. Sie lächelt über den Irrthum, der die ganze Wahrheit zu besitzen vermeint, die doch — nach Lessing's unsterblichem Worte — nur für die Gottheit allein ist; und leise strafend wirft sie ihm vor, daß er in solchem Wahne „die Pflicht des Mannes zu erfüllen versäume", wenn er das „wenige" des ihm enthüllten Wahrheitslichtes andern mitzutheilen unterlasse. Wie viel bist Du selbst denn, — ruft sie dem sich „Uebermensch" dünkenden, über die Welt um ihn her erhaben glaubenden Freunde zu:

> Wie viel bist Du von andern unterschieden?
> Erkenne Dich, leb' mit der Welt in Frieden!

„Erkenne Dich!" das uralte Weisheitswort, das hier die Wahrheit selbst dem Freunde zuruft, was heißt es anders, als: erkenne Dein innerstes Wesen, Deine Naturbedingtheit, Dein Menschenthum, das Du mit Deinen Brüdern theilst, erkenne Dein Verhältniß zum Weltganzen, dann wirst Du mit der Welt in Frieden leben, von der Du ein Theil bist, in der und mit der Du lebst, und die Du selber als Mikrokosmos wiederspiegelst.

Und der Freund begreift die treffende Wahrheit dieses Tadels, dieser warnenden Mahnung. Verzeihung, Göttin, ruft er aus, „ich meint' es gut!" Ich klage ja nur, daß ich bisher das rechte Mittel nicht zu finden wußte, um „den andern" das mir von Deiner Huld Verliehene mitzutheilen! Das ist es, was den in mir lebenden „frohen Willen" hemmt!

> „Ich kann und will das Pfund nicht mehr vergraben!
> Warum sucht' ich den Weg so sehnsuchtsvoll,
> Wenn ich ihn nicht der Brüdern zeigen soll!"

Das ist es! Es ist der Schmerz über das Zurückgedrängtsein und die Verstümmelung seines eigentlichen und ursprünglichen, von Gott und Natur ihm angewiesenen Berufs: ein Lehrer und Erwecker der Menschheit, ein Verkünder und Gestalter der Wahrheit und Schönheit zu sein, dieser tiefe Seelenschmerz, der damals in dem Innern des mit Weg= und Straßenbau, Rekrutenaushebung und Feuerlöschanstalten, Finanzberechnungen und Kammerakten, und nebenbei mit Maskenfesten, Gallabällen, Hofdienst und geschäftlichen Zerstreuungen aller erdenklichen Art belasteten Pegasus im Joche wühlte. Dieser in fast allen seinen Briefen aus den letzten Jahren seiner ersten weimarischen Zeit wiederklingende Schmerz ist es, dem der Dichter mit jenem klagenden Geständnisse seiner Göttin gegenüber hier Wort und Ausdruck verleiht. Es ist dieser selbe Schmerz, der ihn endlich zu dem Entschlusse seiner Flucht nach Italien brachte, um sein eigentliches Selbst zu retten und zu seiner eigentlichen Bestimmung zurückzukehren, die doch, wie er anfathmend aus Italien schrieb, keine andre sei, als eben — die Dichtkunst.

Und die Göttin versteht ihn. Wieder lächelt sie ihm zu; aber diesmal ist ihr Lächeln kein mitleidig ironisches, sondern es ist das Lächeln des innigen Verstehens und der huldvollen Gewährung dessen, was der Freund mit heißer Seele für sich ersehnt. Und so reicht sie ihm denn, „was sie ihm lang bestimmt" — d. h. aus der allegorischen in die Sprache der Wirklichkeit übertragen: was er von Jugend auf besessen, den „aus Morgenduft und Sonnenklarheit gewebten Schleier der Dichtung". Das heißt: sie giebt den Dichter sich selbst und seiner Bestimmung wieder — eine That, die in der Wirklichkeit der Dichter selbst durch das Abbrechen aller seiner damaligen weimarischen, seinen wahren Beruf unterdrückenden Lebensverhältnisse, durch seine Flucht nach Italien vollzog. Und hier möchte ich auf's

Neue daran erinnern, daß dies Gedicht, mit dem wir uns beschäftigen, eben in Italien seine jetzige Gestaltung erhalten hat, und daß diese letzten Strophen in ihrer gegenwärtigen Gestalt wahrscheinlich der Italischen Lebensperiode des Dichters angehören.

Die Wahrheit selbst ist es, die ihm den Schleier der Dichtung reicht, und dieser Schleier der Dichtung, in welchen gehüllt er nach der Göttin Weisung die von ihm erkannte, in seinem Innern lebende Wahrheit „den Andern zeigen soll", heißt darum „aus Morgenduft gewebt und Sonnenklarheit", weil alle wahre Poesie belebend und erfrischend, wie Morgenluft das Menschenherz erquicken und stärken soll, weil ihr Wesen, wie die Liebe selbst, dem Sommermorgen der Natur vergleichbar ist und wirkt, und weil sich die Klarheit des Lichtes in ihr vermählt mit jener dämmernden Hülle der schönen Form, welche das lichte und doch sanft verschleiernde Gewand der Wahrheit bildet, die nur die Wissenschaft auf der einen und die Wirklichkeit des Lebens auf der andern Seite in hüllenloser Nacktheit und Härte zeigen und darstellen. Diese, die Welt und das eigne Leben schmückende, verklärende, erhellende Kraft der Poesie, welche dem armen Menschen den so schnell hinschwindenden Morgen der Jugend geistig zu bewahren, das Herz jung und hoffnungsreich zu erhalten, den Tag zu verschönern und die Nacht zu erhellen, ja selbst die Gruft zum „Wolkenbette" zu verwandeln bestimmt ist, diese Kraft und Wirkung der Dichtung, wie konnte sie schöner symbolisirt und ausgedrückt werden, als durch die Wahl des Augenblicks der duftigen Morgenfrühe, in welchem der Dichter die Göttin erscheinen läßt!

Und jetzt wenden wir unsern Blick von dem Gedichte zu der sichtbaren Gestaltung, welche Kaulbachs Hand demselben zu verleihen gewagt hat. Ich sage gewagt hat! denn ein Wagniß war und ist es, dieses Gedicht in seinem Mittelpunkte gestaltend zu erfassen, diese selbst aus Morgenduft und Sonnenklarheit gewobene Vision des geistigen Dichterauges, dem leiblichen Auge des Lesers entsprechend vorzuführen; und nur ein Meister wie Kaulbach durfte sich dieses Wagnisses unterfangen und es im Ganzen glücklich bestehen. Im Ganzen glücklich, denn bei dieser Aufgabe allen Einzelnheiten gerecht zu werden, liegt vielleicht außerhalb der Grenzen der bildenden Kunst, und nirgends hat man so wie hier es schon dankend anzuerkennen, wenn der Bildner das Wesentliche des Gedichts ergriffen und zur Anschauung gebracht hat. Kaulbach hat für seine Darstellung den in der elften und zwölften Strophe des Gedichts gegebenen Moment gewählt. Zu dem auf einsamer Bergeshöhe „selig" vor der göttlichen Erscheinung „zur Erde gesunkenen Dichter" schwebt die himmlische Gestalt der Göttin voll milder Hoheit nieder, mit der Rechten den Schleier vom Haupte nehmend, „der um sie her in tausend Falten schwoll", während sie mit der Linken dem vor ihr mit ausgebreiteten Armen knieenden Lieblinge den Kranz reicht, durch welchen der nachdichtende Künstler, den Bedingungen seiner Kunst gemäß, wieder seinerseits die Ueberreichung des symbolischen Schleiers zu symbolisiren sich erlaubt hat. Die Flügel seiner Göttin hätten wir ihm erlassen mögen, vielleicht selbst den Blumenkranz, den er dem Haupte der herrlichen Gestalt verliehen hat — denn die Wahrheit bedarf eben nicht des Schmuckes. Dagegen ist ein wahrhafter Meisterzug, daß er in der äußeren Erscheinung des Dichters, dessen jugendliche Mannesgestalt und Gesichtszüge nach der herrlichen Trippel'schen Büste hier vor uns stehen, die Wirklichkeit hart neben die Idealerscheinung der Göttin stellte. Er hat damit, bewußt oder unbewußt, denselben Gegensatz, den wir in unserer Erklärung des Gedichts selbst nachgewiesen haben, auf das Glücklichste wiedergegeben. Das ist derselbe Goethe, der im Anfange des Gedichts aus seiner „stillen Hütte" am Ilmufer hinaufwandelt zu der Höhe des „erwählten Felsens", den das Weihedenkmal seiner irdischen Muse schmückt. Vielleicht wäre es möglich gewesen, das leichte, lichte Nebelduftgewölk etwas weniger dunkel und massenhaft; den „reinsten, aus Morgenduft und Sonnenklarheit gewebten Schleier" etwas weniger irdisch schwer und stofflich zu halten; vielleicht wäre es sogar möglich gewesen, das:

„Mein Auge kann' im Thale wieder schweifen" —

des Gedichts durch einen des Dichters Hütte tief unten im Thale beglänzenden Lichtstreif wiederzugeben und so das Phantastische der Vision mit der Realität im Anfange des Gedichts durch einen neuen Zug auszudrücken! Doch wie wenig bedeutet ein solches „vielleicht" des Wunsches, gegenüber der Einsicht des die Bedingnisse und Schranken seiner Kunst mit sicherem Blicke erfassenden Künstlers, der oft da zu entsagen hat und sich zu bescheiden weiß, wo wir Andere unsern Wünschen ungehemmt die Zügel schießen lassen!

Die Krone aber des Ganzen ist in dieser Komposition für mich die Gestalt des Dichters, in dessen äußerer Erscheinung, soweit sie das Kostüm betrifft, wiederum Wirklichkeit und Idealität auf das Schönste vermählt sich zeigen. Der ganze Ausdruck seines edlen, mit sanfter Neigung zur Göttin

erhobenen Antlitzes, und die Haltung seiner Arme und Hände
sprechen das reinste Hingegebensein, das „innigste Vertrauen"
des Dichters aus, der „alles Glück nur von ihr haben", nur
aus den Händen derjenigen empfangen will, an die sein strebend Herz sich früh zum ewigen Bunde geschlossen hat: aus
den Händen der Wahrheit! —

Den Schluß des Gedichts endlich haben wir bereits zum
Anfange unserer Betrachtungen erklärt. Was der jugendliche
Dichter sich erwünschte, das ist ihm geworden. Er selbst bezeugt es mit den Worten, in welchen er im spätesten Greisen-
alter von sich rühmt:

> „Mit den Trefflichsten zusammen
> Wirkt' ich, bis ich mir erlangt,
> Daß mein Nam' in Liebesflammen
> Von den schönsten Herzen prangt!"

II.

Werther's Lotte.

———

Ich möchte den Lesern dieser Aufsätze einen Rath geben, dessen Befolgung vielleicht nirgends so ersprießlich sein dürfte, als gerade bei derjenigen Dichtung, mit deren weiblicher Hauptperson wir uns hier beschäftigen wollen. Es ist der: vor der Lektüre dieser Charakteristiken immer die betreffende Goethe'sche Dichtung selbst von Anfang bis zu Ende wieder einmal durchzulesen. Beruhige sich Keiner damit, daß er ja den Werther kenne, daß er ihn vor so und so viel Jahren gelesen. Es ist nichts mit dem Worte von solchem „Gelesen= haben", Meisterwerken gegenüber, zu denen man nicht oft genug zurückkehren kann: zumal in so zerstreuender Zeit wie die unsrige, in welcher die Sturzwasser einer gleichsam mit Dampf betriebenen Fabrikproduktion das von unseren klassischen Dichtern mühsam eroberte und angebaute Terrain der echten Dichtung auf dem Felde des Romans mit immer erneuten Ueberschwemmungen zu überdecken und zu verwüsten drohen.

Ein Meisterwerk aber, und zwar ein in seiner Art einziges, ist diese Wertherdichtung des fünfundzwanzigjährigen Jünglings Goethe, ganz und gar. Zu dieser Schöpfung seiner Jugend kehrte der fünfundsiebzigjährige Dichter noch mit inniger Rührung in dem schönsten Gedichte seines Alters zurück, und es hat Leute gegeben, die wie z. B. Immermann, dies Werk über Alles setzten, was der Dichter überhaupt geschaffen habe. Sein furchtbares Wort von den „problematischen Naturen", „die keiner Lage gewachsen sind, in der sie sich befinden, denen keine Lage genug thut" und die eben deshalb von vornherein dem Untergange geweiht sind, im Werther ist es Fleisch geworden. Im Werther liegen die Elemente von Hamlet und Faust, liegen die Elemente der zwei wunderbarsten Gestalten der ganzen neueren Poesie beisammen. Bestimmtheit und folgerechte Beharrlichkeit, das sind die Erbfeinde aller problematischen Naturen, und vor allem Werther's. Das spricht sich aus in tausend Zügen der Dichtung. Die einzige Thätigkeit, die Werther üben möchte, wäre, wie er sagt, eine solche, „die keine Folge auf den Morgen hätte, die Fleiß und Bestimmtheit auf den Augenblick erfordert, ohne Vorsicht und Rücksicht zu verlangen". Alle seine Entschlüsse sind eben nur „Grillen", Kinder des Augenblicks, und er führt keinen aus und durch als den einzigen und letzten, weil dieser eben aller Qual des Entschließens und Sichbestimmens ein Ende macht.

Doch wir haben es hier mit Lotte und nicht mit Werther zu thun. Lotte ist das vollendete Gegenbild Werther's nach dieser Seite hin. Ihre einfache Bestimmtheit und folgerechte Beharrlichkeit sind es denn auch, an welchen der Unglückliche zu Grunde geht; sie ist der Felsen, an welcher das steuerlose Schiff seines Daseins letztlich zerschellt. Werther ist oft zergliedernd nachgebildet, Lotte vielleicht niemals vollständig in ihrem Wesen entwickelt. Machen wir den Versuch!

Wenn ich von einem Ausländer aufgefordert würde, ihm das

deutsche Mädchen und Weib in einer typischen Gestalt unserer poetischen Nationalliteratur nachzuweisen, so würde ich diese Goethe'sche Lotte als diejenige Frauengestalt nennen müssen, welche diesen Nationaltypus unter allen Schöpfungen deutscher Dichtung in seinen wesentlichen Zügen am vollkommensten und naturwahrsten ausdrückt. Versteht sich: auf den Kreis des bürgerlichen Mittelstandes beschränkt, wie er in der zahlreichen Klasse des gebildeten Beamtenthums vertreten ist, und in einzelnen Zügen bestimmt durch die Formen und Farben der Zeit, deren Produkt und Ausdruck das Gedicht selber ist, dem Lotte's Gestalt angehört. Bei ihrer Charakteristik muß man sich jedoch weniger an Werther's Schilderungen, als an dasjenige halten, was sie selber sagt und thut, und was unparteilichere und weniger befangene Beurtheiler als Werther von ihr erzählen und über sie aussagen.

Lotte ist in mäßigen, ja beengten Verhältnissen geboren und erwachsen. Sie ist das älteste von neun Kindern eines fürstlichen Amtmanns, der als Wittwer in einem einsamen Jagdhause seines Herrn wohnt. Als Werther sie kennen lernt, haben wir sie als Neunzehn- oder Zwanzigjährige zu denken; ihr ältester Bruder ist fünfzehn, ihre älteste Schwester elf Jahre alt, das Alter der übrigen Geschwister kann man sich danach denken. In stiller Beschränktheit und eifriger häuslicher Thätigkeit ist sie aufgewachsen; denn kaum selbst aus den Kinderjahren getreten, sind durch den Verlust einer geliebten Mutter die ganze Last und Sorge der Hausfrau und der mütterlichen Pflegerin und Erzieherin zahlreicher Geschwister auf ihre jungen Schultern gebürdet worden. So hat sie eigentlich eine rechte freie Jugend nie gehabt. Mit dem Bewußtsein schwerer Pflichten ist früh etwas über ihre Jahre Verständiges,

Hausmütterlichernstes, selbst hier und da Pedantisches in ihr übrigens heiteres und leichtlebiges Wesen gekommen, und das Gefühl von der Hoheit und Würde der Pflicht und der Nothwendigkeit ihrer Erfüllung hat früh sich in dieser, von Hause aus auf ruhiges Maaß und feste Regelrechtheit angelegten Natur als das herrschende und sie erfüllende Element entwickelt.

Im völligen Gegensatze zu Werther, der vor jedem Folge habenden Geschäft zurückschreckt, ist ihre Thätigkeit stets eine solche gewesen, die auf „Vorsicht und Rücksicht", auf der Vorsorge für das Morgen beruhte. Der Vater erzählt, wie von dem Augenblicke an, wo die sterbende Mutter ihr die Pflicht auferlegte, ihm die Hausfrau, den Kindern die Mutter zu ersetzen, „ein ganz anderer Geist über sie gekommen"; wie sie „in der Sorge für ihre Wirthschaft und in dem Ernste ihrer Pflicht eine wahre Mutter geworden, wie kein Augenblick ihrer Zeit ohne thätige Liebe, ohne Arbeit verstrichen sei, ohne daß ihre Munterkeit sie dabei verlassen habe". Aeußere Kultur durch Schule und Unterricht sind wenig an sie herangekommen. Sie hat wohl hier und da auch ihren Roman gelesen, aber doch nur selten; und wenn sie als Vierzehnjährige sich gern Sonntags mit einer empfindsamen Erzählung von Glück und Leiden einer Miß Jenny „in ein Eckchen" setzte und an beiden „mit ganzem Herzen Theil nahm", so sind ihr doch jetzt, wie sie uns gesteht, schon lange nur die Romane die liebsten, „in denen es zugeht, wie um sie her, und wo sie ihre eignen häuslichen Zustände wiederfindet". Ueber diese Posie, wozu, wie wir sehen werden, noch etwas Klopstock'sche Naturschwärmerei kommt, geht ihre Bildung nicht hinaus. — „So viel Einfalt bei so viel Verstand, so viel Güte bei so viel Festigkeit, und die Ruhe der Seele bei dem wahren Leben und der Thätigkeit!" Das sind die ersten

Worte, mit denen Werther sie schildert, und es sind, wie wir sehen, lauter Eigenschaften, die ihm selbst abgehen: Verstand, Festigkeit, Seelenruhe und Lust an wahrer Lebensthätigkeit. Der Verstand aber steht in dieser Schilderung oben an. Das ist sehr bezeichnend; denn dieser ruhige Verstand in seiner Gesundheit ist es, was auf Werther, zumal an einem so jungen und schönen Mädchen, vor allem einen Achtung gebietenden Eindruck macht. Gesund an Leib und Seele, unverzärtelt, arbeit= geübt und lustig zur Arbeit wie zum Tanze, den sie leiden= schaftlich liebt, immer heiteren Sinnes und glücklich in ihrem häuslichen Berufe, ist sie ganz dazu geschaffen, einen einfachen, braven Mann als Gattin und Hausfrau glücklich zu machen. Und solch ein einfacher braver Mann hat sich denn auch bereits gefunden. Lotte ist Braut. Es ist keine Leidenschaft, die sie und ihren Verlobten zusammengeführt hat, sondern ruhige Neigung. Albert hat bei dem Herrn Amtmann um sie ange= halten, und der vermögenslose Vater von neun Kindern hat sicher nichts einzuwenden gehabt gegen die Aussicht, das älteste seiner Kinder durch die Verbindung mit einem „braven Menschen" (so nennt sie ihn selbst zuerst gegen Werther, und so nennen ihn auch die andern), der zugleich „eine sehr ansehnliche Versorgung" in nächster Aussicht hat, aller späteren Lebensnoth einzelnstehender Mädchen enthoben zu sehen. Lotte selbst ist ihrem Verlobten gut, sie schätzt und achtet ihn und ist überzeugt, mit ihm glücklich zu leben. Aber ihre Neigung ist eine ganz ruhige, denn das Wesen dieser in sich harmonisch befriedigten Natur besteht eben darin, daß sie der Leidenschaft eigentlich nicht fähig ist. Was davon in ihr ist, geht auf in der Liebe zum Tanze. Das ist eine Erregung, ein Vergnügen, bei dem sie „mit ganzem Herzen und ganzer Seele dabei ist". „Wenn diese Leidenschaft ein

Fehler ist", sagt sie am ersten Tage ihrer Bekanntschaft zu Werther, „so gestehe ich Ihnen gern, ich weiß mir nichts über's Tanzen". „Und wenn ich was im Kopfe habe", setzte sie hinzu, — „und mir auf meinem verstimmten Klavier einen Contretanz vortrommele, so ist Alles wieder gut." Solch ein junger, grüner, saftstrotzender Frühlingsbaum ist kein Holz für das Feuer großer, hinreißender, verzehrender Leidenschaft. Dieser auf „verstimmtem" Klavier vorgetrommelte Contretanz und seine eigenthümliche herstellende, oder, wie die Alten sagen, kathartische Wirkung ist einer der sprechendsten Schilderungszüge ihres Lebens in der Dichtung und verbietet von vorn herein, bei dem Conflikte in derselben an Tragödie und tragische Katharsis zu denken. Es ist Iffland, nicht Shakespeare. Wenn dies junge Wesen dennoch in eine Tragödie verwickelt wird, so ist und bleibt dies eben nur eine äußerliche und augenblickliche Betheiligung, die den Kern ihres Wesens nicht berührt, und die Gesundheit desselben nicht dauernd anzutasten vermag.

Noch wichtiger ist ein anderer Zug. Lotte hat bereits eine unglückliche Leidenschaft eingeflößt, und diese hat höchst unheilvoll geendet. Ein sanfter, stiller junger Mensch, ein Schreiber ihres Vaters, der seine arme Mutter mit seinem Fleiße ernährte, hat eine leidenschaftliche Liebe für sie gefaßt, genährt, verborgen, und zuletzt ihr entdeckt. Er ist darüber aus dem Dienste gejagt und rasend geworden. Ein Jahr hat er als Tobsüchtiger in den Ketten eines Tollhauses zugebracht, dann ist er als sanfter und unschädlicher Irrsinniger entlassen worden, und so findet ihn Werther am Felsenuferhange des Flusses im trüben Naßkalt eines Novembertages, beschäftigt, Blumen zu „einem Strauße für seinen Schatz zu suchen". Tags darauf erfährt er den so eben geschilderten Zusammenhang durch Albert, der ihm den Hergang, welcher erst vor anderthalb Jahren passirt ist, „mit trockenen Worten erzählt".

Und Lotte? — Es wird nirgends gesagt oder auch nur angedeutet, daß dieses Ungeheure sie erschüttert oder auch nur ihre Heiterkeit irgendwie getrübt habe. Sie ist eben ein „verständiges Frauenzimmer", dem die Liebe eines armen, niedriggeborenen Schreibers zu der Tochter des fürstlichen Amtmanns als baare Narrheit erscheint und erscheinen muß, und das von der Leidenschaft und ihrer Macht gar keinen Begriff hat. Um so gefährlicher ist sie aber selbst eben deshalb einem Gemüthe, das ganz von der Leidenschaft hingenommen und beherrscht zu werden fähig ist, um so gefährlicher ist sie einem Werther, von dem es wie von dem zur still brennenden Kerze hinflatternden „Nachtfalter" in Goethe's Gedicht „Selige Sehnsucht" heißen kann:

> „Keine Ferne macht Dich schwierig,
> Kommst geflogen, kommst gebannt,
> Und zuletzt des Lichts begierig,
> Bist Du Schmetterling verbrannt!"

Lotte ist die „stille Kerze", dies ruhige Licht, an welchem der Nachtfalter Werther verbrennt.

Er kommt zu ihr von einem noch frischen Unheil, das er selbst, halb unschuldig, halb schuldig, angerichtet. Die Qual, die ihn selbst jetzt bald verzehren soll, er hat sie so eben erst über ein von ihm angezogenes weibliches Wesen gebracht. Hören wir seine eigenen Betrachtungen in den ersten Worten seines ersten Briefes! „Wie froh ich bin, daß ich weg bin! — waren nicht meine Verbindungen recht ausgesucht, um ein Herz wie das meinige zu ängstigen? Die arme Leonore! Und doch war ich unschuldig. Konnt' ich dafür, daß während die eigensinnigen

Reize ihrer Schwester mir eine angenehme Unterhaltung ver=
schafften, eine Leidenschaft in dem armen Herzen sich bildete?
Und doch, — bin ich ganz unschuldig? hab' ich nicht ihre
Empfindungen genährt? hab' ich mich nicht an den ganz
wahren Ausdrücken der Natur, die uns so oft zu lachen machten,
so wenig lächerlich sie waren, selbst ergötzt? hab' ich nicht —
O, was ist der Mensch, daß er über sich klagen darf!" — Diese der
Tragödie vorangehende Episode, welche uns an die Parallele der
vorausgehenden Leidenschaft Romeo's in Shakespeare's höchster
Liebestragödie erinnert, sie ist ein Meisterzug der Goethe'schen
Dichtung, wie denn Goethe überhaupt diese Werther=Dichtung,
die er erst beinahe zwei Jahre nach den eigenen Wetzlarer Er=
lebnissen niederschrieb, mit der bewußtesten Ruhe künstlerischer
Ueberlegung in der Komposition ausgestattet hat. Wie selbstisch
weiß hier im Anfange der Dichtung der nämliche Werther sich
mit dem gleichen Unglück abzufinden, das er über ein anderes
Wesen gebracht hat, und das an ihm selbst so furchtbar sich
erneuern soll! Er will das „Vergangene vergangen sein lassen"
und „das Gegenwärtige genießen"; denn: „der Schmerzen
wären weniger in der Welt, wenn die Menschen nicht mit so viel
Emsigkeit der Einbildungskraft sich beschäftigten, die Erinnerun=
gen des vergangenen Uebels zurückzurufen, eher als eine gleich=
gültige Gegenwart zu ertragen!" — In diesem Eingange liegt
das Grundthema des ganzen folgenden Gedichts ausgesprochen.
Der arme, selbstbetrogene Bethörte! er ahnt nicht, daß das
vergeltende Schicksal ihm leise nachschleicht, ahnt nicht, wie bald
er in eine Lage versetzt werden soll, in welcher er die Kraft dieser
seiner Lebensweisheit an sich selbst zu erproben haben wird.

Im Frühlinge, in der wonnevollsten Pracht der Maien=
blüthe, beginnt die Dichtung. Freier, leichter, ruhiger, als er

es seit lange gewesen, fühlt der jener Verwicklung glücklich
entronnene Werther sein unstätes Herz inmitten all der Werbe=
lust des Frühlingszaubers um ihn her. Er fühlt sich ver=
söhnt mit den Menschen seiner neuen Umgebung, „eingelullt"
von der Poesie „seines Homer", dessen Schilderung der ein=
fachen Urzustände des Menschheitsfrühlings er auf seine Weise
in Garten und Küche des Bauernhauses von Wahlheim, sein
Mittagbrod sich selbst bereitend, in die Wirklichkeit übersetzt.
Ganz versunken in seinen naturgenießenden Müßiggang, em=
pfindet er sich hochbefriedigt durch den Verkehr mit den armen,
noch von keiner Kultur beleckten Dorfleuten und mit den
Kindern dieser zweiten Natur, diesen Wesen, „die nicht wissen,
warum sie wollen", — gleich ihm selbst und seinem „ver=
zogenen" Herzen. „Da, plötzlich und unerwartet, steht aller
Glanz und Duft, alles lichte, stille Weben und Blühen des
Frühlings der Natur verkörpert vor ihm in der Gestalt des
schönen, holdseligen Wesens, zu dem er an einem gewitterschwülen
Frühlingsnachmittage mit seiner Tänzerin und deren Base durch
„den weiten ausgehauenen Wald", der das fürstliche Jagd=
haus umgiebt, hinausgefahren ist, um sie zu dem von ihm und
seinen Freunden veranstalteten ländlichen Ballfeste abzuholen.

Mit sicherem Takte und glücklichem Griffel hat Kaulbach
gerade diesen Moment gewählt, um Lottens Bild und Wesen
zu erfassen und sichtbar vor uns hinzustellen. Denn in dieser
von dem Dichter unvergleichlich geschilderten Scene ist in der
That die ganze Naturbestimmtheit ihres Wesens, das „häus=
liche", zur Mutter und Hausfrau bestimmte deutsche Mädchen,
vor uns entfaltet. Aber ein noch größerer Meisterzug Kaulbach's
ist — was ich wohl hier und da als einen Fehler bezeichnen
hörte —, daß er es verschmäht hat, dem zur geöffneten Thür

eintretenden Werther die Apollinischen Züge des jugendlichen „Götterjünglings" Goethe zu verleihen. Denn nicht nur, daß Goethe eben nicht Werther, der Dichter nicht sein Geschöpf ist: — eine solche Darstellung Werther's, so nahe sie auch einem minder gedankentiefen Künstler liegen mochte, — würde zugleich einen künstlerischen, einen ästethischen Fehler enthalten haben. Sie würde die Aufmerksamkeit von derjenigen Gestalt abgelenkt haben, die der Dichter allein in den Vordergrund des Interesses stellen wollte und stellen mußte. — Doch wir müssen uns hier noch versagen, auf Kaulbach's Darstellung näher einzugehen, weil wir unsere Charakteristik Lottens fortzusetzen haben.

Von jenem Augenblick an ist Werther's Schicksal entschieden. Lotte ist verlobt, gehört einem Andern an. Das vermehrt ihren Reiz für den Mann der Leidenschaft, während es dagegen ihr selbst und ihrem Wohlgefallen an Werther die volle Unbefangenheit giebt. Auch Werther selbst glaubt unbefangen in seinem Wohlgefallen zu sein. Aber dieser Glaube ist Täuschung und vermehrt nur die Gefahr. „Mein Herz ist so verderbt nicht", schreibt er dem Freunde, „daß ich dieses Vertrauen täuschen könnte, obschon es allerdings schwach genug ist!" Aber er weiß doch innerlich besser, was das letztere, was die Schwäche des Herzens heißen will, denn er setzt sogleich selbst hinzu: — „Und ist das nicht Verderben?" —

Lotte ist durchaus auf praktisches Leben gestellt und ohne alle eigentliche Sentimentalität. Darum übersieht sie den unpraktischen sentimentalen Werther von vorn herein. Sie behandelt ihn zeitig mit einer gewissen mütterlichen Sorglichkeit, denn sie hat einen starken Zug und Hang zu dem, was man im gemeinen Leben „bemuttern" nennt. Gleich im Anfange ihrer Bekanntschaft, als Werther sie bei dem alten Pfarrer mit seiner

Rede über liebende Schonung unserer Nächsten selbst zu Thränen rührt, warnt und schilt sie ihn auf dem Rückwege „über den zu warmen Antheil, den er an Allem nehme, und daß er darüber zu Grunde gehen werde, wenn er sich nicht schone". Später wirft sie ihm seine Maaßlosigkeit vor, „daß er sich manchmal von einem Glase Wein verleiten lasse, eine Bouteille zu trinken"; und überhaupt erscheint ihr weiterhin sein ganzer Zustand geradezu als „Krankheit", obschon sie weit entfernt ist, die ganze Bedeutung dieser Leidenschaftskrankheit auch nur zu ahnen, weil sie selbst eben keine Ader von Leidenschaft in sich hat.

Was ist es nun aber, was sie zu Werther hinzieht, ihr Neigung, ihre Theilnahme auf ihn richtet? Zunächst ein ganz klein wenig Romantik und Naturschwärmerei. Denn diese gesunde, im Kreise ihres engen Daseins durchaus befriedete Natur, die sich hier und da auch wohl, wie bei dem Besuch im Pfarrhause, mit Verstand und Behagen auf das Gebiet der Trivialität und auf den Kleinkram des Lebens einläßt und ein Plauderstündchen mit einer Freundin über Neuigkeiten und unbedeutenden Stadtklatsch auch dann nicht verschmäht (siehe den Brief Werther's vom 26. Oktober), wenn der interessante Freund in ihrer unmittelbaren Nähe ist, — sie hat doch auch ihr bescheiden Theilchen von der deutschen Empfindsamkeit jener Zeit in der Seele. Das zeigt sich gleich Anfangs in jener Ballnacht, wo sie, am Fenster stehend an Werther's Seite bei dem niederrieselnden Frühlingsregen des fernabdonnernden Gewitters mit thränenvollem Auge zum Himmel blickend, ihre Hand auf die seine legt und leise: „Klopstock!" ausruft. Diese Scene wäre ihr mit ihrem Verlobten nicht wohl möglich gewesen; denn der treffliche, aber etwas trockene Albert ist kein Resonanzboden für solche Klopstock'sche Gefühlsüberschwänglichkeit, während dagegen

Werther'n jener unschuldige Ausdruck gefühlvoller Erregung sofort völlig außer sich und zu dem Wunsche bringt: „von nun an den Namen Klopstock nie wieder nennen zu hören!" Lotte findet ebenso in Werther ein Echo für ihre im Mondschein ausgesprochenen Wiedersehens= und Unsterblichkeitsgedanken, während ihr Albert dieselben immer mit einem: „Es greift Sie zu stark an, liebe Lotte!" — abzuschneiden sich bestrebt.

Goethe spricht einmal in einem seiner Briefe an Kestner, nach dessen Verheirathung mit dem Original der Werther'schen Lotte, von „den Taschengeldern der Empfindung, daran der Mann keine Prätension hat", die seine (Kestner's) Lotte wohl an ihn wenden könne*). Diese „Taschengelder der Empfindung" sind es, welche die Lotte der Dichtung unbedenklich an Werther wendet, weil sie weiß, daß sie damit ihrem Bräutigam, für den dieselben keinen Werth haben, Nichts entzieht. Selbst ganz ohne Leidenschaft, reizt sie eben deßhalb unwissend in ihrer Unschuld den nur in der Leidenschaft lebenden und webenden Werther durch tausend kleine Vertraulichkeiten und Unvorsichtigkeiten. Von dem ersten Geschenke der rothen Bandschleife ihres Kleides bis zu dem Kusse, den sie ihm durch ihren Kanarienvogel über= mittelt, wird Alles ihm verderblich und zu Gift, was sie arglos ihm gegenüber thut. „Sie sieht nicht, sie fühlt nicht!" ruft er einmal aus, „daß sie ein Gift bereitet, das mich und sie zu Grunde richten wird, und ich, mit voller Wollust schlürfe den Becher aus, den sie mir zu meinem Verderben reicht. Was soll der gütige Blick, mit dem sie mich oft, — oft? nein, nicht oft, aber doch manchmal ansieht, die Gefälligkeit, womit sie einen unwillkürlichen Ausdruck meines Gefühls aufnimmt, das Mit= leiden mit meinem Dulden, das sich auf ihrer Stirne zeichnet!"

---

*) Goethe und Werther, von A. Kestner, S. 179.

Das letzte Wort ist das rechte. Mitleid ist das zweite Band, welches Lotte mit Werther verbindet, Mitleid mit einem Kranken, einem liebevoller Pflege Bedürftigen; und Lotte heißt und ist eine treffliche Krankenpflegerin. Nur daß sie sich bei diesem Kranken in der Behandlungsweise vergreift, weil sie seine Krankheit wohl in ihren Symptomen, aber nicht in ihrem Wesen erkennt. Seine zeitweilige Ausgelassenheit, seine übertriebene Lustigkeit ängstigen sie und sind ihr unheimlich. „Um Gotteswillen", sagte mir Lotte heut, „ich bitte Sie, keine Scene, wie die von gestern Abend! Sie sind fürchterlich, wenn Sie so lustig sind!" Soweit Mitleid Liebe enthält und ist, soweit liebt sie ihn, nicht weiter, — wenigstens nicht viel weiter. Ihr Verlobter dagegen, der wackere nüchterne Albert, merkt den wahren Zustand Werther's beim ersten Blicke; er vermeidet es, seine Braut in Gegenwart Werther's zu liebkosen und zu küssen, aber er behält beide ruhig im Auge. Allein erst nach der Hochzeit, als Werther, der sich entfernt hatte, von seiner Leidenschaft überwältigt, wieder zurückkommt an die Stätte seiner Qualen, erst da hält Albert es für nöthig, seine Lotte zu warnen. Er wünscht, daß es möglich sein möchte, den Freund wieder zu entfernen: „ich wünsch' es auch um unsertwillen, und ich bitte Dich, sieh zu, seinem Betragen gegen Dich eine andere Richtung zu geben, seine öfteren Besuche zu vermeiden. Die Leute werden aufmerksam".

Diese Worte vernichten mit einem Schlage die nachtwandlerische Sicherheit, mit der die unschuldige Lotte bis dahin am Rande eines Abgrundes ihren Weg gewandelt ist; denn das ausgesprochene Wort hat eine ungeheuere, eine bannende Macht. Aber Naturen, wie diese Lotte, sind rasch entschlossen, weil sie zweifellos sicher sind über das, was ihnen zu thun obliegt. Und

Lotte handelt denn auch entschlossen. Gleich in der nächsten Unterredung mit Werther führt sie den Wunsch ihres Mannes aus, und die Art, wie sie es thut, hebt sie auf die Höhe ihres Wesens, zeigt diese echt deutsche Frauengestalt in dem ganzen Adel, in der vollen Tüchtigkeit und Ehrlichkeit ihrer reinen Natur. Die einfachen, klaren, überzeugend wahren und dabei so liebevoll milden Worte, mit denen sie ihn zur Besinnung zu bringen sucht, gipfeln sich zuletzt in dem einem Zurufe: „Seien Sie ein Mann!" Goethe hat diesen Zuruf später selbst als moralischen Epilog zu seiner Dichtung angewendet, in dem er seinen Werther aus dem Jenseits jeden, der sein Schicksal beweine, ganz im Sinne Lessing's ermahnen läßt:

„Sei ein Mann! und folge mir nicht nach!"

Aber trotz diesem tapferen Verhalten unserer Heldin ist doch in ihrem Innersten noch etwas Verborgenes, etwas Geheimniß= volles, etwas, das der Dichter selbst, „mit Worten auszudrücken" sich scheute, und es lieber „einer schönen weiblichen Seele über= lassen wollte, sich ganz in die Seele Lottens zu denken und mit ihr zu empfinden." Diese Scheu, die so natürlich war bei dem Dichter, der in diesem aus Wahrheit und Phantasie so wunderbar gemischten poetischen Seelengemälde die eigensten Verhältnisse persönlicher Wirklichkeit, welche seiner Dichtung offen zum Grunde lagen, zu berücksichtigen und zu schonen hatte, wir brauchen sie nicht zu haben und zu üben. Und so dürfen wir denn unsere Charakteristik Lottens — der Lotte der Dichtung, nicht der wirklichen, die hierin mit ihr nichts Verwandtes hat, — durch den letzten Zug vervollständigen: daß unmittelbar nach jener ihrer letzten That des Verstandes und der Pflicht, mit der sie Werther'n von sich weist, der Funke der Leidenschaft, der in jedem Menschenherzen schlummert, für einen Augenblick in ihrer Brust zur Flamme auflodert. In der Stunde des grauen Dezembernachmittags, die dem letzten verhängnißvollen Zusammentreffen mit Werther vorhergeht, vergleicht sie, einsam in ihrem Zimmer sitzend, zum ersten Male den theuren Freund, den sie fortan für immer entbehren soll, mit dem Gatten, an den Neigung und Achtung, Gelübde und Pflicht sie unauflöslich binden, und Niemand, der diese Stelle aufmerksam liest, kann sich darüber täuschen, auf wessen Seite hin in diesem Augenblicke sich bei ihr die Schaale neigt! „Auf der andern Seite war ihr Werther so theuer geworden; gleich von dem ersten Augenblicke ihrer Bekanntschaft an hatte sich die Uebereinstimmung ihrer Gemüther so schön gezeigt, der lang dauernde Umgang mit ihm, so manche durchlebte Situation hatten einen unauslöschlichen Eindruck auf ihr Herz gemacht. Alles, was sie Interessantes fühlte und dachte, war sie gewohnt, mit ihm zu theilen, und seine Entfernung drohte in ihr ganzes Wesen eine Lücke zu reißen, die nicht wieder ausgefüllt werden konnte." Um ihn in ihrer Nähe behalten zu können, hätte sie ihn „in einen Bruder verwandeln, ihn einer ihrer Freundinnen verheirathen mögen" — aber „sie fand keine, der sie ihn gegönnt hätte!"

Und nun kommt der Unglückselige, kommt, ihr unerwartet, sie überraschend in dieser Stimmung. Zum ersten Male erbebt ihr das Herz bei seinem Eintritt, empfängt sie ihn „mit leidenschaftlicher Verwirrung", scheut sie mit ihm allein zu bleiben, wie in Schiller's „Kabale und Liebe" Luise mit Ferdinand nicht allein bleiben mag — und wünscht doch wieder, daß die Freundinnen, zu denen sie schickt, „nicht kommen möchten." Die Lektüre der Ossianscene thut das Letzte, und halb gezogen, halb hinsinkend, vergeht ihr wie ihm die Welt, berührt das reine Wesen zum ersten und letzten Male, wenn auch nur mit dem streifendem Saume des Gewandes, das Gebiet der in ihren Augen und vor ihrem Gewissen sündlichen Leidenschaft. Zur rechten Zeit rafft sie sich empor, denn selbst in diesem furchtbaren Augenblick bleibt ihr Verstand noch wach und stärker als ihr Herz. Aber sie hat nicht mehr den Muth, sich und „ihre Schuld und ihre Ahnungen" ihrem zurückkehrenden Gatten zu entdecken. Kann sie doch kaum wünschen, daß derselbe in ihrer Seele lesen möchte. „Selbst nach der beruhigenden Einsamkeit der Nacht kehren ihre Gedanken immer wieder zurück zu Werther'n, der für sie verloren war und den sie doch nicht lassen konnte, den sie leider sich selbst überlassen mußte, und dem, wenn er sie verloren, nichts mehr übrig blieb!"

Hierin liegt der Schlüssel zu den Worten, mit welchen die Dichtung nach der erfolgten Katastrophe des Werther'schen Selbstmords von Lotten Abschied nimmt: „Man fürchtete für Lottens Leben."

Aber diese Furcht, so begründet sie scheint, wird sich nicht erfüllen. Diese Lotte, in der Goethe die gesunde Lebenskraft seiner eigenen Natur verkörpert hat, wird leben bleiben und glücklich leben an der Seite ihres braven Mannes, so gewiß, als sie unglücklich geworden wäre als Gattin eines Werther. Die Wunde, die ihr Herz erhalten, wird sich schneller schließen, als sie selbst es denkt, und wenn sie auch die Narbe davon behält, so wird doch dieses Lebensleid nur dazu dienen, der Schönheit ihres Wesens einen neuen Reiz durch jenen Zug sanfter Melancholie hinzuzufügen, welche das Andenken an das Glück und an das Leid ihres Zusammenlebens mit Werther von Zeit zu Zeit in ihr hervorrufen wird.

Und nun zum Schlusse noch ein Wort über die Composition des bekannten Kaulbach'schen Bildes. Durch die geöffnete Thür des Gartenzimmers, in welcher der erstaunte Werther steht, nicken die Rosen des Juni, säuselt das Laub der Bäume, während in der Ferne das weißgraue Gewölk des Gewitters herüberdroht. Da sind sie alle acht versammelt, wie die Orgel= pfeifen, die schönen Amtmannskinder, um die schon zum Tanz= feste geschmückte älteste mütterliche Schwester, weil sie noch zu guter Letzt ihr Vesperbrod zu dem Frühobste von keiner andern als von ihrer geliebten Lotte geschnitten haben wollen. Denn Vesperzeit ist's, vier Uhr Nachmittags, wie uns die große hölzerne Wanduhr sagt, der zur Seite im Schatten die langen Reiterpistolen hängen. Ich sage nichts von dem Kinder= gewimmel um Lotte her; nichts von der nächstältesten Schwester Sophie, der Lottchen das Regiment für die Zeit ihrer Ab= wesenheit übergeben hat, und die denn auch bereits mit Haube und Strickstrumpf sich in die gehörige, Achtung gebietende Verfassung zur Uebernahme der schweren Pflicht des Ordnungs= haltens gesetzt hat; nichts von dem zerrenden kleinen Buben, dessen Herandrängen zu der Vesperbrodspenderin einer andern kleinen Schwester so gefährlich für Lottens Toilette erscheint, daß sie für nöthig hält, den kleinen Halbsansculotten gewalt= sam von derselben zurückzureißen; nichts von dem Kirschen mausenden Buben, welcher zu seiner bereits empfangenen Aeseiration sich selbst die Zulage zu nehmen im Begriff ist; nichts von dem jüngsten, zuerst mit dem Vesperbrode bedachten „Stuhlkinde", das, den eintretenden fremden Mann halb furchtsam anstarrend, doch über diesem Anstarren und Essen nicht seine dritte und liebste Thätigkeit vergißt, welche darin besteht, die dicken feisten Beinchen und Füßchen noch von dem letzten Reste der glücklich abgestrampelten Bekleidung zu befreien; nichts endlich von dem humoristischen Blickgespräche der ehrbar dasitzenden Hauskatze mit dem von seinem Reiter über dem Vesperbrode im Stiche gelassenen Rollpferdchen, das gerade so maltraitirt aussieht, wie ein ordentliches Rollpferd der Kinder= stube aussehen muß: — Das Alles sind Nebensachen im Ver= gleich zu der Hauptfigur in der Mitte, zu der schönen schlanken Mädchenblume, die in dem kleidsamen und doch so einfachen, schmucklosen Festputze vor uns dasteht:

"Nur absichtslos, doch wie mit Absicht schön!"

Ihr schlichtes weißes Ballkleid mit den blaßrothen Schleifen hindert sie nicht, die Pflichten der Hausmutter gegen die Kinder= schaar zu üben, die diese jungfräuliche Mutter umgiebt. Ganz vertieft in ihr Geschäft, das schwarze Hausbrod gegen den schönen Busen gedrückt, und vorsichtig nach Alter und Appetit der Empfänger die Schnitte bemessend, die dunklen Augen auf die herandrängenden Kinder niedergesenkt, sieht sie nicht den eintretenden Gast, nicht den entzückt erstaunten auf sie gerichteten Blick, mit dem derselbe in der geöffneten Thüre stumm und sprachlos stehen bleibt. Der schreiende und jubelnde Lärm ihrer Kinderschaar hat den knarrenden Ton der aufgehenden Thür übertönt; von den Kindern selbst sieht und hört gleichfalls keins den Eintretenden — bis auf das „Stuhlkind", das aber blos mit seinen Augen spricht —, und so hat Werther Muße, „das reizendste Schauspiel, das seine Augen je gesehen", einen Moment ganz ungestört zu betrachten. Daß Kaulbach zu diesem Zwecke aus dem ältesten, fünfzehnjährigen Bruder der Dichtung einen zehnjährigen gemacht hat, ist durchaus in der Ordnung. In Ordnung ist überhaupt Alles auf diesem reizenden Bilde jungfräulicher Hausmütterlichkeit, selbst die kräftige Birkenruthe, die hinter dem kleinen Rokkokospiegel gleichfalls nicht fehlt, so wenig als dem eingerahmten Schatten= risse der verstorbenen Mutter der Schmuck des frischen Blumen= straußes mangelt.

Und diese lieblichste, unschuldigste und harmloseste aller Scenen ist dazu ausersehen, daß sich an sie das furchtbarste Schicksal knüpft! Diese holdselige, friedenvolle Gestalt soll Verderben bringen über den Jüngling, den wir, verzückt in ihre Schönheit, in voller Jugendkraft vor uns stehen sehen! Diese Bandschleife an ihrer Brust soll ihn in sein Grab be= gleiten, zu dem er selbst in diesem Augenblicke schon unwissend den ersten Spatenstich thut, und eins dieser so ruhig an der Wand hangenden verstäubten Mordgewehre soll die schöne freie Stirn zerschmettern, auf der wir jetzt nur den lichten Glanz der Schönheit sich wiederspiegeln sehen, deren Anblick seine Augen mit Entzücken in sich trinken! Es soll an ihm sich bewahrheiten das schwermüthige Wort des Dichters, daß:

> „Wer die Schönheit angeschaut mit Augen,
> Ist dem Tode schon anheimgegeben!“

III.

Adelheid von Walldorf.

Eine Kluft, tief wie der Abgrund zwischen Unschuld und
Sünde, trennt die zuvor betrachtete Schöpfung des
jugendlichen Dichters, trennt die holdselige, in sich befriedete,
sanft liebreizende Lotte seines Werther von der dämonischen
Frauengestalt, welche uns Goethe in Adelheid von Walldorf
vor die Augen führt!

Aber wenn es auch nicht zu verwundern ist, daß ein und
derselbe Dichter diese beiden weiblichen Wesen geschaffen hat,
so scheint es doch fast ein Wunder, daß er sie ungefähr zu ein
und ebenderselben Zeit in sich trug, und daß Goethe, während
sein Herz in Wetzlar zu Lottens Füßen den rein poetischen
Roman der lieblichsten und unschuldigsten Idylle durchlebte und
künstlerisch steigerte, in demselben Wetzlar zu gleicher Zeit die
Gestalt dieses dämonischen Weibes in seinem Innern erzeugte,
deren verrätherische Schönheit Tod und Verderben über Alles
bringt, was ihrem Zauberkreise sich naht. Und das größte
aller Wunder endlich ist, daß ebenderselbe Goethe, während er
seine Seligkeit darin zu finden schien, mit Albert's Lotte im
Hausgarten Obst zu brechen und Schooten zu pflücken, sich allen

Ernstes in jene Adelheid, in dieses Geschöpf seiner Phantasie, verliebte, ja so sehr verliebte, daß diese „reizende Frau", wie er sie in Dichtung und Wahrheit nennt, selbst seinen Helden Götz bei ihm ausstach, und daß das Interesse an ihrem Schicksal dergestalt in der Dichtung überhandnahm, daß er sich bei späterer Ueberarbeitung aus künstlerischen Gründen gezwungen sah, dasselbe auf ein bedeutend geringeres Maaß zurückzuführen!

Und doch ist die Erklärung dieses Wunders gar nicht schwer. Eine spätere Geliebte des Dichters — auch eine Lotte, wenn auch etwas weniger idyllisch und unschuldig als die erste —, Frau Charlotte von Stein, that einmal über Goethe, als er sich aus ihren Banden losgemacht und die junge schöne Christiane Vulpius in Haus und Herz aufgenommen hatte, den klagenden Ausruf: „Es sind zwei Naturen in ihm!" Die Gute glaubte damit etwas gar Haarsträubendes gesagt zu haben, und doch war es nichts mehr und nichts weniger als die einfache Wahrheit. Alle wahrhaft bedeutenden Menschen — aber auch nur solche — können und müssen mit Faust sagen:

> „Zwei Seelen wohnen, ach! in meiner Brust,
> Die eine will sich von der andern trennen;
> Die eine hält in derber Liebeslust
> Sich an die Welt mit klammernden Organen,
> Die andre hebt gewaltsam sich vom Dust
> Zu den Gefilden hoher Ahnen."

Goethe's Roman mit der Wetzlarer Lotte war eben so idealistisch wie die Gestalt, zu der er diese Liebe in seiner Dichtung verklärte. Es war eine rein poetische (um nicht zu sagen eine freiwillig erzeugte und erträumte), keine wirkliche, irdische Leidenschaft, die ihn zu der Verlobten des redlichen Hannoveraners hinzog, und es war der Dichter in ihm, der dieses Verhältniß eifrig und mit vollem Bewußtsein von dessen poetischem Gehalt und Werthe pflegte und in sich steigerte. Wer das noch nicht wissen sollte, der kann sich davon aus dem achtundsechzigsten Briefe des vielfach mißverstandenen Goethe-Kestner'schen Lotte-Briefwechsels bis zur unwiderleglichen thatsächlichen Gewißheit überzeugen. Aber in allerinnigster Nachbarschaft mit dem im Mondschein schwärmenden, sich mit dem geistigen Dufte des Idylls begnügenden Goethe, wohnte noch ein zweiter Goethe, der damals neben Goldsmith auch Shakespeare, neben dem Vikar von Wakefield auch einen Macbeth, neben einer sanften Werther'schen Lotte auch die dämonische Gestalt einer Shakespeare'schen Kleopatra zu schätzen und zu genießen wußte. Und dieser zweite Goethe schuf seine Adelheid und verliebte sich in diese Gestalt, in der man die Elemente von Shakespeare's Macbeth und Kleopatra, in der man den Einfluß der begeisterten Shakespeare-Lektüre des jugendlichen Dichters auch heute noch gar wohl, selbst in wörtlichen Zügen, erkennen kann.

Ein Biograph Goethe's*) hat seine Leser überreden wollen, die Selbstgeständnisse Goethe's in Dichtung und Wahrheit über sein Verhältniß zu dieser dämonischen Gestalt der Adelheid seien nichts als „eine galante Deutung, die der ältere Goethe dem jüngern, der Biograph dem Dichter untergeschoben habe". Aber das ist ein Irrthum, der auf gänzlicher Verkennung dichterischen Schaffens beruht. Denn weit mehr als die reinen, einfachen, ungebrochenen, sind es die gemischten Charaktere, welche den schaffenden Dichter anziehen, seine Theilnahme in Anspruch nehmen, ja dieselbe bis zur Vorliebe steigern. Dies ist hier

---

*) Viehoff, Goethe's Leben II., S. 74.

des Dichters Fall, gegenüber diesem wunderbaren Weibe, bei dessen Erschaffung, wie ihr Gatte Weislingen sagt, „Gott und Teufel um's Meisterstück wetteten". Um dieser Gestalt und Goethe's ursprünglichen Absichten bei ihrer Schöpfung gerecht zu werden, müssen wir, neben der allgemein bekannten zweiten, auch die erst spät nach des Dichters Tode bekannt gewordene erste Bearbeitung des Götz in Betracht ziehen, die zugleich bei weitem kühnere und genialere Züge aufweist.

Adelheid von Walldorf ist seit vier Monaten Wittwe. Jung, reich, unabhängig, viel umworben, befreit von einem unbedeuten= den Gatten, dem ihre Jugend ohne Liebe vermählt worden war, hegt sie hochfliegende Pläne für ihre Zukunft, sucht sie einen Mann, der ihr die Erfüllung ihrer ehrgeizigen Entwürfe zu sichern vermag. In Weislingen glaubt sie einen Augenblick einen solchen Mann zu sehen, und darum bietet sie Alles auf, ihn in ihre Fesseln zu schlagen. Ihr Geist, ihre Kunst der Intrigue und der Gefallsucht, und vor Allem ihre Schönheit, sichern ihr den Erfolg. Ihre Schönheit ist von jener sinnver= wirrenden Unwiderstehlichkeit, die Alles, was sich ihr naht, mit Zaubermacht berückt. Der jugendliche Dichter hat nicht umsonst seinen Homer und Lessing's Laokoon gelesen; er hütet sich, ihre Schönheit beschreiben zu wollen. In der ganzen Dichtung findet sich kaum ein einziger beschreibender Zug. Desto eindringlicher schildert er sie durch die Wirkungen, die wir sie auf die verschieden= sten Personen üben sehen. Als Weislingen's Edelknabe Franz sie zum ersten Male erblickt hat am Hofe des Kirchenfürsten zu Bamberg, da gilt ihm seines Herrn: „ich habe viel von ihrer Schönheit gehört!" gerade so viel, als wenn einer sagte: ich habe Musik gesehen. Als ihn sein Herr „nicht recht gescheidt" heißt, erwidert er: „Das kann wohl sein. Das letzte Mal, da ich sie sahe, hatte ich nicht mehr Sinne als ein Trunkener. Oder vielmehr — ich fühlte in dem Augenblicke, wie's den Heiligen bei himmlischen Erscheinungen sein mag; alle Sinne stärker, höher, vollkommener, und doch den Gebrauch von keinem." Sein volles, ganz von der Empfindung ihrer Schönheit erfülltes Herz macht den unglücklichen Knaben zum Dichter. „Wenn sie einen ansieht, ist's, als wenn man in der Frühlingssonne stünde". „Ein Blick von ihr" hat ihn „zum Narren gemacht". „Wie ich von dem Bischof Abschied nahm", erzählt er, „saß sie bei ihm. Sie spielten Schach. Er war sehr gnädig, reichte mir seine Hand zu küssen und sagte mir Vieles, davon ich nichts vernahm. Denn ich sah seine Nachbarin, sie hatte ihr Auge auf's Brett geheftet, als wenn sie einem großen Streich nachsänne: Ein feiner lauernder Zug um Mund und Wange! Ich hätt' der elfenbeinerne König sein mögen! Adel und Freundlichkeit herrschten auf ihrer Stirn. Und das blendende Licht des Angesichts und des Busens, wie es von den finstern Haaren erhoben ward!" Aber beredter noch ist das schlichte Wort des ehrlichen Reitersbuben Georg, als er den ungetreuen Weislingen zu Bamberg an ihrer Seite erblickt hat: „Sie ist schön, bei meinem Eid, sie ist schön! Wir bückten uns Alle, sie daukte uns Allen." Und der Ausruf des wilden Zigeuners mit den „Augen wie's Irrlicht auf der Haide", der die weißen Zähne zusammenbeißend, ihr sein: „Du bist schön!" zuruft, sagt mehr als tausend Worte. Nicht nur der glühende Jüngling Franz und der schwache Weislingen fallen in die Netze ihrer verderblichen Schönheit, auch der edle, ritterliche Sickingen fühlt sich durch sie gebannt beim ersten Anblick. Ja selbst der ausgesandte Mörder der heiligen Vehme fühlt beim Anschauen dieses „königlichen Weibes", daß er, der Elende, in ihren Armen ein Gott sein würde, und sein letzter Ausruf an der Leiche des von seiner Hand ermordeten Weibes lautet: „Gott! machtest Du sie so schön, und konntest Du sie nicht gut machen!"

In diesen Worten liegt das Problem, das den Dichter reizte: die höchste körperliche Schönheit des Weibes im Bunde mit einem bösen Sinn, die Schönheit als ein Mittel zu Verbrechen, Sünde und Verderben. Es ist das Problem des Shakespeare'schen Macbeth, die Verkörperung des Hexenwortes: Fair is foul, and foul is fair! — Schön ist häßlich, häßlich schön!

Die Seele von Adelheid's Wesen ist Ehrgeiz. Ehrgeiz, nicht Liebe ist es, der sie zu dem Entschlusse bringt, Weislingen an sich zu fesseln, ihn, wenn's nöthig, zu heirathen, und die Art und Kunst, wie sie den durch Freundschaft und Liebesgelöbniß doppelt gebundenen Mann zu doppeltem Treubruche zu zwingen, wie sie zu diesem Ende alle Hebel der Koketterie und des Sinnenreizes in Bewegung zu setzen weiß, ist unübertrefflich vom Dichter geschildert. Aber auch hier gehen Ehrgeiz und Politik der Liebe vorauf und zur Seite. Bei seinem Ehrgeize faßt sie den schwachen Mann zuerst, indem sie darauf hinweist, daß er „der Herr von Fürsten sein könne, sich zum Sklaven eines Edelmannes mache!" Dabei mischt sie in ihren Geständnissen über sich selbst, die sie gegen ihn thut, Wahrheit mit Lüge so geschickt, daß die eine von der andern kaum zu unterscheiden ist. Es ist volle Wahrheit, wenn sie Weislingen gegenüber seiner Liebe für Götz gesteht, daß sie nicht begreifen könne, wie man einen Menschen lieben könne, den man beneidend bewundere; aber es ist das Umgekehrte der Wahrheit, wenn sie sagt, „daß sie über die Leute nicht denken möge, denen sie wohl wolle"; und gleich ihre folgenden Worte, in denen sie ihm, dem sie doch wohl will, den unerbittlichen Spiegel dessen vorhält, was sie an ihm vermißt, strafen ihre Worte Lügen. Als sie sich überzeugt hat, daß sie sich in ihm getäuscht, als sie sieht, daß er der Mann nicht ist, „der fähig ist, auf hundert großen Unternehmungen, wie auf über einander gewälzten Bergen, zu den Wolken hinauf zu steigen", da ist sein Schicksal entschieden. Als er gar durch Eifersucht ihre Pläne zu kreuzen, sie zum Gehorsam zu zwingen Miene macht, da ist in ihrem Innern sein Todesurtheil gesprochen. „Er muß in den Boden, mein Weg geht über ihn hin!" Es ist kein geringeres Ziel als ein Thron, zu dem dieser Weg ihren hochfliegenden Ehrgeiz führen soll. Es ist kein geringerer Mann, den sie jetzt zunächst als Führer auf diesem Wege und zu diesem Ziele sich ausersehen hat, als „Karl, der große treffliche Mann, und Kaiser dereinst!" Sie zweifelt kaum an seiner Gewinnung, denn sie ist sich der Unwiderstehlichkeit ihrer Reize voll bewußt. „Sollte er der Einzige sein unter den Männern, dem der Besitz meiner Gunst nicht schmeichelte!" — Als dieser Plan ihr fehlschlägt, setzt sie den ebenso ehrgeizigen Sickingen an seine Stelle, der, nicht minder wie sie „zu den stolzen Unternehmungen" gemuthet, ihr nach der ersten Liebesnacht das verheißende Wort zuruft: „Du wärst eines Thrones werth!"

Zwar hat der Dichter bei der späteren Bearbeitung, im richtigen Gefühle, mit dieser Verwickelung Sickingen's in die unreinen und verbrecherischen Bande Adelheid's dem Andenken der edelsten historischen Gestalt des deutschen Ritterthums jener Zeiten zu nahe getreten zu sein, diese ganze letzte Episode ausgelassen. Das hindert uns aber nicht, sie richtig zu finden für die Tragödie der ersten Anlage, in welcher nicht der sich in kleinen Raufhändeln zersplitternde getreuherzige Götz, sondern die kühne, konsequent die stolzen und großen Pläne ihres Ehrgeizes verfolgende Adelheid von Walldorf die Heldin war und ist, und bei der dem Dichter bewußt oder unbewußt ein weiblicher Macbeth vorschwebte. Oder erinnert etwa ihr Selbstgespräch nach der Liebesnacht mit dem von ihr gleichfalls dem Tode geweihten Franz nicht an Macbeth?

> „Ich habe mich hoch in's Meer gewagt, und der Sturm fängt an fürchterlich zu brausen. Zurück ist kein Weg. Ich muß eins der Welle Preis geben, um das andere zu retten. Die Leidenschaft dieses Knaben droht meinen Hoffnungen. Könnte er mich in Sickingen's Armen sehn, er, der da glaubt, ich habe Alles in ihm vergessen, weil ich ihm eine Gunst schenkte, in der er sich ganz vergaß? Du mußt fort — Du „„würdest Deinen Vater ermorden““ — Du mußt fort. Er soll. Wenn's nicht fürchterlicher ist zu sterben, als einem dazu zu verhelfen, so thu' ich auch kein Leides. Es war eine Zeit, wo mir graute!“

Erinnert das nicht an Macbeth, der auch „einmal so tief in's Blut gestiegen“,

> „Daß, wollt' ich nun im Wasser stille stehn,
> Rückkehr so schwierig wär', als durch zu gehn,

an Macbeth, der auch „verloren hat den Sinn des Grauens“ und der da weiß, daß „Blut fordert Blut“?

Und diese schönheitstrahlende Verderberin, diese Vermenschlichung des Märchens von der verführerischen Paradiesschlange, dieses buhlerische, kalt berechnende, ehrgeizige, sinnliche Weib, das, von Verbrechen zu Verbrechen halb freiwillig, halb gedrängt schreitend, in Sündenschmach und Tod endet, es ist doch noch immer Weib genug, um menschlich zu erscheinen, um sogar in seiner Weise zu lieben. Adelheid liebt wirklich, liebt mit aller weichen Regung des Gefühls, die ihr noch geblieben ist, den

schönen, jungen, bis zum Wahnsinn ihr hingegebenen Edel=
knaben Franz. Zuerst ist es Mitleid, was sie mit seiner Liebes=
qual empfindet. „Es kostet mich so wenig, ihn glücklich zu
machen!" und — sie macht ihn glücklich! Ihre drei Gespräche
mit Franz sind vielleicht das Wunderbarste, was dem Dichter
in der Schilderung dieses dämonischen weiblichen Charakters
gelungen ist. Man empfindet sich selbst mit ergriffen von dem
todbringenden Zauberhauche, der aus ihrem Munde den Un=
glücklichen berauschend anweht. Es ist keine Lüge, wenn sie
ihm sagt, „daß sie seine Lieb' und Treue fühle". „Ich lieb'
ihn von Herzen!" ruft sie im Selbstgespräche nach der ersten
Unterredung aus, „so wahr und warm hat noch Nie=
mand an mir gehangen!" Wir dürfen es ihr glauben.
Es ist keine Frage: dieses Weib ist das, was sie geworden
ist, auch durch das Schicksal geworden, das ihrer ersten Jugend
die rechte Liebe eines echten Mannes versagte. Man hat sich
ihren ersten Gemahl als einen ganz alltäglichen Dutzend=
menschen zu denken, dem das schöne, aber arme Edelfräulein
für den Kaufpreis seiner reichen Güter, seiner Schlösser und
Burgen verhandelt ward. „So wahr und warm hat noch
Niemand an ihr gehangen", wie dieses feurige junge Blut, das
gleich anfangs nicht blos ihre Schönheit, nein auch „ihr Leben,
ihr Feuer, ihr Muth" entzücken. Die Liebe zu diesem „süßen
Knaben", wie sie ihn nennt, ist die Poesie ihres verbrecherischen
Daseins. Es ist eine wundervolle Scene, eine der wenigen,
die in der dritten, sonst unsäglich schwächeren Bearbeitung für
das Theater, mit welcher der alternde Goethe sich an dem
Werke seiner Jugend versündigte, keine Verschlechterungen sind,
eine wunderbar ergreifende Scene ist es, in welcher Adelheid
dem eben aus ihren Umarmungen entlassenen Lieblinge durch

die unheimlich helle Mondnacht von dem Söller ihres Schlosses nachsieht, wie er den ihr entrissenen weißen Schleier um sein lockiges Haupt zu ihr zurück schwingend, auf seinem Schimmel in's Verderben reitet. Fast möchte sie ihn zurückrufen! „Kann er wohl noch erkennen, wenn ich ihm winke? Er will weiter. Noch zaudert er!" — Aber sie kann nicht mehr zurück auf dem Wege des Verbrechens, und so ruft sie denn mit tiefem Schmerze das letzte: „Fahre hin, süßer Knabe, fahre hin!" dem jetzt für immer ihr verlorenen Lieblinge nach. Ein gleich erschütternder, tief gefühlter Zug ist es, daß in der ersten Bearbeitung, unmittelbar vor ihrer Ermordung durch den ausgesendeten Mörder der heiligen Vehme, der abgeschiedene Geist des treuen Knaben ihr warnend erscheint.

Meister Kaulbach hat eine schwere Aufgabe gewählt, als er die Gestalt dieses Weibes uns darzustellen unternahm; denn das Zusammengesetzte und Gemischte eines Charakters ist von der bildenden Kunst schwer auszudrücken und darzustellen. In der Poesie dagegen ist es der umgekehrte Fall. Darum hat denn auch der bildende Künstler auf diesem Blatte zu vielfachen äußerlichen Hülfsmitteln symbolischer Andeutung seine Zuflucht genommen, — ein Feld, auf welchem er bekanntlich eben so fruchtbar als glücklich sich zu bewegen liebte.

Die Scene ist am Hofe des Bischofs von Bamberg; es ist dieselbe Scene, von der uns Weislingen's Edelknabe Franz im ersten Akte erzählt hat. Ein kühles, hohes, nicht allzu großes Gemach, in das die Strahlen der Spätnachmittagssonne fallen, zeigt uns Adelheid mit dem alten Kurfürsten, dessen Gestalt an Rafael's Portrait Pabst Julius' II. erinnert, beim Schach=spiel, nach der Tafel, von der noch die köstlichen Dessertweine in den kühl gestellten Silberkannen mit in das Spielzimmer herübergenommen worden sind. Adelheid liebt das Schachspiel, diesen „Probirstein des Gehirns", wie sie es nennt. Sind ihr doch auch im Leben selbst die Menschen nur Figuren für die klug berechneten Züge ihres hohen Spiels, Puppen, die sie dahin setzt, wo es ihr dienlich, und die sie wegwirft, wo deren Auf= opferung ihr für ihre ehrgeizigen Zwecke nothwendig oder förder= lich erscheint. Sie hat ihrem Gegner soeben ein letztes „Schach und — Matt" geboten, und genießt nun mit unheimlicher Spielerfreude den Anblick des alten Bischofs, der die Linke bequem auf's Knie gestützt, den mit dem Hauskäppchen be= deckten Kopf weit vor= und zu dem Spielbrette niedergebeugt, noch halb ungläubig und wie verdutzt die rechte Hand über den Figuren schwebend hält, als hoffte er noch einen rettenden Zug thun zu können. Aber es ist Nichts mit dieser Hoffnung, das sehen wir an seiner etwas übellaunig vorgestreckten Unterlippe, mehr und sicherer noch an dem „feinen lauernden Zuge um Mund und Wange" seiner schönen Gegnerin, deren Blick und Haltung des Kopfs und der rechten Hand etwas unsagbar Ironisch= Befriedigtes hat. Es gemahnt an den Blick, den eine schöne bunte Angorakatze auf die vor ihr sich in Todespein windende und krümmende gefangene Maus wirft, die sie zum letztenmale freigelassen hat, ehe sie sie verschlingt. Das würden wir sehen, auch ohne die vom Künstler symbolisch hinzugefügte, vergnügt in sich zusammengezogene und doch sprungbereite Lieblingskatze, die, auf dem schwellenden Polsterkissen des weichen „Lotter= bettes" neben ihrer Herrin ruhend, den Blick derselben wieder= holt. Und diese Adelheid, sie ist wirklich ein „königliches Weib!" Wie sie so halb liegend da sitzt auf dem üppigen Ruhebette, die schlanke herrliche Gestalt, von weicher schwellender Fülle alle Formen, die theils in den reichen Fluthen der hüllenden

Gewandung und durch sie hindurch ihren verführerischen Aus=
druck finden, theils unverhüllt, wie Hals und Busen, sich in
ihrer marmorleuchtenden Schöne „von dem finstern Haare
gehoben" zeigen! Sie ist wie ein Zaubergesang der Sirenen
Homer's, dem selbst der vielerfahrene Held Odysseus, der
liebend heimkehrende Gatte der schönen treuen Penelope, sich
nicht zu widerstehen getraut und sich lieber binden läßt mit
stärksten Banden von den wackern Gefährten „aufrecht unten
am Mastbaum" seines schnellen Schiffes!

Hat sie den greisen Kirchenfürsten ihr gegenüber, auf den die
sinnlichen Reize ihrer verführerischen Schönheit nur noch als
schwaches Wetterleuchten wirken können, gefesselt durch den Zauber
ihrer geselligen Anmuth und ihres klugen und verschlagenen
Geistes, so hat sie dagegen in dem ausschweifenden, cynisch kecken,
an Witz und Geist wie an ränkevoller Gewissenlosigkeit ihr eben=
bürtigen Hofmanne Liebetraut die sinnliche Gluth der Lüsternheit
zur hellen Flamme angefacht. Er kennt sie, wie kein Anderer; er
weiß, wer und was sie ist; er spricht mit ihr und sie mit ihm, wie
mit ihres Gleichen, die freie Sprache des Einverständnisses, und
er ist nicht ganz ohne Hoffnung, gelegentlich dafür belohnt zu
werden. Das sagt sein Lied, das er zur Cither singt:

Mit Pfeil und Bogen
Cupido geflogen,
Die Fackel in Brand,
Wollt muthilich kriegen
Und männilich siegen
Mit stürmender Hand.
Auf! Auf!
An! An!
Die Waffen erklirrten,
Die Flügelein schwirrten,
Die Augen entbrannt.

Da fand er die Busen
Ach leider! so bloß,
Sie nahmen so witzig
Ihn all auf den Schooß.
Er schüttet die Pfeile
Zum Feuer hinein,
Sie herzten und drückten
Und wiegten ihn ein.
Hei eio! Popeio!

Kaulbach's Liebetraut ist aber doch zu sehr Karikatur, um dem Goethe'schen Liebetraut zu entsprechen. Die Lüsternheit, mit der er vorgestreckten Kopfes auf und in die Tiefen des entblößten Busens stiert, auf dessen leise wellendem Gewoge sich die weißen Perlenschnüre wiegen, hat zu viel von einer gewissen Figur des Kaulbach'schen Irrenhauses und zu wenig von dem Ausdruck eines Mephistopheles, dessen Typus hier allein am Orte gewesen wäre.

Desto herrlicher ist dem Künstler dafür die Figur gelungen, welche den entsprechenden Gegensatz zu dem innerlich ausgehölten, übersättigten und doch noch begehrlichen Welt- und Lebemenschen bildet, die Figur des Edelknaben Franz. Die Gestalt dieses von dem Blitzstrahl der ersten Liebesleidenschaft getroffenen Jünglingsknaben ist für mich die schönste auf dem ganzen Bilde. Ein einziger Blick aus den Augen dieser Armida hat sein ganzes Wesen verwandelt, hat ihn „außer sich gebracht". Er ist gekommen, sich von dem Bischofe zu verabschieden. „Als der Bischof endigte und sich neigte, sah sie mich an und sagte: Auch von mir einen Gruß unbekannter Weise! Sag' ihm, er mag ja bald kommen. Es warten neue Freunde; er soll sie nicht verachten, wenn er schon an alten so reich ist. — Ich wollte was antworten, aber der Paß vom Herzen nach der Zunge war versperrt: ich neigte mich. Ich hätte mein Vermögen gegeben, die Spitze ihres kleinen Fingers küssen zu dürfen. Wie ich so stund, warf der Bischof — (warum hat Goethe nicht geschrieben: „warf sie"?!) — einen Bauern herunter, ich fuhr danach und rührte im Aufheben den Saum ihres Kleides, das fuhr mir durch alle Glieder, und ich weiß nicht, wie ich zur Thür hinausgekommen bin!"

Er weiß es nicht, der Glücklich-Unselige. Aber wir wissen es, Meister Kaulbach sagt, zeigt es uns. Er ist bis an die Schwelle der Thür des Gemachs gekommen, aber er konnte nicht weiter, er konnte nicht hinaus! Der Klang ihrer Stimme das „Schach!" das sie gerufen, hat ihn fest gebannt. Er lehnt seine schlanke Gestalt an den ausgeschweiften Pfosten der mit dem schweren Vorhangsteppich bedeckten Thür; aber dieses Lehnen ist kaum ein Lehnen, — wie das Halten kaum ein Halten ist, mit dem er den kleinen Blumenstrauß in seiner Linken umschließt. Das Barett mit der Rechten hinter sich auf dem Rücken haltend, steht er da, ohne zu wissen, daß er steht, ohne Bewußtsein von sich selbst nur von einem Einzigen erfüllt, „das Herz ganz voll einer einzigen Empfindung," das reine vollkommne Bild der Verzückung: „alle Sinne stärker, höher, vollkommner und doch der Gebrauch von keinem!" Auch sein brennender halbirrer Blick ist auf das schöne Weib, auf den weißen Busen gerichtet, aber mit wie unendlich anderm Ausdrucke, als der Blick des gemein sinnlichen Citherspielers Liebetraut! Ja, man kann eigentlich sagen: er sieht gar nicht und Nichts; sein starrendes Sehen ist nur der Ausdruck, daß hier „der Vorhof des Himmels" ist, und daß er — fort soll von dem „Engel in Weibesgestalt", der diesen Raum zum Paradiese macht. Schöner, sprechender ist die erste sinnlich übersinnliche

Jugendleidenschaft in ihrem starren schaudernden Entzücken, für das „draußen der Tod ist", kaum jemals von Künstlerhand geschildert worden!

Da erbarmt sich seiner der gutmüthige Abt, das „Weinfaß von Fulda". Er faßt den liebestrunken in sich Versunkenen sanft beim Arme, während der wie zum Schlürfen edlen Weins geöffnete Mund zu sagen scheint: Komm, guter Knabe, der Trunk hier ist für Dich zu stark! — und führt ihn hinaus und hinweg von der verlockenden, verzaubernden Nähe. Es ist wohl nicht der erste, dem er solchen Warnungsdienst leistet. Denn ist er selbst auch über die Jahre des Sündenfalles und des hier in Frage kommenden Gebotes der zehn „Du sollst nicht!" des alttestamentlichen Gesetzgebers hinweg, dessen steinerne Gestalt so dräuend über dem lockigen Haupte des armen Edelknaben steht, so wissen wir doch, daß er auf diese Gebote hält und daß er ihre Befolgung in der Nähe dieser Zauberin für die Jugend schwer finden mag.

Werfen wir noch einen letzten Blick auf die äußern Umgebungen der besprochenen Figuren dieses trefflichen Bildes, in welchem der Künstler wieder einmal die darzustellende Hauptfigur recht im Mittelpunkte ihres Wesens gefaßt und zur Erscheinung gebracht hat.

Daß die kostbar verzierten Bücher, die zu Füßen des alten lockeren Kirchenfürsten neben seinem rothsammtenen Sessel in traulicher Nähe bei den silbernen Weinkrügen am Boden liegen, keine heiligen, keine Gebetbücher sind, darauf möchten wir schwören dürfen, trotzdem daß der Schalk Kaulbach dem einen derselben das allbekannte Münchener Wahrzeichen auf den spangengeschmückten Deckel gezeichnet hat. Weit eher sind es noch Bücher mit Liedern, wie Freund Liebetrant eins derselben

singt, oder auch schöne „Historien" Boccazi'scher und Petronius'-
scher Art, ausgestattet mit farbenglühenden Miniaturen und
Bildern, die dem Inhalte entsprechen. Vielleicht hat man
daraus gelesen, ehe das Schachspiel begann; oder vielleicht
wird Liebetraut nach Beendigung desselben zur Beförderung
heiterer Verdauungsstimmung daraus vorlesen, da doch ein
Gast wie Ehren Olearius, dessen Anwesenheit dabei hindern
könnte, diesmal nicht vorhanden ist, und der junge Edelknabe
sich soeben verabschiedet hat.

Aber hart neben dem Scherze steht, wie Kaulbach es liebt
und die Sache es forderte, der finstere Ernst, dessen Mene
Tekel Upharsin auf den zwei großen Freskobildern dräuend
von der Wand herunterblickt auf die Scene der verführerischen
Lust. Da sehen wir rechts unter dem von der Schlange um-
wundenen Paradiesbaume die schöne nackte Eva ihrem Gefährten schmeichelnd die verbotene Frucht der Sünde reichen,
während auf dem andern Bilde, zur Linken des ersten, wo der
Engel das sündige Paar mit dem Flammenschwerte aus dem
Paradiese treibt und der grinsende Tod geigend vor den Aus-
gestoßenen hertanzt, die furchtbaren Worte der Schrift verkörpert sind:

Wenn die Lust empfangen hat, gebieret sie die Sünde,
Die Sünde aber gebieret den Tod.

IV.

Dorothea.

Goethe's Werther-Dichtung ist die Poesie der Krankheit, und zwar der unheilbaren Krankheit mit tödtlichem Ausgange. Sein Hermann und Dorothea dagegen ist die Poesie der Gesundheit selbst, die Poesie des einfach menschlichen Lebensgefühls und seines durch und durch gesunden Kerngehalts. Darum wirkte denn auch gerade dieses Gedicht gleich bei seinem ersten Erscheinen so voll und durchaus erfreulich auf alle Welt, auf die Menschen der verschiedensten Alter und Stände, Bildung und Lebensanschauung, und übt diese rein erfreuende Wirkung noch heute in ganz gleichem Maaße auf alle Leser aus, während Werther und seine „Leiden" bereits der Grundstimmung eines großen, ja des größten Theils der heute lebenden Menschen, zumal der Jugend, fast fremd geworden sind.

Das ist natürlich. Der Werther, soviel Bleibendes auch in ihm enthalten ist, wurzelt doch so tief mit seinem innersten Gehalt in einer Zeitstimmung, deren krankhafte Weichheit und Empfindungsüberschwenglichkeit eben darum von jener Dichtung so überwältigend ergriffen wurde, weil sie in derselben ihr verklärtes Spiegelbild erblickte:

„Jeder Jüngling sehnt sich so zu lieben;
Jedes Mädchen so geliebt zu sein!"

Das ist anders geworden seitdem, schon lange anders. Die gesunde Empfindung selbst der damaligen Zeit, Lessing an ihrer Spitze, sträubte sich gegen diese Verherrlichung der Ungesundheit, und Lessing hatte Recht, bei aller hohen Anerkennung der künstlerischen Meisterschaft, die der jugendliche Dichter in diesem wunderbaren Seelengemälde bewiesen, gegen „solche kleingroße, verächtlich schätzbare Originale" wie der Held dieser Dichtung, laute Verwahrung zu erheben*).

Anders ist es mit Hermann und Dorothea. Dies Gedicht würde Lessing wie kein anderes entzückt haben, weil es in dem einfachsten und gesundesten Urgefühle der Menschheit seine starken Wurzeln hat. Goethe selbst gestand noch fast ein Menschenalter nach Abfassung des 1796—1797 entstandenen Gedichts, daß: „Gegenstand und Ausführung ihn dergestalt durchdrungen hätten, daß er es niemals ohne große Rührung vorlesen könne, wie denn auch dieselbe Wirkung ihm seit so vielen Jahren immer geblieben sei". Und diese Wirkung wird bleiben für alle Zeiten und Menschen, wie die Wirkung Homer's, weil die Motive, welche dieselbe hervorbringen, die Motive: Heimat und Vaterland, Bürgersinn und Bürgertugend, Familie, Eltern- und Kindesliebe, Liebe endlich der Geschlechter auf das reine Glück der Ehe gerichtet, keiner bestimmten Zeit und keinem bestimmten Volke, sondern der Menschheit überhaupt angehören; weil diese Motive dieselben sind, welche der Odyssee noch heute nach dreitausend Jahren ihre sittliche und gemüthliche Wirkung verleihen. Dahin ist es denn auch zu verstehen, wenn Goethe

---

*) Vgl. Lessing's Leben und Werke von Adolph Stahr, 8. Aufl. Th. II, S. 134 ff.

selbst den Gegenstand als „äußerst glücklich", als einen Stoff
bezeichnete, wie ihn ein Dichter in seinem Leben nicht
zweimal finde. „Denn die Gegenstände zu großen Kunst=
werken werden", wie er hinzusetzt, „seltener gefunden als man
denkt, deswegen denn auch die Alten beständig sich in einem
gewissen Kreise bewegen", eine Bemerkung, die beiläufig gesagt,
der Vater der Aesthetik Aristoteles schon zweitausend Jahre
vor Goethe in seiner Poetik (Kap. XIII, § 5; XIV, § 10)
ausgesprochen hat.

Schöner als irgend ein anderer es vermöchte, hat der Dichter
selbst den wesentlichen Gehalt seiner Dichtung zusammengefaßt
in die wenigen Verse der Elegie, welche er als Vorspiel der=
selben dichtete und seinem Schiller sandte, auf dessen Herz
sie, wie derselbe dem Freunde zurückschrieb, einen „eignen,
tiefen, rührenden Eindruck machte, der keines Lesers Herz,
wenn er eins habe, verfehlen könne". Die Verse lauten:

„Darum höret das neueste Lied! Noch einmal getrunken!
   Euch besteche der Wein, Freundschaft und Liebe das Ohr.
Deutsche selber führ' ich Euch zu in die stillere Wohnung,
   Wo sich, nach der Natur, menschlich der Mensch noch erzieht, —
Auch die traurigen Bilder der Zeit, sie führ' ich vorüber:
   Aber es siege der Muth in dem gesunden Geschlecht."

Es ist das gesunde, inmitten der Krankheit und Verderbniß
der höheren Stände noch in seinem innersten Kerne gesunde
und tüchtige, wahr und menschlich empfindende, der Natur
noch nahe gebliebene muthige Geschlecht des deutschen Volks,
dessen tapferer Arm und muthiger Sinn letzlich gut machten,
was die Vornehmen und Großen verschuldet, und das Vaterland
erretteten, wie sie es wieder erretten werden, wenn die Zeit erfüllet
und das Maaß der Sünden voll sein wird, es ist das Volk,

welches Goethe in diesem herrlichen Gedichte wie keiner mehr gefeiert und in den zwei Vertretern seiner Tugenden geschildert hat. Sein Hermann und Dorothea sind der reinste und edelste Ausdruck der in seines Herzens Tiefen lebendigen Liebe zu dem Volke, und der Hoffnung, die er auf dasselbe setzte. Ja er liebte das Volk, weil er es kannte. Von einem seiner Geschäftsritte durch das Land schreibt dieser Minister einmal seiner hochgeborenen Geliebten, der er so oft seinen Widerwillen gegen das „Hofadelsgeschmeiß" auf's Brod gegeben: „Wie sehr ich wieder auf diesem Zuge Liebe zu der Klasse von Menschen gekriegt habe, die man die n i e d e r e nennt, die aber gewiß für Gott die h ö ch ste ist! Da sind doch alle Tugenden beisammen: Beschränktheit, Genügsamkeit, gerader Sinn, Treue, Freude über das leidlichste Gute, Harmlosigkeit, Dulden Dulden — Dulden in un — un — — ich will mich nicht in Ausrufungen verlieren!" „In unerträglichem Drucke" wollte er sagen. Aber zehn Jahre später, in seinem Hermann und Dorothea setzte er an die Stelle der Geduld den kühnen zum Schwerte greifenden Muth, der denn auch, so hoffen wir, die Einheit der Nation erzwingen wird, weil er fühlt, daß sie nothwendig ist für die Errettung des Vaterlandes!

D o r o t h e a ist der Typus eines deutschen Mädchens aus dem Volke, in seiner gesunden, durch keinen Zwiespalt überreizter Leidenschaft getrübten oder gebrochenen Natur. Während man bei der L o t t e des Werther immer durchfühlt, daß man es mit einem Mädchen des bürgerlichen Mittelstandes, mit einer Tochter des über dem so genannten „niederen Volke" stehenden mittleren Beamtenstandes zu thun hat, — man denke nur an ihr Verhalten gegenüber dem aus Liebe zu ihr wahnsinnig gewordenen Schreiber ihres Vaters, — haben wir in D o r o t h e a das echte

Kind des Volkes vor uns: ein Mädchen, dem es keine Schande dünkt, als dienende Magd mit ihrer Hände Arbeit im Hause eines wohlhabenden Bürgers ihr Brod zu erwerben. Diese ehrwürdige Klasse des Volks, auf deren lange nicht genug geschätzter Hingebung letztlich doch das ganze behagliche Leben aller höheren Stände ruht, hat der größte deutsche Dichter in seiner Dorothea verherrlicht und in ihrer Gestalt zu erhabener Schönheit verklärt! Das sollten diejenigen nimmer vergessen, die dem Dichter von Hermann und Dorothea noch immer den ungerechten Vorwurf anhängen: daß er für das Volk kein Herz gehabt. In drei seiner schönsten Frauengestalten hat Goethe das Mädchen des Volkes ausgeprägt und in jeder anders individualisirt. Das Gretchen des von Begierde zum Genusse taumelnden und im Genusse nach Begierde schmachtenden Faust, das Clärchen des glänzenden, liebenswürdig leichtsinnigen Aristokraten Egmont, sie sind, wie diese Dorothea seines Hermann, Kinder des Volks, alle gleich an Naturreinheit, kindlicher Herzenseinfalt und Seelenschönheit, aber dennoch wie ganz verschieden vom Dichter ausgestaltet! Dies Gretchen, das ein furchtbares Schicksal mit dem unseligsten der Menschen zusammenführt, dies duftige Veilchen, dessen friedlich stilles Daseinsglück der „von Fels zu Felsen brausende Wassersturz" der Leidenschaft des „Flüchtlings", des Unbehausten vernichtet, ist es nicht gleichsam eins jener deutschen Volkslieder mit traurigem herzzerreißendem Ausgange, die uns so tief in das Gemüth dringen, wie keins der schönsten Lieder, welche die Kulturpoesie gedichtet hat! Gegenüber diesem Gretchen, die „mit kindlich dumpfen Sinnen im Hüttchen auf dem kleinen Alpenfeld" weilt, gegenüber diesem Kinde des Volks, deren ganzes „häusliches Beginnen umfangen ist in ihrer kleinen Welt", erscheint dagegen Egmont's Clärchen in dem Pathos ihrer begeisterten, gleich einer Jungfrau von Orleans zur äußeren That schreitenden Hingebung an die Liebesleidenschaft, — mit der doch der große Herr nur ein anmuthiges Spiel treibt, bestimmt als ein „freundliches Mittel", die sinnenden Runzeln von der Stirn wegzubaden", — als die verkörperte Volkstragödie. Dorothea aber, die ihr glücklicheres Schicksal und ihres eignen Herzens Zug einem Gleichen gesellt, der sie in Wahrheit als eine himmlische „Gottesgabe" an sein Herz nimmt, — sie ist in ihrer Einfachheit und Ruhe, in ihrer Tüchtigkeit und ihrer maaßvollen Empfindung selbst dem Volksepos vergleichbar, zu dessen Heldin sie der Dichter gemacht hat.

Suchen wir jetzt in der Dichtung die einzelnen Züge auf, aus denen sich ihr Bild uns auferbauen mag. Die Zeit, in welcher das Gedicht spielt, ist bekanntlich dasselbe Jahr, in welchem es entstand, das Jahr 1796, und die gewaltsamen Umwälzungen jener Zeit bilden den großartigen, geschichtlichen Hintergrund, gegen welchen sich das idyllische Epos mit seinen einfachen Begebenheiten abhebt, die der Umfang weniger Stunden, von der Mitte eines heißen Sommertages bis zu dem nächtlichen Gewitter, umschließt. Dorothea ist eine Waise, sie hat anfangs Unterkommen und Schutz gefunden bei einer wohlhabenden, ihr verwandten Familie, der sie „aus Liebe mehr als aus Verwandtschaft" gedient hat. Diese Familie hat sie auf der Flucht vor den übermüthigen fränkischen Feindeshorden begleitet, und auf dieser Flucht, bei der sie selbst das Wenige, was sie besaß, verloren, geschieht es, daß Hermann ihr begegnet. Gleich ihr erstes Auftreten zeigt sie uns in der ganzen kernigen Tüchtigkeit ihrer Natur. Lassen wir Hermann erzählen, wie er sie zuerst erblickt hat.

Von der Mutter mit Gaben der Liebe für die „armen Vertriebenen" abgesendet, so erzählt er, —

> „Fiel mir ein Wagen in's Auge, von tüchtigen Bäumen gefüget.
> Von zwei Ochsen gezogen, den größten und stärksten des Auslands,
> Nebenher aber ging, mit starken Schritten, ein Mädchen,
> Lenkte mit langem Stabe die beiden gewaltigen Thiere,
> Trieb sie an und hielt sie zurück, sie leitete klüglich.
> Als mich das Mädchen erblickte, so trat sie den Pferden gelassen
> Näher, und sagte zu mir: Nicht immer war es mit uns so
> Jammervoll, als Ihr uns heut auf diesen Wegen erblicket,
> Noch nicht bin ich gewohnt, vom Fremden die Gabe zu heischen,
> Die er oft ungern giebt, um los zu werden den Armen.
> Aber mich dränget die Noth, zu reden!"

Und so bittet sie denn der Noth sich fügend für das
Neugeborne ihrer Herrin, der Frau des einst reichen Besitzers,
daß der eben Entbundenen „nackend im Arme liegt", um
etwas Entbehrliches von Leinwand als gütige Spende.

Hermann, den der erste Anblick Dorothea's in's Herz getroffen, fühlt sich glücklich, ihr das Gewünschte reichen zu können,
das sie mit freudig dankenden Worten entgegennimmt:

> „Und sie dankte mit Freuden und rief: Der Glückliche glaubt nicht,
> Daß noch Wunder geschehen, denn nur im Elend erkennt man
> Gottes Hand und Finger, der gute Menschen zum Guten
> Leitet. Was Er durch Euch an uns thut, thu' er Euch selber!"

Mit seiner Kunst hat der Dichter in die kurze Schilderung
dieser Scene des ersten Begegnens eine Fülle von charakteristischen
Zügen zu dem Bilde Dorothea's zusammenzudrängen gewußt.
Zwar giebt er hier noch keine Beschreibung ihrer äußeren Erscheinung —, die er auf eine wirksamere Stelle verspart, — aber
wir sehen doch gleich hier schon eine kräftige Gestalt vor uns,
die mit „starken Schritten" neben dem Wagen herschreitend die

gewaltigen Thiere „klüglich" zu leiten weiß. „Gelassen" tritt sie den Fremdling an; ohne falsche Scham und mit edlem Selbstgefühl bittet sie, die „noch nicht gewohnt ist, von Fremden die Gabe zu heischen", nicht für sich, sondern für ihre Frau, um die Hülfe, welche hier Noth thut. Wohl erwähnt sie, daß es die Frau eines „reichen Besitzers" ist, die „hier auf dem Stroh" liegend, kaum das Leben gerettet; aber sie enthält sich jeder weiteren Klage, und während in den vorangezogenen Gruppen der Auswanderer lautes Jammergeschrei und besinnungslose Verwirrung herrschten, sehen wir in dieser von Dorothea geleiteten letzten Gruppe Ordnung und besonnene Ruhe walten. Mit offener Herzlichkeit nimmt sie die gereichte Gabe entgegen, und weiß sofort die gute Seite allen Unglücks hervorzuheben, indem sie es sinnig ausspricht, daß der Mensch nur im Unglück „Gottes Finger und Hand erkenne". Aber nicht länger, als unumgänglich nöthig, verweilt sie sich bei diesem Begegnen. Vorausdenkend an Alles treibt sie die Ihrigen zur Eile, damit man das Dorf noch erreiche, in welchem:

> „Unsre Gemeinde schon rastet und diese Nacht durch sich aufhält,
> Dort besorg' ich sogleich das Kinderzeug alles und jedes."

Noch einmal grüßt sie herzlich dankend, und setzt dann sogleich wieder ihre Thiere in Bewegung.

Ein solches Auftreten erklärt denn auch den Eindruck der Tüchtigkeit, Umsicht und Verläßlichkeit, welchen Dorothea sofort auf den zurückbleibenden Hermann macht, und der sich in dem Entschlusse kund giebt, die Vertheilung aller der Gaben, welche ihm die Mutter für die Vertriebenen mitgegeben, in ihre Hand zu legen. Er thut es, und sie verspricht ihm, „mit aller Treue" die Gaben zu verwenden, daß nur der Bedürftige sich derselben erfreuen solle. Besonnen, selbstlos, tüchtig, frommen Sinnes, von tapferem Muthe und kluger Umsicht ist diese Jungfrau ganz geeignet, auf das gleichgesinnte Gemüth des Jünglings den tiefsten Eindruck zu machen, und wie ein Blitz zuckt durch die Seele des lange von den Eltern vergeblich zur Ehe ermunterten jungen Mannes der Gedanke: Diese oder Keine!

Wen der Strahl der ersten reinen Liebe berührt hat, der ist gezeichnet mit einem göttlichen Scheine vor den Menschen. Und so bemerken denn alle im Vaterhause Versammelten, daß der zurückkehrende Hermann ein anderer geworden in den kurzen Stunden seiner Abwesenheit. Zuerst der Pfarrer, der, ihn anschauend „mit dem Auge des Forschers, der leicht die Mienen enträthselt", ihm traulich lächelnd entgegenruft:

„Kommt Ihr doch als ein veränderter Mensch! Ich habe
noch niemals
Euch so munter gesehen, und Euere Blicke so lebhaft."

Doch er irrt sich, der würdige Prediger, wenn er meint, es sei die Freude über die verübten Gutthaten, welche auf dem Gesichte des Jünglings leuchte. Auch der Vater erfreut sich an der plötzlichen Beredheit des sonst so wortkargen Sohnes, der dem egoistischen Apotheker gegenüber so lebhaft die Schließung einer Ehe in Zeiten der Gefahr und Drangsal vertheidigt, und er verbirgt sein Erstaunen nicht über solche Veränderung:

„Wie ist, o Sohn, Dir die Zunge gelöst, die schon Dir im Munde
Lange Jahre gestockt, und nur sich dürftig bewegte!"

Aber am schärfsten sieht doch das Auge der Mutter. Sie allein hat gleich auf den ersten Blick erkannt, daß das Herz ihres Sohnes gewählt habe:

„Soll ich Dir sagen, mein Sohn, so hast Du, glaub' ich, gewählet.
Denn Dein Herz ist getroffen und mehr als gewöhnlich empfindlich.
Sag' es grad' nur heraus, denn mir schon sagt es die Seele:
Jenes Mädchen ist's, das vertriebene, das Du gewählt hast".

In dieser bedeutsamen Weise setzt sich die Wirkung von
Dorothea's erstem Erscheinen gesteigert fort bei allen Personen
der Handlung. Und jetzt erst erfahren wir Näheres auch über
das Aeußere ihrer Erscheinung, das sich dem von Liebe erfaßten
Jünglinge beim ersten Schauen tief eingeprägt hat. Hermann,
der sich entschlossen hat, durch den Pfarrer und Apotheker Kunde
einzuziehen, „ob das Mädchen der Hand auch werth sei, die
er ihm biete", obschon er selber dessen im Innersten sicher
und gewiß zu sein erklärt, — theilt Beiden die äußern Zeichen
mit, an denen sie leicht das Mädchen erkennen mögen:

„Denn wohl schwerlich ist an Bildung ihr Eine vergleichbar.
Aber ich geb' Euch noch die Zeichen der reinlichen Kleider:
Denn der rothe Latz erhebt den gewölbten Busen,
Schön geschnürt, und es liegt das schwarze Mieder ihr knapp an;
Sauber hat sie den Saum des Hemdes zur Krause gefaltet,
Die ihr das Kinn umgiebt, das runde, mit reinlicher Anmuth.
Frei und heiter zeigt sich des Kopfes zierliches Eirund:
Stark sind vielmal die Zöpfe um silberne Nadeln gewickelt:
Vielgefaltet und blau fängt unter dem Latze der Rock an,
Und umschlägt ihr im Geh'n die wohlgebildeten Knöchel."

Und so erkennen denn auch die abgesandten Freunde so=
gleich die Jungfrau wieder, die sie beschäftigt finden, das Neu=
geborne ihrer Herrin zu wickeln, und der Pfarrer gesteht bei
dem Anblick ihrer herrlichen Gestalt und Bildung, „es sei kein
Wunder, daß sie den Jüngling entzücke, da sie vor dem Blicke
des Erfahrnen die Probe halte". Sicher sei hier dem Jüngling
ein Mädchen gefunden, das ihm „die künftigen Lebenstage

herrlich zu erheitern" und „treu mit weiblicher Kraft ihm beizustehen vermöge", denn:

„So ein vollkommener Körper verwahret gewiß auch die Seele
Rein, und die rüstige Jugend verspricht ein glückliches Alter."

Der in äußerer Schilderung so sparsame Dichter vollendet dann noch das Bild der äußerlichen Erscheinung durch wenige Pinselstriche: durch den offenen Blick des schwarzen Auges, dem der liebende Jüngling, — sollt' er die Geliebte auch „zum letztenmale sehen", — noch einmal begegnen, durch die „Brust und herrlichen Schultern", die er, — und sollt' er sie auch nie an sein Herz drücken, — noch einmal sehen möchte: durch den „lieblichen Mund":

— „von dem ein Kuß und das Ja mich
Glücklich auf ewig macht, das Nein mich auf ewig zerstöret!"

und endlich durch „die hohe Gestalt des Mädchens", deren rüstig starker Wuchs fast gleich der Bildung des Jünglings, beim Eintreten des herrlichen Paares die Eltern mit Staunen erfüllt:

„Ueber die Bildung der Braut, des Bräutigams Bildung vergleichbar;
Ja es schien die Thüre zu klein, die hohen Gestalten
Einzulassen, die nun zusammen betraten die Schwelle."

Kehren wir jetzt vom Aeußern zurück zu dem Innern. Hermann hat sich nicht getäuscht in ihr, zu der er gleich nach der ersten Begegnung „das größte Vertrauen hegt, das irgend ein Mensch nur je zu einem Weibe gehegt hat". Dieses Weib ist Fleisch von seinem Fleisch und Blut von seinem Blut. Die „rüstig geborne" Jungfrau, die eben „so stark wie gut", ist ganz sein Ebenbild. Der Richter erzählt den Freunden Hermann's, wie dieselbe Maid, die sie so eben ganz der liebevollen Wartung des zarten Säuglings hingegeben sahen, in der Zeit höchster Gefahr und Noth ihre eigene und der ihr anvertrauten halberwachsenen Mädchen Ehre und Leben, hochherzigen Muthes mit dem Schwerte in der starken Hand gegen die Angriffe marodirenden Gesindels siegreich vertheidigt habe. Ueberzarte Seelen haben in diesem Zuge etwas „Unweibliches" gefunden; den gesunden Sinn gemahnt derselbe dagegen an die heldischen Frauengestalten aus dem Alterthume unseres Volkes, aus dessen Mitte auch in unseren Tagen noch ähnliche Heldinnen, wie Eleonore Prohaska und andere tapfere Streiterinnen des glor=reichen Befreiungskrieges hervorgegangen sind. Mit muthiger Ergebung hat sie im „stillen Gemüth" den Verlust ihres ersten Bräutigams getragen, dessen Ring noch jetzt ihren Finger schmückt. Daß Dorothea den „nach edler Freiheit strebenden" Verlobten hinziehen ließ nach Paris, wo er, „wie zu Hause, Willkür und Ränke bestritt" und dafür bald „den schrecklichen Tod starb", zeigt uns das herrliche Mädchen in einem noch höheren Lichte. Es lehrt uns, daß sie selbst in ihrer gesunden Natur und ihrem „hellen Verstande" ein Herz hat für die erhabenen weltumwälzenden neuen Gedanken der Freiheit und der Menschenrechte, obschon dieselben ihr den Verlobten von der Seite und in den Tod rissen. Das ist ein tiefer, lange nicht genug beachteter Zug in Dorothea's Wesen, der dieses Mädchen des Volkes hoch emporhebt aus ihrer niedern Lebenssphäre, und sie verbindet mit den idealen Interessen der Menschheit. —

Solch' ein Mädchen, das ist der Eindruck, den die bisherige Schilderung Dorothea's auf uns macht, ist wie geschaffen zur Gattin eines Mannes wie Hermann, in welchem der Dichter alle die einfachsten Tugenden des echten deutschen Wesens ver=einigt, und dem er eben darum auch typisch deutschen Namen verliehen hat. Und wie Hermann auf den ersten Blick erkannt hat, daß ihm hier das Weib nach seinem Herzen gefunden sei, so hat sein Begegnen auch in Dorothea's Brust sofort ein ähnliches Gefühl wach gerufen. Aber während der Mann sich ganz seinem Gefühle hingiebt und handelnd die ersten Schritte thut, die Erfüllung seiner Wünsche zu sichern, drängt die Jungfrau bescheiden ihr Empfinden zurück, und gewährt ihm nur Ausdruck bei der zweiten Begegnung am Brunnen durch die freundliche Anrede, mit der sie ihm sagt:

> — „so ist mir schon hier der Weg zum Brunnen belohnt,
> Da ich finde den Guten, der uns so vieles gereicht hat."

Doch ist ihm, so „still und getrost" er sich auch fühlet, hier noch nicht möglich, „ihr von Liebe zu sprechen": denn auch hier bewahrt sie gegenüber seinem vollen Herzen die ruhigere Fassung:

> — „ihr Auge blickte nicht Liebe,
> Sondern hellen Verstand, und gebot, verständig zu reden."

Und so thut er denn auch, indem er ihr den Vorschlag macht, als Dienerin einzutreten in das Haus seiner Eltern. Dorothea geht ohne langes Besinnen auf den ihr gebotenen Antrag ein. Ihre Pflicht gegen die Verwandten ist erfüllt, und willig folgt sie der Aufforderung, in der ihr frommes Herz einen „Ruf des Schicksals" erkennt. Hermann hat das Wort der Dienstbarkeit um Lohn auszusprechen vermieden, das ihm selbst zum Scheine ihr gegenüber nicht über die Lippen will. Sie aber kennt nichts von solcher falschen Scham:

> „Scheuet Euch nicht, so sagte sie drauf, das Weit're zu sprechen:
> Ihr beleidigt mich nicht, ich hab' es dankbar empfunden.
> Sagt es nur grade heraus; mich kann das Wort nicht erschrecken:
> Dingen möchtet Ihr mich als Magd für Vater und Mutter, — —
> Und ihr glaubt an mir ein tüchtiges Mädchen zu finden,
> Zu der Arbeit geschickt, und nicht von rohem Gemüthe."

Sie hat die Zuversicht, dies sein und leisten zu können, und spricht diese Zuversicht mit ruhigem Selbstgefühle aus; und obschon sie bisher noch nicht um Lohn als Magd gedient hat, so dünkt es ihr doch in ihrer jetzigen Lage und in Zeiten wie diese, keine Schande: „sich im Hause des würdigen Mannes dienend zu ernähren", und gerne will sie es thun. Denn „dienen", sie weiß es und sagt es in jener herrlichen Stelle des siebenten Gesanges, ist „die Bestimmung des Weibes", durch die sie „allein zu der verdienten Gewalt gelangt, die doch ihr im Hause gehört". So nimmt sie Abschied von den Ihrigen, mit den Segenswünschen aller begleitet, und der alte Richter wünscht Hermann Glück zu der Wahl solcher Dienerin mit den Worten:

— „Ihr habt ein Mädchen erwählet,
Euch zu dienen im Haus und Euern Eltern, das brav ist!
Haltet sie wohl! Ihr werdet, so lang sie der Wirthschaft sich annimmt,
Nicht die Schwester vermissen, noch Eure Eltern die Tochter."

Und so zieht es hin, das schöne Paar, „der sinkenden Sonne entgegen", umstrahlt von der ahnungsvollen Beleuchtung" der gewitterdrohenden Wolken. Das Erste aber, wonach auf diesem Gange das Mädchen sich erkundigt, bezeugt auf's Neue ihren feinen und klugen Sinn. Sie will die Eigenheiten und die Sinnesart derjenigen kennen lernen, denen sie dienen soll, um zu wissen, wie sie Vater und Mutter gewinne; und Hermann giebt ihr getreulich Auskunft. Doch als sie ihn selber um das Gleiche in Beziehung auf ihn befragt, da bricht das erste Grün der reichen in seinem Herzen keimenden Liebessaat hervor in der Antwort:

„Laß Dein Herz Dir es sagen, und folg' ihm frei nur in Allem!" und diese Worte finden ihren leisen Wiederklang in dem Herzen der Jungfrau, der sich kund giebt in dem süßen Gefühle, das

der volle Schein des Mondes, der herrlich vom Himmel nieder=
glänzt, in ihr hervorruft, als sie schweigend und still unter dem
Birnbaum auf der Höhe des Weinbergs bei einander sitzen:

— „wie fiud' ich des Mondes
Herrlichen Schein so füß! er ist gleich der Klarheit des Tages.‟

Aber immer noch hat ihre gerade, treuherzige Natur keine
Ahnung von dem, was Hermann's Innerstes bewegt, noch
immer hält sie den Antrag des Dienstes bei seinen Eltern für
volle Wahrheit; und erst als beim Eintritt in das Haus der
Eltern des Vaters Wort, das sie für Spott nimmt, ihr das
eigne Innere erschließt, erst da, als sie ihr geheimstes
Wünschen als hoffnungslose Thorheit erkennen und bekennen
zu müssen glaubt, erst in diesem Augenblicke, wo der Ent=
schluß bei ihr fest steht, das Haus, das sie kaum betreten,
auf ewig zu verlassen, bricht aus der Tiefe ihres keuschen
Herzens das Geständniß ihrer eignen Liebe hervor. Da erst
„zeigen sich ihre Gefühle‟ in aller ihrer Macht:

— „es hob sich die Brust, aus der ein Seufzer hervordrang‟,

und „mit heißvergossenen Thränen‟ gesteht sie:

„Ja des Vaters Spott hat tief mich getroffen: nicht weil ich
Stolz und empfindlich bin, wie es wohl der Magd nicht geziemet,
Sondern weil mir fürwahr im Herzen die Neigung sich regte
Gegen den Jüngling, der heute mir als ein Erretter erschienen.
Denn als er erst auf der Straße mich ließ, so war er mir immer
Ju Gedanken geblieben; ich dachte des glücklichen Mädchens,
Das er vielleicht schon als Braut im Herzen möchte bewahren.‟

Sie gesteht, daß sein Wiedersehen am Brunnen ihr ge=
wesen, „als sei ihr der Himmlischen einer erschienen‟; daß
sie ihm gerne als Magd gefolgt sei, weil es ihr das Herz

entzückt habe, bei dem „still Geliebten“ als treue unentbehr=
liche Dienerin zu wohnen. Doch jetzt, wo sie die Gefahr für
ihr Herz erkannt hat, wo sie fühlt:

> — „wie weit ein armes Mädchen entfernt ist
> Von dem reichen Jüngling, und wenn sie die tüchtigste wäre“ —

jetzt, wo sie empfindet, daß sie nicht fähig sein werde, die heim=
lichen Schmerzen zu ertragen, wenn er dereinst die gewählte
Braut zum Hause geführt brächte, jetzt, nach diesem freien
Bekenntnisse ihrer „Neigung“ und ihrer „thörichten Hoffnung“,
kann und soll Nichts länger sie im Hause halten:

> „Nicht die Nacht, die breit sich bedeckt mit sinkenden Wolken,
> Nicht der rollende Donner (ich hör' ihn) soll mich verhindern,
> Nicht des Regens Guß, der draußen gewaltsam herabschlägt,
> Noch der sausende Sturm, — das hab' ich Alles ertragen
> Auf der traurigen Flucht und nah dem verfolgenden Feinde. —
> Und ich gehe nun wieder hinaus, wie ich lange gewohnt bin,
> Von dem Strudel der Zeit ergriffen, von allen zu scheiden.
> Lebet wohl! ich bleibe nicht länger! es ist nun geschehen.“

Aber wie das Gewitter draußen in der Natur sich in
triefendem Segen auf die dürstende Erde entladet, also endet
auch das Gewitter in den Herzen der Menschen mit der Fülle
des Glücks und der Liebe. Die Verwirrung löst sich, das
Mißverständniß klärt sich auf:

> „Und es schaute das Mädchen mit tiefer Rührung zum Jüngling
> Auf und vermied nicht Umarmung und Kuß, den Gipfel der Freude,
> Wenn sie den Liebenden sind die langersehnte Versicherung
> Künftigen Glücks im Leben, das nun ein unendliches scheinet.“

———————

Kaulbach's Griffel zeigt uns die Liebenden in der dieser letzten Scene vorhergehenden Situation, welche der Schluß des achten Buches so entzückend schildert. Sie sind im Niedersteigen von dem Weinberge begriffen, nach der kurzen Rast auf der Bank unter dem Birnbaum, den wir auf der Höhe gewahren. Das Gewitter ist im Anzuge. Ein kurzer heftiger Sturmstoß beugt die starken Kronen der Bäume und wirst das gelbende Kornfeld, an dem sie vorüberschreiten, in wallenden Wogen zur Seite:

„Und so leitet er sie die vielen Platten hinunter, —
Sorglich stützte der Starke das Mädchen, das über ihn herhing."

Dies ist der von dem Künstler gewählte Moment. Er hat dabei zugleich einen andern, in der Dichtung vorhergehenden, mit seiner Darstellung verbunden, den Moment nämlich, wo sie „das Fenster am Giebel", das Fenster „seines Zimmers im Dache" im Glanze des Mondes erblickt hat, auf das er zeigend mit anmuthigem Doppelsinne hinzusetzt, „daß dies Zimmer nun vielleicht das ihrige werde". Der Moment selbst ist derjenige, welcher unmittelbar dem strauchelnden Tritte des Mädchens vorhergeht, von dem es heißt, sie:

„Fehlte tretend, es knackte der Fuß, sie drohte zu fallen.
Eilig streckte gewandt der sinnige Jüngling den Arm aus,
Hielt empor die Geliebte, sie sank ihm leis auf die Schulter,
Brust war gesenkt an Brust, und Wang' an Wange. So stand er
Starr wie ein Marmorbild, vom ersten Willen gebändigt,
Drückte nicht fester sie an, er stemmte sich gegen die Schwere,
Und so fühlt er die herrliche Last, die Wärme des Herzens,
Und den Balsam des Athems, an seinen Lippen verhauchet,
Trug mit Mannesgefühl die Heldengröße des Weibes."

Es ist von den beiden schönen, in ihrer Stattlichkeit einander geschwisterlich ähnlichen Gestalten nur zu sagen, daß sie beide in der Reinheit und Unschuld wie in der kernigen Tüchtigkeit ihrer Erscheinung die würdigen Bilder des reinsten und schönsten Liebesgedichts sind, welches die deutsche Sprache kennt, eines Gedichts, dessen edle Einfalt an die Gesundheit jener Jugend der Menschheit erinnert, die aus den unsterblichen Gesängen Homer's zu uns herüberleuchtet!

Zum Schlusse sei es noch gestattet, auf die vier Darstellungen hinzuweisen, mit denen neuerdings der Maler Freiherr von Ramberg im Wetteifer mit Kaulbach mehrere Scenen der Goethe'schen Dichtung uns vorzuführen versucht hat. Die Bilder selbst, welche auf der Kunstausstellung des Jahres 1869 in München, wie zwei Jahre zuvor in Paris, gerechte Anerkennung gefunden haben, sind Grau in Grau gemalt*). Zwei derselben: „Hermann's erste Begegnung mit Dorothea auf der Heerstraße", und „Hermann seine Dorothea die Stufen des Weinberges zu seinem Heimathsorte hinabbegleitend", behandeln dieselben Scenen, welche auch Kaulbach zur Darstellung gewählt hat, und können sich den Bildern desselben gar wohl, das zuletzt genannte sogar zu seinem Vortheil, an die Seite stellen. Von den beiden andern: „Hermann's Eltern in behaglicher Sommer-Sonntagsruhe in der kühlen Thorhalle ihres Gasthofs zum goldenen Löwen sitzend", und „Hermann und Dorothea am Brunnen verweilend", ist das zuerst genannte ohne Frage das gelungenste. Man sieht dem würdigen Elternpaar so recht die Behaglichkeit des Wohlstandes, das Sicherheitsgefühl des wohlgegründeten Eigenthums

---

*) Dieselben sind von der G. Grote'schen Verlagshandlung in Berlin erworben und von derselben in trefflichen Photographien veröffentlicht worden.

an, mit der sie, der Vater in Gemüthsruhe sein Pfeifchen rauchend, die Mutter mit mäßiger Neugierde und einem Zuge mitleidiger Theilnahme, die das vorhergehende Zwiegespräch über das Schicksal der armen wandernden Vertriebenen bei ihr hervorgerufen hat, hinausblicken auf den sommerheißen Marktplatz vor ihrem stattlichen Hause, wo rechts der städtische Röhrbrunnen sein kühles Geplätscher übt, während links sich die langsam heranschreitenden Gestalten des Pfarrers und seines Freundes, des Apothekers, zeigen, die sich bereits des kühlen Trunks vom edlen „Dreiundachtziger" aus dem Keller des befreundeten Löwenwirthes im Voraus zu erfreuen scheinen, mit welchem man dort die Erzählung der bestäubten durstigen Wanderer von dem, was sie draußen geschaut, belohnen wird. — Darstellungen wie diese dürfen mit Recht als wahre „Illustrationen" gelten, welche dazu dienen können, das herrliche Nationalgedicht des großen Meisters tiefer und nachhaltiger dem Leser vor den Sinn zu führen.

V.

Gretchen.

—·—

I.

Vor der Schuld.

Die Gestalt Gretchen's ist so einzig wie das Gedicht selbst, dem sie angehört, einzig dasteht unter allen Dichtungen der Litteratur aller Zeiten und Völker. Zu allen andern Goethe'schen Frauengestalten lassen sich aus dem Bereiche der poetischen Litteratur Analogien und Parallelen aufsinden; das Wesen aber, das der Dichter des Faust in seinem Gretchen erschaffen, ist unvergleichbar mit irgend welcher andern Schöpfung irgend welches andern Dichters.

Was man auch klügeln und sagen mag: — es ist etwas an der Unvergleichlichkeit und Einzigkeit der „ersten Liebe", an jenem wunderbaren Zauber erster tiefer Liebesempfindung, der, einmal dahin, nimmer wiederkehrt, so wenig wie die Jugend selbst, deren Kind die erste Liebe ist!

> „Die Rose duftet nicht mehr so, —
> Seitdem!"

und dies Gretchen, das der Dichter des Faust geschaffen, ist die Verkörperung dieser „ersten Liebe". Sagt Goethe es uns doch selber, daß diese Gestalt empfangen ward in jenen wunderbaren Momenten, wo der Dichter sich im Busen „jugendlich erschüttert" fühlte von dem „Zauberhauche", welcher den seinen innern Blicken erscheinenden Zug geliebter Schatten umwitterte, in deren Geleite —

„Gleich einer alten halbverklungenen Sage" —

„erste Lieb' und Freundschaft mit herauf" kamen, ein Schauer ihm das „strenge Herz erfaßte", und „Thräne den Thränen folgte" im erneuten Schmerze um des Lebens labyrinthisch irren Lauf, und um den unwiederbringlichen Verlust des seligen, ach so flüchtigen Glücks der Jugend! In solcher Stimmung entstand ihm das Bild Gretchen's, diese Verkörperung der „ersten Liebe" in dem Herzen eines deutschen Mädchens, eines Kindes aus dem deutschen Volke. Gretchen ist, wie vorhin schon ausgesprochen, das lyrische Herz des deutschen Volkes, es ist der zur festen Gestalt verdichtete Geist des deutschen Volksliebesliedes, wie es in Goethe's Lyrik seine ideale Vollendung erreicht hat, einzig, unnachahmlich, unerreichbar allen andern Völkern; es ist der verkörperte Duft des deutschen Liedes, jener Duft, der, wie ein deutscher Denker sagt, für das deutsche Lied dasselbe ist, was die „Blume" des deutschen Weines: das Kennzeichen des Bodens und des Erdreichs, aus dem es entwachsen ist. Und wie das deutsche Volkslied in seiner wunderbaren Tiefe und Innerlichkeit, in seiner hingehauchten ahnungsvollen Empfindung eine unendliche Gewalt besitzt, die unser Herz bis in seine letzten Tiefen erzittern macht, ebenso ist dies Gretchen in der Beschränktheit ihres „kindlich dumpfen" Wesens einer Kraft der Leidenschaft und einer Festigkeit des Entschlusses fähig, an denen alle Leidenschaft des geliebtesten Mannes, ja selbst der Witz der Hölle scheitern müssen. Darum eben gehört es zu den ewigen Meisterzügen der Faustdichtung Goethe's, daß er Gretchen zu einem Kinde des Volkes machte, daß er der höchsten Verstandesbildung, wie sein Faust sie darstellt, die unbewußte Natur der Volksseele entgegenstellte, deren Schönheit ihre Unschuld, deren Glück und deren Reiz ihr rührendes Unbewußtsein über sich selbst und ihren Werth sind. Aus diesem mütterlichen Boden des Volks ist Faust selber hervorgegangen; und eben darum, weil Faust ihm seinem Ursprunge nach angehört, weil er in der Unseligkeit seines Zustandes mit voller Klarheit sich des verlornen Glücks jener ursprünglichen Unbewußtheit und Naturunschuld bewußt ist, die er geopfert hat, um dem Drange nach Wissen und Erkenntniß zu genügen, eben darum erfaßt ihn der Anblick dieses in Gretchen's Erscheinung verkörperten Glückes mit unwiderstehlicher Gewalt.

Diese anziehende Kraft, welche Gretchen auf ihn ausübt, ist jedoch zuerst weit entfernt von dem Adel wahrer und tiefer Liebesleidenschaft, zu welchem sie sich im weitern Verlaufe der Dichtung erhebt. Sie ist zunächst eine rein sinnliche. Faust hat jenen Liebestrank der Hexe im Leibe, der ihn eine Helena in jedem Weibe sehen macht. Verzweiflung an allem früheren Streben und Denken hat ihn zu dem Entschlusse gebracht, sich in die Welt der Sinnlichkeit, in den Taumel des Genusses zu stürzen:

> „Ich habe mich zu hoch gebläht,
> In Deinen Rang gehör' ich nur.
> Der große Geist hat mich verschmäht,
> Vor mir verschließt sich die Natur.
> Des Denkens Faden ist zerrissen,
> Mir ekelt lange vor allem Wissen.
> Laß in den Tiefen der Sinnlichkeit
> Uns glühende Leidenschaften stillen.“

Diese Stimmung, in der es ihm Seligkeit dünkt, nach rasch durchrastem Tanze den Tod in eines Mädchens Armen zu finden, diese Stimmung ist es, welche der Dichter durch die Zauberscene der Hexenküche sinnlich veranschaulicht hat. Faust hat dort zum ersten Male, wenn auch nur im „Zauberspiegel" der Hexe und im dämmernden Nebel, die unverhüllte Leibesschönheit des Weibes erblickt, und dieser Anblick hat sein ganzes Wesen erschüttert und trunken gemacht. Er hat bisher das Weib nicht gekannt, es ist ihm, wie Alles, bisher nur ein abstrakter Begriff gewesen. „Ist's möglich!" ruft er darum aus, —

> „Ist's möglich, ist das Weib so schön?
> Muß ich an diesem hingestreckten Leibe
> Den Inbegriff von allen Himmeln seh'n?
> So etwas findet sich auf Erden?

Der Hexentrank, in welchem ihn Mephistopheles Jugendfeuer und Jugendkraft trinken läßt, ist nur die poetische Versinnlichung der Wirkung, welche jener Anblick auf ihn ausgeübt hat.

Unmittelbar auf die Hexenküchenscene folgt in der Dichtung die erste Begegnung Faust's und Gretchen's. Aber diese unmittelbare Auseinanderfolge beider Scenen darf uns in einer Dichtung nicht täuschen, welche der absichtlichen Lücken und Verschweigungen so viele aufweist. Auch hier ist eine solche anzunehmen. Der Faust, welcher hier auf der Straße dem aus der Kirche kommenden Gretchen begegnet, kommt nicht unmittelbar aus der Hexenküche. Es ist dazwischen bereits ein Stück Zeit verflossen, in welcher er den ihm von Mephistopheles angepriesenen „neuen Lebenslauf begonnen", und die Prophezeihung Mephisto's, daß er „mit diesem Trank im Leibe bald Helenen in jedem Weibe sehen werde", gründlich zur Wahrheit gemacht hat. Des Dichters kenscher Genius hat uns mit der Darstellung dieser Lebensepoche seines Faust verschont; aber er läßt sie uns in der nun folgenden Scene deutlich genug errathen. Faust ist bereits ein vollkommener Wüstling geworden. Die rohe Frechheit, mit welcher er ohne Umstände sich an das schöne unschuldige Mädchen macht, das eben aus der Kirche kommt, und über deren Unschuld selbst der Teufel keine Gewalt zu haben erklärt, lernt sich nur in der Schule längerer Uebung, und es ist ein ebenso sprechender Zug für die sinnliche Verderbniß des Helden, daß er es bereits gelernt hat, den jungen Mädchen und schönen Weibern selbst beim Ausgange aus dem Gotteshause aufzulauern. Die Abfertigung, welche ihm sein schnöder Antrag von Gretchen einbringt, schreckt ihn daher so wenig ab, daß sie vielmehr seine Sinnlichkeit, wie uns sein kurzes leidenschaftliches Selbstgespräch nach Gretchen's Entfernung beweist, nur noch stärker aufregt:

> „Beim Himmel, dieses Kind ist schön!
> So etwas hab' ich nie gesehn.
> Sie ist so sitt- und tugendreich,
> Und etwas schnippisch doch zugleich.
> Der Lippe Roth, der Wange Licht,
> Die Tage der Welt vergeß ich's nicht.
> Wie sie die Augen niederschlägt,
> Hat tief sich in mein Herz geprägt;
> Wie sie kurz angebunden war,
> Das ist nun zum Entzücken gar!"

Aber all diese Erkenntniß, daß hier reine „Sittsamkeit und Tugend" ihm zum ersten Male mit höchster Schönheit verbunden begegneten, hindert ihn nicht, an den auftretenden Mephistopheles kurzweg die brutale Aufforderung zu richten:

> „Hör', Du mußt mir die Dirne schaffen!"

So spricht nur, wer oft so zu sprechen und mit Erfolg zu sprechen Gelegenheit gehabt hat. Faust ist ein gelehriger Schüler gewesen. Sein wilder Cynismus in dieser Scene setzt selbst seinen Meister in ein gewisses Erstaunen. Vergebens stellt ihm Mephistopheles vor, daß über ein so unschuldiges Wesen selbst ein Teufel keine Gewalt habe:

> „Sie kam von ihrem Pfaffen,
> Der sprach sie aller Sünden frei:
> Ich schlich mich hart am Stuhl vorbei
> Es ist ein gar unschuldig Ding,
> Das eben für nichts zur Beichte ging;
> Ueber die hab' ich keine Gewalt.“

Faust hat auf diese selbst im Munde des Teufels fast rührend klingende Schilderung und Ablehnung seines wüsten Verlangens keine andere Antwort als das brutale:

> „Ist über vierzehn Jahr' doch alt!“

eines gegen alles sittliche Gefühl abgehärteten „Bruder Liederlich“, wie ihn Mephisto in seiner Entgegnung nennt. Seine Wüstheit nimmt durchaus keine Vernunft an. Kein Tag soll sich zwischen seine Begierde und deren Befriedigung drängen; noch diese Nacht will er das „süße junge Blut“ in seinen Armen haben, — wo nicht, hält er sich seines Pakts mit dem Teufel entbunden. Und als dieser ihm vorstellt:

> „Bedenkt, was gehn und stehen mag!
> Ich brauche wenigstens vierzehn Tag',
> Nur die Gelegenheit auszuspüren.“

erwidert er ihm verächtlich mit dem ganzen prahlerischen Hochmuthe des erfahrenen und sich seiner Unwiderstehlichkeit bewußten Wüstlings:

„Hätt' ich nur sieben Stunden Ruh,
Brauchte den Teufel nicht dazu,
Um solch Geschöpfchen zu verführen."

Faust erscheint in dieser ganzen Scene eingeteufelter als
der Teufel selbst; ja man kann sagen, daß er hier das Verhältniß vorwegnimmt, in welchem später, nach seiner Umwandlung, Mephistopheles ihm gegenübertritt. Sein Wort:

„Hab' Appetit auch ohne das!"

mit welchem er alles geistige sentimentale „Brimborium"
ablehnt und geradeswegs auf den gemeinen Sinnengenuß
dringt, ist das Fürchterlichste, was an Verrohung des Gefühls denkbar ist, und fürchterlich soll es ihm vergolten
werden im späteren Verlaufe seiner tragischen Leidenschaft,
wo Mephistopheles ihm in den höchsten Momenten seiner
übersinnlichen Liebesempfindung mit eben derselben cynisch
sinnlichen Anschauungsweise entgegentritt, in der wir Faust
beim Beginne seines Liebesromans so ganz zu Hause sehen.
Vorläufig jedoch begnügt sich Mephistopheles damit, den
Sturm von Faust's sinnlicher Leidenschaft dadurch zu beschwichtigen, daß er ihm seinen Wunsch:

„Schaff' mir etwas vom Engelsschatz!
Führ' mich an ihren Ruheplatz!
Schaff' mir ein Halstuch von ihrer Brust,
Ein Strumpfband meiner Liebeslust!"

zu erfüllen und ihn noch am selben Abend in das Zimmer
des abwesenden Gretchen zu führen verspricht, damit er „in
ihrem Dunstkreis satt sich weiden könne an der Hoffnung
künftiger Freuden". —

„Schneller ist nichts als der Uebergang vom Guten zum

Bösen, ich habe es erfahren, wie schnell er ist!" sagt ein andrer
Faust in jenem berühmten Fragmente der Lessing'schen Faust=
dichtung, in welchem ein Teufel sich rühmt, daß seine Schnellig=
keit der jenes Ueberganges gleich komme. An Goethe's Faust
erfahren wir, daß in der Menschenbrust der Uebergang vom
Bösen zum Guten oft nicht minder schnell ist. Dieser Uebergang
erfolgt bei Faust in dem Momente, wo er das von süßem
Dämmerschein umwebte Heiligthum jungfräulicher Unschuld
betritt. Das erste Wort, das er in Gretchen's Zimmer
spricht, wohin ihn Mephistopheles begleitet, drückt diese un=
mittelbare Einwirkung aus. Es ist die Aufforderung an
Mephistopheles, ihn mit sich allein zu lassen —

<blockquote>„Ich bitte Dich, laß mich allein!"</blockquote>

Die Gefühle, die sich in diesem Augenblicke urplötzlich seiner
bemächtigen, sind der Art, daß er die Gegenwart seines fürchter=
lichen Doppelgängers, des symbolischen Spiegelbildes seiner
eignen bisherigen Wüstheit, in diesem Heiligthume reinster
Jungfräulichkeit, das selbst Mephistopheles auf seine Weise
anzuerkennen sich gezwungen findet, nicht zu ertragen vermag.
Und nun folgt jenes Selbstgespräch Faust's, in welchem der
Dichter jener ersten frechen Charakteristik Gretchen's, welche
der ganz in die Sinnlichkeit versunkene Faust bei ihrem ersten
Anblicke gegeben hat, die zweite gegenüberstellt, zu welcher
der umgewandelte Faust sich in dem „süßen Dämmerscheine"
des jungfräulichen Heiligthums hingerissen fühlt. Es ist das
deutsche Mädchen, die deutsche Jungfrau, das Kind des Volks,
dessen Eigenschaften, dessen innerstes Wesen der von „süßer
Liebespein" zum ersten Male wahrhaft ergriffene Faust in
den Worten ausspricht:

> „Wie athmet rings Gefühl der Stille,
> Der Ordnung, der Zufriedenheit!
> In dieser Armuth, welche Fülle!
> In diesem Kerker, welche Seligkeit!"

Und immer wieder kommt er zurück auf dieses innerste Wesen der Geliebten, das sich in der ärmlichen Umgebung doch so deutlich ausspricht:

> „Ich fühl', o Mädchen, Deinen Geist
> Der Füll' und Ordnung um mich säuseln,
> Der mütterlich Dich täglich unterweist,
> Den Teppich auf den Tisch Dich reinlich breiten heißt,
> Sogar den Sand zu Deinen Füßen kräuseln.
> O liebe Hand! so göttergleich!
> Die Hütte wird durch Dich ein Himmelreich!"

Sie wird es, selbst für ihn, den Unseligen; und daß sie es wird, daß er in diesem Himmelreiche verweilen, hier „volle Stunden säumen möchte", — er, der zu Mephistopheles die Worte des Paktes gesprochen hat:

> „Werd' ich zum Augenblicke sagen:
> Verweile doch! Du bist so schön!
> Dann magst Du mich in Fesseln schlagen,
> Dann will ich gern zu Grunde gehn!"

das gerade ist es, was dieses Himmelreich in eine Hölle verwandeln, und ihn und die Geliebte in's Verderben stürzen soll. Denn die Schrankenlosigkeit des Gedankens und die Beschränktheit, welche in sich selbst selig ist, Faust und Gretchen, können nie zu dauernder harmonischer Vereinigung gelangen. Und Faust empfindet das in eben demselben Augenblick, in welchem er die Seligkeit dieses „Kerkers" empfindet:

„Und Du, was hat Dich hergeführt?
Wie innig fühl' ich mich gerührt!
Was willst Du hier? Was wird das Herz Dir schwer?
Armsel'ger Faust! ich kenne Dich nicht mehr. —

Umgiebt mich hier ein Zauberduft?
Mich drang's so grade zu genießen,
Und fühle mich in Liebestraum zerfließen!
Sind wir ein Spiel von jedem Druck der Luft?" —

Und so rafft er sich denn, in dem richtigen Gefühle des kommenden Verderbens auf zu dem Entschlusse, den er dem eintretenden Mephistopheles zuruft:

„Fort! Fort! ich kehre nimmermehr!"

Aber dieser Entschluß ist eben nur ein halb unwillkür= licher Angstruf des für einen Augenblick erwachten Gewissens, des Bewußtseins über sich selbst und über die unausfüllbare Kluft, die ihn von der Unschuld der Beschränktheit und ihrer Seligkeit trennt, kein festes unerschütterliches sittliches Wollen. Die Sehnsucht der Liebe hält der Herzensangst vor den Folgen das Gleichgewicht in seiner Seele:

„Ich weiß nicht, soll ich?"

sind die letzten Worte, die er dem mit dem verführenden Schmuckkästchen eintretenden Mephisto zuruft. Er schwankt, er läßt geschehen, und — sein und Gretchen's Schicksal ist entschieden.

Kehren wir jetzt zu Gretchen zurück. Gretchen vor dem Sündenfalle ist das reine weibliche Wesen, in welchem die Blume der noch reinen Sinnlichkeit mit ihrer ungeprüften Un= schuld in vollendeter Schönheit als Knospe erscheint. Herb und sicher weist sie Faust's erstes Annahen ab, wie eine Sinnpflanze vor jeder Annäherung eines fremden Elements sich in sich selbst zurückziehend. Aber Faust's Erscheinung und sein kecker Antrag sind doch nicht ohne tieferen Eindruck auf sie geblieben. Kaum nach Hause gekommen von dem verhängnißvollen Kirchgange, empfindet sie ein Gefühl der Neugierde, der alten Paradiesschlange, sich regen. Sie möchte wissen, wer der Herr gewesen, der ihr so keck genaht:

> „Ich gäb' was drum, wenn ich nur wüßt',
> Wer heut der Herr gewesen ist!
> Er sah gewiß recht wacker aus
> Und ist aus einem edlen Haus;
> Das konnt' ich ihm an der Stirne lesen —
> Er wär' auch sonst nicht so keck gewesen."

Sie hat ihn also doch sich angesehen, so kurz sie sich auch von ihm losmachte, und seine männliche Schönheit und sein adlig vornehmes Ansehen haben Eindruck auf das Kind des Volks gemacht.

Ich meine, an diese Worte hat Kaulbach bei seiner Darstellung angeknüpft, indem er sich erlaubte, eine Scene zum Faust hinzuzudichten. Denn von diesem ersten Zusammentreffen Faust's und Gretchen's, das der Künstler uns in seinem Bilde vorführt, steht nichts im Goethe'schen Faust zu lesen. Aber trotzdem hat Kaulbach doch im echt Goethe'schen Geiste und Sinne diese Scene gedichtet. Gretchen hat Faust schon vor der im Gedichte geschilderten Ausgangsscene aus der Kirche gesehen, und bei dieser Begegnung, und nicht bei der später folgenden, von so vielen andern Künstlern zur Darstellung gewählten, hat sie Gelegenheit gehabt, ihn anzusehen und den stattlichen Mann zu betrachten, was bei der vom Dichter geschilderten zweiten Begegnung nicht wohl denkbar ist, wo sie seine freche Zudringlichkeit mit „niedergeschlagenen" Augen „kurz angebunden" abweist. Anders bei diesem ersten von Kaulbach angenommenen Begegnen. Hier erblickt das zur Kirche eilende Gretchen die hohe majestätische Gestalt des schönen Mannes in ritter=licher Tracht, der, gefolgt von seinem unheimlichen Gesellen, aus der engen Seitengasse kommend, bei ihrem Anblick wie vom Blitze getroffen stehen bleibt. Den linken Arm wie in staunender Bewunderung erhoben, läßt er den in Leiden=schaft flammenden Strahl der mächtigen Augen ruhen auf der schlanken jungfräulichen Gestalt, die in allem Zauber ihrer morgenfrischen Schönheit vor ihm vorüberwandelt. Und so gewaltig ist der Blick dieser Augen, so dämonisch der Ein=druck des stolzen, düsteren und doch so adlig schönen Mannes, daß sie, die ihn im ersten Momente vielleicht unbefangen anschaute, schon im nächsten erschreckt das Köpfchen seit=wärts wenden muß, und ihr Gewand erfassend, sich beeilt die nahen Kirchenstufen zu ersteigen, auf die bereits ihr Schatten fällt. Aber von diesem Augenblicke an ist doch „ihre Ruhe hin"; und es ist Zehn gegen Eins zu wetten, daß sie an diese Erscheinung denken wird, während sie in der Kirche aus dem „vergriffenen Büchlein", das sie in der Hand trägt, ihre Gebete flüstert.

In der That, Kaulbach hat es meisterhaft verstanden, sich den richtigen und fruchtbaren Moment selbst zu schaffen, um uns nicht nur das Gretchen vor dem Sündenfalle, sondern auch die Gestalt Faust's selbst in all ihrer Mächtigkeit vor Augen zu stellen, und er hat wohl daran gethan, den in der Dichtung selbst gegebenen und geschilderten Moment des ersten Zusammen=treffens, den bisher noch alle uns bekannten Versuche einer sogenannten Illustration des Gedichts gewählt haben, zu ver=

schmähen. Denn, wie ein Kritiker mit Recht bemerkt hat, dieser letztere Moment, wo Faust an das aus der Kirche kommende Gretchen herantretend ihr seinen Geleitantrag macht, bietet keinen günstigen Vorwurf für die Darstellung des zeichnenden Künstlers: er ist zu unruhig, zu flüchtig und vor allen Dingen viel zu einseitig, als daß die beiden Gestalten in demselben zu dem vollen Ausdrucke ihres Wesens gelangen könnten. Bei Gretchen wird der Zeichner, der diesen Moment wählt, das „Schnippische", „Kurzangebundene" nothwendig vorzugsweise betonen müssen; und bei Faust wird neben dem Charakter der gemeinen Zudringlichkeit höchstens noch der Ausdruck des „Abgewiesenen" zur Erscheinung kommen können, der immer etwas Geckenhaft-albernes an sich trägt. Wie anders und — wie viel edler, inhaltvoller dagegen auf dem Bilde Kaulbachs! Hier sehen wir in der stolz vorschreitenden hochaufgerichteten Gestalt mit der edlen und doch so düstern, von dunklem Gelocke umwallten Stirn voll wilder Gedanken, mit dem beredten Munde, den geist-flammenden Augen, wirklich den Faust des Gedichts, den Faust Gretchen's vor uns, von dem später die begeisterte Liebende singt:

> „Sein hoher Gang,
> Seine edle Gestalt;
> Seines Mundes Lächeln,
> Seiner Augen Gewalt!"

sehen wir den Mann, den „zu fassen und zu halten" sie ihr Leben in seinen Armen vergehen lassen möchte. Und in diesem Gretchen, wie Kaulbach es darstellen durfte und dargestellt hat, in ihm sehen wir nicht minder das Gretchen Faust's, das ganze Gretchen, wie es war in der Stille und Fülle seiner wie ein Veilchen in dunkler Verborgenheit erblühten geistigen und leiblichen Schönheit, ehe das Schicksal in Faust's Gestalt

seiner unbewußten, „halb Kinderspiele, halb Gott im Herzen"
tragenden Unschuld nahte, — das Gretchen wie es der Dichter
in jener unvergleichlichen Gartenscene geschildert hat, oder
vielmehr, sich selbst in der Erzählung ihres Lebens, ihres
Thuns und Treibens schildern läßt. —

Verfolgen wir jetzt weiter die innere Entwicklung Gretchen's
in der Dichtung. Als sie von ihrem Abendausgange zurück-
kehrt in ihr soeben von Faust und Mephistopheles verlassenes
Kämmerchen, hat sich das anfängliche Gefühl der Neugierde
schon in ein anderes, in das Gefühl einer dumpfen bedrücken-
den Unruhe verwandelt, das der Dichter so wundervoll durch
die physische Empfindung ausdrückt, von der getrieben sie das
Fenster öffnet:

> „Es ist so schwül so dumpfig hie, —
> Und ist doch eben so warm nicht drauß'.
> Es wird mir so, — ich weiß nicht wie —
> Ich wollt' die Mutter käm' nach Haus.
> Mir läuft ein Schauer über'n ganzen Leib —
> Bin doch ein thöricht furchtsam Weib."

Dieses körperliche Insichzusammenschaudern, was ist es
anderes, als das sichere Zeichen, daß der in das süße Gift
getauchte Liebespfeil ihr Herz gestreift hat! In dieser Stimmung, in dieser unbewußten Scheu vor einer dunkel geahnten
Gefahr, in dieser angstvollen Beklommenheit, die ihr Sichbangen
nach der Mutter so wundervoll bezeichnet, findet sie das ver-
führende Schmuckkästchen. Sie kann nicht widerstehen, es zu
öffnen, sich mit dem Geschmeide zu putzen, und die von
Mephistopheles gestreute Saat geht sofort wuchernd auf.
Zum ersten Male regt sich in ihrem unschuldigen Gemüthe
ein Zug von Eitelkeit des Weibes, spricht aus ihrem bisher

so zufriedenen Herzen ein Gefühl des Neides der Armen gegen die Reichen hervor. So ist sie denn auch unzufrieden, als die Mutter den geheimnißvoll in's Haus gebrachten Schmuck an die Kirche verschenkt, die „ungerechtes Gut vertragen kann". Sie ist unruhvoll, weiß weder, was sie will, noch soll —

<blockquote>
„Denkt an's Geschmeide Tag und Nacht,
Noch mehr an den, der's ihr gebracht;" —
</blockquote>

Sie ist nicht unempfänglich dafür, daß Mephistopheles, als er sie bei der Nachbarin Martha geputzt mit dem neuen Geschmeide antrifft, sie für „ein vornehmes Fräulein" hält. Sie weist zwar seine weiteren Schmeicheleien, daß sie werth sei, gleich in die Ehe zu treten, und daß, wenn's nicht ein Mann, doch derweil ein Galan sein könne, zurück; aber ihre Zurückweisung hat nichts mehr von jener früheren „schnippischen" Herbheit, und sie ist durchaus nicht unzufrieden über den Antrag, bei dem Wiedererscheinen Mephisto's, der seinen Freund, einen jungen „seinen Gesellen" zur Frau Martha führen will, gegenwärtig zu sein, denn sie ahnt, daß es der Geliebte sei.

Und er ist es! Die Scene „im Garten" der Nachbarin — wer möchte es unternehmen, diese höchste Blüthe der Liebespoesie nachzustammeln, diese Scene zu schildern, in welcher das ganze Wesen der holdseligsten weiblichen Gestalt, welche die Poesie kennt, sich unter den Augen des Geliebten entfaltet, und wo die in sich verschlossene Knospe unter dem Sonnenstrahle der Liebe zur vollen wunderduftigen Rose sich erschließt!

Wie bezaubernd ist die kindliche Gesprächigkeit, mit der sie hier ihr ganzes Kleinleben vor dem fremden und ihr doch so nahen, geliebten Manne ausbreitet, in einer Sprache, deren Einfachheit und Eigenthümlichkeit selbst von Goethe nie wieder erreicht ist! Wie wundervoll der Uebergang von der Bescheidenheit, mit welcher sie anfangs die Huldigungen des Geliebten, als ihrer Niedrigkeit und Einfalt nicht gebührend, ablehnen möchte, und von dem ersten leisen seufzenden Eingeständnisse ihrer Neigung in den Worten:

> „Denkt Ihr an mich ein Augenblickchen nur,
> Ich werde Zeit genug an Euch zu denken haben."

bis zu dem letzten Aufjauchzen selig hingegebener Liebe, bis zu dem:

> „Bester Mann! von Herzen lieb' ich dich!"

mit dem ihre jungfräulichen Lippen ihm den ersten Kuß zurückgeben!

Wie in die Tiefe eines klaren See's sehen wir in ihr reines Gemüth. Wir sehen sie studiren an dem ABC der Liebe; sehen, wie ihre Seele sich um die Seele des Geliebten zu ranken beginnt, wie die Furcht in ihr aufsteigt, daß er scheiden und sie vergessen werde. Wir sehen, wie sie ihn zum Vertrauten der ganzen Vergangenheit ihres kleinen Lebens macht, wie sie ihm gesteht, daß selbst seine „Frechheit" bei dem ersten Begegnen sie nicht so beleidigt habe, wie sie eigentlich gesollt —

> „Gesteh' ich's doch! Ich wußte nicht, was sich
> Zu Euerm Vortheil hier zu regen gleich begonnte;
> Allein gewiß, ich war recht bös auf mich,
> Daß ich auf Euch nicht böser werden konnte."

Wir sehen sie endlich „halb Kinderspiele, halb den Gott der Liebe im Herzen" das Blumenorakel befragen, an dessen Schlusse die bis zum Aufspringen geschwellte Knospe der Liebe in seligem Glücksschmerze in sich zusammenschaudert, und auf

Faust's: „Verstehst Du, was das heißt: Er liebt Dich!" keine andere Antwort hat, als das schauernde:

„Mich überläuft's!"

mit dem sie, wie um vor sich selbst zu entfliehen, sich den haltenden Händen des Geliebten entziehend, davon eilt.

Dies schauernde „mich überläuft's!" ist der Schlußpunkt des ersten Akts in Gretchen's Dasein. Von hier an beginnt die tragische Katastrophe ihres Lebens. Faust selber fühlt dies, wie eine vielsagende Bemerkung des Dichters andeutet; sie lautet: „Faust steht einen Augenblick in Gedanken — dann folgt er ihr."

Er folgt ihr zu seinem und zu ihrem Verderben. Aber dies Verderben selbst, aus höchster Liebe hervorgegangen, ist nur ein zeitliches, und die Liebe bleibt durch alle Gräuel und Verbrechen, durch alles Elend und allen Jammer dennoch Siegerin und übt als solche, begnadet vor dem höchsten Richterstuhl des Gottes, der selbst die Liebe ist, ihre schuld= austilgende, beseligende, ewige Kraft über alle Zeitschranken hinaus.

II.

Schuld und Sühne.

Wir haben zu Anfang unserer Charakteristik Gretchen ein Kind des Volks genannt. Damit ist schon von vornherein jeder Gedanke an eine falsche Idealisirung dieser Gestalt von Seiten des Dichters ausgeschlossen; und in der That hat Goethe dafür gesorgt, daß dem Lichte auch hier der Schatten nicht fehle, der überall da nothwendig und unentbehrlich ist, wo eine dichterische

Gestalt wirkliche Naturwahrheit haben und nicht ein Schatten=
bild falscher körperloser Idealität sein soll. — Nach dieser Seite
hin haben wir jetzt Gretchen zu betrachten, um ihr Geschick zu
verstehen und in seiner inneren Nothwendigkeit zu begreifen.

Eine Schattenseite Gretchen's ist ihr Zusammenhang mit
Martha. Wie Faust in Mephistopheles, so hat Gretchen in
Martha den Gegensatz der lichten Seite ihres Wesens neben
sich; und zwar dient dieser Gegensatz, weil als Person gestaltet,
also in aller Schärfe der Einseitigkeit gezeichnet, zunächst in
seiner dunklen Häßlichkeit ihrer Schönheit künstlerisch als
Folie. Gretchen's Unschuld und Reinheit, ihre selbstlose Hin=
gebung in der Liebe, leuchten noch heller, gegenüber dieser
personifizirten selbstsüchtigen Gemeinheit einer durchaus ge=
wöhnlichen Weibesnatur, bei der die Liebe nichts weiter ist
als ein gesteigerter schlechter Egoismus. Der Gegensatz dieser
alternden, männersüchtigen Halbwittwe, die bei dem Gedanken
an den möglichen Tod ihres Ehegemahls, den sie doch „recht
herzlich zu lieben" sich einbildet, vor Allem an den für eine
zweite Ehe nöthigen „Todtenschein" denkt, und die bei der
Erzählung seines angeblichen elenden Todes in der Fremde
immer von den Thränen der mitleidigen Liebe über „das
treue Herz", über „den guten Mann", dem sie „längst ver=
geben", urplötzlich in den Ausbruch schimpfenden Zornes
über „den Schelm", „den Dieb an seinen Kindern" übergeht,
dieser Gegensatz des niedrigen gemeinen Leichtsinns einer
Martha, die, um nur wieder einen Mann zu bekommen,
selbst einen Mephistopheles „beim Wort nehmen" möchte,
bildet für den Dichter den dunklen Hintergrund, auf dem sich
die Reinheit und Unschuld, die Selbstlosigkeit und Treue und
das tiefe Gefühl Gretchen's in gesteigertem Glanze abheben.

Aber dies ist nur die eine Seite ihres Zusammenhanges mit Martha. Ihr Verhältniß zu dieser „Frau Nachbarin" hat auch noch eine andere Seite. Martha ist kein eigentlich böses Geschöpf; sie ist, wie die große Masse, weder gut noch böse, die treue Repräsentantin eines großen Theils ihres Geschlechts in seiner inhaltleeren Gewöhnlichkeit und einer gewissen kindischen oberflächlichen Gutmüthigkeit. Diese letztere Eigenschaft vornehmlich ist es, die Gretchen zu ihr hinzieht. Nachbarin Martha ist eine sogenannte „gute Frau", die nicht Alles genau nimmt, die der Jugend gern möglichst viel nach= sieht, weil sie selbst von der Jugend wenigstens alle ihre Fehler und Schwächen, ihren Leichtsinn und ihre Selbstsucht, ihre Neugier, ihre Eitelkeit und ihre Lust an Heimlichthuerei und Heimlichkeiten in sich trägt und hegt, und deßhalb vorzugs= weise gern mit der Jugend verkehrt. Gretchen hat zwar eine Mutter; aber diese Mutter ist von alle dem das Gegentheil, und, das ist ein tiefer Zug in des Dichters Charakteristik, Gretchen hat kein volles inniges Verhältniß zu ihrer Mutter. Wir sehen im Gedichte diese Mutter nicht, aber wir kennen sie, als ob wir sie vor uns sähen, durch die kurzen Züge, mit welchen Gretchen sie schildert. Sie ist sehr fromm, ihr Gebetbuch kommt ihr nie von der Seite, und der Pater Beichtiger ist ihr täglicher Gesellschafter und Berather. Sie ist sehr streng und weltabgewendet in der Erziehung ihrer Tochter, sie ist übermäßig eigen und „akkurat" und ebenso übermäßig sparsam „genau" in der Führung ihres Hauswesens.

Gretchen selbst sagt uns dies Alles, und der Ton, in welchem sie gleich zu Anfang ihrer Bekanntschaft diese Züge in ihre Erzählung in der Gartenscene verwebt, hat bei aller kindlichen Pietät doch etwas leise sich Beklagendes. Dieser

Ton klingt durch, wenn sie die „Garstigkeit" und „Rau
heit" ihrer Hand, als Faust dieselbe küßt, mit den Worten
entschuldigt:

> „Inkommodirt Euch nicht! Wie könnt ihr sie nur küssen?
> Sie ist so garstig, ist so rauh!
> Was hab' ich nicht schon alles schaffen*) müssen:
> Die Mutter ist gar zu genau!

Dieser leise Stoßseufzer über die gar zu große „Genauigkeit", das heißt über die allzusparsame Strenge und
Kargheit der Mutter kehrt wieder und wird weiter ausgeführt
in den Worten:

> „Wir haben keine Magd: muß kochen, fegen, stricken
> Und nähen, und laufen früh und spat!
> Und meine Mutter ist in allen Stücken
> So akkurat!"

Und doch hätte die Mutter das, meint sie, gar nicht so
nöthig, viel weniger nöthig als manche andere. Gretchen
weiß, daß sie nicht unbemittelt ist:

> „Nicht daß sie just so sehr sich einzuschränken hat:
> Wir könnten uns weit eh'r als andere regen.
> Mein Vater hinterließ ein hübsch Vermögen,
> Ein Häuschen und ein Gärtchen vor der Stadt."

Wenn dann Gretchen auch die Aufzählung ihrer schweren
häuslichen Arbeitsnöthen mit dem Bekenntniß schließt: daß
„dafür das Essen und die Ruh desto bester schmecken", so
verhehlt sie doch nicht, daß dies ewige Einerlei, dies „immer-
fort wie heute so morgen, früh am Waschtroge stehn, dann
auf dem Markt und dann am Herde sorgen" ohne all und

---

*) „schaffen" süddeutsch für „arbeiten" und zwar schwer arbeiten.

jede Vergnüglichkeit, — denn ihr Schwesterchen ist todt, dessen Pflege trotz aller „lieben Noth und Plage" ihr einziges Vergnügen war, — durchaus nicht ganz ein Leben nach ihrem Sinne ist.

In diesen Herzensergießungen haben wir die Schülerin von Frau Martha vor uns. Gretchen hat nicht ungestraft mit der Frau Nachbarin verkehrt. Die klatschhafte eigensüchtige Gemeinheit von Martha's Sinnesart ist es gewesen, die in Gretchen diese Betrachtungen über die Mutter und über Gretchen's Loos durch ihr Bemitleiden wachgerufen hat. Zu Martha trägt sie denn auch ihren neuen zweiten Schmuckschatz, und Martha weiß auch gleich guten Rath. Vor allen Dingen empfiehlt sie: nur der Mutter nichts zu sagen, die es sonst gleich wieder „zur Beichte tragen" würde, und dann folgt die Anweisung, wie man später der Mutter „etwas vormachen könne":

„Die Mutter sieht's wohl nicht; man macht ihr auch
was vor!"

Gretchen aber, ganz in dem Anschauen der Herrlichkeiten des Schmucks verloren, mit dem Martha unter solchen Lehren sie vor dem Spiegel aufputzt, hat bei Mephisto's Anklopfen nur den einen erschreckenden Gedanken:

„Ach Gott! mag das meine Mutter sein?"

So ist also das reine Gold ihres Wesens bereits mit einer, wenn auch schwachen Zuthat unedlen Metalls, mit Unzufriedenheit, Eitelkeit, Putzlust und Verlangen nach Lebensgenuß versetzt, als Faust ihr im Garten der Frau Martha naht, die wie alle Weiber ihrer Art an ein Bischen Gelegenheitsmacherei und Ehestifterei ihre Hauptlebensfreude hat. In Martha's

Schule hat Gretchen ferner auch gelernt, über Anderer Fehl=
tritte mit der Frau Nachbarin den Stab zu brechen. Denn
für Weiber dieser Art ist das zweitgrößte Vergnügen nach
der eigenen Gelegenheitsmacherei das behagliche Klatschen
und Lästern über die unglücklich auslaufenden Liebeshändel
Anderer, bei denen sie nicht die Hand im Spiele gehabt haben.
Solcher Klatsch hält sie schadlos für die vielleicht nur wider=
willig und schwer bewahrte eigene Sittlichkeit, und Gretchen
sagt später in ihrem Unglücke von sich selbst, mit rührend
schmerzlicher Selbstanklage:

> „Wie konnt' ich sonst so tapfer schmälen,
> Wenn thät ein armes Mägdlein fehlen!
> Wie konnt' ich über Andrer Sünden
> Nicht Worte g'nug der Zunge finden!
> Wie schien mir's schwarz und schwärzt's noch gar,
> Mir's immer noch nicht schwarz genug war
> Und segnet' mich und that so groß" — —

Gewiß, diese Selbstanklage ist übertrieben in der Farbe, wie
immer, wenn ein edles Gemüth den Stachel der Reue sich in's
Herz drückt, aber unwahr ist sie nicht. Hier ist ein Stück
Martha in Gretchen, wie in Faust ein Stück Mephistopheles.

Durch die Gartenscene hat Faust die volle Gewißheit
empfangen, daß Gretchen seine Liebe theilt. Diese Gewißheit,
so hoch sie ihn beseligt, so furchtbar regt sie zugleich den Kampf
in seinem Innern auf. Er zaudert und schaudert vor der näch=
sten Zukunft, vor der weitern Entwicklung dieser Leidenschaft;
denn er fühlt, daß dieselbe Gretchen verderben muß. Er ist
aus Gretchen's Nähe, aus der Stadt entflohen. Er hat sich
in wilde Natureinsamkeit zurückgezogen, um der Versuchung
zu entfliehen, und wir belauschen dort sein Selbstgespräch.
Mephistopheles folgt ihm dahin, und indem er ihm Gretchen's

Kummer über seine Entfernung, ihre Liebessehnsucht nach ihm
vormalt, sucht er das Feuer der Sinnlichkeit in ihm auf's Neue
anzufachen. Im Grunde ist es wieder Faust selbst, dessen
Nachtseite, die Seite der Leidenschaft und Sinnlichkeit, hier in
Mephistopheles nur als zweite Person vor uns erscheint.

Daß Gretchen ihn entflohen wähnt, und wie sie ruhelos,
doch immer vergebens „nach ihm nur aus dem Fenster schaut",
„nach ihm nur aus dem Hause geht", sagt uns ihr Selbst=
gespräch am Spinnrade, das rührende „Meine Ruh' ist hin" ꝛc.
Faust kämpft mit sich selbst — und er unterliegt. Er kann die
Vorstellung nicht ertragen, daß das geliebte Geschöpf sich von
ihm vergessen glaubt, und doch fühlt er im Voraus, daß selbst
„die Himmelsfreude in ihren Armen" ihn ihre Noth, ihr un=
widerrufliches Elend nicht vergessen lassen wird. Dies Gefühl,
daß sein Herantreten an sie auch jetzt schon ihr Glück, ihren
Frieden auf ewig untergraben hat, dies Gefühl, das er aus=
spricht in der leidenschaftlichen Selbstanklage:

> „Bin ich der Flüchtling nicht, der Unbehauste,
> Der Unmensch ohne Zweck und Ruh" u. s. f.

dies Gefühl steigert seinen Zustand bis zu jener unerträglichen
Angst, in welcher er, um nur ein Ende zu machen, sich zur
Rückkehr entschließt:

> „Hilf, Teufel, mir die Zeit der Angst verkürzen!
> Was muß geschehn, mag's gleich geschehn!
> Mag ihr Geschick auf mich zusammenstürzen
> Und sie mit mir zu Grunde gehn!"

Das Auseinanderliegen der beiden Welten, in denen sich
Faust's und Gretchen's Lebens= und Geistesbahnen bewegen,
diese unausfüllbar trennende Kluft wird an dieser Stelle von

Faust mit voller Klarheit erschütternd ausgemalt; er der „rast=
los von Fels zu Felsen begierig wüthend nach dem Abgrunde
zu brausende Wassersturz", — und sie —

> „mit kindlich dumpfen Sinnen
> Im Häuschen auf dem kleinen Alpenfeld,
> Und all ihr häusliches Beginnen
> Umfangen in der kleinen Welt."

in dieser kleinen Welt, in deren dumpfer Enge sein Geist
nimmer Raum finden, die seine Liebe selbst nur zerstören
kann. Und doch ist diese Liebe so wahr, ist das Gefühl, das
er empfindet und für das ihm die höchsten Worte nicht
genügen, ist „die Gluth der Liebesleidenschaft, von der er
brennt", ist diese Wonne des ganz sich Hingebens ein Gefühl,
das „unendlich ewig, ewig" sein muß, denn „sein Ende
würde Verzweiflung sein". Diese innerste Gewißheit der
Unendlichkeit und Ewigkeit seines Empfindens, dieses Bewußt=
sein der göttlichen Wahrheit seiner Liebe ist der Bürge für
die ewige Errettung bei zeitlichem Verderben, es ist der Stern
der Erlösung zur Seligkeit, der durch diese tiefste Nacht des
Unterganges leuchtet. Mephistopheles, der diese Empfindung,
diese Liebe nicht begreift, hat auch hier und zwar in dem=
selben Augenblicke sein Spiel verloren, in welchem er es
gewonnen meint. Denn Faust könnte nur sein werden, wenn
er in der Sinnlichkeit völlig unterginge, in ihr wirklich Be=
friedigung finden könnte.

Faust kehrt zu Gretchen zurück. Sie ist beseligt ihn wieder
zu haben; seine Rückkehr ist ihr Bürge, daß er es ehrlich meint.
Sie betrachtet ihn jetzt als ihren verlobten Liebsten, und hat
nur noch Bedenken wegen der Religion, weil sie ahnt, daß es
mit seinem Christenthum nicht steht, wie es sein soll und muß.

Es ist mit ihr und in ihrem Verhältnisse zu Faust eine große Veränderung vorgegangen. Sie ist nicht mehr blos das demüthig den Geliebten anstaunende Kind; sie erlaubt sich jetzt schon ihm Vorstellungen zu machen, daß er „die heiligen Sakramente", und auch die Ehe ist ja ein Sakrament, nicht ehrt. Wie sie sich ganz sein eigen empfindet, soll er auch ihr eigen sein vor Gott und Welt. Sie tadelt ihn auch wegen seines Verkehrs mit Mephistopheles, mit dem Unreinen, dem Kalten, Liebeleeren, dem es an der Stirn geschrieben steht, „daß er mag keine Seele lieben", und sie verlangt, daß auch hier der Geliebte ihr Empfinden theile:

„Dir, Heinrich, muß es auch so sein!"

Aber ihre Liebe und ihr Glaube an die Liebe des Geliebten sind doch stärker als alle diese Bedenken und Befürchtungen. Ein Blick in seine Augen genügt, sie in Allem zu seinem Willen zu treiben, und so versagt sie ihm denn auch nicht das erbetene Stündchen ruhigen Alleinseins mit ihr, und hat kein Bedenken, das ihr von Faust dazu gebotene Mittel des Schlaftrunks für die Mutter anzuwenden.

Am nächsten Morgen scheidet sie — als Weib von ihrem Manne. Aber die Erfüllung des höchsten Liebesglücks ist der Beginn des höchsten Elends und Verderbens. An einem andern solchen Morgen erwacht die Mutter nicht mehr aus dem gewaltsamen Schlafe. Der Zwang, ihre Liebe geheim zu halten, hat Gretchen zur unfreiwilligen Mörderin ihrer Mutter gemacht. Sie hat in ihrer angstvollen Aufregung die Dosis der drei Tropfen überschritten, und die Mutter ist so durch ihre Schuld ohne Beichte und Absolution „zur langen, langen Pein hinübergeschlafen". Das Verbrechen kommt nicht an den Tag, denn

Faust weiß zu beschwichtigen: aber desto tiefer wühlt es im Busen der Unglücklichen, die vergebens ihr Herz zu erleichtern sucht in dem flehenden Jammergebete, das sie in ihrer Noth zur Mutter Gottes, der Schmerzensmutter emporschickt, vor deren geheiligtem Abbilde wir sie auf Kaulbach's Bilde niedergeworfen sehen! Die Stichelreden, die höhnischen Anspielungen der guten Freundinnen nehmen ihren Anfang, und die Scene am Brunnen zeigt uns in dem Geschicke „Bärbelchen's" das Geschick Gretchen's und den Verlauf und die Beurtheilung ihres eigenen Verhältnisses zu Faust. Ihr entschuldigendes:

<blockquote>„Er nimmt sie gewiß zu seiner Frau!"</blockquote>

welches Lieschen so schnöde beseitigt, zeigt uns deutlich, worauf in ihrem Elende ihr eigener einziger Hoffnungstrost noch beruht. Aber der schwache Faden dieses Trostes reißt. Ihr Bruder, der brave Soldat, den der Tod der Mutter auf einige Zeit aus der Fremde in die Heimat zurückgeführt hat, fällt in dem Versuche, die verletzte Ehre der Schwester durch Rache an dem Verführer herzustellen, durch die von Mephistopheles geführte Hand ihres Geliebten, der nun vor dem Bluträcher entfliehen muß. Einmal von Gretchen entfernt und von den drückenden Fesseln der eigenen widerstreitenden Gefühle erlöst, wird er jetzt für einige Zeit wieder die Beute Mephisto's, der ihn auf's Neue in den vom Dichter durch die Walpurgisnacht symbolisch angedeuteten Strudel der Welt und des wüsten zerstreuenden Sinnentaumels zu stürzen weiß, was ihm um so leichter wird, je mehr es Faust selbst zunächst darauf ankommt, seine innere Angst um Gretchen und seine Gewissensbisse zu übertäuben. —

Halten wir hier einen Augenblick inne, um uns das Bild zu vergegenwärtigen, in welchem Kaulbach es versucht hat, uns

Gretchen vor dem Bilde der schmerzenreichen Mutter darzustellen. Auch hier hat der geniale Künstler mit schöpferischer Freiheit zwei Scenen des Gedichts zu einer zusammengezogen, indem er sich erlaubt hat, die Brunnenscene als erklärenden Hintergrund der Hauptdarstellung zu benutzen. Gretchen ist vom Brunnen und dem traurigen Gespräche mit Lieschen nach Hause zurückgekehrt. Die erbarmungslosen Worte der guten Freundin haben ihr wie Messer in's Herz geschnitten. Es ist noch früh am Morgen: sie hat die Wassereimer niedergesetzt und Gebetbuch und Rosenkranz eilig zur Hand genommen, um ihre Herzensangst in die Frühmesse der Kirche zu tragen. Aber schon in der offenen Seitenkapelle vor der Kirche ist sie niedergestürzt vor dem Bilde der schmerzenreichen Mutter, die, den todten Leib ihres göttlichen Sohnes auf dem Schooße, „zum Vater aufblickt und Seufzer hinaufschickt um ihre und seine Noth". Sie allein, die Schmerzenreiche, kann wissen und fühlen, was der Aermsten im Herzen wühlt, was „ihr armes Herz hier banget, was es zittert, was verlanget!" Der Morgen ist so sonnenhell, so freundlich; die Tauben in den Lüften und auf dem Straßenpflaster schwirren und girren so heiter, der Morgenwind spielt so lustig in den Fliederbüschen der Markthäuser, die alten Nachbarinnen plaudern so traulich aus den offenen Fenstern heraus, und die goldenen Sonnenstrahlen umleuchten so hellen Glanzes das ritterliche Standbild, das den steinernen Marktbrunnen ziert! Aber ach! an diesem selben Brunnen hält jetzt die Zunft der Weiber und Mädchen das erbarmungslose Zungengericht über die Unselige, die hier im dunklen Schatten der Kirchhalle, das Schwert der Angst und Todespein im Herzen, händeringend niedergeworfen liegt auf den von Disteln und blühendem Unkraut umwucherten Steinstufen des Muttergottesbildes! Sie wollte nur niederknien, um zu beten; aber die Verzweiflung des Herzens war stärker als die Furcht vor den Blicken der Menschen. Verzweiflung hat sie niederstürzen lassen auf ihr Angesicht: dies ist das Motiv, welches die Brunnenscene belebt, in welcher Kaulbach alle Nüancen der klatschenden Verdammungslust: die freche Schadenfreude und die lüsterne Neugier der Jungen, wie das pharisäische verhimmelnde Erschrecken und das mundaufsperrende Erstaunen der Alten, so meisterhaft ausgedrückt hat. Alle diese Weiber und Mädchen tragen es auf den Stirnen geschrieben, wie sehr sie das Wort des Reinsten der Reinen zu beherzigen nöthig hätten: „wer sich ohne Sünde fühlt, der werfe den ersten Stein auf sie!" Vor allen die das Wort führende Dirne, mit dem frech entblößten üppigen Busen, deren ganze Haltung ihre sinnliche Gemeinheit verräth. Aber sie haben alle nur ein Gefühl, das der niedrigen Schadenfreude darüber, daß all das Courtisiren und Schönthun mit dem vornehmen Liebsten die gepriesenste Schönheit und Ehrbarkeit des Städtchens doch endlich zu dem verdienten Ziele geführt habe! Und Gretchen — ach, sie sieht und fühlt nichts von dem Allen, nichts als ihren unaussprechbaren Jammer, ihr rettungsloses Elend! Unser Herz wendet sich um in unserer Brust, wenn wir sie in ihrem halb aufgelösten Haar, in ihrer kaum die Brüste bedeckenden vernachläffigten Morgengewandung, zusammengebrochen unter der Last ihres Elends daliegen sehen, und sie dann vergleichen mit jenem Gretchen, das auf dem früheren Bilde, frisch wie eine schwellende Rosenknospe in aller Lieblichkeit und Holdseligkeit ihrer jungfräulichen Schönheit, leichtherzigen Ganges zu derselben Kirche wandelte, die sie jetzt nur noch einmal betreten soll, um den letzten vernichtenden Richterspruch zu vernehmen! —

In dieser Kirchenscene des Gedichts hat der Dichter alle Schrecken der Gewissenspein zum höchsten Grade der sinnverwirrenden seelischen Folterqual gesteigert. Die Erscheinung des „bösen Geistes" ist hier wieder nur künstliches Mittel zur Verstärkung des Eindrucks. Der „böse Geist" ist Gretchen's eignes Gewissen, ist jene Gemüthseigenschaft Gretchen's, zufolge der sie die Gabe besitzt, das dem Orte und der Zeit nach Ferne in lebendigster Phantasie als bestimmte Gegenwart anzufassen. Diese ihre Begabung ist, nach Julius Mosen's tiefsinniger Bemerkung, gleichsam das persönliche Dichtergemüth Goethe's selbst, das in keiner seiner Figuren so unmittelbar wie in dieser zur Erscheinung gekommen ist. Diese Fähigkeit ihrer Phantasie, die in der Gartenscene bei der Erzählung von dem „Schwesterchen" für Faust wie für uns so entzückend sich bekundet, wird jetzt ihre furchtbarste Qual. In der volkgefüllten, von Orgelklang und Chorgesang durchdröhnten Kirche, neben Martha kniend, fühlt, empfindet, sieht sie nichts als — das Einst, und in diesem Einst ihr eigenes Bild und seine Unschuld, ihr verlorenes, für ewig verlorenes Glück:

> „Wie anders, Gretchen, war dir's,
> Als du noch voll Unschuld
> Hier zum Altar tratst,
> Aus dem vergriffnen Büchelchen
> Gebete lalltest,
> Halb Kinderspiele,
> Halb Gott im Herzen!" —

„Herüber und hinüber gehen ihr die Gedanken", die sie „nicht los werden" kann: herüber von diesem glücklichen Einst zu dem Jetzt und seinen Flammenqualen, bis sie unter denselben ohnmächtig zusammenbricht.

Und welches Erwachen! Von den Menschen unerbarmt, durchschaudert von dem Gedanken an die todte Mutter und an den todten Bruder, die „Verklärten, die ihr Antlitz von ihr abwenden, die Reinen, die es scheuen ihr die Hände zu reichen"; verlassen, aufgegeben, verrathen selbst von dem Geliebten, dem sie doch ihr ganzes Selbst in reinster selbstlosester Liebe hingegeben, ist ihres Bleibens nicht mehr in der Heimath, an der Stätte ihres einstigen Glückes. Kein einziges Wort der Anklage gegen den Geliebten kommt über ihre Lippen. Nur von ihrer Sünde spricht sie, und doch, doch war:

> — „alles, was mich dazu trieb,
> Gott, war so gut, ach, war so lieb!"

Sie entflieht. Sie flieht hinaus in die fremde Welt, irrt lange erbärmlich umher auf der Erde in Elend und Verzweiflung. Sie hat ein Kind geboren und das Geborne im Wahnsinn der Verzweiflung ertränkt, oder, was wahrscheinlicher ist, es von Martha ertränken lassen, sie wird gefangen, processirt, und zum Tode verurtheilt!

Es giebt ein Höchstes des Jammers, dessen Ausdruck sich nicht mehr fassen läßt in die gebundne Rede. Ein solches Höchste des Jammers ist es, von dem Faust ergriffen wird, als ihn die Nachricht von Gretchen's Schicksale fürchterlich aus seinem Vergessen und Betäubung suchenden Taumelleben aufschreckt. Darum läßt hier der Dichter mit richtigem Gefühle die Prosa eintreten in Faust's Ausrufe:

„Im Elend! Verzweifelnd! Erbärmlich auf der Erde lange verirrt und nun gefangen! Als Missethäterin im Kerker zu entsetzlichen Qualen eingesperrt, das holde unselige Geschöpf!" — Das Gefühl dieser Verzweiflung über den „von keiner Menschenseele zu fassenden Jammer" ist der Gegenschlag des beleidigten göttlichen Geistes, ist die Strafe, die Faust für die Sünde, die er gegen diesen göttlichen Geist der Liebe begangen hat, hier an sich erfährt, als ihm sein teuflischer Doppelgänger höhnend die Frage entgegenruft, auf die er keine Antwort als den wilden Blick der Verzweiflung hat: „Wer war's, der sie in's Verderben stürzte? Ich? oder Du?" —

So sind wir denn mit der Kerkerscene zu der Schluß= katastrophe und mit ihr zu dem Höhepunkte der Entwicklung von Gretchen's Charakter gelangt, wo sich dies an geistiger Begabung anscheinend so tief unter Faust stehende Wesen hoch über ihn zu erhabener Größe emporhebt. Zunächst sei bemerkt, daß wir es in diesem Schlußakte des Gedichtes keineswegs mit einer Wahnsinnigen zu thun haben*). Der Dichter des Faust hat nicht daran gedacht, sein Gretchen im Wahnsinne enden zu lassen. Zwar ist all ihr Empfinden, ihre ganze Phantasie durch ihre Lage bis zur höchsten Ueber= spannung gesteigert, aber was sie empfindet, was sie sieht, ist furchtbare Wahrheit, ihr ganzes Denken von einer grauen= vollen Folgerichtigkeit, die nur um so entsetzlicher ist, weil sie sich nicht in der Form des verständigen Reflektirens, sondern immer nur in Visionen der Thatsächlichkeit kundgiebt, welche den richtigen Gedanken in ein Phantasiebild eingekleidet ent= halten.

Es ist die Nacht vor dem zur Hinrichtung Gretchen's bestimmten Tage. Als Faust, der keinen andern Gedanken hat, als den, die Geliebte aus dem leiblichen Elend zu befreien und sie von dem körperlichen Tode zu erretten, ihr zuerst naht, wähnt

---

*) Dies ist zuerst nachgewiesen in der Schrift: „Ueber Goethe's Faust". Zwei dramaturgische Abhandlungen von Julius Mosen und Adolf Stahr. Olden= burg 1845. S. 71 ff. vgl. S. 51.

sie, er sei der Henker, der sie zum Tode führen wolle, und es windet sich die Kreatur in ihr vor dem Grauen der Todesangst. Sie ist noch so jung, sie möchte wenigstens noch leben bis „Morgen früh", wie es im Urtheil hieß, und jetzt ist es doch noch tiefe Nacht. Sie entschuldigt sogar ihr Vergehn:

„Schön war ich auch, und das war mein Verderben!"

wie jede Unglückliche in ihrem Falle. Als Faust sich vor ihr auf die Kniee wirft, sieht sie in ihm nur einen Menschen, mit dem sie beten könne, beten gegen die Höllenqual ihres Gewissens, die sich ihr äußerlich sinnlich darstellt in dem „Getöse" der Hölle unter den Stufen ihres Kerkers. Da ruft Faust sie bei ihrem Namen. Dieser Ruf, dieser Ton, dieser „süße liebende Ton", den sie, „mitten durch's Heulen und Klappern der Hölle" erkennt, ruft in dem nächsten Augenblick alle jubelnde Seligkeit in ihr wach. Die greuelvolle Gegenwart verschwindet, denn dieser Ruf zaubert vor ihre Phantasie urplötzlich die lebendigste Vorstellung ihrer glücklichen, von ihr momentan als gegenwärtige Wirklichkeit empfundenen Vergangenheit. Er ist da, er ist gekommen, sie zu erretten! sie ist gerettet! Aber der zur eiligen Flucht drängende Faust reißt sie eben so plötzlich aus diesem kurzen Seligkeitstraume. Das ist nicht mehr der glückliche, der nur von Liebe erfüllte Faust, „vor dessen Worten, dessen Blicken ein ganzer Himmel sie überdrang", und der „sie küßte, als wollte er sie ersticken!" Seine Lippen sind kalt, es wird ihr bang in seinen Armen! das Phantasiebild der zur Gegenwart gewordenen Vergangenheit verschwindet vor ihrem Auge, die Wirklichkeit tritt wieder in ihr Recht. Wenn Er auch wirklich Faust ist, so ist sie ja nicht sein Gretchen mehr, nicht mehr das Gretchen, das er verließ. Und nun folgt das furchtbare Bekenntniß, mit dem sie sich vor ihm des Mordes der Mutter, der Ertränkung ihres Kindes anklagt, des Kindes, das ja auch sein Kind war! Auch sein Verbrechen taucht damit in ihrer Seele auf; das Blut des Bruders, das an seiner Hand klebt. Als Faust in Verzweiflung ihr zuruft:

> „Laß das Vergangene vergangen sein,
> Du bringst mich um!"

wird es ihr deutlich, daß ja auch sein Leben dem Blutgerichte verfallen ist. Und Er — „muß doch übrig bleiben"; denn wer soll sonst ihren letzten Willen ausführen, sie im Grabe neben der Mutter und ihr Kind an ihrer rechten Brust zu betten! — Sie aber muß im Kerker bleiben! sie darf nicht hinaus, nicht anders als zum Tode, durch den sie ihr Verbrechen sühnen will und muß. „Weiter keinen Schritt!" Und doch — wie gerne ginge sie mit dem Geliebten! Aber für sie ist auf Erden keine Hoffnung mehr, als nur im „ewigen Ruhebette!"

> „Ich darf nicht fort; für mich ist nichts zu hoffen!"

Sie hat es versucht, sie hat es erfahren, was es heißt, ein sündebeladenes Leben durch Flucht erretten und jammervoll weiter schleppen:

> „Was hilft es fliehen? Sie lauern doch mir auf
> Es ist so elend, betteln zu müssen,
> Und noch dazu mit bösem Gewissen!
> Es ist so elend, in der Fremde schweifen,
> Und sie werden mich doch ergreifen!"

Als Faust sie daran mahnt, daß er ja bei ihr bleibe, erwidert sie ihm in ihrer Weise mit der Frage: Kannst Du auch das Geschehene ungeschehen machen, kannst Du mein Kind mir wiedergeben? meine Mutter aus ihrem Todesschlafe wieder erwecken? eine Frage, welche sich in ihrer Phantasie zu den fürchterlichen Visionen von dem ertrinkenden Kinde und der vom Todesschlafe umfangenen Mutter gestaltet.

Und als nun endlich der verzweifelnde Faust sie gewaltsam fortzutragen versucht, als sein Genosse an der Thür erscheint, als der „Böse" den „heiligen Ort", den durch ihre Buße und Entsagung geheiligten Raum des Kerkers betritt, — da graut es ihr selbst vor dem Geliebten in solcher Gesellschaft, und in die Kniee niederstürzend befiehlt sie ihre Seele dem himmlischen Vater, überantwortet sie ihr irdisches Theil dem „Gerichte Gottes, dessen irdische Stimme in dem Geläute des Sterbeglöckleins von außen her erklingt."

Sie „ist gerichtet", aber zugleich „gerettet". Denn sie ist durch ihre Reue und ihre heldenmüthige Entsagung gereinigt und gesühnt von aller irdischen Schuld, versöhnt mit dem Urquell aller Reinheit, und darf verklärt seinem Throne nahen und sich den Engelschaaren zugesellen, die seine ewig lichte Klarheit umgeben. Als Theilhaberin solcher Reine und Seligkeit finden wir sie denn auch am Schlusse des zweiten Theils des Gedichts, wo sie den Geliebten empfängt mit dem zum Ausdrucke der Seligkeit verklärten Flehen zur Mutter Gottes, die hier selbst nicht mehr die „Schmerzenreiche", sondern nur noch die „Strahlenreiche" ist, mit dem Gebete:

> „O neige
> Du Ohnegleiche,
> Du Strahlenreiche,
> Dein Antlitz gnädig meinem Glück!
> Der früh Geliebte,
> Nicht mehr Getrübte,
> Er kommt zurück!"

Streichen wir das Symbolisch-Phantastische hinweg von dieser Lösung des zweiten Theils, so bleibt das Resultat die

so einfache und doch so erhebende Wahrheit, die das Liebes=
lied des alten Bundes ausspricht: daß „die Liebe stärker ist
als der Tod und ihr Wille fester als die Hölle, ihre Glut ist
feurig und eine Flamme des Herrn, daß auch Ströme
des Wassers sie nicht mögen auslöschen". — Diese Liebe ist
die Liebe Gretchen's, und Faust hat Theil genommen an dieser
Liebe und diese Liebe an ihm. Darum, trotz aller Sünde
und allen Irrens in der Welt der Sünde, trotz allen Ver=
brechens und Elends, zu dem diese Liebe den Irrenden geführt
und getrieben,

„Begegnet ihm die selige Schaar
Mit herzlichem Willkommen!"

VI.

Clärchen.

Um die Tragödie Egmont und die Gestalt Clärchen's richtig zu beurtheilen, muß man sich die Geschichte dieser Dichtung vergegenwärtigen.

Goethe's Egmont ist, wie die meisten dichterischen Haupt= werke Goethe's, nicht aus einem Gusse und in einer Folge gearbeitet, sondern das Produkt sehr verschiedener Zeiten.

In der ersten unvollständigen Gestalt brachte Goethe das Gedicht schon mit, als er von Frankfurt im Jahre 1775, ein Sechsundzwanzigjähriger, nach Weimar kam*). Wir haben darüber sein eigenes ausdrückliches Zeugniß in einem Briefe, den er nach der letzten abschließenden Ueberarbeitung zwölf Jahre später von Rom aus an Herder schrieb, aus dem ich die betreffende Stelle weiterhin mittheilen werde. In dieser ersten Gestalt, von welcher uns leider eine Abschrift, wie von der ersten Gestalt der Iphigenie, nicht erhalten geblieben ist, sandte Goethe das Stück im Jahre 1782 an seine Freundin Frau von Voigts, um es durch deren Hand ihrem Vater, dem be= rühmten Justus Moeser, zur Beurtheilung vorzulegen. Er schrieb

---

*) Goethe's Briefe an Frau von Stein I, S. 10; vgl. S. 131. 226, 235. II, 127, 166, 168.

dazu: „Sie erhalten hier einen Versuch, den ich vor einigen Jahren gemacht habe, ohne daß ich seit der Zeit so viel Muße gefunden hätte, um das Stück so zu bearbeiten, wie es wohl sein sollte. Legen Sie es, wie es ist, Ihrem Herrn Vater vor, und dann bitte ich Sie, recht aufrichtig und ausführlich zu sein, und mir umständlich zu melden, was er darüber sagt. Mir ist eben so wohl um sein Lob, als um seinen Tadel zu thun; ich wünsche zu wissen, von welcher Seite er es ansieht."

In derselben ersten, ihm selbst noch nicht genügenden Gestalt nahm er vier Jahre später das Werk mit nach Italien, aber erst dreiviertel Jahr nach seiner Ankunft in Rom, im Sommer des Jahres 1787, machte er sich an die Ueberarbeitung, von der er in seinen Briefen wiederholt den Weimarischen Freunden berichtet. „Egmont ist in Arbeit" — schreibt er am 5. Juli aus Rom, — „und ich hoffe, er wird gerathen. Wenigstens habe ich immer unter dem Machen Symptome gehabt, die mich nicht betrogen haben. Es ist recht sonderbar, daß ich so oft bin abgehalten worden, das Stück zu endigen, und daß es nun in Rom fertig werden soll. Der erste Akt ist in's Reine und zur Reife; es sind ganze Scenen im Stücke, an denen ich nicht zu rühren brauche." Am 30. Juli heißt es: „Egmont rückt zu Ende, der vierte Akt ist so gut wie fertig. Ich fühle mich recht jung wieder, da ich das Stück schreibe, möchte es auch auf den Leser einen frischen Eindruck machen;" — und am 11. August meldete er: „Egmont ist fertig und wird zu Ende dieses Monats abgehen können. Alsdann erwarte ich mit Schmerzen Euer Urtheil." Zwei Monate später erfreute ihn das erste beifällige Wort seiner Freunde jenseits der Alpen, und er schreibt denselben zurück: „Die Aufnahme meines Egmonts macht mich glücklich, und ich hoffe, er soll beim Wiederlesen nichts verlieren, denn ich weiß, was ich hineingearbeitet habe, und daß sich das nicht auf einmal herauslesen läßt. Es war eine unsäglich schwere Aufgabe, die ich ohne eine ungemessene Freiheit des Lebens und des Gemüths nie zu Stande gebracht hätte. Man denke, was das sagen will: ein Werk vornehmen, das zwölf Jahre früher geschrieben ist, es vollenden, ohne es umzuschreiben."

Die letzten Worte sind für uns die wichtigsten von allen. Sie beweisen, daß das Werk nur eine Ueber-, keine Umarbeitung erfuhr, als der Dichter es in Italien abschloß. Zu einer Umarbeitung reichte auch schon die Zeit von wenig mehr als vier Wochen, welche der Dichter in Rom auf diese Arbeit verwendete, weit nichthans, und wir werden schwerlich irren, wenn wir annehmen, daß der Unterschied der neuen letzten Bearbeitung von der ersten Gestalt der Dichtung kein größerer sein dürfte, als derjenige ist, welchen ich zwischen der ersten und letzten gleichfalls in Italien vollendeten Gestalt der Goethe'schen Iphigenie nachgewiesen habe*). Das heißt: Goethe's Egmont und sein Clärchen sind in allen wesentlichen Zügen nicht die Schöpfungen des Mannes, sondern des Jünglings Goethe. In beiden Gestalten, besonders aber in Clärchen, lebt und bebt der volle Herzschlag der leidenschaftlichen, ganz von dem Pathos der Liebe erfüllten Jugend des sechsundzwanzigjährigen Dichters.

Das wichtigste Selbstbekenntniß Goethe's über diese ganze Dichtung findet sich in einem Briefe, den er unmittelbar vor dem Abschlusse des Werkes in seiner ersten Gestalt an seine Geliebte, Charlotte von Stein, im März des Jahres 1782 schrieb. „Zum Egmont", — heißt es dort**), — „habe ich Hoffnung,

*) S. Goethe's Iphigenie auf Tauris in ihrer ersten Gestalt. Herausgegeben von Adolph Stahr. Oldenburg 1839. S. 3—48.
**) Briefe II, S. 170.

doch wird's langsamer gehen, als ich dachte. Es ist ein wunderbares Stück. Wenn ich's noch zu schreiben hätte, schrieb' ich es anders, und vielleicht gar nicht. Da es nun aber dasteht, mag es stehen; ich will nur das allzu Aufgeknöpfte, Studentenhafte der Manier zu tilgen suchen, das der Würde des Gegenstandes widerspricht."

Ueber kein anderes seiner Dramen war, wie man sieht, Goethe so unsicher, als über seinen Egmont, und die vereinzelten Urtheile seiner Freunde, welche ihm über die Alpen zukamen, scheinen wenig geeignet gewesen zu sein, seinen Muth zu stärken. Der erste, der ihm über das Stück seine Ansicht schrieb, war Herder, dessen Brief leider verloren ist. Herder bemängelte namentlich die Zeichnung Clärchen's. Goethe antwortete ihm: „Was Du von Clärchen sagst, verstehe ich nicht ganz, und erwarte Deinen nächsten Brief. Ich sehe wohl, daß Dir eine Nüance zwischen der Dirne und der Göttin zu fehlen scheint. Da ich aber ihr Verhältniß zu Egmont so ausschießlich gehalten habe; da ich ihre Liebe mehr in den Begriff der Vollkommenheit des Geliebten, ihr Entzücken mehr in den Genuß des Unbegreiflichen, daß dieser Mann ihr gehört, als in die Sinnlichkeit setze: da ich sie als Heldin auftreten lasse; da sie im innigsten Gefühl der Ewigkeit der Liebe ihrem Geliebten nachgeht, und endlich vor seiner Seele durch einen verklärten Traum verherrlicht wird: so weiß ich nicht, wo ich die Zwischennüance hinsetzen soll, ob ich gleich gestehe, daß aus Nothwendigkeit des dramatischen Puppen- und Lattenwerks die Schattirungen, die ich oben herzählte, vielleicht zu abgesetzt und unverbunden, oder vielmehr durch zu leise Andeutungen verbunden sind. Vielleicht hilft ein zweites Lesen, vielleicht sagt mir der folgende Brief etwas Näheres*)."

*) Ital. Reise. Brief vom 3. Novbr. 1787.

Dieser folgende Brief aber kam nicht, und fünf Wochen später klagte Goethe, daß der Freund ihm vom Egmont noch immer „so wenig sage, und eher, daß demselben daran etwas weh als wohl thue". „O wir wissen genug", ruft er aus, „daß wir eine so große Komposition schwer ganz rein stimmen können! Es hat doch im Grunde Niemand einen rechten Begriff von der Schwierigkeit der Kunst, als der Künstler selbst*)." Auch sein fürstlicher Freund, der Herzog Karl August, war mit dem neuen Stücke nur wenig zufrieden. Das sehen wir aus Goethe's Antwort auf den ebenfalls verlorenen Brief des Fürsten, die vom 28. März des folgenden Jahres aus Rom datirt ist**). „Ihr Brief, mein bester Fürst und Herr," — also lautet die Antwort des Dichters, — „in welchem Sie mir Ihre Gedanken über Egmont eröffnen, hat das Verlangen nur vermehrt, mich mit Ihnen über solche und andere Gegenstände mündlich zu unterhalten. Bemerkungen wie die, welche Sie mir schreiben, sind zwar für den Autor nicht sehr tröstlich, bleiben aber doch dem Menschen äußerst wichtig, und wer beide nicht in sich getrennt hat, weiß solche Erinnerungen zu schätzen und zu nützen. Einiges, was Ihnen nicht behagte, liegt in der Form und Konstitution des Stückes, und war nicht zu ändern, ohne es aufzuheben. Anderes, z. B. die Bearbeitung des ersten Aktes, hätte mit Zeit und Muße wohl nach ihren Wünschen geschehen können. — Es war ein schweres Unternehmen, ich hätte nie geglaubt, es zu vollenden. Nun steht das Stück da, mehr wie es sein konnte, als wie es sein sollte." Unter den Ausstellungen des fürstlichen Kritikers scheint die hauptsächlichste den subjektiv romantischen oder vielmehr romanhaften Charakter

____

*) Ital. Reise. Brief vom 8. Dezbr.
**) Briefwechsel des Großherzogs Karl August mit Goethe I. 120—121.

des Stücks und besonders die übergroße poetische Freiheit
betroffen zu haben, welche sich der Dichter mit der Gestalt
des Helden genommen hatte. Ich schließe dies aus den Worten
Goethe's: „Gewiß auch konnte kein gefährlicherer Leser für
das Stück sein als Sie. Wer selbst auf dem Punkte der
Existenz steht, um welchen sich der Dichter spielend dreht, dem
können die Gaukeleien der Poesie, welche aus dem Gebiete der
Wahrheit in's Gebiet der Lüge schwankt, weder genug thun,
weil er es besser weiß, noch können sie ihn ergötzen, weil er
zu nahe steht, und es vor seinem Auge kein Ganzes wird."

Ganz anders freilich lautete die Art und Weise, in welcher
sich dreißig Jahre später, als er seine Italienische Reise redigirte,
der Dichter über die Bemerkungen und Ausstellungen seiner
Freunde ausließ. Er sprach denselben jede Berechtigung ab, die
er doch, wie wir gesehen haben, ein Menschenalter früher, so frei=
müthig zugestanden hatte. Aber der nahezu Siebzigjährige war
eben nicht mehr der achtunddreißigjährige Goethe; die unbefangene
Offenheit über sich und seine Arbeit war einer geheimnißvollen
Betrachtungsweise gewichen, die an dieselbe kritisch nicht rühren
oder von Andern gerührt sehen mochte, und in einem solchen Unter=
nehmen gar leicht prosaische Beschränktheit zu erblicken meinte. So
heißt es denn in dem „Berichte" über jene Zeit*): „Schon die
die ersten Briefe über Egmont enthielten Ausstellungen über
dieses und jenes. Hierbei erneuerte sich die alte Bemerkung, daß
der unpoetische, in seinem bürgerlichen Behagen bequeme Kunst=
freund gewöhnlich da einen Anstoß nimmt, wo der Dichter ein
Problem aufzulösen, zu beschönigen oder zu verstecken gesucht hat.
Alles soll, so will es der behagliche Leser, im natürlichen Gange

---

*) Ital. Reise. „Bericht" vom Dezbr. 1787. Werke: Th. 29, S. 183—184. (Ausg.
letzter Hand.)

fortgehen; aber auch das Ungewöhnliche kann natürlich sein, dennoch scheint es demjenigen nicht, der auf seinen eigenen Ansichten beharrt. Ein Brief dieses Inhalts war angekommen, ich nahm ihn und ging in die Villa Borghese; da mußt' ich denn lesen, daß einige Scenen für zu lang gehalten würden. Ich dachte nach, hätte die aber auch jetzt nicht zu verkürzen gewußt, indem so wichtige Motive zu entwickeln waren. Was aber am meisten den Freun= dinnen tadelswerth schien, war das lakonische Vermächtniß, womit Egmont sein Clärchen an Ferdinand empfiehlt." Er erzählt dann weiter, wie er sich gegen diesen letzteren Vorwurf in seinem Ant= wortbriefe, von dem er einen Auszug mittheilt, durch das Zeugniß seiner römischen Freundin, der Malerin Angelika Kaufmann, vertheidigt habe, welche in der Traumerscheinung Clärchen's die würdigste Erhebung der Geliebten Egmont's gefunden habe.

Weit schärfer jedoch als die Ausstellungen der Weimar= schen Freunde des Dichters griff eine Kritik Schiller's, welche Goethe'n unmittelbar nach seiner Rückkehr aus Italien empfing, die schwachen Seiten der Dichtung an. Nicht das Einzelne war es, gegen das sich Schiller's Kritik wandte, sondern das Ganze. Er bewunderte die Schönheiten des Gedichts, aber er verwarf die „Tragödie", und vor allen die Behandlung des geschichtlichen Charakters in dem Helden derselben. Diese Schiller'sche Kritik ist noch heute — was auch die unbedingten Goetheverehrer sagen mögen — das Tiefste und Gründlichste, was über Goethe's Egmont gesagt worden ist. Ich verweise den geneigten Leser auf dasjenige, was ich darüber an einem andern Orte auseinandergesetzt habe*).

Als Resultat dieser kurzen Entstehungsgeschichte der

---

*) Oldenburgische Theaterschau Th. I. S. 131—142.

Goethe'schen Dichtung steht nun Folgendes fest. Der „Egmont" ist ein frühes Jugendwerk des Dichters, und seine beiden Hauptfiguren wurzeln daher nothwendig in denselben Anschauungen und Empfindungen, welche die Brust des jugendlichen Goethe während seiner Frankfurter Periode erfüllten. Alle späteren Ueberarbeitungen haben nicht vermocht, diesen spezifischen Charakter der Dichtung in Betreff der beiden Hauptfiguren, des Helden und seiner Geliebten, zu verändern. In dem ersteren sehen wir eben nur den gesteigerten Ausdruck von des Dichters eigenem Naturell. Egmont ist das getreue Abbild dessen, was Wolfgang Goethe in ähnlichen Verhältnissen, als Fürst geboren, gewesen sein würde. Wir haben darüber zum Ueberfluß das eigene Bekenntniß des Dichters in einem seiner Briefe an Charlotte von Stein, in welchem er bei Gelegenheit eines herben Ausfalls gegen Lavater's Christusdarstellung den merkwürdigen Ausruf thut: „Wenn unser einer seine Eigenheiten und Albernheiten einem Helden aufflickt, und nennt ihn Werther, Egmont, Tasso, wie Du willst, giebt es aber am Ende für nichts, als was es ist, so geht es hin, und das Publikum nimmt insofern Antheil daran, als die Existenz des Verfassers reich oder arm, merkwürdig oder schaal ist, und das Märchen bleibt auf sich beruhen*)." Aber es bedarf, wie gesagt, kaum dieses eigenen Bekenntnisses über die durchaus subjective Haltung von Egmont's Charakter, um in dem hochbegabten, bestechend glänzenden, alle Herzen durch die menschliche Liebenswürdigkeit seines Wesens unwiderstehlich einnehmenden Helden der Dichtung das treue Abbild des jugendlichen Goethe zu erkennen, dessen ganzes Wesen, wie das seines Helden, darauf gestellt war, das Leben nach allen Richtungen

---

* S. Goethe's Briefe an Frau von Stein. Th. II, S. 183 (vom 6. April 1782). Vgl. Briefwechsel Karl August's mit Goethe I. S. 121.

hin in seiner ganzen Fülle zu genießen, und sich dabei doch in allen Beziehungen desselben seine geistige Freiheit — ein Politiker würde sagen „die Politik der freien Hand" — nach Möglichkeit rücksichtslos zu bewahren.

Und so entspricht denn auch das Clärchen der Dichtung, ihre Stellung und ihr Verhalten zu Egmont, dem Verhältniß, in welchem — bis auf eine einzige Ausnahme, die Frankfurterin Lili, — alle diejenigen Mädchen, mit denen der junge Dichter bis dahin in mehr oder weniger leidenschaftlichen Verbindungen gestanden hatte, sich zu dem jungen, schönen, geistvollen, vornehmen Frankfurter Patriziersohne befunden hatten. Sie alle hatten zu ihm, als einem hoch über ihnen stehenden, hingebungsvoll hinaufgesehen, zumal jene Sesenheimer Pfarrertochter, von deren naivem liebevollem Wesen mehr als ein Zug auf das Clärchen der Dichtung übergegangen ist.

Ich habe früher bei der Charakteristik der verschiedenen typischen Gestalten, in welchen Goethe das Mädchen des deutschen Volkes ausgeprägt hat, das Clärchen Egmont's in dem Pathos ihrer begeisterten, zuletzt gleich einer Jungfrau von Orleans zur äußeren That schreitenden Hingebung an die Liebesleidenschaft als „die verkörperte Volkstragödie" bezeichnet*). Und in der That geht die Tragik dieser Gestalt weit hinaus über den tragischen Eindruck, den uns der Held der Tragödie, den uns ihr geliebter Egmont macht. Unwissentlich und absichtslos, aber eben darum nur um so wahrer und ergreifender, hat der Dichter in diesem Kinde des Volkes eine Eigenschaft dieses deutschen Volkes verkörpert, welche zu den schönsten, aber auch zugleich zu den gefährlichsten desselben gehört: jene unbedingte, grenzenlos vertrauende, selbstlose Hingebung

---

*) S. die Charakteristik von Goethe's „Dorothea."

und Aufopferungsfähigkeit, mit der es an seinen Fürsten hängt. „Hätt' ich nur etwas für sie gethan! könnt' ich nur etwas für sie thun! Es ist ihr guter Wille, mich zu lieben," sagt Egmont von seinem Volke, das ihn vergöttert.

In dieser unbedingten, selbstlosen, sich tief unterordnenden Hingebung an den Geliebten, in diesem ihr ganzes Wesen vollständig ausfüllenden Pathos einer Liebesleidenschaft, — als deren Hauptmotiv der Dichter selbst den Begriff der Vollkommenheit des Geliebten und den entzückenden Genuß des Unbegreiflichen angiebt, daß dieser Mann ihr gehört, — in dieser von Sinnlichkeit fast völlig freien Liebe liegt die Erhabenheit von Clärchen's Erscheinung. Ausführung und Kolorit sind — wie sich das aus der ersten Entstehungszeit der Dichtung erklärt — ganz im Geiste der Goethe'schen Jugendperiode, in jenem Geiste jugendlicher Ueberschwenglichkeit und Ueberspanntheit gehalten, der die Sturm- und Drangperiode jener Zeit kennzeichnet. Dieses Clärchen Egmont's ist keine Niederländerin, kein Brüsseler Bürgerkind des sechzehnten Jahrhunderts, — sie ist ein deutsches Mädchen der Goethe'schen Jugendzeit. Nicht einmal ein katholischer Zug ist in ihrer Charakteristik zu spüren; ihre ganze Denk- und Empfindungsweise ist modern, und der Aufklärung und der Freiheit der letzten Halbscheid des achtzehnten Jahrhunderts angehörig. Im Schooße des Katholizismus geboren und erzogen, kommen ihr doch selbst in ihrer tiefsten Noth weder die Madonna noch die Heiligen in den Sinn, und eben so wenig zeigt sie etwa irgend ein Interesse für die neue religiöse Lehre. Sie ist eben vollkommen frei von jeder religiös gläubigen Empfindung, und in allen Stücken gerade so die geistige Tochter des jugendlichen Goethe, wie ihr Egmont selbst der zum Fürsten erhobene Doppelgänger desselben ist. Als solche haben wir sie jetzt näher zu betrachten, und die in der Dichtung gegebenen Züge zu ihrem Bilde zusammenzustellen.

Sie hat ihren Vater früh verloren — in dem ganzen Stücke ist nirgends die Rede von ihm — und ist aufgewachsen neben einer gutmütig schwachen, auf ihre Tochter eitlen Mutter, die dem einzigen, geliebten, ebenso schönen als gescheuten und eigenwilligen Kinde alle seine Launen nachzusehen und ihr in Allem den Willen zu lassen nur allzu geneigt war und ist. Clärchen's eigenartiges, bald leidenschaftlich aufgeregtes und überreiztes, bald sinnig nachdenkliches, in sich selbst versunkenes Wesen hat sich schon in dem Kinde entwickelt. „Du warst immer so ein Springinsfeld", sagt die Mutter, „als ein kleines Kind schon, bald toll, bald nachdenklich." Die Natur hat sich versehen, als sie aus ihr ein Mädchen und aus ihrem sanften, weiblich-empfindsamen Liebhaber, Fritz Brackenburg einen Knaben machte; umgekehrt wäre es richtiger und besser in der Ordnung gewesen. Es ist mehr als Redensart, wenn sie sich wiederholt wünscht, „ein Mannsbild zu sein", wenn sie das „Soldatenliedchen", das mit diesem Wunsche endet, ihr „Leibstück" nennt, und wenn sie ihrer Mutter gegenüber ausruft: „Wär' ich nur ein Bube und könnte überall mitgehen, zu Hofe und überall hin! könnt' ihm die Fahne nachtragen in der Schlacht!" Nicht als ob darum die geschlechtlich-sinnliche Liebesempfindung in dem Verhältnisse zu Egmont bei ihr nicht dennoch auch ihr Recht behauptete, als ob sie „in seinen Armen sich nicht als das glücklichste Geschöpf empfände!" Aber über diese Empfindung hinaus geht doch die jünglingshafte Begeisterung für den Helden, den fürstlichen Liebling des Volks, den Sieger von Gravelingen, „den großen Grafen Egmont, der so viel Aufsehen macht, von dem in den Zeitungen steht, an dem die Provinzen hängen." Wir bemerken dabei nur gelegentlich auch dies als einen jugendlichen Zug der Dichtung, daß Goethe sein Clärchen „Zeitungen" lesen und aus ihnen einen Theil ihrer Begeisterung für ihren Helden schöpfen läßt, während es dergleichen in der Mitte des sechzehnten Jahr= hunderts in Europa noch gar keine gab.

Ein Brüsseler Bürgersohn, guter Leute Kind, Fritz Bracken= burg, bewarb sich frühzeitig um Clärchen's Liebe, um ihre Hand. Es war eine gute Partie für sie, nach ihrer Mutter Meinung und selbst nach ihrem eigenen Geständniß. Sie fühlte keine eigent= liche Liebe für ihn, wenigstens keine Leidenschaft, aber seine Treue, seine Anhänglichkeit, seine Sanftmuth, seine Bescheidenheit, die gänzliche Hingebung und Unterordnung, die er ihr bewies, nahmen sie für ihn ein. Er sollte ihr den einzigen frühverstorbenen Bruder ersetzen, und als Bruder liebte sie ihn. „Ich hatte ihn gern", sagte sie, „und ich will ihm auch noch wohl in der Seele. Ich hätte ihn heiraten können, und glaube, ich war nie in ihn verliebt". Dies „ich glaube" ist bezeichnend. Ihr Verhältniß zu Brackenburg war eine stille bürgerliche Idylle. Es gab eine Zeit, wo sie, gerührt von so viel treuer Liebe, ihn liebte, ihn zu lieben schien", wo sie ihm mit dem ersten und einzigen bräut= lichen Kusse seiner Hoffnungen Erfüllung versprach, und ihre Mutter sich schon in dem Gedanken wiegte, ihr Kind an der Seite eines braven und wohlhabenden Mannes aus ihrem Stande glücklich und wohlversorgt zu sehen. Diese Zeit liegt vor dem Beginne des Gedichts. Ein anderer Stern ist an Clärchen's Horizont aufgegangen. Graf Egmont, der gefeierte Volksheld, der schöne, ritterliche, fürstliche Mann, den „alle Provinzen anbeten", hat sein Auge auf das im Verborgenen blühende Bürgerkind geworfen, und die Liebesidylle Brackenburg's vernichtet. Wie leicht wird es dem Hochgebornen, dem mit allen

Gaben des Glücks Geschmückten, über den bescheidenen Bürgers=
sohn zu triumphiren! Fühlte sie doch selbst Clärchen's Mutter
trotz ihrer bürgerlichen Ehrbarkeit geschmeichelt durch die Auf
merksamkeit, die der hochgeborne fürstliche Held ihrer Tochter
zu schenken geruht. Jetzt freilich, nachdem sich ihr Kind seiner
Werbung in voller Liebe hingegeben hat, — jetzt, wo es zu
spät ist, denkt sie, „was in Zukunft werden soll", jetzt faßt sie
die „Herzensangst", wie das „ausgehen" wird, die Reue über
ihre Nachsicht, durch welche es ihrer Tochter gelungen ist, sie
beide unglücklich zu machen. Das Gespräch, in welchem Mutter
und Tochter bei ihrem ersten Auftreten auf das Geschehene
zurückschauen, ist von einer ergreifenden Charakteristik:

Clara (gelassen): Ihr ließet es doch im Anfange.

Mutter: Leider war ich zu gut, bin immer zu gut.

Clara: Wenn Egmont vorbeiritt und ich an's Fenster lief, schaltet
Ihr mich da? Tratet Ihr nicht selbst an's Fenster? Wenn er heraufsah,
lächelte, nickte, mich grüßte, war es Euch zuwider? Fandet Ihr Euch
nicht selbst in Eurer Tochter geehrt?

Mutter: Mache mir noch Vorwürfe!

Clara (gerührt): Wenn er nun öfter die Straße kam, und wir
wohl fühlten, daß er um meinetwillen den Weg machte, bemerktet Ihr's
nicht selbst mit heimlicher Freude? Rieft Ihr mich ab, wenn ich hinter
den Scheiben stand und ihn erwartete?

Mutter: Dachte ich, daß es soweit kommen sollte?

Clara: Und wie er uns Abends, in den Mantel eingehüllt, bei
der Lampe überraschte, wer war geschäftig ihn zu empfangen, da ich auf
meinem Stuhl wie angekettet und staunend sitzen blieb?

Mutter: Und konnte ich fürchten, daß diese unglückliche Liebe das
kluge Clärchen sobald hinreißen würde? Ich muß es nun tragen, daß
meine Tochter — — meine einzige Tochter ein verworfenes Geschöpf ist.

Aber die Mutter, welche in den letzten Worten mit so schonungs=
loser Nacktheit die Lage der Tochter ausspricht, bewirkt dadurch
nur das Gegentheil von dem, was sie beabsichtigen mochte:

„Verworfen! Egmont's Geliebte verworfen? Welche Fürstin neidete nicht das arme Clärchen um den Platz an seinem Herzen!" Das ist die Antwort des Mädchens, das ihre Hingebung an den Geliebten als eine Auszeichnung, als einen Ehrenschmuck empfindet, und seiner Liebe im Innersten gewiß — „ich frage nur, ob er mich liebt; und ob er mich liebt, ist das eine Frage?" — sich in der ganzen sie umgebenden Welt um nichts weiter kümmert. „Das Volk, was das denkt, die Nachbarinnen, was die murmeln" — das Alles ist ihr gleichgültig, ist für sie gar nicht vorhanden. Vorhanden ist für sie nur ihr Liebesglück, das Glück, „den großen Egmont" zu besitzen, „an dem keine falsche Ader ist", der so groß und herrlich und doch „so lieb und gut" ist, der ihr, dem armen Bürgerkinde „so gern seinen Stand, seine Tapferkeit verbergen möchte, der nur um sie besorgt ist, so nur Mensch, nur Freund, nur Liebster", und der „dieses kleine Haus, diese Stube für sie zum Himmel gemacht hat, seit seine Liebe darin wohnt".

Die Mutter ist denn auch gleich wieder versöhnt: „Man muß ihm hold sein", sagt sie, „das ist wahr!" Egmont's Freundlichkeit, seine freie Offenheit haben es auch ihr angethan, und ihre Frage: „kommt er wohl heute?" und ihre auf die Bejahung folgende Ermahnung: „Ziehst Du Dich nicht ein wenig besser an?" vollenden mit wenigen Strichen das Bild der eitlen, schwachen, charakterlosen Frau, die nur noch die eine Besorgniß hegt, daß die Tochter durch ihr „heftiges Wesen" sich „vor den Leuten verrathen und Alles verderben" möchte. Sie ist im Gegensatze zu der Ueberspannung und dem Liebesidealismus der Tochter die alltägliche Gewöhnlichkeit selbst, stets hin- und herschwankend zwischen dem Gefühle der befriedigten Eitelkeit: ihre Tochter von dem hohen Herrn so ausgezeichnet zu sehen, und der ängstigenden Reue über ihre Schwäche und der Sorge um deren Folgen für sich und die Zukunft ihres Kindes. Es ist etwas von Frau Martha Schwerdtlein in dieser Mutter Clärchen's; das beweist die Art und Weise, wie sie sich kurz vor Egmont's Erscheinen in ihrem Hause im dritten Aufzuge über Brackenburg und ihrer Tochter Verhältniß zu demselben ausläßt, um unmittelbar darauf wieder bei Egmont's Erscheinen den „edlen Herrn" sofort mit dem Geständniß zu empfangen: „Meine Kleine ist fast vergangen, daß Ihr so lang ausbliebt; sie hat wieder den ganzen Tag von Euch geredet und gesungen!" Und dies sagt sie, nachdem sie soeben erst ihrer Tochter zugeredet, den treuen Brackenburg „in Ehren zu halten", der zwar ihren Umgang mit Egmont argwöhne, aber sich dennoch wohl entschließen würde, sie zu heiraten, „wenn sie ihm nur ein wenig freundlich thäte!" Es liegt etwas geradezu Fürchterliches in der Zeichnung dieser Mutter, deren erschreckende Niedrigkeit der Gesinnung, deren gänzlicher Mangel an Selbstachtung hier so nackt dem Idealismus der Tochter gegenübertreten. Eine gleich schroffe Gegenüberstellung zweier sich so nahe stehender weiblicher Wesen wie diese findet sich kaum noch in Goethe's Dichtungen wieder. Aber es fehlt dieser Zeichnung nicht an künstlerischer Berechtigung, denn sie gewährt dem Dichter die Möglichkeit, das Bild seiner Heldin durch den bedeutendsten Zug ihres Wesens zu vervollständigen. Dieser Zug ist das innige Bewußtsein von der Ewigkeit ihrer Liebe, von der Unmöglichkeit, sich ohne diese Liebe zu denken, ohne sie existiren zu können. Auf die Worte der Mutter: „Die Jugend und die schöne Liebe, alles hat ein Ende, und es kommt eine Zeit, wo man Gott dankt, wenn man irgendwo unterkriechen kann!" hat sie nur die schaudernde Antwort: „Mutter laß die Zeit kommen wie den Tod. Daran vorzudenken ist schreckhaft. Und wenn er kommt, wenn wir müssen, — dann — wollen wir uns geberden, wie wir können. Egmont, ich dich entbehren! Nein es ist nicht möglich, nicht möglich!"

Es ist die Wahrheit. Und diese Selbstgewißheit der Unendlichkeit ihrer Liebe, der Unmöglichkeit, ohne sie fortleben zu können, hebt das arme Bürgerkind hoch hinaus über den glänzenden, fürstlichen Mann, für den dieser Liebeshandel doch im Grunde nie etwas anderes war, als ein herzig Spielzeug, ein „freundliches Mittel, die sinnenden Runzeln von seiner Stirn weg zu baden", wenn einmal der Ernst seiner Lage drohend an ihn herantritt, und er „ruhig stirbt", nachdem er die Geliebte einem ihm bis dahin völlig fremden jungen Cavalier empfohlen, mit dem er einmal einen Pferdehandel gemacht hat.

Egmont ist und bleibt der „große Herr", der sich zu dem Bürgerkind herabgelassen. Er war, wie der arme Brackenburg sagt, „der reiche Mann, der des Armen einziges Schaf zur bessern Weide herüberlockte". Er hat keine Ahnung von der Tiefe der Liebe, die in Clärchen's Herzen lebt, keine Ahnung davon, daß sie nicht im Stande ist, „ihn zu entbehren", ihn zu überleben! Leichtsinnig, egoistisch, wie er sein eigenes Leben nutzlos hingeworfen hat, nur, um sich nicht durch Sorge und Vorsicht im Genusse des Tages stören zu lassen, hat er an der Schwelle des Todes in keinem seiner langen Selbstgespräche ein Wort der Liebe, des Schmerzes um das Loos des Wesens, dessen friedliches Dasein er zerstört, das er seinem selbstischen Bedürfnisse nach Genuß geopfert hat, und das sich in demselben Augenblicke, wo er sich aller Sorge um sie durch jene kurze Empfehlung an den jungen Cavalier entledigt, hochherzig den Tod giebt, nachdem der verzweifelte Versuch, die Bürger Brüssels zur Befreiung des gefangenen Geliebten zu begeistern, fehlgeschlagen ist! Kein unbefangenes Empfinden wird sich eines unheimlichen Eindrucks zu erwehren vermögen bei den einzigen Worten, mit denen Egmont gegen Ferdinand zuletzt auch Clärchen's gedenkt: „Noch Eins — ich kenne ein Mädchen, du wirst sie nicht verachten, weil sie mein war. Nun ich dir sie empfehle, sterb' ich ruhig. Du bist ein edler Mann; ein Weib, das den findet, ist geborgen."

Aber der „alte Diener", der dem Beauftragten zu diesem „Kleinode" den Weg zeigen soll, wird ihn nur zu Clärchen's Leiche führen. Sie hat Ernst gemacht mit ihrem Worte. Mit dem Augenblicke, der ihr die Gewißheit seines Schicksals giebt, die Gewißheit, daß sie ihn entbehren soll, ist ihr Entschluß gefaßt, ihr Dasein geendet. Vergeblich hat sie versucht, die Glut ihrer Begeisterung, die Kraft ihrer Liebe und den Muth ihrer Verzweiflung in die Herzen ihrer Mitbürger zu übertragen und sie zur Erhebung für den gefangenen Volksliebling zu entflammen. Ihr heldischer Muth scheitert an der Zaghaftigkeit des schreckbetäubten Volks. Das Gefühl ihrer Ohnmacht und Hülflosigkeit, die Verzweiflung darüber, daß sie frei ist, sie, die er sein genannt, — und Er gefangen, daß sie, ein Theil von seinem Wesen, wenn auch nur „der kleinste", unfähig ist, ein Glied nach seiner Hülfe zu rühren — dieser Gedanke, diese „Angst" der Ohnmacht in der Freiheit überwältigen sie, und „die Ahnung des Morgens", zu dem bereits das Mordgerüst errichtet ist, auf dem das Haupt des Geliebten fallen soll, „scheucht sie in das Grab", Ihm vorauszugehen in den Tod, Ihm, „dessen Leben sie ihr ganzes Wesen gewidmet".

VII.

Helena.

Wenden wir uns nun von der Betrachtung und Charak=
teristik Clärchen's zu jener symbolischen Frauengestalt,
in welcher Goethe, wie er in Gretchen und Clärchen das ger=
manische Wesen darstellte, das altgriechische Wesen zu verkörpern
gedachte, zu seiner Helena, so leuchtet alsbald ein, daß man
dieselbe eigentlich kaum als eine „Frauengestalt" bezeichnen
kann. Denn sie ist durchaus nur Symbol oder vielmehr
Allegorie, ein personifizirter Begriff, die Personification der
antiken Kunst und Schönheit, und vermag deshalb weit nicht das=
jenige Interesse zu gewähren, welches uns die bisher behandelten
Frauengestalten des Dichters einzuflößen geeignet sind. —

Wenn wir bedenken, daß Goethe diesen Theil seiner Faust=
dichtung bereits von Frankfurt nach Weimar mitbrachte, da er
die „Helena" schon im Jahre 1780 daselbst bei Hof vorlas, wie
Riemer in seinem bekannten Buche berichtet (S. Mittheilungen
über Goethe II, S. 351), so sind wir genöthigt, daraus den
Schluß zu ziehen, daß jene erste Bearbeitung sehr wesentlich
verschieden gewesen sein muß von der Gestalt, in welcher uns
jetzt diese Dichtung vorliegt. Denn von der Idee einer Ver=

söhnung zwischen Klassizismus und Romantizismus, die Goethe als den Kern der späteren Helena-Dichtung bezeichnet, konnte im Jahre 1780 nicht wohl die Rede sein. Auch sagt uns der Dichter selbst, in einer bei Riemer angeführten Stelle, die er wenige Jahre vor seinem Tode niederschrieb: daß sich dies Gedicht „in langen kaum übersehbaren Jahren" vom ersten Entwurfe im Jahre 1774 bis zum letztlichen Abschlusse vielfach verändert habe. Die erste Bearbeitung ruhte auf der Ueberlieferung, welche Goethe in dem alten Faust-Puppenspiele vorfand, nach welcher Faust den Mephistopheles gezwungen, ihm die schönste aller Frauen, die griechische Helena, zu schaffen. Es war Goethe's ursprüngliche Absicht gewesen, diesen Stoff zu einem in sich abgeschlossenen Drama zu machen, und noch im Jahre 1800, als er die Umarbeitung begann, schrieb er an Schiller: das Schöne in der Lage seiner Heldin (der Helena) ziehe ihn dergestalt an, daß es ihn betrübe, sie in eine Fratze verwandeln zu sollen. „Wirklich", setzte er hinzu, „fühle ich nicht geringe Lust, eine ernsthafte Tragödie auf das Angefangene zu gründen; allein ich werde mich hüten, die Obliegenheiten zu vermehren, deren kümmerliche Erfüllung ohnehin schon die Freude des Lebens verzehrt."

In der That, hier haben wir ein merkwürdiges Selbstgeständniß des Dichters, dem vielleicht an Unbefangenheit der Selbstbeurtheilung nur noch ein zweites zur Seite gestellt werden kann, wenn wir ihn beschäftigt mit dem Abschlusse des ganzen zweiten Theils der Faustdichtung an Zelter schreiben sehen: „ich möchte diesen zweiten Theil des Faust vom Anfang bis zum Bacchanal (d. h. bis zum Ende der Helena) wohl noch einmal der Reihe nach weglesen. Vor dergleichen aber pflege ich mich zu hüten. In der Folge mögen es andere thun, die mit frischen Organen dazu kommen, und sie werden etwas aufzurathen finden!" — Und die Spätern — das sei Gott geklagt — haben „etwas aufzurathen" gefunden! nur daß das, was sie erriethen, meist des Rathens nicht über=mäßig werth war.

Es ist kaum zu bezweifeln, daß in der ersten Bearbeitung die Gestalt der Helena wirklich als lebendiger Inbegriff aller verführerischen, schwungvollen, körperlichen Reize südlicher Weiblichkeit dargestellt, und so Faust's Untreue gegen Gret=chen bündiger und faßlicher motivirt war, als es in der späteren der Fall ist. Von dieser sagt Friedrich Vischer in seinen kritischen Gängen (II. S. 102 — 103) mit vollem Rechte: Goethe that sich auf die Allegorie des dritten Akts (d. h. auf seine neue Umdichtung der Helena) etwas Be=sonderes zu Gute, und allerdings hatte er diese Conception noch in kräftigen Jahren gefaßt: allein es ist und bleibt ein Mißgriff. Die Helena in der Volkssage vom Zauberer Faust zu einer Allegorie der Verbindung des romantischen und klassischen Prinzips zu benutzen, lag sehr nahe; — was aber die Helena in der Volkssage will, hat Goethe schon in Gret=chen gegeben. Man sage nun immerhin: Helena trete hier keineswegs als Allegorie auf, sie erscheine wirklich und lebendig aus dem Hades wieder. Aber — nachher bedeutet sie in Allem, was mit ihr geschieht, die klassische Bildung überhaupt, es gehen Dinge mit ihr vor, denen man es alsbald ansieht, daß es sich hier nicht um diese Person, sondern um einen Begriff handle, und sie wird also zur reinen Allegorie ver=flüchtigt.

Nicht nur um die Richtigkeit dieses Urtheils zu beweisen, welches Vischer zwanzig Jahre später in seinen „Neuen kritischen Gängen (III, 3. S. 144—146)" wiederholt, sondern auch um zu zeigen, daß eine eigentliche Charakteristik der Goethe'schen Helena als Frauengestalt nicht wohl möglich ist, wird es das Beste sein, wenn wir den Inhalt des dramatischen Abschnitts, der diesen Namen trägt, kurz unsern Lesern vorführen. Es wird dies um so nothwendiger sein, da wahrscheinlich nicht viele derselben das Stück aus eigner Lektüre gegenwärtig haben dürften.

Der Kreis von Sagen, welcher in den schriftlichen Denkmälern des Alterthums den Namen und die Gestalt der Helena, die Tochter des Zeus und der an König Tyndareus vermählten Dioskurenschwester Leda umgiebt, ist voll der buntesten und sich einander widersprechendsten Ueberlieferungen. Bei Homer erscheint Helena, von Paris, dem troischen Königssohne, ihrem Gatten, dem Atriden Menelaos, König von Sparta, entführt, als Ursache des großen Kriegszuges, welcher Fürsten und Völker von Hellas gegen Troja vereinte und mit der Zerstörung des Reichs und der Hauptstadt des Priamos endete. Nach dem Falle ihres Entführers Paris wird sie an dessen Bruder Deïphobos vermählt, und zuletzt von ihrem ersten Gemahle Menelaos, nach der Eroberung von Troja, wieder als Gemahlin angenommen, mit dem sie nach vielen Irrfahrten glücklich nach ihrem alten Heimatorte Sparta zurückgelangt, wo wir sie in der Odyssee prangend in unveränderter Schönheit, der Artemis gleich an Gestalt, antreffen. (Homer, Odyssee IV, 123 ff.)

Diese ihre Schönheit bildet in den alten Sagen ihr Verhängniß. Schon als Kind wird sie von dem größten und herrlichsten aller hellenischen Helden, vom Theseus, nach Athen entführt, aus dessen Gewalt sie ihre Brüder, die göttlichen

Dioskuren, befreien. Alle ersten Helden von Hellas freien dann um sie, die schönste aller Frauen, aber sie wird dem Menelaos, dem Bruder ihres Schwestermannes Agamemnon zugesprochen, nachdem ihr Vater zuvor den freienden Königen und Helden das Gelübde abgenommen hat, sich ohne Kampf und Hader in die Entscheidung zu fügen. Eine spätere Sage läßt sie nach Menelaos' Tode aus Sparta vertrieben, ja getödtet, aber wieder belebt und mit dem zum Gott erhobenen Achill auf der Insel Leuke vermählt werden, aus welcher Vermählung ein Sohn, der geflügelte Euphorion, geboren wurde, den Zeus seiner Schönheit wegen mit dem Blitze erschlägt.

Dieses ganze wundersame Gewirr von Sagen hat nun Goethe in seine Dichtung verwebt, in der er sich auch den Zug nicht hat entgehen lassen, welcher in der alten Sage darauf hindeutet, daß Menelaos nach der Eroberung von Troja anfangs beabsichtigt habe, die entführte Gattin den erzürnten Göttern als Sühnopfer am Altare darzubringen.

Mit diesem Vorsatze beginnt die Goethe'sche Dichtung, welche den Namen der antiken Heroine, der Repräsentantin der hellenischen Schönheit, trägt.

König Menelaos ist nach langer Irrfahrt endlich glücklich mit seiner Gattin wieder an der Küste seines Heimatreiches gelandet. Er selbst ist im Hafen bei den Schiffen zurückgeblieben, um die Ausschiffung zu leiten und seine Krieger zu mustern. Die Helena mit ihren Begleiterinnen, aus denen in der Dichtung der Chor gefangener Trojanerinnen besteht, hat er zu seiner Königsburg vorausgeschickt, um zu sehen, wie dort Alles stehe, und Vorrichtungen zu einem großen Opfer zu treffen, dessen Gegenstand er aber nicht näher bezeichnet. Helena betritt, von den Frauen und deren Führerin Panthalis umgeben, in großer Erregung den Schauplatz ihrer Kindheit, der sie an ihr viel verflochtenes abenteuerliches Geschick erinnert. Aber auch große Sorge erfüllt sie und ein banges Vorgefühl einer schrecklichen letzten Entwicklung. Denn schon auf der langen Meeresfahrt ist ihres Gemahls düster schweigendes Verhalten ihr der Art erschienen, „als ob er Unheil sänne." So steigt sie, selber trüber Ahnung voll, indeß der Chor sich in jubelnden Freuden=gesängen über das glückliche Ende aller Leiden, zum Lobe der „glücklich herstellenden und heimführenden Götter" ergeht, die Stufen des Palastes hinan und tritt in das Innere, aus dem sie jedoch bald darauf zum Schrecken des Chors mit allen Zeichen großer Erschütterung eilenden Schrittes zurück=kehrt. Denn Entsetzliches hat sie in der veröden Halle des alten Königspalastes geschaut, wie sie alsbald den forschenden Frauen berichtet:

„Als ich des Königshauses ernsten Binnenraum,
Der nächsten Pflicht gedenkend, feierlich betrat,
Erstaunt' ich ob der öden Gänge Schweigsamkeit.
Nicht Schall der emsig Wandelnden begegnete
Dem Ohr, nicht raschgeschäft'ges Eiligthun dem Blick,
Und keine Magd erschien mir, keine Schaffnerin,
Die jeden Fremden freundlich sonst Begrüßenden.
Als aber ich dem Schooße des Herdes mich genaht,
Da sah ich bei verglomm'ner Asche lauem Rest
Am Boden sitzend, welch verhülltes großes Weib,
Der Schlafenden nicht vergleichbar, wohl der Sinnenden.
Mit Herrscherworten ruf' ich sie zur Arbeit auf,
Die Schaffnerin mir vermuthend, die indeß vielleicht
Des Gatten Vorsicht hinterlassend angestellt;
Doch eingefaltet sitzt die Unbewegliche.
Nur endlich rührt sie auf mein Dräun den rechten Arm

Als wiese sie von Herd und Halle mich hinweg.
Ich wende zürnend mich ab von ihr und eile gleich
Den Stufen zu, worauf empor der Thalamos
Geschmückt sich hebt und nah daran das Schatzgemach;
Allein das Wunder reißt sich schnell vom Boden auf,
Gebiet'risch mir den Weg vertretend, zeigt es sich
In hagrer Größe, hohlen, blutig=trüben Blicks,
Seltsamer Bildung, wie sie Aug' und Geist verwirrt.
Doch red' ich in die Lüfte; denn das Wort bemüht
Sich nur umsonst, Gestalten schöpf'risch aufzubaun.
Da seht sie selbst! sie wagt sogar sich an's Licht hervor!
Hier sind wir Meister, bis der Herr und König kommt."

Das angekündigte gespenstische Wesen, Phorkyas (d. h.
Tochter des Meergottes Phorkys) geheißen, tritt auf. Sie
stellt sich dar als älteste der Haussklavinnen, die König
Menelaos einst auf einem Raubzuge aus Kreta geraubt, und
zur obersten Schaffnerin seines Hauses gemacht habe, und
zählt dann, nach heftigem Wortstreite mit dem von ihr ver=
achteten Chore, der Helena deren frühere Schicksale auf: ihre
Entführung durch Theseus, ihre stille Neigung für den schönen
Patroklos, welche des Vaters Wille durch ihre Vermählung
mit Menelaos durchkreuzte, ihre Flucht mit dem Entführer
Paris aus dem Hause des Gatten während der Abwesenheit
desselben auf dem Kretischen Raubzuge, und verkündet schließ=
lich der Heimgekehrten, welch' grauses Geschick ihr bevorstehe.
Denn Helena selber ist es, welche ihr Gemahl als den Gegen=
stand des blutigen Opfers bestimmt hat, das er den Olympiern
zur Feier seiner Rückkehr darzubringen gedenkt, und mit dessen
Vorbereitungen er das Opfer selbst beauftragt hat.

Der Chor bricht in Jammerklagen aus über dies Schicksal
der Herrin und über das eigene; denn auch sie, die Begleite=
rinnen der Treulosen, sollen sterben, aber nicht den edlen

Opfertod des Beiles am Altare der Götter, sondern wie die treulosen Mägde des Odysseus bei dessen Heimkehr den schmachvollen Tod des Hängens:

— „am hohen Balken drinnen, der des Daches Giebel trägt!"

Helena will nicht glauben, daß ihr Gemahl so unbarmherzig grausam gegen sie verfahren werde. Aber Phorkyas erinnert sie daran, wie furchtbar Menelaos Rache genommen an „ihrem Deïphobos" —

„Um jenes willen wird er Dir das Gleiche thun.
Untheilbar ist die Schönheit; der sie ganz besaß,
Zerstört sie lieber, fluchend jedem Theilbesitz."

Schon verkündet aus der Ferne das „Schmettern der Trompeten", daß Menelaos mit seinem reisigen Zuge herannaht, da entschließt sich die Königin, entsetzt durch diese todverkündenden Töne, das dämonische Weib, obschon sie in ihr einen „Widerdämon" zu erkennen glaubt, der „Gutes zum Bösen umwende", um die Rettung für sich und ihre Begleiterinnen anzuflehen, welche Phorkyas ihr in Aussicht gestellt hat. Während der vielen Jahre nämlich, in denen das Thalgebirge nordwärts hinter Sparta durch den Zug des Königs Menelaos nach Troja verlassen stand, hat sich dort von Norden her aus kimmerischer Nacht vordringend ein Geschlecht kühner Abenteurer unter einem heldenhaften Führer niedergelassen, der sich eine wunderbare fremdartige Burg erbaut, und von da aus Land und Leute seiner Oberhoheit unterworfen und zinspflichtig gemacht hat. Dieser Held ist Faust, und obschon ihn und seine nordischen Mannen das Volk „Barbaren" schilt, so schildert doch Phorkyas dieselben als das Gegentheil und rühmt die Milde und Großheit des „fecken wohlgebildeten und

wie wenige Griechen verständigen fremden neuen Herrschers."
Bei ihm allein in seiner Burg sei Rettung und Schutz wider
Menelaos für Helena und ihre Genossinnen zu suchen und zu
finden. Helena willigt ein, und alsbald entführt der Dämon
Phorkyas sie und ihre Begleiterinnen im Nebel durch die
Lüfte mittels ihrer Zaubergewalt zur Burg der fremden Nord-
landssöhne.

Bis hierher hält sich die Dichtung äußerlich streng in
Sprache und Formen der antiken Tragödie. Mit der Ankunft
auf Faust's Burg tritt das romantische Element ein.

Den Angekommenen wird der feierlichste Empfang bereitet.
Pagen und Knappen, deren herrliche Schönheit der Chor
bewundernd preiset, steigen in festlichem Zuge hernieder von
den Gallerien und Treppen des nordischen Wunderschlosses
und bereiten auf reichen Teppichen einen stufenerhöhten Bal-
dachinthron für die hellenische Königin.

Ihnen folgt in ritterlicher Hoftracht des Mittelalters ihr
Gebieter selbst, in dessen „wundernswürdiger Gestalt" die
Chorführerin ein göttliches Wesen zu erblicken meint, einen
Helden, „dem Alles, was er beginnt, gelingen müsse —

> — — sei's in Männerschlacht,
> So auch im kleinen Kriege mit den schönsten Frau'n."

Faust naht sich der auf dem Thron sitzenden Helena,
einen Gefesselten ihr vorführend. Es ist der Thurmwächter
der Burg, Lynkeus geheißen, der luchsäugige Sohn des Apha-
rius, Königs von Messenien. Er hat seine Pflicht versäumt,
indem er den Anzug der Gäste nicht mit seines Hornes Ton
verkündete. Sein Leben ist verwirkt durch solchen Fehl in
seiner wichtigen Pflicht, und Helena soll ihn richten. Der

Thürmer bekennt sich schuldig, aber er setzt hinzu, daß der Sonnenstrahl der Schönheit, die ihm in Helena's Göttergestalt erschienen, sein Auge geblendet habe, und Helena, die hier mit Schrecken wiederum ihr stetes Geschick erblickt: der Männer Herzen, denen sie sich naht, zu bethören, kann nicht anders als ihn begnadigen. — Aber schon hat den Fürsten selbst das gleiche Schicksal wie seinen Diener getroffen. Faust selbst gesteht, daß der Zauber ihrer Schönheit bereits in wenigen Augenblicken ihm seine Getreusten rebellisch, seine Mauern unsicher gemacht habe:

> „Also fürcht' ich schon, mein Heer
> Gehorcht der siegend unbesiegten Frau.
> Was bleibt mir übrig, als mich selbst und Alles,
> Im Wahn das Meine, Dir anheimzugeben?"

Zu ihren Füßen sinkend, huldigt er „frei und treu" ihr als seiner und seines Thrones und Reiches Herrin. — Die klassische Schönheit überwindet die germanische mittelalterliche Romantik, wie sie in Italien den Dichter des Götz und den Verherrlicher der gothischen Baukunst überwunden hatte! Erst sie, die klassische Schönheit, kann und soll den Schätzen, welche das romantische Mittelalter raubend aufgehäuft und die jetzt vor ihr wie abgemähtes welkes Gras erscheinen, ihren ganzen Werth zurückgeben — mit diesem Gedanken schließt das Lied, mit welchem Lynkeus diese Schätze der neuen Herrscherin zu Füßen legt. Faust theilt diese Gesinnung. Ganz hingegeben der neuen nie geahnten Schönheit, in der er fortan seine Herrin erkennt, küßt er die Hand, die ihn einladet an ihrer Seite auf dem Throne Platz zu nehmen, und bittet:

„Bestärke mich als Mitregenten Deines
  Gränzunbewußten Reichs, gewinne Dir
  Verehrer, Diener, Wächter, all' in Einem!"

Und nun folgt jene kurze aber entzückend schöne Scene des Zwiegesprächs zwischen den beiden Repräsentanten zweier geistigen Welten, in welchem die Romantik ihrerseits ihre Wirkung auf die Vertreterin der klassischen Schönheit, die germanische Innigkeit des Gefühls ihren Zauber auf die linienstrenge Schönheit der Antike übt, und diese zur gleichen Innigkeit des Fühlens und Empfindens steigert. Es ist Helena, welche zuerst beginnt:

Vielfache Wunder seh' ich, hör' ich an,
Erstaunen trifft mich, fragen möcht' ich viel.
Doch wünscht' ich Unterricht, warum die Rede
Des Mann's*) mir seltsam klang, seltsam und freundlich:
Ein Ton scheint sich dem andern zu bequemen,
Und hat ein Wort dem Ohre sich gesellt,
Ein andres kommt, dem ersten liebzukosen."

Diesen „Unterricht" gewährt ihr nun Faust in dem folgenden Wechselgespräche voll süßen Wohllauts:

„Gefällt Dir schon die Sprechart unsrer Völker,
O, so gewiß entzückt auch der Gesang,
Befriedigt Ohr und Sinn im tiefsten Grunde.
Doch ist am Sichersten, wir üben's gleich,
Die Wechselrede lockt es, ruft's hervor.

Helena:
So sage denn, wie sprech' ich auch so schön?

Faust:
Das ist gar leicht: es muß von Herzen geh'n:
Und wenn die Brust von Sehnsucht überfließt,
Man sieht sich um und fragt —

*) D. h. des Lynkeus, der in gereimten Versen gesprochen hat.

Helena:
>   wer mit genießt.

Faust:
>   Nun schaut der Geist nicht vorwärts, nicht zurück,
>   Die Gegenwart allein —

Helena:
>   ist unser Glück.

Faust:
>   Schatz ist sie, Hochgewinn, Besitz und Pfand;
>   Bestätigung, wer giebt sie?

Helena:
>   Meine Hand!"

Inzwischen wird gemeldet, daß Menelaos mit seinen Kriegerschaaren heranziehe. Aber Faust giebt seinen Heeresgewaltigen Befehl, ihn zurückzutreiben und an das Meer zu werfen, indem er zugleich die Länder des Peloponnes unter sie als Fürstenthümer vertheilt, für sich und seine Königin Helena nur Sparta vorbehält. Aus seinem mit Helena vollzogenen Liebesbunde wird alsbald der Wunderjüngling Euphorion geboren, dessen fast unmittelbar darauf erfolgender Tod, herbeigeführt durch seinen schrankenlosen Ungestüm, auch Helena vernichtet. Ihr Körperliches verschwindet in Faust's Armen, nur Kleid und Schleier bleiben ihm zurück; und diese zurückgelassenen Hüllen lösen sich in Wolken auf, in denen Faust verschwindet. Die Chorführerin Panthalis folgt ihrer Herrin im Tode nach, und Phorkyas entpuppt sich als Mephistopheles, um, wie die seltsame ironische Bemerkung des Dichters am Schlusse des Drama's lautet, „insofern es nöthig wäre, das Stück im Epilog zu kommentiren."

Indessen: dies ist in der That nicht nöthig. Schon die

hier gegebene kurze Inhaltsübersicht hat gezeigt, daß das Drama, welches mit antikem Ernste auf dem Boden der Wirklichkeit der althomerischen Welt beginnt und auf „eine ernsthafte Tragödie" angelegt war, von dem Dichter als solche, aus Furcht vor der mit der Ausführung verbundenen Anstrengung, aufgegeben wurde, so leid es ihm auch that, in Folge dieses Aufgebens die Gestalt der Helena „in eine Fratze verwandeln zu müssen."

In dieser Dichtung sind also weder Faust noch Helena selbständige individuell ausgestaltete Persönlichkeiten. Sie sind vielmehr beide zu allegorischen Figuren herabgesetzt. Helena ist, oder vielmehr sie bedeutet die antike klassische Kunst und Kultur, Faust ist die allegorische Personificirung der mittelalterlichen Romantik. Die erstere, die antike klassische Kunst und Poesie, aus ihrer Heimat vertrieben, denn das soll die ganze Allegorie bedeuten, hat die Kultur des westlichen Abendlandes, die Poesie und Kunst des mittelalterlichen Nordens, neu befruchtet und umgewandelt. Die Vereinigung beider, welche durch die Vermählung Faust's mit Helena verbildlicht wird, giebt einer neuen Kunst und Poesie das Dasein, als deren Repräsentanten der Dichter die unter der Maske des Euphorion verborgene glänzende, meteorgleich aufsteigende und ebenso meteorgleich untergehende Gestalt des englischen Dichters Byron hinzustellen dachte, dessen Dichtungen und Schicksale in seinen letzten Jahren auf das Höchste Goethe's Interesse in Anspruch nahmen. Dasselbe war der Fall mit dem „leidenschaftlichen Zwiespalte zwischen Klassikern und Romantikern", auf dessen nothwendige Versöhnung der Dichter mit dieser Helenadichtung hinarbeiten wollte. Nur durch eine solche Versöhnung und Durchdringung der mit einander streitenden Gegensätze könne, so meint er, eine dritte höhere Stufe der Kultur gewonnen werden; und so sollte denn am Schlusse durch das Zurückbleiben der Gewänder der verschwundenen, unwiederbringlich „zum Hades" hinabgesunkenen Helena der Gedanke allegorisch ausgesprochen werden: daß die neuere Poesie zwar nimmermehr den antiken Geist in seiner plastischen Wesenheit wieder zu erneuern vermöge, wohl aber die Aufgabe habe, sich den Adel und die Schönheit der antiken Formen des hellenischen Alterthums anzueignen, — eine Aufgabe, welche Goethe selbst seit der Periode seines Aufenthalts in Italien, wo er, ein zweiter Faust, seine Vermählung mit der Antike feierte, zu der seinigen gemacht und die er, soweit sie zu lösen ist, wie kein Anderer vor und nach ihm gelöst hat. —

Mit glücklichem Griffe hat Kaulbach in seinem Bilde den im Vorstehenden ausgedrückten Grundgedanken der versöhnenden Durchdringung der beiden entgegengesetzten Welten uns vor die Augen gestellt. Es ist die Vermählung Faust's — in welchem das romantische, abenteuernd schweifende, Länder erobernde ritterliche Mittelalter repräsentirt ist, das, wie wir wissen, wirklich nordische Fürstenthümer und Herzogssitze auf dem Boden von Hellas gründete — mit Helena, die Vermählung des Alterthums mit dem Mittelalter, aus welcher eine neue Kultur hervorgeht. Der in die räthselhafte Phorkyas verkappte Mephistopheles belauscht den Liebesbund der Beiden, und verkündet schon durch seine Anwesenheit — wie in der entsprechenden Liebesscene zwischen Faust und Gretchen

im ersten Theile — das nahende Unheilgeschick des Spröß=
lings, den wir aus dieser Vermählung hervorgehen sehen. —
Mephistopheles allein bleibt also am Schlusse der dramatischen
Allegorie von allen Gestalten derselben übrig, und es wäre
nicht unmöglich, daß Goethe mit diesem Zuge auf die letzte
von ihm erlebte Entwicklungsphase der modernen Poesie, wie
sie sich in der Mephistophelischen Poesie eines Heine und seiner
Schule zeigte, hat hindeuten wollen, über welche wir aus
Eckermann's Mittheilungen seine Ansicht kennen: daß sie Alles
habe, nur — die Liebe nicht.

VIII.

Iphigenie.

Die Dichtung Goethe's, welche nach dieser erhabenen Frauengestalt den Namen trägt, ist weit mehr bewundert, als
in ihrer Eigenartigkeit begriffen worden. Das ist erklärlich:
denn die Eigenartigkeit dieses dramatischen Gedichts ist schwer
auszudrücken, weil dazu als Voraussetzung das genaue Verständniß der griechischen Tragödie von Seiten Desjenigen er-
forderlich ist, dem man die Eigenthümlichkeit der Goethe'schen
Schöpfung klar machen will. Wagen wir indeß den Versuch.

Das Stoffliche der Fabel, auf der die deutsche Iphigenie
beruht, gehört dem griechischen Alterthume und zwar dem
heroischen Zeitalter der Homerischen Dichtung an; dahingegen
der wesentliche Gehalt der Dichtung, zu welcher Goethe diesen
Stoff verarbeitet hat: die Charaktere der Personen, ihre Art
zu fühlen und zu denken, ihre Bildung und Ausdrucksweise,
sowie der Entwicklungsgang der Handlung und die Lösung
des Konflikts, lauter Resultate der modernsten, spezifisch deutschen und christlichen Kultur, Resultate jener Kultur des achtzehnten Jahrhunderts sind, als deren höchster Ausdruck Goethe
selbst dasteht. —

Das ist ein ungeheurer Widerspruch, der sich als solcher jedem unbefangenen Leser fühlbar macht. Freilich enthalten auch die alten griechischen Tragödien etwas von einem solchen innern Widerspruche. Denn auch die alten griechischen Tragiker und besonders Euripides, haben die Bildung, die Gefühls= und Anschauungs=Weise ihrer hochgebildeten Zeit in die Behandlung jener uralten mythischen Stoffe hineingetragen und hineintragen müssen, weil sie eben für ihre Zeit und nicht für die graue Vergangenheit dichteten, der die behandelten Stoffe, Vorgänge und Thaten angehörten. Aber dennoch blieb bei ihrer Behand= lungsweise noch genug von der Eigenthümlichkeit des alten Stoffes, von dem wesentlichen Charakter jener heroischen Urzeit, von seiner ureignen Natur und Sinnlichkeit, von seiner erd= gebornen Kraft und Leidenschaft übrig, um die Hörer jenen Widerspruch nicht wesentlich empfinden zu lassen. Und, was die Hauptsache ist: die Stoffe selbst, die Konflikte, um die es sich in ihnen handelte, und die Lösung, welche für dieselben geboten wurde, sie waren echt griechisch, waren den Ueber= lieferungen der Sage und dem Geiste des Volkes, bei dem diese Ueberlieferungen in Fleisch und Blut übergegangen waren, durchaus gemäß. Kein Grieche, der die Taurische Iphigenie des Euripides sah und hörte, sah und hörte in dem Wesent= lichen des von dem Dichter dargestellten Vorgangs etwas anderes, als was schon vorher von dieser Fabel, von ihrem thatsächlichen Gehalte, und von den Charakteren ihrer Personen in seinem Bewußtsein lebte. Er sah in Iphigenie die edle stolze griechische Königstochter, die zwar den Barbarenfürsten, der ihr Gast= freundschaft gewährt hat, nicht gerade ermordet wissen will, die aber dennoch kein Bedenken trägt, ihn mit List zu hinter= gehen, und sich und das heilige Kultbild der Göttin, um dessen

Wegführung es sich handelt, mit Hülfe ihres Bruders und
seines Freundes dem Scythenkönig zu entziehen. Denn diese
Iphigenie der alten Dichtung ist eine Griechin, und auch für
ihr Bewußtsein, auch für sie ist der Barbar, der Nichtgrieche,
dem Griechen gegenüber rechtlos. Der Grieche hat gegen einen
Barbaren, und sei er auch König, keinerlei Pflichten, so wenig
wie gegen einen Sklaven, denn die Dichter des stolzen Hellenen=
volkes sangen:

„Ueber die Barbaren herrschen die Hellenen nach Gebühr!"

Und so endet denn auch das Drama des Euripides dieser
Anschauungsweise ganz gemäß. Der Barbarenkönig wird
betrogen, wie es sich gebührt und ihm zukommt, sein echt
barbarischer Zorn, in welchem er Iphigenie und ihre Be=
gleiter, wenn er sie wieder in seine Gewalt bekommt, von
den Felsen stürzen und pfählen lassen will, ist ein vergeb=
licher, denn die Hellenengöttin Athene nimmt die Flüchtlinge
gegen ihn in ihren Schutz. Auch das Kultbild der Artemis
bekommt er nicht zurück, ja er muß schließlich nicht nur die
Flüchtlinge mit ihrem Raube, sondern auch den Chor der
dienenden griechischen Frauen mit ihnen ziehen lassen. Und
so sah der Grieche mit nationalem Stolze in diesem seinem
Drama den wilden Barbarenfürsten sich demüthig dem Be=
fehle der Hellenengöttin fügen, und begrüßte mit Jubel diese
neue Anerkennung seiner eignen siegreichen Oberherrlichkeit
über das Barbarenthum.

Von alle dem ist in der Goethe'schen Iphigenie keine Spur
zu finden. Vielmehr hat hier der Dichter, wie schon bemerkt,
das ungeheure Wagestück unternommen, auf dem Grund einer
und derselben, ihrem innersten Wesen nach ganz antiken, einem

durchaus andern Geiste angehörenden Fabel, den Bau einer ganz modernen Dichtung aufzuführen, deren Charaktere und Motive, deren Weltanschauung und Empfindungsweise kein Grieche der hellenischen Blüthezeit verstehen und begreifen würde. Goethe hat in dieser Iphigenie das Experiment gemacht, aus einem dichterischen Stoffe alle ursprüngliche Wirklichkeit, alles Zeitliche und Nationale, alles eigentlich Charakteristische durch den Schmelztiegel des Idealismus herauszuscheiden, und den Stoff dergestalt zu entkörpern, daß nur der reine Gehalt idealer Menschlichkeit, nur die reine Schönheit übrig bliebe. So hat er allerdings in dieser seiner Dichtung gleichsam den Sonntag seines dichterischen Lebens und Strebens gefeiert, indem er sie in einen Aether erhob, in dessen durchsichtiger Reinheit alle Trübung der Endlichkeit verschwindet. Aber diese Luft ist so fein, daß ihm selbst später das Athmen in derselben schwer wurde. Schiller verstand, wie er (1802) an Körner schreibt, zuerst nicht, was Goethe meinte, als derselbe sich gegen ihn wiederholt „zweideutig über die Iphigenie äußerte", und hielt es längere Zeit „für Grille, wo nicht gar für Ziererei". Als er aber selbst das Stück behufs einer zu veranstaltenden Aufführung von Neuem genauer durchlas, bewährte es sich ihm ebenso. Er gestand, daß es ihm nicht mehr den früheren günstigen Eindruck mache, ob es gleich immer ein seelenvolles Produkt bleibe. Aber das Stück sei doch so erstaunlich modern und ungriechisch, daß man nicht begreifen könne, wie es möglich gewesen, diese Dichtung jemals mit einer griechischen zu vergleichen. „Diese Iphigenie", sagt er, „ist ganz nur sittlich: aber die sinnliche Kraft, das Leben, die Bewegung und Alles, was ein Werk zu einem echten dramatischen spezifizirt, geht ihr sehr ab."

Das ist es! Es ist der Widerspruch dieses sublimirt Seelischen, dieser modernen christlich=germanischen Innigkeit und Innerlichkeit mit dem antiken fremdartigen Stoffgehalte und den aus ihm in die deutsche Dichtung mit hinüber ge= nommenen Voraussetzungen, was der Goethe'schen Dichtung die sinnliche Kraft, das einheitliche Leben, die Bewegung und das eigentlich dramatische Element entzieht. „Wir haben", so drückt sich ein neuerer Kritiker mit einem vortrefflichen Bilde aus, „die Empfindung eines tief poetischen Lebens, aber eines Lebens, das künstlich in eine ihm fremde Atmosphäre gerückt ist: es macht den Eindruck, als wenn auf eine blendendweiße Marmor= gruppe durch die gemalten Fenster eines gothischen Domes ein so eigenthümlicher Lichteffekt fiele, daß wir das Blut pulsiren sehen und in jedem Augenblicke die Verwandlung in Leben erwarten. Es geschieht nicht, und indem wir länger darauf hinsehen, überkommt uns ein eigner Schauder, es wird uns Alles auf einmal fremd."

Und dennoch hat Schiller Recht, wenn er sagt, „das dieses Werk durch die hohen allgemeinen poetischen Eigenschaften, die ihm ohne Rücksicht auf seine dramatische Form zukommen, bloß als poetisches Geisteswerk betrachtet, immer unschätzbar bleiben werde." Denn es ist in demselben der höchste geistige und sittliche Gehalt in die edelste Form gegossen, eine rein ethische Entwicklung in der ruhigen Majestät einer über alle irdische Leidenschaft erhabenen Einfalt vor uns hingestellt. Und dann die Sprache! „In ihrer spiegelhellen Klarheit er= scheint," wie der englische Biograph des Dichters sich aus= drückt, „die geistige Entwicklung der Charaktere so durchsichtig, wie die Arbeit der Bienen in einem Bienenkorbe von Glas, und der stete Klang erhabener Musik, der das Gedicht durch=

tönt, stimmt den Leser zur Andacht, als sei er in einem heiligen Tempel."

Ja, diese Iphigenie Goethe's ist kein irdisches Weib, wie sie andere große dramatische Dichter in ihren besten Werken geschildert haben, sie ist eine Heilige, eine von allen irdischen Schlacken geläuterte christliche Himmelsbraut, eine moderne „schöne Seele" im griechischen Gewande. Goethe selbst erzählt uns, wie ihn auf der Italienischen Reise zu Bologna der Anblick einer heiligen Agatha aus Raphael's Schule tief ergriffen habe. „Ich werde ihr", schreibt er, „meine Iphigenie im Geiste vorlesen, und meine Heldin nichts sagen lassen, was diese Heilige nicht aussprechen möchte." Er hat Wort gehalten. Denn trotz der heidnischen Namen und der einzelnen griechischen Ausdrucksweisen und Wendungen ist doch in dieser Goethe'schen Iphigenie kein antiker griechischer Blutstropfen, sie ist ganz nur die priesterliche, der Erde kaum noch angehörige heilige Jungfrau. Sie ist ein herrliches göttergleiches Wesen, eine Erscheinung, die unsern Geist mit zauberhaftem Banne umfängt. Aber eins fehlt dieser idealsten aller, von einem Dichter geschaffenen Gestalten — sie hat keinen Schatten!

Begleiten wir sie von ihrem ersten Auftreten an bis an das Ende des Dramas. Gleich der erste Monolog eröffnet uns den Blick in ihr Inneres. Tiefe Sehnsucht nach der Heimat, Gefühl der verlorenen Freiheit, Klage über das Loos der Frauen, Kampf ihrer Sehnsucht mit dem frommen Pflichtgefühl gegen die Göttin, der sie sich zu lebenslangem Danke verbunden fühlt, und der sie doch mit Widerwillen dient, leise als Gebet ausgesprochene Hoffnung, daß dieselbe Gnade der Göttin, die einst am Opferaltare ihr Leben rettete, sie doch noch endlich den Ihrigen wiedergeben werde, das sind die Empfindungen, die sich in ihrer Seele durchkreuzen. Unter diesen Empfindungen ist es besonders eine, die unsere Aufmerksamkeit verlangt, weil sie mehrfach wiederkehrt. Es ist die Empfindung: daß es ein Unglück sei, dem weiblichen Geschlechte anzugehören! Sie will nicht mit den Göttern rechten, aber sie spricht es doch aus, daß im Vergleich zu dem überall herrschenden, selbständigen Manne der „Frauen Zustand beklagenswerth", „des Weibes Glück enggebunden sei". Selbst der Ehe erwähnt sie nur in ihrer harten, herben Form:

> „Schon einem rauhen Gatten zu gehorchen,
> Ist Pflicht und Trost!"

und des Mutterglückes gedenkt sie gar nicht. Es ist eine Natur, die ganz nur Tochter und Schwester, nicht Gattin und liebendes Weib ist und sein kann, während bei einer griechischen Königstochter, wie bei der jungfräulichen Antigone, es für das härteste Loos gelten würde, auf Eheglück und Mutterfreuden verzichten zu sollen. — Jene Klage über das traurige Schicksal, Weib zu sein, kehrt wieder in den zu Arkas in der zweiten Scene gesprochenen Worten:

> „Ein unnütz Leben ist ein früher Tod!
> Dies Frauenschicksal ist vor allen meins."

und klingt selbst wieder in den zu Thoas gesprochenen Worten:

> „Schilt nicht, o König, unser arm Geschlecht!"

So ist es denn auch nicht der Stolz der Griechin, der Tochter Agamemnons, nicht Sehnsucht allein nach der Heimat, was sie abhält, dem um sie werbenden König Thoas ihre Hand zu reichen, sondern es ist das geheime Gefühl, daß sie überhaupt nicht Weib und Gattin sein kann. So wenigstens

verstehe ich ihr schließliches Selbstbekenntniß gegen Thoas
in den Worten:

> „Glaub' es, darin bin ich dir vorzuziehen,
> Daß ich Dein Glück mehr als Du selber kenne.
> Du wähnest, unbekannt mit Dir und mir,
> Ein näher Band werd' uns zum Glück vereinen,
> Voll guten Muthes, wie voll guten Willens,
> Dringst Du in mich, daß ich mich fügen soll;
> Und hier dank' ich den Göttern, daß sie mir
> Die Festigkeit gegeben, dieses Bündniß
> Nicht einzugehen, das sie nicht gebilligt."

Aber sie weiß recht gut, daß es mit dieser ihrer Berufung
auf die Götter nichts ist, und daß es allerdings, wie Thoas
richtig sagt, ihr eignes Herz ist, das gegen ein solches Bündniß
spricht. Es ist in ihrer tiefen Verschlossenheit und Zurück=
gezogenheit in sich selbst ein Etwas, von dem sogar der treue
Arkas bekennt, daß es ihm unheimlich sei, daß es „ihm
schaudere" vor diesem abweisenden Blicke:

> „So lang ich Dich an dieser Stätte kenne,
> Ist dies der Blick, vor dem ich immer schaudere." —

Was man im Volke der Scythen von ihr weiß, ist, daß sie
vom Stamme der Amazonen, und um einem großen Unheil zu
entgehen, hierher geflohen sei, daß dies „fremde göttergleiche
Weib" seit ihrer Ankunft das blutige gegen die Fremden
gerichtete Gesetz gefesselt halte, daß sie statt blutiger Opfer nur
„ein reines Herz und Weihrauch und Gebet" den Göttern dar=
bringe. Der abgewiesene Thoas droht in seinem Zorne mit
der Erneuerung des alten blutigen Brauchs. Aber wenn er sich
dabei auf das Verlangen seines Volkes beruft, so ist diese Be=
rufung eine Unwahrheit, denn sein getreuer Arkas gesteht später

selbst, daß das Volk vielmehr sehr zufrieden mit der Abschaffung des unmenschlichen Brauches, und daß es allein „der aufgebrachte Sinn des Königs" sei, der den beiden gefangenen Griechen bittern Tod bereite, denn:

> „Das Heer entwöhnte längst vom harten Opfer
> Und von dem blut'gen Dienste sein Gemüth.
> Ja mancher, den ein widriges Geschick
> An fremdes Ufer trug, empfand es selbst,
> Wie göttergleich den armen Irrenden,
> Umhergetrieben an der fremden Grenze
> Ein freundlich Menschenangesicht begegnet."

Auch Iphigenie weiß dies, und darum wird es ihr erleichtert, bei den nachfolgenden Scenen ihre Fassung zu bewahren. Wenn diese Fassung wahrhaft erhaben ist in der Schlußscene des zweiten Aktes, als sie durch Pylades die neuen Greuelgeschicke ihres Hauses, die Ermordung ihres Vaters und den verbrecherischen Frevel ihrer Mutter erfährt, so erscheint dieselbe doch über das Maaß des Menschlichen hinaus gesteigert in der Scene des dritten Aufzugs, wo Iphigenie es über sich gewinnt, die Eröffnung Orest's, die ihn als den einzigen heißersehnten Bruder ihr kund giebt, mit Schweigen hinzunehmen, ja den so unerwartet wiedergefundenen Bruder ohne ein Wort des Anrufs von der Scene abgehen zu lassen! Aber einmal in solchen Bereich des Uebermenschlichen eingetreten, läßt uns der Dichter auch weiter in demselben verharren. Eine menschliche Schwester, die zwischen der Rettung des Bruders vom grausamen Opfertode und einem an dem barbarischen Könige, der solch blutiges Menschenopfer erneut wissen will, zu begehenden Truge die Wahl hat, kann gar nicht schwanken, wohin sie sich entscheiden soll. Dies kann nur ein übermenschliches Wesen, das in seiner

idealen Seelenreinheit keine höhere Sorge kennt, als die, diese
ihre ideale Seelenreinheit zu bewahren, „ihr eigenes Herz zu
befriedigen", weil dies Herz „sich nur ganz unbefleckt genießen
kann". Und so sehen wir Iphigenie denn auch, nach kurzem
Versuche der ihr angerathenen und aufgedrungenen Täuschung,
ohne in Anschlag zu bringen, was sie damit auf's Spiel setzt,
zur Wahrheit zurückkehren und dem verrathenen Könige den
ganzen gegen ihn gerichteten Anschlag offenbaren. Es ist durchaus richtig, wenn Pylades ihr vorher zuruft, daß sie durch
ihre übermenschliche Gewissenhaftigkeit den Bruder und den
Freund zu Grunde richten und sich selbst in Verzweiflung
stürzen werde; auch hat sie selbst auf diesen Vorwurf keine
andere Antwort, als jene frühere Klage, daß sie eben ein
Weib und kein Mann sei:

> „O, trüg' ich doch ein männlich Herz in mir!
> Das, wenn es einen kühnen Vorsatz hegt,
> Vor jeder andern Stimme sich verschließt!"

Aber trotzdem behält in ihr der Drang, ihre Seelenreinheit
zu bewahren, die Oberhand über das natürlichste, menschlichste
Gefühl. Sie kann sich nicht entschließen, „das heilige ihr
anvertraute Bild zu rauben", und übersieht dabei nur den
sehr wesentlichen Umstand, daß Apollo selbst, der Bruder ihrer
Göttin, diesen Raub geboten hat. Sie kann den Mann nicht
hintergehen, „dem sie ihr Leben dankt", und sie vergißt dabei,
daß dieser Mann, als er sie aufnahm und zur Priesterin der
Göttin machte, damit, wie er selbst erzählt, gleichfalls nur
einen Befehl der Göttin vollzog:

> „Die Göttin übergab Dich meinen Händen,
> Wie Du ihr heilig warst, so warst Du's mir!" —

und daß er selbst, der sie auf grausame Weise zu seinem Willen
zwingen will, es nicht tadeln könnte, wenn sie „Pflicht nennte,
was Noth ist". Wirft er sich doch vor, sie durch Nachsicht
und Güte zur Verrätherin gemacht zu haben. Wäre sie in
seiner Ahnherrn rohe Hand gefallen —

> „Sie wäre froh gewesen, sich allein
> Zu retten, hätte dankbar ihr Geschick
> Erkannt, und fremdes Blut vor dem Altar
> Vergossen, hätte Pflicht genannt,
> Was Noth war."

Wenn also Iphigenie dennoch „das Unerhörte" thut, wenn
sie das Geschick ihrer Geliebtesten durch ihr offenbares Bekenntniß auf ein Spiel setzt, dessen Mißlingen ihr selbst als
furchtbare Möglichkeit nicht entgeht, so ist es nur eins, was
die Handlungsweise eines solchen übermenschlichen sittlichen
Idealismus entschuldigen kann: das Vertrauen auf eine gleich
große, ja noch größere sittliche Erhabenheit des Scythenkönigs,
des Barbaren. Und wenn sich dies Vertrauen bewährt, —
wie es sich denn in Goethe's Dichtung in der That bewährt, —
wenn dieser Barbar, dieser König eines menschenopfernden
Volkes, wenn der verschmähte Bewerber um die Hand der
von ihm gütig aufgenommenen Fremden groß genug denkt,
sein Herz zu bezwingen, ihr selbst und den Ihren den Verrath zu verzeihen, und der Hoffnung seines Lebens, den heißen
Wünschen seines Herzens großmüthig zu entsagen, — dann
bleibt am Schlusse des in so tausendfältiger Hinsicht der
höchsten Bewunderung würdigen Kunstwerkes doch die ungelöste
Frage zurück: Wie war es möglich, daß sich eine Iphigenie
wie diese, nach langen Jahren „am letzten Tage wie am
ersten" fremd fühlen konnte unter und neben Menschen wie

dieser so edel fühlende Thoas und der ihm so verwandte, noch mildere Arkas? —

Die Erklärung aller dieser Dinge liegt in dem Umstande, daß Goethe für diese Dichtung ganz eigenthümliche Voraus=setzungen: eine ideale Welt, der die handelnden Personen, und eine ihr verwandte Welt, der die Zuschauer angehören, in Anspruch nimmt. Seine Scythen sind keine Scythen, seine Griechen sind keine Griechen, sondern diese wie jene sind Menschen, deren feingeübte Reflexion, deren Neigung, sich in ihre Empfindungen und in den Widerstreit derselben unter sich und mit dem Empfinden Anderer, in ihre inneren Seelen=kämpfe zu vertiefen, weit abliegt von der naiven Einfalt und derben Menschlichkeit nicht nur der heroischen, sondern selbst der geschichtlichen Zeiten des Hellenenthums.

Vergessen wir indessen vor allem nicht die Zeit, in welcher Goethe diese Iphigenie zu dichten sich getrieben fühlte. Es war die Zeit, in welcher sein Spiritualismus in dem Ver=hältnisse zu seiner Geliebten, der Frau von Stein, deren Idealbild diese Iphigenie wiederspiegeln sollte, in der höchsten Blüthe jener vergeistigten Empfindung stand, bei der es der gesunden Natur seines Karl August zuweilen vorkam, als ob Goethe sich ganz „in's Aetherische" zu verflüchtigen Gefahr laufe. Goethe hat alle seine Dichtungen Selbstbekenntnisse über sein Leben genannt. Auch seine Iphigenie ist ein solches Selbstbekenntniß, und ein sehr sprechendes. Die ästhetische Theorie, welche dieser Dichtung zum Grunde liegt: die Auf=hebung aller realen Bedingtheit, die Umwandlung alles äußeren Lebens in ein innerliches, aller äußeren Motive in seelische, die Unterstellung einer durchaus idealen Welt an die Stelle der Wirklichkeit, das Alles hängt durchaus mit dem eignen damaligen Seelenzustande des Dichters sehr eng zusammen. Es hängt zusammen mit dem Probleme, das er selbst in jenem Verhältnisse zur Frau von Stein lösen zu können meinte, mit seinem Glauben an die weltbesiegende Kraft der Wahrheit, der Wahrheit verkörpert in der Gestalt edelster Weiblichkeit und höchster Seelenreinheit, als deren Urbild ihm damals jene Frau erschien. Und er wandte sich mit dieser Dichtung nicht an das Herz und Verständniß des Volkes, sondern an den kleinen Kreis einer Gesellschaft, deren Gefühls= nerven die gehörige Feinheit besaßen, den innerlichen Zwie= spalt in der Seele einer Iphigenie zu empfinden und das hohe geistige Raffinement desselben zu genießen. Wenn Pylades gegen das Ende des vierten Aktes zu Iphigenie, die jede, auch die leiseste Verunreinigung ihres Herzens durch Unwahr= heit, selbst da, wo die Noth eine solche „vor Göttern und vor Menschen" entschuldigt, von sich fern halten möchte, die wunder= vollen Worte spricht:

> „So hast Du Dich im Tempel wohl bewahrt:
> Das Leben lehrt uns, weniger mit uns
> Und Andern strenge sein; Du lernst es auch.
> So wunderbar ist dies Geschlecht gebildet,
> So vielfach ist's verschlungen und verknüpft,
> Daß Keiner in sich selbst, noch mit den Andern
> Sich rein und unverworren halten kann.
> Auch sind wir nicht bestellt, uns selbst zu richten;
> Zu wandeln und auf seinen Weg zu sehn,
> Ist eines Menschen erste nächste Pflicht."

so glauben wir Goethe selbst in einem seiner späteren Briefe an Frau von Stein reden zu hören, deren immer sich er= neuernde Bedenklichkeiten gegen ihr beiderseitiges Liebesver= hältniß er damals so oft in ganz ähnlicher Weise zu beseitigen versuchte. Schiller fand bekanntlich, daß in der ganzen Hand= lung des Stückes selbst „zu viel moralische Kasuistik herrsche," und wollte deshalb diese und ähnliche Stellen für die Auf= führung, als zu frei, gestrichen wissen. — Er nannte die Dichtung selbst ein „Meteor für den Zeitmoment, in dem sie entstand," wie Jean Paul sie als einen „Solitaire" aus dem Wunderlande Eldorado bezeichnete. Und sie ist beides durch die Eigenartigkeit ihres Wesens. Sie ist ein „Wunder," das nur die Kraft eines Genius wie Goethe glaubhaft zu machen im Stande war; und daher eben erklärt es sich auch, daß sie allein und einzig in ihrer Art dasteht und stehen bleiben wird, während so unzählige ähnliche Versuche anderer minder begabter Dichter eindrucklos vorübergegangen und spurlos verschwunden sind.

Kaulbach aber hat auch hier wieder seinen richtigen Takt in der Erfassung des günstigsten Moments für die sichtbare Darstellung einer dichterischen Gestalt bewährt, indem er aus der Goethe'schen Dichtung gerade diejenige Situation heraus= gegriffen hat, in welcher die ideale Gestalt Iphigenien's am meisten sinnliches Leben gewinnt und unseren Herzen mensch= lich am nächsten tritt. Es ist dies die erste Erkennungsscene, die Scene, in welcher Iphigenie sich dem wiedergefundenen unseligen Bruder zu erkennen giebt, der in der wildschmerz= lichen Aufregung seines Innern dies Glück nicht zu fassen, der vielmehr in diesem ungeahnten Wiedersehen der Schwester, statt der Lösung, nur die letzte fürchterlichste Vollendung des alten, auf dem Atridenhause lastenden Fluches zu erblicken vermag. „Orest," so ruft Iphigenie aus —

„Orest, mein Theurer, kannst Du nicht vernehmen?
Hat das Geleit der Schreckensgötter so

Das Blut in Deinen Adern ausgetrocknet?
Schleicht, wie vom Haupt der gräßlichen Gorgone,
Versteinernd Dir ein Zauber durch die Glieder?
O, wenn vergoss'nen Mutterblutes Stimme
Zur Höll' hinab mit dumpfen Tönen ruft:
Soll nicht der reinen Schwester Segenswort
Hülfreiche Götter vom Olympus rufen?

Orest:

Es ruft! es ruft! So willst Du mein Verderben?
Verbirgt in Dir sich eine Rachegöttin?
Wer bist Du, deren Stimme mir entsetzlich
Das Innerste in seinen Tiefen wendet?

Iphigenie:

Es zeigt sich Dir im tiefsten Herzen an:
Orest, ich bin's! Sieh Iphigenien!
Ich lebe!

Orest:

  Du!

Iphigenie:
  Mein Bruder!

Orest:

    Laß! Hinweg!
Ich rathe Dir, berühre nicht die Locken!
Wie von Kreusa's Brautkleid zündet sich
Ein unauslöschlich Feuer von mir fort.
Laß mich!" —

In diesem kurzen Wechselgespräche liegt das Motiv des Kaulbach'schen Bildes, nur daß er mit künstlerischer Freiheit die erst am Schlusse der Scene von Orest angedeutete Erscheinung der Furien vorweg genommen hat. Alle Liebe, alle tiefste Empfindung, deren ein Menschenherz fähig ist, sind hier in die einfachen Worte Iphigenien's, in dieses unaussprechlich schöne:

„Orest, ich bin's! Sieh Iphigenien!
Ich lebe!

Orest:
Du!

Iphigenie:
Mein Bruder!"

zusammengedrängt. Aber dieser Bruder wendet sein Antlitz ab von der Schwester, er kann diesen Blick der Liebe und des Erbarmens nicht ertragen, denn:

„Mit solchen Blicken suchte Klytämnestra
Sich einen Weg nach ihres Sohnes Herzen."

und Kaulbach läßt ihn sein Antlitz auch von uns abwenden. Mit Recht. Denn was dies Antlitz uns nur durch Verzerrung seiner Schönheit lesen lassen könnte, das lesen wir ja bereits in den Gesichtern der schlangenhaarigen Unholdinnen, die ja eben nicht anderes sind, als die verkörperte Gestaltung der verzweifelnden Schmerz- und Reue-Gefühle, welche das Innere des Unglücklichen durchwühlen! Es ist ebenfalls ein feiner künstlerischer Zug, daß Kaulbach sich in den Gestalten der Furien von allem Uebermaaß des Häßlichen frei gehalten hat. Es sind allerdings die „furchtbaren" Göttinnen, als welche sie das Alterthum verehrte, aber ihr Anblick hat nichts Gräßliches, ja in manchem dieser Gesichter, welche wir durch die offene Pforte des ummauerten Tempelhaines auf Orest hinstarren sehen, scheint sich fast eine Regung des Mitleids wiederzuspiegeln mit dem unseligen Manne, der gerade in dem Augenblicke, wo er dem Glücke und der endlichen Erlösung so nahe ist, sich der letzten entsetzlichen Erfüllung seines grausamen Schicksals preisgegeben wähnt. Und was soll ich von der Gestalt Iphigenien's sagen, als daß es dem Künstler gelungen ist, die ganze statuarische Ruhe und Erhabenheit derselben verbunden zu zeigen mit der tiefsten, menschlichsten Bewegung der erbarmenden Liebe, des herzerbebenden Mitleids der Schwester gegenüber dem wahnbefangenen quälenden Bruder! Ja, Liebe, reine Liebe spricht von diesen geöffneten Lippen, aus diesen in feuchtem Mitleid strahlenden seelentiefen Augen, spricht aus den zum Umfassen und Halten geöffneten Armen, die bald den „in Ermattung Hinsinkenden" vergeblich zu stützen suchen werden. Und alles, was wir von ihr sagen können, geht auf in dem einzigen Ausrufe, der sich uns und sicher jedem Beschauer unwillkürlich über die Lippen drängt, in dem Ausrufe: Ja, dies ist Goethe's Iphigenie! —

Leonore von Este.

Wie die meisten größeren Dichtungen Goethe's ist auch sein Tasso nicht aus einem Gusse geschaffen, sondern in sehr verschiedenen Lebensperioden gearbeitet.

Er begann ihn im fünften Jahre seines Weimarischen Aufenthalts, führte jedoch die Ausarbeitung nur wenig über den Anfang des zweiten Aktes hinaus, und nahm das in Prosa angelegte Stück auf seiner Italienischen Fluchtreise mit über die Alpen, wo er nach der Umformung der Iphigenie sich daran machte, auch dieser Dichtung eine ähnliche Umgestaltung angedeihen zu lassen. Allein diese Arbeit ward ihm schwerer als die bei der Iphigenie. Sieben Jahre waren seit den ersten Anfängen verstrichen, er selbst war in dieser Zeit ein anderer geworden, und das Vorhandene sagte ihm nicht mehr zu. Das war kein Wunder; hatten sich doch seine Beziehungen und Verhältnisse zu den Personen, und seine Gefühle für, seine Anschauungen von denselben, aus welchen die Farben in dem ersten Entwurfe der Dichtung entnommen waren, wesentlich im Laufe der Jahre verändert, und sollten sich noch mehr verändern bis zu der Zeit, wo er die neugestaltete und umgestaltete Dichtung

abschloß. Er schrieb den Freunden (im Februar 1787 aus
Rom): „Das Vorhandene muß ich ganz zerstören, das hat zu
lange gelegen, und weder die Personen, noch der Plan, noch
der Ton haben mit meiner jetzigen Ansicht die mindeste Ver=
wandtschaft." Am liebsten — meint er in einem andern
Briefe — würfe er das Ganze in's Feuer, doch da nun ein=
mal die Vollendung des Gedichts bei ihm beschlossene Sache
sei, so „wollen wir ein wunderlich Werk daraus machen."
Noch ein Jahr später meldet er wiederum: „Tasso muß um=
gearbeitet werden; was da steht ist zu Nichts zu brauchen;
ich kann weder so endigen noch Alles wegwerfen."

Diese Bekenntnisse werden jetzt wesentlich ergänzt durch
einen Brief, den Goethe zwei Monate nach der letzten
Aeußerung am 28. März 1788 an Karl August nach Weimar
schrieb*). Die auf Tasso bezügliche Stelle desselben lautet:
„Ich lese jetzt das Leben des Tasso, das Abbate Serassi, und
zwar recht gut, geschrieben hat. Meine Absicht ist, meinen
Geist mit dem Charakter und den Schicksalen dieses Dichters
zu füllen, um auf der Reise etwas zu haben, das mich be=
schäftigt. Ich wünsche das angefangene Stück, wo nicht zu
endigen, doch weit zu führen, ehe ich zurückkomme. Hätte ich
es nicht angefangen, so würde ich es jetzt nicht wählen,
und ich erinnere mich wohl noch, daß Sie mir davon
abriethen. Indessen, wie der Reiz, der mich zu diesem
Gegenstande führte, aus dem innersten meiner Natur entstand,
so schließt sich jetzt die Arbeit, die ich unternehme, um es zu
endigen, ganz sonderbar an's Ende meiner Italienischen Lauf=
bahn, und ich kann nicht wünschen, daß es anders sein

——— ——— —

möge." — Wir wissen, daß das Gedicht auf der Rückreise in dem Garten Boboli zu Florenz dem Ende nahe geführt und im Sommer und Herbste desselben Jahres zu Belvedere, dem Weimarischen Belriguardo, vollends abgeschlossen wurde*). Die erste, der er die umgearbeitete Dichtung bruchstückweise nach seiner Rückkehr vorlas, und die sich für dieselbe auf das Tiefste interessirte, war — die Herzogin Louise**), das Urbild jener Fürstin der Dichtung, der Prinzessin Leonore von Este, der Geliebten Tasso's, mit welcher wir uns hier beschäftigen wollen.

Man mißverstehe den Ausdruck Urbild nicht in dem Sinne, als ob die von Goethe hochverehrte Fürstin dem Dichter zu seiner Leonore Tasso's wie das Original zur Portraitkopie gesessen hätte, oder gar, als ob das Verhältniß der Prinzessin der Dichtung zu dem unglücklichen Sänger des befreiten Jerusalems als eine Wiederspiegelung desjenigen zarten Bezuges anzusehen sei, welcher den Dichter des Tasso mit seiner Fürstin, der Gattin seines Herrn und Freundes verband. Freilich kann man sagen, daß in der ganzen Tassodichtung nichts enthalten sei, was nicht innerliches Erlebniß des Dichters gewesen wäre; aber derjenige würde eine geringe Kenntniß von der Art und Weise des Goethe'schen, wie alles wahrhaft dichterischen Schaffens verrathen, der nicht zugleich hinzusetzte: daß kein Erlebniß, kein Motiv der eigenen Erfahrung in seiner Wirklichkeit vom Dichter belassen worden sei, und daß vielmehr die Wirklichkeit des eignen Erlebens ihm nur die Farben für seine Palette geliefert, aus deren Mischung, die das Geheimniß seiner Kunst ist und bleibt, die

---

*) S. ebendas. I. S. 134.
**) Ebendas. I. S. 132.

Seelen- und Charaktergemälde seiner Dichtung hervorgeblüht sind. Mögen also auch hier die Farben zu dem Bilde des Herzogs Alfons von Ferrara vielfach von Weimar's Karl August entlehnt sein, mag Leonore Sanvitale unzweifelhaft so manche Züge Charlotten's von Stein tragen, mag endlich eine Gestalt wie die Prinzessin der Dichtung in ihrer stillen Hoheit, ihrer traurig sanften und doch so stählern festen Resignation kaum anders möglich, selbst für einen Goethe nicht zu schaffen möglich gewesen sein, wenn nicht die Wirklichkeit in Louise von Weimar dem Dichter ein Urbild zu derselben gewährt hätte: immer bleiben diese Gestalten der Dichtung die freie unabhängige Schöpfung des Dichters, von dem das Wort gilt, daß „sein Gemüth das weit Zerstreute sammelt", und von dem Leonore Sanvitale so unvergleichlich treffend für unsere Frage sagt:

> „Er scheint uns anzusehen, und Geister mögen
> An unsrer Stelle seltsam ihm erscheinen!"

Aber mit gleichem Rechte dürfte auch Goethe von den Gestalten seiner Schöpfung, im Hinblicke auf das, was er für dieselben der Wirklichkeit des ihn umgebenden nächsten Lebenkreises, seiner eigentlichen Welt, verdankte, mit seinem Tasso sagen:

> „Es sind nicht Schatten, die der Wahn erzeugte,
> Ich weiß es, sie sind ewig, denn sie sind."

Dieses tiefe Wort gilt in doppelter Hinsicht für die Gestalt der Prinzessin Leonore seiner Dichtung.

Denn das feine Gewebe dieser Gestalt erscheint, in Bezug auf die zum Grunde liegende Wirklichkeit, aus zwei Grundlagen gebildet, die gleichsam Aufzug und Einschlag desselben ausmachen: nämlich aus der Gestalt der historischen Prinzessin

Leonore von Este und aus der fürstlichen Frau, welcher der Dichter des Tasso ein ganzes Leben lang in unveränderter achtungsvoller Neigung nahe gestanden, deren Leben und Leiden er mitgelebt und mitgelitten hat.

Leonore von Este, die jüngere der zwei Schwestern des Herzogs Alfons von Ferrara, war neunundzwanzig Jahre alt, als der damals einundzwanzigjährige Tasso an den Hof ihres Bruders kam. Die Berichte der Zeitgenossen schildern sie schön, geistreich, von edelster Anmuth, feiner Sitte, Künste und Wissenschaften liebend und in ihnen wohlunterrichtet. Sie war kränklich und lebte deshalb meist zurückgezogen von dem festlichen Geräusche des Hoflebens. In ihrer äußern Erscheinung würdig einfach, von tadelloser Lebensführung und strengen Sitten, liebte sie es, in selbstgewählter Einsamkeit fern von dem ihr verhaßten fürstlichen Pomp und Glanz ihren Gedanken nachzuhängen, und den Uebungen einer strenggläubigen Frömmigkeit zu leben. Milde und liebreich gegen Jedermann, auch einem ziemenden Scherze nicht abhold, von ruhiger Lebensklugheit, ward sie bald die theilnehmende Beschützerin des jungen Dichters, dem sie gleich anfangs in manchen Verwicklungen mit ihrem Rathe beizustehen Gelegenheit fand. Es wird berichtet, daß dieser Rath und Beistand sich selbst auf einen Liebeshandel ausdehnte, in welchen der jugendlich unbesonnene Tasso sich unvorsichtig genug mit einem Hoffräulein, Lucrezia Bendedio, der Geliebten von des Herzogs Alfons mächtigem Minister Pigna, verwickelt hatte, und daß es ihrer Klugheit gelang, die üblen Folgen von Tasso's Haupte abzuwenden. Auch Leonoren's ein Jahr ältere Schwester, die Prinzessin Lucrezia, welche ihn bei Leonoren eingeführt hatte, und die ein Jahr später Ferrara als Gattin des Herzogs von Urbino verließ, war und blieb des Dichters treue sorgliche

Beschützerin und Freundin, und beide Schwestern ließen es sich angelegen sein, bis in das Kleinste für die Bedürfnisse des Dichters Sorge zu tragen, dessen eigne leichtsinnig sorglose Lebensführung, dessen unpraktisches Behaben in allen äußeren Verhältnissen, verbunden mit einer sich von Jahr zu Jahr steigernden krankhaften Reizbarkeit und Leidenschaftlichkeit ihnen dazu reiche Veranlassung und Gelegenheit boten.

Nach der Entfernung der älteren Schwester blieb Leonoren die nächste Sorge für den Dichter allein überlassen. Es bildete sich allmählich ein ganz eigenthümliches Verhältniß zwischen beiden, das aller Wahrscheinlichkeit nach von ihrer Seite durchaus in denjenigen Schranken blieb, welche Sitte und Lebensstellung ihr trotz ihrer Neigung für den jungen Dichter auferlegten.

Tasso war in seiner Jugend einer der schönsten Männer Italiens, von hoher, schlanker, in allen ihren Verhältnissen harmonischer Gestalt. Seine Gesichtsfarbe war weiß und später bleich, das lockige Haar kastanienbraun, am Haupte heller als am Barte, die schwarzen Augenbrauen gewölbt und fein geschwungen, die lichtblau glänzenden, meist sinnend ruhigen oder gen Himmel gerichteten Augen groß und rund, die feinen, sanft geröheten Lippen des Mundes voll weißer, wie Perlen dicht aneinandergereihter Zähne von lieblichem Ausdruck. Dieser herrliche Kopf mit dem kräftig breiten Kinne und dem mäßig langen Halse saß auf einem Körper, dessen breite Brust und kräftige Schultern, dessen gelenke, wohl proportionirte Glieder das schönste Ebenmaaß aufzeigten, und dem man es ansah, daß er in den ritterlichen Uebungen des Reitens und Schwimmens, des Fechtens und Ringens bis zur Meisterschaft wohlgewandt war. „Seine Rede", so fährt die Beschreibung fort, „war meist fertig und leicht, obwohl zuweilen stammelnd, sein Vortrag mehr gedanken=

reich als anmuthig. Selten lächelte er, nie lachte er laut auf. Die ganze Erscheinung verrieth auf den ersten Blick den Mann von hoher Bedeutung." Und dieser Mann, schon als Jüngling gefeiert als der erste Dichter des Jahrhunderts, zugleich in vieler, ja fast in jeder Hinsicht hülfsbedürftig wie ein Kind, und durch diese Hülfsbedürftigkeit, eine Folge eigner und fremder Verzärtelung, sowie durch seine krankhafte Reizbarkeit, seine düstre verdachtvolle Schwermuth, eine dämonische Natur, wie sie Goethe so unübertrefflich und dabei historisch vollkommen treu geschildert hat, war hingewiesen auf den Beistand und die Theilnahme eines Weibes, einer fürstlichen Jungfrau, wie die zart und tief empfindende Leonore von Este, die in ihm das Ideal einer poetischen Erscheinung verkörpert sah, und Neigung, Muße und Mittel hinreichend besaß, sich des verehrten Dichtergenius, des schönen und doch so unglücklichen Mannes anzunehmen, der, wie sie bald, und nicht nur sie allein, deutlich bemerken konnte, ihr, der Einsamen, Kranken seine feurige Liebe, wenn auch scheinbar tief versteckt, entgegentrug! Es wäre ein Wunder gewesen, wenn sie seine Liebe nicht erwidert hätte.

Man hat diese Liebe bestreiten, ihre historische Existenz ableugnen wollen. Ohne Grund. Schon im Jahre 1576 deutete der Dichter Guarini, den sich Tasso verfeindet hatte, in einem Sonette auf dessen Leidenschaft für die Fürstin deutlich hin, und es ist leider nur allzugewiß, daß diese unselige Liebesleidenschaft die in dem Dichter liegenden Keime der Gemüthskrankheit und theilweisen Geistesstörung zur Reife brachte. Man braucht seine Liebesgedichte, die er an die Fürstin gerichtet hat, nur zu lesen, um sich von der tiefen Wahrheit, von der verzehrenden Glut der Empfindung, welche sich darin ausspricht, zu überzeugen. Wie weit Leonore seine Liebe theilte, wird vielleicht

nie mit völliger Sicherheit auszumachen sein. Aber es ist in
hohem Grade wahrscheinlich, daß seine Liebe nicht unerwidert
blieb. Die sonst unbegreifliche Tyrannei, mit welcher Herzog
Alfons dem unglücklichen Dichter seine sämmtlichen Manuscripte
und Papiere hartnäckig vorenthielt, welche dieser bei seiner letzten
Flucht in Ferrara gelassen hatte, und um die er den Herzog
umsonst Jahre lang anflehte, sowie die unerbittliche Grausamkeit,
mit welcher Alfons den durch seine unselige Leidenschaft allerdings
dem Wahnsinn nahe gebrachten Dichter sechs lange Jahre in
dem Kerker des Irrenhauses gefangen hielt, sind nur dadurch
zu erklären, daß der Herzog über Tasso's Liebe zürnte und
die Indiskretion des Dichters fürchtete.

Leonore von Este starb den 10. Februar 1581 in Ferrara
im fünfundvierzigsten Lebensjahre, kaum ein Jahr nach Tasso's
Einkerkerung.

Goethe hat in seinem wundervollen Seelengemälde — denn
ein solches und kein Drama ist sein „Schauspiel" Tasso — sich
in der Schilderung der beiden Hauptpersonen möglichst treu an
die historische Ueberlieferung gehalten, obschon seine eigentliche
Absicht dahin ging, sich in dieser Dichtung ein Gefäß zuzu-
bereiten, in welches er seine eigensten innerlichen Erfahrungen
und Erlebnisse niederlegen mochte. Schon aus der vorstehenden kurzen Schilderung der historischen Leonore von Este wird
es klar geworden sein, wieviel Züge derselben die Prinzessin
der Goethe'schen Dichtung trägt.

Betrachten wir jetzt die letztere näher, so begegnen wir
zunächst einem gänzlichen Mangel der Schilderung der äußern
Erscheinung Leonoren's, weil hier die Tradition den Dichter
völlig im Stiche ließ. Denn es giebt keine Beschreibung des
Aeußern der Geliebten des unglücklichen Märtyrers der Poesie

und Liebe, kein Bild eines Malers, das uns ihre Züge er=
halten hätte. Wir mögen einstweilen die Schilderung auf sie
anwenden, mit welcher Tasso sein „Sophronia“ in jener
wundervollen Episode seines befreiten Jerusalems ausgestattet
hat, in der er seine eigne, anfangs tief verhüllte Leidenschaft
für die hohe Frau in jenen ersten glücklichen Tagen ab=
spiegelte, als noch die Hoffnung eines glücklichen Ausgangs
seiner stillen Leiden in ihm lebendig sein mochte:

> „Die Jungfrau kam allein hervorgegangen,
> Den Reiz nicht ausgestellt, nicht bang verwahrt:
> Voll Ruh der Blick, vom Schleier rings umfangen,
> Ablehnend, edelstolz in Gang und Art.
> Ob sie geschmückt? nachlässig? Ob der Wangen,
> Der Züge Reiz durch Kunst, durch Zufall ward? —
> Natur und Lieb', des Himmels Huld bereiten
> So wunderliebliche Nachlässigkeiten.“

Leonore ist in der That die echte Sophronia, die „maaß=
volle“ Hochgesinnte, die Verkörperung bewußter Entsagung und
eines poetischen Idealismus, der fern ist von aller berechnenden
Selbstsucht. Die Züge, mit denen Leonore Sanvitale und sie
selbst im ersten Akte ihr Wesen schildern, zeichnen uns eine
feinsinnige, innerliche, bescheiden hoheitvolle Natur, selbstlos un=
eigennützig bis zu dem fehlerhaften Grade, daß sie nicht einmal
„für ihre Freunde von Andern etwas zu erbitten“ vermag. Wir
finden sie gleich beim Anfange des Stücks an einem schönen
Frühlingstage versunken im Genusse der lieblichen Einsamkeit
ihres geliebten Landsitzes, wo sie „so manchen Tag der Jugend
froh verlebt hat“, und in dessen schattigstillen Hainen sie sich
„in die goldne Zeit der Dichter zu träumen liebt“, deren poetische
Welt ihrer Seele eigentliche Heimat ist. Erzogen von einer

hochgebildeten Mutter, der sie „die Kenntniß aller Sprachen
und des besten, was uns die Vorwelt ließ" zu danken gesteht,
hat sie doch das Glück dieser mütterlichen Erziehung einer
Frau, der sie sich an „Wissenschaft und rechtem Sinne", an
Klugheit und Kenntniß jeder Art und an Geisteshoheit weit
untergeordnet bekennt, nur kurze Zeit genossen. Denn die
Mutter gehörte jenem Kreise bedeutender Männer und Frauen
der Mitte des sechzehnten Jahrhunderts an, die, wie wir
aus Michel Angelo's und Vittoria Colonna's Leben wissen,
an der in Deutschland ausgebrochenen Bewegung zur religiösen
Freiheit eifrig Theil nahmen, eine Theilnahme, die der
gläubig frommen Tochter als ein Unglück und ein Irrthum
erscheint. Man entzog die Kinder der ketzerischen Mutter
(Akt III, Scene 1):

> „Man nahm uns von ihr weg. Nun ist sie todt! —
> Sie ließ uns Kindern nicht den Trost, daß sie
> Mit ihrem Gott versöhnt gestorben sei!"

So ist Leonore einsam herangewachsen. Frühe Leiden,
die durch Kränklichkeit gebotene, durch eigene Neigung geför-
derte Abtrennung von dem Leben der Welt und seinen Freuden
hat sie mehr und mehr in sich zurückgeführt, und eine Sinnesart genährt, die auf geduldiges Ertragen, auf Entbehren und
Entsagung und zuletzt auf Unglauben an Glück überhaupt
hinausläuft. Hören wir von ihr selbst die Schilderung ihres
Lebensganges, in jener Scene mit ihrer Freundin und Nebenbuhlerin, der Gräfin Sanvitale. — „Glücklich? Wer ist denn
glücklich?" ruft sie aus, als diese ihr die Hoffnung ausspricht, „sie dereinst, so schön sie es verdient, glücklich
zu sehen." Und als dieselbe dann sie auffordert, „nicht
nach dem zu blicken, was Jedem fehle, sondern zu be-

trachten, was ihr alles noch bliebe, erwidert sie mit den schmerzlichen Worten:

„Was mir bleibt?
Geduld, Eleonore! — Neben konnt' ich die
Von Jugend auf. Wenn Freunde, wenn Geschwister
Bei Fest und Spiel gesellig sich erfreuten,
Hielt Krankheit mich auf meinem Zimmer fest;
Und in Gesellschaft mancher Leiden mußt'
Ich früh entbehren lernen. Eines war,
Was in der Einsamkeit mich schön ergötzte,
Die Freude des Gesang's; ich unterhielt
Mich mit mir selbst, ich wiegte Schmerz und Sehnsucht
Und jeden Wunsch mit leisen Tönen ein.
Da wurde Leiden oft Genuß, und selbst
Das traurige Gefühl zur Harmonie.
Nicht lang war mir dies Glück gegönnt, auch dieses
Nahm mir der Arzt hinweg: sein streng Gebot
Hieß mich verstummen. Leben sollt' ich, leiden,
Den einz'gen kleinen Trost sollt' ich entbehren!"

In diesem hinkränkelnden Pflanzenleben begegnet ihr sehnsuchtsvolles Herz zum erstenmale dem Jünglinge Tasso, nicht im Glanze jener ritterlichen Prachtfeste, der den Blick des zuerst in Ferrara eintretenden Jünglings blendete, denn auch damals war sie krank, ja fast dem Tode nahe. Erst als die noch Schwache und kaum Halbgenesene lange nach jenen Tagen „zum erstenmale, noch unterstützt von ihren Frauen aus dem Krankenzimmer trat," kam, wie sie es im Anfange des zweiten Aktes Tasso in Erinnerung ruft, die Schwester, die ihr den Dichter zuführte:

„Da kam Lucrezia voll frohen Lebens
Herbei und führte dich an ihrer Hand.
Du warst der erste, der im neuen Leben
Mir neu und unbekannt entgegentrat.

Da hofft' ich viel für dich und — mich! auch hat
Uns bis hieher die Hoffnung nicht betrogen."

Diese Scene ist es, welche Kaulbach uns in seinem Bilde vorgeführt hat. Aber wie tief Eleonore selbst von dieser Begegnung, die eine Reihe von Jahren vor dem Beginne unsres Stücks liegt, ergriffen worden war, das gesteht sie der Freundin in jener Scene des dritten Akts, in welcher der Schmerz über den zu befürchtenden Verlust des geliebten Freundes ihr Gefühl überwältigt und ihre sonst so verschwiegenen Lippen entsiegelt:

„Der Augenblick, da ich zuerst ihn sah,
War viel bedeutend. Kaum erholt' ich mich
Von manchen Leiden; Schmerz und Krankheit waren
Kaum erst gewichen; still bescheiden blickt' ich
In's Leben wieder, freute mich des Tags
Und der Geschwister wieder, sog beherzt
Der süßen Hoffnung reinsten Balsam ein.
Ich wagt' es, vorwärts in das Leben weiter
Hineinzusehen! — — — — — Da,
Eleonore, stellte mir den Jüngling
Die Schwester vor; er kam an ihrer Hand
Und — daß ich Dir's gestehe, — da ergriff
Ihn mein Gemüth, und wird ihn ewig halten!"

Und eben so augenblicklich mit derselben dämonisch unwiderstehlichen Gewalt hat sich, wie er ihr gegenüber (Akt II, Scene 1) ausspricht, auch Tasso von ihrer Erscheinung ergriffen gefühlt, deren geistiger Zauber für den Dichter die Schwäche ihrer Krankheit noch vermehrte. Aus dem sinneberauschenden Taumel der prachtvollen Festlust von Turnier und Bankett in das stille hohe Marmorgemach der Genesenden tretend, fühlt er sich, „mit einem Blick in ihren Blick," „geheilt von aller Phantasie, von jeder Sucht, von jedem falschen

Triebe". — Von aller „Begierde", die „sich nach tausend Gegenständen sonst verlor —

> Trat ich beschämt zuerst in mich zurück
> Und lernte nun das Wünschenswerthe kennen."

So sind sie neben einander hergegangen, haben sie Beide neben und mit einander gelebt und das süße Gift der Liebe in immer tieferen Zügen in das Herz gesogen Jahre lang bis zu jenem kurzen Frühlingstage, der vom Schicksal auser= sehen ist, die Blüthe der herben Aloe, nach gewaltsam ge= sprengter, lang verschlossener Knospe in flammenrother Pracht aufstrahlen und am Abende gebrochen und verwelkt im Staube liegen zu sehen.

Verfolgen wir jetzt in unserer Darstellung diesen vom Dichter geschilderten, so verhängnißvollen Frühlingstag von Belriguardo und Leonoren's Verhalten an demselben.

Wir finden sie mit ihrer Freundin Eleonore Sanvitale in der idyllischen Zurückgezogenheit der ländlichen Villa an einem der ersten schönen hoffnungsreichen Morgen des jungen Frühlings in phantastisch schäferlicher Tracht und Kleidung, über die ihr fürstlicher Bruder Alfons zu spotten liebt, mit Kränzewinden beschäftigt neben den Hermen Virgil's, ihres ernsten Lieblingsdichters, und Ariost's, den sich die leichtere, lebensfrische Sanvitale zum Lieblinge erkoren. Wir haben sie als eine Frau am Ende der ersten Hälfte der dreißig, Tasso etwa als sieben bis achtundzwanzigjährig zu denken. Sie ist nicht mehr so leidend wie früher, doch immer noch von zarter Gesundheit, die sie selbst weiterhin mit den Worten schildert: „Ich bin gesund, das heißt ich bin nicht krank!" Des Frühlings Weichheit schließt ihr im Gespräch mit der

Freundin, die bald von ihr zu scheiden, und zu ihrem Ge=
mahl nach Florenz zurückzugehen im Begriffe ist, die sonst
still in sich versenkte Seele mehr als gewöhnlich auf. Es
ist ihr nicht entgangen, daß die Sanvitale ihrem Dichter un=
gewöhnlichen Antheil schenkt, und sie kann sich's nicht versagen,
die Freundin darüber mit sanfter Heiterkeit ein wenig zu
necken. Auch hat sie mit dieser Neckerei mehr Recht, als sie
selbst glaubt und der Freundin einzugestehen für gut findet,
die ihrerseits, von der Prinzessin so herausgefordert, mit der
Erklärung hervortritt, daß der Name Leonore, der sich in den
Liebessonetten finde, welche von Tasso's Hand zuweilen den
Bäumen des Parks Sprache verleihen, ebensowohl der Name
der Prinzessin wie der ihre sei. Es ist nicht zufällig, daß
die Prinzessin die Ideen von der platonischen Liebe, welche
ihre Freundin dem Dichter zuschreibt, dessen Liebe nicht sowohl
ihren beiderseitigen Personen als vielmehr einem höheren all=
gemeineren Ideale gelte, nicht zu verstehen erklärt; und ihre
Antwort, welche sie auf das „Uns liebt er nicht! — verzeih',
daß ich es sage!" — giebt, verräth der klugen Sanvitale
plötzlich den wahren Herzenszustand ihrer fürstlichen Freundin,
und berechtigt sie zu der spottenden Erwiderung:

> „Du? Schülerin des Plato! nicht begreifen,
> Was Dir ein Neuling vorzuschwatzen wagt?
> Es müßte sein, daß ich zu sehr mich irrte!"

Aber die Kluge irrt sich nicht, und die unmittelbar darauf
folgende Bitte der Prinzessin bei der Annäherung des Fürsten,
ihr fast ängstlich abbrechendes:

> „Da kommt mein Bruder! Laßt uns nicht verrathen,
> Wohin sich wieder das Gespräch gelenkt!"

ist nicht minder bedeutungsvoll für den Zustand ihres Innern. In der That sehen wir auch den Herzog Alfons in heiterem Scherze auf Tasso's Unzertrennlichkeit von den beiden Frauen anspielen, und sie neckend seiner Schonung versichern. Denn der fürstliche Herr sieht in Tasso's ihm nicht verborgener Neigung nichts als ein poetisches Spiel und eine eben so erklärliche als erlaubte Huldigung. Der Fürstenstolz jener Zeit hat eben keinen Begriff davon, daß die Liebe zwischen einem Dichter, sei er auch der erste Genius seines Volks und Jahrhunderts, und einer fürstlichen Prinzessin, sei sie auch nur die Schwester des Dynasten eines kleinen Ländchens wie Ferrara, — kein Wahnsinn sei, und daß Eleonore von Este oder eine Vittoria Colonna je einem Tasso oder Michel Angelo etwas anderes sein könnten, als „Sterne, die man nicht begehrt", so sehr man sich auch ihrer Pracht freuen mag.

Dagegen sehen wir in der nächsten Scene mit Alfons die Prinzessin stets bereit, den Dichter gegen des Bruders Klagen in Schutz zu nehmen, und während Leonore Sanvitale ganz auf des Fürsten An- und Absicht eingeht, daß Tasso hinaus in die Welt müsse, verharrt die Prinzessin bei diesem Punkte in bedeutungsvollem Schweigen. Aber sie ist wiederum die Erste, die den geliebten Dichter gegen Antonio vertheidigt, der gleich bei der ersten Begegnung seiner Mißempfindung gegen den bevorzugten jungen Mann, dessen Leidenschaft für die Prinzessin ihm so wenig wie das Gefühl der Prinzessin ein Geheimniß ist, auf eine harte und schwer verletzende Weise Ausdruck giebt. Die ungerechte und in keiner Weise herausgeforderte Bitterkeit und Herbigkeit, mit der Antonio ihren Liebling im Augenblicke von dessen höchster Erregung roh beleidigt hat, bringt der fein und tief empfindenden Fürstin ihr Gefühl für den Gekränkten nur stärker zum Bewußtsein, und sie ist gerade deshalb um so weniger im Stande, in jener ersten Scene des zweiten Akts das wenngleich zart verschleierte Bekenntniß zurückzuhalten, daß Tasso's Liebe in ihrem Busen ein Echo findet. Ja, sie liebt ihn, sie kann ihn nicht entbehren, und der Gedanke, sich ihn und seine Nähe um jeden Preis zu erhalten, ist es, der sie bewegt, den über sein neuentdecktes Glück in das reinste Entzücken versunkenen, jetzt nun auch ihr seine Liebe ohne Rückhalt gestehenden Tasso zu jenem Schritte der Versöhnung mit Antonio zu bestimmen, der ihr zur Erreichung ihrer Absicht nöthig scheint, und auf den Tasso mit so freudigem Gehorsam eingeht. Der Schritt mißlingt, doch nicht durch Tasso's Schuld, und sein Ausgang führt die Katastrophe herbei.

Die Prinzessin hört von dem Ausgange mit Bestürzung, ja mit Entsetzen. Sie nimmt auch hier sogleich Tasso's Partei, und ihre Ahnung, daß diesmal Tasso, Antonio gegenüber, gewiß im Rechte gewesen sei (Akt III, Scene 1):

„Gewiß hat ihn Antonio gereizt ꝛc."

ist vollkommen richtig. Sie fühlt sich auf das Tiefste erschüttert. Sie klagt sich an, daß ihr unüberlegtes Verlangen Tasso zu diesem falschen Schritte getrieben, daß sie die Schuld der Folgen trage, und dieses Gefühl des Unglücks entfesselt ihre Zunge zu dem freien Bekenntniß ihrer tief im Herzen verborgenen Liebe. Je offener und wärmer Tasso selbst ihr im vorhergehenden Akte seine leidenschaftliche grenzenlose Hingebung gezeigt hatte, — „Wie schön, wie warm ergab er ganz sich mir!" ruft sie klagend aus, — um so zerschmetternder fühlt sie sich jetzt getroffen, als die listige Freundin, deren ganzer

Sinn darauf gestellt ist, diesen Zwischenfall zu benutzen, um sich den von ihr geliebten Dichter als huldigenden Verehrer zu gewinnen und zu sichern, ihr eröffnet, daß Tasso's Entfernung von Ferrara jetzt eine Nothwendigkeit sei.

Hier zuckt zuerst aus Leonoren's keuschem Herzen ein Funke der Eifersucht hervor. „Du willst dich im Genuß, o Freundin, sehn, ich soll entbehren!" ruft sie ihr klagend zu. Auch weigert sie lange ihr Ja dem Plane, und giebt ihre widerwillige Einstimmung nur mit den Worten:—„Entschlossen bin ich nicht, allein es sei, wenn er sich nicht auf lange Zeit entfernt." Und wenn sie, „ihn denn einmal ent=behren soll", so mag sie ihn noch am ersten der Freundin „gönnen". Aber immer auf's Neue macht sich ihr Schmerz, ja ihre Verzweiflung Luft in ihren klagenden Geständnissen, die sich zuletzt bis zu der Versicherung steigern, daß ihr Herz „ihn ewig halten werde", ein Geständniß, das sie, erschreckend über ihre ungewohnte Offenheit, mit den Worten abzubrechen sucht:

> „Ich bin geschwätzig und verbärge besser
> Auch selbst vor Dir, wie schwach ich bin und krank!"

Vergebens! Der unter der stillen Oberfläche tief und stark fluthende Strom ihrer Liebesempfindung reißt sie unwider=stehlich fort zu immer neuen Geständnissen ihrer Liebe für den Mann, „den sie liebte, weil sie ihn verehren mußte", den sie lieben mußte, weil, wie sie ausruft, „ihr Leben erst durch ihn zum Leben ward, wie sie es nie gekannt". Und so strömt sie denn die ganze Fülle ihres Liebesempfindens aus in jenen unsagbar schönen Versen, in denen sie die lebendig zurück=gerufene Erinnerung an ihre vergangene Glückseligkeit, und die vorweggenommene Schmerzensempfindung über die ver=

ödet vor ihr liegende Zukunft als Doppelstachel sich in die blutende Seele drückt. —

Gewiß nur die Eigensucht kann die Gräfin Sanvitale verleiten, in der still und tief glühenden Empfindung der Prinzessin, deren trauriges Loos fürstlicher Hoheit sie beklagt, nur eine ruhige „Neigung" zu sehen, die ähnlich dem kalten, „stillen Schein des Mondes, keine Lust nach Lebensfreude umhergießt". Hat sie doch selbst keine Ahnung von der verzehrenden Glut der Leidenschaft, die Tasso's Herz bisher erfüllt. Die Prinzessin weiß es besser, wie es um ihr eigenes und wie es um Tasso's Inneres steht. Sie fürchtet, daß das Herrliche und Hohe dieser Liebe sie und ihn „elend machen" wird, wenn die bisher so still bewahrte Flamme „ungehütet um sich her frißt", und ihre Furcht soll in Erfüllung gehen. Die Entscheidung erfolgt, und Leonoren's Unglück ist nur um so größer, als Erziehung und Natur, Charakter, Lebensstellung und Gewöhnung ihr die Kraft geben, ihre Leidenschaft zu unterdrücken und ihr Herz zu brechen. Denn daß die Leonore, die den Geliebten, der sich in ihre Arme stürzt, mit einem schaudernden „Hinweg!" „von sich stößt", diesen Ausgang nicht überleben kann, daß ihr ganzes Dasein mit diesem Akte zerbrochen ist, mit dem sie das, was bisher allein „ihr Leben war", von sich stößt, bedarf für den richtig Fühlenden keiner weiteren Erörterung. Und wenn Tasso die furchtbare Wahrheit jenes Wortes an sich erfahren soll, das Goethe vielmehr der Prinzessin, als ihrer leichtblütigen Freundin hätte in den Mund legen mögen, des Wortes:

> „Der Lorbeerkranz ist, wo er Dir erscheint,
> Ein Zeichen mehr des Leidens als des Glücks!"

das, beiläufig bemerkt, als der Vater des bekannten vergröberten

Freiligrath'schen Worts von dem allzeitigen „Fluche" der Gabe
der Dichtung und von dem „Kainsstempel des Dichters" gelten
darf: so hat die unglückliche Leonore von Este dagegen das
Schicksal: den Fluch an sich zu bewahrheiten, der aus dem
Vorurtheil der Welt von der Ungleichheit der Stände ent=
springend, gerade die Edelsten und Besten in Elend und Ver=
derben reißt. Ihr Schicksal ist vorzugsweise, ja allein, das
Tragische in dieser Dichtung, denn ihr, der Unglückseligen, die
ihr Alles und sich selbst verliert, bleibt Nichts übrig, während
Tasso sich doch noch zuletzt an den Felsen festklammern darf,
an dem er scheitern sollte und ihm ein Gott das rettende
Glück verlieh, „zu sagen, was er leide".

X.

Eugenie.

Das Trauerspiel „die natürliche Tochter", dessen Heldin
wir in der Kaulbach'schen Darstellung vor uns haben,
entstand dem Dichter durch die Lektüre der im letzten Jahre
des vorigen Jahrhunderts erschienenen Memoiren der Prinzessin Amélie Gabrielle Stephanie Louise von Bourbon-Conti.
Diese Prinzessin war die Frucht eines geheimen Liebesverhältnisses zwischen dem Prinzen Louis François von
Bourbon-Conti und der schönen Herzogin von Mazarin. Die
Verwandten dieser „natürlichen Tochter", obenan ihr Halb-
bruder der Graf von Marche — der später seinem Vater in
der Regierung des kleinen Fürstenthums nachfolgte, das nach
dem Städtchen Conti bei Amiens den Namen führte, und
mit dem 1807 das Haus Bourbon-Conti ausstarb —, sahen
sich durch die bevorstehende Anerkennung derselben, welche ihr
Vater bei dem Könige Ludwig XV. zu erwirken gewußt hatte,
in ihren Erbansprüchen bedroht. Sie griffen daher zu dem
verbrecherischen Mittel, die junge Prinzessin heimlich in eine
kleine weltabgeschiedene Provinzialstadt zu entführen, kurze
Zeit ehe der feierliche Akt der Legitimirung durch den König

12*

stattfinden sollte; ja, sie gingen so weit, die noch minorenne Prinzessin durch die unwürdigsten Mittel zur Verheiratung mit einem Bürgerlichen, dem Prokurator Antoine Louis B., einem bigotten und gefühllosen Menschen von widerwärtigem Aeußern, zu zwingen, durch welchen sie mehrere Jahre lang die übelste Behandlung erfuhr, bis es ihr zuletzt gelang, sich derselben zu entziehen, und eine Nichtigkeitserklärung ihrer erzwungenen Ehe zu beantragen.

Jene Memoiren, in welchen die unglückliche Frau die Geschichte ihrer Leiden und die abenteuerlichen Schicksale ihrer spätern Zeit erzählte, schienen dem Dichter einen Stoff zu bieten, dessen Behandlung es ihm möglich machen könne, seine Gedanken und Ansichten über die französische Revolution mit mehr Ernst und Tiefe, als es in den früheren Dramen „der Großkophta" und „der Bürgergeneral" ihm gelungen war, poetisch auszusprechen. Die Dichtung war auf eine Trilogie angelegt, von der das vollendet vorliegende, als Trauerspiel bezeichnete Drama nur die Exposition geben sollte. Eine Exposition, über ein Drittheil länger als die ganze Iphigenie des Dichters, als abgeschlossenes „Trauerspiel" hinzustellen, war schon an sich ein mißliches Unternehmen; aber noch mißlicher für die dramatische, ja auch für die poetische Wirkung überhaupt, war die Behandlungsweise, deren sich der Dichter bei diesem Stoffe bedienen zu dürfen glaubte.

Diese Behandlungsweise ist eine fast durchweg abstrakt symbolische. Statt in dem Besonderen und durch das Besondere das Allgemeine darzustellen, aus der Lebendigkeit der Individualität und plastischen Charakteristik, wie in seinen früheren Werken, das allgemein Bedeutende von selbst hervorgehen zu lassen, arbeitete er bei der Behandlung eines ganz

geschichtlichen Stoffes aus der nächsten Wirklichkeit mit voller
Absicht darauf hin, die Idealisirung desselben dadurch in's
Werk zu setzen, daß er die persönliche Bestimmtheit der Ge=
stalten und ihrer Verhältnisse, sowie der Zeit und der Um=
stände möglichst verwischte und verdeckte. So wurden ihm die
meisten der wirklich historischen Personen, welche der Dichtung
zu Grunde lagen, zu symbolischen Gestaltschemen. Alle
Localfarbe, alle festbestimmte charakteristische Zeichnung, wie
wir sie zum Beispiel in Egmont bewundern, verschwand in
dieser idealisirenden Silberstiftzeichnung, deren einförmige
regelmäßige Züge bei aller Reinheit und Richtigkeit der Linien
nicht für das mangelnde individuelle Leben und für die fehlende
Charakterfarbe entschädigen konnten, ebensowenig als die solcher
symbolischen Behandlungsweise gemäße antikisirende, übermäßig
einförmige und sententiöse Sprache, trotz der vielen „schönen
Stellen“ und pathetischen Empfindungsergüsse Ersatz zu bieten
vermöchte für den gänzlichen Mangel an Handlung und für
die Unklarheit, in welcher selbst das, was man die „Fabel
des Stücks“ nennt, gehalten ist.

Von diesem letzteren Uebelstande überzeugt man sich leicht,
sobald man es unternimmt, diese „Fabel“, d. h. den Hergang
der in dem Drama behandelten Begebenheit aus dem Stücke
darzustellen. Wir wollen dies versuchen, indem wir unsere
Erzählung an diejenige Person des Stücks knüpfen, die Goethe
sich zur Heldin desselben ausersehen hat.

Eugenie, das heißt die wohl und adlig Geborne, —
denn dies bedeutet der aus dem Griechischen stammende und
mit Absicht von dem Dichter seiner Heldin beigelegte Name, —
ist die natürliche Tochter des „Herzogs“, des nächsten Anver=
wandten und ersten Vasallen des „Königs“, und einer eben=

falls dem Königshause nahe verwandten Fürstin. Ueber die letztere lauten die Angaben in dem Stücke verschieden. Denn während der „König“ sie als „die verehrte, nah verwandte, nur erst verstorbene“ bezeichnet, und der Herzog sie „die hoch= begabte, hochgesinnte Frau“ nennt (Akt 1, Scene 1), hören wir von dem im Dienste des Herzogs stehenden „Secretair“ über sie eine ganz andere Sprache führen. In seinem Munde (Akt II, Scene 1) heißt sie nur „die stolze Frau, der dieses Kind, das ihr nur ihrer Neigung Schwäche vorzuwerfen schien, ein Greuel war“, und die daher auch dasselbe „nie anerkannt und kaum gesehen“ hatte.

Eugenie wird anfangs als „ein unbedeutend, unbekanntes Kind“ in einem alten entlegenen Jagdhause ihres Vaters, des Herzogs, unter der Leitung der „Hofmeisterin“, auferzogen, ohne den hohen Rang ihres Vaters zu kennen und ohne von ihrer „hohen“ Mutter zu wissen. Aber eine sorgfältige Er= ziehung und der Unterricht der besten Lehrer entwickeln das von Natur begabte, wohlgestaltete, geistig und leiblich kräftige und reich ausgestattete Kind zur herrlich erblühenden Jung= frau und zur höchsten Freude des Vaters, der in dem Besitze dieser Tochter Trost und Ersatz findet für die Leiden, welche ihm sein einziger in gesetzmäßiger Ehe erzeugter Sohn be= reitet. Stolz auf den Werth und die treffliche Entwicklung dieser „natürlichen Tochter“, läßt er dieselbe nach und nach öffentlich erscheinen, und bald wird das Verhältniß, in welchem sie zu ihm steht, durch seine unvorsichtige Vaterliebe ein „öffentliches Geheimniß“, das Jedermann bei Hof und in der Stadt kennt, nur der König nicht, der, wie es das Schicksal der Könige zu sein pflegt, das, was ihn am nächsten angeht, gerade zuletzt von Allen erfährt. Dies letztere geschieht auf

einer Jagdpartie, welche der Herzog in dieser Absicht auf
seinen Besitzungen veranstaltet und wobei er die Einrichtungen
so getroffen hat, daß der König in die Nähe des einsamen
Jagdschlosses geführt wird, welches „den wonnevoll geheim
verwahrten Schatz", die Tochter des Herzogs, die schöne
Eugenie, verbirgt, die, dem Könige unbekannt, auf flüchtigem
Rosse als kühne Amazone Allen voran an der Jagd des
Hirsches Theil genommen hat. Bei dieser Gelegenheit eröffnet
nun der Herzog dem Könige, seinem Verwandten, das Geheimniß seines Vaterherzens und den Wunsch, die Tochter als
Mitglied des königlichen Hauses durch des Monarchen Huld
legitimirt zu sehen, da der jüngst erfolgte Tod der Mutter
das solchem Akte im Wege stehende Hinderniß beseitigt hat.
Der König findet sich dazu bereit, und als Eugenie, von einem
furchtbaren Sturze, den sie in Folge ihrer Tollkühnheit beim
Heruntersprengen von steiler Bergesklippenhöhe gethan, glücklich und unbeschädigt aus ihrer Ohnmacht zum Leben erwacht,
findet sie sich wieder als Tochter „des Oheims eines Königs"
und als „Nichte des großen Königs", der sie als solche anerkennt und ihr verspricht, daß er bald, „was hier geheim
geschah, vor seines Hofes Augen wiederholen" werde. Bis
dahin aber fordert er von Vater und Tochter strenge Ver-
schwiegenheit. Denn „Mißgunst lauert auf", und das Staats-
schiff, das er zu steuern berufen ist, befindet sich bereits in
einer klippenumdrohten Wogenbrandung —

„wo selbst der Steurer nicht zu retten weiß."

Wir erfahren zugleich als nähere Erklärung der bedrängten
Lage des guten aber schwachen Königs aus seinem eigenen
Munde, daß Parteihader den Hof und Staat unterwühlt, daß

der Herzog selbst bisher auf der Seite seiner Gegner gestanden hat, und daß Er, der König, erwarte, daß die neue, jetzt von ihm anerkannte Nichte dazu beitragen werde, ihm des Vaters „Herz und Stimme zu erhalten". Beide sollen sich „neben ihn in's Chor der Treuen stellen, die an seiner Seite das Rechte, das Beständige beschützen". „Das Beständige", d. h. das Hergebrachte, gegen welches von unten her die Revolution, in welcher der Monarch natürlich nur das Streben nach absoluter Gleichmacherei sieht, mit drohendem Wellenschlage anbringt, während „der Zwist, der Große gegen Große reizt" —

— „von innen
Das Schiff durchbohrt, das gegen äuß're Wellen
Geschlossen kämpfend nur sich halten kann."

Durch den Herzog, ihren Vater, erfährt Eugenie darauf, daß der König „zu gut ist", daß „seine Milde Verwegenheit erzeugt", daß Strenge gegen die Revolutionäre Noth thue, daß es eine Partei solcher entschiedener Strenge giebt, zu welcher der Herzog zählt, auf deren Stimme aber der König nicht hören wolle, der bei all seiner Güte und edlen Gesinnung doch als Regent nicht an seinem Platze sei, und in dem sich die ehemalige Kraft seines alten Heldenstammes, dessen „später Zweig" er ist, verleugne. So wird Eugenie in demselben Augenblicke, welchen der Vater so heiß ersehnt hat, in die Wirbel der Sorgen und Intriguen von Hof und Staat — „der Welt gedrängter Posse" nennt es der Herzog — hineingerissen, und mit Schmerz sieht der Letztere durch die Erhebung seiner Tochter das Paradies der Unschuld, das seine Tochter bisher umgab, und zu dem er selbst sich aus jenem wirren und gefahrvollen Treiben zu retten liebte, zerstört.

Aber ganz anders empfindet Eugenie. In dieser echt aristokratischen Seele, in diesem Erzeugnisse der Sünde der großen Welt, lebt der stolze Geist ihrer Mutter. Keine Regung schwächlicher Sentimentalität mindert die Befriedigung, welche die Entdeckung ihres hohen Ranges, die Aussicht auf die nahe Anerkennung desselben ihr gewährt hat. Der Gedanke, daß ihr König selbst, „der große König", wie sie ihn nennt, ge=stehen muß, daß er ihrer bedürfe, die Aussicht, daß sie zum Handeln berufen, daß sie bestimmt sei:

> „Mit hocherhob'nen, hochbeglückten Männern
> Gewalt'ges Ansehn, würd'gen Einfluß"

zu theilen, erscheint ihr „als reizender Gewinn für edle Seelen", als hohes Glück gegen ihres bisherigen „Daseins Unbedeutenheit". Eingeweiht in die Sorgen, Gedanken und Pläne des Vaters, theilnehmend an jeder großen Handlung, „die den Vater dem Könige und dem Reiche theurer macht", will sie „das Recht vollbürtiger Kindschaft rühmlich sich erwerben". Man sieht: in diesem achtzehnjährigen Mädchen ist die Anlage gezeichnet zu einer Herrschernatur, wie sie die Geschichte in einer Elisabeth oder in einer Katharina auf=zeigt, und der lebenserfahrene Weltmann und Politiker, der Herzog, erscheint schwächer als die jugendliche Tochter. Er muß bekennen:

> „Wir tauschten sonderbar die Pflichten um:
> Ich soll Dich leiten und du leitest mich!"

Nur eine einzige Sorge erfüllt Eugenie in diesem Augen=blicke, und diese Sorge ist eine echt weibliche. Ein berühmter Theologe und Kanzelredner pflegte zu sagen: „Fast alle Frauen denken, selbst wenn sie sich das Paradies und die ewige Seligkeit vorstellen, in ihrem innersten Herzen in der Regel zuerst daran, wie sie dort wohl gekleidet sein werden."

Ganz ebenso ergeht es Eugenie in ihrem Falle. Zwar bezeichnet sie selbst ihre Sorge für solches Aeußerliche als „mädchenhafte Schwachheit", aber dieser Zug liegt tiefer in ihrer Natur, als sie weiß, er liegt begründet in ihrem eigensten Wesen, das sich später in den bedeutungsvollen Worten Ausdruck giebt, mit denen sie den Gedanken eines bescheidenen aber dauernden Glückes von sich weist:

„Hinweg die Dauer, wenn der Glanz erlosch!"

Das Geburtsfest des Königs, an welchem die feierliche Staatsaktion ihrer Anerkennung als königliche Prinzessin vor sich gehen soll, ist nahe bevorstehend, so nahe, daß ihr sofort die schwere Sorge aufsteigt, wie und ob es möglich sein werde, die dazu nöthige Kleidung und Ausschmückung ihrer Person in so kurzer Frist zu beschaffen:

— „der große Tag ist nah,
Zu nah, um Alles würdig zu bereiten;
Und was von Stoffen, Stickerei und Spitzen,
Was von Juwelen mich umgeben soll,
Wie kann's geschafft, wie kann's vollendet werden?"

In ihrem Entzücken über ihre Erhebung hat sie vergessen, daß bereits der König diese ihre Sorge von ihr hinweggenommen hat durch die galante Erklärung, daß zwar ihre Schönheit als höchste Zierde genüge, um an dem bevorstehenden Ehrentage „aller Augen auf ihr ruhen zu machen", daß aber auch von Vater und König noch außerdem dafür gesorgt werden solle: „daß der Schmuck der Fürstin würdig sei". So erfährt sie denn auch jetzt von dem Vater auf jene ihre besorgte Frage, daß bereits „alles was sie bedürfe" angeschafft und unerwartet reiche Gaben in einem edlen Schreine bereit liegen, den er ihr zusenden werde und zu dem er ihr den Schlüssel schon jetzt übergiebt, doch mit der Bedingung, die er ihr als „leichte Prüfung", als Vorbild „mancher künftig schweren" auferlegt: den Schrein nicht eher aufzuschließen und das Geheimniß ihres Ranges und ihrer bevorstehenden Erhebung Niemand anzuvertrauen, als bis der Vater sie wiedergesehen habe.

Als Grund dieses Verlangens eröffnet der Herzog ihr, daß sein eigener wüster Sohn „sie und ihr Schicksal neidisch umlaure", der ihr schon „den kleinen Theil der Güter, der ihr bisher schuldigermaaßen zugewandt worden", mißgönne.

> „Erführ' er, daß du höher nun empor
> Durch unsres Königs Gunst gehoben, bald
> In manchem Recht dich gleich ihm stellen könntest,
> Wie müßt' er wüthen! Würd' er tückisch nicht
> Den schönen Schritt zu hindern alles thun?"

Eugenie findet die Prüfung für ein Mädchen hart, verspricht aber dem Vater, sie zu bestehen.

Der Dichter hat an das Nichthalten dieses Versprechens die tragische Schuld Eugeniens geknüpft, jenen kleinen Fehler, jenes „leichte Vergehen", dessen sie später sich allein schuldig bekennt: daß sie gesehen und gesprochen, was ihr zu sprechen und zu sehen verboten war. Aber dieser Faden ist zu schwach, um daraus die tödtliche Schlinge einer tragischen Verschuldung zu machen. Dem Herzoge geht es wie dem Könige: er weiß nicht, daß, was er tiefes Geheimniß wähnt, bereits aller Welt und vor allem Demjenigen bekannt ist, vor dem er es am meisten verborgen gehalten wissen will, seinem wüsten Sohne, in dessen Solde des Herzogs eigner vertrautester Diener, der „Secretair" steht. Dieser Secretair ist der Verlobte von Eugenien's mütterlicher Freundin und Erzieherin, der „Hof=

meisterin", und wir erfahren aus dem Zwiegespräche der Beiden zu Anfange des zweiten Aktes, daß er und sein Spieß= geselle, der Sohn des Herzogs, auf den von ihnen erwarteten Fall einer Anerkennung Eugenien's längst ihre Maaßregeln genommen haben. Dieser Fall steht jetzt nahe bevor, und die Verbündeten sind entschlossen, zum Aeußersten zu schreiten.

Die blinden Bewunderer Goethe's haben es als ein poetisches Verdienst Goethe's hervorgehoben, daß hier wie überall in seinen Dichtungen die Vertreter des bösen Prinzips nie unedel, gemein und verächtlich erscheinen, und haben den „Secretair" eine „tüchtige gesunde, praktische Natur" genannt, welche die Welt nimmt, wie sie liegt, „nicht ohne den zarteren Bedürfnissen des Herzen zu huldigen!" Ja, sie behaupten, daß es nicht „rohe Selbstsucht sei", was die unglückliche Jungfrau so erbarmungslos in's Elend stürze!

Man traut seinen Augen nicht, wenn man solche Dinge liest. Gerade umgekehrt! in keiner Dichtung alter und neuer Zeit ist die gemeinste Selbstsucht, die empörendste Verleugnung jedes edleren Gefühls gegenüber dem brutalsten Egoismus in so schamloser Weise handelnd aufgetreten, als in dieser Dichtung Goethe's. Und diese Frechheit wirkt nur um so beleidigender, je glatter und gebildeter die Form und Sprache sind, in welcher sie vor uns erscheint. Die innerliche Fäulniß der hier dargestellten Welt wird nur noch widerlicher durch den Moschusgeruch, mit dem sie parfümirt ist. Der Secretair ist ein Schurke, wenn es je einen gegeben hat. Seine eigene Geliebte, die Hofmeisterin, wirft ihm vor, daß er an seinem Herrn, dem edlen Herzoge, verrätherisch handle, indem er sich heimlich zur Partei des Sohnes gesellt habe. Aber freilich, in einer Welt, wo eine Vertreterin des tugend=

haften Prinzips selbst sich zu der Gottlosigkeit des Aus-
spruchs versteigt:

> — „Wenn das Waltende (d. i. Gott)
> Verbrechen zu begünst'gen scheinen mag,
> So nennen wir es Zufall: doch der Mensch,
> Der ganz besonnen solche That erwählt,
> Er ist ein —"

Ich wette Tausend gegen Eins, kein Mensch von gesundem
Gefühl und Verstande wird errathen, was für eine Bezeichnung hier im Munde der „wohlgesinnten Frau" statt der
nothwendigen: ein Schurke oder ein Teufel, folgt. Aber so
grob ist diese gebildete Welt nicht: die „wohlgesinnte Frau"
nennt einen solchen Menschen, der sich mit vollem Bewußtsein
zu tückischem Verrath an seinem Herrn und zur Begünstigung
eines schweren Verbrechens, und zwar aus eigennützigster
Absicht entschließt, ein — „Räthsel!"

Der Zusammenhang ist dieser. Der Verräther hat mit
dem Sohne des Herzogs seinen Handel abgeschlossen, und eilt
nun, der Hofmeisterin, seiner Verlobten, die Nachricht zu
bringen, daß der ihm versprochene Preis, den sie durch Theilnahme an dem Verbrechen mit verdienen helfen soll, ihre
langerwünschte Verbindung endlich ermögliche. Dieser Preis,
dessen einzelne Bestandtheile: ein behaglich ausgestattetes Haus
für den Winteraufenthalt in der Stadt (Paris), Haus, Garten
und Grundbesitz auf dem Lande für Frühling und Sommer,
„wobei noch manche Rente gar bequem vergönnt durch Spar-
samkeit ein sicheres Glück zu steigern", er wohlgefällig auf-
zählt, soll gezahlt werden von dem Sohne des Herzogs
für die Beseitigung Eugenien's. Die Hofmeisterin soll die ihr
anvertraute Herzogstochter entführen, sie „nach den Inseln"

(d. h. nach Cayenne) bringen und so aus der Welt ver=
schwinden lassen. Der edle Secretair stellt seiner Helfers=
helferin, welche sich anfangs entschieden weigert, lebhaft vor,
daß der junge Fürst jetzt, wo der Herzog die Anerkennung
Eugenien's vorbereite, zu solchem Entschluß „gezwungen" sei.
Wenn die Hofmeisterin, lange von der Welt geschieden, „den
Werth der Erdengüter in klösterlichem Sinne gering anschlage,
so wäge man draußen, in der Welt, solchen edlen Schatz besser":

> „Der Vater neidet ihn dem Sohn, der Sohn
> Berechnet seines Vaters Jahre, Brüder
> Entzweit ein ungewisses Recht auf Tod
> Und Leben. Selbst der Geistliche vergißt,
> Wohin er streben soll, und strebt nach Gold.
> Verdächte man's dem Prinzen, der sich stets
> Als einz'ger Sohn gefühlt, wenn er sich nun
> Die Schwester nicht gefallen lassen will,
> Die eingedrungen ihm das Erbtheil schmälert?
> Man stelle sich an seinen Platz und richte!"

Aber, antwortet die Hofmeisterin dieser „tüchtigen, gesunden,
praktischen Natur", der Prinz ist ja schon jetzt ein reicher
Fürst, und wird es später nach des Vaters Tode zum Ueber=
maaß, warum mißgönnt er einer so „holden Schwester" einen
Theil der Güter? Die Erwiderung, welche der würdige Ge=
nosse des Prinzen darauf giebt, ist vielleicht das Stärkste,
was unsittliche Selbstsucht jemals gewagt hat:

> „Willkürlich handeln ist des Reichen Glück!
> Er widerspricht der Fordrung der Natur,
> Der Stimme des Gesetzes, der Vernunft,
> Und spendet an den Zufall seine Gaben.
> Unendlicher Verschwendung
> Sind ungemeßne Güter wünschenswerth!"

Darum muß Eugenie aus dem Wege, weil sie jenes „Glück"

seines Patrons zu mindern droht. „Daran ist nichts zu ändern", setzt er ruhig hinzu, „und kannst Du nicht mit uns wirken, so gieb uns auf!" Die Hofmeisterin fordert Bedenk= zeit. Er kann sie nicht gewähren, denn es ist Gefahr im Verzuge. Die Anerkennung Eugenien's steht vor der Thür. Er und der Prinz wissen, „daß Kleider und Juwelen schon im prächtigen Kasten eingeschlossen bereit stehen", zu dem der Herzog selbst den Schlüssel hat und ein Geheimniß zu ver= wahren glaubt —

> „Wir aber wissen's wohl und sind gerüstet.
> Geschehen muß nun schnell das Ueberlegte!"

Vergebens verweist ihn die Freundin auf die Rache Gottes, der die Unschuld schütze. Der hartgesottene Bösewicht, oder wie die Goethomanen ihn nennen, „die tüchtige, gesunde, praktische Natur, welche die Welt nimmt, wie sie liegt", er= widert darauf in den wohllautendsten Versen:

> „Wer wagt ein Herrschendes zu leugnen, das
> Sich vorbehält, den Ausgang unsrer Thaten
> Nach seinem eignen Willen zu bestimmen?
> Doch wer hat sich zu seinem hohen Rath
> Gesellen dürfen? Wer Gesetz und Regel,
> Wonach es ordnend spricht, erkennen mögen?
> Verstand empfingen wir, uns mündig selbst
> Im ird'schen Element zurecht zu finden,
> Und was uns nützt, ist unser höchstes Recht!"

Als endlich die Freundin ihm erklärt, daß sie zu dem Ver= brechen nicht mitwirken, daß sie vielmehr die Entführung Eugenien's nach Kräften verhindern wolle, spielt er seinen letzten Trumpf mit kühlem Muthe aus. „O meine Gute", ruft er ihr zu, wenn du die holde Tochter nicht entführen hilfst, was das Mildeste ist, oder, wenn du uns irgendwie verräthst, — so vergiften wir sie!

Gewiß, der Secretair kennt die Welt, in der er lebt, und wir haben allen Grund, ihm zu glauben, daß sie ist, wie er sie schildert. Aber kein Vertheidiger der französischen Revolution hat die Nothwendigkeit und heilsame Gerechtigkeit des großen Strafgerichts, welches durch sie an dieser sittlich bis in's Mark verfaulten Welt vollzogen ward, stärker betont, als es hier Goethe gethan hat!

Nicht viel besser, wenn auch um ein gut Theil schön= rednerischer als der Secretair, ist die Hofmeisterin, seine Freundin, welche die Gefahr, die „ihrem Lieblinge" von den Verbrechern droht, „schon lange" kennt, ohne, wie ihre Pflicht es erforderte, ihrem Herrn, dem Herzoge davon Anzeige zu machen. Um ihr Gewissen zu beschwichtigen, will sie jetzt wenigstens durch ganz allgemeine Gründe und unbestimmte Andeutungen über die Gefahr hoher Stellung Eugenien zu bewegen suchen, freiwillig auf ihre Legitimirung zu verzichten, ohne sich doch verhehlen zu können, daß diese solche Andeutungen gar nicht verstehen, geschweige denn ihnen Folge leisten kann.

Es folgt die Scene, welche Kaulbach dargestellt hat. Der verschlossene Prachtschrein mit den Schmucksachen wird gebracht, und Eugenie erfährt von der Hofmeisterin, daß diese von seinem Inhalt und dessen Bestimmung vollständig unterrichtet, daß also das Geheimniß, welches sie bewahren soll, keins mehr ist; — daß es auch Andere, daß es die Feinde wissen, die eben darum das Verderben der Unglückseligen schmieden, verschweigt die Genossin des Verräthers. Eugenie sieht also mit Recht keinen Grund, weshalb sie sich den Genuß versagen soll, der einzigen mütterlichen Freundin und sich selbst schon

jetzt die verborgenen Herrlichkeiten zu zeigen. Sie öffnet
also den Schrein und schmückt sich unter Beihülfe der Freundin
mit den Gaben, deren Pracht und Reichthum sie entzücken, und
unter denen schließlich „das Ordensband der ersten Fürsten=
töchter" ihr Entzücken bis zum Rausche steigert. Vergebens,
daß ihr die Hofmeisterin von „Gefahr", von „Sorgendrang",
von Meuchelmord und Tod spricht. Eugenie, deren alleiniges
sie beherrschendes Pathos Glanz und Rangeshoheit
mit Machtstellung und Herrscherthum verbunden,
bilden, sie kann solche Warnung nicht hören, nicht verstehen
in einem Momente, wo sie sich durch jene äußeren Zeichen
bereits im Vollbesitze dieser für sie höchsten Güter erblickt,
und es ist ein Beweis für die sehr unvollständige Kenntniß
des Wesens ihres Zöglings von Seiten der Hofmeisterin, wenn
diese auch nur einen Augenblick hoffen kann, durch unbestimmte
Andeutung Eugenien, zumal in diesem Zeitpunkt, zur Ent=
sagung zu bewegen.

Das Verbrechen wird ausgeführt, und die Hofmeisterin
leiht dazu ihre Hand. Eugenie wird von ihr nach der Meeres=
hafenstadt entführt, um von dort aus nach den Inseln gebracht
zu werden, deren mörderisches Fieberklima ihren baldigen Tod
verspricht. Die Hofmeisterin ist mit einer königlichen Voll=
macht versehen, die wahrscheinlich — wie so oft in den Tagen
des fünfzehnten Ludwig — betrügerisch erschlichen, alle Be=
hörden des Reichs anweist, Eugenien ganz nach dem Willen
ihrer Begleiterin zu behandeln. Der erste, dem wir sie die
Vollmacht zeigen sehen, ist der Gerichtsrath, der sofort er=
kennt, daß hier nicht „von Recht und Gericht", sondern von
entsetzlicher Gewalt die Rede ist, der aber „mit jenen Mächten,
die sich solche Handlung erlauben dürfen, kaum zu rechten

wagt", da ja „Sorge, Furcht vor größeren Uebeln die nützlich ungerechten Thaten abnöthige!" Die Hofmeisterin entwickelt ihm, in ganz allgemeinen unklaren Phrasen, wie „ein
erzürnter Gott (!)" dies Kind als des Haders Apfel zwischen
zwei streitende Parteien geworfen habe. Wir, die wir aus
dem Munde des Secretairs ganz genau erfahren haben, um
welche niedrigen Interessen es sich handelt, können diese Phrasen
ebensowenig wie der Gerichtsrath verstehen. Dieser nun —
so wünscht die „wohlgesinnte Frau", die ihren Auftrag gern
vollziehen möchte, ohne ihren Liebling in das offene Grab
Cayenne's zu begleiten, wohin auch sie selbst zu gehen wenig
Lust hat, — soll Eugenien überreden, ihrem Stande zu entsagen und durch eine Ehe mit einem Bürgerlichen diese Entsagung unwiderruflich bekräftigen. Denn dies sei das einzige
Mittel, das sie retten könne. Der Gerichtsrath entschließt
sich, der Erzieherin zu willfahren. Aber er scheitert zunächst
an Eugenien's Festigkeit. Vergeblich schildert er ihr das
Furchtbare des Orts, wohin man sie zu führen im Begriff ist,
mit den glühendsten Farben. Die beherzte Fürstentochter
fordert vielmehr ihn, den Mann des Rechts, auf, sie zu retten
vor der rechtlosen Gewalt, die ihr geschieht. „Was ist" —
so ruft sie ihm zu —

> „Was ist Gesetz und Ordnung, können sie
> Der Unschuld Kindertage nicht beschützen!
> Wer seid denn ihr, die ihr mit leerem Stolz
> Durch's Recht Gewalt zu bänd'gen Euch berühmt?"

Die Fürstentochter muß erfahren, daß es in dem Reiche ihres
Oheims, des „großen Königs", kein Gesetz und Recht giebt,
welches über die mittleren Schichten hinaufreicht zu den obersten
Gewalten, oder, wie der Gerichtsrath sich ausdrückt:

> „Was droben sich in ungemeß'nen Räumen
> Gewaltig seltsam hin und her bewegt,
> Belebt und tödtet ohne Rath und Urtheil,
> Das wird nach anderm Maß, nach andrer Zahl
> Vielleicht berechnet, bleibt uns räthselhaft."

In gutes schlichtes Deutsch übertragen heißt das nichts anderes, als: gegen einen vom Könige einmal vollzogenen Lettre de cachet, auch wenn der König ihn in blanco unterzeichnet hat, giebt es in Frankreich keine Hülfe.

Endlich nach langen Umschweifen tritt der Gerichtsrath mit jenem von der Hofmeisterin angegebenen Vorschlage zur Rettung hervor, ja er thut noch mehr, er selbst bietet der Unglücklichen seine Hand an. Eugenie, obschon nicht ohne Empfindung für diesen Edelmuth, schlägt dennoch diese Art der Rettung aus. Auch das Zureden der sophistisirenden Hofmeisterin bleibt wirkungslos. Denn:

> „Unmöglich ist, was Edle nicht vermögen!"

Und es ist ein Meisterzug in der Charakteristik Eugenien's, daß dies stolze Fürstenkind, welchem der Begriff der Standesehre tief im Blute liegt, inmitten ihrer gränzenlosen Angst und Todesnoth am Rande des sichern Untergangs doch noch Spannkraft und Schärfe des Geistes in genügendem Maaße behält, um die „falschen Reden" des argen Weibes als das, was sie sind, zu erkennen und zu widerlegen. In diesem Schlußakte entwickelt überhaupt Eugenie sich zur wahren Hoheit eines wirklichen lebensvollen Charakters. Verlassen von aller menschlichen Hülfe und in die Hand eines falschen Weibes gegeben, das mit einem „Talisman" zu ihrem Untergange gewaffnet ist, dessen Macht kein Mensch Trotz zu bieten wagt, aus schwindelnder Höhe des Glücks, das sie von Kind-

heit auf „gehegt und gepflegt", in unentfliehbare schrecklichste
Noth hinabgestoßen, verlassen doch ihr Stolz und das Gefühl
der Würde und des hohen Adels ihres Blutes das jugendliche
Geschöpf keinen Augenblick. Sie stellen Eugenie hoch über
ihre Hofmeisterin, die im Grunde nur für sich selbst fürchtend
und vor den Schrecknissen der „Inseln" zurückbebend, zuletzt
in Wuth geräth über die Festigkeit ihres Zöglings und sich
sogar soweit vergißt, die letzte, rührende Bitte der Unglück=
lichen und ihre ergreifende Mahnung an frühere Zeiten, mit
der sie der Verderberin zu Füßen fällt, als „Spott" und
„Falschheit" zu bezeichnen.

Dies empörende Betragen öffnet denn auch Eugenie die
Augen über den letzten Grund ihres Geschicks, und sie schleudert
dem schlechten Weibe die Anklage entgegen:

„Nicht meine Schuld, nicht jener Großen Zwist,
Des Bruders Tücke hat mich hergestoßen.
Und, mitverschworen, hältst Du mich gebannt!"

Und nun erweist sie sich als unerschrockene Heldin. Sie stürzt
sich unter das Volk der Stadt und ruft es um Hülfe an.
Aber das Volk starrt, staunt, zaudert und hält sie endlich für
wahnsinnig. Sie wendet sich an die erste Behörde der Provinz
und Stadt, an den Gouverneur. Aber ein Blick auf die ihm
von der Hofmeisterin vorgezeigte Vollmacht genügt, auch
diesen von jedem Versuche der Hülfe abstehen zu lassen. Sie
wendet sich endlich an die Aebtissin des nahen Klosters um
Aufnahme in ihr geheiligtes Asyl. Die Aebtissin ist anfangs
willig, sobald ihr aber die Hofmeisterin das Blatt vorgehalten,
tritt sie scheu zurück und erklärt:

„Ich beuge tief mich vor der höhern Hand,
Die hier zu walten scheint."

Da erst, als sie jede Aussicht auf Rettung von tyrannischer Gewalt verschwunden sieht, als keine Hand sich für sie erhebt, als sie sich durch einen einzigen Namenszug, der unter einem geheimen Befehl steht, selbst das Asyl der Kirche verweigert sieht, als Niemand für die Unschuldige nur wenige Schritte wagen mag, — als tödtliche Verbannung auf der einen und Selbstentwürdigung auf der andern Seite sie „einander zu ängstigen", als „kein menschlich und kein göttlich Mittel von tausendfacher Qual sie zu befreien" sich ihr zeigt, — erst da entschließt sich das stolze herrliche Geschöpf, den Antrag des Gerichtsraths und seine Hand anzunehmen, aber — ohne ihm die Rechte des Gatten einzuräumen. Der Gerichtsrath geht, obwohl mit schwerem Herzen darauf ein, und der Edelmuth dieser Entsagung ist es, welcher Eugenie bewegt, ihm das tröstende Wort zuzusprechen: „daß vielleicht ein Tag kommen werde, beide mit ernsteren Banden enger zu verbinden".

Und was ist es, was das stolze Fürstenkind zu diesem Schritte letztlich treibt? Sie sagt es uns selbst in dem Selbstgespräche, welches der Entscheidung vorhergeht. Ihr eignes Leben hat sie erkennen lassen, daß in dem Reiche, in welchem solch ein Geschick möglich ist, ein Herrscherthum, wie das dieses schwachen Königs, das nur noch zum Bösen, Gewaltthätigen, Ungerechten unumschränkte Macht besitzt, ein Herrscherthum, unter welchem die Unschuld nirgends Schutz gegen die Gewalt, das Recht keine Sicherheit gegen die Macht finden kann, verloren sein muß, daß sein noch bestehender äußerer Glanz ein hohler Schein, sein Dasein eine Lüge ist, „der gewaltige Geist des Ahnherrn", der diese Form schuf —

„Er ist entschwunden. Was uns übrig bleibt
Ist ein Gespenst, das mit vergebnem Streben
Verlorenen Besitz zu greifen wähnt!"

Darum will sie im Vaterlande bleiben, selbst mit Aufopferung dessen, was ihr das Theuerste ist oder bisher war. Den Sturz der Ihrigen voraussehend, will sie bleiben, um jenen, die sie jetzt verstoßen und verleugnen, Böses mit Gutem zu vergelten und so der hohen Ahnen sich würdig zu beweisen, indem sie, „was sie einst im Glücke zugesagt, aus tiefem Elend zu erfüllen strebt".

———

Kaulbach hat zur Darstellung der Eugenie den verhäng= nißvollen Augenblick gewählt, in welchem sie sich mit Vollbe= wußtsein auf der Höhe ihres Daseins empfindet. Wir sehen sie vor uns ganz wie sie der Dichter schildert, eine „Amazonen= tochter", für die Natur und Erziehung Alles gethan haben, um sie geistig und leiblich auszustatten und zum „Entzücken des Vaters" zu machen. Sie ist jeder Zoll ein Fürstenkind, eine fürstliche Jungfrau. Das Glück hat sie von Kindheit auf in seinen Armen gewiegt, und ihre reinen Züge sind ein ungetrübter Spiegel dieses Glücks. Jung und schön, mit Phantasie begabt, mit dichterischem Talent ausgestattet, gesund an Leib und Seele, eine zärtliche Tochter, eine liebevolle Herrin, hochgebildeten Geistes, ist sie doch keine verzärtelte Sinnpflanze; —

„Es mangelt Uebung ritterlicher Tugend
Dem festen wohlgebauten Körper nicht,"

sagt der Herzog, ihr Vater, von ihr zum Könige, und das freudige Bewußtsein ihrer jugendlichen Kraftfülle drückt sich aus in dieser herrlichen Gestalt Kaulbach's, gehoben durch den Moment der Befriedigung der einzigen Leidenschaft, die das

Pathos dieser fürstlichen Jungfrau ausmacht. Sie fühlt in sich die Kraft, allen Gefahren zu stehen, auf welche, als eng verbunden mit der Hoheit, deren Zeichen sie schmücken, die Freundin ihr zur Seite — die gleichfalls als höchst gelungener Ausdruck der Goethe'schen Hofmeisterin gelten darf — sie warnend hinweist; und festen Sinnes erwidert sie auf die dunkel mahnende Rede derselben die charakteristischen Worte:

> „O meine Liebe! Was bedeutend schmückt,
> Es ist durchaus gefährlich. Laß auch mir
> Das Muthgefühl: was mir begegnen kann,
> So prächtig ausgerüstet zu erwarten."

XI.

Friederike von Sesenheim.

Unter allen in Goethe's Jugendleben so überaus zahl=
reichen Herzensgeschichten hat keine die Theilnahme der
Menschen in höherem Grade auf sich gelenkt, als die idyllische
Liebesepisode, welche der einundzwanzigjährige Dichter während
seiner Straßburger Studienzeit in dem Pfarrhause zu Sesen=
heim durchlebte. Er selbst hat diese Episode über vierzig Jahre
später mit seiner Meisterhand in Dichtung und Wahrheit ge=
schildert und allen Zauberduft glückseliger Jugenderinnerung
über diese Jugendliebe und über das holdselige Bild der
Pfarrerstochter von Sesenheim ergossen. Wie es in einem
seiner damals entstandenen Lieder von der Geliebten heißt:

> „Ein rosenfarb'nes Frühlingswetter
> Lag auf dem lieblichen Gesicht," —

So scheint auf der ganzen Erzählung, welche der dreiundsechzig=
jährige Dichter niederschrieb, ein ewiger Frühlings= und
Sommersonnenschein zu ruhen. Denn obgleich dieser Herzens=
roman, ein volles Jahr umspannend, vom Herbste des Jahres
1770 sich durch den Winter bis in den Herbst des folgenden
Jahres hinzog, finden wir doch in des Dichters Darstellung

so gut wie gar keinen Wechsel der Jahreszeiten angedeutet. Wie das „herrliche Elsaß" mit der sonnigen Milde seines Klimas, mit der überschwänglichen Fruchtfülle des gesegneten Bodens, seiner Gärten, Felder und Weinberge, mit seinen grünen Rheininseln, seinen Büschen und Felsen, Hügeln und Wäldern, seinen Wiesenmatten und grünen Berghöhen, von denen aus man „das entfernte Blau der Schweizeralpen" erblickte, dem unter dem rauhen Himmel Thüringens duldenden Dichter in der Erinnerung doppelt reizvoll erschien, so lag auch die ganze Zeit jener Sesenheimer Liebesidylle, als er das entzückende Gemälde derselben im zehnten und elften Buche von Dichtung und Wahrheit entwarf, vor ihm da wie ein voller Kranz voll lauter sonnengoldner Frühlingstage. Das Herz ging ihm auf, wenn er sich den Genuß der Tages- und Jahreszeiten in diesem herrlichen Lande vergegenwärtigte. „Man durfte sich", ruft er aus, „nur der Gegenwart hingeben, um diese Klarheit des reinen Himmels, diesen Glanz der Erde, diese lauen Abende, diese warmen Nächte an der Seite der Geliebten oder in ihrer Nähe zu genießen. Monate lang beglückten uns reine ätherische Morgen, wo der Himmel sich in seiner ganzen Pracht wies, indem er die Erde mit überflüssigem Thau getränkt hatte: und damit dieses Schauspiel nicht zu einfach werde, thürmten sich oft Wolken über die entfernten Berge bald in dieser, bald in jener Gegend. Sie standen Tage, ja Wochen lang, ohne den reinen Himmel zu trüben, und selbst die vorübergehenden Gewitter erquickten das Land und verherrlichten das Grün, das schon wieder im Sonnenschein glänzte, ehe es noch abtrocknen konnte. Der doppelte Regenbogen, zweifarbige Säume eines dunkelgrauen, beinahe schwarzen himmlischen Bandstreifens, waren herrlicher, farbiger, entschiedner, aber auch flüchtiger, als ich sie irgend beobachtet!"

Es würde ein frevelhaftes Unternehmen sein, das lichtglänzende Gedicht, zu dem Goethe diese Sesenheimer Herzensidylle gestaltet hat, durch einen nacherzählenden Auszug zu trüben, dieses Gedicht, das so lieblich und so traurig zugleich uns anmuthet, wie ein eigner ferner Traum der holdesten Jugendliebe, deren Blüthe längst vom Winde verweht ist, — dieses „lichte Gedicht", von dem der Dichter selbst singt, daß es —

„wie Regenbogen
Wird auf dunklem Grund gezogen!"

Der dunkle Grund ist die Bedingung seiner Schönheit, wie „jede Lust", nach Jean Paul's sinnigem Worte „ein verhülltes Leid ist". Nur die Gestalt Friederiken's selbst, die in diesem Gedichte für alle Zeiten verklärte, wollen wir aus des Dichters Schilderung mit Beihülfe späterer Berichte und Nachforschungen, wie sie die gemüthvolle Theilnahme an dem Bilde des Dichters so zahlreich hervorgerufen hat, unsern Lesern hier vorzuführen versuchen.

Zu derselben Zeit, in welcher der künftige Dichter des Werther und des Faust als Einundzwanzigjähriger in Straßburg studirte, und umgeben von einem jugendlich aufgeregten Freundeskreise die gewaltigsten Eindrücke der Poesie und Kunst alter und neuer Zeit, Homer und Shakespeare, die Lieblichkeit des Goldsmith'schen „Pfarrers von Wakefield" und die Erhabenheit von Erwin von Steinbach's Wunderbau auf sich eindringen ließ, während Herder, der ihm damals unendlich überlegene, seinen Geist in ganz neue Regionen einführte und eine Revolution aller bisherigen Anschauungen von Kunst und

Poesie in dem Jünglinge hervorrief, — zu derselben Zeit lebte sechs Stunden von Straßburg entfernt, auf dem Dorfe, Sesenheim ein schlichter gutmüthiger Landprediger, Johann Jacob Brion, im behaglichen Genusse einer einträglichen Pfarre, an der Seite einer vortrefflichen Gattin und Hausfrau, umgeben von einer aus vier Kindern, drei Töchtern und einem jüngeren Sohne, bestehenden Familie. Es ist der Vater Friederiken's, der mittleren unter den drei Töchtern des würdigen Pfarrherrn. Sie stand damals etwa im siebzehnten oder achtzehnten Jahre; die ältere Schwester, Maria Salome, bei Goethe mit einem Namen der Goldsmith'schen Dichtung Olivia genannt, mochte ein oder zwei Jahre mehr zählen, die jüngste, Sophie geheißen und in Goethe's Darstellung nicht erwähnt, war, wie der Bruder, noch im Alter von sieben bis zehn Jahren. Die Familie, welche wohlhabende und angesehene Verwandte in Straßburg besaß, stand mit der Stadt in mancherlei Verbindung. Das gastfreie Pfarrhaus von Sesenheim, weit und breit in der Umgegend befreundet, war auch in dem Kreise der Goethe'schen Tischgesellschaft nicht unbekannt: denn einer von Goethe's liebsten Genossen, ein Mediziner Weyland, ein geborner Elsasser, stand mit demselben in freundschaftlicher, durch vielfache Besuche unterhaltener Verbindung. Aus seinem Munde hatte Goethe oft die idyllischen Zustände jener Pfarrersfamilie, die Gastfreiheit des Hauses, das würdige Ehepaar und die Anmuth und Liebenswürdigkeit der Töchter rühmen hören, und es bedurfte kaum eines großen Zuredens, um ihn den Vorschlag des Freundes, der sich erbot, ihn dort einzuführen, mit Freuden annehmen zu lassen. Dazu kam noch ein besonderer Umstand. Die Goldsmith'sche Dichtung des Pfarrers von Wakefield, in welche Herder ihn so eben vorlesend und deutend eingeführt hatte, ließ den Wunsch in ihm rege werden, die in jenem unvergleichlichen Werke dargestellten Zustände einmal in der Wirklichkeit anzuschauen. Er hatte allerdings nicht erwartet aus jener erdichteten Welt in eine wirkliche versetzt zu werden, die derselben so sprechend ähnlich war, und in ihr ein Gedicht zu erleben und hervorzurufen, dessen Schluß zu dem heiter befriedigenden Abschlusse jenes englischen Romanes einen so herben, ja tragischen Gegensatz bilden sollte.

Es war in der ersten Hälfte des Oktobers 1770, als beide Freunde sich auf den Weg machten. Goethe, von Jugend auf zum Versteckenspielen geneigt, — eine Neigung, in der ihn selbst der ernste Vater bestärkt hatte, — bestand darauf, in einer Art von Verkleidung als ein etwas ärmlicher und unbedeutender Kandidat der Theologie aufzutreten, von dem der einführende Freund weder Gutes noch Böses sagen, überhaupt ihn gleichgültig behandeln solle. Er hatte dazu verschiedene Gründe. Er wollte ungestört und ohne Aufmerksamkeit zu erregen, seine Beobachtungen und seine Vergleiche zwischen Poesie und Wirklichkeit anstellen, und dies konnte nicht geschehen, wenn er als der vornehme und vermögende Frankfurter Patriziersohn auftrat, von dessen genialen Ueberschwenglichkeiten man bereits auch im Sesenheimer Pfarrhause allerlei Wunderliches und Verkehrtes vernommen hatte. Die heitere unschuldige Täuschung, mit welcher sein Eintritt begann, und deren wundervolle Ausmalung man in der Selbstbiographie nachlesen mag, sollte das verhängnißvolle Vorspiel sein zu einer traurigen und minder schuldlosen, mit welcher der Abschluß der dadurch herbeigeführten Liebesepisode erfolgte!

Von früh auf gewöhnt, die ihn umgebende Welt mit den

Augen desjenigen Künstlers oder Dichters zu betrachten, dessen Werke ihn gerade vorzugsweise beschäftigten, fand denn Goethe, auch alsbald in dem alten schlechterhaltenen Pfarrhause und in der dasselbe bewohnenden Familie das leibhaftige Abbild der Goldsmith'schen Dichtung. Aber dieser rein künstlerische Eindruck wurde schnell durch einen andern mächtigern, der lebendigen Wirklichkeit angehörigen bei Seite gedrängt. Friederike erschien; und mit ihrem Eintreten däuchte ihm an diesem ländlichen Himmel ein wunderholder Stern aufzugehen. Gleich ihr erster Anblick bezauberte sein junges, für Schönheit und Liebe nur allzu empfängliches Herz. Selbst die deutsche, damals bereits in den Städten durch die französische Mode verdrängte Nationaltracht, die sie und ihre Schwester noch trugen, vermehrte für ihn nur die Holdseligkeit ihrer Erscheinung. „Ein kurzes, weißes, rundes Röckchen, mit einer Falbel, nicht länger als daß die nettesten Füßchen bis an die Knöchel sichtbar blieben; ein knappes, weißes Mieder und eine schwarze Taffetschürze — so stand sie auf der Grenze zwischen Bäuerin und Städterin. Schlank und leicht, als wenn sie nichts an sich zu tragen hätte, schritt sie, und beinahe schien für die gewaltigen blonden Zöpfe des niedlichen Köpfchens der Hals zu zart. Aus heiteren blauen Augen blickte sie sehr deutlich umher, und das artige Stumpfnäschen forschte so frei in die Luft, als wenn es in der Welt keine Sorgen geben könnte. Der Strohhut hing ihr am Arm, und so hatte ich das Vergnügen, sie beim ersten Male in ihrer ganzen Anmuth und Lieblichkeit zu sehen und zu erkennen."

Die Liebenswürdigkeit ihres Wesens, welche sie während der zwei Tage dieses ersten Zusammenseins entfaltete, entsprach dieser äußeren Erscheinung vollkommen. Sie zuerst hatte sich des in der Unterhaltung zurückgesetzten Fremden, der obenein die Rolle eines scheuen unbehülflichen Kandidaten der Theologie zu seinem großen Unbehagen fortzuspielen hatte, freundlich angenommen, ihn in der Umgegend und bei Personen des Umgangskreises der Familie durch ihre Mittheilungen einge=führt, ihm ihre Lieder zum Klaviere vorgesungen, und ein Abend=Spaziergang im Mondenschein, bei welchem er ihr den Arm zu bieten sich gestattete, vollendete seine Bezauberung. „Wir zogen" — so heißt es in Goethe's Erzählung — „durch die weiten Fluren, mehr den Himmel über uns zum Gegenstand habend, als die Erde, die sich neben uns in der Breite verlor. Friederiken's Reden jedoch hatten nichts Mond=scheinhaftes: durch die Klarheit, mit der sie sprach, machte sie die Nacht zum Tage; und es war nichts darin, was eine Empfindung angedeutet oder erweckt hätte." Nur bezog sie ihre Aeußerungen mehr als bisher auf ihren Begleiter, dem sie ihre Zustände und Umgangsbeziehungen auseinanderzu=setzen fortfuhr, weil er, wie sie hoffte, „keine Ausnahme von früheren Gästen der Familie machen und sie wieder besuchen werde, wie bisher noch jeder Fremde gern gethan, der einmal bei ihnen eingekehrt sei". „Es hörte sich ihr", fährt der Dichter fort, „gar so gut zu, und da ich nur ihre Stimme vernahm, ihre Gesichtsbildung aber so wie die übrige Welt im Dämmer schwebte, so war es mir, als ob ich in ihr Herz sähe, das ich höchst rein finden mußte, da es sich in so un=befangener Geschwätzigkeit vor mir eröffnete." Ihrer Unbe=fangenheit gegenüber bildete jedoch sein Zustand einen be=deutenden Gegensatz. Er „empfand auf einmal einen tiefen Verdruß, nicht früher mit ihr gelebt zu haben, und zugleich ein peinliches und neidisches Gefühl gegen alle, die bisher

dies Glück gehabt"; und nur die Versicherung seines Reise=
gefährten, daß ihr Herz vollkommen frei sei, konnte ihn einiger=
maßen beruhigen, obschon ihm „eine solche Heiterkeit von Natur
aus" bei einem so jungen Mädchen unbegreiflich erschien.

Dieser erste zweitägige Besuch reichte hin, sein Herz in
Leidenschaft zu verstricken. Gleich der erste Brief, den er
sofort nach seiner Rückkehr an die „liebe neue Freundin"
schrieb — es ist der einzige, der uns von einer über ein
Jahr umfassenden zahlreichen Korrespondenz zwischen den Beiden
erhalten ist*) — darf wohl für eine Liebeserklärung in aller
Form gelten. Er überließ sich dem Gefühle seines neuen
Glücks, wohl des reinsten, das er in seinem Leben genossen,
mit gänzlicher Unbekümmertheit um die Zukunft. Seine Be=
suche in Sesenheim wiederholten sich in rascher Folge und
jeder derselben steigerte seine Liebe zu Friederiken und die
Bewunderung der Eigenschaften und Vorzüge, die sie im
näheren Verkehr mit ihm mehr und mehr entwickelte. Als
Grundzüge ihres Wesens erschienen ihm „besonnene Heiterkeit,
Naivetät mit Bewußtsein, und Frohsinn mit Voraussehen:
Eigenschaften, die unverträglich scheinen, die sich aber bei ihr
zusammenfanden und ihr Aeußeres gar hold bezeichneten". Er
sah, wie sie in ihrer näheren und ferneren Umgebung der
Liebling Aller war, wie sie in ihrer Familie und in der Ge=
selligkeit „Verwirrungen geschickt auszugleichen und die Ein=
drücke kleiner unangenehmer Zufälligkeiten leicht wegzulöschen
verstand", wie selbst die Bauern des Dorfes die stets freund=
liche und hülfsbereite Pfarrerstochter durch ihre Grüße aus=
zeichneten, und wie ihr ganzes Betragen in der Gesellschaft
allgemein als erfreulich und wohlthätig empfunden wurde.

---

*) Man findet ihn abgedruckt in „Goethe's Leben von H. Viehoff" I., 263—266.

„Auf Spaziergängen schwebte sie, ein belebender Geist, hin und wieder und wußte die Lücken auszufüllen, welche hier und da entstehen mochten. Von ihren Eltern, welche um ihre Gesundheit besorgt waren, weil man ihre Brust nicht für stark hielt, ward sie bei allem, was körperliche Anstrengungen erheischte, sorgfältig geschont; aber diese Sorglichkeit und Vorsicht konnten übertrieben erscheinen, wenn man die federkräftige Anmuth ihrer Bewegungen im Freien vor Augen sah, bei denen sie nie außer Athem kam und immer völlig im Gleichgewichte blieb. Die freie Natur war überhaupt ihr Element, in welchem sie sich am besten ausnahm. Ihr Wesen, ihre Gestalt trat niemals reizender hervor, als wenn sie sich auf einem erhöhten Fußpfade hinbewegte: die Anmuth ihres Betragens schien mit der beblümten Erde, und die unverwüstliche Heiterkeit ihres Antlitzes mit dem blauen Himmel zu wetteifern. — Am allerzierlichsten war sie, wenn sie lief. So wie das Reh seine Bestimmung ganz zu erfüllen scheint, wenn es leicht über die keimenden Saaten wegfliegt, so schien auch sie ihre Art und Weise am deutlichsten auszudrücken, wenn sie etwas Vergessenes zu holen, etwas Verlornes zu suchen, ein entferntes Paar herbeizurufen, über Rain und Matten leichten Laufes dahineilte." Daneben entzückte ihn die Herzensfeinheit, mit der sie seine Aufmerksamkeit und sein Eingehen auf die Schwächen und Grillen ihres alten Vaters bemerkte und ihm dankte, und die ruhige Sicherheit, mit der sie seiner leidenschaftlichen, bald auch von der Umgebung bemerkten Neigung zutrauensvoll begegnete. „Sie war", — heißt es in Goethe's späteren Lebensbekenntnissen nach der Erzählung des zweiten Besuches, — „von meiner Neigung überzeugt, wie ich von der ihrigen, und die sechs Stunden schienen keine Entfernung mehr".

Wie sollte sie auch nicht überzeugt sein, da der Liebende es an Nichts fehlen ließ, sein Verhältniß zu dem geliebten Wesen, immer enger zu knüpfen, und sie auch durch die Theilnahme an seinem geistigen Leben sich immer näher zu verbinden! Sie hatte wenig gelesen: sie war in einem heiteren sittlichen Lebensgenuß aufgewachsen und demgemäß gebildet, aber sie las gern, besonders gern Romane, weil man darin, wie sie sagte, „so hübsche Leute finde, denen man wohl ähnlich sehen möchte". Er sandte ihr Bücher, doch nicht den Landpfarrer von Wakefield, weil ihm „die Aehnlichkeit der Zustände zu auffallend und zu bedeutend erschien!" Ein lebendig unterhaltener geistiger Verkehr entwickelte sich. Seine Briefe, seine Lieder flogen in ununterbrochener Folge zu ihr, unter ihnen Lieder, die zu den schönsten und reinsten gehören, welche unsere Sprache besitzt, und welche neben der Tiefe seiner Liebesempfindung zugleich den vollen Ernst des Entschlusses, dieser Liebe für das Leben Folge zu geben, unzweideutig aussprachen:

> „Fühle, was dies Herz empfindet,
> Reiche frei mir deine Hand!
> Und das Band, das uns verbindet,
> Sei kein schwaches Rosenband!"

Daß sich die Liebenden in nicht zu ferner Zeit trennen mußten, sollte kein Hinderniß ihrer dereinstigen Verbindung sein, — von diesem Gedanken sind viele jener Lieder erfüllt, und er erhält namentlich in dem Gedichte „An die Erwählte" seinen vollsten und klarsten Ausdruck, den Friederike nicht mißverstehen konnte, selbst wenn sie minder vertrauensvoll gewesen wäre, als sie es war. Auch sie schrieb ihm oft und viel, und nicht nur erfreute er sich an „ihrer leichten, hübschen, herzlichen Hand; auch Inhalt und Styl waren natürlich, gut, liebevoll, von innen heraus", und der angenehme Eindruck, den ihre persönliche Erscheinung auf ihn gemacht hatte, wurde durch jeden ihrer Briefe erhalten und erneuert. In ihrer Gegenwart, an ihrer Seite fühlte er sich mehr und mehr, wie er selbst gesteht, „grenzenlos glücklich, gesprächig, lustig, geistreich, vorlaut, und doch durch Gefühl, Achtung und Anhänglichkeit gemäßigt. Sie in gleichem Falle offen, heiter, theilnehmend und mittheilend. Wir schienen allein für die Gesellschaft zu leben, und lebten blos wechselseitig für uns".

Eine öffentlich ausgesprochene Verlobung der beiden Lieben=den scheint nicht stattgefunden zu haben, wohl aber ein geheimes Verlöbniß, das die „herzlichste Umarmung und die treulichste Versicherung besiegelte". Seit diesem Augenblicke aber ging in Beiden eine bedeutsame Umwandlung vor.

Friederike, die nach dieser entscheidenden Eröffnung ihn beim Abschiede „öffentlich, wie andere Verwandte und Freunde", mit einem Kusse entließ, glaubte ihn jetzt völlig als den Ihrigen betrachten zu dürfen. Die stille Knospe ihres Wohlgefallens und ihrer Neigung zu dem schönen, geistleuchtenden, anmuthig verwegenen, alles um sich her bezaubernden jungen Manne war fast ohne alle Schmerzen leidenvoller Leidenschaft zur vollen Pracht der Rose aufgeblüht, an deren Dufte sich sein leiden=schaftliches Herz berauschte. Auch ihr Geist entzündete und steigerte sich an dem seinen. Ihre Briefe, die von jetzt an sich regelmäßig folgten, entzückten ihn immer mehr. „Auch in ihnen", so berichtet er uns, „blieb sie immer dieselbe; sie mochte etwas Neues erzählen, oder auf bekannte Begebenheiten anspielen, leicht schildern, vorübergehend reflektiren; immer war es, als wenn sie auch mit der Feder gehend, kommend, laufend, springend, so leicht aufträte als sicher. Auch ich", setzte er hinzu, „schrieb sehr gern an sie; denn die Vergegenwärtigung ihrer Vorzüge vermehrte meine Neigung auch in der Abwesenheit, so daß diese Unterhaltung einer persönlichen wenig nachgab, ja in der Folge mir sogar angenehmer und theurer wurde". —

Die Besuche wurden inzwischen ebenso eifrig fortgesetzt und dehnten sich in solcher Weise aus, daß ihn, wie er selbst bemerkt, nur seine wunderlichen Studien und sonstigen Verhältnisse nöthigen konnten, öfters von Sesenheim nach der Stadt zurückzukehren. Die Vorlesung von Goldsmith's oft erwähnter Dichtung, zu der ihn bei einem solchen Besuche sein Freund Weyland wider seinen Willen zu nöthigen wußte, und die so überraschende Aehnlichkeiten der Personen und Zustände darbietende Vergleichung, welche der ganze Familienkreis dabei anzustellen im Falle war, wurde nicht als Warnung aufgenommen, ja sie vermehrte nur, wie Goethe selbst gesteht, dies Gefühl des sicheren Zusammengehörens der Liebenden. „Die Gewohnheit, zusammen zu sein, befestigte sich immer mehr, man wußte nicht anders, als daß ich diesem Kreise angehöre. Man ließ es geschehen und gehen ohne gerade zu fragen, was daraus werden sollte. Und welche Eltern finden sich nicht genöthigt, Töchter und Söhne in so schwebenden Zuständen eine Weile hinwalten zu lassen, bis sich etwas zufällig für's Leben bestätigt, besser als es ein lang angelegter Plan hätte hervorbringen können."

Das Letztere erwies sich nun leider in diesem Falle keineswegs als richtig, und alle Liebe und Verehrung für den Genius unseres größten Dichters vermag demselben den Vorwurf nicht zu ersparen, daß er die Nachsicht der Eltern und die unbefangene Hingebung Friederiken's aus Schwäche gegen sein eigenes Herz in einer fast frevelhaft zu nennenden Weise getäuscht hat. Aber die Gerechtigkeit gebietet hinzuzusetzen, daß er selbst sich zu keiner Zeit seines Lebens über diese seine schwerste Verschuldung verblendet oder dieselbe irgendwie zu beschönigen versucht hat, wenn er es auch unternahm, sie durch seine Erklärungen einigermaßen zu mildern.

Es geht aus den eigenen Lebensbekenntnissen des Dichters hervor und ist durch die später veröffentlichten Bruchstücke seiner damaligen Korrespondenz mit vertrauten Freunden unzweifelhaft erwiesen, daß Goethe sich nicht lange einer ungestörten inneren Glücksempfindung in diesem seinem Verhältnisse erfreute. Nur in den ersten drei bis vier Monaten war es ihm beschieden, sich „in dem Taumel der süßesten Empfindungen zu wiegen“ und glückselige Tage des neuen Liebeslebens träumerisch hinzuschlendern. Sein Erwachen begann mit der oben geschilderten offenen Erklärung seiner Liebe. Das ausgesprochene Wort, der Geliebten für immer angehören, sein ganzes Leben an das ihrige knüpfen zu wollen, zerriß plötzlich den Schleier, der seinen Blick umhüllt hatte. Vergebens suchte er die innere Stimme durch die immer erneuerte Leidenschaft seiner Aeußerungen in den Gedichten, welche er an die Geliebte richtete, zu übertäuben, und diese selbst, die zuweilen mit dem feinen Erkennen des weiblichen Herzens sein inneres Schwanken ahnte, über ihre Besorgnisse zu beruhigen. Das Erstere mißlang ihm, während das Letztere leider nur allzuwohl gelang. Er selbst gesteht in Dichtung und Wahrheit, „daß ihm sein leidenschaftliches Verhältniß zu Friederike nunmehr zu ängstigen begann“. Selbst ihre Gegenwart wurde ihm „beängstigend“, und doch konnte er sich nicht entschließen, auf den Verkehr mit ihr zu verzichten. Alle die weitläufigen Erklärungen, in denen er sich darüber ergeht, laufen immer auf Ein und Dasselbe hinaus: sein Verstand sagte ihm, daß er Unrecht begehe, sich so frühzeitig für das Leben zu binden, und sein Herz konnte die

Geliebte, deren treffliche Eigenschaften ihm in immer größerer Klarheit entgegentraten, nicht entbehren. Sie selbst, die Gute' und Holde, blieb sich, wie er wiederholt bemerkt, immer gleich, sie schien nicht zu denken, noch denken zu wollen, daß dieses Verhältniß so bald endigen könne.

Wie hätte sie es auch gekonnt! Wie hätte sie ahnen können, daß der Geliebte, während er an ihrer Seite weilte, unmittelbar nach dem Geständniß seiner Liebe und nachdem er die herzlichste Versicherung ihrer Gegenliebe erhalten, um Pfingsten des Jahres 1771 aus Sesenheim an seinen Freund Salzmann schrieb: „daß seine Seele sich wie ein Wetterhahn im Winde schwankend drehe, und daß er um kein Haar glücklicher sei, nachdem er erlangt, was er gewünscht!" Wie konnte sie ahnen, daß er in demselben Briefe, frevelhaften Muthes, das Eingeständniß aussprechen werde, daß er, wie er noch nie in einer Liebe volles Genügen gefunden, ein solches auch schwerlich jemals finden, aber trotzdem nicht aufhören werde, wie es in dem Gleichnisse heißt, „wieder und wieder Kirschbäumchen zu pflan- zen!" In den folgenden Briefen meldet er dem Freunde sogar, „daß die Kleine fortfahre, traurig krank zu sein, und daß mit ihm selbst das eigne Schuldbewußtsein herumgehe!" Daß er „zwischen Thür und Angel sitze", daß er „zu wachend sei, um nicht zu fühlen, wie er nach Schatten greife", und daß er doch zu schwach, eben durch seine Liebe zu schwach sei, „die fesselnden Blumenketten zu zerreißen!"

Auch zerriß er sie nicht. Gewaltsamkeit des Entschlusses lag nicht in seiner Natur. Er suchte sie kaum zu lockern, und überließ es der Zeit, sie allmählich abzustreifen. Ja, es ist aus seiner eigenen Darstellung und aus der Vergleichung aller sonst vorhandenen Zeugnisse ersichtlich, daß er selbst bei dem

durch seine Rückkehr nach Frankfurt herbeigeführten Abschiede
die Geliebte sowohl als sich selbst über das Entscheidende dieser
Trennung zu täuschen suchte. Die Erinnerung an diese letzten
Sesenheimer Tage war ihm noch nach mehr als vierzig Jahren
eine peinvolle. Was in denselben zwischen ihnen Beiden ge=
sprochen und empfunden worden, bekennt er, „sei ihm nicht in
der Erinnerung geblieben". Aber es steht zu lesen in seinen
Gedichten, die ihn als mahnende Zeugen anklagen, in jenen
verheißungsvollen Zeilen, in denen es heißt:

„Hand in Hand und Lipp' auf Lippe,
Liebes Mädchen, bleib mir treu!
Lebewohl! und manche Klippe
Fährt Dein Liebster noch vorbei

— — — —

Aber wenn er einst den Hafen
Nach dem Sturme wieder grüßt,
Mögen ihn die Götter strafen,
Wenn er ohne Dich genießt!

— — — —

War ich müßig Dir zur Seite,
Drängte noch der Kummer mich;
Doch in aller dieser Weite
Wirk' ich rasch und — nur für Dich!"

Diese Zeilen, die er noch nach der Trennung von Straßburg
und von der Geliebten an Friederike richtete, werden auch den
Inhalt der Versicherungen enthalten haben, mit denen er die
weinende Geliebte und sich selbst über den Abschied zu trösten
suchte, bei dem ihm, wie er selbst erzählt, „übel zu Muthe war".

Indeß alle diese Verheißungen sollten nicht in Erfüllung
gehen. Die Trennung, wenn ihr auch nach neun Jahren ein
kurzes Wiedersehen folgte, war eine ewige. Die Bedenklichkeiten
gegen eine frühzeitige Ehe, und die zahlreichen äußeren Hinder=

niſſe, welche eine Verbindung des angeſehenen Frankfurter Patriziersſohnes mit einer einfachen, in die Atmoſphäre der, vornehmen Reichsſtadt nicht hineinpaſſenden, Pfarrerstochter aus dem Elſäſſiſchen Dorfe im Wege ſtanden, mußten ſich mit doppelter Stärke in Goethe erheben, als der feſſelnde Zauber der Gegenwart zerbrochen und der jugendliche Doctor juris wieder in die alten Frankfurter Verhältniſſe eingetreten war, in denen ſich ihm bald ganz andere Lebensausſichten darboten. Schon einmal, als er die Geliebte mit Schweſter und Mutter in ſtädtiſcher Umgebung zu Straßburg geſehen hatte, war ihm der Widerſpruch, in welchem ſich dieſe ländlichen Naturen zu ſtädtiſchen Formen und Verhältniſſen befanden, beängſtigend vor die Seele getreten. Und nun gar, wenn er ſich ſeinen pedantiſch ſtolzen Vater, die ſchneidend ſcharf kritiſirende Schweſter, die Sippen und Freunde des Elternhauſes, von deren Urtheil und Meinung er ſelbſt von jeher mehr, als er ſich eingeſtehen mochte, abhing, ihr gegenüber dachte! Wir wiſſen nicht, wie lange ſein Schwanken gedauert haben mag. Aber endlich entſchloß er ſich. Er ſchrieb ihr den Scheidebrief.

Hören wir ihn über ſich ſelbſt und laſſen wir ihn ſein eigenes Urtheil ausſprechen über ſeine That. Es iſt das härteſte, welches ein unparteiiſcher Richter fällen könnte, und wenn es eine Abſolution für die Verſündigung giebt, die er an dieſem ſchönen und edlen weiblichen Weſen begangen, ſo gründet ſie ſich eben auf dieſes volle und unumwundene Eingeſtändniß ſeines begangenen Unrechts.

„Die Antwort Friederiken's auf meinen ſchriftlichen Abſchied," ſo erzählt er, „zerriß mir das Herz. Es war dieſelbe Hand, derſelbe Sinn, daſſelbe Gefühl, die ſich zu mir, die ſich an mir herangebildet hatten. Ich fühlte nur den Verluſt, den sie erlitt, und sah keine Möglichkeit, ihn zu ersetzen, ja nur ihn zu lindern. Sie war mir ganz gegenwärtig; stets empfand ich, daß sie mir fehlte, und was das Schlimmste war: ich konnte mir mein eigenes Unglück nicht verzeihen. Gretchen hatte man mir genommen, Annette mich verlassen; hier war ich zum ersten Male schuldig. Ich hatte das schönste Herz in seinem Tiefsten verwundet, und so war die Epoche einer düsteren Reue bei dem Mangel einer gewohnten erquicklichen Liebe höchst peinlich."

Dies Gefühl der Schuld begleitete ihn lange durch sein Jugendleben. Er hatte es noch nicht ganz überwunden, als er, ein Dreißiger, über acht Jahre nach jenem Abschiede mit seinem fürstlichen Freunde die bekannte Schweizerreise antrat. Er konnte es nicht unterlassen, auf derselben Sesenheim noch einmal aufzusuchen. Der Brief, in welchem er seiner damaligen Geliebten, Charlotte von Stein, über dieses Wiedersehen berichtet, zeigt uns, wie edel und schön sich Friederike ihm gegenüber auch jetzt erwies, und wie ihr liebevoll gefaßtes Betragen sein Herz erleichterte. Es war den 25. September des Jahres 1779 als er von Selz aus allein nach Sesenheim hinüberritt. „Ich fand," so schreibt er, „die Familie, wie ich sie vor acht Jahren verlassen hatte, und wurde freundlich und gut aufgenommen. Da ich jetzt so rein und still bin wie die Luft, so war mir der Athem guter und stiller Menschen sehr willkommen. Die zweite Tochter hatte mich ehemals geliebt, schöner als ich's verdiente, und mehr als andere, an die ich viel Leidenschaft und Treue verschwendet habe. Ich mußte sie in einem Augenblicke verlassen, wo es ihr fast das Leben kostete. Sie ging leise darüber weg, mir zu sagen, was ihr von einer Krankheit jener Zeit noch überblieben, betrug sich allerliebst vom ersten Augenblicke, da ich ihr unerwartet auf der Schwelle in's Gesicht trat —

daß mir's ganz wohl wurde. Nachsagen muß ich ihr, daß
sie auch nicht durch die leiseste Berührung irgend ein altes,
Gefühl in meiner Seele zu wecken unternahm. Sie führte
mich in jene Laube, da mußte ich sitzen, und so war's gut."
Er fand sein Andenken so lebhaft in dem ganzen Kreise, als
ob er kaum ein halb Jahr weg wäre. „Und so," setzt er
hinzu, „schied ich den andern Morgen, bei Sonnenaufgang,
von freundlichen Gesichtern verabschiedet, daß ich nun auch
wieder mit Zufriedenheit an das Eckchen der Welt hindenken
und in Frieden mit den Geistern dieser Ausgesöhnten in mir
leben kann." Zu dem lieblichen Gedichte, welches „Wieder=
sehen" überschrieben ist, hat der Dichter nach seiner Rückkehr
von jener Reise dieser letzten Begegnung mit der Jugend=
geliebten ein schönes Denkmal gesetzt. Der scheinbar chrono=
logische Fehler, welcher in dem „zehnmal" des letzten Verses
uns entgegentritt, ist nichts als eine künstlerische Licenz, welche
sich der Dichter des Wohlklangs wegen gestattete. Das Ge=
dicht ist ein Zwiegespräch, das der Dichter mit der vor Jahren
verlassenen Geliebten beim Wiedersehen dichtet, und lautet:

Er.

„Süße Freundin, noch Einen, nur Einen Kuß noch gewähre
  Diesen Lippen! Warum bist Du mir heute so karg?
Gestern blühte wie heute der Baum; wir wechselten Küsse
  Tausendfältig: dem Schwarm Bienen verglichst Du sie ja,
Wie sie den Blüten sich nah'n und saugen, schweben und wieder
  Saugen und lieblicher Ton süßen Genusses erschallt.
Alle noch üben das holde Geschäft. Und wäre der Frühling
  Uns vorübergefloh'n, eh' sich die Blüte zerstreut?

Sie.

Träume, lieblicher Freund, nur immer, rede von gestern!
  Gerne hör' ich Dich an, drücke Dich redlich an's Herz.
Gestern, sagst Du? — Es war, ich weiß, ein köstliches Gestern:
  Worte verklangen im Wort, Küsse verdrängten den Kuß.

„Schmerzlich war's zu scheiden am Abende, traurig die lange
  Nacht von gestern auf heut, die den Getrennten gebot.
Doch der Morgen kehret zurück. — Ach! daß mir indessen
  Zehnmal, leider! der Baum Blüten und Früchte gebracht!"

Ueber Friederiken's Schicksale, nachdem Goethe sie im Jahre 1771 verlassen hatte, ist wenig Sicheres bekannt. Nachdem Goethe sie aufgegeben, hatte sich ein Straßburger Genosse desselben, der eitle, überspannte, auf Goethe's überlegenen Genius im Stillen neidische Reinhold Lenz, in die Familie einzuführen gewußt, und durch eine halb wahre, halb eingebildete Leidenschaft Friederike zu bewegen gesucht, ihm die näheren Umstände ihres Verhältnisses zu Goethe und vor allem dessen an sie gerichtete Briefe anzuvertrauen. Als sie dadurch mißtrauisch gegen ihn gemacht, sich mehr und mehr zurückzog und seine Besuche ablehnte, trieb er es bis zu den lächerlichsten Demonstrationen des Selbstmordes, so daß man ihn als einen halb Tollen aus dem Hause entfernen und zur Stadt schaffen mußte. So berichtet Goethe selbst nach Friederiken's eignem mündlichen Berichte bei jener Zusammenkunft, wobei dieselbe ihm zugleich über die Absicht aufklärte, die Lenz gehabt, „ihm zu schaden und ihn in der öffentlichen Meinung und sonst zu Grunde zu richten"; und dieser Bericht wird selbst durch die Vertheidigungsversuche des neuesten Biographen von Lenz*), soweit er Charakter und Handlungsweise dieser zerfahrenen, kindisch eitlen und unreifen Natur betrifft, in allem Wesentlichen nur bestätigt.

Friederike Brion blieb unvermählt. Sie wies wiederholte Anträge von Bewerbern zurück, weil Goethe's Bild ihrem Herzen ewig eingeprägt blieb. Nach dem Tode ihrer

---

*) Reinhold Lenz, Leben und Werke, von O. F. Gruppe. Berlin 1861.

Eltern führte ihr Schicksal sie weit von der ländlichen Be=
schränktheit ihres Heimatsdorfes hinaus in die ferne fremde
Welt. Sie suchte und fand Aufnahme in dem Hause einer
Freundin zu Paris, die an einen dortigen Beamten verheirathet
war. Jene Befürchtung Goethe's, daß sie in die Umgebung
der großen Welt nicht passen werde, ging nicht in Erfüllung;
denn es wird berichtet, das sie sich in den feinen Gesellschafts=
kreisen von Versailles und Paris als eine angenehme Er=
scheinung bewegte. Sie blieb dort, bis die Schreckenszeit der
Revolution sie in's Vaterland zurücktrieb, wo sie bis an ihr
Ende in dem Hause ihres Schwagers, eines Pfarrers in
Tießburg bei Offenburg, allgemein geliebt und als eine bereite
Helferin und Wohlthäterin, ihre Tage in bescheidener Stille
verlebte. „Ueber Goethe", — heißt es in dem Berichte, dem
wir folgen, — „sprach sie stets nur mit Achtung: auf bittere
Anspielungen über ihr Verhältniß zu ihm äußerte sie mit
rührender Bescheidenheit: er sei zu groß, seine Laufbahn zu
hoch gewesen, als daß er sie habe heimführen können*)."

Ophelia, in's deutsche Idyll übersetzt, — so steht sie vor
uns da in ungetrübter Lieblichkeit, Reine und Bescheidenheit,
verklärt von dem Herzen und der Kunst des größten Dichters
der Liebe, den ihr Volk hervorgebracht, ein ewig leuchtender
Stern an dem Himmel deutscher Liebes= und Jugend=Poesie,
wie er dem Geliebten selbst, der ihre erste und einzige Liebe
war, in seinem Leben nimmer wieder aufgegangen ist. An
ihr selbst aber erfüllte sich das inhaltschwere Wort des Dichters:

„Was unsterblich im Gesang soll leben,
Muß im Leben untergeh'n!"

*) Viehoff, Goethe's Leben II, S. 353.

XII.

Maximiliane la Roche,
die Mutter
Bettina's.

———

Eine der anmuthigsten unter den Mittheilungen über Goethe's Frankfurter Jugend verdanken wir Bettinen.

Bekanntlich forderte Goethe im Oktober des Jahres 1810 die damals fünfundzwanzigjährige Bettina Brentano, die Tochter einer seiner Jugendgeliebten Maximiliane La Roche, in einem Briefe auf: ihm, da er im Begriffe stehe, seine Lebenserinnerungen zu schreiben, bei dieser Arbeit eine Art von Hülfe zu leisten. „Meine gute Mutter", schreibt er „ist abgeschieden und so manche Andere, die mir das Vergangene wieder hervorrufen könnten, das ich meistens vergessen habe. Nun hast du eine schöne Zeit mit der theueren Mutter gelebt, hast ihre Märchen und Anekdoten wiederholt vernommen, und trägst und hegst Alles im frischen belebenden Gedächtniß. Setze dich also nur gleich hin und schreibe nieder, was sich auf mich und die Meinigen bezieht, und du wirst mich dadurch sehr erfreuen und verbinden."

Zu den Mittheilungen, welche diese Aufforderung zur Folge hatte, gehört denn auch die Geschichte von Goethe's Eislauf

auf dem Main, angethan mit dem rothen Sammetpelze, den er seiner zuschauenden Mutter abgenommen. Goethe hatte die Kunst, des Schlittschuhlaufens erst spät zu den übrigen Leibesübungen, denen er sich in seiner Jugend hinzugeben liebte, erlernt. Es war im Winter nach seiner Rückkehr von Straßburg, als er, im dreiundzwanzigsten Jahre stehend und bereits wohlbestallter Advokat in seiner Vaterstadt, von Klopstock's Preishymnen auf die edle Kunst des Eislaufs begeistert, an einem heitern Winter= morgen sich zu dem ersten Versuche in derselben entschloß, wo er es denn, wie er selbst berichtet, „durch Uebung, Nachdenken und Beharrlichkeit bald zu einer gewissen Fertigkeit brachte". Denn schon zwei Jahre später war er im Stande, mit anderen Freunden künstliche Tanztouren auf dem Eise auszuführen, zu deren Anschauen die Damen seines Kreises hinausgeladen waren. Auch Goethe's Mutter war hinausgefahren, und erzählte später den kleinen Zug jugendlichen scherzenden Uebermuths, dessen auch Goethe im sechzehnten Buche von Dichtung und Wahrheit gedenkt, nach Bettinen's Berichte in folgender Weise:

„An einem hellen Wintermorgen", — so schreibt Bettina an Goethe*), — „an dem deine Mutter Gäste hatte, machtest du ihr den Vorschlag, mit den Fremden an den Main zu fahren." „„Mutter, sie hat mich ja doch noch nicht Schlittschuh laufen sehen, und das Wetter ist heute so schön."" „Ich zog meinen karmoisinrothen Pelz an, der einen langen Schlepp hatte und vornherunter mit goldenen Spangen zugemacht war, und so fahren wir denn hinaus; da schleift mein Sohn herum wie ein Pfeil zwischen den andern durch, die Luft hatte ihm die Backen roth gemacht und der Puder war aus seinen braunen Haaren geflogen. Wie er nun den karmoisinrothen Pelz sieht, kommt

*) Briefwechsel mit einem Kinde, Th. II, S. 261—262.

er herbei an die Kutsche und lacht mich ganz freundlich an. Nun, was willst du? sag' ich. Ei, Mutter, sie hat ja doch nicht kalt im Wagen, gebe sie mir ihren Sammetrock. — Du wirst ihn doch nicht gar anziehen wollen? — Freilich will ich ihn anziehen! — Ich zieh' halt meinen prächtig warmen Rock aus, er zieht ihn an, schlägt die Schleppe über den Arm, und da fährt er hin, wie ein Göttersohn auf dem Eis. — So was Schönes giebt's nicht mehr; ich klatschte in die Hände vor Lust. Mein Lebtag seh ich noch, wie er den einen Brückenbogen hinaus und den anderen wieder hineinlief, und wie da der Wind ihm den Schlepp lang hinten nach trug. Damals war deine Mutter mit auf dem Eis, der wollte er gefallen."

Dieses Motiv hat Kaulbach, wie er pflegt, mit künstlerischer Freiheit behandelt. Er hat die Staatskarosse, in welcher die Frau Rath mit ihren Gästen und Freundinnen saß, weggelassen, um die Personen, auf die es ankommt, näher aneinanderrücken und deutlicher zeigen zu können; und er hat sich ebenso die Freiheit genommen, den Kopf des jugendlichen Goethe-Apollo und die im Winde flatternden „ambrosischen Locken" nicht mit der „braunen Pelzmütze" zu bedecken, deren Goethe selbst in der Erzählung dieses kleinen Vorfalls ausdrücklich und sogar mit dem Zusatze erwähnt, daß ihn dieselbe zu dem goldbeschnürten rothen Sammetpelze der Mutter „nicht übel gekleidet habe." Aber der Künstler wollte lieber gegen die Ueberlieferung und gegen die Realität des „grimmig kalten" Wintertages fehlen, als auf die volle Wirkung des unbedeckten Hauptes mit dem frei wallenden, über der Stirn sich emporbäumenden Lockenhaare verzichten, das den Götterjüngling, der damals wie ein leuchtendes Meteor an dem Himmel der guten Philisterstadt Frankfurt emporgestiegen war, so schön und ausdrucksvoll charakterisirt. In der That würde der mütterliche „Sammetpelz“ allein, zumal in dem Grau der Zeichnung, in welchem die rothe Farbe fehlt — , nicht ausreichend sein, die „als Eitelkeit“ getadelte Sonderbarkeit und Excentricität, über welche die ehrbaren Frankfurter von damals die bezopften Köpfe schüttelten und die man ihm, wie er selbst berichtet, „unter seinen Anomalien wohl später im Ernst und Scherze wieder vorrechnete“, als solche kräftig genug für uns Spätgeborne hervorzuheben. Denn das sittengeschichtlich Merkwürdige und Interessante dieses ganzen Zuges aus dem Leben des jugendlichen Dichters besteht hauptsächlich darin, daß damals der philisterhafte Sinn der Deutschen in Allem und Jedem noch unendlich größer und verbreiteter war als vierzig bis fünfzig Jahre später, wo der Dichter selbst es von sich rühmen durfte, daß er sein Theil dazu gethan, seine Nation von der Philisterei zu befreien:

> „Ihr könnt mir immer ungescheut
> Wie Blücher'n, Denkmal setzen.
> Er hat von Franzen Euch befreit,
> Ich von Philister-Netzen.“

Nach den Worten, mit welchen Bettina die Frau Rath ihre Erzählung schließen läßt, war die Mutter Bettinen's bei jener oben geschilderten Scene anwesend, und diese war es, welcher der jugendliche Dichter mit seiner improvisirten romantischen Drapirung „gefallen wollte.“ Kaulbach hat diesen Zug benutzt, um die Vermittelung der Frauengruppe am Uferrande mit dem dahinschwebenden Jünglinge herzustellen, der mit seitwärts gewendetem Haupte die großen Feueraugen auf die zarte Frauengestalt richtet, welche, halb an ihre mütterliche Freundin gelehnt, mit der erhobenen Rechten im Begriff steht, einen Schneeball dem Flüchtlinge nachzuwerfen. Es ist gleichsam der Preisapfel

der Schönheit, den hier, umgekehrt wie in der griechischen Preis=
fabel, die schöne Frau dem Jünglinge zuzuerkennen scheint, dessen
Halbgottschöne neben den bezopften Perrücken=Philistern um ihn
her nur um so siegreicher und stolzer hervortritt. Die schöne
zarte Frau aber mit dem liebenswürdigen Kindergesichte voll
unbefangener Heiterkeit und anmuthiger Neckerei ist Maxi=
miliane La Roche, die älteste Tochter der geistreichen
Schriftstellerin und Freundin Wieland's, Sophie La Roche.

In der Zeit, in welche dieser geschilderte Schlittschuhlauf
fällt, bildete das Verhältniß zu Maximiliane La Roche eine
der bedeutendsten Herzensepisoden des vielliebenden und viel=
geliebten jungen Dichters. Auf einer seiner Streifereien durch
das schöne Main= und Rhein=Land, die er uns mit so unnach=
ahmlicher Anmuth in seiner Selbstbiographie beschrieben hat,
war er auch, von Ems aus, nach Ehrenbreitstein gekommen,
und hatte, vorher empfohlen durch seinen Darmstädter Freund
Merk, die Bekanntschaft der dort am Fuße des Schloßberges
lebenden Familie La Roche gemacht. Freundlich aufgenommen,
war er bald als ein Glied der Familie betrachtet worden.
Mit dem Vater verband ihn, wie er selbst erzählt, dessen
heiterer Weltsinn, mit der Mutter sein belletristisches und senti=
mentalisches Wesen und Streben, mit den Töchtern seine Jugend.
Unter den letzteren war es vorzüglich die älteste Tochter, Maxi=
miliane oder Maxe genannt, welche ihn „gar bald besonders
anzog". Er hatte eben erst seine Wetzlarer Verhältnisse ab=
gebrochen, und sein Herz war gerade weich genug gestimmt,
um neuen Eindrücken sich leicht und willig hinzugeben. „Es
ist", wie er bei dieser Gelegenheit bemerkt, „eine sehr ange=
nehme Empfindung, wenn sich eine neue Leidenschaft in uns
zu regen anfängt, ehe die alte noch ganz verklungen ist. So

sieht man bei untergehender Sonne gern auf der entgegengesetzten Seite den Mond aufgehen und erfreut sich an dem
Doppelglanze der beiden Himmelslichter."

Dieser Doppelglanz seiner beiden damaligen Himmelslichter
sollte seinen poetischen Schein auf die Werther-Dichtung werfen,
in welcher ihm zu dem Bilde der Lotte nicht nur die Wetzlar'sche
Braut seines Freundes Kestner, sondern auch die liebenswürdige Gestalt Maximilianen's von La Roche gesessen hat, mit der
ihn sehr bald eine Art Werther'schen Verhältnisses verbinden
sollte. Maximiliane wird uns geschildert als eine höchst anmuthige
Erscheinung, etwas klein und zart gebaut, von zierlichstem Wuchse,
mit dunkelschwarzen Augen und der reinsten blühendsten Gesichtsfarbe. Die Neigung, welche Goethe für sie vom ersten Augenblicke an faßte, ward genährt durch längeres ungestörtes Bei-
sammensein, und als er sich von dem La Roche'schen Hause
losriß, um nach Frankfurt zurückzukehren, nahm er eine Liebesleidenschaft mit sich im Herzen fort, die durch eine sonderbare
Verkettung der Umstände ihn bald in ähnlich verwirrende Halb-
verhältnisse verstricken sollte, wie diejenigen gewesen waren, aus
denen er sich in Wetzlar nicht ohne Mühe losgemacht hatte.

Die in jenen Zeiten wegen der gefühlsseligen Zartheit
ihrer Schriften und Romane gerühmte und gefeierte Mutter
Maximilianen's, Frau Sophie La Roche, war nämlich in gewissen Verhältnissen des praktischen Lebens keineswegs erfüllt
und beherrscht von dem zarten und gefühlvollen Geiste, den ihre
Dichtungen athmeten. Dies zeigt sich am besten durch die Art
und Weise, wie sie das Herzensschicksal und die Verheiratung
ihrer beiden Töchter gestaltete, die sie beide so früh als möglich
durch sogenannte „gute Partien" zu versorgen beflissen war,
unbekümmert, ob das wahre Glück derselben dadurch gefördert

werde. So nöthigte sie ihre jüngere und schönere Tochter Louise, den kurtrierischen Hofrath Möser, einen wüsten und gemeinen Menschen, zu heiraten. Eine höchst unglückliche Ehe war die Folge davon, und Goethe's Mutter sprach laut ihren Unwillen aus über die Schriftstellerin, welche durch ihre Schriften das Glück der Frauen zu befördern sich angelegen sein lasse, während sie ihre eigenen Töchter durch aufgezwungene Ehen unglücklich mache. Denn auch Maximiliane hatte dasselbe Schick= sal erfahren. Sie hatte kurze Zeit nach Goethe's Entfernung, da dieser sich gegen die Mutter zu der vielleicht von derselben gehofften Erklärung nicht hatte entschließen mögen, auf Betrieb der Mutter einem reichen Kaufmanne in Frankfurt ihre Hand ohne ihr Herz geben müssen. Herr Brentano war Wittwer und Vater von fünf unerzogenen Kindern; er war zugleich an Alter, Lebensanschauung, Sitten und Bildung wesentlich von dem jungen Mädchen verschieden, das die mütterliche Tyrannei ihm als zweite Gattin überlieferte. Eine Lebensschilderung Sophien's von La Roche in der Zeitschrift „Freya"*) nennt ihn einen rauhen, geizigen und beschränkten Menschen. Wenn auch dies Urtheil zu hart scheinen dürfte, so wird es doch ge= wissermaßen bekräftigt durch den Bericht, welchen wir in einem Briefe J. H. Merk's an seine Gattin von einem Zeitgenossen über diese Verbindung besitzen. Dieser Brief, geschrieben am 29. Januar 1774, lautet in der Uebersetzung des französischen Originals**), wie folgt:

„Vorige Woche war ich in Frankfurt, um unsere Freundin Sophie La Roche zu sehen. Die Heirat, welche sie ihre Tochter (eben die vorgenannte Maximiliane) einzugehen bewogen hat,

---

*) Freya. Erster Jahrgang. 1861. S. 273—294.

**) S. Briefe aus dem Freundeskreise von Goethe, Herder, Höpfner und Merk herausgegeben von Wagner (Leipzig 1847), S. 83. N. 32.

ist eine sehr wunderliche Partie. Der Mann ist zwar noch leidlich jung, aber mit fünf Kindern beladen; übrigens zwar reich, aber ein Kaufmann, der über seinen Beruf hinaus wenig Geist besitzt. Es war mir eine traurige Erscheinung, unsere Freundin hinter den Häringstonnen und Käsevorräthen aufzusuchen — und ich wollte, du hättest sehen können, wie Madame de La Roche sich ausnahm gegenüber all den Redensarten und dem Geschwätz dieser feisten Kaufleute, deren üppige Diners sie auszuhalten und deren schwerfällige Personnagen sie zu amüsiren hatte. Es kamen arge Scenen vor, und ich weiß nicht, ob sie nicht doch von dem Gewichte ihrer Reue erdrückt werden wird. Goethe ist bereits Hausfreund dort, er spielt mit den Kindern und begleitet das Klavierspiel der jungen Hausfrau. Herr Brentano, obgleich als Italiener gehörig eifersüchtig, hat ihn lieb gewonnen und will durchaus, daß er so oft als möglich sein Haus besuche." — In einem vierzehn Tage später geschriebenen Briefe, in welchem Merk seiner Frau von Goethe's großen litterarischen Erfolgen berichtet und das Aufsehen vorhersagt, welches dessen neuer zu Ostern des Jahres erscheinender Roman (Werther's Leiden) erregen werde, heißt es zum Schlusse: „Daneben hat er die kleine Brentano zu trösten über den sie umgebenden Oel- und Häringsgeruch und die Manieren ihres Ehemannes!"

Wir sehen die Verheiratung Maximilianen's und Goethe's erneuter Verkehr mit derselben fielen gerade in die Zeit, in welcher das Schicksal des jungen Jerusalem, der sich in Wetzlar erschoß, verbunden mit seinen eigenen Wetzlarer Erinnerungen den Plan und die Ausführung des „Werther" in ihm gezeitigt hatte. Er meldete die Nachricht, daß die Geliebte nach Frankfurt heiratete, an Frau Jacobi auf eine Weise, die fast wie Glücks-

empfindung klingt. „Maxe La Roche", so schreibt er am Sylvester=
tage 1773 der Freundin, „heiratet hierher; ihr Künftiger scheint
ein Mann, mit dem sich leben läßt, und also heisa u. s. w." Die
Entfernung seiner Schwester Cornelie, welche sechs Wochen zuvor
als Gattin Schlosser's Frankfurt und das elterliche Haus verlassen
und dadurch eine empfindliche Lücke in sein Leben gerissen hatte,
schien ihm jetzt ersetzt zu werden durch die Nähe eines Wesens,
dem er sich gleichfalls in herzlichstem Vertrauen und gegenseitiger
liebevoller Neigung verbunden empfand. Er schrieb darüber bald
nach Maximilianen's Ankunft und Verheiratung an die oben
genannte Freundin im Februar des Jahres 1774: „Diese dritt=
halb Wochen her ist geschwärmt worden, und nun sind wir so
zufrieden und glücklich als man's sein kann. Wir, sage ich —
denn seit dem 15. Januar ist keine Branche meiner Existenz
einsam. Und das Schicksal, mit dem ich mich so oft herumge=
bissen habe, wird jetzt höflich betitelt das schöne weise Schicksal,
denn gewiß, das ist die erste Gabe, seit es mir meine Schwester
nahm, die das Ansehen eines Aequivalents hat. Die Maxe ist
noch immer der Engel, der mit den simpelsten und werthesten
Eigenschaften Aller Herzen an sich zieht, und das Gefühl, das
ich für sie habe, worin ihr Mann eine Ursache zur Eifer=
sucht finden wird, macht nun das Glück meines Lebens."
Zwar schildert er diesen Mann im Verfolge des Briefes als
„einen würdigen Mann von offenem starken Charakter, großer
Schärfe des Verstandes und höchst tüchtig zu seinem Geschäfte",
aber der Umstand, daß die junge Frau ihrerseits doch eben eines
Freundes, wie Goethe es war, zur Ausfüllung ihres Herzens und
ihrer geistigen Bedürfnisse benöthigt war, spricht deutlich genug da=
für, daß die Ehe Maximilianen's keine glücklich befriedigende und
daß Merk's Schilderung derselben wohl so ziemlich die richtige war.

Goethe selbst hat dies in seinen späteren Lebensbekenntnissen auf die ihm eigene schonende Weise angedeutet und zugleich die peinlichen Verwickelungen geschildert, in welche ihn selbst jene Herzensneigung bald genug verstrickte. Er erzählt im dreizehnten Buche von Dichtung und Wahrheit, wie Maximilianen's Mutter, Frau von La Roche, bei ihren oft wiederholten Besuchen in dem Hause ihrer Tochter „sich nicht recht in den Zustand finden konnte, den sie doch selbst ausgewählt hatte"; wie sie, „anstatt sich darin behaglich zu fühlen oder zu irgend einer Veränderung Anlaß zu geben, sich in Klagen erging, so daß man wirklich denken mußte, ihre Tochter sei unglücklich, ob man gleich, da ihr nichts abging (?) und ihr Gemahl ihr nichts verwehrte, nicht wohl einsah, worin das Unglück eigentlich bestände." „Mein früheres Verhältniß zu der jungen Frau", heißt es dann weiter, — „eigentlich ein geschwisterliches, ward nach der Heirat fortgesetzt. Meine Jahre sagten den ihrigen zu, ich war der einzige in dem ganzen Kreise, an dem sie noch einen Wiederklang jener geistigen Töne vernahm, an die sie von Jugend auf gewöhnt war. Wir lebten in einem kindlichen Vertrauen zusammen fort, und ob sich gleich nichts Leidenschaftliches in unseren Umgang mischte, so war er doch peinigend genug, weil auch sie sich in ihre Umgebung nicht zu finden wußte und, obwohl mit Glücksgütern gesegnet, aus dem heitern Thal Ehrenbreitstein und einer fröhlichen Jugend in ein düster gelegenes Handelshaus versetzt, sich schon als Mutter von einigen Stiefkindern benehmen sollte. In so viel neue Familienverhältnisse war ich ohne wirklichen Antheil, ohne Mitwirkung eingeklemmt. War man mit einander zufrieden, so schien sich das von selbst zu verstehen, aber die meisten Theilnehmer wendeten sich in ver-

drießlichen Fällen an mich, die ich durch eine lebhafte Theil=
nahme mehr zu verschlimmern als zu verbessern pflegte. Es
dauerte nicht lange, so wurde mir dieser Zustand unerträglich;
aller Lebensverdruß, der aus solchen Halbverhältnissen hervor=
zugehen pflegt, schien doppelt und dreifach auf mir zu lasten,
und es bedurfte eines neuen gewaltsamen Entschlusses, mich
auch hievon zu befreien."

Allerdings stimmen die Berichte der verschiedenen Epochen
nicht eben wohl zusammen. Aber der Goethe, der als Vier=
undsechzigjähriger diese Schilderung seiner Frankfurter Zu=
stände und seines, doch von ihm selbst als „Leidenschaft" be=
zeichneten Verhältnisses zu Maximiliane Brentano niederschrieb,
empfand eben anders und kühler als der Vierundzwanzig=
jährige, der diese Dinge erlebte, und der sehr wohl wußte, daß
ein junges Wesen wie diese seine Maximiliane, auch wenn ihr
äußerlich „nichts abging", doch in einer Ehe und in einer
Umgebung, in welcher der von ihr geliebte Goethe „der ein=
zige war, an dem sie noch einen Wiederklang jener geistigen
Töne vernahm, an die sie von Jugend auf gewöhnt war",
sich sehr unglücklich fühlen konnte und fühlen mußte!

Maximiliane war erst siebzehn Jahr alt gewesen, als der
Wille ihrer Mutter sie mit Brentano verheiratete. Sie starb
in der Blüte des Lebens, nur siebenunddreißig Jahre alt, 1793.
Von ihren drei Töchtern erbte die 1785 zu Frankfurt ge=
borene Elisabeth, später nur Bettina genannt, die begeisterte
Leidenschaft für den Freund ihrer Mutter.

Kehren wir jetzt noch einmal zurück zu dem Kaulbach'schen
Bilde, das uns die reizende Episode aus dieser Jugendliebe des
Dichters mit so vollendeter Anmuth und Schönheit vorführt.
Bei dem Anblicke dieser leicht auf den stahlbeflügelten Sohlen

dahinschwebenden Göttergestalt, die halb Appollon, halb Hermes, das stolze Jünglingshaupt der jungen Schönen, wie Abschied, nehmend, zuwendet, kommt uns unwillkürlich jenes Gedicht aus Goethe's Jugendzeit in die Seele, das ohne Zweifel dieser Periode seines Frankfurter Lebens die Entstehung verdankt:

> „Sorglos über die Fläche weg,
> Wo vom kühnsten Wager die Bahn
> Dir nicht vorgegraben — du siehst,
> Mache dir selber Bahn!
>
> Stille, Liebchen, mein Herz!
> Kracht's gleich, bricht's doch nicht!
> Bricht's gleich, bricht's nicht mit dir!"

Wohl hat er sich selber „Bahn gemacht" auf seinem Lebens= gange, in Regionen, wo keine Bahn ihm „vorgegraben" war vom „kühnsten Wager". Aber er hat auch brechen lassen, was brechen mochte, sicher, daß es nicht s e i n Herz war, das von seinem Dahinschweben gebrochen ward. Diesem Herzen waren Neigung und Leidenschaft damals und noch lange nach= her Bedürfniß und tägliches Brod; er konnte und er wollte sie nicht entbehren. Aber die Leidenschaft, die er suchte, be= herrschte ihn nicht als Tyrannin. Ein Gott hatte ihm gegeben sie auszusprechen, zu sagen, was er empfand und litt, und dies Aussprechen war für ihn immer zugleich Befreiung und Her= stellung. Sein Herz war wie die Natur, von der er in jenem herrlichen Fragmente, das ein Alexander von Humboldt für Goethe's schönstes Gedicht erklärte, preisend ausruft:

„Sie schafft ewig neue Gestalten; was da ist, war noch nie; was war, kommt nicht wieder. Alles ist neu und doch immer das Alte. — — Ihr Schauspiel ist immer neu, weil sie immer neue Zuschauer schafft. Leben ist ihre schönste

Erfindung, und der Tod ist ihr Kunstgriff, viel Leben zu haben. Sie hüllt den Menschen in Dumpfheit ein, und spornt ihn ewig zum Lichte. Sie macht ihn abhängig zur Erde, träg und schwer, und schüttelt ihn immer wieder auf. Sie giebt Bedürfnisse, weil sie Bewegung liebt; jedes Bedürfniß ist eine Wohlthat, schnell befriedigt, schnell wieder erwachsend. Giebt sie eins mehr, so ist's ein neuer Quell der Lust, aber sie kommt bald in's Gleichgewicht. — Ihre Krone ist die Liebe; nur durch sie kommt man ihr nahe. Sie macht Klüfte zwischen allen Wesen, und Alles will sich verschlingen. Sie hat Alles isolirt, um Alles zusammenzuziehen. Durch ein paar Züge aus dem Becher der Liebe hält sie sich für ein Leben voll Mühe schadlos. Sie ist Alles: sie belohnt sich selbst und bestraft sich selbst, erfreut und quält sich selbst. Sie ist rauh und gelinde, lieblich und schrecklich, kraftlos und allgewaltig. Alles ist immer da in ihr. Vergangenheit und Zukunft kennt sie nicht; Gegenwart ist ihr Ewigkeit." —

Gegenwart; — sie war auch Ewigkeit diesem Dichterherzen, das in allen den zahlreichen Phasen seiner Erregung und Bewegung immerdar dasselbe, das eine war und blieb. Gab ihm dies Herz ein neues Bedürfniß, so war ihm dasselbe eine neue Wohlthat, schnell befriedigt, ebenso schnell wieder neu erwachsend, ein „neuer Quell der Lust" dieses Herzens, das ebensobald wieder in's Gleichgewicht kam. Wer das tadeln und schelten will, der muß zugleich hinzufügen, daß er auch verzichten wolle auf die Früchte, die diesem Herzen entsprossen, um diesen Preis, um dieser seiner Beschaffenheit willen entsprossen, — auf Dichtungen wie der „Werther" und die unsterblichen Lieder der Frankfurter Jugendzeit, die höchsten und reinsten Töne leidenvoller Leidenschaft, die jemals einem Menschenherzen entquollen sind, und an denen sich die spätesten Geschlechter noch erquicken und laben werden, so lange die Sprache währt, in der sie gedichtet sind. —

Zu dem Goethe in Frankfurt gehört, wie im Bilde, so im Leben, auch die Gestalt seiner Mutter, von der er „die Froh=natur und die Lust zum Fabuliren" geerbt zu haben sich rühmte. Aber die eingehende Charakteristik dieser herrlichen Frau muß einem eigenen Aufsatze vorbehalten bleiben. Nur das Eine will ich hier noch bemerken, daß die „Frau Rath" vielleicht die Ein=zige in Goethe's nächster Frankfurter Umgebung war, welche mit dem ihr eigenen Tiefblick es erkannte, daß die Trennung von Frankfurt für den Dichter des Werther eine Nothwendigkeit sei, und welcher zugleich der Genius und seine freie Entfaltung höher standen, als das Glück, den einzigen Sohn um sich und in ihrer Nähe zu haben, während der etwas philisterhafte Vater, als echter Typus des engherzigen Frankfurter Bürgerthums jener Zeit, bekanntlich einem solchen Schritte der Trennung von der Vaterstadt durchaus abgeneigt und entgegen war. Aber der Sohn wußte besser, was ihm frommte, als er trotz aller Abmahnungen des Vaters und der zahlreichen besorgten Freunde seine Segel aufspannte und mit dem befrachteten Schiffe den Hafen Frank=furt verließ. Die Befürchtungen, welche ihn begleiteten, waren grundlos. Denn, wie er später in dem Gedichte „Seefahrt" sang, — „er stand männlich an dem Steuer": —

> „Mit dem Schiffe spielen Wind und Wellen:
> Wind und Wellen nicht mit seinem Herzen,
> Herrschend blickt er auf die grimme Tiefe
> Und vertrauet, scheiternd oder landend,
> Seinen Göttern!"

Frau Katharina Elisabeth Goethe aber konnte schon zwei Jahre nach jener auf unserm Bilde dargestellten Frankfurter Jugendepisode ihrem Freunde, dem dänischen Consul Schönborn nach Algier schreiben: daß „der singulare Mensch" ihr Sohn „der Doctor", nachdem er sich den Winter von 1775 bis 1776 „als Gast des Herzogs von Weimar in dessen Residenzstadt aufgehalten und die dortigen Herrschaften durch Vorlesung seines noch ungedruckten Werkchens unterhalten, auch das Schlittschuhfahren und andern guten Geschmack daselbst eingeführt, und sich dadurch Dieselben sowohl, als auch in der Nachbarschaft viele Hohe und Vornehme zu Freunden gemacht habe". „Jemehr nun aber" — heißt es weiter in diesem Briefe der Mutter — „der Herzog den Doctor kennen lernte, desto weniger konnte er ihn entbehren und prüfte seine Gaben hinlänglich, die er so beschaffen fand, daß er ihn endlich zu seinem geheimen Legationsrathe mit Sitz und Stimme im geheimen Conseil ernannte. Da sitzt nun der Poët und fügt sich in sein neues Fach bestmöglich."

Wir wissen jetzt, hundert Jahre später, daß er noch etwas mehr in Weimar gethan und dort und im deutschen Vaterlande noch etwas mehr als „das Schlittschuhlaufen und andern guten Geschmack eingeführt" hat. Aber auch seine Frankfurter Jugenderinnerungen, die Erinnerungen an die liebenswürdige Maximiliane folgten ihm nach in die neue Heimat, und die Tochter der Jugendgeliebten, Bettina war es, die dieselben in dem Herzen des Sechzigjährigen wieder erneuern sollte.

XIII.

Lili.

In dem Jugendleben Goethe's gehört das Verhältniß, welches den Dichter des Werther und Götz, des Clavigo und Faust fast ein Jahr lang mit der unter dem Namen Lili von ihm gefeierten schönen Frankfurterin verband, schon darum zu den eigenartigsten und interessantesten, weil es das einzige war, welches den jungen Dichter bis hart an die Schwelle der Ehe führte, und weil die Erinnerung daran noch über ein halbes Jahrhundert später den Greis gegen seinen Eckermann das Geständniß ablegen ließ: daß dies Weib eigentlich seine erste wie seine letzte wahre Liebe gewesen sei. Wir dürfen freilich dies Geständniß nicht ganz wörtlich nehmen: doch wird man im Verlaufe unserer Darstellung sehen, daß und wieviel Wahrheit in demselben enthalten ist, aber es tritt uns auch in dieser Lili eines jener weiblichen Wesen entgegen, dem ein günstiges Schicksal das Glück gewährt hat, das Leben und Dasein des Genius streifend zu berühren und von ihm in den Kreis derjenigen gezogen zu werden, die er in Versen und Prosa unsterblich gemacht hat. Denn an sie knüpfen sich viele seiner schönsten Jugendlieder, und der letzte Versuch des Greises, seine Jugend schildernd sich zurückzurufen, wird von der Erinnerung an diese Gestalt wie von einem Strahle der scheidenden Sonne erleuchtet. Nur freilich, daß dem Achtzigjährigen die Kraft gebrach, diese Episode mit demselben poetischen Feuer und derselben Meisterschaft zu schildern, die uns in der Darstellung seiner Sesenheimer Liebesgeschichte entzücken. Das Gefühl der Erinnerung war noch lebendig klar in dem Greise, aber es ist die kühle Klarheit des Mondlichts, die über dem Gemälde jener Jugendtage und ihres Jugendrausches in Lust und Leid der Liebe ausgebreitet liegt. Glücklicherweise besitzen wir in seinen Dichtungen und Jugendliedern andere Quellen, welche den Mangel des lebendigen Kolorits in dieser Darstellung ersetzen, von welcher der große Dichter selbst gesteht, „daß ihr die Fülle einer Jugend fehle, die sich fühlt und nicht weiß, wo sie mit Kraft und Vermögen hinaus soll".

Anna Elisabeth Schönemann, geboren den 23. Juni 1758, war die einzige Tochter eines großen Frankfurter Bankiers und Handelsherrn, nach dessen frühem Tode (1763) die Mutter, eine feingebildete gescheidte Französin, eine geborene d'Orville, ebenso das Geschäft wie das in fürstlichem Style geführte Leben des Hauses fortsetzte. Elisabeth, oder wie man sie in der Familie nannte, Lili, war trotz ihrer Jugend, sie zählte damals, als Goethe sie kennen lernte, erst 16 Jahre, das glänzende Gestirn des Lebens in diesem Hause, in welchem sich Alles zusammen fand, was an bedeutenden Personen, fremden und einheimischen, zu den höheren Kreisen der vornehmen Gesellschaft Frankfurt's gehörte. Goethe war bis dahin dieser Gesellschaft fern geblieben, die weder zu der bürgerlichen Beschränktheit seines Vaterhauses noch zu seinen eigenen excentrischen Neigungen, seinem genialen Sturm= und Drang=

treiben zu passen schien. Aber je mehr er selbst sich fern gehalten hatte, desto begieriger war man im Schönemann'schen
Hause gewesen, den jungen Dichter kennen zu lernen, der
damals in Frankfurt wie in der litterarischen Welt „der Löwe"
des Tages war, und von dessen Seltsamkeiten und Genialitäten
man sich in Frankfurt, wie einst in Straßburg und in Sesenheim, das Wunderbarste zu erzählen wußte. Mutter und
Tochter waren gespannt darauf, den jungen Mann, neben dem
kein anderer Name aufzukommen vermochte, in der Nähe zu
sehen, und es fand sich bald ein dienstwilliger Freund bereit,
die Annäherung einzuleiten, welche durch den breiten Styl
des geselligen Lebens, wie es sich gastlich frei und ungezwungen
in jenem Hause bewegte, sehr erleichtert ward.

An einem Dezemberabend des Jahres 1774 sah sich Goethe
plötzlich von einem Bekannten aufgefordert, denselben in das
Schönemann'sche Haus zu einer musikalischen Abendgesellschaft
zu begleiten. Hören wir ihn selbst weiter. „Es war schon
spät, doch weil ich Alles aus dem Stegreif liebte, folgte ich
ihm, wie gewöhnlich anständig angezogen. Wir traten in ein
Zimmer gleicher Erde, in das eigentliche Wohnzimmer. Die
Gesellschaft war zahlreich, ein Flügel stand in der Mitte, an
den sich sogleich die einzige Tochter des Hauses setzte und mit
bedeutender Fertigkeit und Anmuth spielte. Ich stand am
untern Ende des Flügels, um ihre Gestalt und ihr Wesen
nahe genug bemerken zu können. Sie hatte etwas Kindartiges
in ihrem Betragen, die Bewegungen, wozu das Spiel sie
nöthigte, waren anmuthig und leicht. Nach geendigter Sonate
trat sie an's Ende des Piano's mir gegenüber, wir begrüßten
uns ohne weitere Rede, denn ein Quartett war schon ange-
gangen. Am Schlusse trat ich etwas näher und sagte einiges

Verbindliche. — Sie wußte sehr artig meine Worte zu erwidern, behielt ihre Stellung und ich die meinige. Ich konnte bemerken, daß ich ganz eigentlich zur Schau stand — und ich will nicht leugnen, daß ich eine Anziehungskraft von der sanftesten Art zu empfinden glaubte." — Um so lieber war es ihm daher, als beim Abschiede Mutter und Tochter ihm den Wunsch zu erkennen gaben, seinen Besuch bald wiederholt zu sehen. Er ließ sich das nicht umsonst gesagt sein, und — bald war es um seine Ruhe geschehen.

Die „unbarmherzige Schönheit" der reizenden, in allen kleinen Künsten liebenswürdiger Gefallsucht durch Naturanlage und gesellschaftliche Uebung früh zur Meisterschaft ausgebildeten sechzehnjährigen Blondine, welche mit und neben dem Reize jener kindlichen Unbefangenheit des Behabens die vollendete Sicherheit der Weltdame und das starke Bewußtsein ihrer Stellung und ihrer Vorzüge verband, war nur zu bald Meister über sein unbeständiges Herz. Sie ward es um so leichter, und seine Sklaverei ward um so vollständiger, je neuer für ihn eine Erscheinung wie Lili war. In allen seinen früheren Liebschaften, von dem treuen Leipziger Aennchen, das er mit seinen Grillen und Launen bis zur Verzweiflung gequält, und von der liebenswürdigen Sesenheimer Pfarrerstochter, mit deren tiefer Neigung er sein grausames poetisches Spiel getrieben, bis zu Anna Sibilla Münch, dem liebenswürdigen Frankfurter Bürgerkinde, der Freundin seiner Schwester Cornelie, die seine Eltern nur allzugern als Gattin des Sohnes gesehen hätten, war er bisher derjenige gewesen, der sich als eine Art poetischer Königssohn zu der niederen Schäferin gleichsam herabgelassen hatte. Diesmal aber waren die Rollen vertauscht. An geselliger Stellung, an Rang, Reichthum wie

an Weltgewandtheit war Lili die Höherstehende, ihm Ueber=
legene. Sie war die Prinzessin, die sich zu ihm herabließ:
und Goethe war von früh an empfänglich für solche Lebens=
bedingungen. Zwar in das tiefste geistige Wesen des sechs=
undzwanzigjährigen Dichters, der, seiner Kraft und seiner
Aufgabe sich vorahnend bewußt, die höchsten Probleme der
Menschheit, Faust und Prometheus, in seinem Busen trug,
vermochte das sechzehnjährige Mädchen nicht zu dringen: aber
er konnte es nicht verhindern, daß ihre Schönheit und ihre
Jugend seinen Sinn berauschten und der poetische Zauber
ihrer Anmuth und sieggewohnten Liebenswürdigkeit sein Herz
in Fesseln schlug.

Er hatte sich bisher noch immer von allen Liebesverhält=
nissen wieder frei gemacht, in die ihn Jugendsehnsucht und
ein nie versiegendes Bedürfniß poetischer Herzensanregung
verstrickt hatten, und er hatte im dunklen Gefühle, daß sein
Genius zu voller Entfaltung der Freiheit von bürgerlichen
Lebensbanden bedürfe, gerade jetzt erst ein Verhältniß, eben
das zu jener jungen Frankfurterin, Anna Münch, abgebrochen,
obschon alles sich vereinte, die Erfüllung desselben durch die
Ehe zu begünstigen. Jetzt war es auf's Neue aus mit seinem
Frieden und seiner Freiheit, und diesmal besaß er nicht die
Kraft, den Zauber zu durchbrechen, mit dem ihn die reizende
Koketterie Lili's mehr und mehr zu umspinnen begann. Er
opferte ihr seine Lebensgewohnheiten, seine Naturlust, seine
wilde Scheu vor rauschender und glänzender Gesellschaft in
vornehmen Zirkeln, Bällen, Concerten, Spielsoiréen, die Zu=
friedenheit seiner Eltern, seine Erinnerung sogar an frühere
Liebesfreuden und Leiden, den stillen Fleiß seiner Studien,
die Lust an den poetischen Entwürfen, die seine Seele füllten —

das alles, alles opferte er auf, nur um sie zu sehen, in ihrer Nähe zu weilen, nicht einmal als bevorzugter und begünstigter Liebhaber, sondern nur als gerngesehener Verehrer des verwöhnten, sich seiner Macht freuenden schönen Kindes, das durch den Reiz seiner unwiderstehlichen Liebenswürdigkeit Jung und Alt bezauberte.

Der innere Widerstreit, in welchem er sich dadurch mit seinem eigentlichen Selbst befand, ist in seinen Lebensaufzeichnungen ausgesprochen; aber wir bedürfen derselben nicht einmal, um seine Lage zu verstehen. Denn viel deutlicher und energischer noch spricht sich dieses Auf und Ab seiner Empfindungen in jenen entzückenden Liedern aus, welche dieser Stimmung ihre Entstehung verdanken. So jener erste Aufschrei seines Herzens in dem reizenden Liede:

"Herz, mein Herz, was soll das geben ꝛc."

das mit dem bezeichnenden Ausrufe: „Liebe, Liebe, laß mich los!" schließt. — Aber die Liebe ließ ihn diesmal nicht los; „das Zauberfädchen" schien unzerreißbar, und das erste Gedicht fand seine Fortsetzung in jenem zweiten, ebenfalls an Lili, die hier „Belinda" genannt ist, gerichteten Liede, das seine Klage ausspricht über die ihm auferlegte bittere Nothwendigkeit, sich in dem nichtigen Glanze leerer Geselligkeit der Liebsten zu Gefallen umhertreiben, ihr zu Liebe die schönsten Mondscheinabende „am Spieltische" aushalten und „oft so unerträglichen Gesichtern sich gegenübergestellt" sehen zu müssen. Aber doch schließt dies Gedicht noch mit dem Bekenntnisse, daß die Geliebte ihn das alles vergessen lasse:

„Reizender ist mir des Frühlings Blüte
Nun nicht auf der Flur;
Wo Du Engel bist, ist Lieb' und Güte,
Wo Du bist, Natur."

Das Verhältniß war allmählich ein engeres geworden. Der junge Dichter hatte von den Lippen des reizenden Wesens das Geständniß gehört, daß sie anfänglich auch an ihm nur die Kraft ihrer Gabe anzuziehen habe versuchen wollen, daß sie aber dafür ihre Strafe dadurch gefunden habe, daß sie auch ihrerseits von ihm angezogen und gefesselt worden sei. Sein Herz jubelte auf bei diesem Geständnisse, und das „Mailied" überschriebene Lied

> „Wie herrlich leuchtet
> Mir die Natur ꝛc."

ist der Ausdruck des Entzückens, mit welchem er diese Kunde vernahm. Doch gab es auch nur zu bald Stunden, in welchen ihn das Gefühl einer gewissen innerlichen Unzusammengehörig=keit, verbunden mit der peinigenden Empfindung, welche Lili's Lust an Bethätigung ihrer unwiderstehlichen „Anziehungsgabe", — wie er die Koketterie des leichtherzigen, weniger tief ange=legten als glänzend begabten, aber eben wegen dieser heitern Leichtherzigkeit nur um so unwiderstehlicheren Mädchens nennt — fast zur Verzweiflung brachte. Aus dieser Stimmung entstand das kleine Drama Ervin und Elmire, in welchem die Ge=fallsucht einer Geliebten, die dem Liebhaber zur Pein wird, das Thema bildete. Es mochte eine Warnung für Lili sein sollen, und da diese Warnung noch nicht stark genug war, so verstärkte er die Gabe in dem Gedichte Lili's Park, das Kaulbach mit seinem Bilde verkörpert hat.

Das Gedicht selbst bedarf kaum einer weiteren Erklärung. Die prosaische Schilderung, in welcher Goethe im letzten Theile von Dichtung und Wahrheit das Bestreben der reizenden Zau=berin inmitten des Schwarmes ihrer jungen und ältern Ver=ehrer dargestellt hat, wird hier poetisch zu dem Bilde einer

modernen Circe, die umgeben von einem Gehege verzauberter
Thiere, unter denen Goethe selbst, der Ungeberdige, oft genug
„brummend" unzufrieden Schmollende, als Bär figurirt. Die
gewandte Leichtigkeit und artige Neckerei, mit der die Schöne
jedem ihrer Verehrer etwas Artiges und Freundliches zu
spenden wußte, wird in dem Gedichte durch das Futterkörbchen
veranschaulicht, aus welchem sie jeder Creatur eine Gabe zu-
zuwerfen weiß. Es ist ein Gelegenheitsgedicht im vollen
Sinne des Worts, ein geistreicher Scherz, mit der Schnelligkeit und dreisten Sicherheit des jugendlichen Genius hingeworfen, nach einem solchen Gesellschaftsabende, an welchem
Lili ihre Gabe, alle Welt anzuziehen, mit ganz besonderer
Meisterschaft und zu ganz besonderer Unzufriedenheit Goethe's
geübt haben mochte. Aber es ist ein Scherz, dem auch der Ernst
nicht fehlt. Wenn Lili am Tage nach jenem Abende das ihr zuge-
sandte Blatt las, in dessen wild hingewühlten Zeilen ihr das
Bild ihrer Koketterie in sprechender Klarheit entgegentrat, —
da mochte sie doch wohl betroffen werden über den fast drohen-
den Ernst des Schlusses, mit welchem der Dichter ausruft:

> „Und Ich! — Götter, ist's in euren Händen,
> Dieses dumpfe Zauberwerk zu enden,
> Wie dank' ich, wenn Ihr mir die Freiheit schafft! —
> Doch — sendet ihr mir keine Hülfe nieder —
> Nicht ganz umsonst reck' ich so meine Glieder:
> Ich fühl's, — ich schwör's! Noch hab' ich Kraft!"

Und es sollte sich zeigen, daß er sie hatte, wenn wir nicht lieber
sagen wollen: es sollte sich zeigen, daß die Verstrickung doch
nicht fest, die Gewalt der Neigung, die ihm die Zauberin eingeflößt hatte, doch nicht stark genug gewesen war, um eine alles
vergessende, alles überwindende Leidenschaft daraus hervor-

gehen zu lassen, jene Leidenschaft der Liebe, die alles duldet, alles trägt, die „stark ist wie der Tod und fest wie Scheol ihr Wille". Diese Liebe, wenn er sie je gekannt, hat Goethe erst später empfunden, als es zu spät war für sein Glück.

Der weitere Verlauf seines Liebeshandels mit der schönen Lili ist folgender. Goethe schmachtete fort in den Fesseln, ohne sie weder zerreißen, noch sein Verhältniß zu einem bestimmten Abschlusse bringen zu können; und Lili, die reizend Uebermüthige, wiegte sich mit Behagen in der Herrschaft, die sie über den schönsten und begabtesten jungen Mann ihres Kreises ausübte, ohne selbst den inneren zwingenden Drang zu fühlen, ihre sechzehnjährige Freiheit um das Band der Ehe hinzugeben. Das gab denn ein quälendes Verhältniß, welches zuletzt beide Liebende gleichzeitig peinigte und drückte, bis ein Deus oder vielmehr eine Dea ex machina ihnen zu Hülfe kam. Eine mit beiden Familien befreundete Person, eine alte Jungfer, Demoiselle Delf in Heidelberg, als energische Vorsteherin eines Handelshauses in Geschäften aller Art gewandt und zum Heiratstiften eben so geschickt als geneigt, legte sich in's Mittel. Sie durchschaute die Lage, kannte die geheimen Wünsche und Hoffnungen der beiden Liebenden und beschloß, der unerträglichen Lage ein Ende zu machen. Sie unterhandelte mit den Eltern, die auf beiden Seiten dieser Verbindung eigentlich abgeneigt waren, und es gelang ihr schließlich, die Einwilligung derselben zu erwirken. „Gebt Euch die Hände!" rief sie mit ihrem pathetisch gebieterischen Wesen, als sie eines Abends den Liebenden die Nachricht von dem glücklichen Erfolge ihrer Bemühungen brachte. „Ich stand", so erzählt uns Goethe, „Lili gegenüber und reichte meine Hand dar. Sie legte die ihre zwar nicht zaudernd, doch langsam hinein. Nach einem tiefen Athem-

holen fielen wir einander lebhaft bewegt in die Arme". Diese
Schilderung des Moments, die den unzweifelhaften Stempel
der Wahrheit trägt, ist sehr charakteristisch: sie läßt uns die
weitere Entwickelung schon an der Schwelle vorausahnen.

Die Entwickelung war keine glückliche, und konnte keine
solche sein. Zunächst war die von der eifrigen Vermittlerin
im heftigen Anlaufe den beiderseitigen Eltern der Liebenden
abgedrungene Einwilligung keine aufrichtige. In der reichen
Bankierfamilie hatte man mit der einzigen Tochter höher hinaus=
gewollt, und der junge Dichter, ohne Stellung in der Welt
und ohne vornehme Familienverbindungen, war dort keines=
wegs ein wünschenswerther oder auch nur genehmer Bräutigam
für die von so vielen Seiten umworbene Tochter. In Goethe's
Familie war es nicht viel anders. Der alte bürgerlich be=
schränkte und dabei doch sehr hochmüthige kaiserliche Titular=
rath Goethe, wollte von der „Staatsdame", wie er die schöne
Bankierstochter nannte, als Schwiegertochter nichts wissen;
der Mutter Goethe war sie auch nicht recht, und Goethe's
Schwester Cornelie, damals bereits ohne Neigung an Schlosser
verheiratet, war und blieb vollends eine entschiedene Gegnerin
dieser Verbindung ihres Bruders. Die übereilt gegebene Ein=
willigung der Eltern ließ diese Gefühle der Abneigung unver=
ändert, ja sie brachte dieselben, wie es in ähnlichen Fällen zu
geschehen pflegt, erst recht zum Bewußtsein und vermehrte ihre
Stärke. Die Folge war ein unerfreulicher Zustand auf allen
Seiten. Die Familien blieben ohne Zusammenhang, es ent=
wickelte sich keinerlei Umgangsverkehr zwischen ihnen, und was
das Schlimmste war, auch bei Goethe selbst regte sich, nachdem
der erste Freudenrausch verflogen war, ein Gefühl der äußer=
lichen und innerlichen Unzusammengehörigkeit nur um so stärker,

je weniger Billigung seine Verlobung rings um ihn her fand und je weniger er sich verhehlen konnte, daß Lili's Neigung für ihn keineswegs stark genug sei, sie vergessen zu machen, daß sie mit dieser Verbindung eigentlich ein Opfer bringe und aus gewohnten glänzenden äußeren Verhältnissen in solche trete, deren Enge und Beschränktheit ihr durchaus nicht zusagen konnten. — Und er selbst? Wenn er in sein eigenes Innere blickte, fand er keineswegs jene völlige Gewißheit seiner selbst, die den Liebenden über alle Hindernisse im starken Schwunge der Leidenschaft hinwegträgt. Wohl war seinem jungen Dichterherzen die Erregung der Liebe Bedürfniß und Lebenslust, aber gegen die Fessel der Ehe, die ihn voraussichtlich für immer an die Frankfurter Scholle band, gegen das unwiderrufliche Aufgeben seiner Freiheit und jener Sehnsucht, die ihn in's Weite lockte, sträubte sich der Genius in ihm. Verstand und Herz, Ueberlegung und Empfindung, geriethen in immer stärkeren Widerstreit, den freilich die Gewalt der Gegenwart immer wieder zu beschwichtigen vermochte, ohne ihn doch völlig auszugleichen und aufheben zu können. So ward die Verlobung, welche ihn mit der Geliebten für immer verbinden sollte, der Anfang des Endes.

Goethe hatte nun, wie er sich ausdrückt, Gelegenheit erhalten „zu erfahren, wie es einem Bräutigam zu Muthe sei". Aber diese Erfahrung war für ihn keine angenehme, und wenn wir seine damals geschriebenen Briefe an die Gräfin Auguste Stolberg, die Schwester seiner beiden bald zu erwähnenden Freunde, lesen, so gewinnen wir einen weit tieferen Einblick in den Zustand seines unruhig bewegten Innern, als ihn uns seine spätere Darstellung im letzten Theile von Dichtung und Wahrheit zu gewähren vermag. Es geht aus diesen Briefen unzweifelhaft hervor, daß die Liebe zu dem jungen reizenden Weltkinde Lili, an deren Seite er oft auf feurigem Rosse durch die grünen Fluren Frankfurt's dahinsprengte, und deren süßer Stimme er mit Entzücken lauschte, wenn sie ihm die Lieder am Klavier sang, die er für sie gedichtet, sein Herz nicht ganz, nicht allein erfüllte, daß er nicht umhin konnte, auch an andern „recht lieben und edlen weiblichen Seelen" einen Antheil zu nehmen, der die Grenzlinie der Freundschaft bei der damals in ihm und um ihn her herrschenden Gefühls= überspannung nicht immer einhielt. Selbst das Bedürfniß jenes Briefwechsels mit der jungen Gräfin Stolberg ist ein Zeichen, daß ihn sein Verhältniß zu Lili nicht ganz ausfüllte, und die damals entstandene Dichtung „Stella" ist eigentlich nur der Ausdruck derselben Empfindung. Zwar bemühte er sich zu gleicher Zeit, in Frankfurt für seine Verbindung mit Lili sich eine bürgerliche Stellung zu begründen, und Lili empfand es schwer, daß ihn diese Bemühungen öfter und mehr als ihr lieb war, ihrem Dienste entzogen; aber insgeheim lähmte ihn dabei doch immer wieder der Gedanke, daß doch Alles, was er in Frankfurt erlangen könne, nicht hinreichen werde, den Bedürfnissen und Lebensgewohnheiten seiner Verlobten zu ent= sprechen. Dazu kam, daß die bereits damals mit dem jungen Fürsten von Weimar angeknüpfte Bekanntschaft und die von demselben erhaltene Einladung nach Weimar ihn in die Ferne lockte, hinaus aus den Beschränkungen des verknöcherten reichs= städtischen Lebens, aus „der quetschenden Enge" eines bürgerlich prosaischen Daseins, hinaus in eine freiere Welt der Unab= hängigkeit, wie sie der poetische Geist jener Sturm= und Drang= periode sich auszumalen liebte. Dahin deutet es, wenn er in dem in jenen Tagen seines wundersamen Hin= und Herschwankens gedichteten Drama, Claudine von Villa Bella den abenteuern=

den Rugantino ausrufen läßt: „Wo habt Ihr einen Schau= platz des Lebens für mich? Eure bürgerliche Gesellschaft ist mir unerträglich! Will ich arbeiten, so muß ich Knecht sein; will ich mich lustig machen, muß ich Knecht sein! Muß nicht einer, der halbweg was werth ist, lieber in die weite Welt gehen?".

In die weite Welt ging er nun zwar für's Erste nicht, wohl aber in die Schweiz, wozu ihn die beiden jungen Grafen Stolberg bei einem Besuche, den sie ihm in Frankfurt abstat= teten, dringend aufforderten. Er nahm ihre Aufforderung um so lieber an, als seine innere Unruhe über das Verhältniß, in welches er sich verstrickt sah, bis zu einem solchen peinigenden Grade gewachsen war, daß er sich „zu aller und jeder Thätig= keit unfähig fühlte". Mit unbestimmter Andeutung seines Vor= satzes, „aber ohne Abschied" trennte er sich von Lili. Er wollte „den Versuch machen, ob er sie entbehren könne!" Wer solchen Versuch unternimmt, ist schon entschieden. — Sein Vater be= stärkte ihn in dem Reiseentschlusse auf's Aeußerste, und rieth dringend, die Reise bis nach Italien auszudehnen; denn auch dem Herrn Rath schien Entfernung und zwar eine möglichst lange als das beste Mittel, um die ihm widerwärtige Verbindung auf anständige Art zu lösen.

Unterwegs besuchte Goethe seine Schwester Cornelie in Emmendingen. Sie empfahl, ja „befahl" ihm, wie er sich be= zeichnend ausdrückt, eine Trennung von Lili gleichfalls auf das Dringendste. Die willensstarke, unbeugsam energische, aller Sentimentalität todfeindliche, äußerlich reizlose, und von jeder sinnlichen Ader freie Cornelie Goethe war innerlich und äußer= lich der schärfste Gegensatz zu Lili, der sich denken läßt, ihre Abneigung gegen dieselbe daher um so tiefer, und die Herrschaft,

welche ihr männlicher Geist über den weicheren Bruder aus=
übte, fast eine unbeschränkte zu nennen. Sie verstand es, ihn im
gegenwärtigen Falle bei der Seite zu fassen, wo er am leichtesten
zugänglich war, indem sie ihm sein Festhalten an der Verbindung
mit Lili als eine Ungerechtigkeit gegen diese klüglich darzustellen
wußte. Es schien ihr, wie sie ihm sagte, grausam, ein solches
Frauenzimmer, von dem sie sich die höchsten Begriffe gemacht
hätte, aus ihrer glänzenden, lebhaft bewegten Existenz heraus=
zuzerren, und in ein Haus und in Verhältnisse wie die des
Goethe'schen Vaterhauses zu versetzen, deren Enge und Schwere
sie selbst nur allzuhart empfunden hatte. Ja, sie gab ihm zu ver=
stehen, daß Lili selbst eine heimliche Scheu und Abneigung gegen
eine solche Verpflanzung hege. Er schied von der Schwester, im
Innern überzeugt, doch ohne sich zu Entschluß und Versprechen
aufraffen zu können, „mit dem räthselhaften Gefühle im Herzen,
woran die Leidenschaft sich fortnährt; denn Amor, das Kind,
hält sich noch hartnäckig fest am Kleide der Hoffnung, eben als
sie schon starken Schritts sich zu entfernen den Anlauf nimmt.“
Wohl lüftete und weitete ihm der Anblick der Schweiz mit
der Welt ihrer Naturwunder die Seele aus. Er sang auf dem
Züricher See jenes herrliche Lied, das mit den Worten beginnt:

> „Und frische Nahrung, neues Blut
> Saug' ich aus freier Welt.
> Wie ist Natur so hold und gut,
> Die mich am Busen hält!“

und er begegnete den immer wiederkehrenden Träumen seines
wunden Herzens mit dem ermunternden Zurufe:

> „Aug', mein Aug', was sinkst du nieder?
> Goldne Träume, kommt ihr wieder?
> Weg du Traum, so gold du bist.
> Hier auch Lieb' und Leben ist!“

Aber in all der Entzückung, mit der er von den grünum=
kränzten Höhen niederblickte auf die Schönheit des herrlichen
Sees, kam ihm doch immer wieder die Empfindung für sie,
die Empfindung, daß er selbst all dies gegenwärtige Glück nur
voll genieße durch die Liebe, die er für sie im Herzen trage:

> „Wenn ich, liebe Lili, Dich nicht liebte,
> Welche Wonne gäb' mir dieser Blick!
> Und doch, wenn ich, Lili, Dich nicht liebte,
> Wär', was wär' mein Glück! —“

Er ging nicht nach Italien. An der Schwelle kehrte er
um; sein Herz zog ihn zurück in die Heimat, unwiderstehlich,
unaufhaltsam. Auch hatte er das dunkle Gefühl, daß für
ihn Italien noch nicht an der Zeit sei.

Drei Monate hatte seine Reise gewährt, drei Monate hatte
er die Geliebte entbehrt. Jetzt sah er sie wieder, fühlte er sich
wieder in den alten schmerzlich süßen Banden. Noch drei andere
Monate verlebte er in den gleichen Zuständen, denen er sich
durch seine Schweizer Fluchtreise hatte entziehen wollen. „Ich
vermied nicht und konnte nicht vermeiden, Lili zu sehen; es
war ein schonender zarter Zustand zwischen uns beiden. Ich
war unterrichtet, man habe sie in meiner Abwesenheit völlig
überzeugt, sie müsse sich von mir trennen, und dieses sei um
so nothwendiger, ja thunlicher, als ich durch meine Reise und
eine ganz willkürliche Abwesenheit mich genugsam selbst erklärt
habe. Dieselben Lokalitäten jedoch, in Stadt und auf dem
Lande, dieselben Personen, mit allem Bisherigen vertraut,
ließen denn doch kaum die beiden noch immer Liebenden, ob=
gleich auf wundersame Weise auseinander Gezogenen, ohne
Berührung. „Es war ein verwünschter Zustand, der sich in ge=
wissem Sinne dem Hades, dem Zusammensein jener glücklich

unglücklichen Abgeschiedenen verglich). Es gab Augenblicke, wo die vergangenen Tage sich wieder herzustellen schienen, aber gleich wie wetterleuchtende Gespenster verschwanden."

So Goethe, der Greis, ein halbes Jahrhundert später. Aber anders lautet der Bericht des Sechsundzwanzigjährigen in den im Momente selbst geschriebenen Briefen an Auguste Stolberg, zumal in dem vom 3. August, wenige Tage nach der Rückkehr datirten Briefe, den er in dem Wohnzimmer der Geliebten, das er in ihrer Abwesenheit betreten, an ihrem Schreibtische auf's Papier „hinwühlte", während die Geliebte, die ihn sehr überrascht bei ihrem Eintritte in ihrem Allerheiligsten fand, sich im Nebenzimmer zum gemeinsamen Spazierritte umkleidete: „Hier", so schreibt er, „hier in dem Zimmer des Mädchens, das mich unglücklich macht ohne ihre Schuld, mit der Seele eines Engels, dessen heitere Tage ich trübe, ich! .. Vergebens, daß ich drei Monate in freier Luft herumfuhr, tausend neue Gegenstände in alle Sinne sog; und ich sitze wieder in Offenbach, so vereinfacht wie ein Kind, so beschränkt als ein Papagei auf der Stange." Und dann kommt, nach vielen Ausrufen und Gedankenstrichseufzern, wie sie den Briefen jener Periode eigen sind, das merkwürdigste Geständniß: „Unseliges Schicksal, das mir keinen Mittelzustand erlauben will. Entweder auf einen Punkt, fassend, anklammernd, oder schweifend gegen alle vier Winde!" —

Aber neben diesem Wertherisch gefühlvollen Goethe steht zu gleicher Zeit noch ein anderer, der das in den letzten Worten liegende Thema an seinen cynischen Freund Merk in demselben Tagen in einem ganz andern Tone anschlägt. „Ich bin wieder garstig gestrandet", schreibt er im August nach der Rückkehr von der Schweizerreise an Merk (S. Briefe an

Merk I, S. 69), „und möchte mir tausend Ohrfeigen geben, daß ich nicht zum Teufel ging, da ich flott war. Ich passe wieder auf neue Gelegenheit abzudrücken; nur möcht' ich wissen, ob Du mir im Fall mit einigem Geld beistehen wolltest nur zum ersten Sprung. Allenfalls magst Du meinem Vater nächstens klärlich beweisen, daß er mich auf's Frühjahr nach Italien schicken müsse: d. h. zu Ende dieses Jahres muß ich fort. Daur' es kaum bis dahin, auf diesem Bassin herumzugondoliren, und auf die Frösch' und Spinnenjagd auszuziehen!" — Gewiß, das klingt anders, als die empfindsame Ueberschwenglichkeit in den Briefen an die feinfühlende, reichsgräfliche, nie gesehene Seelenfreundin. Es lebten eben wie in Faust's, so auch in Goethe's Brust „zwei Seelen", deren eine „sich von der andern trennen wollte."

Und sie trennten sich. Der Zustand ward immer unhaltbarer und unleidlicher. Schwester Cornelia schürte und drängte immer gewaltsamer. Zwischenträgerische Freunde, denen er leider sein Ohr nicht verschloß, berichteten ihm, daß Lili selbst geäußert, sie fühle in sich wohl die Kraft, wenn es sein müsse, alle ihre Verhältnisse abzubrechen und mit ihm nach Amerika zu gehen, aber nicht den Muth, sich in der Enge seines Vaterhauses zu begraben. Freundin Auguste deutete ihm an, daß doch der geistige Abstand zwischen ihm und Lili allzugroß und ein tieferer Zusammenhang der letztern mit ihm deshalb unmöglich sei. Er gab das zu, „aber eben dieser Abstand", schrieb er ihr zurück, „mache für ihn das Band nur noch fester." Er war gerade frei und klar genug einzusehen, daß Lili's Unberührtheit von der herrschenden Sentimentalität, ihr gesunder klarer, tüchtiger Sinn, ihr ehrenwerther Charakter, ihre heitere Selbstgewißheit und anmuthige Sicherheit sie vor allen Frauen, die er je gekannt hatte, sehr zu ihrem Vortheile auszeichneten. Und wenn man endlich jenes oben erwähnte Geständniß des Greises gegen Eckermann dazu nimmt, so kann man sich letztlich des Schlusses nicht enthalten, daß es für den Menschen Goethe ein Unglück war, daß die Trennung von Lili, zu der ihn doch im Grunde nicht eigner freier Entschluß, sondern vorzugsweise äußere Umstände, die drängenden Abmahnungen der Seinen, der Widerwille der Schwester, die Zwischenträgereien falscher Freunde und eine gewisse Schwäche seines eignen, aus Härte und Weichheit wunderbar gemischten Charakters bewogen, ihm das Glück einer Verbindung mit einem Weibe entrissen, welches, Alles in Allem genommen, dem Besten seines menschlichen Wesens ebenbürtig war, und von der er noch fünfzig Jahre später, im Hinblick auf alle jene Umstände zu bekennen sich gedrungen fühlte: „In ihr allein, glaubt' ich, wußt' ich, lag eine Kraft, die das Alles überwältigt hätte". Diese Worte sind das schönste Ehrenzeugniß für Lili, und sie sind zugleich das Bekenntniß einer Schuld, oder wenn man lieber will, eines schweren Fehlers von Seiten Goethe's, eines Fehlers, den er schwer gebüßt hat. „Denn alle Schuld rächt sich auf Erden!"

Wie das Verlöbniß nicht förmlich und offenkundig gewesen war, so war auch die Trennung keine offene und förmliche. Er leerte den Becher der schmerzenvollen Lust, den er sich gefüllt hatte, bis zum letzten Tropfen, während er sich vergebens durch Arbeiten wie durch Zerstreuungen aller Art, durch Hazardspielen und durch eine neue Liebschaft zu übertäuben suchte. Es gelang ihm nicht, und er sah mehr und mehr, daß Flucht aus der Nähe der noch immer Geliebten für ihn die einzige Rettung sei. Wahrhaft poetisch und rührend

ist die Schilderung jenes späten Oktober-Abends, wo er, schon
zur Flucht entschlossen, in seinen Mantel gehüllt zum letztenmale durch die dunklen Straßen der Vaterstadt schlich, um,
wenn nicht von ihr, so doch von dem Hause, das sie umschloß,
den letzten Abschied zu nehmen. „Sie wohnte im Erdgeschosse
eines Eckhauses, die grünen Rouleaux waren niedergelassen;
ich konnte aber recht gut bemerken, daß die Lichter am gewöhnlichen Platze standen. Bald hörte ich sie zum Klaviere
singen; es war das Lied: „Ach, wie ziehst Du mich
unwiderstehlich!" das nicht ganz vor einem Jahre an sie
gedichtet ward. Es mußte mir scheinen, daß sie es ausdrucks-
voller sänge als jemals, ich konnte es deutlich Wort für
Wort verstehen. — Nachdem sie es zu Ende gesungen, sah ich
an dem Schatten, der auf die Rouleaux fiel, daß sie aufge-
standen war. Sie ging hin und wieder, aber vergebens suchte
ich den Umriß ihres lieblichen Wesens durch das dichte Gewebe zu erforschen. „Nur der feste Vorsatz mich wegzubegeben"
(er wollte nach Weimar gehen), „ihr nicht durch meine Gegenwart beschwerlich zu sein, ihr wirklich zu entsagen, und die
Vorstellung, was für ein seltsames Aufsehen mein Wiedererscheinen machen müßte, konnte mich entscheiden, die so liebe
Nähe zu verlassen."

Er ging, um nicht wiederzukehren. In Weimar umgab
ihn eine Welt neuer Verhältnisse, deren Wogen bald genug
über ihn zusammenschlugen, und ihm zuerst fast die Besinnung
raubten. Doch lebte Lili's Bild noch immer in seinem Herzen
fort. In einem Briefe an seinen Freund, den jungen Herzog
Karl August, vom 24. Dezember 1775 — (derselbe fehlt in
dem jetzt erschienenen Briefwechsel Goethe's und Karl
August's) — schreibt er von Waldeck aus: „Wie ich so in

der Nacht gegen das Fichtengebirg ritt, kam das Gefühl der Vergangenheit, meines Schicksals und meiner Liebe über mich und ich sang so bei mir selber:

> „Holde Lili, warst so lang
> All' meine Lust und all' mein Sang.
> Bist, ach! nun all' mein Schmerz, und doch
> All' mein Sang bist Du noch."

Zusatz zur dritten Auflage.

Lili verheiratete sich im Sommer 1776, anderthalb Jahre nach Goethe's Fortgange von Frankfurt, mit einem reichen Bankier Bernhard von Türkheim zu Straßburg, woselbst Goethe sie auf der im Herbst des Jahres 1779 mit seinem fürstlichen Freunde, dem Herzoge Karl August, unternommenen Schweizerreise als glückliche Gattin und Mutter wiedersah (S. Briefe an Frau von Stein I, S. 246). Siebenundzwanzig Jahre später, am 14. Oktober 1806, in den Schreckenstagen nach der Jenaer Schlacht führte ein junger französischer Husarenoffizier Goethe aus seinem bedrohten Hause auf das Schloß. Es war ein Sohn seiner einst geliebten Lili! (S. Riemer: Mittheilungen über Goethe I, S. 263).

Seit jenem oben erwähnten letzten Wiedersehen und dieser Begegnung mit ihrem Sohne hatte Goethe nichts mehr von seiner Jugendverlobten vernommen. Erst als achtzigjähriger Greis sollte er durch den schriftlichen Bericht einer Freundin erfahren, wie tief und innig dieselbe an ihm gehangen und welch' dankbares Andenken sie dem Geliebten ihrer Jugend bewahrt hatte. Dieser Bericht, von dem ich seit Jahren durch einen Verwandten der Schreiberin Kunde besaß, ohne ihn mittheilen zu dürfen, ist jetzt veröffentlicht*), und bildet ein schönstes Ehrenzeugniß für den großen Dichter nicht minder, wie für die Frau, an welche sein Leben dauernd zu knüpfen ihn das Schicksal verhinderte. Es war die Gräfin Henriette von Egloffstein, Schwester der Weimarischen Hofmarschallin, in zweiter Ehe verheirathet mit dem Hannoverschen Oberforstmeister, General von Beaulieu=Marconnay, — die Mutter der drei mit Goethe nahe befreundeten Gräfinnen Julie (Malerin), Caroline und Auguste von Egloffstein, welche in den Jahren 1793 und 1794 die Bekanntschaft der Frau von Türkheim (Lili's) machte, und von ihr beauftragt wurde, dem ihr befreundeten Dichter die Mittheilungen zur Kenntniß zu bringen, welche jene ihr über ihr Verhältniß zu Goethe vertrauensvoll gemacht hatte. Sie that es — nach langen Jahren — in dem folgenden schriftlichen an Goethe gesendeten Berichte, den Niemand ohne Bewegung lesen wird:

„Die an mich ergangene Aufforderung: dasjenige, was sich in Bezug auf eine der edelsten Frauen meinem Gedächtnisse unauslöschlich eingeprägt hat, schriftlich mitzutheilen, erfüllt mich mit wehmüthiger Freude, weil ich mich dadurch berechtigt sehe, das heilige Vermächtniß, welches die Treffliche einst in meinem Herzen niederlegte, dem einzig geliebten Freunde ihrer Jugend zu übergeben und auf diese Weise dem Vertrauen zu entsprechen, dessen sie mich vor einer langen Reihe von Jahren würdigte."

„Ich muß in diese zurückkehren und bemerken: daß zur Zeit der französischen Revolution, namentlich Anno 1793 und 1794,

---

die Fürstenthümer Anspach und Bayreuth mit Emigranten überfüllt waren, besonders Erlangen, wo ich mich damals aufhielt und sehr zurückgezogen lebte. Um so mehr mußte es mich überraschen, zu hören, es befände sich unter den Ausgewanderten eine Frau von Türkheim, die großes Verlangen trage, mich kennen zu lernen. Ich konnte mir keinen andern Grund ihres lebhaft geäußerten Wunsches denken, als die Wahrscheinlichkeit: sie bedürfe vielleicht meiner Unterstützung, und dies bewog mich, trotz meiner eigenthümlichen Abneigung vor neuen Bekanntschaften, Frau von Türkheim zu besuchen."

„Der Eindruck, den ihre Persönlichkeit im ersten Momente auf mich machte, läßt sich mit wenig Worten bezeichnen. Ich glaubte Iphigenie vor mir zu sehen. Die hohe, schlanke Gestalt, der milde, schwermüthige Ausdruck ihrer zwar verblühten, aber doch noch immer anmuthigen Gesichtszüge*), und vor allem die erhabene Würde, die sich in ihrem ganzen Wesen aussprach, riefen mir jenes Ideal edelster Weiblichkeit, so wie es Goethe darstellte, unwillkürlich vor die Seele, — sonderbar genug, da keine Ideenverbindung stattfinden konnte, indem ich nicht die leiseste Ahnung davon hatte, daß Frau von Türkheim und der große Dichter jemals in vertrauter Beziehung standen. Ich sollte aber bald erkennen, wie richtig mich meine Gefühle geleitet. Denn die vortreffliche Frau gestand mir mit rührender Offenheit: sie habe erfahren, in welcher engen Verbindung ich mit Weimar stünde, und bloß deßhalb meine Bekanntschaft gewünscht, um etwas Näheres von Goethe's Leben und Schicksalen zu vernehmen, den sie „den Schöpfer ihrer moralischen Existenz" nannte. Die Innigkeit, ja, ich darf sagen die Begeisterung, womit sie von ihm sprach, rührte mich unaussprech-

---

*) Lili war damals fünfunddreißig Jahre alt.

lich), und vermehrte meine hohe Meinung von dem verehrten Manne, den ich damals leider noch nicht persönlich kannte."

„Dieser Umstand verhinderte mich, dem Wunsche seiner Jugendfreundin Genüge zu leisten. Allein die theure Frau ließ es mich nicht entgelten, und von jenem Augenblicke an entspann sich das herzlichste Freundschaftsverhältniß zwischen uns Beiden. So lange ich lebe, werde ich an die genuß- und lehrreichen Stunden mit tief bewegter Seele denken, die ich bei Frau von Türkheim zubrachte, und ihre Tugenden zum Vorbilde nehmen."

„Im Laufe unserer traulichen Unterhaltungen erzählte sie mir die Geschichte ihres Herzens, aus welcher ich deutlich ersah, daß sie, wenn auch nicht vollkommen glücklich, doch mit ihrem Schicksal zufrieden war, weil — Goethe es ihr vorgezeichnet hatte. Mit seltener Aufrichtigkeit gestand mir Frau von Türkheim: „„ihre Leidenschaft für denselben sei mächtiger als Pflicht- und Tugendgefühl in ihr gewesen; und wenn seine Großmuth die Opfer, welche sie ihm bringen wollte, nicht standhaft zurückgewiesen hätte, so würde sie späterhin, ihrer Selbstachtung und der bürgerlichen Ehre beraubt, auf die Vergangenheit zurückgeschaut haben, welche ihr jetzt im Gegentheil nur beseligende Erinnerungen darbiete. Seinem Edelsinne verdanke sie einzig und allein ihre geistige Ausbildung an der Seite eines würdigen Gatten und den Kreis hoffnungsvoller Kinder, in welchem sie Ersatz für alle Leiden fände, die der Himmel ihr auferlegt. Sie müsse sich daher als sein Geschöpf betrachten, und bis zum letzten Hauch ihres Lebens mit religiöser Verehrung an seinem Bilde hangen. Da ihr aller Wahrscheinlichkeit nach nicht vergönnt sein würde, Goethe'n wieder zu sehen, so bäte sie mich: dem unvergeßlichen Freunde, wenn ich ihn einst von Angesicht zu Angesicht schaute und sich eine schickliche Gelegenheit fände, dasjenige mitzutheilen, was sie mir in dieser Absicht anvertraut habe.""

„Ihre Worte hatte ich treu bewahrt; aber eine solche Gelegenheit fand sich nicht. Ich war damals noch zu jung und dem hochverehrten Meister gegenüber viel zu schüchtern, als das ich es hätte wagen dürfen einen so überaus delikaten Gegenstand zu berühren. Späterhin führte mich mein Geschick aus seiner Nähe, und während mancher kurzen Anwesenheit in Weimar hielt mich die Furcht: durch meine Taubheit lästig zu werden, davon ab, das ehemalige Verhältniß mit demselben wieder anzuknüpfen. Schon hatte ich die Hoffnung aufgegeben, mich jenes heiligen Auftrages entledigen zu können, als ich mich so freundlich dazu berufen sah, und dies für eine besondere Gunst des Himmels halten muß."

„Möge der Inhalt dieser flüchtig entworfenen Zeilen die reiche Vergangenheit des erhabenen Dichtergreises wie ein milder Sonnenblick beleuchten und meine innigen Wünsche für sein Wohlergehen erfüllt werden."

Weimar, den 3. Dezember 1830.

Henriette von Beaulieu-Marconnay,
geb. von Egloffstein.

Wie aus dem Schlußtheile dieses Berichtes hervorgeht, war die Aufforderung zu der schriftlichen Abfassung von Goethe ausgegangen, der von dem Auftrage, welchen Lili der Verfasserin gegeben, durch die Verwandten der Letzteren Kunde erhalten haben mochte. Und so kam denn durch eine Greisin an den Greis das rührende Geständniß, welches vor länger als einem Menschenalter die Geliebte seiner Jugend ihrer

Freundin zu diesem Zwecke anvertraut hatte. Wie tief es ihn bewegte, davon zeugen die wenigen Zeilen, mit welchen' Goethe drei Tage später jene Mittheilung beantwortete. Sie lauteten:

„Nur mit den wenigsten Worten, verehrte Freundin, mein dankbares Anerkennen. Ihr theures Blatt mußte ich mit Rührung an die Lippen drücken. Mehr wüßte ich nicht zu sagen. Ihnen aber möge zu geeigneter Stunde, als genügender Lohn, irgend eine eben so freudige Erquickung werden."

Weimar, den 7. Dezember 1830.

J. W. v. Goethe.

Jetzt erst sind wir im Stande, gewisse Andeutungen zu verstehen, welche Goethe im vorletzten Buche von Dichtung und Wahrheit über Lili's Bereitwilligkeit, der Vereinigung mit ihm große Opfer zu bringen, gemacht hat, Opfer, deren ganzen Umfang man aus jenen Andeutungen (S. oben S. 235) schwerlich zu errathen vermocht hätte. Aber wir scheiden mit Ehrfurcht und Erhebung von einer Liebe, die das Glück verdiente: von dem Genius unseres größten Dichters für alle Zeiten verklärt zu werden.

Ueber ein Menschenalter nach Goethe's Tode, im Jahre 1865 entdeckte ein Verwandter der Verfasserin des oben mitgetheilten Berichts, der Weimarische Oberhofmeister, Baron Karl von Beaulieu-Marconnay, in Frankfurt, wo er sich als Bundestagsgesandter befand, ein Büchelchen in klein Octav, kaum genügend geheftet, auf grünem Papier mit grell buntem Umschlage gedruckt, — die erste Ausgabe von Goethe's „Stella" (Berlin bei A. Mylius 1776). Es war das Exemplar, welches Goethe von Weimar aus an Lili geschickt hatte und auf dessen erster unbedruckter Seite des zweiten Blattes sich das folgende eigenhändig von Goethe geschriebene und bisher unbekannte Gedicht befand*):

„An Lili."

„Im holden Thal, auf schneebedeckten Höhen
War stets dein Bild mir nah.
Ich sah's um mich in lichten Wolken wehen,
Im Herzen war mir's da.
Empfinde hier, wie mit allmächt'gem Triebe
Ein Herz das andre zieht,
Und daß vergebens Liebe
Vor Liebe flieht". G.

Die briefliche Mittheilung des Entdeckers gelangte zu spät an mich, um noch der zweiten Auflage einverleibt zu werden. Das Gedicht, welches in den früheren Ausgaben der Goethe'schen Werke fehlte, beweist auf's Neue: wie tief das Gedenken an Lili auch nach der Trennung von ihr noch in des Dichters Herzen lebendig geblieben war.

---

*) Diese kostbare Reliquie ist durch die regierende Frau Großherzogin von Weimar für die dortige Bibliothek erworben worden.

Goethe's Frauengestalten

von

Adolf Stahr.

II.

Siebente Auflage.

Mit Bildniß Lotte's und Minna Herzlieb's (Ottilie) sowie Facsimile eines an letztere von Goethe gerichteten Gedichts.

Berlin.

Verlag von Brachvogel & Boas.

1886.

Inhalt.

Goethe's Frauengestalten.

II.

Goethe's Frauengestalten.

Erste Abtheilung.

Die Frauen aus dem Wilhelm Meister.

1*

Zur

Entstehungsgeschichte des Wilhelm Meister.

———

Erste Periode.

1776—1786.

Bei wenigen anderen Werken Goethe's ist es für Verständniß und Beurtheilung in gleichem Maaße wichtig, sich die Entstehungsgeschichte derselben zu vergegenwärtigen, als bei dem Wilhelm Meister, zwischen dessen erstem Beginne und letztlichem Abschlusse der Zeitraum von vollen zwanzig Jahren liegt. Denn Goethe war kaum siebenundzwanzig Jahre alt, als er die erste Hand an die Ausführung des Planes legte, und er hatte bereits das siebenundvierzigste Lebensjahr überschritten, als er das Werk endlich nach vielen Umarbeitungen beendete. Schon Schiller, der davon nur im Allgemeinen unterrichtet war, forderte deßhalb von seinem großen Freunde, bald nach dem Erscheinen der Dichtung, deren Vollendung erlebt zu haben er „zu dem schönsten Glück seines Daseins rechnete", daß derselbe, wie von seinen früheren Werken, so namentlich von dem Wilhelm Meister die Geschichte, soviel er davon noch wisse, aufschreiben möchte. Es sei das, meinte er, keine verlorene Arbeit, denn man könne ohne das, weder den Dichter noch das Gedicht ganz kennen lernen*).

Leider hat Goethe diesen Wunsch des Freundes unerfüllt gelassen, und wir sind daher darauf angewiesen, diese Geschichte aus vereinzelten Notizen einigermaaßen zu ergänzen. ·

In seinen Tags- und Jahresheften bezeichnet Goethe selbst die Zeit von 1775 bis 1780 als die Periode, in welcher die Anfänge des Meister, wie er sich ausdrückt, „kotyledonenartig" hervortreten. In einem Briefe an seinen Freund Merck aus jener Zeit lesen wir eine Andeutung von dem ursprünglichen Plane des Romans, der viel beschränkter und dessen Absicht weit einseitiger war, als die einer viel späteren Zeit angehören-den Ausführungen letzter Hand. Er sprach nämlich gegen Merck, der damals sich selbst in allerlei eigenen tendenziösen Roman-versuchen erging, die er für Wieland's Merkur schrieb, den Wunsch aus, daß derselbe ihm nicht „in das theatralische Ge-hege kommen möge", da er selbst damit beschäftigt sei, diesen Stoff in einem Romane zu verarbeiten**). Wir werden weiter-hin sehen, daß diese theatralische und dramatische Tendenz in der ersten Gestalt des Werks so überwuchernd in den Vorder-grund trat, daß selbst nach großen späteren Kürzungen der dahin gehörigen Partien, Schiller des Theatralischen, speziell für den Schauspieler didaktisch berechneten noch immer zu viel fand, und durch diese Bemerkung den Dichter zu neuen um-fassenden Verkürzungen veranlaßte.

Es ist bekannt, das Goethe lange an dem Glauben fest-hielt, die Bühne zur Vermittlung einer fruchtbaren Wechsel-wirkung zwischen Dichter und Publikum benutzen und durch

---

*) Briefwechsel zwischen Schiller und Goethe I, Brief 268.
**) Briefe an Merck S. 138.

ihre Hebung ästhetisch bildend und versittlichend auf seine Zeit und sein Volk einwirken zu können.

Auch in diesem Betrachte ist der Held des Romans das entsprechende Gegenbild des Dichters, und Goethe drückt dies selbst einmal in einem seiner Briefe an die Stein aus, wo er ihn „sein geliebtes dramatisches Ebenbild" nennt*). Aber er ist es nicht blos in diesem Betrachte. Was den jugendlichen Dichter zu dieser Dichtung führte, war der in ihm von jeher vorwiegende unwiderstehliche Drang zur Selbstconfession, jener Drang, sein eigenstes inneres und äußeres Leben und Erfahren, sein Irren und Streben, seine Neigungen und Lebensversuche in künstlerischer Form aus sich heraus zu gestalten, und sich durch diesen Prozeß des schaffenden Nachbildens, theils über sich selbst klar zu werden, theils von so manchem Druck der Wirklichkeit zu befreien. In diesem Sinne kann man fast alle seine Dichtungen, von dem kleinsten Xenion, dem einfachsten Liede an, bis zu den größten dramatischen und epischen Werken, theils als Gelegenheitsgedichte, theils als Bekenntnisse über sich selbst bezeichnen. In Betreff des Wilhelm Meister hat er selbst dies mehrere Jahre nach der abschließenden Vollendung des Werks in einem Briefe an einen Leipziger Freund**) ausgesprochen, dem er auf eine Frage über diese Dichtung antwortete: „Bei solchen Werken mag der Künstler sich vornehmen, was er will, so giebt es immer eine Art von Confession, und zwar auf eine Weise, von der er sich kaum selbst Rechenschaft zu geben versteht". Die Form, setzt er gleich hinzu, behalte immer etwas Unreines — (dies ist, wie wir später sehen werden, einer Ausführung Schiller's entnommen) —

<hr>

*) Brief vom 24. Juni 1782.

**) Rochlitz. S. Goethe's Briefe an Friedr. Rochlitz in Goethe's Briefen an Leipziger Freunde, herausgegeben von C. Jahn, S. 347—348.

und man könne Gott danken, wenn man im Stande war, soviel
Gehalt hineinzulegen, daß fühlende und denkende Menschen
sich beschäftigen mögen, ihn wieder daraus zu entwickeln.

Diese Confessionen über sich selbst waren in der ersten Ge=
stalt, welche der Roman in der Periode der ersten zehn Jahre
von Goethe's Leben in Weimar (1776—1786) erhielt, wie wir
aus mehreren Andeutungen entnehmen können, noch viel sub=
jectiver und bestimmter, als dies jetzt in dem völlig umge=
arbeiteten und durch das Läuterungsfeuer der eigenen vorge=
rückten Entwickelung des Dichters, so wie durch die zwei Jahre
lang die Umschmelzung begleitende Schiller'sche Kritik hindurch
gegangenen gedruckten Werke der Fall ist. Das subjective Ver=
hältniß des Dichters zu seinem poetischen Spiegelbilde und zu
dessen Freuden und Leiden erscheint in jener ersten Periode
noch demjenigen verwandt, welches ihn mit seiner ersten Roman=
dichtung, mit dem Werther, verknüpft hatte. Er hatte sich noch
nicht zu jener kühlen Ruhe und Besonnenheit emporgearbeitet,
welche die Erschütterungen des Herzens und seiner leidenvollen
Leidenschaft schildern kann, ohne daß die Hand selbst, welche
die Schilderung entwarf, von der empfundenen Erregung noch
nachzitterte. Eine einzige Aeußerung in einem Briefe an die
Stein mag dies erläutern. Er schreibt ihr unter dem 5. Juni
1780, wie er auf einem Ritte nach Gotha „seine Lieblings=
situation im Wilhelm Meister" weiter ausgeführt habe. „Ich
ließ den ganzen Detail in mir entstehen und fing zuletzt so
bitterlich zu weinen an, daß ich eben zeitig nach Gotha
kam." Man wird schwerlich irren, wenn man annimmt, daß
die den Dichter selbst so tief bewegende „Lieblingssituation"
diejenige war, welche wir jetzt im sechzehnten und siebzehnten
Kapitel des ersten Buches lesen. Für jene zehn Jahre und

das allmähliche Entstehen der Dichtung im Laufe derselben
bietet uns nämlich, neben der Correspondenz des Dichters mit
seinem Freunde Knebel, vor allem sein Briefwechsel mit der
Geliebten seines Herzens, Charlotte von Stein, erwünschte
Anhaltspunkte dar, die wir im Folgenden benutzen wollen.

Die erste Erwähnung des Wilhelm Meister in demselben
fällt in das Jahr 1777, kurz vor der Harzreise, welche uns
das herrliche Gedicht gleichen Namens eintragen sollte. „Gestern
Abend", so schreibt er der Geliebten am 31. Oktober, „habe
ich einen Saltomortale über drei fatale Kapitel meines Romans
gemacht, vor denen ich schon so lange scheue; nun, da die hinter
mir liegen, hoff' ich, den ersten Theil bald ganz zu produziren."
Aus dieser Stelle geht hervor, daß Goethe schon lange zuvor
an dem Werke gearbeitet und, wie damals seine Gewohnheit
war, einzelne fertiggewordene Bruchstücke des ersten Buchs (denn
dieses ist ohne Zweifel mit dem „ersten Theile" gemeint) der
Freundin und wahrscheinlich auch einigen anderen Genossen seines
kleinen Kreises mitgetheilt hatte. Die nächste Erwähnung be=
merken wir indessen erst über ein halbes Jahr später in jenem
zuvor angeführten Briefe vom 5. Juni des folgenden Jahres,
den wir für das damalige pathologische Verhältniß zwischen
Dichter und Dichtung so bezeichnend fanden. Es heißt dort
weiter: „Ich wollte gern Geld darum geben, wenn das Kapitel
von Wilhelm Meister aufgeschrieben wär'; aber man brächte
mich eher zu einem Sprung durch's Fenster. Diktiren könnt'
ich's noch ehr, wenn ich nur einen Reiseschreiber hätte. Zwischen
so einer Stunde, wo die Dinge so lebendig in mir werden und
meinem Zustand in diesem Augenblick, wo ich jetzt schreibe, ist
ein Unterschied, wie Traum und Wachen." Man sieht, der
jugendliche Dichter war damals noch weit entfernt von jener

schlagfertigen Gefaßtheit und Selbstgewärtigkeit, die er später von den Poeten forderte, als er ihnen zurief:

„Gebt Ihr Euch einmal für Poeten,
So kommandirt die Poesie!"

In demselben Jahre 1780 finden wir den Roman nur noch zweimal erwähnt, und zwar in einer Weise, welche uns einen Einblick in die ungünstigen Verhältnisse giebt, unter denen Goethe in dieser Periode seines Weimarischen Lebens an seinen dichterischen Schöpfungen arbeiten mußte und zu arbeiten vermochte. Wie es eine Amtsreise gewesen war, auf der er im Juni das Detail der ihn so lebhaft bewegenden Situation des ersten Buchs in seinem Geiste ausgesonnen hatte, so finden wir ihn im September auf einer ähnlichen mit dem jungen Herzog unternommenen Fahrt, bei der Gefängnisse inspicirt und Kriminalverbrecher vernommen wurden, während das menschliche Elend sich ihm in der grausesten Gestalt herzbedrückend aufdrängte, dennoch wieder in den wenigen freien Augenblicken mit seiner Lieblingsdichtung beschäftigt. Er meldet, daß er in der Morgenfrühe „einige Briefe des großen Romans geschrieben". „Es wäre doch gar zu hübsch", setzt er hinzu, „wenn ich nur einmal vier Wochen Ruhe hätte, um wenigstens einen Theil zur Probe zu liefern." Aber dieser so bescheidene Wunsch wurde dem im Freundschaftsjoche an den Staats- und Hofdienst gefesselten Dichter in allen diesen Jahren bis zu seiner Flucht nach Italien kaum jemals erfüllt, und so hatte er sich — und wir mit ihm — glücklich zu preisen, daß er die Kraft besaß, auch unter den heterogensten Berufsgeschäften aller Art: bei Rekrutirungsreisen und Straßenbauinspectionen, neben den Verhandlungen mit den Landständen und den Bearbeitungen von Pacht- und Triftsachen, Forst- und Bergbau-Angelegenheiten,

auf administrativen Rundreisen durch die verschiedenen Gebiets-
theile des Landes, wie zu Hause neben den Kammersessionen
und den zersplitternden Ansprüchen und Zerstreuungen des Hof-
und Gesellschaftslebens und seines Liebesverhältnisses, jeden
freien Moment den Interessen des Schriftstellers und Dichters
zu widmen, die er doch als seinen eigentlichen Beruf erkennen
mußte und erkannte*). Er selbst sah es daher, wie er einmal
gegen seine Geliebte äußert, als „die größte Gabe an, für
die er den Göttern danke, daß er durch die Schnelligkeit und
Mannigfaltigkeit der Gedanken einen Tag in Millionen Theile
zu spalten und eine kleine Ewigkeit daraus zu bilden vermöge".
Diese Gabe kam ihm zu Hülfe in jener Zeit und vor allem
kam sie dem Wilhelm Meister zu Gute.

Das erste Buch desselben wurde indessen doch erst im Frühlinge des Jahres 1781 vollendet, wo er im Mai der Frau
v. Stein meldet, daß ihm eine gemeinsame Freundin, die Gräfin
Werther, der er das Manuscript mitgetheilt hatte, „ein gar
artig Zettelchen bei Rücksendung des Wilhelm Meister geschrieben".
Von da bis zum November des folgenden Jahres finden wir
ihn fortwährend an der Weiterführung des Romans thätig**).
Anfang Juli war er mit dem zweiten Buche ziemlich zu Stande,
und einen Monat später konnte er den größten Theil desselben
dem fürstlichen Ehepaare vorlesen***). Oftmals diktirte er
in dieser Zeit der Freundin an dem Werke, und schrieb dann
die Kapitel, wenn sie ihn verlassen hatte, zu Ende. Die Befriedigung, welche ihm die Arbeit gewährte, veranlaßte ihn ein-

*) S. Brief an Charlotte von Stein vom 10. August 1782.
**) S. Briefe an die Stein vom 20. März, 25. Mai, 21., 24., 27. und 30. Juni,
10., 23. und 29. August, 18., 20., 28. Oktober, 4., 8., 9., 10., 12. November, 1. und
29. Dezember (1782).
***) Briefe vom 10. u. 23. August 1782.

mal in einem der Briefe zu dem Ausrufe: „Eigentlich bin ich
doch zum Schriftsteller geboren. Es gewährt mir eine reinere
Freude als jemals, wenn ich etwas nach meinen Gedanken
gut geschrieben habe."

Zu Anfang September war das zweite Buch zu Ende ge=
führt und er ging ungesäumt an die Ausarbeitung des dritten.
Am 20. Oktober meldet er, daß die vier ersten Kapitel dessel=
ben „in der Ordnung und in des Abschreibers Händen seien",
setzt aber seufzend hinzu: „Nun muß ich das Werk bei Seite
legen und meine andern Geschäfte treiben." Aber es ließ ihm
keine Ruhe, und um Zeit für dasselbe zu gewinnen, sehen wir
ihn die ohnehin schon karg zugemessenen Stunden der Nacht=
ruhe sich noch mehr verkürzen, und trotz der winterlichen Zeit
statt um 6 Uhr schon vor 5 Uhr aufstehen, um diktirend
an dem Werke arbeiten zu können. Dafür hatte er die Genug=
thuung, schon am 12. November der Geliebten den glücklichen
Abschluß des dritten Buchs melden zu können. Dieses Datum
wurde von da an bedeutsam für das Werk, indem er der
Freundin versprach, jeden zwölften November durch die Beendi=
gung eines weiteren Buchs der Dichtung zu bezeichnen, — ein
Gelöbniß, welches für die nachfolgenden drei Jahre, wie wir
sehen werden, ihm glücklich einzuhalten gelang. Seine Char=
lotte war es vor allen, deren Theilnahme ihn zu immer neuem
Fleiße spornte, wenn schon sein Liebesroman mit ihr ihm andrer=
seits auch viele Zeit wegnahm. „Wenn ich" — schreibt er ein=
mal in dieser Zeit*) — „soviel an meinen Wilhelm als an
Dich dächte, so wäre der Roman bald fertig. Aber es ist ein
anderer Roman, der meinem Herzen näher ist." Immer aber
ist es die Freundin, der zu Liebe er stets von neuem an die

*) 1. Dezember 1782.

durch seine Verhältnisse ihm so sehr erschwerte Schöpfung geht*). „Deine freundliche Zusprache von gestern Abend" — heißt es in einem Briefe des folgenden Jahres — „hat mich bewogen, heute früh an Wilhelm zu schreiben, und ich hoffe, heute das vierte Buch zu beendigen und gleich das fünfte anzufangen. Am vierten schreibe ich akkurat ein Jahr seit dem 12. November 1782, wie ich angemerkt habe." Er sandte dasselbe in Abschrift an seinen Freund Knebel, dem er auch schon früher die drei ersten Bücher der „theatralischen Sendung", wie er sich in einem Briefe ausdrückt, mitgetheilt hatte, und fühlte sich durch dessen Theilnahme und Bemerkungen äußerst erfreut. „Ich fahre nun fort", schrieb er demselben, „und will sehen, ob ich das Werkchen zu Ende schreibe. Alsdann aber wird es auf Zeit und Glück ankommen, ob ich es wieder im Ganzen übersehen, durchsehen und Alles schärfer und fühlbarer aneinander rücken kann." An eine Veröffent= lichung durch den Druck zu denken, lag ihm, wie man sieht, damals noch durchaus im weiten Felde, und sein späteres Wort:

„Jahrelang schaffet der Meister und kann sich nimmer genug thun"

hat er mit diesem Werke treulich erfüllt.

Am 4. Juni des Jahres 1784 schreibt er der Freundin aus Eisenach: „An Wilhelm habe ich hier und da eingeschaltet, und am Style gekünstelt, damit er recht natürlich werde, und habe nun den Schluß des Buches recht gegen= wärtig. Wenn ich wieder zu Dir komme, wollen wir es schließen. Ich habe Liebe zu dem Werklein, weil ich denke, es macht Dir Freude." Diese nachbessernde Arbeit setzt er auch in den folgenden Tagen und Wochen der Abwesenheit

---

*) S. Briefe vom 9. November 1783, 14. Juni 1784 u. a. m.

von der Geliebten fort. „An Wilhelm", so heißt es in einem späteren Briefe vom 17. Juni, „hab' ich nicht weiter geschrieben. Manchmal geh' ich das Geschriebene durch und arbeite es aus, manchmal bereit' ich das Folgende. Wenn ich wieder diktiren kann, soll das Buch bald fertig sein."

Dies fünfte Buch ward großentheils auf Geschäftsreisen in Eisenach, auf der Wartburg, in Gotha, Ilmenau und anderen Orten geschrieben, bisweilen selbst in späten Nachtstunden, die er sogar dem brieflichen Verkehre mit der Geliebten seines Herzens abbrach*). Beendet wurde dasselbe im Oktober dieses Jahres 1784.

Von da ab scheint die Fortsetzung eine Zeit lang geruht zu haben. Zwar hatte er sich gleich nach Beendigung des fünften an das sechste Buch gemacht, aber über ein halbes Jahr lang geschieht sodann in den Briefen des Werks keine Erwähnung bis zum 6. und 7. Juni 1785, wo er der Freundin aus Ilmenau schreibt: „An Wilhelm habe ich fortgefahren; vielleicht thut er diesmal einen guten Ruck. Der Anfang dieses Buchs gefällt mir selbst." Auch weiterhin gesteht er, daß er jetzt Freude an der Arbeit habe, und am 20. Juni sandte er der in Karlsbad Abwesenden das Lied Mignon's von der Sehnsucht, das nach der damaligen Eintheilung des Romans im sechsten Buche stand, während wir es jetzt in Folge der späteren, abkürzenden und zusammenziehenden Ueber- und Umarbeitung, die das Werk zehn Jahre weiterhin zu erfahren hatte, im vierten Buche lesen. Dennoch sehen wir, daß er in den folgenden Monaten dieses Jahres wiederholt der Freundin seinen Zweifel ausdrückte, ob er mit

---

*) Brief aus Ilmenau, 5. Oktober 1784. „Nun sage ich Dir gute Nacht, damit ich noch einige Augenblicke meinem Wilhelm widmen kann, der auch Dein ist."

diesem sechsten Buche den herkömmlichen Termin des zwölften November werde einhalten können *). Indessen gelang es ihm, Wort zu halten. Auf einem einsamen Ritte nach Ilmenau am 6. November „sann er dasselbe vollends aus", und korrigirte in den nächsten Tagen dort noch Manches in dem mitgenommenen Manuscripte. „Mit großer Sorgfalt habe ich es durchgegangen", schreibt er, „und finde doch, daß man es noch besser machen könnte. Will's Gott, sollen die folgenden Bücher von meinen Studien zeugen." In den fünf Tagen vom 7. bis 11. November schrieb er in der winterlichen Einsamkeit des kleinen weltabgeschiedenen Ortes die letzten Kapitel des sechsten Buchs. Am elften November war er damit fertig, und meldete voll Genugthuung der Freundin, daß er mit Beendigung desselben zum zwölften November Wort gehalten, fügte aber im Hinblick auf das langsame Fortrücken des Werks mit einem leisen Seufzer hinzu: „Wenn es so fortgeht, werden wir alt zusammen, ehe wir dieses Kunstwerk beendet sehen."

Es war genau die Hälfte des Ganzen, welche er mit diesem Buche nach neunjähriger Arbeit abschloß; denn der Roman war ursprünglich auf zwölf Bücher, statt der jetzigen acht, angelegt; das sechste Buch entsprach daher dem vierten heutigen der gedruckten Bearbeitung. Er freute sich darauf, dies letzte Buch dem Kreise der an dem Werke theilnehmenden Freunde in Weimar vorlesen zu können, der außer der Frau von Stein hauptsächlich nur noch aus Herder's, der Frau von Imhof und Knebel bestand, die damals so ziemlich sein ganzes kleines Publikum bildeten**). „Möge es Euch", so schreibt er der Freundin in dem zuletzt angeführten Briefe,

---

*) Briefe vom 8., 10., 11. September und 7. Oktober 1785.
**) Riemer II, 194. Briefe an Frau von Stein (von Schöll) III, 203.

„so viel Freude machen, als es mir Sorge gemacht hat; ich darf nicht sagen Mühe, denn die ist nicht bei diesen Arbeiten. Aber wenn man so genau weiß, was man will, ist man in der Ausführung niemals mit sich selbst zufrieden." Zufrieden aber war er selbst gerade am wenigsten mit diesem Werke, das, wie er seinem Freunde Knebel brieflich wiederholt klagte, in einem zerstreuten Leben und unter tausendfach zerstückelten Arbeiten geschrieben, in jedem Betrachte des fließenden, einheitlichen Gusses entbehrte, und an dem ohne Zweifel dem Dichter selbst, bei jeder überschauenden Durchsicht, dieser Mangel immer stärker und beruhigender entgegentreten mochte. Gewiß verstärkte die Betrachtung dieses Werkes, das er in seinen Weimarischen Verhältnissen, trotz allen Fleißes, während eines so langen Zeitraums von nahezu zehn Jahren kaum zur Hälfte zu vollenden im Stande gewesen war, das Gewicht derjenigen Beweggründe, welche am Schlusse dieser Lebensepoche in ihm den Plan zur Reise brachten, sich durch die Flucht nach Italien von der drückenden Last jener Verhältnisse zu befreien, um endlich einmal seinem eigentlichen Berufe und seiner wahren Lebensaufgabe ungehindert folgen zu können.

Zu den unvollendeten größeren Dichtungen, wie Faust und Iphigenie, Egmont und Tasso, welche Goethe auf diese Fluchtreise mitnahm, um sie in der ersehnten italischen Muße auszuführen, gehörte auch der Wilhelm Meister. Von diesem hatte er zuvor noch den Plan für alle sechs fehlenden Bücher am 8. Dezember des Jahres 1785 entworfen*) und die für das siebente Buch nöthigen Hamletstudien zu Ende gebracht**),

<hr>

*) S. Brief an die Stein vom 9. Dezbr. 1785: „Gestern habe ich den Plan auf alle sechs folgenden Bücher des W. aufgeschrieben."
**) Schöll III, S. 136—137 u. S. 222.

wie wir ihn denn auch an diesem Buche während der ersten fünf Monate des Jahres 1786, neben den heimlichen Vorbereitungen zu seiner Italienischen Reise, fortarbeitend finden. Er entzog sogar seiner Geliebten manchen Abend, um Zeit für diese Arbeit zu gewinnen, und nahm das Manuscript auch nach Jena mit, wohin er im Mai ging, um Italienisch zu treiben*). Und als er endlich am dritten September von Carlsbad nach dem gelobten Lande seiner Sehnsucht aufbrach, begleitete ihn das Manuscript seines „Ebenbildes" über die Alpen dorthin**).

Hier aber verlassen uns alle unsere Nachrichten über das weitere Schicksal des Werks während der nächstfolgenden sieben bis acht Jahre. Eine Notiz bei Riemer, daß dasselbe in Italien „durch Kunstbetrachtungen sehr angeschwollen sei", ist die einzige Spur davon, daß Goethe sich auch in Italien mit dieser Dichtung beschäftigt habe. Auch kann sich jene Nachricht nur auf die erste Gestalt derselben beziehen, denn der Umfang, welchen die etwa in Italien erwachsenen Kunstbetrachtungen in dem heutigen Wilhelm Meister einnehmen, ist verhältnißmäßig äußerst gering. Sie mögen, wie so vieles Andere, der späteren sichtenden Ueberarbeitung als Opfer gefallen sein. Goethe selbst erwähnt in seinem Italienischen Reisewerke einer Beschäftigung mit dem Wilhelm Meister nirgends, und auch in seiner neuerdings veröffentlichten Correspondenz aus dieser Zeit mit seinem fürstlichen Freunde, findet sich nur zweimal eine Anspielung persönlicher Art auf die Figur des Helden der Dichtung, auf die wir alsbald zurückkommen werden. Daß aber die Dichtung nicht über den Anfang des jetzigen fünften Buches

*) S. Briefe vom 12., 13., 14. u. 23. März, 21., 23. u. 24. Mai 1786.
**) Riemer II, 591.

vorgerückt war, als Goethe die Arbeit sechs Jahre nach seiner
Rückkehr aus Italien wieder aufnahm, geht unwiderleglich
aus einem später zu erwähnenden Briefe an Schiller (vom
18. Februar 1795) hervor, in welchem er dem Freunde meldet,
daß er „das Schema zum fünften und sechsten Buche" ausgearbeitet habe.

Wieviel nun von der ersten Gestalt der Dichtung in dem
jetzt vorliegenden Werke erhalten geblieben, ist schwer zu entscheiden, da uns nicht, wie von andern Dichtungen dieser Periode,
z. B. von Iphigenie und Götz, so auch von diesem Werke die
ursprüngliche Gestaltung aufbewahrt worden ist. Die Ab-
schriften, in denen die sechs ersten Bücher einzelnen Befreundeten, wie Knebel und anderen, mitgetheilt wurden, scheinen
sämmtlich verloren, oder vielmehr von dem in solchen Dingen
sehr vorsichtigen Dichter zurückgenommen und vernichtet worden
zu sein. Und doch wüßte ich kaum etwas, was für den kritischen
Beobachter seines dichterischen Entwickelungsganges wichtiger
und interessanter sein könnte, als wenn es einem solchen verstattet wäre, den Wilhelm Meister der ersten mit dem der
zweiten Periode vergleichen zu können. Ansprüche und Bitten
der Art mögen wahrscheinlich schon bei seinen Lebzeiten an
den Dichter gelangt sein, wie das eins seiner zahmen Xenien
beweist, das ich unbedenklich auf unseren Fall beziehe. Der
Dichter läßt in demselben die Bitte an sich richten:

> „Laß doch, was du halb vollbracht,
> Mich und andre kennen!"

Aber er wies die so Bittenden ab mit der Antwort:

> „Weil es uns nur irre macht,
> Wollen wir's verbrennen."

Nicht ganz mit Recht, wie mir scheinen will. Von dem großen Haufen freilich, von der Masse des lesenden Publikums mochte und mag das „weil" dieser Antwort allerdings gelten: aber es ist auch nicht diese Mehrzahl, die mit Eifer und Bewunderung in einem andern Gebiete der Kunst die zahlreichen ersten Entwürfe und Skizzen eines Rafael und Michelangelo zu ihren Meisterwerken aufsucht und studirt, um lernend zu genießen und genießend zu lernen. Jene vergleichende Betrachtung, wenn sie möglich wäre, würde uns beweisen, daß die erste größere Hälfte des Werks in seiner jetzigen Gestalt nur darum sich durch ungleich größere Lebenswärme und plastische Kraft der Darstellung so vortheilhaft von den drei letzten Büchern unterscheidet, weil sie das Produkt der vollen Jugendkraft und Frische des Dichters war. Aber sie würde uns daneben unter anderm auch sehr wahrscheinlich zeigen, wie der sechsundvierzigjährige Dichter so manchen kecken Zug des eigenen Lebens und des eigenen Selbst, den der neunundzwanzigjährige in die Dichtung hineinzuzeichnen kein Bedenken getragen hatte, aus derselben wieder entfernt hat. Denn daß er in dieser ersten Bearbeitung so viel als irgend möglich aus der ihn umgebenden Wirklichkeit des Lebens zu verwerthen suchte, und daß er mit Bewußtsein Menschen und Dinge überall darauf anzusehen sich gewöhnte, was sie ihm für jene Dichtung sein und leisten könnten, ist noch jetzt aus den Briefen an die Stein oft bis ins Einzelne nachweisbar*). Er sammelte eben alles ihm irgend benutzbar Scheinende aus dem ihn umgebenden, besonders aus dem für ihn so durchaus neuen Hof- und Fürstenleben, für seine

---

*) S. Schöll, Briefe Th. II, S. 8—10 in Bezug auf die Gestalten des Grafen und der Gräfin im Roman. Briefe vom 8. u. 11. März 1731. — Ueber anderes f. Br. vom 29. Dezember 1732 aus Leipzig; vom 9. Juli 1734, vom 24. Mai 1735.

„epische Vorrathskammer", und es kam sogar vor, daß irgend eine bisher unbekannte Erscheinung, die an ihn herantrat, ihn zu dem Versuche anreizte, auch diese in seinen Roman zu verweben. So die Bekanntschaft eines jüdischen Bankiers, des damals vielgenannten Juden Ephraim, wovon er der Freundin mit den Worten Meldung thut: „Bald habe ich nun das Bedeutende der Judenheit zusammen, und habe große Lust, in meinem Roman auch einen Juden anzubringen"*), was er jedoch, wie wir glauben, ohne Schaden für das Werk unterlassen hat. Dafür aber, daß der enge Bezug der Person und Individualität des Dichters zu dem Charakter und der Persönlichkeit des von ihm dargestellten Helden des Romans in dem damaligen Weimarschen Kreise seines kleinen Publikums kein Geheimniß war, haben wir außer den bereits erwähnten Aeußerungen in den Briefen an die Stein noch ein besonders schlagendes Zeugniß in einem Briefe an den Herzog Karl August aus Rom**), in welchem Goethe demselben, mit Bezug auf die ihm innewohnende unüberwindliche Neigung, sich und sein Lebensschiff mit den Interessen und Schicksalen anderer zu belasten, das Geständniß ablegt, bei dem das von uns hervorgehobene Wort so vielsagend erscheint: „meine Existenz (in Rom) ist wieder auf eine wahre Wilhelmiade hinausgelaufen!" — Und in einem andern Briefe an den Herzog, der diesem vorhergeht, ebenfalls aus Rom (vom 10. Februar 1787) heißt es: „Ganz besonders ergötzt mich der Antheil, den Sie an Wilhelm Meister nehmen. Seit der Zeit, da Sie ihn in Tannroda lasen, habe ich ihn oft wieder vor der Seele gehabt. Die große Arbeit, die noch erfordert wird, ihn zu endigen und ihn zu einem Ganzen zu

---

*) Brief vom 29. October 1782.
**) Briefwechsel zwischen Goethe und Karl August, Th. I, S. 109.

schreiben, wird nur durch solche theilnehmende Aufmunterungen überwindlich. Ich habe das Wunderbarste vor. Ich möcht' ihn endigen mit dem Eintritt in's vierzigste Jahr; da muß er auch geschrieben sein. Daß es auch nur der Zeit nach möglich werde, lassen Sie uns zu Rathe gehen. Ich lege hier den Grund zu einer soliden Zufriedenheit, und werde zurückkehrend mit einiger Einrichtung Vieles thun können."

Goethe stand im achtunddreißigsten Jahre, als er dies schrieb. Er sollte, wie wir sehen werden, das Werk, das er im vierzigsten Lebensjahre zu beenden hoffte, erst nahezu zehn Jahre später vollenden!

Zweite Periode.

1794—1796.

Seit Goethe's Rückkehr aus Italien waren über fünf Jahre verstrichen, in denen das Werk völlig geruht hatte. Zwar erzählt uns Riemer, daß der Dichter dasselbe auf Zureden der Herzogin Amalie im Jahre 1791 wieder vorgenommen habe, aber die bald darauf eintretenden Umstände, welche, verbunden mit seinem persönlichen Verhältnisse zu seinem fürstlichen Freunde, den friedlichsten der Menschen in die Kriegsgräuel des unglückseligen Champagnefeldzuges und in die Schrecknisse der Mainzer Belagerung hineinzwangen, ließen schwerlich Zeit und Neigung zur Beschäftigung mit einer Dichtung aufkommen, deren innerstes Wesen ruhige Behaglichkeit der Stimmung erforderte.

Erst mehrere Jahre nachdem ihn diese seine „militairische Laufbahn" auch durch diese „Erbkrankheit der Welt", wie er sich einmal ausdrückt, hindurchgeführt hatte, zu Anfange des für ihn so Epoche machenden Jahres 1794 scheint der Dichter jene Stimmung wiedergefunden zu haben; wenigstens ersehen wir aus unseren Nachrichten, daß er im Mai dieses Jahres über den Verlag und die endliche Herausgabe des Werks mit dem Leipziger Buchhändler Unger abschloß. In dieses Jahr

fällt die für beide Dichter so bedeutungsvolle und glück=
bringende Annäherung Schiller's an Goethe, und wir dürfen
die Vollendung des Wilhelm Meister als deren erste reiche
Frucht ansehen.

Schiller, der von der erneuten Beschäftigung Goethe's mit
dieser Dichtung erfahren hat, und eben im Begriff stand,
eine Zeitschrift, „die Horen", zu begründen, für die er Goethe's
Mitwirkung dringend wünschte, fragte bei demselben an: ob er
nicht seinen Roman in derselben nach und nach erscheinen
lassen möchte, erbat sich aber in jedem Falle die Gunst der
Mittheilung der Dichtung zur eigenen Lektüre. Goethe ant=
wortete umgehend, daß er leider wenige Wochen zuvor das
Werk an Unger vergeben und die ersten gedruckten Bogen
schon in seinen Händen habe. Er selbst habe mehr als einmal
daran gedacht, daß es für die neue Zeitschrift recht schicklich
gewesen sein würde, da es „eine Art von problematischer
Komposition sei, wie sie die guten Deutschen lieben". Goethe's
Brief ist vom 27. August 1794. Von diesem Tage an bis
zu jenem 22. Oktober des Jahres 1796, wo der letzte Band
des Wilhelm Meister im Druck vollendet in Weimar eintraf
und sofort an Schiller nach Jena abgesendet wurde, also
mehr als zwei volle Jahre lang, blieb diese Dichtung ein
Gegenstand fortdauernder schriftlicher und mündlicher Mit=
theilungen und Besprechungen zwischen den beiden befreundeten
Dichtern, und es ist kaum zu viel gesagt, wenn wir hinzufügen,
daß ohne die belebende, rastlos ermunternde und befeuernde
Theilnahme, welche Schiller dem Werke schenkte, dasselbe
schwerlich in so kurzer Zeit, ja vielleicht überhaupt nicht zu
seinem Abschlusse und zu seiner jetzigen vollendeten Gestalt
gelangt sein würde.

Wenn man bisher vorzugsweise gewohnt gewesen ist, nur von dem Einflusse zu sprechen, welchen Goethe seinerseits im Ganzen wie im Einzelnen auf so manche der Dichtungen Schiller's ausgeübt, so zeigt eine aufmerksame Lektüre des Schiller=Goethe'schen Briefwechsels, daß Schiller dem Freunde bei diesem Werke denselben Dienst reichlich wiedererwiesen hat, wobei denn noch zu erwägen ist, daß viele wichtige kritische Bemerkungen und Rathschläge Schiller's uns nur deshalb unbekannt geblieben sind, weil sie nicht schriftlich, sondern in mündlichen Unterredungen bei ihren gegenseitigen Besuchen verhandelt wurden, auf die an mehr als einer Stelle des Briefwechsels angespielt wird.

Nur das erste und zweite Buch des Romans, das bereits gedruckt war, blieben unberührt von Schiller's kritischem Ein=flusse. Alle die übrigen Bücher sandte ihm Goethe vor dem Drucke im Manuscripte zu, mit dem ausgesprochenen Verlangen „die Wohlthat" der Bemerkungen des Freundes seiner Dichtung zu Gute kommen lassen zu können*), die ohnehin schon so lange geschrieben sei, daß er sich im eigentlichen Sinne nur als Herausgeber ansehen könne, der anfangs seine Arbeit vielmehr als eine „Last", denn als einen Genuß zu empfinden vermöge. Daß ihm auch der letztere möglich, in ungeahnter Weise möglich wurde, das sollte er der Theilnahme und begeisterten Freude Schiller's an dem fortschreitenden Werke verdanken. Wie sehr Goethe auf des neuen Freundes thätige Theilnahme gleich anfangs rechnete, und wie großen Werth er auf dieselbe legte, bekennt er in dem Briefe, mit dem er die beiden ersten schon gedruckten Bücher der Dichtung begleitete. Er schreibt demselben Ende Dezember des Jahres 1794: „Endlich kommt das erste

---

*) Briefwechsel I., Br. 27.

Buch von Wilhelm Schüler, der, ich weiß nicht wie, den Namen Meister erwischt hat. Leider werden Sie die beiden ersten Bücher erst sehen, wenn das Erz ihnen schon die bleibende Form gegeben hat. Demungeachtet sagen Sie mir Ihre offene Meinung, sagen Sie mir, was man wünscht und erwartet. Die folgenden werden Sie noch im biegsamen Manuscript sehen und mir Ihren freundschaftlichen Rath nicht vorenthalten." Schon am dritten Tage antwortet Schiller: „Mit wahrer Herzenslust habe ich das erste Buch Wilhelm Meister's durchlesen und verschlungen, und ich danke demselben einen Genuß, wie ich lange nicht, und nur durch Sie gehabt habe. Es könnte mich ordentlich verdrießen, wenn ich das Mißtrauen, mit dem Sie von diesem vortrefflichen Produkt Ihres Genies sprechen, einer anderen Ursache zuschreiben müßte, als der Größe der Forderungen, die Ihr Geist jederzeit an sich machen muß." Nachdem er sich dann entschuldigt hat, daß er im Drange seiner Arbeiten heute „kein näheres Detail seines Urtheils" geben könne, meldet er, daß auch W. v. Humboldt, der damals in Jena lebte, und mit dem er das Buch gemeinsam gelesen, „sich recht daran gelabt" und, so wie er selbst, Goethe's Geist in seiner ganzen männlichen Jugend, stillen Kraft und schöpferischen Fülle in demselben gefunden habe, und fährt dann fort: „Gewiß wird diese Wirkung allgemein sein. Alles hält sich darin so einfach und schön in sich selbst zusammen, und mit wenigem ist so viel ausgerichtet. Ich gestehe, ich fürchtete mich anfangs, daß während der langen Zwischenzeit, die zwischen dem ersten Wurfe und der letzten Hand verstrichen sein muß, eine kleine Ungleichheit, wenn auch nur des Alters, sichtbar sein möchte. Aber davon ist auch nicht eine Spur zu sehen. Die kühnen poetischen Stellen, die aus der stillen

Fluth des Ganzen wie einzelne Blitze vorschlagen, machen eine treffliche Wirkung, erheben und füllen das Gemüth. Ueber die schöne Charakteristik will ich heute noch nichts sagen: ebenso wenig von der lebendigen und bis zum Greifen treffenden Natur, die in allen Schilderungen herrscht, und die Ihnen überhaupt in keinem Produkte versagen kann. Von der Treue des Gemäldes einer theatralischen Wirthschaft und Liebschaft kann ich mit vieler Competenz urtheilen, indem ich mit beiden besser bekannt bin, als ich zu wünschen Ursache habe. Die Apologie des Handels ist herrlich und in einem großen Sinn. Aber daß Sie neben dieser die Neigung des Haupthelden noch mit einem gewissen Ruhm behaupten konnten, ist gewiß keiner der geringsten Siege, welche die Form über die Materie errang."

Goethe, der damals in Betreff solcher Theilnahme nichts weniger als verwöhnt war, empfand dies Zeugniß, welches Schiller dem ersten Buche ausstellte, um so wohlthätiger, als er selbst in der That an seinem Werke fast irre geworden zu sein gestand. „Sie haben mir", so antwortet er auf jenen Brief Schiller's, „durch das gute Zeugniß, das Sie dem ersten Buche meines Romans geben, sehr wohlgethan. Nach den sonderbaren Schicksalen, welche diese Produktion von innen und außen gehabt hat, wär' es kein Wunder, wenn ich ganz und gar konfus darüber würde. Ich habe mich zuletzt blos an meine Idee gehalten, und will mich freuen, wenn sie mich aus diesem Labyrinthe herausleitet."

Ueber das zweite Buch schreibt Schiller wenige Wochen später mit gleicher Begeisterung wie über das erste: „Ich kann das Gefühl" (heißt es in dem Briefe vom 7. Januar 1795), „das mich beim Lesen dieser Schrift, und zwar in zunehmendem

Grade, je weiter ich darin komme, erfüllt, nicht besser als durch eine süße und innige Behaglichkeit, durch ein Gefühl geistiger und leiblicher Gesundheit ausdrücken, und ich wollte bürgen, daß es bei allen Lesern im Ganzen dasselbe sein muß." Er erklärt sich dieses Gefühl aus der durchgängig in dem Werke herrschenden ruhigen Klarheit, Glätte und Durchsichtigkeit, die auch nicht das Geringste zurückließen, was das Gemüth un= befriedigt und unruhig lasse, und die Bewegung desselben nicht weiter trieben, als nöthig sei, um ein fröhliches Leben in dem Menschen anzufachen und zu erhalten. Er knüpft an dieses Urtheil jene bekannte Parallele zwischen der poetischen Welt und dem Wesen dieser Dichtung, in welcher „Alles so heiter, so lebendig, so harmonisch aufgelöst und so menschlich wahr" erscheine, und dem Wesen und der Welt der abstrakten Philosophen, wo Alles so strenge, starr und abstrakt und so höchst unnatürlich sei, und schließt dieselbe, angeregt von dem soeben genossenen dichterischen Produkte Goethe's, mit den berühmten Worten: „So viel ist gewiß, der Dichter ist der einzige wahre Mensch, und der beste Philosoph ist nur eine Caricatur gegen ihn."

Das dritte Buch des Romans las Schiller im Manuscripte. Seine Bemerkungen über dasselbe theilt er dem Freunde, der ihn zu dem Zwecke in Jena besuchte, mündlich mit. Sie müssen wichtig genug gewesen sein, Goethe zu nochmaligem Uebergehen der Arbeit zu veranlassen: denn er schreibt nach seiner Rückkehr dem Freunde: „Mein drittes Buch ist fort (zum Drucke); ich habe es nochmals durchgesehen und Ihre Bemerkungen darüber vor Augen gehabt." Schon vierzehn Tage später (11. Februar 1795) sendet er das vierte Buch mit der Bitte, alles anzumerken, was ihm bedenklich vorkomme,

eilte aber dem Manuscripte gleich wieder einige Tage später
selbst nach, um es mit dem Freunde durchzusprechen, und schreibt,
zurückgekehrt nach Weimar, unter dem 18. Februar: belebt
durch den guten Muth, den ihm die neuliche Unterredung ein=
geflößt, habe er schon das Schema zum fünften und sechsten
Buche ausgearbeitet. „Wie viel vortheilhafter ist es doch", ruft
er aus, „sich in anderen als in sich selbst zu bespiegeln!"
Wenige Tage später sendet Schiller das Manuscript des vierten
Buchs zurück, versehen mit seinen kritischen Bemerkungszeichen
über manches Einzelne und mit einigen ausführlicher motivirten
Ausstellungen in dem begleitenden Briefe, die uns als Beispiel
seiner kritischen Genauigkeit und seines feinen Sinnes dienen
mögen, und die ich deshalb unverkürzt hersetzen will. Die erste
betrifft das Geldgeschenk, welches Wilhelm von der Gräfin
durch die Hand des Barons erhält und annimmt. „Mir
dächt — und so schien es auch Humboldt (schreibt Schiller),
daß nach dem zarten Verhältnisse zwischen Wilhelm und der
Gräfin, diese ihm ein solches Geschenk, und durch eine fremde
Hand, nicht anbieten, er es nicht annehmen dürfe. Ich suchte
im Zusammenhange nach etwas, was ihre und seine Delikatesse
retten könnte, und glaube, daß diese dadurch geschont werden
würde, wenn ihm dieses Geschenk als Remboursement für ge=
habte Unkosten gegeben und unter diesem Titel von ihm an=
genommen würde. So wie es dasteht, stutzt der Leser und wird
verlegen, wie er das Zartgefühl des Helden retten soll." —
Nachdem er sodann ausgesprochen hat, wie er beim zweiten
Durchlesen dieses Buchs wieder neues Vergnügen über die un=
endliche Wahrheit der Schilderungen und über die treffliche
Entwicklung des Hamlet empfunden habe, bemerkt er in Bezug
auf die letztere, daß es in Rücksicht auf die Verkettung des

Ganzen und der sonst in so hohem Grade behaupteten Mannigfaltigkeit wegen zu wünschen sei, daß diese Materie nicht so unmittelbar hintereinander vorgetragen, sondern wo möglich durch einige bedeutende Zwischenumstände hätte unterbrochen werden können. Sie komme bei der ersten Zusammenkunft mit Serlo zu schnell wieder auf's Tapet, und nachher im Zimmer Aurelien's gleich wieder. „Indeß", so schließt er mit jener liebenswürdigen Feinheit und Anmuth, die überhaupt seine Kritik Goethe'scher Dichtungen in diesen Briefen charakterisirt, „indeß dies sind Kleinigkeiten, die dem Leser gar nicht auffallen würden, wenn Sie ihm nicht selbst durch alles Vorhergehende die Erwartung der höchsten Varietät beigebracht hätten."

„Ihre gütige kritische Sorgfalt für mein Werk", also erwidert Goethe auf diesen Brief, „hat mir auf's Neue Lust und Muth gemacht, das vierte Buch nochmals durchzugehen. Ihre Obelos *) habe ich wohl verstanden und die Winke benutzt; auch den übrigen Desideriis hoffe ich abhelfen zu können und bei dieser Gelegenheit noch manches Gute in's Ganze zu wirken. Diese Ueberarbeitung beschäftigte Goethe noch nahezu einen Monat, ehe er das vierte Buch an den Verleger absenden mochte, und wir sehen in der That, daß er jene Schiller'schen Bemerkungen sorgfältig benutzt hat. Demnächst ging er an die Ausarbeitung des „religiösen Buches" seines Romans, wie er es nennt, was er dem Freunde mit den Worten anzeigte: da das Ganze auf den edelsten Täuschungen und der zartesten Verwechselung des Subjectiven und Objectiven beruhe, so gehöre mehr Sammlung und Stimmung dazu, als vielleicht zu irgend

---

*) „Obelos", griechischer Name für die am Rande bemerkten Zeichen eines kritischen Anstoßes an irgend einer Stelle des Textes.

einem anderen Theile. Ja, die Darstellung eines solchen Gegenstandes würde ihm, wie der Freund seiner Zeit selbst sehen werde, geradezu unmöglich gewesen sein, wenn er nicht früher die Studien dazu gesammelt hätte. Schiller begreift das vollkommen. Er ist „nicht wenig neugierig" auf das Gemälde, das der Dichter entworfen habe. „Es kann weniger als ein andres", fügt er hinzu, „aus Ihrer Individualität fließen, denn grade dies" — (das spezifisch Religiöse, wie es in den Bekenntnissen der schönen Seele erklingt) — „scheint mir eine Saite zu sein, die bei Ihnen, und schwerlich zu Ihrem Unglück, am seltensten anschlägt. Um so erwartender bin ich, wie Sie das heterogene Ding mit Ihrem Wesen gemischt haben werden. Religiöse Schwärmerei ist und kann nur Gemüthern eigen sein, die beschauend müßig in sich selbst versinken, und nichts scheint mir weniger Ihr Casus zu sein als dieses. Ich zweifle keinen Augenblick, daß ihre Darstellung wahr sein wird, aber das ist sie alsdann lediglich durch die Macht Ihres Genies und nicht durch die Hülfe ihres Subjects."

Die sich Schritt vor Schritt steigernde Theilnahme des Freundes an dem Werke befeuerte den Dichter, wie derselbe fast in jedem Briefe dankbar anerkennt, zu einer immer eifrigeren Thätigkeit für dasselbe. Er mag die Vollendung des fünften Buches nicht abwarten und schickt am 11. Juni (1795) die erste Hälfte des Manuscripts an Schiller, während die zweite erst Anfang August nachfolgt.

Schiller's Freude an demselben drückt sich in wahrhaft begeisterter Weise aus. „Dieses fünfte Buch", schreibt er schon am dritten Tage nach Empfang des Manuscripts, „habe ich mit einer ordentlichen Trunkenheit und mit einer einzigen ungetheilten Empfindung gelesen. Selbst im Meister ist Nichts, was mich so Schlag auf Schlag ergriffen und in seinen Wirbel unfreiwillig mit fortgenommen hätte." Er hebt eine Anzahl einzelner Stellen hervor, wie Wilhelm's Rechtfertigung gegen Werner wegen seines Uebertritts zum Theater, diesen Uebertritt selbst, die Gestalten Serlo's, Philinen's, des Souffleurs, die wilde Nacht auf dem Theater u. s. f., deren Darstellung und Ausführungen er auf das Höchste rühmt, und betont vor allem als bewundernswürdig die Einfachheit der Mittel, durch welche der Dichter ein so hinreißendes Interesse zu bewirken gewußt habe. Aber er hält auch nicht zurück mit einer wichtigen Ausstellung, der einzigen, welche er gegen dieses fünfte Buch zu machen habe. Er findet nämlich, daß Goethe denjenigen Partien, welche das Schauspielwesen ausschließend beträfen, mehr Raum gegeben habe, als sich mit der weiten und freien Idee des Ganzen vertrage. „Es sieht zuweilen aus", meint er, „als schrieben Sie für den Schauspieler, da Sie doch nur von dem Schauspieler schreiben wollen." Die Sorgfalt, welche gewissen kleinen Details in dieser Gattung gewidmet sei, die Aufmerksamkeit auf einzelne kleine Kunstvortheile, die zwar dem Schauspieler und Direktor, aber nicht dem lesenden Publikum wichtig seien, brächten den falschen Schein eines besonderen Zwecks in die Darstellung und ließen den Leser vermuthen, daß eine Privatvorliebe für diese Gegenstände in dem Autor sich übergebührlich hervorgedrängt habe. Hier also sei Kürzung zum Vortheile des Ganzen von künstlerischen Gründen geboten.

Wenn wir uns erinnern, daß Goethe allerdings den Roman in seinem ersten Entwurfe auf diesen „besonderen Zweck" hin angelegt hatte, und wenn wir dazu von ihm selbst erfahren,

daß er bei der letzten Ueberarbeitung, um jene praktische Ten=
denz zurückzudrängen, bereits „das erste Manuscript fast um
ein Drittel verkürzt habe", so werden wir es als einen neuen
Beweis anzusehen haben, wie hoch er Schiller's Kritik schätzte,
wenn wir hören, wie bereitwillig er darauf einging, des
Freundes Erinnerungen „wegen des theoretisch=praktischen Ge=
wäsches", wie er sich ausdrückt, „zu benutzen und an einigen
Stellen die Scheere auf's Neue walten zu lassen, da man der=
gleichen Reste früherer Behandlung nie ganz los werde"*).
Diese Bereitwilligkeit Goethe's, die kritischen Erinnerungen des
Freundes zu benutzen, erfüllte diesen mit großer Freude und
gab ihm neuen Muth, mit denselben fortzufahren. Zugleich
unterläßt er nicht, Goethe's Eifer für die Beendigung des
Werkes auf alle Weise anzuspornen. „Ich fühle", so schreibt
er ihm im nächsten Briefe, „mit der Liebe, die ich für dieses
Werk Ihres Geistes hege, auch alle Eifersucht des Eindrucks,
den es auf andere macht, und ich möchte mit dem nicht gut
Freund sein, der es nicht zu schätzen wüßte." Er berichtet ihm
Alles, was er von dem günstigen Eindrucke der bereits ver=
öffentlichten Theile der Dichtung hört, und meldet unter anderm
auch, daß in Norddeutschland, wie er durch den Verleger seines
Musenalmanachs erfahren, viel Nachfrage nach dem Meister sei.
Er meldet, daß der allgemeine Stein des Anstoßes, den die
seine Welt an der Dichtung nehme, der sei, daß der Held sich
so gern bei dem Schauspielervolk aufhalte und die gute So=
cietät vermeide, und meint, daß es vielleicht nicht überflüssig
und jedenfalls nicht uninteressant sein würde, die Köpfe dar=
über zurecht zu setzen. Er erbietet sich, zu diesem Zwecke selbst
anonym einen Brief, der jene Beschwerde ausspreche, an den

____

*) I. Br. 78.

Verfasser des Romans zu richten, damit Goethe darauf das Nöthige antworten könne*). Dieser erledigte, wie es scheint, die Sache durch das fünfundsiebzigste seiner Venetianischen Epigramme, deren Sammlung er bald darauf dem Freunde mittheilte, und dessen Entstehung sich so auf das Beste erklärt. Es lautet bekanntlich:

> „Haſt du nicht gute Geſellſchaft geſehn? Es zeigt uns dein Büchlein
>   Faſt nur Gaukler und Volk, ja was noch niedriger iſt.“
> „Gute Geſellſchaft h a b' ich geſehen, man nennt ſie die g u t e,
>   Wenn ſie zum kleinſten Gedicht keine Gelegenheit giebt.“

Daneben behielt Schiller sich wiederholt vor, eine kritische Würdigung des Werkes zu veröffentlichen. Der Herausgeber der Jenaiſchen Litteraturzeitung hatte ihm schon nach dem Erscheinen des erſten Theils die Recenſion deſſelben angetragen, und Schiller meldet, daß er ſehr geneigt ſei, ihm zu willfahren, ſchon um dieſe Aufgabe nicht in andre Hände kommen zu ſehen**). Nach dem Erscheinen der folgenden Theile äußerte er mehrmals denſelben Vorſatz, um Goethe zur Vollendung des Ganzen anzuſpornen. „Daß Sie den Meiſter bald vornehmen wollen“, ſchreibt er am 16. Oktbr. 1795, „iſt mir ſehr lieb. Ich werde dann nicht ſäumen, mich des Ganzen zu bemächtigen, und wenn es mir möglich iſt, ſo will ich eine neue Art von Kritik, nach einer genetiſchen Methode dabei verſuchen, wenn dieſe anders, wie ich jetzt noch nicht präcis zu ſagen weiß, etwas Mögliches iſt.“ Fünf Wochen ſpäter hofft er, eine Beurtheilung des Meiſter im Auguſt oder September des künftigen Jahres ſehr ausführlich liefern zu können; und nach endlich erfolgter Vollendung des Ganzen ſchreibt er (2. Juli 1796): „eine wür=

---

dige, wahrhaft ästhetische Schätzung des ganzen Kunstwerks ist eine große Unternehmung: ich werde ihr die nächsten vier Monate ganz widmen, und mit Freuden" *). Leider ist dieses Unternehmen nicht ausgeführt worden, und wir haben uns daher um so mehr zu freuen, daß wenigstens Schiller's Briefe uns einen, wenn auch geringen Bruchtheil seiner kritischen Beurtheilung des Werks als Ersatz bieten mögen.

Kehren wir jetzt zu denselben zurück. Schiller's Kritik über das sechste Buch finden wir in dem achtundachtzigsten Briefe (17. Aug. 1795) enthalten**). Er bedauert sehr bei Zurücksendung des Manuscripts, daß ihm nicht vergönnt gewesen sei, über dieses Buch mit Goethe mündlich zu sprechen, weil man sich in einem Briefe nicht auf Alles besinne und zu solchen Mittheilungen der Dialog unentbehrlich sei. Er findet die Art, wie der Dichter den stillen Verkehr der schönen Seele mit dem Heiligen in sich eröffnet habe, höchst glücklich und den Gang, den dieses zarte und feine Verhältniß nehme, „äußerst übereinstimmend mit der Natur". Auch der Uebergang von der Religion überhaupt zu der christlichen, durch die Erfahrung der Sünde sei meisterhaft gedacht, aber bei aller Trefflichkeit der leitenden Ideen des Ganzen fürchtet er doch, daß dieselben „etwas zu leise angedeutet seien". Er verschweigt nicht, daß er manches näher zusammengerückt, anderes kürzer gefaßt, hingegen einige Hauptideen mehr ausgebreitet gewünscht hätte, und daß er besorge, daß es manchen Lesern vorkommen werde, als wenn in diesem Buche die Geschichte still stehe. Daneben sei ihm zwar des Dichters Bestreben nicht entgangen, „durch

---

*) I, Br. 112, 124, 180.

**) Die dort gegebene Bezeichnung des Buchs als des „fünften" ist ein Schreibfehler und ebenso muß es in Goethe's Antwortbriefe statt „in meinem siebenten Buche" heißen „im sechsten".

Vermeidung der trivialen Terminologie der Andacht seinen Gegenstand zu purifiziren und gleichsam wieder ehrlich zu machen": "aber", setzt er hinzu, "einige Stellen habe ich doch angestrichen, an denen, wie ich fürchte, ein christliches Gemüth eine zu leichtsinnige Behandlung tadeln könnte". Dieser ganze Schiller'sche Brief ist überhaupt ein höchst merkwürdiger Ausdruck seines Verhältnisses zur Religion und zum Christenthume, über dessen eigentlichstes Wesen er in dem Goethe'schen Buche noch zu wenig gesagt und namentlich nicht genugsam angedeutet findet, was diese Religion einer schönen Seele sein, oder vielmehr was eine solche daraus machen könne. "Ich finde", so schließt er seine Ausstellungen, "in der christlichen Religion virtualiter*) die Anlage zu dem Höchsten und Edelsten, und die verschiedenen Erscheinungen derselben im Leben scheinen mir bloß deswegen so widrig und abgeschmackt, weil sie verfehlte Darstellungen dieses Höchsten sind. Hält man sich an den eigentlichen Charakterzug des Christenthums, der es von allen monotheistischen Religionen unterscheidet, so liegt er in nichts anderem, als in der Aufhebung des Gesetzes, des Kantischen Imperativs, an dessen Stelle das Christenthum eine freie Neigung gesetzt haben will. Es ist also in seiner reinen Form Darstellung schöner Sittlichkeit oder der Menschwerdung des Heiligen, und in diesem Sinne die einzige ästhetische Religion". Diese Saite ist es, welche er in der Goethe'schen Dichtung hätte mögen ein wenig anklingen hören.

Goethe bekennt sich denn auch mit diesen Auslassungen des Freundes "ganz einverstanden" und durch die Bemerkungen desselben "sehr erfreut und ermuntert". Er berichtet, "daß er erst im achten Buche die christliche Religion in ihrem reinsten

---

*) d. h. der Anlage nach.

Sinne in einer anderen Generation (?) erscheinen zu lassen vorhabe, daß am Ende, wie er hoffe, der Freund nichts Wesentliches vermissen werde". Doch wünscht er, zu dem Ende den Gegenstand vorher noch einmal mit ihm durchzusprechen.

Das sechste Buch ging Anfang Oktober 1795 zum Druck ab. Ein Besuch bei Schiller hatte den Dichter zu dem Entschlusse gebracht, fortan, wie er nach seiner Rückkehr schreibt, „mit Herz, Sinn und Gedanken sich an den Roman zu halten, und nicht zu wanken, bis er ihn überwunden habe". Schiller bestärkt den sehr zum Zaudern geneigten Dichter in diesem Vorsatze auf das Eifrigste*); es sei allerdings das Vortheilhafteste für das Ganze, wenn er jetzt ununterbrochen in dieser Arbeit lebe. Vor Allem sei es nothwendig, daß der letzte Band, das siebente und achte Buch, einige Monate früher fertig werde, als er in Druck gegeben werden müsse. „Sie haben eine große Rechnung abzuschließen", ruft er ihm zu; „wie leicht vergißt sich da eine Kleinigkeit." Im November erschien der dritte Theil, das fünfte und sechste Buch enthaltend, gedruckt, und Schiller meldet über den Eindruck in seiner Umgebung (20. Novbr. 1795): jedermann finde das sechste Buch an sich selbst sehr interessant, wahr und schön, aber man fühle sich doch durch dasselbe „im Fortschritte aufgehalten". „Freilich ist", setzt er hinzu, „dieses Urtheil kein ästhetisches, denn beim ersten Lesen, besonders einer Erzählung, bringt mehr die Neugierde auf den Erfolg und das Ende, als der Geschmack auf das Ganze."

Die Art, wie Goethe auf diesen Tadel der Leser — auf den ihn jedoch, wie wir sehen, Schiller selbst schon früher nach Lesung des Manuscripts des sechsten Buchs vorbereitet hatte —

---

*) Brief 115.

sich gegen den Freund äußert, ist ebenso eigenthümlich, als dazu angethan, Mißverständniß zu erzeugen, wie ich denn selbst die bezüglichen Worte seines Antwortbriefes oft genug von den Einen als Beweis hochmüthiger Mißachtung des Publikums habe anführen hören, während andere, weniger Mißwollende, sie nicht verstehen zu können erklärten. Jene Worte lauten: „das sechste Buch meines Romans hat auch guten Effekt gemacht: freilich weiß der arme Leser bei solchen Produktionen niemals, wie er dran ist: denn er bedenkt nicht, daß er diese Bücher gar nicht in die Hand nehmen würde, wenn man nicht verstünde, seine Denkkraft, seine Empfindung und seine Wißbegierde zum Besten zu haben". Die Worte klingen allerdings etwas nach dem Hochmuthe der Geistesaristokratie, den man Goethe so oft vorgeworfen hat: aber es ist damit nicht so schlimm, wie es scheint. Denn genauer betrachtet, sprechen sie doch nur in scherzender Form die einfache Wahrheit aus: daß der Romandichter — und um diesen handelt es sich hier — es künstlich vermeiden muß, den Leser gleich von vornherein wissen zu lassen, was er von selbst errathen würde, wenn der Dichter ihn nicht geflissentlich durch allerlei Verwicklungen und Hindernisse irre führte.

Der Abschluß der Dichtung verzögerte sich von da an noch beinahe ein volles Jahr, wie wir denn überhaupt von dem Punkte an, bis zu welchem der Dichter das Werk in der ersten Periode geführt hatte, dasselbe nur sehr langsam fortschreiten sehen. Goethe selbst gestand, daß er sich vor der Aufgabe fürchte. Er war unmittelbar nach der endgültigen Vollendung des dritten Bandes wieder an den Roman gegangen, da er, wie er dem Freunde schrieb, alle Ursache habe, sich eifrig daran zu halten. „Die Forderungen, zu denen der Leser durch die ersten Theile berechtigt wird, sind wirklich der Form und Materie nach ungeheuer. Man sieht selten eher, wie viel man schuldig ist, als bis man wirklich einmal reine Wirthschaft machen und bezahlen will." Doch hatte er guten Muth, da Alles darauf ankomme, daß man die Zeit wohl brauche und keine Stimmung versäume. Schon am 15. Dezember (1795) konnte er dem Freunde melden, daß ihm der Roman zum Glück alle Zeit wegnehme. „Dieser letzte Band", fügte er hinzu, „mußte sich nothwendig selbst machen, oder er konnte gar nicht fertig werden. Die Ausarbeitung drängt sich mir jetzt recht auf, und der lange zusammengetragene und gestellte Holzstoß fängt endlich an zu brennen." Schiller ist davon auf's Höchste erfreut. „Der Himmel verlängere Ihnen", schreibt er, „jetzt nur die gute Laune, um den Roman zu endigen. Ich bin unglaublich gespannt auf die Entwicklung, und freue mich recht auf ein ordentliches Studium des Ganzen."

So verging das Jahr 1795. Gegen Ende Januar des folgenden finden wir Goethe am achten, dem Schlußbuche des Ganzen beschäftigt, ohne daß jedoch das siebente schon beendet gewesen wäre. Es erklärt sich dies aus Goethe's eigenthümlicher Art zu arbeiten, mit der er, wenn das Ganze eines Werks in seinem Kopfe fertig war, je nach Stimmung und Laune, oft die dem Verlaufe nach weit von einander getrennten Situationen vorgreifend auszuführen pflegte. Am 4. Februar hofft er das siebente Buch „in ganz kurzer Zeit" an Schiller abschicken zu können, da er dasselbe jetzt nur „aus dem Gusse des Diktirens in's Reine arbeite". Was weiter daran zu thun sei, werde sich finden, wenn das achte Buch ebensoweit sei, und er das Ganze mit dem Freunde recht lebhaft und ernsthaft durchgesprochen haben werde, der alsbald in seiner Antwort meldet, „daß er sich auf den Meister wie auf ein Fest freue". „Auch ich werde", fügt

Schiller hinzu, „ehe wir über das Ganze sprechen, mich mit dem Bisherigen noch mehr vertraut machen."

Von jenem Tage an bis zum 9. Juni finden wir in dem Briefwechsel beider Dichter des Werks nicht mehr erwähnt. Die Freunde genossen nämlich innerhalb dieser Zeit mehrmals des Glücks eines persönlichen Beisammenseins. Gegen Ende März war Goethe in Jena, im April Schiller vier Wochen bei dem Freunde in Weimar, welcher ihn dann im Mai und Juni wieder besuchte. Wir finden daher auch in der langen Zeit vom 5. Februar bis 9. Juni nur neun, meist sehr kurze Billete zwischen beiden gewechselt. Vom 21. April bis zum 10. Juni ist eine vollständige Lücke im Briefwechsel.

In diese Zeit fällt also das mündliche „Durchsprechen" des letzten Theils der Dichtung, und zwar zunächst des siebenten Buchs, das in Folge von Schillers Bemerkungen einer noch= maligen Revision unterworfen wurde, ehe Goethe es zum Druck abschickte *). Wenige Tage darauf meldet er, das achte Buch sei der Vollendung nahe, er hoffe dieses letzte Buch binnen acht Tagen dem Freunde senden zu können, — „und da hätten wir denn doch eine sonderbare Epoche unter sonderbaren Aspekten abgeschlossen". Endlich am 26. Juni stand er am Ziele. „Hier schicke ich (schreibt er) endlich das große Werk und kann mich kaum freuen, daß es so weit ist; denn von einem so langen Wege kommt man immer ermüdet an. Ich habe es auch nur einmal durchsehen können, und Sie werden also noch manches zu suppliren haben. Es muß auf alle Fälle noch einmal durch= gearbeitet und abgeschrieben werden. Lesen Sie das Manuscript erst mit freundschaftlichem Genuß und dann mit Prüfung, und sprechen Sie mich los, wenn Sie können. Manche Stellen

---

*) Briefwechsel I, Br. 167 (14. Juni 1796).

verlangen noch mehr Ausführung, manche fordern sie; und doch weiß ich kaum, was zu thun ist: denn die Ansprüche, die dieses Buch an mich macht, sind unendlich und dürfen, der Natur der Sache nach, nicht ganz befriedigt werden, obgleich Alles gewissermaßen aufgelöst werden muß. Meine ganze Zuversicht ruht auf Ihren Forderungen und Ihrer Absolution."

Seine Zuversicht sollte nicht getäuscht werden.

Schon anderen Tages antwortete Schiller mit dem herzlichsten Danke für die Sendung. Er preist sein Glück, daß ihn dieselbe „bei heiterem Sinne" treffe, und daß er also hoffen dürfe, sie mit ganzer Seele zu genießen. Er erklärt das Unbehagen, von dem Goethe sich am Ende der Arbeit beschlichen fühlte, durch die Bemerkung, daß der Abschied von einer langen und wichtigen Arbeit immer mehr traurig als erfreulich sei, weil das ausgespannte Gemüth zu schnell zusammensinke und die Kraft sich nicht gleich zu einem neuen Gegenstande zu wenden vermöge.

Zwei Tage später berichtet er über den ersten Eindruck, den das achte Buch auf ihn gemacht habe. Er fühle sich beunruhigt und befriedigt zugleich. Das Merkwürdigste an dem Totaleindruck scheint ihm dieses, daß Ernst und Schmerz durchaus wie ein Schattenspiel versinken und der leichte Humor vollkommen darüber Meister werde, daß der Ernst in dieser Dichtung nur Spiel, und das Spiel in derselben der wahre und eigentliche Ernst, daß der Schmerz nur Schein und die einzige Realität die Ruhe sei*). Er bittet um nochmalige Zusendung des Manuscripts von dem siebenten Buche, weil er gern das Ganze noch einmal im Zusammenhange durch alle seine Details begleiten möchte, und Goethe sendet ihm dasselbe sofort, indem er in Bezug auf des Freundes erstes Gesammturtheil über das achte

---

*) Briefwechsel I, Br. 177.

Buch erwidert: wie unendlich viel ihm das Zeugniß werth
sei, daß er im Ganzen das, was seiner Natur gemäß sei, auch
hier der Natur des Werks gemäß hervorgebracht habe. Er
meldet, daß ihm auch Wilhelm Humboldt's kleine Erinnerungen
förderlich gewesen, und hofft jetzt von Schiller's Bemerkungen
über das achte Buch „eine gleiche Wohlthat", da er dasselbe,
sobald er jene habe, nochmals durcharbeiten wolle.

Schiller wendete jetzt zwei volle Tage daran, die sämmtlichen
acht Bücher des Meister auf's Neue im Zusammenhange, „ob=
gleich nur sehr flüchtig", zu durchlaufen. Am 2. Juli war er
damit fertig. Der Eindruck war, wie er schreibt, „überwäl=
tigend"*). Der Brief, welchen er an jenem Tage begann und
in den drei folgenden fortsetzte, gehört zu dem Schönsten, was
er jemals dem Freunde geschrieben, zu dem Herzerfreuendsten,
was Goethe jemals in seinem Leben genossen hat. Auch die
folgenden Briefe Schiller's (186 und 189) sind fast ganz einer
eingehenden kritischen Besprechung der nun abgeschlossenen Dich=
tung gewidmet. Der erste Brief schildert fast nur den allge=
meinen Eindruck, den das Ganze auf ihn gemacht hatte. „Es
gehört", also schreibt Schiller, „zu dem schönsten Glück meines
Daseins, daß ich die Vollendung dieses Werks erlebte, daß sie
noch in die Periode meiner strebenden Kräfte fällt, daß ich aus
dieser reinen Quelle noch schöpfen kann, und das schöne Ver=
hältniß, das unter uns ist, macht es mir zu einer gewissen
Religion, Ihre Sache zu der meinigen zu machen, Alles, was
in mir Realität ist, zu dem reinsten Spiegel des Geistes aus=
zubilden und so in einem höheren Sinne des Worts den Namen
Ihres Freundes zu verdienen. Wie lebhaft", schließt er, „habe
ich bei dieser Gelegenheit erfahren, daß das Vortreffliche eine

____

*) Briefwechsel I, Br. 180, 181, 182.

Macht ist, daß es auf selbstsüchtige Gemüther auch nur als eine
Macht wirken kann, und daß es dem Vortrefflichen gegenüber
keine Freiheit giebt als die Liebe." Ich müßte die sämmtlichen
Briefe Schiller's über das nun vollendete Werk, welche in dem
Briefwechsel zusammen gegen neunzehn Seiten einnehmen,
hier wiederholen, wenn ich einen Begriff geben wollte von der
begeisterten Bewunderung des Ganzen, wie von der Feinheit
der kritischen Bemerkungen im Einzelnen, mit denen er sich
gegen den Freund auszulassen nicht müde wird.

Man kann wohl sagen, daß die in diesen Blättern geschil=
derte Vollendung des Wilhelm Meister und Schiller's thätige
Theilnahme an derselben, dem Freundschaftsbunde beider großen
Menschen erst die volle Weihe und von Goethe's Seite jene
Innigkeit verlieh, die sich denn auch in seinen Antwortbriefen*)
in einer sonst dem zurückhaltenden Goethe nicht eben geläufigen
Weise ausspricht. Schon dem ersten Schiller'schen Briefe (Br.
180) antwortet er mit überströmendem Herzen für die „Er=
quickung", welche ihm der Freund durch die Mittheilung dessen
gewährt, was derselbe bei dem Roman, besonders bei dem achten
Buche, empfunden und gedacht habe. Er nimmt keinen Anstand
es auszusprechen, wie viel das Werk selbst dem Freunde danke,
der direkt wie indirekt die Vollendung desselben gefördert, ja,
eigentlich möglich gemacht habe. „Wenn dieses nach Ihrem
Sinne ist", schreibt er, „so werden Sie auch Ihren eigenen
Einfluß darauf nicht verkennen: denn gewiß, ohne unser
Verhältniß hätte ich das Ganze kaum, wenigstens nicht auf
diese Weise, zu Stande bringen können. Hundertmal, wenn ich
mich mit Ihnen über Theorie und Beispiel unterhielt, hatte
ich die Situationen im Sinne, die jetzt vor Ihnen liegen, und

---

*) Briefwechsel Nr. I, 184, 185, 187.

beurtheilte sie im Stillen nach den Grundsätzen, über die wir uns vereinigten. Wie selten findet man bei Geschäften und Handlungen des gemeinen Lebens die gewünschte Theilnahme, und in diesem hohen ästhetischen Falle ist sie kaum zu hoffen; denn wie viele Menschen sehen das Kunstwerk an sich selbst, wie viele können es übersehen? und dann ist es doch nur die Neigung, die Alles sehen kann, was es enthält, und die reine Neigung, die dabei noch sehen kann, was ihm mangelt. Und was wäre nicht noch Alles hinzuzusetzen, um den einzigen Fall auszudrücken, in dem ich mich nur mit Ihnen befinde!"

Goethe versuchte nun, nach Schiller's Bemerkungen und Fingerzeigen, „durch die sich auch in seinem Geiste das Ganze mehr verbinde und wahrer und lieblicher werde", den letzten Theil der Dichtung auf's Neue durchzuarbeiten. Ja, er ging sogar so weit, den Freund zu ermächtigen und zu bitten, daß derselbe da, wo ihn selbst ein gewisser „realistischer Tic", den er als eine hartnäckige Verkehrtheit seiner Natur bezeichnet, an dem Aussprechen dessen, was noch fehle, hindern sollte, — „mit einigen kecken Pinselstrichen selbst das Nöthige hinzufügen möge"*). Schiller jedoch lehnt dies eben so fest als bescheiden ab. Auch jener realistische Tic, meint er, gehöre zu Goethe's poetischer Individualität, in deren Grenzen der Dichter durch= aus bleiben müsse; alle Schönheit des Werks müsse eben seine Schönheit sein. Zugleich vermehrte er die Zahl seiner in den vorigen Briefen gemachten Bemerkungen noch um einige sehr bedeutende, deren Berücksichtigung bei der letzten Ueberarbei= tung er dem Freunde empfahl. Ein unmittelbar darauf folgender Besuch, den ihm Goethe in Jena (14. Juli bis 20. Juli) abstattete, gab Gelegenheit, Vieles mündlich durch=

---

*) Briefwechsel I, Br. 187.

zusprechen, was uns somit durch die Lücke des Briefwechsels verloren gegangen ist.

Goethe nahm das Manuscript mit zurück nach Weimar, um es abermals durchzugehen und in neuer Abschrift dem Freunde zu überschicken, damit derselbe beurtheilen möge, mit welchem Erfolge der Dichter die Verlangnisse des Kritikers zu erledigen versucht habe. Darüber verging jedoch, obschon Goethe diese Arbeit in wenigen Wochen zu beendigen hoffte, der Rest des Juli und die Zeit der folgenden Monate bis zum Oktober. Goethe wurde mehr und mehr ungeduldig bei der Arbeit. „Der Roman", schreibt er drei Wochen nach jenem Besuche, „giebt auch wieder Lebenszeichen von sich. Ich habe zu Ihren Ideen Körper nach meiner Art gefunden; ob Sie jene geistigen Wesen in ihrer irdischen Gestalt wiedererkennen werden, weiß ich nicht." Es ist offenbar, daß ihm das wiederholte Herumarbeiten an einem fertigen Werke, dessen Fehler und Mängel ihm der Freund nicht verhehlt hatte, am Ende lästig und peinlich wurde. „Fast möchte ich", schreibt er, das Werk zum Drucke schicken, ohne es Ihnen weiter zu zeigen. Es liegt in der Verschiedenheit unserer Naturen, daß es Ihre Forderungen niemals ganz befriedigen kann." Doch auch dies, fügt er hinzu, werde, wenn Schiller sich „dereinst über das Ganze erkläre", — d. h. jene öffentliche Kritik des ganzen Werks unternehme, zu der er sich bereit erklärt hatte — gewiß wieder zu mancher schönen Bemerkung Anlaß geben. Wirklich schickte er den Schluß des Werks, das achte Buch, zum Drucke ab, ohne das Manuscript noch einmal Schiller mitzutheilen, damit, was ihm gelungen sein möchte, den Freund im Drucke überrasche, und was daran ermangeln möge, Beiden Unterhaltung für künftige Stunden gewähre; „denn was den Augenblick betrifft, so bin ich wie von einer großen Debauche recht ermüdet daran, und wünsche Sinn und Gedanken wo anders hinzulenken"*).

So erhielt denn Schiller das Werk am 22. Oktober 1796 gedruckt zu „unverhoffter Freude" von Goethe zugesendet und stattete dem Freunde seinen Glückwunsch ab „zur glücklichen Beendigung dieser großen Krise". Von dem Romane selbst könne man sagen: er sei nirgends beschränkt, als durch die rein ästhetische Form, und wo die Form darin aufhöre, da hange er mit dem Unendlichen, mit der Kunst und dem Leben, zusammen. Er möchte ihn, schreibt er, „mit einer schönen Insel vergleichen, die zwischen zwei Meeren liege". Die Veränderung fand er zureichend und vollkommen im Sinne und Geiste des Ganzen, und nur leise deutete er gewisse Ausstellungen an, die er auch jetzt noch nicht verschweigen mochte. Dahin gehöre eine gewisse Weitläufigkeit der neuen Zusätze und eine gewisse allzulockere Verbindung derselben mit dem Alten, ein zu großes Vorwiegen des didaktischen Theils im letzten Buche, und endlich sei — worauf er in früheren Briefen großen Werth gelegt — die Hauptidee des Ganzen nicht deutlich genug ausgesprochen.

Noch einmal seitdem kommt Schiller in dem Briefwechsel mit Goethe auf das Werk zurück. Gerade ein Jahr nach der Vollendung des Werks schreibt er dem Freunde (30. Oktober 1797) jenes wichtige Wort über die Form des Meister, die wie jede Romanform schlechterdings nicht poetisch sei, weil sie ganz nur im Felde des Verstandes liege, unter allen seinen Forderungen stehe und durch alle seine Grenzen bedingt sei. Wenn daher ein echt poetischer Geist sich dieser Form bediene und in ihr die poetischen Zustände ausdrücke, so entstehe ein sonderbares Schwanken zwischen einer prosaischen und poetischen

---

*) Briefwechsel I, 214.

Stimmung. Er räth daher dem Freunde, dasjenige, was sein Geist in ein Werk legen könne, immer nur in die reinste ästhetische Form zu legen, damit nichts von demselben in einem unreinen Medium verloren gehe. Goethe stimmt ihm zu, indem er bemerkt: gerade die Unvollkommenheit des Meister habe ihm am meisten Mühe gemacht. Eine reine Form (wie die epische in Hermann und Dorothea) helfe und trage, während eine unreine überall hindere und zerre, und so hofft er denn, es werde ihm nicht leicht wieder begegnen, daß er sich in Gegenstand und Form vergreife. Wir wissen, daß er trotz= dem mit dem Roman der Wahlverwandtschaften dem Meister einen Nachfolger gegeben hat. —

Hier schließt die von uns zu zeichnen versuchte Entstehungs= geschichte eines Werks, dessen Gleichen seitdem — es sind jetzt nahezu hundert Jahre verflossen — unsere Litteratur nicht mehr gesehen hat. Wenn die von uns gegebene historische Skizze auch keinen anderen Erfolg hätte, als den, zu zeigen: daß, nach dem griechischen Worte „alles Schöne ist schwer", die Meister= werke unserer großen Dichter nicht spielend oder in eilender Hast geschaffen, sondern in langer mühevoller Arbeit, als Früchte des gewissenhaftesten Künstlerfleißes zu ihrer, unsere Herzen erquickenden und unseren Geist nährenden Vollreife gelangt sind, so wäre dies schon ein Verdienst gegenüber unserer Zeit, in welcher selbst unter den Besten von solcher Künstlergeduld und Gewissenhaftigkeit im Produciren nur seltene Beweise zu finden sein dürften. Und wenn der Goethe'sche Wilhelm Meister in dem weiten, unabsehbar angebauten Felde unserer Romanlitteratur noch heute als ein unübertroffenes Meisterwerk dasteht, unendliche Tiefe unter ruhiger Fläche bergend, den reichsten und bedeutendsten Gehalt in edelster und reinster Form bietend, mit Gestalten, die „ewig sind, weil sie sind", die noch heute, wie vor fast einem Jahr- hundert die Herzen des Lesers bewegen und seine Theilnahme unwiderstehlich erzwingen — soll das heutige Geschlecht sich daran erinnern, daß der größte Dichter unseres Volks dieses Werk ein Menschenalter lang in der Werkstatt behalten, und daß ihm bei der letzten Ausführung zur Vollendung kein geringerer als ein Schiller drei Jahre lang die kundige hülf- reiche Hand geleistet hat.

Schiller aber schrieb ein Jahr nach dem Erscheinen des vollendeten Werks, das er wieder einmal gelesen hatte, dem Freunde — (es ist das letzte Wort von ihm über das Werk): „Ich kann Ihnen nicht sagen, wie mich der Meister auch bei diesem neuen Lesen bereichert, belebt, entzückt hat; es fließt mir darin eine Quelle, wo ich für jede Kraft der Seele, und für diejenige besonders, welche die ver- einigte Wirkung von allen ist, Nahrung schöpfen kann."

Mariane.

Wir eröffnen die Reihe der Frauengestalten, mit welchen Lebensgang und Schicksal des Helden der Goethe'schen Dichtung näher oder ferner verbunden erscheinen, billig mit der holdseligen Gestalt derjenigen, welche den Anfangs= und Ausgangspunkt seiner vielfach verschlungenen Wanderung bildet, mit der Gestalt jener Mariane, deren Begegnung für Wilhelm so verhängnißvoll entscheidend zu werden bestimmt ist.

Diese Begegnung wird am Anfange der Dichtung als ge= schehen vorausgesetzt. Wir sehen im ersten Kapitel die beiden Liebenden bereits auf dem Gipfel ihres höchsten, ach! so kurzen Liebesglückes angelangt, umrauscht von dem Meere, dem die schaumgeborne Göttin einst entstiegen, von der Wogenfluth der ersten, der vollen, heißen, ganz erfüllenden und ganz erfüllten Jugendliebe, deren Seligkeit der Dichter im dritten Kapitel des ersten Buchs mit wahrhaft hymnischer Begeisterung preist. „Wenn die erste Liebe", ruft er aus, „wie ich allgemein be= haupten höre, das schönste ist, was ein Herz früher oder später empfinden kann, so müssen wir unsern Helden dreifach glücklich preisen, daß ihm gegönnt ward, die Wonne dieser einzigen Augenblicke in ihrem ganzen Umfange zu genießen. Nur wenig

Menschen werden so vorzüglich begünstigt, indeß die meisten von ihren früheren Empfindungen nur durch eine harte Schule geführt werden, in welcher sie nach einem kümmerlichen Genusse gezwungen sind, ihren besten Wünschen zu entsagen, und das, was ihnen als höchste Glückseligkeit vorschwebte, für immer entbehren zu lernen."

Wilhelm Meister ist in jenem glücklichen Falle, und Alles vereint sich, sein Glück zu erhöhen. Ein Blick auf die erste Scene, in welcher ihn uns der Dichter in Marianen's Arme eilend vorführt, genügt zugleich, die Gestalt des reizenden Geschöpfes, in welchem der liebetrunkene Jüngling seine erweckende, seinen Lebensvorsatz bestärkende „Gottheit" sieht, in allem Zauber ihres Wesens vor uns hinzustellen. Sie ist da, ganz und vollständig da, so wie sie erscheint, die junge, schöne, gefeierte Schauspielerin, in der phantastisch reizenden Bühnentracht „als junger Offizier gekleidet", wie sie vor wenigen Minuten noch „das Publikum entzückt hat", strahlend von Jugendfrische, leuchtend von wahrer, reiner, ganz hingebender Glut einer ersten Liebe, Alles vergessend, Alles von sich weisend, was sie abhalten soll, sich einer Leidenschaft zu überlassen, „die sie so oft dargestellt und von der sie doch keinen Begriff gehabt hatte". Jetzt ist diese Leidenschaft wie eine himmelauflodernde Flamme in ihrem Busen erwacht, und nichts mehr kann, nichts soll sie abhalten, sich ganz ihr hinzugeben. Was ist alle spätere Liebesdarstellung in dem ganzen Werke Goethe's gegen diese einzige Scene, in der wir den vollen Pulsschlag des Dichters selbst vernehmen, der selbst noch jung, ein Achtundzwanzigjähriger, diesen Triumphgesang hingebender Liebesleidenschaft und unschuldiger Sinnlichkeit aus Marianen's Munde ertönen ließ! Spott und Hohn und Warnungen der

alten Barbara, die Vergangenheit mit der beschämenden Er=
innerung an ihre Schmach, die Zukunft, welche wie ein tod=
drohendes Schwert über ihrem Haupte hängt, — Alles ver=
schwindet vor ihr, ist nichtig und ohnmächtig gegenüber der
Kraft ihrer Liebe. „Spotte wie du willst", ruft sie aus, „ich
lieb ihn! ich lieb ihn! Mit welchem Entzücken spreche ich zum
erstenmal diese Worte aus." Sie hat sie so oft ausgesprochen,
diese Worte, aber es ist, als vernähme ihr Ohr sie jetzt zum
erstenmale, weil das Echo in ihrer eigenen Brust sie tausend=
fach verstärkt wiedergiebt. „Ja, ich will mich ihm um den
Hals werfen! ich will ihn fassen, als wenn ich ihn ewig
halten wollte. Ich will ihm meine ganze Liebe zeigen, seine
Liebe in ihrem ganzen Umfange genießen." Dieser Augenblick,
in welchem sie die erste Liebe in ihrem Herzen aufblühen
fühlt, ist ihr die Ewigkeit: — „und wenn mir die Morgen=
sonne meinen Freund rauben sollte, will ich mir's verbergen".
Das schwächste, leitbarste, willenloseste aller weiblichen Ge=
schöpfe wird für und durch diesen Mann zur willensstarken,
Alles überwindenden Heldin. — Der ganze Schwung der
Jugend und Leidenschaft, gesteigert noch durch das Phan=
tastische ihres Berufs, durch das Abenteuerliche, Aufgeregte
ihres Schauspielerlebens, durch die Exaltation der eben ge=
habten Anstrengung, das Alles tritt uns in dieser Mariane
des ersten Kapitels in all' seiner bunten Pracht entgegen.
Dieses aufflammende Entzücken über die Erfüllung eines bis=
her nur als Schein gekannten Glücks, es ist „das Lebendige,
das nach Flammentod sich sehnet". Wer kennt es nicht, das
tiefsinnige Lied, das der greise Dichter gesungen hat zum
Preise des nach Flammentod sich sehnenden Falters, jenes
Lied, das da anhebt mit den Worten:

> „Sagt es Niemand, nur den Weisen,
> Weil's die Menge gleich verhöhnet!" —

Mariane ist dieser glänzend bunte „Schmetterling", den keine Ferne schwierig macht, der, gebannt vom Strahl der Feuerkerze, „des Lichts begierig" auf den zarten Schwingen sich hineinstürzt in die Glut, die ihn vernichtet. Aber die Flamme, die sie vernichtet, ist zugleich ihre Läuterung und Verklärung.

Goethe liebt es nicht, die Vorgeschichte der Gestalten seiner Romandichtung weitläufig zu erzählen. Auch über Mariane und über ihre Herkunft und früheren Lebensereignisse erfahren wir nur kurze Andeutungen und auch diese erst, nachdem bereits Jahre über den unbekannten Grabhügel des liebenswürdigen Geschöpfes dahingegangen sind. Mariane ist guter Leute Kind. Im Schooße einer begüterten Familie erwachsen, hat es ihrer Jugend an Nichts gemangelt. Sorgfältig und in guten bürgerlichen Grundsätzen von liebevollen Eltern erzogen, an ein behagliches sorgenloses Dasein gewöhnt, trifft das Unglück sie an, als es über ihr Vaterhaus hereinbricht, den Wohlstand der Eltern vernichtend und diese selbst bald darauf von ihrer Seite reißend. Sie bleibt allein zurück, oder vielmehr schlimmer als allein; denn eine alte Wärterin, die richtige Milchschwester der Shakespeare'schen Amme Julia's ist jetzt ihre einzige Stütze und Beratherin. Die alte Barbara ist so recht

> — „ein Weib, wie auserlesen,
> Zum Kuppler= und Zigeunerwesen."

und wo fände beides besser seine Rechnung als in der Welt des zigeunernden Schauspielerthums jener Zeit, dem sich ihre junge Pflegebefohlene auf ihren Rath zuzuwenden genöthigt sieht. Es ist kein eigener idealer Drang, kein abenteuerlich

Gelüsten, kein unwiderstehlicher Zug und Trieb des Innern
in Folge ganz besonderer Begabung, durch welche Mariane
auf die Bretter geführt worden ist: die Verlegenheit, die Noth
um die Existenz und das Zureden ihrer Beratherin haben
ihre Schritte dorthin geleitet. Das ist ein wesentlicher Unter=
schied zwischen ihr und Wilhelm, der nicht unbeachtet bleiben
darf. Ihre weitere Geschichte ist sehr einfach. Es ist das alte
Lied vom Schicksal der Schwestern, die, wie Goethe in dem
wundervollen Gedicht auf Mieding's Tod singt:

„Vor Hunger kaum, vor Schande nie bewahrt"

auf Thespis' Karren im deutschen Reiche umherzogen und um=
herziehn. Das buntbeflitterte Komödiantenleben schützt nur selten
vor Noth, und diese Noth wird für diejenige um so drückender,
die, wie Mariane, „an mancherlei Bedürfnisse gewöhnt", noch
obenein des Leichtsinns entbehrt, der das Gewissen über die
Hülfsmittel des Schuldenmachens und Nichtbezahlens beruhigt.
„Ihrem kleinen Gemüth" — so lautet die Schilderung der
alten Barbara — „waren gewisse gute Grundsätze eingeprägt,
die sie unruhig machten, ohne ihr viel zu helfen. Sie hatte
nicht die mindeste Gewandtheit in weltlichen Dingen, sie war
unschuldig im eigentlichen Sinne; sie hatte keinen Begriff, daß
man kaufen könne, ohne zu bezahlen: für nichts war ihr mehr
bange, als wenn sie schuldig war; sie hätte immer lieber gegeben,
als genommen und nur eine solche Lage machte es möglich, daß
sie genöthigt ward, sich selbst hinzugeben, um eine Menge kleiner
Schulden zu bezahlen." Genöthigt nicht durch die Noth selbst,
sondern durch ihre Beratherin, eben dieselbe alte Barbara, die
es mit dem ganzen Cynismus dieser Art von Weibern eingesteht,
daß sie und sie allein es gewesen, welche das unglückliche junge
Geschöpf dazu gebracht habe, sich einem freigebigen Liebhaber,

dem jungen Kaufmann Norberg, einem reichen Wüstlinge, hinzugeben. Freilich hätte sie ihre Pflegebefohlene retten können, „mit Hunger und Noth, mit Kummer und Entbehrung": „aber darauf war ich niemals eingerichtet!" Das verstockte Weib hatte dabei obenein noch ein völlig ruhiges Gewissen. Sie hatte in den „vornehmen Häusern", in denen sie früher als Dienerin gelebt, Mütter genug gefunden, „die recht ängstlich besorgt waren, wie sie für ein liebenswürdiges, himmlisches Mädchen den allerabscheulichsten Menschen auffänden, wenn er nur zugleich der reichste war"; sie hatte oft genug gesehen, wie solch armes Geschöpf vor seinem Schicksale zitterte und bebte, und nirgends Trost fand, bis ihr irgend eine erfahrene Freundin begreiflich machte, daß sie durch den Ehestand das Recht erwerbe, über ihr Herz und ihre Person nach Gefallen verfügen zu können. Warum sollte sie, in Armuth und Niedrigkeit von Noth und Hunger bedrängt, mit ihrer Schutzbefohlenen nicht thun, was sie Reiche und Vornehme thun sah! — Nie hat ein Dichter mit sonnenhellerer Klarheit die Sophistik des Verbrechens und zugleich die Schäden der Gesellschaft, welche sich „die gute" nennt, vor unsern Augen aufgedeckt!

Mariane hat sich verkaufen lassen, aber mit Widerwillen. Keine Faser ihres Herzens ist bei dem unwürdigen Handel betheiligt gewesen. Ihr Herz ist frei geblieben, ihr „kleines Gemüth" hat seine Unschuld bewahrt. Aber gerade das wird ihr Unglück. Wenige Wochen später lernt sie, während Norberg's Reise, den Mann kennen, zu dem vom ersten Augenblicke an sich die ganze Liebeskraft ihres Herzens unwiderstehlich hingezogen fühlt, weil seine Seelenreinheit, sein Schwung und Adel der Empfindung, seine Begeisterung für ihre Kunst, seine

achtungsvolle Liebe für sie selbst dem jungen, schönen, liebe-
bedürftigen Wesen eine ganz neue Welt erschließen. Vergebens
sind die Bitten, Warnungen und Drohungen der alten Barbara.
Die eigensüchtige Vertraute hatte uneingeschränkte Macht nur
über den Verstand Marianen's, denn sie kannte alle Mittel,
deren kleine Neigungen zu befriedigen, aber sie hatte keine
Macht über das Herz ihrer Pflegebefohlenen, und von dem
Augenblicke an, wo dieses sprach, war und fühlte sich Mariane
frei und ledig aller Ketten des früheren Gehorsams. Aber ach
— eine Kette blieb dennoch, die zu sprengen ihr die Kraft gebrach, — die Kette, welche durch ihren widerwilligen Gehorsam,
durch das ihr abgezwungene Opfer ihrer Ergebung an Norberg
sie in ihrem Bewußtsein an die Vergangenheit unzerreißbar gefesselt hielt. Der Fehltritt, zu dem sie sich hat bewegen lassen
— er erscheint in seiner ganzen entsetzlichen Gestalt erst in
dem Augenblicke, wo das Bewußtsein, wahrhaft zu lieben und
geliebt zu werden, wo die Möglichkeit eines reinen, nie geahnten
Glückes sich in all' ihrer lockenden Schönheit vor sie hinstellen
und ihr die herzzerreißende Klage gegen ihre Verführerin entlocken: „O, hättest du meiner Jugend, meiner Unschuld nur
vier Wochen geschont, so hätte ich einen würdigen Gegenstand
meiner Liebe gefunden, ich wäre seiner würdig gewesen, und
die Liebe hätte das mit einem ruhigen Bewußtsein geben
dürfen, was ich jetzt wider Willen verkauft habe!“

Mit einem ganz geringen Theile desjenigen Leichtsinns,
dessen Füllhorn die Natur über die meisten ihrer Schwestern
ausgeschüttet hat, würde sie sich retten können vor der Angst
ihres Herzens, aber gerade dieser Leichtsinn fehlt ihr jetzt gänzlich. Selbst zu einer Entdeckung ihres Zustandes gegenüber
dem Geliebten ihres Herzens fehlen ihr Kraft und Muth.

Sein Glück ist so rein, so vollständig; sie kann sich nicht über=
winden, es durch ein offenes Bekenntniß ihrer unglückseligen
Lage selbst zu zerstören, und seine reine Glücksempfindung an
ihrer Seite vermehrt nur das Gefühl des Elends ihrer Ver=
worrenheit. Immer und immer wieder fährt inmitten ihres
Liebesglücks „die kalte Hand des Vorwurfs ihr über das Herz"
und „selbst am Busen des Geliebten, selbst unter den Flügeln
seiner Liebe ist sie nicht sicher davor". Aber noch unendlich be=
dauernswerther empfand sie sich, wenn sie allein war, und wenn
sie aus den Wolken, in denen seine Leidenschaft sie empor trug,
in das Bewußtsein ihres Zustandes herabsank. Das Gemälde
desselben, wie es Goethe's Meisterhand entworfen hat, gehört
zu den ergreifendsten Seelenschilderungen der Dichtung. Wohl
war der Armen „Leichtsinn zu Hülfe gekommen, so lange sie in
niedriger Verworrenheit lebte, sich über ihre Verhältnisse betrog,
oder vielmehr sie nicht kannte. Da erschienen ihr die Vor=
fälle, denen sie ausgesetzt war, nur einzeln, Vergnügen und Ver=
druß lösten sich ab, Demüthigung wurde durch Eitelkeit, und
Mangel oft durch augenblicklichen Ueberfluß vergütet; sie konnte
Noth und Gewohnheit sich als Gesetz und Rechtfertigung an=
führen, und so lange ließen sich alle unangenehmen Empfin=
dungen von Stunde zu Stunde, von Tag zu Tage abschütteln.
Nun aber hatte das arme Mädchen sich auf Augenblicke in eine
bessere Welt hinüber gerückt gefühlt, wie von oben herab aus
Licht und Freude in's Oede, Verworfene ihres Lebens herunter
gesehen, hatte gefühlt, welche elende Kreatur ein Weib ist, das
mit dem Verlangen nicht zugleich Liebe und Ehrfurcht einflößt,
und fand sich äußerlich und innerlich um nichts gebessert. Sie
hatte nichts, was sie aufrichten konnte. Wenn sie in sich blickte
und suchte, war es in ihrem Geiste leer, und ihr Herz hatte

keinen Widerhalt. Je trauriger dieser Zustand war, desto heftiger schloß sich ihre Neigung an den Geliebten fest; ja, die Leidenschaft wuchs mit jedem Tage, wie die Gefahr, ihn zu verlieren, mit jedem Tage näher rückte."

Aber der Geliebte kann ihr keine Hülfe bringen. Er ahnt nichts von ihrem inneren Zustande, von ihrem Seelenleiden, die sie ihm zu entdecken nicht den Muth hat, und die alte Barbara ist natürlich auf das Eifrigste beflissen, ihn in seiner glücklichen Unwissenheit zu erhalten. Es heißt in der Dichtung von Marianen: Wilhelm ist „ihrer Treue, ihrer Tugend gewiß", und Marianen's Verhalten, die Stimmung ihres Betragens gegen ihn trägt dazu bei, ihn in seinen idealistischen Empfindungen zu bestärken. „Die Furcht, ihr Geliebter möchte ihre übrigen Verhältnisse vor der Zeit entdecken, verbreitete über sie einen liebenswürdigen Anschein von Sorge und Scham, — selbst ihre Unruhe schien ihre Zärtlichkeit zu vermehren. Ganz nur mit sich und seiner Liebe, seinem idealen Lebensplane, mit dem Aufbau eines durch alle höchsten Güter der Poesie und eines poetischen Glücks verschönten Daseins beschäftigt, gleicht er dem Wanderer, der, die Augen zu den Sternen des Himmels gerichtet, nicht sieht, was vor seinen Füßen liegt und in trunkenem Entzücken dem Abgrunde zuschreitet, der sich nahe vor ihm eröffnet. Blind vertrauend, ganz sich hingebend, ist er, fühlt er sich reich genug, die Geliebte mit allen Schätzen seines Innern auszustatten. Den Gegenstand seiner Leidenschaft zu veredeln, durch seinen Geist das geliebte Mädchen mit sich empor zu heben, „an das er sich mit allen Banden der Menschheit geknüpft" empfindet, in welchem er „die Hälfte, mehr als die Hälfte seiner selbst" sieht, wird seine schönste Aufgabe.

Mariane erscheint ihm als die vom Schicksal selbst ihm ge=
sendete Egeria, deren Hand ihn „aus dem stockenden, schleppenden,
bürgerlichen Leben zu erretten" bestimmt sei, und während er
unaufhörlich den ganzen Reichthum seines Gefühls auf sie
hinüberträgt, kommt er sich dabei doch als ein Bettler vor,
der vielmehr „von ihrem Almosen lebe!" Seine Jugend,
seine Weltunerfahrenheit, sein überspannter Idealismus haben
ihn „auf den Flügeln der Einbildungskraft" zu dem reizenden
Mädchen getragen, die ihm zuerst „in dem günstigen Lichte
theatralischer Vorstellung" erschienen war. Mariane ist seine
erste Liebe und mit dieser ersten vollen Liebe verbindet sich
zugleich seine von Jugend an genährte Leidenschaft für die
Bühne. Was bedarf es mehr, um jenen berauschenden Trank
zu bereiten, der nach Mephisto selbst einen am Leben ver=
zweifelnden Faust, geschweige denn einen voll gläubiger In=
brunst das Leben umfassenden Wilhelm Meister „Helena in
jedem Weibe" sehen läßt? Ganz eingehüllt in jene „glückliche
Dumpfheit" der Jugend, zumal der lieben Jugend, „deren
zauberisch schöner Schleier Natur und Wahrheit in ein heim=
licheres, schöneres Licht stellt", vermag er nicht zu gewahren,
wie dieses liebliche Wesen mit seinem „kleinen Gemüth" gerade
am wenigsten geeigenschaftet ist zu der Stelle, die er ihm in
seinem Leben und für die gewaltsame Umgestaltung desselben
angewiesen hat.

Es liegt eine ganze Welt von bezeichnender Kraft in
jenem Ausdrucke, mit welchem der sonst in direkter Charak=
teristik so sparsame Dichter die Gestalt Marianen's gekenn=
zeichnet hat. Mariane ist ganz nur Herz und Gemüth, aber —
sie ist „ein kleines Gemüth". Ihre Liebe selbst, so innig, so
zärtlich, so ganz ihr Wesen erfüllend, ist doch mehr unmittel=

bare Naturbestimmtheit, als bewußte, von einem kräftigen Geiste getragene Leidenschaft. Ihre Zärtlichkeit für den geliebten Mann ist ihr Alles, für diese kann sie ganz sich hingebend leiden, entsagen, sterben selbst — aber sie ist unfähig zu handeln, denn ihr fehlen die Schwungfedern eines starken Willens, ja fast der Wille überhaupt. „Mache, was du willst, ich kann nichts denken, aber folgen will ich!" das ist Alles, was sie, als die Furcht vor der Katastrophe näher und näher tritt, den bösen und frechen Rathschlägen ihrer Barbara zu entgegnen weiß. Ihr Geist ist unentwickelt, ist „leer" geblieben, und darum fehlt ihrem Herzen „der Widerhalt". Man hat so viel von der Ironie gesprochen, mit welcher Goethe den Helden seines Romans behandelt habe. Giebt es ein stärkeres Beispiel von derselben, als den Umstand, daß der Dichter ihn zur Gefährtin des gewagtesten aller Unternehmen, zu einer Revolution gegen alle Verhältnisse seines Lebens, eine Mariane wählen läßt, deren ganzes Wesen, trotz ihres zufälligen Schauspielerthums, vorzugsweise auf ein friedliches Dasein, ein sich beglückt fühlendes Beharren in jenen bürgerlichen Verhältnissen angelegt ist, und die ohne allen Zweifel, wenn ihr die Wahl frei stände, die Welt der Bühne und des poetischen Scheins mit tausend Freuden vertauschen würde gegen ein noch so bescheidenes Loos innerhalb der ihrem Geliebten so widerwärtigen Schranken einer engbürgerlichen aber gesicherten Existenz? Hat nicht die ganze ausführliche Puppenspielererzählung, neben ihrem Hauptzwecke, den gegenwärtigen Seelenzustand und die abenteuerlichen Lebensvorsätze Wilhelm's anschaulich und begreiflich zu machen, auch noch die sichtbare Nebenabsicht, zu zeigen, wie himmelweit seine Mariane davon entfernt ist, an seinen Gedanken und Interessen Theil zu nehmen, oder vielmehr Theil nehmen zu können? Es ist etwas von einer der lieblichsten Gestalten des englischen Romandichters, von Dicken's, childwise, in dieser Goethe'schen Mariane, die bei ihres Geliebten begeisterten Kunsterinnerungen und Kunstbetrachtungen unmerklich einschläft, weil ihr die Begebenheiten „zu einfach" und die Betrachtungen „zu ernsthaft" sind!

Ist Mariane so ihrem Geliebten in jeder Beziehung geistig tief untergeordnet und in der Welt, in welcher er mit seinen Gedanken und Lebensanschauungen, seinen Entwürfen und Plänen lebt, eine völlig Fremde, so fehlen ihr auf der andern Seite auch gewisse äußere Eigenschaften, welche sonst doch meist das Eigenthum von Frauen aus guten bürgerlich wohlständigen Familien zu sein pflegen. Im Elternhause zu häuslicher Ordnung und Sauberkeit, zu selbstthätiger Wirthschaftlichkeit nicht genügend angehalten, weil der Wohlstand des Hauses ein Bedienenlassen des einzigen Töchterchens durch andere zu gestatten, die Eitelkeit der Eltern dasselbe vielleicht gar zu fordern schien, ist die arme Mariane in allen äußerlichen Dingen unpraktisch wie ein Kind und vollkommen abhängig von einer Dienerin, die durchaus nicht geneigt ist, sie zur Ordnung und Umsicht anzuhalten. Ihr Geliebter, der, in einem feinen Bürgerhause erzogen, an Ordnung und Reinlichkeit als an ein nothwendiges Lebenselement gewöhnt ist, stutzte freilich anfangs, wenn er bei seiner Geliebten durch den glücklichen Nebel, der ihn umgab, auf Tische, Stühle und Boden sah und den vom Dichter so lebhaft ausgemalten Zustand gewahrte, in welchem er ihr Zimmer und gelegentlich sie selbst antraf. Aber die Liebe, zumal eine solche erste, obenein mit idealisirender Kunstbegeisterung verbundene Jugendliebe ist „eine so starke Würze, daß selbst schale und ekle Brühen davon schmackhaft werden;

und da er in der Gegenwart der Geliebten meist wenig von allem Anderen bemerkte, ja vielmehr ihm Alles, was ihr gehörte, sie berührt hatte, lieb werden mußte, so fand er zuletzt in dieser verworrenen Wirthschaft einen Reiz, den er in seiner stattlichen Prunkordnung niemals empfunden hatte." Wohl ihm, daß sein Schicksal es ihm ersparte, die Dauer dieses Reizes durch die Erfahrung der Zeit zu prüfen! Mit dem Gegenstande seiner Liebe vereint, durch unzertrennliche Bande an Mariane gefesselt, wäre er auf seinem Lebenszuge in sein gelobtes Land der poetischen Freiheit und Schönheit zu Grunde gegangen. Auch hat Mariane für diesen seinen Plan zum Auszuge in das romantische Land des zigeunernden Schauspielerthums nicht die geringste Sympathie, weil sie, obschon sonst in Allem ihm untergeordnet, ihn doch in diesem Punkte durch ihre Erfahrung von der Wirklichkeit übersieht.

Zu ihrem Unglücke — aber zu seinem Glücke — hat Mariane indeß nicht den Muth, sich von der Gewissensangst, die mit Centnerlast auf der Armen drückt, durch ein Geständniß gegen den Geliebten zu befreien, selbst da nicht, als Wilhelm durch Werner gewarnt, ihr vertraut, was man im Publikum von ihr rede. Gerade sein volles Vertrauen auf ihre Unschuld, seine feste Ueberzeugung, daß sein Freund und das Publikum sich durch solche Nachrede „an ihr versündigen", trägt dazu bei, der armen Schuldig-Unschuldigen die Lippen zu verschließen.

So erfolgt die Katastrophe, welche ihrem kurzen Glücke ein so trauriges Ende bereitet, und sie selbst vernichtet. Ein unglücklicher Zufall, den der Dichter mit seiner Absichtlichkeit an ihre komödiantische Unordnung geknüpft hat, eröffnet ihrem Geliebten, was sie ihm verschwiegen, eröffnet es fast in demselben Augenblicke, wo sie sich zu dem Entschlusse aufgerafft hat: „das Aeußerste zu wagen, um seiner werth, um seines Besitzes gewiß zu sein, ihm Alles zu entdecken, ihm ihren ganzen Zustand zu offenbaren, und es ihm alsdann zu überlassen, ob er sie behalten oder verstoßen wolle."

Durch diesen Zug erhebt der Dichter die Gestalt Marianen's zu wahrhaft tragischem Interesse. In dem Momente, wo ihr erbarmungsloses Geschick das liebenswürdige Wesen zermalmend zu erfassen im Begriff steht, befindet sich Mariane auf der Höhe ihres inneres Werthes und ihrer sittlichen Größe, ist sie wirklich eine Heldin der Liebe. Denn selbst, wenn des Geliebten Gefühl „fähig wäre", sie zu verstoßen, vermag sie sich doch mit dem Gedanken zu beruhigen, daß sie in solcher Strafe „einen Trost finden werde", der sie befähige, Alles zu erdulden, was das Schicksal ihr auferlegen wolle. Diese Stimmung innerer Selbstgewißheit ihres Werthes, diese demüthige Hingebung an ihr Vertrauen auf den Edelmuth des Geliebten, — wie rührend sprechen sie sich aus in den kurzen Briefen*), die sie ihm nach seinem ihr unerklärlichen Verschwinden schreibt und die von den Angehörigen des im Fieberwahnsinn rasenden unglücklichen Wilhelm der Schreiberin unerbrochen zurückgesendet, erst vor seine Augen kommen, nachdem bereits ihre Lippen längst im Tode verstummt sind. Töne von dieser herzrührenden Einfachheit und unschuldigen Liebeshingebung sind dem Dichter des Wilhelm Meister keine mehr gelungen. Nur den einzigen Trost will sie haben, von ihm gekannt zu sein, möge es ihr nachher gehen, wie es wolle; denn jetzt fühlt sie und spricht sie es aus, „daß sie ohne Schuld dem Geliebten gegenüber war, wenn sie sich auch nicht unschuldig nennen durfte". Und nicht um ihretwillen allein, auch um seinetwillen

---

*) W. Meister, Buch VII, Kap. 8.

fleht sie ihn an, zu kommen, ihr jenen einzigen Trost nicht zu versagen. Denn sie kennt den Geliebten, sie fühlt die unerträglichen Schmerzen, die er leidet, indem er sie flieht; und das in dem Munde dieses bescheidenen Wesens so unbeschreiblich rührende Wort: „ich war vielleicht nie Deiner würdig als in dem Augenblicke, da Du mich in ein grenzenloses Elend zurückstößest", ist eine von keinem fühlenden Herzen bezweifelte Wahrheit.

An keine seiner Frauengestalten des Romans hat der Dichter so viel Jugendliebe verwendet; keine hat er so mit allen Mitteln seiner Kunst und mit dem ganzen Aufwande seiner in die geheimsten Tiefen des Herzens dringenden Menschenkenntniß im Sonnenlichte der Schönheit vor unsere Phantasie hinzuzaubern, ihre Anmuth, ihre kindliche Unschuld, ihre hingebende Liebe und sanfte Zärtlichkeit, ihre rührende Ergebung in den Ausgang ihres „traurigen Lebens" mit so unauslöschlichen Zügen den Herzen seiner Leser einzuprägen gewußt, als die Gestalt Marianen's. Obschon in dem Plane des Ganzen nur als vorbereitendes Mittel für die Entwicklung seines Helden dienend, zieht die holde Schattengestalt der Todten sich durch den ganzen Verlauf der Dichtung hindurch, als wenn sie noch mitten unter den Lebenden wäre, von denen sie doch schon im Beginne derselben geschieden ist. Wir vermögen so wenig wie Wilhelm Meister selbst an ihren Tod zu glauben, und ich erinnere mich noch sehr wohl, daß ich selbst, als ich in erster Jugend das Gedicht mit jener Theilnahme las, die an die Stelle der Dichtung noch die volle Wirklichkeit zu setzen geneigt und gewohnt ist, mich bis zum Ende nicht von der festen Erwartung ihrer Wiederkehr loszumachen vermochte. Auch ist in der Dichtung selbst Alles darauf berechnet, diesen Glauben so lange als möglich zu unterhalten, und eben dadurch und zugleich durch das treue Andenken, welches ihr nach Jahren, der Held der Dichtung widmet, sowie durch die Art, wie er selbst und Andere sich über die Verlorene aussprechen, ihre Gestalt, abgelöst von der Verworrenheit und Trübe ihrer wirklichen Erscheinung, in einer reinigenden Verklärung vor uns gegenwärtig zu erhalten.

Es ist rührend zu lesen, mit welcher innigen Theilnahme Schiller in seinen Aeußerungen über die Dichtung von dem Schicksale dieses holden Geschöpfes spricht, und wie er den Dichter in Betreff ihrer nahezu der Unbarmherzigkeit beschuldigt. „Gegen Mariane allein“, schreibt er dem Freunde, „möchte ich Sie eines poetischen Eigennutzes beschuldigen. Fast möchte ich sagen, daß sie dem Roman zum Opfer geworden, da sie der Natur nach zu retten war.“ Um sie würden daher, meint er, noch immer bittere Thränen fließen, wenn man sich bei den drei anderen tragisch endenden Figuren (Mignon, Harfner, Aurelie) gern von dem Individuum ab, zu der Idee des Ganzen wenden werde.

Schon lange bevor Wilhelm den wahren Zusammenhang der Dinge erfährt, hat nach dem ersten Ausbruche seiner Verzweiflung sein liebevoll menschliches Herz für die Unglückliche gesprochen, haben „ihr Stand und ihre Schicksale sie tausendmal bei ihm entschuldigt“. Er hat sich sogar angeklagt — er, zu dessen schönsten Charakterzügen es gehört, eben so unerbittlich streng gegen sich selbst, als liebevoll nachsichtig gegen Andere zu sein — daß er „zu grausam gegen sie gewesen“, daß er nicht genug bedacht, als er sie in Verzweiflung und Hülflosigkeit zurückließ, wieviel Mißverständnisse die Welt verwirren, wieviel Umstände dem größten Fehler Vergebung er-

stehen können und wie leicht es möglich war, daß sie sich zu
entschuldigen vermochte. Sein Erinnern weilt unablässig bei
der geliebten Gestalt der Verlorenen. Nach ihrem Verluste
hat er „alle munteren Farben abgelegt und sich an das Grau,
an die Kleidung der Schatten gewöhnt". Ein Halstuch und
eine Perlenschnur, die einzigen sichtbaren Andenken, die ihm
von der Geliebten geblieben, bewahrt er sorgfältig Jahre lang,
und als er sich von ihnen trennt, geschieht es nur, um sie
dem einzigen Wesen, an dem sein Herz wahren tiefen Antheil
nimmt, um sie Mignon zu schenken. Wachend und träumend
begleitet ihn ihr Bild in den verschiedensten, bald traurigen,
bald heiteren, an sein verlorenes Glück ihn erinnernden
Situationen. Die ersten Nachrichten, welche er über sie von
dem herumziehenden Schauspieler, „dem alten Polterer", erhält, in dessen Beurtheilung der Aermsten sich dem bitteren
Tadel und der leidenschaftlichen Anklage so viel unfreiwilliges
Lob ihrer Güte und Liebenswürdigkeit beimischt, reißen alle
seine alten Wunden wieder auf und erwecken in ihm auf's
Neue das lebhafte Gefühl, „daß sie doch seiner Liebe nicht
ganz unwürdig gewesen sei". So lebt sie fort in seinem
Herzen und mit ihr die leise Hoffnung, daß ihr Wiedererscheinen
ihn doch noch einmal beglückend überraschen könne. In der
Einsamkeit des Krankenlagers nach dem Raubanfalle, auf den
Brettern des Serlo'schen Theaters, wo er zur Theaterprobe
vorzeitig ankommend, sich allein findet, und die Wald= und
Dorfdecoration eines Nachspiels ihm die erste glückliche Begegnung mit der Geliebten in's Gedächtniß ruft, überall erneuert ihm seine Sehnsucht diese Hoffnung*); und so fest
hängt er an derselben mit seinem Glauben, daß der bloße

---

*) W. Meister, Buch IV, Kap. 12; Buch V, Kap. 8; Buch VII, Kap. 1.

Anblick des blonden Friederich in seiner Offizierstracht ver=
bunden mit der frevelhaften Mystifikation Philinen's hinreicht,
ihm seine Hoffnung, daß die Geliebte lebe, daß sie ihm erhalten
sei, zur Gewißheit zu erheben. Erst die unbarmherzigen
Enthüllungen der alten Barbara vermögen ihn von dem
beglückenden Irrthume seines liebenden Herzens zurückzubringen
und ihn „zum erstenmale völlig zu überzeugen, daß Mariane
todt sei".

Aber die Geliebte ist ihm dennoch nicht völlig verloren.
Sterbend hat sie ihm einen Ersatz hinterlassen in dem Kinde,
das sie ihm geboren, in dem Sohne, den er, nachdem er ihn
in Felix gefunden, jetzt als sein höchstes Glück und Gut in
sein Leben aufnimmt. In dem schönen lieblichen Knaben bleibt
ihm fortan die Geliebte dauernd erhalten, er darf es wagen,
auf's Neue glücklich zu sein im Besitze des Kindes, das seiner
und Marianen's Liebe das Dasein dankt, und die Erklärung
des Mannes, dessen milde Weisheit und Einsicht Wilhelm so
hoch verehrt, drückt den besiegelnden Stempel auf sein Glück
durch den Ausspruch, mit dem der Dichter uns von Marianen
scheiden läßt: „Der Gesinnung nach war seine abgeschiedene
Mutter Ihrer nicht unwerth."

Frau Melina.

Noch während der Dauer seines kurzen Romans mit Marianen, während nur noch wenige Wochen oder Tage ihn von der beabsichtigten Flucht aus dem Vaterhause und von dem Plane trennen, im Verein mit seiner Geliebten die Schauspielerlaufbahn zu verfolgen, sehen wir Wilhelm auf jener ersten kleinen Geschäftsreise, durch welche sein Vater die Geschicklichkeit des Sohnes für den ihm zugedachten Handelsberuf zu prüfen beabsichtigt, die Bekanntschaft einer Frau machen, welche bestimmt ist, auf sein späteres Leben einen nicht unwichtigen Einfluß zu üben. Diese Frau ist Madame Melina, die einzige verheiratete Frau bürgerlichen Standes in der Goethe'schen Romandichtung.

Sie ist die Tochter eines mäßig begüterten Kaufmanns in einer kleinen Provinzialstadt und ihre Jugendschicksale versetzen uns lebhaft in die prosaische Misère kleinbürgerlicher Familienzustände. Nach dem Tode ihrer Mutter hat sich ihr Vater, obschon bereits in vorgerückten Jahren stehend, zum zweitenmale verheiratet und so der erwachsenen Tochter eine Stiefmutter gegeben, mit welcher sich sehr bald ein nichts weniger als leidliches Verhältniß herausstellt. Die zwischen

Stiefmutter und Tochter entstandene gegenseitige Abneigung wird noch vermehrt durch den Umstand, daß die Letztere zu bemerken hat, wie mehrere „hübsche Partien", welche sie hätte thun und durch welche sie aus den drückenden Verhältnissen des Vaterhauses sich hätte befreien können, durch die Gegenbestrebungen ihrer Stiefmutter vereitelt werden, deren Geiz die Kosten der Ausstattung scheute. Bald darauf findet sich in dem Städtchen ein junger Mann ein, der sich als Lehrer des Französischen dort niederläßt. Herr Melina ist ein Schauspieler, der sich von einer wandernden Schauspielertruppe losgemacht und, über das Elend solcher Existenz enttäuscht, beschlossen hat, sein Glück in der Sphäre des geordneten bürgerlichen Daseins zu suchen. Sein neuer Sprachlehrerberuf führt ihn auch in das Haus des obenerwähnten Kaufmanns, wo es ihm bald gelingt, der Tochter eine lebhafte Neigung einzuflößen, die, sehr empfänglich für die Romantik des Lebens, welche der junge Schauspieler in ihrer Phantasie repräsentirt, und nur allzu geneigt, der stiefmütterlichen Tyrannei sich um jeden Preis zu entziehen, ihn ohne große Mühe zu bewegen weiß, sie aus dem ihr unerträglich gewordenen Vaterhause zu entführen, um mit ihr vereint „in der weiten Welt ein Glück zu suchen", für das sie von Seiten der Eltern keine gütliche Einwilligung zu gewärtigen haben. Der innerlich kalte, berechnende Melina wird dazu besonders noch durch den Umstand bewogen, daß seine Geliebte durch das Vermächtniß einer Tante ein kleines unabhängiges Vermögen besitzt, mit dessen Hülfe er sich auf die eine oder andere Art eine sichere bürgerliche Stellung zu begründen hoffen darf. Er würde es freilich vorziehen, den romantischen Schritt einer Entführung zu vermeiden und lieber offen als Bewerber um die Hand der Ge-

liebten aufzutreten; aber leider steht solchem bürgerlich schlich=
ten Vorgehen von seiner Seite unter anderen Hindernissen
auch der Umstand entgegen, daß die noch ziemlich junge
Stiefmutter seiner Geliebten selbst ein Auge auf ihn gewor=
fen hat. Da nun andrerseits das Verhältniß beider Lieben=
den bereits durch gegenseitige vertrauende Hingabe ein solches
geworden ist, welches ein Zurücktreten ohne Ehrlosigkeit von
seiner und Schande auf ihrer Seite nicht mehr gestattet, so
bleibt eben nur heimliches Davongehen übrig.

Als Wilhelm Meister auf seiner Geschäftsreise in dem
Hause ihrer Eltern anlangt, ist die Katastrophe soeben ein=
getreten. Das junge Paar ist entflohen, der Vater, „außer
sich vor Schmerz und Verdruß", hat beim Amte die Ver=
folgung der Flüchtlinge ausgewirkt, die Stiefmutter ergießt
ihr Herz gegen den Besucher in einer Fluth von Schmähungen
wider die Tochter und deren Entführer zu nicht geringer Ver=
legenheit Wilhelm's, „der sich und sein eigenes Vorhaben durch
diese Sibylle gleichsam mit prophetischem Geiste voraus ge=
tadelt und gestraft fühlt", und der in dem tiefen Schmerze
und der stillen Trauer des Vaters zugleich das Bild des
Leides erblickt, welches er selbst über den eigenen Vater zu
verhängen im Begriffe steht. Indessen werden die Flüchtlinge
eingeholt und Wilhelm wird gegen seinen Willen Zeuge der
peinlichsten Auftritte, welche das zwölfte Kapitel des ersten
Buchs uns mit so lebhaften Farben vorführt. Das Verhalten
der beiden Liebenden, vom Dichter mit unvergleichlicher Kunst
und nicht ohne einen Anflug leiser Ironie geschildert, ist ganz
dazu angethan, auf das weiche Herz des stets hülfsbereiten
Helden den allergünstigen Eindruck zu machen und ihn sofort
zu dem Entschlusse zu bestimmen, mit seiner Verwendung bei

Gericht und Eltern für die Unglücklichen einzuschreiten. Vor Allem ist es die Haltung der jungen Schönen, ihr Muth, ihre Zärtlichkeit, ihr schickliches äußeres Auftreten, das gelassene Bewußtsein ihrer selbst und die heroische Freimüthigkeit, mit der sie sich zu dem Geheimnisse ihrer Liebe bekennt, die ihn „einen hohen Begriff von den Gesinnungen des Mädchens fassen lassen, indeß die Gerichtspersonen sie für eine freche Dirne erkannten und die gegenwärtigen Bürger Gott dankten, daß dergleichen Fälle in ihren Familien entweder nicht vorgekommen oder nicht bekannt geworden waren!"

Gleich bei ihrem ersten Auftreten zeigt Madame Melina, daß sie weit mehr als ihr Gemahl durch Neigung und Anlagen zur Schauspielerin bestimmt ist. Es ist etwas lehrhaft, um nicht zu sagen predigerhaft Theatralisches in den ersten Worten, die wir sie von dem Leiterwagen herab, welcher sie an der Seite des mit Ketten beschwerten Geliebten zur Heimat zurückführt, an die Umstehenden richten hören. „Wir sind sehr unglücklich", ruft sie ihnen zu, „aber nicht so schuldig, wie wir scheinen. So belohnen grausame Menschen treue Liebe, und Eltern, die das Glück ihrer Kinder gänzlich vernachlässigen, reißen sie mit Ungestüm aus den Armen der Freude, die sich ihrer nach langen trüben Tagen bemächtigte!" Sie ist wie geschaffen für das Fach der Heldinnen und heroischen Liebhaberinnen, die später eben so brauchbare Anstandsdamen als zärtliche Mütter abzugeben pflegen. Auch zeigt sich bald, daß nach geschehener halber Versöhnung mit den Eltern die Nothwendigkeit, das Theater aufzusuchen, ihr durchaus nicht unangenehm und die damit verbundene „Aussicht die Welt zu sehen und sich in ihr sehen zu lassen", ihr bei Weitem lockender erscheint, als ihrem Verlobten, der zu Wilhelm's höchstem

Erstaunen nur allzugern bereit wäre, den Brettern für immer
den Rücken zu kehren, und „eine bürgerliche Bedienung, sei
sie auch, welche sie wolle, anzunehmen". Leider aber setzen
die Eltern seiner Erkornen der Erfüllung dieses Wunsches
unüberwindliche Hindernisse entgegen. Sie wollen die un=
gerathene Tochter „nicht vor Augen sehen, wollen die Ver=
bindung eines hergelaufenen Menschen mit einer so angesehenen
Familie, welche sogar mit einem Superintendenten verwandt
war, sich durch die Gegenwart nicht beständig aufrücken lassen",
und so sieht sich der durchaus auf das Praktisch=Bürgerliche
gestellte Melina wider seinen Willen gezwungen, in die kaum
verlassene Lebensbahn wieder zurückzulenken.

Die ganze Episode dieses Begebnisses bildet das Gegen=
stück zu der Lage und dem Entschlusse des Haupthelden der
Dichtung, nur daß das Verhältniß der Personen das umge=
kehrte, die Sehnsucht nach der Welt und den Brettern auf
der weiblichen, die Enttäuschtheit und der Zug zur bürger=
lichen Prosa auf der Seite Melina's ist, weshalb denn auch
Wilhelm von diesem sich eben so abgestoßen fühlt, als er sich
von der jungen Enthusiastin angezogen empfindet.

Etwa drei Jahre später treffen wir das inzwischen ver=
heiratete Paar in jenem freundlichen Landstädtchen wieder,
welches für Wilhelm, der von der Heiterkeit des Orts und
der Schönheit seiner Lage am Fuße des Gebirges angezogen,
dort auf seiner zweiten Geschäftsreise ein Paar Tage zu ver=
weilen beschlossen hatte, so verhängnißvoll zu werden bestimmt
ist. Herr und Frau Melina haben sich dorthin gewendet,
weil sie in dem Orte eine Schauspieler=Gesellschaft zu finden
und bei derselben ein Engagement zu erhalten hofften. Wir
erfahren, daß sie bis dahin ein solches an verschiedenen Orten

vergeblich gesucht oder doch nur für kurze Zeit gefunden und sich daher sehr mühsam durchgeschlagen haben; ihre Bestürzung ist also nicht gering, als sie auch hier ihre Erwartungen getäuscht finden. Das Theater ist aufgelöst, die Dekorationen und die Garderobe sind verpfändet zurückgelassen, die Gesellschaft bis auf zwei Mitglieder, Laertes und Philine, in alle Winde zerstreut. Mit den beiden letztern, die von der Anmuth des Orts bewogen zurückgeblieben sind, um ihre wenige gesammelte Baarschaft daselbst in Ruhe zu verzehren, während ein Freund ausgezogen ist, ein Unterkommen für sich und sie zu suchen, hat Wilhelm einige Tage lang ein lustiges Leben geführt, dessen sorglose Heiterkeit durch die beiden Ankömmlinge auf eine nicht gerade angenehme Weise unterbrochen wird. Das philisterhaft engherzige, kleinlich sorgliche, knausernde Wesen Melina's ist dem sorglosen Leichtsinne des Laertes zuwider, während sich vom ersten Augenblicke an eine noch stärkere Abneigung zwischen Philine und Madame Melina unverhohlen zu erkennen giebt; und alle Versicherungen des gutherzigen Wilhelm, daß die neuen Ankömmlinge „recht gute Leute" seien, vermögen seinen neuen Freunden keine günstigen Gesinnungen über seine alten Bekannten beizubringen.

Wir begegnen hier zuerst der ausführlichen Charakterschilderung, welche der Dichter in eigener Person von Madame Melina zu geben sich veranlaßt findet, und die zu den feinsten ihrer Art in der Dichtung gehört. „Diese junge Frau", heißt es am Schlusse des fünften Kapitels des zweiten Buchs, „war nicht ohne Bildung, doch fehlte es ihr gänzlich an Geist und Seele. Sie deklamirte nicht übel und wollte immer deklamiren; allein man merkte bald, daß es nur eine Wortdeklamation war, die auf einzelnen Stellen lastete und die

Empfindung des Ganzen nicht ausdrückte. Bei diesem Allen war sie nicht leicht Jemandem, besonders Männern, unangenehm. Vielmehr schrieben ihr diejenigen, die mit ihr umgingen, gewöhnlich einen schönen Verstand zu: denn sie war, was ich mit einem Worte eine Anempfinderin nennen möchte: sie wußte einem Freunde, um dessen Achtung ihr zu thun war, mit einer besonderen Aufmerksamkeit zu schmeicheln, in seine Ideen so lange als möglich einzugehen, sobald sie aber ganz über ihren Horizont waren, mit Ekstase eine solche neue Erscheinung anzunehmen. Sie verstand zu sprechen und zu schweigen, und ob sie gleich kein tückisches Gemüth hatte, mit großer Vorsicht aufzupassen, wo des Andern schwache Seite sein möchte."

Versuchen wir es, das hier vom Dichter gezeichnete Bild, in welchem wir ohne Mühe das sprechend getroffene Portrait einer ganzen Klasse von Frauen erblicken, die uns in Familie und Gesellschaft nicht selten in einer gefährlichen Wirksamkeit begegnen, nach einzelnen Zügen weiter auszuführen.

Was zunächst ihre Befähigung betrifft, die schwache Seite Anderer herauszufinden, so bewährt sie dieselbe zunächst gegen den Helden des Romans. Wilhelm ist Dichter, und Dichter lieben bekanntlich nicht zu schweigen. Bereits in den ersten Tagen hat sie ihn dahin gebracht, aus seiner Schreibtafel einige Verse, die sie entzückt haben, für sie zu kopiren, und dieser scheinbar geringfügige Umstand wird zugleich die Ursache, daß er seine Abreise aufschiebt und seinen zu dem Ende an Werner angefangenen Brief wieder zerreißt*). Das Interesse, welches Madame Melina an ihm und seinem dichterischen Treiben nimmt, befördert, ohne daß sie dies gerade beabsich=

____

*) Buch II, Kap. 6.

tigt, die Pläne ihres Gatten auf Wilhelm's Geldbeutel, die durch die zu täppische Aufdringlichkeit Melina's zu scheitern, drohen, und es ist zehn gegen eins zu wetten, daß sie es eigentlich ist, deren versteckter Einfluß das für Wilhelm so bedenkliche Geschäft des Vorschusses an Melina zum Ankaufe des verpfändeten Theaterinventars zu Stande bringt. Gegen Philine empfindet sie ihrerseits eine gleich starke Abneigung, als diejenige ist, welche diese ihr vom ersten Augenblicke an unverhohlen entgegenbringt: aber sie weiß ihre Abneigung zu bekämpfen, weil sie einsieht, daß Philine ein starkes Binde= mittel für Wilhelm an die kleine in der Bildung begriffene Schauspielergesellschaft ist, auf deren Direktion ihr Mann spekulirt. Zu dem letzteren hat sich ihr Verhältniß beträchtlich abgekühlt. Sie hat in den drei Jahren eines vom Glücke nicht begünstigten umherziehenden Zusammenlebens mit dem= selben hinreichende Gelegenheit gehabt, seinen kleinlichen, egoistischen, kalten und gelegentlich tückischen Charakter kennen zu lernen, und von seiner Schwerlebigkeit zu leiden. Ihre Illusionen über ihn sind verschwunden, aber er ist und bleibt für sie doch immer ihr Gatte, und der Umstand, daß ihr kleines Vermögen ihnen bisher die Mittel zur Existenz gegeben hat, hat ihr selbst eine gewisse Herrschaft über ihn verliehen, in deren Besitze sie sich, die so lange gedrückte, um so behag= licher fühlt, als ihr Wesen selbst auf solche Oberherrlichkeit gestellt ist. Des gleichen Bewußtseins genießt sie in ihrem Innern auch gegenüber den Berufsgenossen ihres Mannes. Sie hat es immer gegenwärtig, daß sie denselben an Bildung überlegen, daß sie guter bürgerlicher Herkunft und eigentlich aus ihrer Sphäre herabgestiegen ist, und eben darum hält sie es für nöthig, bei jedem Anlasse zur Beruhigung ihres

Gewissens immer wieder mit einigen erhabenen Moralbetrach=
tungen auf den Sockel dieser ihrer guten bürgerlichen Her=
kunft hinanzusteigen. Sie hält streng auf gute Lebensart
und schickliche Formen des Anstandes, und Philinen's Leicht=
fertigkeit ist ihr geradezu ein Gräuel.

Innerlich ohne irgend welche Anlage zu tieferer Leiden=
schaft, fehlt es ihr doch nicht an einer gewissen Lebhaftigkeit
der Empfindung, welche sie durch den Ausdruck zu steigern
versteht und gern bei jeder Gelegenheit kundgeben mag. Man
kann ihr Behaben in solchen Fällen nicht eben affektirt nennen,
weil die Affektation eigentlich ihr Wesen bildet und so sich
gewissermaßen naiv vorträgt. So kann sie z. B. die Schön=
heit einer Gegend, einer Naturscene, einer Naturbeobachtung
nur dann genießen, wenn sie ihr Empfinden dabei ausdrücken
und ihrem Entzücken durch Recitation irgend welcher passen=
den Dichterstellen beschreibender Gattung Worte geben darf,
was ihre bei der Spazierfahrt anwesende Gegenfüßlerin
Philine sogleich veranlaßte, „ein Gesetz vorzuschlagen, daß
sich Niemand unterfangen solle, von einem unbelebten Gegen=
stande zu sprechen*). Sie kann eben nicht anders als auf
Stelzen gehen, während Philinen ihre Pantöffelchen noch zu
viel sind. Jene ausgesprochene Neigung zum Erhabenen,
Heroischen, der wir gleich zu Anfange bei ihr begegneten,
begleitet sie fort und fort. Sie schwärmt für die deutsch=
nationalen Ritterstücke und betheuert laut, „Sohn oder Tochter,
wozu sie Hoffnung hatte, nicht anders als Adalbert oder
Mechthilde taufen zu lassen“, was später, da dies „alt=
deutsche Vergnügen“ der Armen verdorben wird, dem Spötter
Laertes zu einem seiner herben Sarkasmen Gelegenheit bieten

*) Buch II, Kap. 9.

muß *). Diese Vorliebe für die Darstellung des Erhabenen, welche wir uns durch die entsprechende Größe ihrer Gestalt, bestärkt vorstellen dürfen, verleitet sie sogar zur Geschmack= losigkeit. Obschon sie gleich nach dem Antritt ihrer Schau= spielerlaufbahn „zu ihrem größten Verdrusse in das Fach der jungen Frauen, ja sogar der zärtlichen Mütter übergehen muß, so kann sie es sich doch nicht versagen, in dem auf dem Grafenschlosse aufzuführenden Festspiele Wilhelm's die Rolle der himmlischen Jungfrau des Olymps zu übernehmen" **). Man kann sich denken, zu welchen leichtfertigen Späßen sie dadurch ihre Umgebung, vor Allen die kecke Philine heraus= gefordert haben mag, der schon Madame Melina's ganzes Behaben in ihrem hoffnungsvollen Zustande ein Gegenstand des Spottes ist, und der die voraus spazierende Wackelfalte des verkürzten Rockes der Frau Direktrice, „die so gar keine Art noch Geschick hat, sich nur ein bischen zu mustern und ihren Zustand zu verbergen" ***), einen wahren Augenschmerz verursacht. Gerade in diesem Benehmen aber spricht sich wieder die solid bürgerliche Gesinnung und Empfindungsweise der Verspotteten aus, die sich inmitten der laxen Geschlechts= verhältnisse der Komödianten=Gesellschaft als ehrliche recht= mäßige Frau und Mutter ihrer Würde bewußt ist, und es für eine Schande ansehen würde, ohne Noth zu verstecken, was sie als ihre Ehre ansehen darf. Sie hat keine Ader von der frevelhaften Aesthetik Philinen's, der der Anblick ihrer „Mißgestalt" den Wunsch entlockt: „daß es doch hübscher wäre, wenn man die Kinder von den Bäumen schüttelte."

---

*) Buch II, Kap. 10. Vgl. Buch IV, Kap. 10.
**) Buch III, Kap. 7.
***) Buch IV, Kap. 1.

Trotz so mancher an das Abgeschmackte streifenden Eigen=
thümlichkeiten kann man Frau Melina indessen nicht gram
oder auch nur abgeneigt sein. Ihre Schwächen sind meist nur
die Entsprechungen positiver Eigenschaften. Jene Neigung für
das Heroische, welche sie auch bei dem Abzuge vom Schlosse
des Grafen, in dem Streite über den einzuschlagenden Weg
der Truppe auf die Seite Wilhelm's treten läßt, dessen
Vorschlag der gefährlichere scheint und sich denn auch als
solcher erweist, beruht zum Theil mit auf „ihrer natürlichen
Herzhaftigkeit"*). Sie ist fleißig, thätig und eifrig bemüht,
durch kluge Wirthschaftlichkeit nicht nur ihren und ihres
Mannes eigenen Vortheil wahrzunehmen, sondern auch das
Ganze möglichst zusammenzuhalten. Für Wilhelm, in welchem
sie die Seele des Ganzen erkennt, hat sie von Anfang an
eine ausgesprochene Neigung, die sich im weiteren Verlaufe
ihres Zusammenseins zu einem lebhaften Herzensantheile
steigert: in allen Züchten und Ehren natürlich. Denn so
überschwänglich sich ihre Phantastik auch gleich im Anfange
ihres Auftretens über ihr Verhältniß zu ihrem Verlobten
ausspricht, so hat ihr Gatte doch von ihrer Seite schwerlich
zu fürchten, daß sie in der Ehe ähnlichen Grundsätzen nach=
zuleben sich versucht fühlen möchte.

Ihre Neigung für Wilhelm setzt sich aus verschiedenen
Elementen zusammen. Zunächst aus der Dankbarkeit, die sie
ihm für die ihr und ihrem Manne geleisteten Dienste schuldet,
und aus der Achtung und dem Respekte, den ihr seine bürger=
lichen Verhältnisse einflößen, — eine Seite, nach welcher sie
sich ihm in ihrer Umgebung gewissermaßen verwandt empfin=
den zu dürfen glaubt. Dazu kommt seine alle anderen Mit=

---

*) Buch IV, Kap. 4.

glieder des Kreises so weit überragende Bildung, eine Sitt=
lichkeit, seine feinen Umgangsformen und endlich das Interesse,
welches er ihr als Dichter und als Opfer einer unglücklichen
Liebe einflößt. Dazu ist dieser ihr so werthe junge Mann
obenein in Gefahr, von den Schlingen einer Philine gefangen
zu werden, die seiner nach Madame Melina's Ansicht so
durchaus und in jeder Beziehung unwürdig, ihn so gar nicht
zu verstehen fähig ist! Das vermehrt ihr Bestreben, ihn an
sich zu ziehen, sein Vertrauen zu gewinnen, und sie glaubt
wirklich, den Beruf und die Pflicht zu haben, ihn aus den
Netzen der frevelhaften Philine zu retten. Schon bei dem
Feste, das Serlo nach der gelungenen ersten Aufführung des
Shakespeare'schen Hamlet veranstaltet, giebt sich, unterstützt
von der allgemeinen Exaltation, „ihre lebhafte Neigung für
Wilhelm" in nicht zu verkennender Weise kund. Nach dem
plötzlichen Verschwinden ihrer verhaßten Nebenbuhlerin vom
Schauplatze sehen wir sie sodann ihre Anstrengungen, sich in
der Gunst und Schätzung ihrer Umgebungen festzusetzen, nach
dieser wie nach allen anderen Richtungen hin verdoppeln.
Sie thut sich durch Fleiß und Aufmerksamkeit vor allen
Mitgliedern der Serlo'schen Gesellschaft hervor, und während
sie sich zugleich in die Launen des Directors geschickt zu fügen
und ihr Talent seinen Wünschen gemäß zu bilden weiß,
steigert sie dasselbe wirklich zu demjenigen Grad, der es für
die Gesellschaft eben so nützlich als erfreulich macht. So
gelingt es ihr bald, „ein richtiges Spiel zu erlangen und den
natürlichen Ton der Unterhaltung vollkommen, den der Empfin=
dung wenigstens bis zu einem gewissen Grade zu gewinnen."
Bei diesem achtungswerthen Streben kommt ihr der Zustand
ihres Herzens zu Hülfe: jene geheime Neigung für Wilhelm,

die nach Philinen's Entfernung frei von Eifersucht sich an=
muthiger und tiefer kund giebt. Noch eifriger als bisher
sucht sie ihm seine künstlerischen Grundsätze abzumerken, sich
nach seiner Theorie und seinem Beispiel zu richten. Ihr
ganzes Wesen erhält ein gewisses Etwas, das sie interessanter
macht *).

So lange die gefährliche Philine in der Nähe ihres
Freundes weilte, hatte der beständige Verdruß darüber, daß
die Schmeichelei, wodurch sie sich eine gewisse Neigung Wil=
helm's erworben hatte, nicht hinreiche, diesen Besitz gegen die
Angriffe einer lebhaften, jüngeren und glücklicher begabten
Natur zu vertheidigen, ihrem Benehmen eine unwohlthuende
Schärfe gegeben. Sie hatte sogar sich nicht enthalten können,
den Freund über seine Empfindung für das mehr als leicht=
sinnige Mädchen mit heftigen Vorwürfen zur Rede zu setzen **).
Jetzt, wo sie die Gefahr für denselben entfernt sieht, ist das
Alles anders. Sie wird mehr und mehr die Herzensvertraute
des heimlichgeliebten jungen Mannes, der ihr sogar das Ge=
heimniß seiner damals allerdings noch fraglichen Vaterschaft
zu dem schönen Knaben Felix entdeckt. Die Art und Weise,
wie sie diese Entdeckung aufnimmt, ist bezeichnend für ihr
Verhältniß zu Wilhelm. „O! über die leichtgläubigen Männer!"
läßt der Dichter sie ausrufen; „wenn nur etwas auf ihrem
Wege ist, so kann man es ihnen sehr leicht aufbürden. Aber
dafür sehen sie sich auch ein andermal weder rechts noch links
um, und wissen Nichts zu schätzen, als was sie vorher mit
dem Stempel einer willkürlichen Leidenschaft bezeichnet haben."
„Sie konnte", heißt es weiter, „einen Seufzer nicht unter=

---

*) Buch V, Kap. 16.
**) Buch II, Kap. 11.

drücken, und wenn Wilhelm nicht ganz blind gewesen wäre, so hätte er eine nie ganz besiegte Neigung in ihrem Betragen erkennen müssen." Aber die Frivolität, welche in ihren Worten zu liegen scheint, thut ihr selbst doch sogleich wieder leid, und jene Entdeckung steigert nur noch ihre Liebe zu dem mutterlosen Knaben, in welchem sie jetzt den Sohn ihres eigenen Geliebten erkennt. Denn auch sie hat die Eigenheit, die sie den Frauen nachsagt: daß sie die Kinder ihrer Liebhaber recht herzlich lieben, wenn sie schon die Mutter gar nicht einmal kennen oder sie von Herzen hassen: und die ihr sonst nicht gewöhnliche Lebhaftigkeit, mit der sie den in's Zimmer springenden Knaben an ihr Herz drückt, giebt den deutlichsten Kommentar zu ihren Worten*).

So ist sie denn auch die Einzige, die Wilhelmen bei seinem so überaus traurigen, alle seine bisher so liebevoll gehegten Illusionen unbarmherzig zerstörenden Abschiede vom Theater und der Serlo'schen Gesellschaft mit wahrhaft edelmüthiger Gesinnung treulich und tröstend zur Seite steht. Sie allein hat ihm Liebe und Dankbarkeit bewahrt, während alle Anderen, ihr Mann, eine im Grunde durchaus niedrige und gemeine Natur, an der Spitze, Alles, was Wilhelm für sie gethan, alle Opfer, die er ihnen gebracht, alle Dienste, die er ihnen geleistet, in demselben Augenblicke vergessen, wo sie seiner nicht mehr bedürfen, ja selbst nach Art der meisten Menschen eben deshalb Abneigung gegen ihn empfinden, weil sie ihm Dank schulden. In dieser Katastrophe bewährt Madame Melina die sittliche Tüchtigkeit ihres Wesens. Sie ist innerlich empört über das Betragen ihres Mannes und ihrer ganzen Genossenschaft, und Wilhelm's liebenswürdige

---

*) Buch VII, Kap. 8.

Eigenthümlichkeit, immer von allem Mißlingen, von allen widrigen Begebnissen die Schuld nur in sich selbst, nicht in Anderen zu suchen, die sich auch bei dieser Gelegenheit bewährt, rührt ihr im Tiefsten das Herz. „Sein Sie nicht ungerecht gegen sich selbst!" ruft sie dem scheidenden Freunde zu, der sich nicht als Gläubiger, sondern vielmehr als Schuldner derer empfindet, die er zu verlassen im Begriff ist; „wenn Niemand erkennt, was Sie für uns gethan hatten, so werde ich es nicht verkennen, denn unser ganzer Zustand wäre völlig anders, wenn wir Sie nicht besessen hätten. Geht es doch unseren Vorsätzen wie unseren Wünschen: sie sehen sich gar nicht mehr ähnlich, wenn sie ausgeführt, wenn sie erfüllt sind, und wir glauben Nichts gethan, Nichts verlangt zu haben." Diese letzten Worte haben etwas Erschütterndes, denn sie sind zugleich ein Bekenntniß ihres eigenen Zustandes, ihres eigenen inneren und äußeren Schicksals. Auch ihre Wünsche, die sie einst aus Heimat und Vaterhaus trieben, „sehen sich nicht mehr ähnlich, seit sie erfüllt sind!"

Wenn Goethe seinen Helden darauf angelegt gehabt hätte, in der Wirksamkeit eines Theaters seine Befriedigung zu finden, so wäre Madame Melina für denselben vielleicht die passendste von allen Frauen gewesen. Der Dichter hat dieser Gestalt unter den Frauen seiner Dichtung die höchste Ehre erwiesen, die er ihr erzeigen konnte, indem er sie beim Abschiede von ihrem Freunde mit dem Bekenntnisse ihrer Liebe zugleich die Erklärung seines Gefühls der Schuldner= schaft aussprechen läßt. Wilhelm glaubt sich immer als Schuldner der ihm bisher verbundenen Gesellschaft ansehen zu müssen, weil er ihr nicht das geleistet, was er ihr leisten zu können geglaubt und versprochen habe. „Es ist auch wohl möglich, daß Sie es sind", erwidert ihm Frau Melina, „nur nicht auf die Art, wie Sie es denken. Wir rechnen uns zur' Schande, ein Versprechen nicht zu erfüllen, das wir mit dem Munde gethan haben. O mein Freund, ein guter Mensch verspricht durch seine Gegenwart nur immer zu viel! Das Vertrauen, das er hervorlockt, die Neigung, die er einflößt, die Hoffnungen, die er erregt, sind unendlich; er wird und bleibt ein Schuldner ohne es zu wissen. Leben Sie wohl! Wenn unsere äußeren Umstände sich durch Ihre Leitung recht glücklich hergestellt haben, so entsteht in meinem Innern durch ihren Abschied eine Lücke, die sich so leicht nicht wieder ausfüllen wird!"

Es sind die letzten Worte, die wir aus ihrem Munde vernehmen. Wie sie von ihrem Freunde, so nehmen wir von ihr mit denselben Abschied, denn Frau Melina und die ge= sammte Schauspielergesellschaft verschwinden mit Wilhelm's Entfernung von dem Schauplatze der Dichtung, um nicht wiederzukehren. Sie hatten ihre Aufgabe erfüllt, den Helden derselben sich an und unter ihnen entwickeln und über sich selbst aufklären zu lassen, und Frau Melina darf das be= ruhigende Bewußtsein in ihr weiteres Leben mit sich nehmen, auch ihrerseits zur Erfüllung ihrer Aufgabe beigetragen und sich durch die Erkenntniß einer schönen und edlen Natur und durch die Achtung und Neigung, die sie derselben abzugewinnen gewußt hat, bereichert und innerlich in dem Besten dessen, was sie ist, gefördert und gesteigert zu haben. Sie wird noch manche Verbindungen, noch manche „Attachements" enthu= siastischer Theaterfreunde haben, wie sie deren auch während ihrer heimlichen Liebe für Wilhelm nicht entbehrte*); aber

*) Buch V, Kap. 7.

die Erinnerung an ihn wird der Stern ihres Lebens bleiben und im Bunde mit der natürlichen Rechtschaffenheit und einem gewissen idealistischen Zuge ihres Wesens sie vor jedem eigentlichen Herabsinken unter sich selbst bewahren. Wir mögen uns ohne Mühe vorstellen, daß sie als eine jener „denkenden“ Künstlerinnen, deren gewissenhafter Fleiß und deren geschäftliche Zuverlässigkeit, verbunden mit ihrer bürgerlich sittlichen Respektabilität als Gattin, Mutter und Hausfrau selbst ein mäßiges Talent einem Intendanten wie dem Publikum höchst schätzenswerth erscheinen lassen, ihren Platz schließlich an irgend einem deutschen Hoftheater finden und ihr Leben als gefeierte und wohlpensionirte Jubilarin würdig beschließen wird.

Philine.

Philine ist der entschiedenste Gegensatz zu den beiden
zuvor entwickelten Frauencharaktern. Sie hat keine
Spur von der kindlichen Hingebung Marianen's an eine
einzige volle, ihr kleines Herz ganz ausfüllende Liebe und
von der sanften traurigen Ergebung in ihr herbes Geschick,
noch weniger von der verzweiflungsvollen Gewissenspein, deren
Stachel der Armen selbst die kurzen Momente des Glücks an
der Seite des Geliebten vergiftet; und ebensowenig ist in ihr
irgend eine Spur von Frau Melina's Empfindsamkeit, von
ihrer immer etwas an das Pedantische streifenden Gefühls-
weise, oder von ihrer bürgerlichen Ernsthaftigkeit in Behandlung des Lebens. Sie ist nicht der dunkle Falter, „der
nach Flammentod sich sehnet", sondern der bunte Schmetterling, der aus jeder Blüthe begierig den Honig saugt und um
jede Blume gaukelnd sich in ihrem Thaue badet. Sie ist der
freie und seiner Freiheit vollbewußte, das Leben souverain
beherrschende, sich keinem Gesetze, wohl aber alle Gesetze sich
unterwerfende, personifizirte und Fleisch gewordene Trieb des
Lebensgenusses. Sie vereint die Naivetät und Unbefangenheit eines Wilden mit der Klugheit und List eines solchen;
die Begriffe Gut und Böse, Sittlich und Unsittlich sind für

sie so gut wie nicht vorhanden; und wenn der geneigte Leser nicht zu der zahlreichen Klasse derjenigen gehört, welche der Sänger des Divans als „Schiefohren" bezeichnet hat, so wird er es verstehen, wenn ich von dieser Philine zu sagen wage, daß man sie trotzalledem in gewissem Sinne unschuldig wie ein Kind nennen darf.

Philine ist ohne Frage eine der originellsten Gestalten, die jemals ein Dichter in's Leben zu rufen unternommen hat. Sie ist das höchste aller Wagnisse, das selbst ein Goethe, und nur er allein, seiner Kunst zumuthen durfte, und nicht minder gewagt ist es für den Erklärer, über diese Schöpfung des Meisters zu reden. Denn wir haben dabei zunächst völlig ab= zusehen von allen denjenigen Einwendungen, welche Moral und conventionelle Sittlichkeit gegen eine Gestalt wie diese er= heben können und erhoben haben. Beide haben aber bei der Beurtheilung Philinen's ebensowenig etwas zu schaffen, wie bei der Charakteristik eines Falstaff, mit dessen Wesen — wenn man von dem Unterschiede der Zeit und des Geschlechts ab= sieht — das ihrige in gewisser Beziehung eine Art von Ver= wandtschaft zeigt. An energischer Lebenswahrheit übertrifft sie fraglos alle weiblichen Gestalten der Dichtung. Man kann behaupten, daß Goethe die Realität und Wirklichkeit des Lebens in keiner der von ihm geschaffenen weiblichen Figuren und Charaktere mit solcher Kühnheit auszuprägen gewagt hat; und wer für den eigenen Herzschlag des Dichters hinreichendes Gefühl besitzt, darf zu dieser Behauptung noch die zweite hin= zufügen: daß bei keiner von allen das künstlerische Interesse ihres Schöpfers so vorzugsweise betheiligt erscheint, als gerade bei diesem Kinde der „so lieben Sünde" *), bei dieser Hohen=

---

*) Der Ausdruck gehört Charlotten von Stein, der Geliebten Goethe's.

priesterin des kummerlosen reuelosen Leichtsinns, von der das
heitere Wort des Dichters gelten darf:

„Was nennst Du denn Sünde?" —
Wie Jedermann,
Wo ich finde,
Daß man's nicht lassen kann.

Freilich, wer den Maßstab des bürgerlichen Lebens und seiner
Moralgesetze an das Werk des Dichters legen, wer den Ge=
stalten schaffenden Dichter in die Schranken des Lehrers dieser
Moral bannen will, der thut am besten, von einem Werke
wie der Wilhelm Meister überhaupt fern zu bleiben, in wel=
chem des Dichters Auge der Sonne gleich das ganze Leben
der Menschheit beleuchtet, und sein zur Schönheit verklärendes
Licht über Böse und Gute scheinen, den Thau seiner Milde
über „Gerechte und Ungerechte" ohne Unterschied niederregnen
läßt. Denn der wahre Dichter sieht die Welt und die Men=
schen und Dinge in ihr „mit dem Auge Gottes".

Poetische Reinigung der gemeinen Wirklichkeit durch die ver=
klärende Kraft der frei schöpferischen Schönheit — das allein,
nicht die abschreibende Nachahmung der Realität, ist die Auf=
gabe der wahren und echten Dichtung, die um so vollkommner
gelöst werden wird, je erfolgreicher der Dichter selbst diese
Arbeit der Reinigung und Verklärung zur Schönheit an seinem
eigenen Ich zu vollziehen gewußt hat. Darum durfte der
Dichter des Wilhelm Meister es unternehmen, in dem idealen
Lebensspiegel seiner Dichtung die Schönheit auch da siegreich
aufzuzeigen, wo die Wirklichkeit des Lebens dieselbe dem ge=
wöhnlichen Blicke vielfach verdunkelt und entstellt, und nur
dem durch alle Trübe auf den innern Kern durchdringenden
seherischen Auge des Künstlers wahrnehmbar aufweist. Er ist
der wahre „Mahadöh, der Herr der Erde", der sich herabläßt,

„hier zu wohnen“, weil er Menschen menschlich sehen muß, und der selbst noch in dem verlorenen Kinde der Freude, in der Bajadere mit gemalten Wangen, „lächelnd, mit Freuden durch tiefes Verderben ein menschliches Herz“ sieht. In diesem Sinne hat auch der Dichter selbst von sich gesagt:

> „Weltverwirrung zu betrachten,
> Herzensirrung zu beachten,
> Dazu war der Freund berufen!
> Schaute von den vielen Stufen
> Unsres Pyramidenlebens
> Viel umher, und nicht vergebens.“

Nicht vergebens! Wenn kein anderes Zeugniß dafür vorhanden wäre, so würde dies einzige Werk allein genügen, die Wahrheit dieses stolz bescheidenen Wortes zu erhärten, dies Kunstwerk, von dem des Dichters großer Freund bewundernd ausruft: „Ruhig und tief, klar und doch unbegreiflich wie die Natur, so wirkt es und so steht es da, und Alles, auch das kleinste Nebenwerk zeigt die schöne Gleichheit des Gemüths, aus welchem Alles geflossen ist“ *). Der Dichter des Wilhelm Meister kann mit dem Worte jenes Alten von sich sagen: „Ich bin ein Mensch, nichts Menschliches ist mir fremd!“ Seine Menschen, die er geschaffen, stehen offen und durchsichtig vor uns, wir können ihnen bis in's Innerste ihres Herzens hineinsehen. Sie sind wie sie sind, weil sie sind. Philine thut und spricht sehr bedenkliche Sachen, Laertes sagt von sich die widerwärtigsten Erfahrungen aus und bekennt sich zu den leichtfertigsten Grundsätzen, Serlo ist nichts weniger als sittenstreng in seinem Leben und seinen Ansichten, und Marianen's alte Barbara bekennt sich zu Maximen, vor denen selbst den milden Wilhelm eine Art von Schauder überläuft. Aber all' das

---

*) Briefwechsel zwischen Schiller und Goethe. I, Nr. 180. S. 163.

Thun und Reden dieser Menschen — warum erfüllt es uns nicht, wie es in der lebendigen Wirklichkeit geschehen würde, mit Widerwillen, Abneigung und Ekel vor ihnen? Darum nicht, weil es gleichsam abgedämpft und abgeklärt erscheint durch den mit dem Auge Gottes sehenden Dichter, dessen Geist in seiner ruhigen Milde das lichte, besänftigende Medium ist, durch welches wir jene Gestalten erblicken; weil es „der Dichtung Schleier" ist, den der Dichter „aus der Hand der Wahrheit" empfing, durch dessen mildernde Hülle wir die Wirklichkeit erblicken. Mit andern Worten: der Dichter, weil er beständig den ganzen Menschen in der wirklichen Welt vor Augen hat, ist eben deßhalb geneigt, sich immer vorwiegend an sein Gutes, an das Ideale zu halten, das derselbe schlummernd in sich trägt, und darüber hinwegzusehen, wenn von dem unsauberen Lebenswege, den eben dieser Mensch in den ihm zugetheilten Lebensbedingungen zu gehen hatte, auch die Spuren und Schmutzflecke dieses Weges an ihm hangen blieben. Und eben dieses Sehen des Guten setzt zugleich schon an und für sich den Glauben an die Ueberwindung und Besiegung, oder doch an die Umwandlung des Schlechten in ein minder unser Gefühl Beleidigendes voraus, so daß der untergeordnete Trieb, in eine geordnete Bahn gelenkt, noch ersprießlich und fruchtbringend für die Gesammtheit wirken mag. Verwendung der vorhandenen individuellen Kräfte zur Schöngestaltung des Ganzen ist ja überhaupt, wie mir scheint, die innerste Anschauungsweise Goethe's, die diesem Werke seinen eigenthümlichen Charakter aufprägt und den Plan erklärt, nach dem er instinctiv bei demselben verfahren ist, weil er seinem ganzen eigenen innersten Wesen zu Grunde lag, den Plan, durch

die Kunst des Dichters eine Antwort zu geben auf jene
Frage:

> „Wie aus dem Wirrwarr sich gestaltet
> Der Tempelbau des großen Ganzen,
> Und aus den grellsten Dissonanzen
> Sich Sphärenharmonie entfaltet?"

Und diese Antwort — er hat sie gegeben, wenn nicht mit
dem Ganzen seines Werks, das, wie der Faust ein Fragment,
auch die Spuren seiner zeitlichen Entstehungsweise in so
manchen klaffenden Rissen und Spalten an sich trägt, so doch
mit den einzelnen Gestalten desselben, die alle, trotz der
grellen Dissonanzen, doch in harmonischer Einheit mit sich
selber, als echte Ganze, als Mikrokosmen dastehen.

So auch, und zwar vor allen anderen, die Gestalt Philinen's, und es darf sicher als eine erfreuliche Bestätigung
des so eben Ausgesprochenen gelten, daß diese Gestalt einem
Schiller „so trefflich wohlgefiel", während Jacobi und Seinesgleichen, die, wie Schiller bemerkte, „in den Darstellungen
des Dichters nur ihre Ideen suchen und das, was sein soll,
höher halten, als das, was ist, an der vollendeten künstlerischen Naturwahrheit dieses Wesens großen Anstoß nehmen*).
Sie ist abgerundet in sich und von unzerstörbarer Heiterkeit
wie die Götter des alten Epikur, unangefochten von Leidenschaften irgend welcher Art, der reine Selbstgenuß ohne Mühe
und Arbeit, unbekümmert um die Dinge und Menschen um
sie her, außer insofern sie ihr dazu behülflich sind, ihr Lebens-
ideal des Genusses ihrer selbst verwirklichen zu helfen, und
vor Allem „leichtlebend" wie die Homerischen Götter: eine
Heidin hellenischer Art vom Wirbel bis zur Zehe. Nicht
umsonst hat ihr der Dichter den lieblichen, lichtheitern helleni-

*) Briefw. zwischen Schiller und Goethe. I. Nr. 54 und 86.

schen Namen verliehen, der ihre Abstammung zurückführen
mag auf einen jener Söhne, die Aphroditen's Liebling Paris
einst mit der schönen Helena gezeugt.

Von ihrer Herkunft, ihrer Kindheit und ersten Jugend,
ihren frühesten Lebensschicksalen wissen wir nichts, erfahren wir
nichts. Während der Dichter uns bei allen Frauen, durch deren
Schule er den Lebensgang seines Helden gehen läßt, bei Mariane, Frau Melina, Aurelie, der Gräfin, Therese, Natalie und
selbst bei Mignon in die Vorgeschichte derselben einführt, um
uns ihr Wesen erklärend näher zu bringen, steht Philine allein
von Anfang an vor uns da, als wäre sie nicht allmählich geworden, sondern, wie sie es einmal von den Kindern wünscht,
gleich fix und fertig „vom Baume geschüttelt". Gleich bei ihrem
ersten Auftreten in dem reizenden Landstädtchen, das Wilhelm's
Capua zu werden und den mehrere Jahre lang zur Solidität
des bürgerlichen Lebens bekehrten jungen Kaufmann wieder in
seine Jugendphantasien zurückzuführen bestimmt ist, legt ihr
Erscheinen ihr ganzes Wesen dar. Der ganze Zauberreiz der
streifenden Ungebundenheit, der sorglosen, nur dem Momente
hingegebenen Leichtfertigkeit des frei durch die Welt zigeunernden Komödiantendaseins überkommt uns wie den Helden der
Dichtung bei ihrem Anblick. Sie ist wie eine Personifikation
des Augenblicks, sie ist die Göttin des Augenblicks und der
Augenblick ist ihr Gott. Ueber den Augenblick geht ihr Denken
und Wollen nicht hinaus: sie hat auch gar keine Gedanken,
aber die geistreichsten Einfälle; indeß diese Einfälle erklären
zu sollen, ist ihr schon zu viel. „Ich werde nicht am Ende
noch gar meine Worte auslegen sollen!" ruft sie ungeduldig
aus, als Laertes sie fragt, was sie mit der Behauptung meine,
daß der Geistliche, der sich bei der Spazierfahrt zu ihnen gesellt,

„eigentlich nur deshalb das falsche Ansehn eines Bekannten habe, weil er aussieht wie ein Mensch und nicht wie ein Hans und Kunz". Sie wirft ihre geistreichen Einfälle fort an den ersten Besten, wie sie dem vorübergehenden Bettler ihr Halstuch und ihren Hut zuwirft, und wie sie sich gelegentlich auch wohl selber wegwirst. Bei großer Selbstgewißheit und bei einer Elastizität des Geistes, die sich immer schnell wieder aufrafft, sich in einer neuen Lage es sogleich nach ihrem Bedürfen bequem macht, ist sie ohne alle und jede Selbstachtung und völlig unbekümmert um den nächsten Tag. Ja, alle Folgerichtigkeit ist ihr zuwider und beharrlich ist sie nur in der Freude am Wechsel. Liebe, Treue, Leidenschaft sind Dinge, die sie nur vom Hörensagen kennt, nur als Schein auf den Brettern an ihrem Orte findet, wo sie mit dem Fallen des Vorhangs enden. Sie hat nur zärtliche Aufwallungen und phantastische Gelüste, und selbst ihre Sinnlichkeit ist nicht heiß und berauschend, sondern leicht und flüchtig wie Champagnerschaum, das Kind der Laune und des Moments, des günstigen Augenblicks.

Unter den Gestalten, welche die griechische Plastik auf der Höhe des hellenischen Geisteslebens erschuf, war eine der letzten jener „Kairos" des Lysippos, des Bildners Alexander's des Großen, mit dem der geniale Künstler „den günstigen Augenblick" zu personifiziren unternahm*). Eine zarte Jünglingsgestalt, halb Knabe, halb Jüngling, stand sie mit den Spitzen der geflügelten Füße auf einer Kugel. Reiches Gelock umfaßte Stirn und Wangen, während am Hinterkopfe das Haar nur eben erst im Aufkeimen begriffen schien. Denn nur Aug' im Auge, rasch erfassend, kann man den günstigen Augenblick ergreifen; wer ihn vorüberschweben läßt, vermag ihn nicht mehr

____

*) S. Torso. Th. II, S. 50—52.

zurückzuziehen, denn rastlos beweglich, wie die rollende Kugel, auf der die liebliche Gestalt mehr schwebt als ruhet, entrinnt der Moment, dessen verlockende Schönheit und Flüchtigkeit zugleich diese erste aller hellenischen Allegoriebildungen so tief poetisch darstellte.

Dieser „Kairos", dieser Gott des Augenblicks und seiner Gunst ist die einzige Gottheit, welche Philine verehrt, und so sehen wir sie denn auch rasch entschlossen, die Stirnlocke der Gelegenheit zu fassen, als Wilhelm in ihren Gesichtskreis tritt. Verweilen wir hier einen Augenblick, um uns die sittliche Gemüthsverfassung des Helden in diesem Momente zu vergegenwärtigen, die zur richtigen Würdigung seines Benehmens und Verhaltens nicht nur Philinen, sondern auch den andern Frauengestalten der Dichtung gegenüber, von künstlerischer Wichtigkeit ist. Es ist nämlich ein Meisterzug des Dichters, daß er seinen Wilhelm, den er in so mannigfache Berührungen mit den verschiedensten Frauen bringen will, mit der noch immer lebhaft in ihm fortwirkenden Erinnerung an eine zerstörte Herzensverbindung, und zugleich mit gesättigter Sinnlichkeit der ersten Jugendglut, in den Beginn des Romans eintreten läßt. Diese Gemüthsverfassung macht ihn der Theilnahme an Frauen ohne eigene leidenschaftliche Begehrlichkeit fähig, und giebt ihm zugleich bei allem Schwunge der Jugend eine gewisse Art von Nüchternheit und Mäßigkeit, welche die Frauen theils reizt und anzieht, theils sie, wie z. B. die Gräfin, sicher macht, und ihm über alle eine gewisse Ueberlegenheit giebt, die er sonst, seiner Natur nach, nicht besitzen würde. Hiermit gewinnen wir zugleich die Einsicht in die künstlerische Bedeutung der Liebesepisode des ersten Buchs für das Ganze der Komposition.

Andererseits beruht ein guter Theil der Anziehungskraft, welche wir Wilhelm auf alle Frauen, mit denen ihn der Dichter zusammenführt, ausüben sehen, auf seiner wohlanständigen Bürgerlichkeit und auf seiner einfachen Ehrlichkeit, welche Alles, selbst den Scherz, ernsthaft nimmt. Weder den Schauspielerinnen noch den vornehmen Frauen ist ein solcher Mann bisher begegnet. Er ist trotz seiner hin- und herwandernden Neigung eigentlich beständig, das heißt, er glaubt immer, diese Aufwallungen festhalten zu können, und es festigt sich auch Alles an ihm. Er belädt sich mit Mignon und dem Harfner, eine Zeit lang sogar mit dem Knaben Friedrich; er wünscht, Mariane solle Mutter werden, und es verlangt ihn, sich als Vater ihres Kindes fühlen zu können; er hat — wie vom Mittler — so auch ein Stück von einem Hausvater in sich, und bei Allem, was er thut und unternimmt, wird man doch den Gedanken nicht los, daß er auf solidem Grund und Boden bürgerlicher Pflicht und Arbeit erwachsen ist, daß er gelernt hat, das Soll und das Haben zwischen geraden Linien regelrecht gegeneinander abzuwägen. Er ist ehrlicher, besser, reiner, glaubensvoller an die eigene und fremde Empfindung, als alle anderen Männer in dem Werke; sie übersehen ihn Alle — aber dafür lieben ihn die Frauen. Von Leichtsinn und Eigensucht ist keine Ader in ihm; und darum eben ist der Eindruck um so stärker, den der Anblick des zum Ideal erhobenen Leichtsinns und des Egoismus in seiner naivsten Gestalt bei der Bekanntschaft mit Philinen auf ihn macht. Gleich die Art und Weise, wie sich diese Bekanntschaft einleitet, ist charakteristisch für Philinen's Wesen. Sie kommt ihr eben in den Weg als eine bonne fortune, und obschon sie an Laertes und dem verliebten Knaben Friedrich bereits Gesellschaft hat, so ist sie doch sogleich

beflissen, dieselbe durch den Blumen kaufenden neuen Ankömm=
ling, der eben erst von seinem Pferde gestiegen ist, zu ver=
mehren. Das artige Abenteuer, das sie heiter geschickt einzu=
leiten weiß, beschäftigt Wilhelm's Phantasie, und seine ganze
Stimmung ist danach angethan, demselben sofort weitere Folge
zu geben. Es ist der erste Schritt, den er mit dieser Gebirgs=
reise nach drei Jahren dumpf gedrückten Daseins aus dem
düsteren Comtoir in die freie, offne Welt und Natur hinaus
gethan hat. Erheitert durch die frische Luft und Bewegung,
verjüngt durch den Anblick der herrlichen Natur, poetisch
angeregt durch die daraus hervorgehende erhöhte Stimmung
sowie durch die Schauspielaufführung der Fabrikarbeiter zu
Hochdorf, und schließlich durch Geschäftsverdrießlichkeiten und
Reisebeschwerden, die er zu erdulden gehabt, sich zu ausruhen=
der Erholung berechtigt fühlend, ist er ganz in der Verfassung,
auf das Abenteuer seiner neuen Bekanntschaft mit Philine
und Laertes bereitwillig einzugehen.

Wer an einem schlagenden Beispiele erfahren will, was
unter dem vielgebrauchten und gemißbrauchten Ausdrucke „ideal=
isiren" denn eigentlich zu verstehen sei, dem rathen wir, das
vierte bis zwölfte Kapitel des zweiten Buchs von Wilhelm
Meister zu lesen, das den Aufenthalt Wilhelm's in der kleinen
Landstadt und sein Zusammentreffen und sein Leben mit Phi=
line und Laertes und den sich weiter auffindenden Schauspielern
und streifenden Künstlern schildert. Ein junger Handlungs=
reisender, der mit einer koketten müßigen Schauspielerin und
ihren Genossen eine Bekanntschaft anknüpft, die ihn von dem
ihm aufgetragenen Geschäfte abzieht und ihn sein Geld und
seine Zeit verzetteln und verschwenden macht, — kann es
etwas Alltäglicheres und Prosaischeres geben, als die Realität

eines solchen Begegnisses? Und doch — welch ein Zauber von Poesie umwebt die Form, in welcher durch die Kunst des Dichters dieser so einfache Vorgang vor uns erscheint! Welche Anmuth, welche herzgewinnende Schönheit liegt über diesem Gemälde der einfachsten Wirklichkeit und über diesen Gestalten der Menschen, von Philine und Laertes an bis zu den vagabundirenden Springern und Seiltänzern und dem bettelnden Harfenspieler hinab, verbreitet! Wer wünscht sich nicht heimlich, die vom Dichter geschilderten Tage in dieser Gesellschaft verleben, an ihren heiteren Fahrten und Vergnügungen Theil nehmen und vor Allem Wilhelm's Stelle bei der reizenden Philine in einem jener Momente vertreten zu können, in denen sie den ganzen Zauber ihrer ewig heiteren Laune, ihrer stets gleichen und doch immer neuen liebenswürdigen Leichtfertigkeit wie ein leise fesselndes Band um den Freund zu schlingen weiß! Das ist die Wirkung der idealisirenden Kraft des Dichters, dessen Geistessonne der himmlischen gleich, nicht des Meeres, nicht des tiefen weithin gestreckten See's bedarf, um ihren Glanz in ihnen wiederspiegeln zu lassen, sondern die ihre Lichtzauber ebenso zeigt an der kleinsten Wasserfläche, welche der Regen in dem Schmutze der Heerstraße zurückließ.

2.

Der Dichter des Wilhelm Meister ist bekanntlich bis zur Kargheit sparsam in der Schilderung des Aeußeren seiner Gestalten. Wo er sich überhaupt auf das Aeußere einläßt, geschieht es meist nur in ganz kurzen Andeutungen, und Leser moderner Romane, in denen uns die Helden von der Haarfrisur bis zum Lackstiefel beschrieben und die Reize der Heldinnen in noch größerer Ausführlichkeit nach Körperbildung

und Toilette ausgemalt werden, mögen nach etwas auch nur
entfernt Aehnlichem in dem ganzen Roman Goethe's vergebens suchen.

Selbst bei Philinen müssen wir uns die Andeutungen, mit
denen der Dichter die Phantasie seiner Leser zur Thätigkeit und
Erweckung einer Vorstellung ihrer äußeren Erscheinung anzu-
regen gesucht hat, aus sehr verschiedenen Stellen zusammen-
tragen, obgleich er bei dieser Gestalt ausnahmsweise die Nothwendigkeit solcher Andeutungen selbst empfunden und ihr deshalb Folge gegeben zu haben scheint. Während sie aus dem
Fenster ihres Gasthauses den ankommenden Wilhelm neugierig
betrachtend mustert, erscheint sie demselben als „ein wohlgebil-
detes Frauenzimmer", und er kann ungeachtet der Entfernung
bemerken, „daß eine angenehme Heiterkeit ihr Gesicht belebt".
Der Hufschlag, der die Ankunft eines Reiters verkündet, hat
sie — für die in der Langeweile der kleinen Stadt selbst das
Eintreffen eines fremden Gasthofgastes ein Ereigniß ist —
von ihrer Morgentoilette gelockt; das beweisen „ihre blonden
Haare, die nachlässig aufgelöst um ihren Nacken fallen, während sie sich nach dem Fremden zum Fenster hinauslehnend
umsieht". Philine hat blaue Augen und ist blond; wir müßten
sie uns ihrem ganzen Wesen nach als Blondine denken, auch
wenn der Dichter nicht ausdrücklich und wiederholt auf die
Fülle ihres langen blonden Haares aufmerksam gemacht hätte,
die nicht blos Wilhelm sondern auch Serlo so reizend finden*).
Als Brünette wäre dieses lustige, lichthelle, ewig lachende, som-
merliche Wesen gar nicht zu denken. Selbst eine gewisse Un-
regelmäßigkeit ihrer Gesichtszüge erhöht nur noch ihren Reiz.
Aurelie, der Trauermantel, hat freilich keinen Sinn für den-

---

*) S. Buch II, Kap. 4 zu Anf.; V, 5 zu Ende; V, 9.

selben und keine Neigung für den bunten Falter. „Wie sie mir zuwider ist! recht meinem inneren Wesen zuwider bis auf die kleinsten Zufälligkeiten!" ruft sie einmal gegen Wilhelm aus. „Die rechte braune Augenwimper bei den blonden Haaren, die der Bruder (Serlo) so reizend findet, mag ich gar nicht ansehen, und die Schramme auf der Stirn hat mir so was Widriges, so was Niedriges, daß ich immer zehn Schritte von ihr zurücktreten möchte. Sie erzählte neulich als einen Scherz, ihr Vater habe ihr in der Kindheit einmal einen Teller an den Kopf geworfen, davon sie noch das Zeichen trage. Wohl ist sie recht an Augen und Stirn gezeichnet, daß man sich vor ihr hüten möge!" Also der dunkle Nachtschmetterling über den goldhellen Sommerfalter. — Aber Aurelien's Predigen hilft nichts bei Wilhelm, der, wie alle anderen Männer, diese Dinge mit ganz anderen Augen ansieht. Mehr klein als groß, eine kindlich feine zierliche Gestalt, mit „den niedlichsten Füßchen von der Welt", denen die kleinen Stelzpantöffelchen nur allzugut stehen, „eine schwarze Mantille über ein weißes Negligee geworfen, das eben, weil es nicht ganz reinlich war, ihr ein häusliches und bequemes Ansehen gab", so tritt sie Wilhelmen bei seinem ersten Besuche entgegen, und das Strickzeug, das sie gelegentlich zur Hand nimmt, weniger der Beschäftigung wegen als um ihre feinen Hände und zierlichen Finger zu zeigen, vollendet den Eindruck des häuslichen Behaglichen. Im Gegensatze zu ihren Bühnengenossen, zu Elmire und anderen, mäßig im Essen und Trinken und selbst im Genusse von Näschereien, erhielt ihr Wesen dadurch einen neuen Schein von Liebenswürdigkeit, daß sie gleichsam nur von der Luft lebte, sehr wenig aß und nur den Schaum eines Champagnerglases mit der größten Zierlichkeit wegschlürfte" *). Am lieblichsten ist ihre Erscheinung im Freien, auf dem grünen Tanzplane, wo sie sich als die anmuthigste Tänzerin erweist, und ein Maler, der es unternehmen wollte, uns ihr Bild zu malen, müßte dazu den Moment im vierten Kapitel des zweiten Buchs wählen, wo sie an dem sonnigen Sommernachmittage in dem hohen baumbeschatteten Grase sitzend den zweiten Kranz flicht, während sie den vollen ersten sich selbst auf das Haupt gedrückt hat. „Sie sah unglaublich reizend aus!" mit diesen wenigen Worten schildert der Dichter den Eindruck des in ihrer Erscheinung gleichsam personifizirten sonnigen Sommernachmittags. „Das gefährliche", „das leicht= fertige", das „verwegene Mädchen", „die zierliche Sünderin", „die frevelhaften Reize Philinen's" — das sind die Aus= drücke, mit denen wir sie von ihrem Schöpfer wiederholt be= zeichnet finden. „Es läßt sich leider nur zu gut einsehen", meint der Dichter, „wie gefährlich Wilhelmen bei der Lage seines Innern, in welcher ihre Begegnung ihn antrifft, ein solches Wesen werden mußte" **), — und wir meinen es mit ihm.

Natürlich ist Philine in dem Roman, welchen sie mit Wil= helm sofort nach ihrem ersten Begegnen anspinnt, die Haupt= person, weil sie die vorzugsweise handelnde ist. Die ganze Art wie sie ihn empfängt, die verführerische Anmuth, welche sie in der Frisirscene, die geistreiche Heiterkeit, welche sie bei der ersten Spazierfahrt entwickelt und bei der Rückfahrt bis zur drolligsten Ausgelassenheit steigert, die kleine Enttäuschung, die sie ihm am folgenden Tage durch ihre Wortbrüchigkeit bereitet, und mit der sie sein Verlangen nach ihrer Gesellschaft nur noch

---

*) S. Buch V, Kap. 16.
**) S. Buch II, Kap. 5. Buch II, Kap. 10. Buch III, Kap. 4.

steigert, die liebenswürdig offene Koketterie, mit der sie sodann die Gunst ihrer Kränze und ihres Kusses zwischen Laertes und Wilhelm vertheilt — das Alles ist ganz dazu angethan, den Ankömmling zu bezaubern, um so mehr, da dies Alles ohne eigentlichen Plan, ohne Berechnung geschieht. Denn nichts ist diesem Wesen fremder als Berechnung und Konsequenz, oder gar heuchlerische Verstellung. Ihre einzige Konsequenz besteht darin, daß sie ihrem Charakter treu bleibt; dieser Charakter aber ist die Inkonsequenz, die Unberechenbarkeit ihres Thuns und Handelns. Der Mann, der sie am besten kennt, Laertes, sagt von ihr: „Wenn sie sich etwas vornimmt oder Jemandem etwas verspricht, so geschieht es nur unter der stillschweigenden Bedingung, daß es ihr auch bequem sein werde, den Vorsatz auszuführen oder ihr Versprechen zu halten. Sie verschenkt gerne, aber man muß immer bereit sein, ihr das Geschenkte wiederzugeben." Sie ist das richtige Kind, mit allen seinen Launen und seinem offenherzigen Egoismus, mit all seiner auf den Augenblick gestellten konsequenten Inkonsequenz. Laertes liebt sie gerade deswegen, „weil sie keine Heuchlerin" ist: er ist ihr Freund, weil sie ihm das Geschlecht, das er zu hassen so viel Ursache hat, so rein darstellt. Sie ist ihm, wie er bekennt, „die wahre Eva, die Stammmutter des weiblichen Geschlechts: so sind alle, nur wollen sie es nicht Wort haben!" Aller Ernst, jedes tiefere Eingehen auf einen Gegenstand ist ihrer Natur zuwider. „Laßt mir den Staat und die Staats=leute weg", ruft sie aus, als zwischen Wilhelm und Laertes ein Gespräch darüber auf's Tapet kommt, wie der Staat immer nur zu verbieten, zu hindern und abzulehnen, selten aber zu gebieten, zu befördern und zu belohnen wisse; „ich kann mir sie nicht anders als in Perücken vorstellen, und eine Perücke, es mag sie aufhaben, wer da will, erregt in meinen Fingern eine krampfhafte Bewegung, ich möchte sie gleich dem ehrwürdigen, Herrn herunternehmen, in der Stube herumspringen und den Kahlkopf auslachen." Ob Wilhelm wohl ahnet, daß auch er selbst in den Augen der reizenden Schalkin eine Perücke auf=hat, und daß sie nicht eher ruhen wird, bis sie ihm diese Perücke der selbstgefälligen Jugendstrenge gelegentlich vom Haupte genommen haben wird?

Noch widerstrebender ist ihrem Wesen, ganz im Gegensatze zu Frau Melina, jede empfindsame Naturschwärmerei, wie über=haupt jedes reflektirende Zergliedern des Vergnügens. Es ist ihr „unerträglich, sich das Vergnügen vorrechnen zu lassen, das man genießt." „Wenn schön Wetter ist, geht man spazieren, wie man tanzt, wenn aufgespielt wird. Wer mag aber nur einen Augenblick an die Musik, wer an's schöne Wetter denken? Der Tänzer interessirt uns, nicht die Violine, und in ein Paar schöne schwarze Augen sehen thut einem Paar blauen Augen" — Philine hat blaue Augen — „gar zu wohl. Was sollen da=gegen Quellen und Brunnen und alte morsche Linden!" Aber bei aller ihrer Abneigung gegen ernste Gespräche weiß sie doch auf Wilhelm's Interessen, sobald es ihr paßt, klug einzugehen, denn sie ist in hohem Grade geistreich, und ihre Einfälle und Bemerkungen, ihre Urtheile und Schlagworte, die sie gelegent=lich, ohne irgend einen Werth darauf zu legen, hinwirft, sind wie ihre ganze Ausdrucksweise immer von treffender Kraft.

Ihr Verhältniß zu Wilhelm durchläuft verschiedene Phasen. Die erste und anmuthigste derselben umfaßt die Zeit, die Wilhelm in dem Landstädtchen zubringt, während deren sich allmählich eine Art von Schauspieler=Gesellschaft unter Melina's Direktion zusammenfindet, die zweite den Aufenthalt im Grafen=

schlosse; die dritte den abenteuerlichen Zug der wandernden Gesellschaft, bei welchem dieselbe überfallen und ausgeplündert wird und Wilhelm schwer verwundet in der Obsorge Philinen's verweilt; die vierte und letzte endlich das Wiederfinden Beider bei Serlo bis zu dem räthselhaften Verschwinden Philinen's mit dem jungen Offizier, in welchem der getäuschte Wilhelm seine verlorene Mariane zu erkennen glaubt.

In der ersten dieser Perioden ist Wilhelm bezaubert von der nixenhaften Anmuth ihrer Erscheinung, und er überläßt sich diesem Eindrucke mit jenem Sicherheitsgefühle, das aus der nahen Erinnerung an seine erste unglückliche Liebe entspringt. Seit ihm ein grausames Geschick seine Mariane von der Seite gerissen, hatte er sich das Gelübde abgelegt, „das treulose Geschlecht zu meiden, seine Schmerzen, seine Neigung, seine süßen Wünsche in seinem Busen zu verschließen", und die Gewissenhaftigkeit, mit der er bisher dies Gelübde beobachtet hat, kommt der verführerischen Schönen und ihren Anschlägen auf sein Herz gar sehr zur Hülfe. „Er ging", sagt der Dichter, „wieder von dem ersten Jugendnebel begleitet umher, seine Augen faßten jeden reizenden Gegenstand mit Freuden auf, und nie war sein Urtheil über eine liebenswürdige Gestalt schonender gewesen." Natürlich! er hat ja einer Mariane in seinem Herzen verziehen, warum soll er streng sein gegen die Leichtfertigkeit, die in Philinen mit so viel Liebenswürdigkeit gepaart ist, und bei der es ihm wohl wird, wie ihm lange nicht gewesen? Ihre sorglose Fröhlichkeit hat etwas Ansteckendes und ihr bloßer Morgengruß vermag ihn nach widerwärtigen Eindrücken sogleich wieder in einen heiteren Zustand zu versetzen*). Selbst das Zwischentreten Madame Melina's und ihrer Eifersucht vermag Philinen's

---

*) Buch II, Kap. 11.

Verhältniß zu ihm nicht zu trüben, denn Philine kennt keine
Eifersucht und ist sich obenein ihrer Ueberlegenheit über die
Nebenbuhlerin nur allzugut bewußt. Wie ihr die Eifersucht
fremd ist, so auch jedes Gefühl des Hasses. Was ihr zuwider
ist, begnügt sie sich zum „Besten zu haben", und dies Vergnügen
ist für sie nicht viel geringer, als das Lieben selbst. Daher
ihre Vorliebe für den alten Polterer, den Pedanten mit der
steifen Perücke, dessen Wiedererscheinen sie mit so viel Freude
begrüßt*). An Frau Melina und ihrer Begeisterungsüber=
schwänglichkeit nimmt sie denn auch gleich ihre Revanche bei
dem Punschfeste, mit dem die Vorlesung des nationalen Ritter=
schauspiels gefeiert wird, indem sie, ziemlich nüchtern bleibend,
die Uebrigen „mit Schadenfreude zu Lärm reizt und das Fest
zum Bacchanal ausarten macht". Als darauf Melina's zu=
dringliche Anforderungen und beleidigende Vorwürfe Wilhelmen
halbwegs zu dem Entschlusse bringen, seinen Aufenthalt abzu=
brechen, ist es wieder Philine, die ihn mit ihren Liebkosungen
zurückzuhalten weiß. Die Scene, in welcher dies geschieht, jene
Nachmittagsscene auf der steinernen Bank vor dem Thore des
Gasthofs, in welcher ihn das verwegene Mädchen zwingt, vor
den Augen der Leute die Rolle des von seiner jungen Frau
geliebkosten geduldigen Ehemanns zu spielen, ist eine der reizend=
sten dieser Episode. Als ihn am Ende derselben Philine für
„einen rechten Stock" und sich für eine Thörin erklärt, daß sie
so viel Freundlichkeit an ihn verschwende, ist sie jedoch über
seinen Zustand, wie uns der Dichter alsbald verräth, sehr im
Irrthum. Denn trotz des „Widerwillens", den ihr Betragen
in ihm, wie er sich einbildet, erregt hat, sehen wir ihn doch,
„ohne recht zu wissen, warum", sich von der Bank erheben,

*) Buch II, Kap. 7.

um ihr nach in's Haus zu gehen, und so ungern sieht er sich bei diesem Gange von dem abbittenden Melina aufgehalten, so sehr zieht ihn in diesem Augenblicke eine unwiderstehliche Neigung zu der reizenden Verführerin hinüber, daß er mit einer überraschten Zerstreuung und eilfertigen Gutmüthigkeit dem schlauen Bittsteller jenes bedeutende Darlehn gewährt, gegen das er sich bisher so lange gesträubt hatte. Aber — er hat die Stirnlocke der Göttin Gelegenheit zu fassen versäumt, und in dem Augenblicke, wo er sie ergreifen möchte, ist sie ihm entschwunden. Das Wiedererscheinen Friedrich's tritt zwischen ihn und den Gegenstand seiner geheimen Wünsche und erfüllt ihn mit einem Gefühle der Eifersucht und des Unbehagens, dergleichen er in seinem Leben noch nicht empfunden hatte, und das Auftreten des gräflichen Stallmeisters, an dem Philine sofort eine neue Eroberung macht, steigert das Widerwärtige seines Empfindens.

Philine ist gerächt, aber sie ist weit davon entfernt, über den beiden neuen Liebhabern den bisherigen Gegenstand ihrer Neigung aufzugeben, obschon dieser sie „keines Blickes würdigt". Das gräfliche Paar erscheint, und sogleich weiß sich der Schalk nicht nur bei der Gräfin durch ihr ehrfurchtsvolles Behaben, ihr frommes Gesicht und ihre demüthigen Geberden in Gunst zu setzen, sondern zugleich auch Wilhelmen, den sie ohne weiteres als passenden ersten Liebhaber der Truppe bezeichnet hat, zu bewegen, sich derselben von ihr vorstellen zu lassen. Die Gräfin ist jung, schön, liebenswürdig und vor allem eine vornehme Erscheinung. Wilhelm ist doppelt gefangen. Statt, wie er kurz zuvor fest beschlossen hatte, abzureisen, wird er Mitglied der Gesellschaft. Philinen's Wunsch, ihn in ihrer Nähe zu behalten, ist erfüllt.

Während sich im Grafenschlosse Wilhelm's Roman mit der Gräfin, begünstigt durch Philine und die Baronesse, diese raffinirte Philine der vornehmen Gesellschaft, allmählich anspinnt, tritt Philine selbst für ihn eine Zeit lang in den Hintergrund, aber sie verliert ihn darum nicht aus den Augen. Schon vor dem Einzuge in das Schloß hat sie sich dort in der Gräfin und in dem Stallmeister zwei Beschützer gesichert, und der letztere befreit sie denn auch sogleich aus der schlimmen Lage, in welcher sie sich mit den Uebrigen bei ihrer Ankunft befindet, und bald fühlt sie sich wieder ganz in ihrem Elemente. Hier entwickelt sie nicht sowohl auf der Bühne als vielmehr im Leben selbst ihre Schauspielernatur. Als eigentliche Schauspielerin lernen wir sie überhaupt nirgends kennen, wir erfahren nur, daß sie die Kammermädchen, wie Laertes die Liebhaber, spielt. Sie ist Schauspielerin geworden, weil dies Dasein die ihr gemäßeste Existenz war. Das Verhältniß der bürgerlichen Gesellschaft zu den Komödianten der Zeit, in welcher unsere Dichtung spielt, begünstigte die fessellose Freiheit, welche Philine erstrebte, und gab Naturen, wie sie es war, den Muth und die Möglichkeit, sich ganz und völlig auszuleben; umsomehr, da sich nur allzuviel Gelegenheit fand, wahrzunehmen, wie es um die Ehrbarkeit der bürgerlichen Gesellschaft beschaffen war, in welcher sich die Laertes und Narzisse so zahlreicher geheimer Begünstigungen von Seiten der Frauen dieser selben Gesellschaft zu erfreuen hatten. Sie ist als Schauspielerin nicht ohne Talent. Die Eigenheit, Naivetät und Schicklichkeit, die sie im Vortragen ihrer ausgelassenen Lieder bewährt, veranlaßt Wilhelmen einmal, ihr, wenn sie dieselben Eigenschaften auf dem Theater an besseren Stoffen bewähre, „den allgemeinen lebhaften Beifall des Publikums" zu verbürgen. Aber was ist ihr das Publikum!

„Es müßte eine recht angenehme Empfindung sein, sich am Eise zu wärmen!" Diese spottende Antwort ist das Einzige, was sie auf Wilhelm's Ermahnung zu erwidern hat. Sie ist eben bei einem schönen und selbst für die Bühne glücklichen Talente ohne allen Ernst für ihren Beruf, ohne alle und jede Illusion auch über die Kunst, die sie treibt; oder vielmehr diese ist für sie eben nur ein heiteres Handwerk, ein nothwendiges Geschäft, das sie nur mit so viel Aufmerksamkeit versieht, als unumgänglich nothwendig ist, und so oft es eben nöthig ist. Ihre eigentliche Kunst ist das Leben. Hier macht es ihre natürliche Gabe leichter Nachahmung ihr möglich, alle Rollen zu spielen, und ihr ursprünglich leichtfertiges Temperament und Betragen allen Lebenslagen anzupassen. Sie kann vornehm und gesetzt, spröde und zurückhaltend, anständig freimüthig und possenhaft ausgelassen, demüthig und übermüthig, kurz alles Mögliche sein, nur nicht erhaben. Ihre Ausdrucksweise ist immer natürlich, einfach sachlich, keck und derb bis an Cynismus streifend, und nur einmal wird ihre Bezeichnung poetisch beim Anblicke der Schönheit des Knaben Felix. Sie kann sonst Kinder nicht leiden — sie hat dazu selbst zu viel von einem solchen in sich — und nur die Schönheit von Marianen's Kinde läßt sie ihre Abneigung überwinden.

In dem Grafenschlosse sehen wir sie nun jene Virtuosität der Umwandlung und Vielgestaltigkeit ihres Betragens bewähren. Dort geht ihr denn auch Alles vollkommen nach Wunsche. Die Gräfin, die von der wahren Natur dieses reizenden Irrlichts keine Ahnung hat, beschenkt und verzieht sie bei jeder Gelegenheit, und sie bleibt bei derselben Liebeskind bis zum letzten Augenblicke. Die Baronesse fühlt sich aus anderen Gründen zu ihr hingezogen. An zahlreichen neuen Verehrern fehlt es gleichfalls nicht, und da sie sich in einem so reichlichen Elemente befindet, beliebt es ihr, „auch einmal die Spröde zu spielen, und auf eine geschickte Weise sich in einem gewissen vornehmen Ansehen zu üben". Es ist das erstemal, daß sie in der sogenannten guten Gesellschaft Vornehmer leben darf, und ihre glückliche Gabe leichter Nachahmung setzt sie in den Stand, diese Gunst zu benutzen und sich aus dem Umgange mit den Damen so viel zu merken und anzueignen, als sich für sie schickt, um alsbald „voll Lebensart und guten Betragens" zu werden. „Kalt und fein, wie sie war, kannte sie in acht Tagen die Schwächen des ganzen Hauses, daß, wenn sie absichtlich hätte verfahren wollen, sie gar leicht ihr Glück würde gemacht haben. Allein auch hier bediente sie sich ihres Vortheils nur, um sich zu belustigen, um sich einen guten Tag zu machen und impertinent zu sein, wo sie merkte, daß es ohne Gefahr geschehen konnte." Es ist ein Etwas vom dienstbotenhaften Kammerkätzchen in ihrer Natur, und wiederum etwas vom Eulenspiegel in ihrer Neigung, alle Welt zu naßführen, alle Menschen nur als Nahrung des Lustfeuerwerks zu verbrauchen, zu dem sie ihr Leben ununterbrochen zu machen bestrebt ist. Selbst die Liebeserklärungen, die an sie im Schlosse geschehen, verwendet sie nur dazu, um später, nachdem man dasselbe verlassen, aus dem geheimen Archive solcher Erscheinungen ihren Genossen, den Schauspielern, eine komisch dramatische Vorstellung zu geben, bei der sich ihre Zuhörer „vor Lachen und Schadenfreude kaum zu lassen wissen".

Man hat gefragt, warum Philine so eifrig beflissen sei, die Neigung der Gräfin zu Wilhelm zu fördern und Beider gegenseitige Annäherung auf alle Weise zu begünstigen? Zunächst aus reiner Neigung zum mischief, zum Unheilstiften. Die

Gräfin ist jung, schön, liebenswürdig und dabei leeren Herzens an der Seite eines viel älteren, wunderlichen und pedantischen Mannes, der obenein von einer Philine gar keine Notiz nimmt. Dafür muß er bestraft und zugleich der Gräfin geholfen werden. Daneben ist ihr die Förderung, welche sie der von ihr gleich bei der ersten Begegnung bemerkten Neigung der Gräfin für Wilhelm angedeihen läßt, zugleich ein Mittel, sich in der Gunst derselben festzusetzen; und drittens endlich weiß sie sehr wohl, daß ihr Verfahren der beste Weg ist, ihr den Freund, den sie keineswegs aufzugeben gesonnen ist, wieder näher zu bringen. Der Erfolg beweist, daß ihr Instinkt — denn sie handelt eigentlich immer aus dem Vollen und Ganzen ihrer Natur, ohne reflektirende Ueberlegung — sie ganz richtig geleitet hat. Um Wilhelm ganz sicher zu machen, führt sie vor der Ver= kleidungsscene, die für ihn und die Gräfin so verhängnißvoll werden soll, eine Art von ernsthafter Erklärung zwischen ihr und ihm herbei; denn diese wunderbare Chamäleonsnatur weiß, trotz ihrer Abneigung gegen allen und jeden Ernst, doch auch, wenn es sein muß, auf kurze Zeit die Maske des Ernstes vor= zunehmen. Wilhelm hat der „zierlichen Sünderin“ seit dem Abenteuer der steinernen Bank, wie der Dichter uns mit ent= zückender Ironie berichtet, „mit entschiedener Verachtung be= gegnet“ und den festen Entschluß gefaßt, „keine Gemeinschaft mehr mit ihr zu machen“*). Sie wirft ihm jetzt „auf eine angenehme Art sein Betragen vor, mit dem er sie bisher ge= quält habe“. Mit einer gewissen anständigen Freimüthigkeit, in der sie sich auf dem Schlosse geübt hat, weiß sie ihn nicht nur zur Höflichkeit gegen sie zu nöthigen, sondern ihn auch auf's Neue für sich einzunehmen. Sie schilt und beschuldigt

---

*) S. Buch III, Kap. 3 zu Ende.

sich selbst und gesteht, daß sie sonst wohl seine Begegnung
verdient habe. Sie macht ihm die aufrichtigste Beschreibung
ihres Zustandes, den sie den vorigen nennt, und schließt mit
dem Bekenntniß: „daß sie sich selbst verachten müßte, wenn
sie nicht fähig wäre, sich zu ändern und sich seiner Freund=
schaft werth zu machen".

Der gutmüthige Wilhelm ist entwaffnet. Der Dichter macht
dabei die Bemerkung: „Er hatte zu wenig Kenntniß der Welt,
um zu wissen, daß eben ganz leichtsinnige und der Besserung
unfähige Menschen sich oft am lebhaftesten anklagen, ihre Fehler
mit großer Freimüthigkeit bekennen und bereuen, obgleich sie
nicht die mindeste Kraft in sich haben, von dem Wege zurück=
zutreten, auf den eine übermüthige Natur sie hinreißt." So
wundervoll richtig diese Bemerkung ist, so wenig möchte ich
sie doch auf einen Charakter wie Philine passend und anwend=
bar finden. Philine hat nicht die allerentfernteste Neigung,
von ihrem Wege zurückzutreten, noch weniger den Willen dazu.
Ja, sie kann ihn eben ihrer übermüthigen Natur wegen gar
nicht haben. Die Person der Bereuenden, die sie jetzt spielt,
ist nichts als eine Rolle, und ich möchte wetten, daß sie sich
niemals mehr in ihrer Kraft genießt, als gerade in diesem
Augenblicke, wo sie es mit vollem Bewußtsein darauf anlegt,
den tugendhaften Wilhelm für seine stockartige Sprödigkeit,
die er ihr als steinerner Mann auf der steinernen Bank be=
wiesen und an deren Ehrlichkeit die erfahrne Menschenkennerin
nie geglaubt hat, dadurch zu bestrafen, daß sie den spröden
Tugendhelden in eine Liebesintrigue verstricken hilft, die ihn
hart an die Grenzen des Ehebruchs führt, und bei der es weder
ihre Schuld noch sein Verdienst ist, wenn der keusche Joseph
Wilhelm aus derselben mit einem blauen Auge davonkommt. —

Es ist dies einer der Beweise, daß selbst der größte Dichter sich gelegentlich in dem Charakter der Gestalten irren kann, die er doch selber geschaffen hat.

3.

Die bunten aufgeregten Tage des Schloßlebens sind vor= übergerauscht. Aber die trüben Gedanken über das schnelle Dahinschwinden der Zeit und die Veränderlichkeit aller mensch= lichen Dinge, denen Laertes nachhängt, sind nichts für die ewig heitere Philine. Der öde leere Saal, an dessen Fenster stehend Laertes ihr seine tristen Betrachtungen mittheilt, er= innert sie gleich daran, wie gut sich's in dem freien Raume tanzen läßt, und singend zieht sie den ernsthaften Freund zu einem Tanze in den Saal. „Laß uns", rief sie, „da wir der Zeit nicht nachlaufen können, wenn sie vorüber ist, sie wenig= stens als eine schöne Göttin, indem sie bei uns vorüberzieht, fröhlich und zierlich verehren!" Sie ist in der That die treueste Verehrerin der hellenischen Gottheit, mit der wir sie oben selbst verglichen. Jetzt, wo sie auf dem bevorstehenden Wanderzuge der Gesellschaft Wilhelm wieder für sich allein zu haben Aussicht hat, ist ihr ganzes Bestreben darauf gerichtet, diese günstige Gelegenheit zu benutzen. Frau Melina hat sich Wilhelm's Koffer zu Nutze gemacht, Herr Melina sich sogar seines Geldes bemächtigt, um es sicher zu verpacken. Philine bietet seiner Habe Platz in ihrem Koffer und sorgt überhaupt auf alle Weise für den von allen Andern ausgebeuteten Freund, der wie Shakespeare's Prinz Heinz, dem er sich selbst nicht ohne wohlgefälligen Selbstbetrug insgeheim vergleicht, mit der sehr zweifelhaften Gesellschaft weiter abenteuert. Alle Welt ist guter Dinge, denn man hat im Schlosse gute Ernte ge=

halten, und Wilhelm ist es nicht am wenigsten. Er sieht sich offenbar vom Glücke begünstigt, denn selbst seine Thorheiten sind ihm zu Erfolgen ausgeschlagen. Die Freigebigkeit der Schloßherrschaft hat seine Kasse gefüllter gemacht, als sie an dem Tage war, wo er Philinen den ersten Strauß überreichte. Er sieht die Verlegenheit gegenüber seinem väterlichen Geschäftshause glücklich beseitigt, er fühlt sich gehoben durch die vornehmen und gebildeten Lebenskreise, in denen zu weilen und thätig zu sein ihm vergönnt gewesen, durch den Erwerb, den er seinem künstlerischen Talente zu schulden glaubt, durch die Gunst der Großen, die er erfahren, durch die Neigung der schönen Gräfin, „von deren Lippen er ein unaussprechliches Feuer in sich gesogen", durch die Shakespeare'sche Dichtung endlich, die ihm den Einblick in eine neue Welt eröffnet hat. Durch seine Freigebigkeit hat er sich das Recht erworben, mit seiner schauspielerischen Umgebung auf Prinz Harry's Manier umzugehen, und kommt bald selbst in den Geschmack, einige tolle Streiche anzugeben und zu befördern. Und Philine? „Sie lauert in der Unordnung dieser Lebensart dem spröden Helden auf, für den sein guter Genius Sorge tragen möge." „Sie stellt sich ganz bezaubert" über die romantisch bühnenhafte Maskerade, mit der er sich für die bevorstehende Reise auch äußerlich seinem Shakespeare'schen Vorbilde anzuähnlichen sucht, und empfiehlt sich seiner unschuldigen Eitelkeit nicht übel dadurch, daß sie sich seine schönen Haare ausbittet, die er, um dem natürlichen Ideale desto näher zu kommen, unbarmherzig abgeschnitten hat.

Aber die komödiantische Romantik des abenteuerlichen bewaffneten Zuges schlägt in die sehr ernsthafte eines Räuberanfalles um, der die ihrer ganzen Habe beraubte Gesellschaft aus allen ihren Himmeln und Wilhelm mit zwei tüchtigen Wunden auf's Siechenlager wirfst. Hier nun zeigt sich Philine in einer neuen Gestalt, als barmherzige Samariterin. In ihrem Schooße liegend, ist ihr liebevoll über ihn hingeneigtes Gesicht das Erste, was ihm beim Erwachen aus der Ohnmacht entgegenblickt. Sie hat in der Eile mit ihrem Halstuch seine Wunden zu verbinden, das Blut mit Schwamm und Moos zu stillen gesucht, und ihm in ihren Armen, so gut sie konnte, ein sanftes Lager bereitet. Sie allein ist mit dem treuen Kinde Mignon bei ihm geblieben, als Alles entfloh, und es ist nicht ganz recht von Wilhelm, daß er bei seinem Erwachen nur für die schöne Gestalt der vornehmen Amazone in dem stattlichen Reitkleide Augen hat und die arme neben derselben stehende Philine als ein niedriges Wesen betrachtet, das sich dieser edlen Natur nicht nahen, noch weniger „die gnädige Dame", deren Hand sie dankend küßt, berühren sollte! Philine läßt sich durch das ekstatische Behaben des Freundes indeß nicht in ihrem Bemühen um den Verwundeten abhalten. Ihre kluge Vorsorglichkeit hindert ihn, sich in seiner thörichten Großmuth von seinen letzten Geldmitteln zu entblößen, indem er die mit den undankbarsten Vorwürfen auf ihn eindringende Gesellschaft der ausgeraubten Schauspieler befriedigen möchte. Sie bleibt auf ihrem Koffer, der seine Baarschaft enthält, sitzen, klappert mit den Schlüsseln, um die Andern zu ärgern, und knackt Nüsse auf, um den tobenden und jammernden Genossen ihre souveräne Gleichgültigkeit zu bezeugen. Das so eben erfahrene widerwärtige Begegniß ist ihr eben auch nichts mehr als eine Nuß, wenn auch eine etwas harte. Aber sie hat gute Zähne und der Kern der Nuß ist süß genug, um die Mühe des Aufknackens zu lohnen: es ist die Gelegenheit, den Gegenstand ihrer Neigung jetzt ganz allein für sich zu haben. Der Gott Kairos bleibt seiner treuen Verehrerin hold.

In dem Pfarrhause, wo sie sich mit dem verwundeten Freunde einquartiert, den sie für ihren Gatten auszugeben passend findet, ist sie bald ebenso heimisch und befreundet, wie sie es auf dem Grafenschlosse gewesen war. Immer lustig, immer zu schenken bereit, Jedem nach dem Sinne zu reden wissend und dabei doch immer thuend, was sie will, ist die Schmeichlerin in kurzer Zeit der Liebling der ganzen Familie. Nur mit Wilhelm hat sie anfangs einen harten Stand. Er will durchaus nicht zugeben, daß sie als seine Wärterin bei ihm bleibe. Er will seine Verbindlichkeiten gegen sie nicht noch vermehrt sehen, da er nichts habe, womit er ihr vergelten könne, was sie für ihn gethan. Er will sie mit einem Geschenke entlassen, weil ihre Gegenwart ihn mehr beunruhige, als sie glaube. Ihre Erwiderung auf sein für sie so wenig schmeichelhaftes Andringen enthält den Schlüssel zu ihrem ganzen Wesen und namentlich zu der Art ihrer Neigung überhaupt. „Sie lachte ihm in's Gesicht," — heißt es — „als er geendigt hatte. Du bist ein Thor, sagte sie, du wirst nicht klug werden. Ich weiß besser, was dir gut ist: ich werde bleiben, ich werde mich nicht von der Stelle rühren. Auf den Dank der Männer habe ich niemals gerechnet, also auch auf deinen nicht; und wenn ich dich lieb habe, was geht's dich an?" — Goethe hat dies später ein freches Wort genannt, aber auch zugleich bekannt, „daß dies freche Wort ihm recht aus dem innersten Herzen gesprochen sei". Es ist die wunderbare Anwendung jenes Spinozistischen Satzes, daß, wer Gott recht liebe, nicht verlangen müsse, daß dieser ihn wieder liebe, und zugleich die Formel des Ausdrucks für jene Uneigennützigkeit in Allem, vorzugsweise

aber in Liebe und Freundschaft, von der der Dichter des Wil=
helm Meister in seinen Lebensbekenntnissen sagt, daß sie stets
seine höchste Lust, seine Maxime, seine Ausübung gewesen sei.
Ein Strahl von der Sonne dieser Uneigennützigkeit ist es
denn auch, durch welchen der Dichter eine der liebsten, wenn
auch der gewagtesten seiner Gestalten, die durch ihren Leicht=
sinn so tausendfachen Anstoß gebende Philine verklärt hat.
Sie ist nach dieser Seite hin ein echtes Kind seines Geistes
und Blutes, Fleisch von seinem Fleisch, Bein von seinem Bein,
während der wahre Grund der Liebe des Dichters zu ihr
doch wieder in dem Gegensatze liegt, den ihre vogelfreie Leicht=
fertigkeit zu seinem Ernste, ihr Leichtsinn zu seiner Besonnen=
heit, ihre unendliche Genußsucht zu seiner Entsagungsfähigkeit
bilden; denn er selbst hat es uns gesagt: „Die innigsten Ver=
bindungen folgen immer nur aus dem Entgegengesetzten" *).

Philine bleibt und fährt fort, für den geliebten Kranken zu
sorgen. Die bei jenem Räuberanfalle gleichfalls verwundete
Mignon ist nicht im Stande, sich um den Freund zu bemühen,
und muß zu ihrem großen Leidwesen den besten Theil der
Wartung und Pflege desselben „der angenehmen Sünderin"
überlassen, die sich dafür um so thätiger und aufmerksamer er=
weist. Sie bringt Tag und Nacht, ohne aus den Kleidern zu
kommen, in seiner Nähe, an seinem Bette zu, und nichts gleicht
der anmuthigen Schilderung, welche bei dieser Gelegenheit der
Dichter von ihrer Erscheinung entwirft, als Wilhelm eines
Morgens beim Erwachen die treue Wärterin eingeschlafen findet.
„Philine, heißt es, lag quer über den vorderen Theil des weit=
läuftigen Gast= und Ehrenbettes hingestreckt, welches die Pfar=
rersfamilie dem wunden Manne zum Lager angewiesen hatte.

***

*) S. Dicht. u. Wahrh., B. XIV. (Th. 26, S. 291. Ausg. letzter Hand 1829).

Sie schien auf dem Bette sitzend und lesend eingeschlafen zu sein; ein Buch war ihr aus der Hand gefallen. Sie war zurück, und mit dem Kopfe nahe an seine Brust gesunken, über die sich ihre blonden aufgelösten Haare in Wellen ausbreiteten. Die Unordnung des Schlafs erhöhte mehr als Kunst und Vorsatz ihre Reize; eine kindische lächelnde Ruhe schwebte über ihrem Gesichte." Diese kindische lächelnde Ruhe, die das Gesicht der Schlafenden umschwebt, drückt Philinen's Wesen besser aus, als ein ganzer Commentar es zu thun vermöchte. Goethe sagt einmal an einem andern Orte, daß es die Anmuth sei, welche uns mit frühzeitiger Schalkheit versöhne, wenn die Jugend ihr Uebergewicht empfinde und benutze, um kindliche Zwecke zu erreichen und kindische Bedürfnisse zu befriedigen. Dies ist der Zauberschleier, welcher Philinen's Wesen in seine mildernden Falten hüllt. Es ist die kindliche Anmuth, welche ihren Hauptreiz bildet, die selbst dem an sich Widerwärtigen bei ihr seinen verletzenden Stachel nimmt. Gerade in dieser anmuthig selbstgewissen Sicherheit, wie nur ein Kind sie sagt, liegt zugleich auch das unwiderstehlich Bestrickende und Verführerische ihres Wesens, für welches Wilhelm's ganzes Empfinden und Verhalten zu ihr der vortrefflichste Gradmesser ist. Er fühlt instinktiv die Gefahr, die ihm von der „anmuthigen Sünderin" droht und der er bisher nur durch eine Reihe glücklicher Umstände entgangen ist, und eben deshalb dringt er auf's Neue darauf, daß sie sich entferne. In dem Streite, welcher sich darüber zwischen ihnen entspinnt, verläßt sie zum ersten Male ihr unzerstörbarer Gleichmuth; indeß nur wenige Augenblicke und sie ist wieder ganz die alte. Aber sie thut ihm diesmal den Willen. Des anderen Morgens ist sie abgereist, ohne Abschied — Philine nimmt niemals Abschied.

„Im Nebenzimmer hatte sie Alles, was ihm gehörte, sehr ordentlich zusammengelegt. Er empfand ihre Abwesenheit: er hatte an ihr eine treue Wärterin, eine muntere Gesellschafterin verloren, er war nicht mehr gewohnt, allein zu sein." Der Dichter setzt indessen hinzu: daß Mignon ihm die Lücke bald wieder ausfüllte. — Ganz? Hand auf's Herz, wir glauben es nicht.

4.

Philine ist zu Serlo gegangen und hat einstweilen bei dessen Truppe ein Unterkommen gefunden. Hier findet sie Wilhelm, der nach seiner Genesung denselben Weg genommen hat. Sein erstauntes: „Wie! muß ich Sie hier sehen!" mit welchem er ihren Gruß erwidert, kann unmöglich ernsthaft gemeint sein, denn er kann unmöglich vergessen haben, daß Philine ja gerade auf sein Anrathen zu Serlo gegangen ist, und wir vermuthen stark, daß eine geheime Freude, der reizenden Schönen wieder zu begegnen, seinem Erstaunen zu Grunde liegt.

Die kluge Philine hat inzwischen nicht verfehlt, in der neuen Umgebung bereits ihre Stellung zu nehmen. Sie empfängt den Freund in Gegenwart Serlo's „mit einem bescheidenen, gesetzten Wesen, rühmt Serlo's Güte, der sie ohne ihr Verdienst, bloß in der Hoffnung, daß sie sich bilden werde, unter seine treffliche Truppe aufgenommen habe, und hält ihre Freundlichkeit gegen Wilhelm in den Schranken einer ehrerbietigen Entfernung". Die Verstellung dauert aber nicht länger, als die Anwesenheit Serlo's und seiner Schwester bei ihrem Wiedersehn mit Wilhelm es nöthig macht. Kaum haben sie sich entfernt, so wirft sie auch schon — „nachdem sie erst recht genau an den Thüren gesehen, ob Beide auch gewiß fort seien" — die Maske ab. „Sie hüpfte wie thöricht in der Stube herum, sehte sich auf die Erde und wollte vor Lachen und Kichern ersticken. Dann sprang sie auf, schmeichelte unserem Freunde, und freute sich über alle Maaßen, daß sie so klug gewesen, voraus= zugehen, das Terrain zu rekognosciren und sich einzunisten. Sie giebt ihm Bericht über Aurelie und deren unglückliche Liebe, über Serlo's zahlreiche Attachements, auf deren Liste sie auch bereits steht, und zulezt über sich selbst, über Philine „die Erz= närrin", wie sie sich in ihrem ausgelassenen Humor selbst nennt. Denn diese Erznärrin ist — sie schwört, daß es wahr, und be= theuert, daß es ein rechter Spaß sei — in Wilhelm verliebt! Das ist ihr selber humoristisch. Und wenn nun gar Wilhelm sich, wie sie ihn dringend bittet, in Aurelie verlieben wollte, dann, meint sie, werde die Heze erst recht angehen. „Sie läuft ihrem Ungetreuen, du ihr, ich dir, und Serlo mir nach. Wenn das nicht eine Lust auf ein halbes Jahr giebt" — ruft sie aus — „so will ich an der ersten Episode sterben, die sich zu diesem vierfach verschlungenen Romane hinzuwirft." „Eine Lust auf ein halbes Jahr!" das ist eine Ewigkeit für ein Wesen wie Philine, und man kann es begreifen, wie sie bei einer solchen Aussicht förmlich in Wonne schwimmt. Und dazu noch die Lust, alle Welt über sich zu täuschen und zum Besten zu haben, nur den einzigen Wilhelm nicht, bei dem sie dessen, wie sie einsieht, gar nicht bedarf. Ihn in ihrer Nähe zu behalten, ist jetzt ihr nächster Zweck, und sie ist es denn auch vorzugsweise, die ihn von dem Vorsatze, seine bisherige Gesellschaft zu ver= lassen, zurück und thatsächlich auf das Theater bringt. Als sie diesen ihren Zweck erreicht sieht, endigt ihr Interesse an Wil= helm's künstlerischen Bestrebungen. Die langen Hamletgespräche, die sie anhören, die ausführlichen Vorbereitungen zur Aufführung, an denen sie Theil nehmen muß, sind ihr sträflich langweilig.

„Niemand wird froher sein, als ich", ruft sie aus, „wenn das Stück morgen gespielt ist, so wenig mich meine Rolle drückt. Denn immer und ewig von einer Sache reden hören, wobei doch nichts weiter herauskommt, als eine Theatervorstellung, die wie so viele hundert andere vergessen werden wird, dazu will meine Geduld nicht hinreichen. Macht doch in Gottesnamen nicht so viel Umstände! Die Gäste, die vom Tische aufstehen, haben nachher an jedem Gerichte etwas auszusetzen; ja, wenn man sie zu Hause reden hört, so ist es ihnen kaum begreiflich, wie sie eine solche Noth haben ausstehen können." Philine ist in Theatersachen eine unerbittliche Realistin, und Wilhelm selbst hat später zu erfahren*), daß sie es nicht mit Unrecht ist. Hamlet, Ophelia, der Geist und Wilhelm's tiefsinnige Erläute= rungen über Charaktere und Komposition des Shakespeare'schen Meisterwerks — das Alles ist ihr so gleichgültig wie die Wolken des vergangenen Jahrs. Das Einzige, was sie inter= essirt und worauf sie sich freut, ist ihre Rolle, die Rolle der Herzogin in dem kleinen Zwischenspiele, die man ihr zuge= theilt hat. „Das will ich so natürlich machen", ruft sie aus, „wie man in der Geschwindigkeit einen Zweiten heiratet, nachdem man den ersten ganz außerordentlich geliebt hat! Ich hoffe mir den größten Beifall zu erwerben und jeder Mann soll wünschen, der Dritte zu sein." Die Art endlich, wie sie die Gewissen= haftigkeit Wilhelm's, der durchaus des großen Dichters Werk ganz und unverstümmelt aufgeführt wissen will, durch die vor= wurfsvolle Bemerkung verspottet, daß er trotz dieser Gewissen= haftigkeit im Widerspruche mit sich selbst, „den schönsten Ge= danken des ganzen Stücks" gestrichen habe, setzt ihrer waghalsigen Leichtfertigkeit die Krone auf, während das entzückende Lied

*) S. Buch V, Kap. 13. Thl. XIX. S. 230—231 d. Ausg. letzter Hand.

von der schönsten Hälfte des Lebens uns die zürnende Lippe mit seinem Kusse verschließt. Mag immerhin Wilhelm jenen Vor=, wurf nicht verstehen, Philine weiß dafür zu sorgen, daß er von der Berechtigung ihres Urtheils thatsächlich überzeugt werde.

Nachdem ihr dies gelungen, verschwindet sie auf's Neue, um nicht wieder zu erscheinen. Ihr Abgang vom Theater ist aber keineswegs so unbedeutend, wie er anfangs Allen erscheint. Bei all ihrem neckisch koboldartigen Wesen hat sie doch eigent= lich durch ihre Klugheit und Unterhaltungsgabe, ihre Geduld, mit der sie Heftigkeiten zu ertragen, ihre Schmeichelei, mit der sie Widerstreben auszugleichen versteht, eine Art von Bindungs= mittel für das Ganze der Gesellschaft gebildet, und ihr Verlust macht sich bald genug für Alle fühlbar. Nicht am wenigsten für Wilhelm, der später selbst gestehen muß, daß er den Ein= druck ihrer angenehmen Gegenwart lange nicht los werden konnte. Ihre schließliche Verbindung mit dem blonden Friedrich, dem jungen herumstreichenden Bruder Natalien's, ist das natür= liche Ende ihrer Laufbahn. In unseren Tagen würde sie einen apanagirten Prinzen geheiratet haben, für die damalige Zeit mußte sie sich mit einem reichen jungen Edelmanne begnügen. Daß sie bei der allgemeinen Zusammenkunft am Schlusse der Dichtung ausbleibt, ist eben so in ihrem Charakter. Sie mag sich in einem Zustande nicht sehen lassen, den sie an Frau Melina so leichtfertig verspottet hat. Der Dichter läßt sie in den Wander= jahren als fanatische Virtuosin der Zuschneidekunst mit nach Amerika ziehen. Ihm war die schöpferische Kraft ausgegangen, deren es bedurft hätte, das Wagniß einer solchen Gestalt weiter fortzusetzen. Keine seiner Frauengestalten paßt weniger für das Yankeethum jenseits des Ozeans mit seiner allem heiteren Lebens= spiele feindseligen Atmosphäre von Lebensernst und Arbeitsprosa, als dieses Kind des europäischen achtzehnten Jahrhunderts und seiner verführerischen Sündenblüthe. Viel weniger würde es wundern, der „Gräfin" Philine in den Salons der großen Welt von Paris zu begegnen, und sie dort in den Jahren, wo sie nicht mehr selbst Liebesromane spielen kann oder mag, dergleichen anstiftend und begünstigend zu finden. Ich habe dafür ihr eigenes Zeugniß. Denn als sie während ihres letzten Aufenthaltes bei Serlo's Truppe dessen Verhältniß zu der schönen herangewachsenen Elmire begünstigt, thut sie es mit dem bezeichnenden Ausspruche: „Man muß sich bei Zeiten auf's Kuppeln legen; es bleibt uns doch nichts übrig, wenn wir alt werden."

Aber Gottlob, Philine wird nicht alt, oder vielmehr: wir sehen sie nicht alt werden. Es ist ein prosaisches, unkünstlerisches Verlangen, Weiteres von diesem lustigleichten Wesen erfahren zu wollen, als was der Dichter uns in den Lehrjahren offenbart hat. Der ganze Gedanke der Wanderjahre als Fortsetzung der Lehrjahre war überhaupt ein Fehlgriff, den Goethe gebüßt hat. — Blicken wir lieber noch einmal zurück, und suchen wir am Schlusse das Bild Philinen's in seiner Gesammtheit zu fassen, wie es sich aus dem krystallklaren Spiegel der Dichtung, gleich der lockenden Nixe aus der Flut, zu uns emporhebt. Ich finde dafür keine glücklicheren Worte, als jene „Wechsel" überschriebenen Zeilen in Goethe's Gedichten, die wir getrost Philinen als Selbstschilderung in den Mund legen dürfen:

> „Auf Kieseln am Bache da lieg' ich, wie helle!
> Verbreite die Arme der kommenden Welle,
> Und buhlerisch drückt sie die sehnende Brust.
> Dann führt sie der Leichtsinn im Strome danieder;
> Es naht sich die zweite, sie streichelt mich wieder;
> So fühl' ich die Freuden der wechselnden Lust!"

Aurelie.

Es ist als ob Goethe sich vorgesetzt hätte, in seiner Romandichtung alle Haupttypen weiblicher Charaktere, wie sie Beruf und Leben des Schauspielers darbieten, in den vier Frauengestalten auszuprägen, welche seinem Wilhelm auf dem Wanderzuge durch sein gelobtes Land der Bühne begegnen.

Die jugendliche Liebhaberin, ganz Herz und Gefühl, weltunkundige Unbehülflichkeit und kindlich unschuldiger Leichtsinn gewinnt und fesselt in Marianen seine erste überschwängliche Jugendliebe; Frau Melina, die stets pathetische, jugendlich mütterliche Heldin und Anstandsdame, die bewußte und kluge „Anempfinderin“, voll reflektirter Sentimentalität, aber ohne sinnliche Leidenschaft, weiß ihn für sich einzunehmen durch die auf Achtung gegründete Theilnahme und Freundschaft, die sie ihm mit einer Andeutung von tieferer Herzensneigung entgegenbringt; Philine, das Ideal einer Soubrette im Leben wie auf der Bühne, reizt durch den „frevelhaften“ Zauber ihres Wesens seine Sinnlichkeit ebenso unaufhörlich und unwiderstehlich, als ihn gelegentlich die schrankenlos selbstherrliche, jedes Zügels der Sitte und Moral mit Bewußtsein und Genuß spottende Freiheit ihres Betragens abstößt;

Aurelie endlich, die tragische Heldin, die fleischgewordene Ophelia und Orsina, die sich aus dem theilweise selbstver= schuldeten Unglück ihres eigenen Lebens einen Kultus gemacht hat, erwählt ihn zu ihrem Vertrauten.

Aurelie ist überaus scharfsichtig — das Unglück schärft den Blick des Menschen viel mehr als das Glück, wenn auch keines= wegs zu seinem Vortheile — und so erkennt sie denn auch tiefer als alle andern Personen auf den ersten Blick Wilhelm's wahres Wesen, das ihm Hingebung an fremdes Interesse, innige Theil= nahme für Andere und aufopfernde Bereitwilligkeit zur Be= thätigung derselben, als Pflicht, ja als Nothwendigkeit er= scheinen läßt. Ehe acht Tage vergehen, trägt er als ihr Ver= trauter die Bürde ihres Geschicks. Mariane, Frau Melina, Philine haben eigentlich keine Geschichte, die hinter der Zeit liegt, in welcher sie in der Dichtung vor uns auftreten. Aurelie hat eine solche und nur eine solche; sie hat ein Schicksal, das sich vollzogen hat, ehe wir sie auftreten sehen. Ihr Erscheinen in der Dichtung ist nur das letzte Aufflackern der niederge= brannten Kerze, der Schluß eines Prozesses tragischer Selbst= zerstörung — tragisch, weil Unglück und Schuld sich in ihrem Schicksale vereinen, weil etwas Stylvolles in demselben ist.

Aurelie ist ein Schauspielerkind. Das Unglück hat an ihrer Wiege gestanden, sie hat keine Jugend gehabt. Von einem rohen, harten, gewissenlosen Vater nach dem frühzeitigen Tode der Mutter einer Tante zur Erziehung überliefert, „die es sich zum Gesetze machte, die Gesetze der Ehrbarkeit zu verachten", hat sie schon als Kind mit dem reinen deutlichen Blicke der Unschuld in die Abgründe des Lasters geschaut und nicht nur ihr eigenes, sondern auch das männliche Geschlecht von der niedrigsten und schlechtesten Seite kennen gelernt und den sonst

der Jugend so natürlichen Glauben an das Gute in der Men=
schennatur bereits in einem Alter verloren, das sonst eben durch
seine idealen Illusionen so glücklich zu sein bestimmt ist. Sie
wird Schauspielerin und erringt Erfolge, die sie einen Augen=
blick lang über sich hinausheben, sie mit dem höchsten Begriffe
von sich selbst und ihrem Berufe, von der Bühne herab zu
ihrer Nation zu sprechen, erfüllen. Aber auch dieses Glück ist
von kurzer Dauer. Ihr allzufrüh entwickelter Verstand hat ihr
die Fülle ihres Herzens geraubt, die überscharfe Einsicht in die
Schwäche und Schlechtigkeit der Menschen um sie her hat ihr
jene Dunkelheit und Unschuld des Gemüths entzogen, welche
nach ihrem eigenen Ausdrucke die schöne Hülle über der jungen
Knospe des werdenden Künstlers ist, jene liebevolle Gläubig=
keit, die sich der Künstler nicht lange genug bewahren kann.
Aurelien's Menschenkenntniß ist eine Blume, die im Treibhause
vorzeitig aus der Knospe getrieben wurde. Das ist das Un=
glück ihres Lebens von Anfang an. Ihr Wort: „Gewiß, es
ist gut, wenn wir die nicht immer kennen, für die wir ar=
beiten", erfüllt sich an ihr in umgekehrtem Sinne. Sie kennt
die nur allzugut, für die sie als Künstlerin arbeitet. Allzu=
gutes Kennen aber ist immer ein fehlerhaftes, es macht un=
gerecht, wie allzuscharf schartig macht. Aurelie ist der voll=
kommenste Gegensatz zu Wilhelm, dessen liebevolles Herz den
Menschen kennt, ohne die Menschen im Einzelnen, die er alle
als seines Gleichen betrachtet und ehrt, zu verstehen und zu
begreifen. Sie kennt die Menschen, aber nicht den Menschen;
sie blickt den Personen, die sie umgeben, bis in's Innerste,
aber ihr eigenes Innere bleibt ihr verborgen. Ihre Menschen=
kenntniß wird zur vorzugsweisen Erkenntniß der Thorheiten
und Schwächen, der schlechten Neigungen und Albernheiten

der Menschen, zumal der Männer. Da sie den Verkehr mit ihnen nicht vermeiden kann, nimmt sie sich vor, sie „auszulauern", und um dem Abscheu zu entgehen, den sie ihr zu erregen drohen, gewöhnt sie sich, dieselben zu ihrer Unterhaltung auszubeuten. Der Gewinn eines solchen hypochondrisch ungerechten Verhaltens zu den Menschen, in welchem obenein ihr Bruder, der kalte Egoist Serlo, sie bestärkt, ist ein trauriger: allgemeine Menschenverachtung, die den eigenen Werth in ungenügender Selbstsucht aufzehrt. Als sie endlich durch die Liebe belehrt zur Einsicht in ihre Ungerechtigkeit gelangt, ist es zu spät.

Aurelie hat sich ohne Neigung von ihrem Bruder mit einem achtungswerthen Manne verheiraten lassen, weil es dem egoistischen Serlo bequem war, in seinem Schwager einen tüchtigen und treuen Verwalter des äußerlich geschäftlichen Theils seiner Theaterdirektion zu haben. Sie hat sich aufgegeben und nicht nur auf Liebesglück und Befriedigung ihres Herzens, sondern auch auf ihr Gefühl und ihre Ueberzeugung in Betreff ihres Berufs und der Ausübung ihrer Kunst verzichtet. So lebt sie in handwerksmäßiger Gleichgültigkeit und Alltäglichkeit ohne Freude und Antheil ihre Tage hin. Ihre Ehe bleibt kinderlos und währt nur kurze Zeit. Da plötzlich, in dem Augenblicke, wo die tödtliche Erkrankung ihres Gatten ihre allgemeine Gleichgültigkeit durch die Sorge für ihn unterbricht, tritt ein Mann in ihren Gesichtskreis, wie sie ihn nicht für möglich gehalten, der alle ihre persönlichen Erfahrungen über den Haufen wirft, das ganze Gebäude ihrer Menschenkenntniß umstürzt — Lothario. Mit seiner Bekanntschaft beginnt für sie ein neues Leben.

Man mag die Schilderung, die sie von diesem Manne und von ihrem Verhältnisse zu ihm entwirft, in dem Gedichte selbst nachlesen *). Sie endet mit den Worten: „Er nahm an den kleinsten Umständen meiner Verhältnisse Theil; inniger, vollkommner ist keine Einigkeit zu denken. Der Name Liebe ward nicht genannt. Er ging und kam, kam und ging."

Aber es kam eine Zeit, wo seinem Gehen kein Wieder= kommen folgte. Die Sonne des neuen Lebens ist der Armen nur aufgegangen, um durch die Erinnerung an den kurzen Einblick in ein ungeahntes Paradies voll Licht und Liebe sie das öde Dunkel, in welches die Verlassene mit dem Verschwin= den des geliebten Mannes versinkt, in verdoppelter Furchtbar= keit empfinden zu lassen. Aurelie fühlt sich grenzenlos elend. Es ist, als wenn jene Strophe des Goethe'schen Gedichts, in welchem der Dichter die Leiden eines ähnlichen Gemüths ge= schildert hat, eigens auf sie gedichtet wären, jenes ergreifende:

> „Aber abseits, wer ist's?
> In's Gebüsch verliert sich sein Pfad,
> Hinter ihm schlagen
> Die Sträuche zusammen,
> Das Gras steht wieder auf,
> Die Oede verschlingt ihn.
> Aber wer heilet die Schmerzen
> Des, dem Balsam zu Gift ward?
> Der sich Menschenhaß
> Aus der Fülle der Liebe trank?
> Erst verachtet, nun ein Verächter,
> Zehrt er heimlich auf
> Seinen eigenen Werth
> In ung'nügender Selbstsucht."

Auch Aurelien ist der Balsam zu Gift geworden; auch sie hat sich Menschenhaß getrunken aus der Fülle der Liebe, der eignen grenzenlosen, hoffenden und hoffend sich selbst täuschenden

---

*) S. Buch IV, Kap. 16.

Liebe. Der Schlüssel zu dem Zustande ihres Innern, in welchem sie wenig mehr als drei Jahre nach dem Verschwinden Lothario's Wilhelm antrifft, liegt in den Worten des leidenschaftlichen Bekenntnisses, mit welchem sie gegen denselben ihre Eröffnungen über sich beginnt: „O wäre, wäre ich verführt, überrascht und dann verlassen, dann würde in der Verzweiflung noch Trost sein; aber ich bin weit schlimmer daran, ich habe mich selbst hintergangen, mich selbst wider Wissen betrogen, das ist's, was ich mir niemals verzeihen kann!" Die kluge Philine irrt sich in dem, was sie Wilhelmen über Aurelien's „Liebeshandel" mit Lothario und dem „Andenken", das er ihr in dem goldlockigen Knaben Felix hinterlassen, berichtet. — Felix ist nicht Aurelien's Kind, auch dieser Trost, dieser letzte Halt, an den sich ihr Herz klammern könnte, ist ihr versagt. Ihr ist Nichts geblieben, als sie selbst, und sie selbst fühlt sich vernichtet. Der Mann, den sie liebte, der ihr ihr Selbst — nicht wiedergab, sondern zuerst gab, der Freund, der den umwölkten Blick öffnete über die tausend Quellen neben der Dürstenden in der Wüste ihres Lebens, über die Würde ihres Berufes, über den Werth ihrer Nation und der Menschheit — er war nur ihr Freund, er liebte sie nicht. Und sie, sie wußte es und betrog sich selbst wider ihr besseres Wissen, gab sich dem, der die Gabe nicht erbat, und hinterging sich selbst mit offenen Augen, indem sie etwas erstrebte, dessen Gewinnung sie selbst als eine Unmöglichkeit erkannt hatte. Warum als Unmöglichkeit? War etwa ihre Liebe nicht echt, nicht wahr und tief? Gewiß, sie war es. Diesem unseligen Wesen war die Fähigkeit zur Liebe trotz ihres Lebensganges, trotz der krankhaften Entwicklung ihres Innern und ihrer Welt- und Lebensanschauung geblieben;

aber sie hatte die Fähigkeit verloren, Liebe zu erwecken. „Ach, sie war nicht liebenswürdig, wenn sie liebte, und das ist das größte Unglück, das einem Weibe begegnen kann!" sagt Lothario von ihr. Er bekennt, daß sein Betragen gegen sie Tadel verdiente, daß er Unrecht gethan, als er seine Freundschaft zu ihr mit dem Gefühl der Liebe verwechselte, daß er an die Stelle der Achtung, die sie verdiente, eine Neigung eindrängte, die sie weder erregen noch erhalten konnte. Aber er kann es nicht beklagen, daß er sich ihr von einer Therese entführen ließ, „mit der er ein heiteres Leben hoffen durfte, während bei jener auch nicht an eine glückliche Stunde zu denken war."

Das ist es! Aurelie ist eine reichbegabte Natur. Mit einem künstlerischen Talente ersten Ranges verbindet sie kluge Umsicht, Ordnungsliebe, Thätigkeit und Fleiß im praktischen Leben, vereint sie Scharfsinn im Auffassen, Verständniß und Interesse für das Schöne und Edle in Dichtung und Kunst, Gewissenhaftigkeit, Berufstreue und aufopfernde Unterordnung unter die Wünsche, Neigungen und Bedürfnisse eines Bruders, der nicht einmal ihrem Herzen nahe steht, und dessen tiefe Selbstsucht sie durchschaut; sie erwirbt und verdient unsere Hochachtung, aber — sie ist nicht liebenswürdig. Sie ist der absolute Gegensatz zu Philine, die niemals achtungswerth, aber immer liebenswürdig erscheint. Die blonde, blauäugige Philine ist ein Sonntagskind, sie möchte ihr ganzes Leben zu einem einzigen sonnenheiteren Sonntage machen; die dunkellockige Aurelie sieht mit ihren schwarzen Augen, aus denen uns zuweilen ein Feuerstrahl beginnender Geistesstörung unheimlich anblitzt, in dem ihrigen nur eine Passionszeit, einen immerwährenden Charfreitag ohne Auferstehungsostern. Ihr Wider-

wille gegen Philine bricht daher gleich bei der ersten Begeg=
nung hervor und nimmt mit jedem Tage zu; es ist ihr beinahe
unmöglich, ein freundliches, höfliches Wort mit ihr zu reden,
und sie möchte sie am liebsten ganz los sein. Daß Wilhelm
einem solchen „Geschöpfe" auch nur irgend eine freundliche
Beachtung schenken, daß er sogar ihrem Charakter Gerechtigkeit
widerfahren lassen mag, daß er ihr selbst Dank schuldig zu sein
bekennt, kränkt sie auf's Aeußerste. „O, ihr Männer, daran
erkenne ich euch! Solcher Frauen seid ihr werth!" ruft sie ihm
zu. Aber Wilhelm ist für Aurelie eben ein Kind an Menschen=
kenntniß, und da er ein Mann ist, weiß sie, daß er schwach ist
gegen den verlockenden Zauber einer anschmiegenden Philine.
„Alle wie Einer, Einer wie Alle!" — und die scharfsehende
Kennerin der menschlichen Schwächen behält schließlich Recht!

Kehren wir noch einmal zurück zu dem ersten Auftreten
Aurelien's in der Dichtung, und ihrem Begegnen mit Wilhelm.
Gleich am ersten Tage schließen seine Ansichten über Hamlet
und Ophelia ihr das Herz auf. Gezwungen von ihrem „un=
barmherzigen Bruder", vor der sie umgebenden Gesellschaft
ihr Herz, ihr Innerstes zu verschließen, ihre Seelenleiden
unter der Maske gleichgültiger Freundlichkeit zu verbergen,
strömt ihr ganzes Wesen einem Menschen entgegen, der ihr
endlich die Aussicht auf theilnehmendes Verständniß bietet.
Bisher hatte sie sich mit ihren Schmerzen im Stillen unter=
halten, in ihnen sogar Stärke und Trost gefunden; jetzt fühlt
sie sich schwach, da sie einen Freund gefunden hat, der sie um
ihr Vertrauen bittet, den sie Theil nehmen lassen kann an
dem Kampfe, den sie gegen sich selbst streitet, und der in dem
Umgange mit ihr und in dem Vertrauen, das auch er ihr
widmet, „die höchste Zufriedenheit findet."

Bald jedoch kann er sich nicht verhehlen, daß er hier einer Natur gegenüber steht, deren selbstquälerische Hypochondrie und fortdauernde leidenschaftliche Ueberspanntheit jede Aussicht auf Heilung ihrer Wunden, auf Herstellung eines beruhigten Zustandes vereiteln. Es kommen Scenen, in denen ihn „der entsetzliche, halb natürliche, halb erzwungene Zustand seiner neuen Freundin" auf das Aeußerste peinigt und ihn die Foltern ihrer unglücklichen Anspannung bis zu fieberhafter Qual mitempfinden läßt. Aurelie ist die personifizirte „Aufgespanntheit". Alle Personen ihrer Umgebung leiden unter ihrer Unruhe und Sonderbarkeit, selbst das Kind, der Knabe Felix, den ihr die alte Barbara zugeführt und dessen sie sich mit Leidenschaft angenommen hat, weil sie durch seine Gegenwart eine Linderung ihrer Leiden hoffte, ist davon nicht ausgenommen: denn sie entfremdet ihn sich mit ihrer lehrhaften, pedantisch strengen Erziehungsweise, und er zieht ihr, trotz ihrer Liebe und Sorge für ihn, die alte Barbara vor. Die unglückliche Frau ist eben „nicht liebenswürdig, wenn sie liebt", selbst nicht für Kinder. Die Bitterkeit ihres Wesens durchdringt all ihr Thun und Reden, und da sie eben so viel, als Philine wenig zu sprechen liebt, so stört und verstimmt diese Bitterkeit jede Unterhaltung, da sie selbst bei den allgemeinsten Gegenständen derselben immer nur ihre persönlichen Beziehungen und Abneigungen im Auge behält. Sie versagt ihre Theilnahme an dem gemeinsamen vorlesenden Durchgehen der berühmtesten französischen Schauspiele, „weil sie die französische Sprache von ganzer Seele haßt", und sie haßt dieselbe, weil ihr treuloser Lothario ihr Briefe in dieser „perfiden" Sprache geschrieben. So ergreift sie mit einer Art selbstquälerischer Wollust vorsätzlich jede Gelegenheit, welche sich zur Erneuerung ihrer leidenschaftlichen

Empfindungen darbietet, und sogar ihr Beruf als tragische
Schauspielerin kommt ihr dabei unglücklicher Weise nur allzu
sehr zu Hülfe. So lange sie glücklich war, spielte sie als
liebevolle Künstlerin; seit sie unglücklich ist, spielt sie nichts
als sich selbst und ihr Unglück. Und weil sie es mit Bewußt=
sein thut, weil sie weiß, daß sie nicht mehr, wie früher, das
Resultat ihres denkenden Studiums, ihrer sorgfältigen Vor=
bereitung dem Publikum bietet, sondern daß sie selbst hinge=
rissen, selbst verwirrt durch die dunklen, heftigen, unbestimmten
Anklänge ihres Innern die Zuschauer zur Rührung bewegt,
zur Bewunderung hinreißt, welche die Schmerzenstöne der Un=
glücklichen für Spiel halten, so wird ihr sogar der Beifall,
den sie erringt, zur herzzerreißenden Qual.

Vergebens sucht Wilhelm ihren Blick auf die Lebensgüter
zu richten, die ihr geblieben sind. Ihre Jugend, ihre Gestalt,
ihre Gesundheit, ihr Talent, ihr Geist, das alles, die ganze
Welt um sie her, ist ihr nichts, ist ihr nur dazu da, um es
selbstzerstörend dem Einen hinterdreinzuwerfen, das sie verloren
hat; und da ihr obenein jede Anlage zur Nährung religiöser
Gesinnungen fehlt, so ist ihr damit das einzige Heilmittel ver=
sagt, das sich in solchen krankhaften Zuständen, wie die ihrigen,
vorzugsweise als lindernd und hülfreich zu erweisen pflegt. Sie
kann nicht hinaus über den bohrenden Gedanken: warum ihr,
gerade ihr, geschehen ist, was ihr widerfahren, über das fürchter=
liche „es hätte nicht sein sollen!" Sie will keinen Trost, sie
stößt jeden Versuch eines solchen von sich, weil ihre Verzweiflung
ihr als einziger Trost erscheint. Solche Charaktere sind zum
Unglück geboren. Nur der Wahnsinn oder der Tod vermögen
sie aus ihrer Selbstverstrickung zu erlösen. Aurelie ist beiden
nahe; die Dolchscene und die Selbstmordgedanken beweisen es.

Ihr Bruder Serlo, der schlaue Egoist, hat indessen ganz andere Gedanken. Er glaubt eine gewisse Neigung zwischen Wilhelm und Aurelie zu entdecken, und wünscht nichts sehnlicher, als daß dieselbe ernsthaft werden möchte, weil er an Wilhelm, wie an dem ersten Manne Aurelien's, ein treues und fleißiges Werkzeug zu finden hofft, dem er nach und nach den ganzen mechanischen Theil der Theaterwirthschaft aufbürden könne. Seine Winke und Andeutungen, die Wilhelmen um so lästiger werden, als sein Herz gerade in dieser Zeit durch die täuschende Hoffnung, seine Mariane wiederzufinden, insgeheim vollauf beschäftigt ist, vermehren das Unbehagen des Zustandes, und bringen Wilhelm dem Entschlusse immer näher, seine Verbindung mit der Gesellschaft zu lösen und das Theater überhaupt aufzugeben. Was ihn zurückhält, ist seine Theilnahme für die unglückliche Aurelie, deren Zustand immer bedenklicher wird.

Aurelie hat ohne Zweifel eine Neigung für Wilhelm gefaßt. Das Vertrauen, welches sie ihm geschenkt und das er mit dem seinigen erwidert hat, die Gemeinsamkeit der Sorgen und Mühen, zu denen ihre beiderseitige Thätigkeit für Serlo's und seiner Gesellschaft Interesse sie verbindet, haben ihre Zuneigung zu dem Freunde, bei dem sie allein Verständniß und Mitgefühl gefunden, gesteigert. Aber auch dieser Balsam antheilvoller Freundschaft wird der Unglücklichen zu Gift. Denn sie ist scharfsichtig genug, um zu erkennen, daß sein Herz ihr nicht gehört, sein Antheil an ihr nicht über das Mitleid mit ihrem Geschick und das Beklagen ihres unglücklichen Naturells hinausgeht. Diese Erkenntniß erhöht ihr Unglück. Dazu kommt noch ein anderer Umstand. Weil sie nämlich des Freundes innerstes Wesen in einer Unschuld und Schönheit tiefer als alle Anderen begreift, wird es ihr selber in jedem Augenblicke ein nagender

Vorwurf, weil es so ganz der Gegensatz zu dem ihrigen ist, und weil seine schonende Milde, seine Liebe und sein Vertrauen zu den Menschen, seine Hingebung an die Interessen Anderer, seine Begeisterungsfähigkeit für die Idee, für das Allgemeine, ihr das Gegentheil von dem allen in ihrem eignen Wesen und Thun täglich in einem klaren Spiegelbilde vor Augen stellen. Die Gewißheit, daß sie mit ihrem Wesen auch auf ihn nach und nach quälend und peinigend wirkt, daß die Ausbrüche ihrer selbstquälerischen Hypochondrie auch diesen liebevollen Freund zu ermüden beginnen, vollenden ihre Verzweiflung. Aurelie wird durch Wilhelm's Erscheinen noch weit unglücklicher, als sie es vor demselben war. Die Möglichkeit, welche ihr Wilhelm's geduldige Freundschaft bot, nach jahrelangem Schweigen jetzt allen ihren Herzensjammer und ihre Selbstanklagen, ihren Unmuth und ihre Verzweiflung täglich auszusprechen, alle ihre Wunden immer wieder aufreißen, ihre leidenschaftlichen Empfindungen erneuern zu können, gewährt ihr nicht nur keine Erleichterung — denn Naturen wie Aurelie wollen keine solche, ja hassen sie sogar, weil sie auf ihr Unglück stolz sind — sondern steigert nur ihren fieberhaften Zustand, bis derselbe endlich auch körperlich zum „überspringenden Fieber" wird.

Ihr Bruder, der niemals gewohnt gewesen war, mit seiner Schwester glimpflich umzugehen, wird nur um so bitterer, je mehr ihre Kränklichkeit zunimmt und je mehr sie bei ihren leidenschaftlichen Launen Schonung verdient hätte. Eine Rohheit, die er sich gegen sie nach der Aufführung von Lessing's Emilia Gallotti zu Schulden kommen läßt, giebt ihr den letzten Stoß. Noch einmal hat sie in ihrer Lieblingsrolle, in der Rolle der Orsina, alle Schleusen ihres individuellen Kummers aufgezogen und dadurch eine Darstellung geliefert, wie sie sich kein

Dichter in dem ersten Feuer der Erfindung hätte denken können. Ein unmäßiger Beifall des Publikums belohnt die schmerzlichen Anstrengungen der Unglücklichen; aber ihr Bruder, entrüstet über diese „Entblößung ihres innersten Herzens" vor den Augen des Publikums, überhäuft die nach beendigter Vorstellung halb ohnmächtig in einem Sessel Liegende mit den heftigsten Vorwürfen. Seine undankbare Unmenschlichkeit bricht ihr das Herz. Sie sucht und sie findet den Tod, indem sie ihre Krankheit absichtlich verschlimmert.

Das Verdikt, welches der Abbé über ihren Tod ausspricht, lautet auf freventliche Selbstzerstörung. Wir müssen es bestätigen; aber dennoch können wir der Unglücklichen unser inniges Mitleid, ihrem Geschicke die tiefste Theilnahme nicht versagen. Es giebt Menschen, in denen früh „ein Etwas zerbrochen" ist, wie die tiefsinnige Rahel einmal von sich selbst sagt, und die in Folge dessen bei den schönsten Anlagen, bei der reichsten Begabung nicht zum fröhlichen Wachsthum, zur glücklichen Entwicklung ihres Wesens gelangen können. Rahel selbst war und erkannte sich als eine solche Natur, und eben darum war ihr die Gestalt der Goethe'schen Aurelie, wie sie selbst es in mehr als einer Stelle ihrer Briefe ausspricht, so verwandt, fühlte sie für dieselbe eine so innige Theilnahme und die höchste Bewunderung für den Dichter, der diese Gestalt hatte schaffen können. „Wenn er auch Alles, selbst Aurelien, erfunden hat", ruft sie einmal in einem Briefe an einen Freund aus, — „die Reden von ihr hat er einmal gehört. Entweder man denkt so etwas als Frau, oder man hört's von einer Frau: zu erfinden ist das nicht. Alles andere Menschenmögliche gesteh' ich ihm zu; das weiß ich aber als Ich." Kann es einen höheren Ausdruck der Bewunderung dieser Gestalt des Dichters geben,

als diese Behauptung aus dem Munde einer Frau, der an
Tiefe des Verständnisses für die Schöpfungen unseres größten
Dichters sehr wenige Männer gleich kommen!

Ich habe Aurelien's Schicksal ein trauriges genannt, und
es ist ein solches nach jener Definition, welche ihre Doppel=
gängerin in der Wirklichkeit von diesem Begriffe in den er=
schütternden Worten giebt: „Tragisch ist das, was wir durch=
aus nicht verstehen, worein wir uns ergeben müssen; was
keine Klugheit, keine Weisheit vernichten noch vermeiden kann;
wohin uns unsere innerste Natur treibt, reißt, lockt, unver=
meidlich führt und hält — wenn dies uns zerstört und wir
mit der Frage sitzen bleiben: Warum nur das? warum ich
dazu gemacht? und wenn aller Geist und alle Kraft nur
dient, die Zerstörung zu fassen, zu fühlen, oder — sich über
sie zu zerstreuen."

Sich über sie zu zerstreuen! Das gerade war es, was
der Aurelie der Dichtung nicht wie der Aurelie der Wirklichkeit
möglich war, und an dieser Unmöglichkeit mußte sie unter=
gehen.

Lydic.

Die Frauengestalten der Dichtung, mit denen wir uns bisher beschäftigt haben, gehören sämmtlich einem und demselben Lebenskreise an. Sie sind Schauspielerinnen, in gewissem Sinne Paria's der Gesellschaft, ohne Haus und Heerd, ohne Familie und Heimat, ohne feste Wurzeln in dem Boden der bürgerlichen Gesellschaft; aber sie haben trotz alledem, oder vielmehr gerade dadurch, etwas voraus vor den Mädchen und Frauen der letzteren. Sie haben einen Lebensberuf, in welchem sie für ihre Existenz thätig zu sein gezwungen sind, sie sind Arbeiterinnen, und die Arbeit ist es, welche eine freie und selbständige Entwicklung der Persönlichkeit und des Charakters begünstigt. Dies ist der Grund, weshalb der Dichter seinen Wilhelm, den er zum Menschen in der vollen Bedeutung des Wortes zu bilden beabsichtigt, gerade diese „Schule der Frauen" am Anfange seiner Laufbahn durchmachen läßt.

Denn so gewiß der welterfahrene Jarno Recht hat, wenn er in der leidenschaftlichen Schilderung, welche Wilhelm nach dem Aufgeben seines Bühnenlebens von dem Charakter der Schauspieler entwirft, nicht sowohl ein Gemälde dieser besonderen Menschenklasse, als vielmehr der Welt und der Menschen überhaupt zu erblicken meint*), weil bei dem Schauspieler alle üblen Eigenschaften, alle Fehler und schlimmen Gewohnheiten des Menschen, die aus dem Selbstbetruge, aus der Begierde zu gefallen und aus der Neigung zum Scheinenwollen entspringen, eben seines Berufes wegen nur um so deutlicher, konzentrirter und gleichsam naiver hervortreten: so gewiß gilt dies, und zwar womöglich noch in erhöhtem Grade, von den Frauen dieses Lebensberufes, durch deren Schule der Dichter seinen Helden zu führen für gut befunden hat. Wilhelm hat seine „Lehrjahre" nach dieser Seite hin mit bedeutendem Gewinne für seine Kenntniß des weiblichen Herzens durchgemacht. Die Erfahrungen, welche ihm in dieser Sphäre zu sammeln möglich war, hätte er in dem geordneten bürgerlichen Leben nicht machen können. Alle diese Frauen, die liebevoll sich hingebende Mariane, die pedantisch überschwängliche Frau Melina, die leichtfertige Gauklerin Philine, die leidenschaftlich überspannte Aurelie, sie sind ganze, ungebrochene Naturen, die sich zeigen, wie sie sind, mit allem was sie sind, im Guten wie im Schlimmen. Man möchte sagen, daß sie zusammen alle wesentlichen Eigenschaften des ganzen Geschlechts erschöpfend darstellen, und zwar mit einer Freiheit darstellen, wie sie nur in ihrer Lebensatmosphäre möglich und für den Beobachter ertragbar ist. Sie haben zugleich das Gemeinsame, daß sie interessant sind — wenn auch nach den verschiedensten Seiten hin — interessant nicht sowohl durch ihre positiven Eigenschaften, als durch ihre Fehler und Mängel! Denn heißt es nicht bei dem persischen Dichter:

> „Ein Schatten nur, ganz ohne Wesen wäre,
> Wer vor dem Herrn in aller Reine stünde.
> Lebendig ist die Sünde nur im Leben,
> Das Leben es bestehet in der Sünde."

*) Buch VII, Kap. 3.

Und in der That, wer wollte leugnen, daß in den beiden bedeutendsten Frauengestalten, denen wir im weitern Lebensgange Wilhelm's begegnen, in den Gestalten Theresen's und zumal Nataliens, trotz aller vom Dichter bei ihrer Schilderung aufgewendeten Mühe, doch ein gewisses körperloses Etwas vorherrscht, welches dieselben, im Vergleich zu den bisher betrachteten lebensvollen Frauengestalten fast schattenhaft erscheinen läßt, und daß die reine dünne Luft, in der wir bei ihnen athmen, zuweilen die Brust beengt und das Athmen erschwert? Der Unterschied liegt in der künstlerischen Behandlung. Jene Frauengestalten der Schauspielerwelt gleichen Gemälden, in denen die volle Kraft der Farbe Leben und Wirkung erhöht, während die Bilder Natalien's und Theresen's nur wie Handzeichnungen anmuthen, deren Umrissen, so rein und edel sie sind, doch die lebengebende koloristische Ausführung fehlt. Diese Frauen lernen wir überwiegend nur aus Schilderungen und Urtheilen Anderer, oder gar des Dichters selbst kennen, und wo sie sich selbst schildern, da thun sie es weniger durch handelnde Bethätigung ihres Wesens, als durch Selbstbekenntnisse und reflektirendes Erzählen ihres Lebensganges und ihrer Eigenschaften. Gesicherte Lebensverhältnisse, wohlgeleitete Erziehung, feste Formen, bevorzugte äußere Stellung innerhalb einer privilegirten Gesellschaft, haben ihnen von Anfang an schützend, aber auch zugleich beschränkend zur Seite gestanden, haben sie vor anstößigen Verirrungen und Ausschreitungen bewahrt, aber auch ein freies Sichausleben ihrer Natur gehindert. Und wenn wir von der grundsatz- und sittenlosen, stets zu neuen Intriguen aufgelegten Baronesse, der Freundin Jarno's auf dem Grafenschlosse absehen, deren Gestalt der Dichter nur mit wenigen Strichen hingeworfen hat, so bleibt nur in Lydie noch eine

Spur von jener derberen Pinselführung übrig, die wir bei den Frauen des ersten Theils der Dichtung angewendet finden.

Lydie gehört nicht durch ihre Geburt zu der Gesellschaft, in welcher wir sie finden. Sie ist „arm und nicht vom Stande", sie ist keine „Geborene", wie sich damals der Jargon der bevorzugten Klassen auszudrücken liebte. Wir erfahren überhaupt nichts von ihren Eltern, ihrer Herkunft. Die Laune einer vornehmen und reichen Weltdame, der angeblichen Mutter Theresen's, hat das „artige Mädchen, das gleich in seiner Jugend reizend zu werden versprach", bei zufälliger Begegnung der dunklen Hülflosigkeit entrissen und in das Haus genommen und sie mit der Tochter des Hauses erziehen lassen, um an ihr später eine „Gesellschafterin", das heißt in diesem Falle eine dienstbereite Gehülfin und Vermittlerin bei den zahlreichen Intriguen und Liebeshändeln zu haben, denen sich die genußsüchtige, unbeständige, eitle und kokette Dame zu überlassen geneigt und gewohnt ist. Lydia's erste Schule ist das Liebhabertheater ihrer Beschützerin. Wie auf der Bühne wird sie bald auch in der Wirklichkeit die Vertraute ihrer Herrin, und lernt als solche auch selbst sehr früh die Leidenschaft kennen, die sie von ihrer ersten Jugend an so oft dargestellt hat. Als sodann ihre Beschützerin, nach vorher gepflogener Uebereinkunft mit ihrem Gatten, der seine Gemahlin zu schonen Ursache hat, sich auf Reisen begiebt, wird Lydie ihre Begleiterin auf derselben, und vollendet dabei ihre Erziehung, indem sie „aus dem Grunde verdorben wird". Vertrautenstellungen solcher Art, wie sie bei ihrer Beschützerin eingenommen hat, sind selten von langer Dauer; sie währen meist nur so lange, als die Verhältnisse dem gebietenden Theile die Nothwendigkeit auferlegen, den Dienenden zu schonen.

So war es auch mit Lydien. Als jene Nothwendigkeit auf=
hörte, sah sie sich von der herzlosen Frau grausam verstoßen
und ihrem Schicksale überlassen. Ein günstiger Zufall kommt
ihr indeß zu Hülfe. Eine wohlgesinnte, reichbegüterte Dame
der Nachbarschaft, in deren Hause auch bereits Therese Auf=
nahme gefunden hat, nimmt die Verstoßene zu sich. Sie soll
und will der Ersteren wirthschaftlich an die Hand gehen, aber
sie vermag es nicht. Zu keiner ernsten Thätigkeit erzogen,
für keinen Lebensberuf vorbereitet, hat sie von ihrer bisherigen
Herrin nur gelernt, „Leidenschaften als ihre Bestimmung
anzusehen, und sich in Nichts zu mäßigen“.

Mädchen wie Lydie sind die Abenteurer in der Sphäre der
höheren weiblichen Gesellschaft; Geburt und Erziehung, Lebens=
gewohnheiten und Schicksale weisen sie darauf hin, sich immer
auf's Neue in Liebesverhältnisse zu verwickeln, die ebenso ihrem
Herzen Bedürfniß, ja das Hauptbedürfniß sind, als sie ihnen
zugleich das einzige Mittel bieten, sich im Leben eine Stellung
zu gewinnen. Nicht als ob diese letztere Berechnung ihr Be=
nehmen mit Bewußtsein leitete. Im Gegentheil ist es vielmehr
oft nur das Bedürfniß nach sogenannten „Emotionen“, das sie
hinreißt, zumal wenn sie, wie Lydie, sich gewöhnt haben, diese
leidenschaftlichen Erregungen als ihre Bestimmung anzusehen.
Sie leben und weben fortwährend in einer Atmosphäre von
sentimentaler Sinnlichkeit und sinnlicher Sentimentalität und
geben sich jeder Aufwallung ihres Herzens um so maßloser hin,
als sie niemals über den nächsten Augenblick hinaussehen und
hinausdenken, stets an die ewige Dauer ihrer Empfindungen
und der Empfindungen Anderer für sie glauben, und überhaupt
keiner anderen Theilnahme an wirklichen Interessen fähig sind.

Lydie ist der richtige Typus dieser Art von Frauen. Sie

ist die personifizirte Einseitigkeit des sentimentalen Egoismus. Dieses Weltkind im schärfsten Sinne des Worts ist ohne alle und jede anderweitigen Interessen, die ganze Welt um sie her hat für sie insofern nur eine Bedeutung, als ihr augenblickliches Liebesverhältniß von den Menschen und Dingen berührt wird. Und nicht nur alle inhaltsvollen Bereiche und Verhältnisse des Lebens und seiner mannigfaltigen Berufe und Pflichten sind ihr verschlossen; auch vom Guten und Sittlichen als einer Lebensregel, als einer Diät der Seele hat sie gar keinen Begriff, sondern sie sieht in demselben lediglich eine Arznei, die man in Fällen der Noth mit Widerwillen zu sich nimmt, um einen augenblicklichen unangenehmen Zustand zu erleichtern. So lange der Liebhaber treu bleibt, sind Romane und Schauspiele ihr Leben; bewölkt sich der Himmel, so verlangt es sie nach geistigen Erbauungsbüchern, an denen sie dann schließlich, wenn nicht günstige Umstände und die leitende Hand eines starken, verständigen Mannes, wie Jarno, sie auf den Weg des Ernstes führen sollte, im Alter hangen bleiben dürfte.

Bei ihrem Auftreten in der Dichtung finden wir sie auf Lothario's Schlosse, wohin ihre romanhafte Excentrizität sie geführt hat, in einer sehr bedenklichen Stellung. Sie hat den jungen Baron im Hause ihrer letzten Beschützerin kennen gelernt. Ihre Reize — denn Frauen dieser Art besitzen für die große Mehrzahl der Männer durch ihre ganze Art zu sein, durch die Lebhaftigkeit ihrer Empfindungen einen unwiderstehlichen Reiz — haben den impressionablen Mann angezogen, und obschon sie sehr wohl bemerkt, daß es eigentlich Therese ist, auf die er sein Augenmerk gerichtet hat, und obschon sie einsehen muß, daß sie selbst, „arm und nicht vom Stande, an keine Heirat mit ihm denken darf", so kann sie doch der

Wonne nicht widerstehen, zu reizen und gereizt zu werden. Mädchen dieser Art sind eben so gefährlich für die Männer, als für ihr eignes Glück, weil sie sich immer über jene wie über sich selbst verblenden, stets Alles zu ihrem Vortheil und nach ihren geheimen Wünschen auslegen, und in jeder, selbst der unbedeutendsten Aufmerksamkeit das Zeichen einer Liebes= leidenschaft erblicken. Lydie befindet sich Lothario gegenüber in diesem Falle, und ist sofort entschlossen, „um jeden Preis die Seinige zu werden". Als sie später sein Verlöbniß mit Therese erfährt, glaubt sie anfangs „Unmögliches zu vernehmen", und als ihr dann Gewißheit wird, überwältigt ihre Leidenschaft sie dermaßen, daß sie den kaum gefundenen sichern Zufluchtsort, das Haus ihrer Beschützerin, heimlich verläßt, ohne daß die Zurückbleibenden erfahren, wohin sie sich verloren hat.

Sie bleibt jedoch in der Nachbarschaft, weil sie es nicht über sich gewinnen kann, den Schauplatz ihrer zerstörten Hoff= nungen zu verlassen. Kaum erfährt sie dort, daß die Heirat ihres Geliebten mit Theresen nicht vollzogen, die Verbindung vielmehr aus unbekannten Gründen völlig gelöst worden ist, als sie auch schon Alles daran setzt, sich Lothario wieder zu nähern, „der mehr aus Verzweiflung als aus Neigung, mehr überrascht als mit Ueberlegung ihren Wünschen begegnet". — So berichtet der Dichter den Verlauf; anders aber erzählt ihn Lydie selbst in ihren Mittheilungen gegen Wilhelm, den sie, ohne ihn eigentlich zu kennen, gleich bei der ersten Begegnung zu ihrem Vertrauten macht. Sie giebt sehr deutlich zu ver= stehen, daß eigentlich Lothario's wachsende Neigung zu ihr die Ursache seiner Trennung von seiner Verlobten gewesen sein dürfte, und daß sie ihn nur „nicht zurückgestoßen habe, als er auf einmal sie statt Theresen zu wählen schien". Das Folgende ihrer Erzählung ist zu charakteristisch für ihr ganzes Wesen, für ihre Neigung, sich selbst zu täuschen, und ihre unüberlegte Leidenschaft, um es nicht mit ihren eigenen Worten hier einzuschalten. „Therese betrug sich gegen mich, wie ich es nicht besser wünschen konnte, ob es gleich beinahe scheinen mußte, als hätte ich ihr einen so werthen Liebhaber geraubt. Aber auch wie viel tausend Thränen und Schmerzen hat mich diese Liebe schon gekostet! Erst sahen wir uns nur zuweilen am dritten Orte verstohlen, aber lange konnte ich das Leben nicht ertragen; nur in seiner Gegenwart war ich glücklich, ganz glücklich! Fern von ihm hatte ich kein trocknes Auge, keinen ruhigen Pulsschlag. Einst verzog er mehrere Tage, ich war in Verzweiflung, machte mich auf den Weg und überraschte ihn hier" (auf seinem Schlosse). „Er nahm mich liebevoll auf, und wäre nicht dieser unglückselige Handel" (Lothario's Verwundung im Duell) „dazwischen gekommen, so hätte ich ein himmlisches Leben geführt."

Man kann sagen, daß hier jedes Wort eine Selbsttäuschung und vom Selbstbetruge eingegeben ist. Sie hat keine Ahnung von der Unüberlegtheit und Uebereilung, ja von dem Verletzenden ihres Betragens und ihres Handelns. Die Heftigkeit und Aufrichtigkeit ihrer Liebe verblendet sie völlig über die Stimmung und Verlegenheit, in welche ihr letzter Schritt Lothario nothwendig versetzen muß. Ebensowenig hat sie eine Ahnung von der Lage oder von den eigentlichen Neigungen und Bedürfnissen, Absichten und Lebensplänen des Mannes, den sie so leidenschaftlich liebt oder zu lieben glaubt. Was kümmert es sie, daß Lothario sich in ziemlich zerrütteten ökonomischen Verhältnissen befindet, daß sein Amerikanischer Feldzug seine Güter mit Schulden belastet, daß er sich darüber mit seinem Großoheim entzweit hat, der ihm durch eine reiche Frau zu helfen gedenkt,

und daß er selbst vor allen Dingen eine haushälterische, wie
Therese, braucht und haben möchte, die fähig ist, ihn in seinen
Plänen zu unterstützen, seine Absichten zu fördern. Für eine
Lydie sind alle diese realen Verhältnisse nicht vorhanden, sie
kennt, sie versteht sie nicht; für sie ist der Mann nichts als
ein „Liebhaber", und sie hat mit ihren Empfindungen und
Emotionen viel zu viel zu thun, um an die Prosa solcher
Nothwendigkeiten auch nur denken zu können. Ihr ganzes
Wesen ist vom ersten bis zum letzten Augenblicke ihres Auf=
tretens in der Dichtung eine unablässige Aufregung. Sie weint
und schluchzt mehr als alle Frauen im ganzen Wilhelm Meister
zusammengenommen, und auch an Verzweiflungsausbrüchen
und Ohnmachten fehlt es nicht. Ihre „stürmische Sorgfalt",
ihre „unbezwingliche Angst", ihre „nie versiegenden Thränen",
mit denen sie den kranken Lothario „quält", sind jedoch nicht
sowohl ihr selbst, als vielmehr dem Gegenstande ihrer Liebe
gefährlich. Sie ist keine Aurelie, und es ist nicht zu fürchten,
daß sie sich mit ihrer Leidenschaftlichkeit aufreibe. Dazu fehlt
ihr Aurelien's Tiefe und vor Allem jedes eigene Schuldbewußt=
sein. Ihre Leidenschaftlichkeit ist die eines verzogenen Kindes,
sie selbst, wie Jarno sie richtig bezeichnet, „ein Kind", und,
wie er hofft, ein erziehbares Kind. In dieser ihrer Kindes=
natur und Unbewußtheit liegt ein großer Theil des Reizes,
den sie auf die Männer ausübt; „die süße, die reizende Lydie"
nennt sie Friedrich. Bei ihr ist wie bei einem Kinde ewiger
Wechsel von Regen und Sonnenschein, sie ist die richtige in
einem weiblichen Wesen verkörperte Aprilnatur.

So gelingt es denn auch Jarno nicht allzuschwer, die von
Lothario Verlassene über den Verlust ihres letzten geliebten
Herzensspielzeugs zu beruhigen und sogar durch das Anerbieten

seiner Hand zu trösten. Der kaltverständige, lebenserfahrene, illusionslose ältere Mann übernimmt die Aufgabe, die ihm dadurch zu Theil wird, ohne Zweifel in der Ueberzeugung, daß Gegensätze sich am besten ergänzen. „Charaktere wie Wilhelm, wie Lothario können", wie Schiller in seinen brieflichen Aeußerungen über mehrere Gestalten des Meisters bemerkt, „nur glücklich sein durch die Verbindung mit einem harmonirenden Wesen; ein Mensch wie Jarno dahingegen kann es nur mit einem contrastirenden werden. Dieser muß immer etwas zu thun und zu denken und zu unterscheiden haben", und dazu wird ihm Lydie vollauf Gelegenheit geben. Für ihn ist, wie er selbst am Schlusse bekennt, „nichts schätzbarer, als ein Herz, das der Liebe und der Leidenschaft fähig ist". In dieser Fähigkeit sieht er den eigentlichen Werth von Lydien's Natur. „Ob ein solches Herz geliebt habe? ob es noch liebe, darauf kommt es", wie er hinzusetzt, „nicht an. Die Liebe, mit der ein Anderer geliebt wird, ist mir beinahe reizender als die, mit der ich geliebt werden könnte; ich sehe die Kraft, die Gewalt eines schönen Herzens, ohne daß die Eigenliebe mir den reinen Anblick trübt." Er verhehlt nicht, daß er ein Wagestück unternehme, indem er Lydien an sein Leben knüpfe; aber er setzt hinzu, daß das letztere „unter einer gewissen Bedingung" geschehe. Welches diese Bedingung sei, in die Lydie gewilligt, erfahren wir nicht. Aber wir werden schwerlich irren, wenn wir annehmen, daß damit Lydien's Einwilligung gemeint sei: mit ihrem Gatten Europa zu verlassen und jenseits des Oceans, in Amerika, ein neues Leben für tüchtige geregelte Thätigkeit und verständige Pflichterfüllung an seiner Seite und unter seiner Leitung zu beginnen.

Therese.

———

Lydie ist die einzige unter allen Frauengestalten des Wilhelm Meister, mit welcher der Held der Dichtung in kein persönliches Verhältniß der Freundschaft oder der Liebesneigung kommt. Der einzige Bezug, in den er zu ihr tritt, ist der, daß er sich dazu verwenden läßt, die unbequeme Geliebte Lothario's durch ein täuschendes Vorgeben von dem Krankenlager ihres Freundes fort und zu Theresen zu führen, oder vielmehr zu entführen: eine Handlung, die ihm außer dem Zorne und Hasse der Betrogenen, nichts weiter als ein Stück Selbst-erkenntniß in der Wahrnehmung einträgt, wie bald er sich mit dem Widerwillen gegen den ihm ertheilten Auftrag abzufinden vermag, als durch denselben plötzlich die Hoffnung in ihm er-weckt wird, die verehrte und geliebte Gestalt seiner „Amazone" bei dieser Gelegenheit wiederzusehen! „Er hielt nunmehr", wie der Dichter mit unvergleichlich anmuthiger Jronie es aus-drückt, „den Auftrag, der ihm gegeben worden war, für ein Werk einer ausdrücklichen Schickung, und der Gedanke, daß er ein armes Mädchen von dem Gegenstande ihrer auf-richtigsten und heftigsten Liebe hinterlistig zu entfernen im

Begriff war, erschien ihm nur, im Vorübergehen, wie der Schatten eines Vogels über die erleuchtete Erde wegfliegt."

Es ist bedeutungsvoll, daß gerade Lydie es sein muß, durch welche Wilhelm zu einem weiblichen Wesen hingeführt wird, dessen ganzer Charakter den vollkommensten Gegensatz zu dem Charakter Lydien's darstellt, und daß gerade die Frau, welche allein von allen, ohne den geringsten Eindruck auf ihn zu machen, in Berührung mit ihm kommt, ihn derjenigen zuführen muß, welche ihm bald als das Ziel seiner Wünsche zu erscheinen bestimmt ist.

Theresen's Geschichte liegt wieder zum größten Theile außerhalb der Dichtung. Ueber ihrer Herkunft ruht ein Geheimniß. Die Gattin ihres Vaters, dieselbe Frau, welche wir als die erste Beschützerin Lydien's kennen gelernt haben, ist nicht ihre Mutter, obschon sie nach einem geheimen Uebereinkommen beider Gatten vor der Welt und dem Gesetz dafür gilt. Therese ist ein uneheliches Kind. Ein Mädchen bürgerlichen Standes, die Haushälterin ihrer Eltern, hat sie ihrem Vater, einem wohlhabenden Edelmanne der Provinz, geboren, und die Gattin des letzteren hat aus mannigfachen Gründen die Hand zu einem Betruge geboten, durch welchen das durch einen Fehltritt ihres Gatten zur Welt gekommene Kind als von ihr selbst geboren vor der Welt erscheint. Aus der Entdeckung dieses Betruges geht später die Katastrophe hervor, welche Theresen von ihrem Verlobten Lothario für ewig zu trennen scheint. Schon vorher jedoch hat Therese, ohne es zu wissen, die Folgen davon durch den Umstand erfahren, daß das ganz zu Gunsten ihrer angeblichen Mutter gemachte Testament ihres Vaters sie fast völlig enterbt und mittellos zurückläßt. Doch wird dieses Unglück einigermaßen ausgeglichen

durch eine der Familie befreundete reiche ältere Dame der
Nachbarschaft, die sich der Verlassenen, wie bald darauf auch
ihrer Jugendgenossin Lydie, annimmt und ihr später durch
Hinterlassung eines kleinen Freiguts und eines mäßigen Kapitals
eine ihren Bedürfnissen und Wünschen entsprechende Selbst=
ständigkeit sichert.

Therese vereint in sich durchaus das Temperament und die
Sinnesart ihres Vaters und ihrer Mutter. Sie selbst bezeichnet
den ersteren als einen „heiteren, klaren, thätigen, wackeren
Mann, einen zärtlichen Vater, redlichen Freund und trefflichen
Wirth“, geduldig, nachsichtig bis zur Schwäche gegen eine
Gattin, „deren Wesen dem seinigen ganz entgegengesetzt war“.
Ihre Mutter erscheint in der Schilderung des Abbé's als ein
Frauenzimmer von schöner Gestalt und solidem Charakter,
bescheiden bis zur Demuth und Selbstverleugnung, dienstfertig
und ergeben bis zur Aufopferung selbst ihres Lebens, denn
sie stirbt als Opfer jener Verstellung, der sie sich unterwirft,
um das von ihr geborene Kind einer Andern anzueignen.
Diese Züge sind von dem Dichter nicht ohne Absicht einge=
woben. Sie sollen den festen Naturgrund bezeichnen, auf dem,
in Folge ihrer Herkunft und ihres Ursprungs, Wesen und
Charakter Theresen's ruhen. Ueber diese sind alle Personen
ihres Kreises, von der oberflächlichen Lydie an bis zu dem
strengen Verstandesmenschen Jarno in ihrem Urtheile voll=
kommen einig. Keiner hat etwas gegen sie einzuwenden, Alle
sind einstimmig in ihrem Lobe. Jarno nennt sie „ein Frauen=
zimmer, wie es ihrer wenige giebt, die durch ihre Tüchtigkeit
hundert Männer beschäme“. Sie ist eine von den Töchtern,
von welchen die Väter, denen das Geschick Söhne versagt hat,
zu sagen lieben, daß an ihnen ein Mann verdorben sei. Das

Naturwüchsige, Instinktive ihres Wesens und Thuns schildert sie selbst in den Mittheilungen, welche sie Wilhelmen über ihre erste Jugend macht: „Ich glich meinem Vater an Gestalt und Gesinnungen. Wie eine junge Ente gleich das Wasser sucht, so waren von der ersten Jugend an die Küche, die Vorrathskammer, die Scheunen und Böden mein Element. Die Ordnung und Reinlichkeit des Hauses schien, selbst da ich noch spielte, mein einziger Instinkt, mein einziges Augenmerk zu sein." Ihr Vater freute sich darüber und gab ihrem kindischen Bestreben stufenweise die zweckmäßigsten Beschäftigungen, so daß sie zuletzt im Ernste sein Gehülfe in Führung der Wirthschaft und der Rechnungen wurde, während sie zugleich das gesammte Hauswesen, welches durch die gesellschaftlich zerstreute Lebensweise ihrer angeblichen Mutter täglich auf's Neue in Unordnung gesetzt wurde, durch ihre rastlose Fürsorge immer wieder in Ordnung brachte. Weit entfernt jedoch dadurch die Achtung und Neigung der Gattin ihres Vaters zu gewinnen, vermehrte sie durch solche diensteifrige Thätigkeit nur deren Abneigung, die sich in dem bittern Ausdrucke: „Wenn die Mutter so ungewiß sein könnte wie der Vater, so würde man wohl schwerlich diese Magd für meine Tochter halten", fast bis zur hassenden Verachtung steigert.

Durch solche Härte und Lieblosigkeit eines Betragens, dessen wahren Grund sie zu ahnen nicht vermag, fortwährend zurückgestoßen, wird auch ihr Herz endlich der Mutter völlig entfremdet, und sie gewöhnt sich allmählich, die Handlungen derselben wie die Handlungen einer fremden Person anzusehen. Der früh bei ihr entwickelte Scharfblick der Beobachtung — „ich war gewohnt", sagte sie von sich selbst, „wie ein Falke das Gesinde zu beobachten, weil darauf der Grund aller Haushaltung beruht" — eröffnet ihr Einblicke der unerfreulichsten Art in das Leben und Treiben der Gattin ihres Vaters, Einblicke, welche, jeden Rest von Achtung vor derselben untergraben. Ihr Vater stirbt und hinterläßt die fast mittellose Tochter als abhängige Untergebene einer Mutter, von der sie gehaßt und gering= geschätzt wird und die sie selbst zu verachten sich genöthigt sieht. Sie könnte das Testament anfechten, und man räth ihr zu solchem Schritte; aber sie verzichtet darauf aus Ver= ehrung vor dem Andenken an ihren Vater. Sie vertraut dem Schicksal, sie vertraut sich selbst, und ihr Vertrauen täuscht sie nicht, denn es ist begründet auf dem Bewußtsein ihres Muthes und ihrer inneren Tüchtigkeit.

So findet sie Wilhelm, als er mit Lydien auf Theresen's kleinem Gute anlangt, daß sie als „eine wahre Amazone" selbst bewirthschaftet. Wilhelm, der in ihr seine ideale Ama= zone wiederzufinden gehofft hatte, sieht sich in dieser Hoffnung nicht ohne Bestürzung bei ihrem Anblicke getäuscht, da ein anderes, ein himmelweit von jener verschiedenes Wesen vor ihm steht. Wir erfahren bei dieser Gelegenheit zugleich etwas über Theresen's Aeußeres. Es heißt dort von ihr: „Wohl= gebaut, ohne groß zu sein, bewegte sie sich mit viel Lebhaftig= keit, und ihren hellen blauen Augen schien nichts verborgen zu bleiben, was vorging." Der gesunden Kräftigkeit ihres ganzen geistigen Wesens entspricht auch ihre Körperbildung, die sich in der männlichen Tracht eines Jägerburschen, welche sie früher in allem Ernste getragen, sehr artig ausnimmt. Als ihr Wilhelm in das krystallklare Auge sieht, glaubt er bis in den Grund ihrer Seele zu sehen.

Ihr erstes Gespräch mit Wilhelm ist hauswirthschaftlichen Inhalts, wie denn fast Alles, was sie spricht, rein sachlich ist,

10*

aber mit eingestreuten äußerst verständigen Reflexionen und Maximen, die sich immer ganz ungezwungen aus den besprochenen Gegenständen selbst ergeben, wie wenn sie z. B. die Klage über ihre augenblickliche Dienstbotennoth mit den Worten schließt: „Man ist mit Niemand mehr geplagt, als mit den Dienstboten; es will Niemand dienen, nicht einmal sich selbst". Sie spricht überhaupt gern. „Ich will nicht leugnen," sagt sie einmal zu Wilhelm, „daß eine lebhafte Unterhaltung mir von jeher die Würze des Lebens war. Ich sprach mit meinem Vater gern viel über Alles was begegnete. Was man nicht bespricht, bedenkt man nicht recht!" Daß Wilhelm „sie immer reden lassen", hat gleich anfangs ihr Vertrauen zu ihm vermehrt und sie bewogen, sich ihm ganz wie sie ist zu zeigen. Eben so gern reflektirt sie, und die Reflexionen, die sie ausspricht, gehören mit zu den schönsten und gehaltvollsten der an solchen Perlen so reichen Dichtung. Wie einfach und zugleich wie wahr und tief gefühlt sind unter anderen die folgenden Sätze, welche der Dichter ihr in den Mund legt! Als sie aus Wilhelm's Munde zuerst das Lob ihres früheren Verlobten Lothario vernimmt, ruft sie aus: „Wie süß ist es, seine eigne Ueberzeugung aus einem fremden Munde zu vernehmen; wie werden wir nur erst dann recht wir selbst, wenn uns ein Anderer vollkommen Recht giebt!" ein Ausspruch, der zugleich ihre durchaus soziable Natur so recht in's volle Licht stellt. „Die Welt ist so leer", sagt sie ein andermal, „wenn man nur Berge, Flüsse, Städte darin denkt: aber hier und da Jemanden zu wissen, der mit uns übereinstimmt, mit dem wir auch stillschweigend fortleben, das macht uns dieses Erdenrund erst zu einem bewohnten Garten." In Bezug auf Reichthum und Besitz ist ihre Maxime: „Wohlhabend ist Jeder,

der dem, was er besitzt, vorzustehen weiß; vielhabend zu sein, ist eine lästige Sache, wenn man es nicht versteht." Als Wil=helm sich über ihre Wirthschaftskenntnisse verwundert zeigt, erwidert sie ihm: "Entschiedene Neigung, frühe Gelegenheit, äußerer Antrieb und eine fortgesetzte Beschäftigung in einer nützlichen Sache machen in der Welt noch viel mehr möglich." Als Lydie in ihrem Schmerze von ihr ein geistliches Buch ver=langt, macht sie gegen Wilhelm die Bemerkung: "Die Menschen, die das ganze Jahr weltlich sind, bilden sich ein, sie müßten zur Zeit der Noth geistlich sein; sie sehen alles Gute und Sittliche wie eine Arznei an, die man mit Widerwillen zu sich nimmt, wenn man sich schlecht befindet; sie sehen in einem Geistlichen, einem Sittenlehrer nur einen Arzt, den man nicht geschwind genug aus dem Hause los werden kann. Ich aber gestehe gern, ich habe von dem Sittlichen den Begriff als von einer Diät, die eben nur dadurch Diät ist, wenn ich sie zur Lebensregel mache, wenn ich sie das ganze Jahr nicht aus den Augen lasse." —

Therese ist vielleicht die einfachste Frauengestalt, die ein Dichter jemals geschaffen hat. Sie ist so ganz aus einem Stücke, so völlig klar über sich, so eins mit sich selbst, daß es ihr un=möglich wäre, auch nur einen Augenblick etwas vorstellen, etwas scheinen zu wollen, was sie nicht ist. Der Dichter deutet dies an durch ihren absoluten Mangel an Interesse für das Schau=spiel, das sie eigentlich gar nicht begreifen zu können versichert — eine merkwürdige Erfahrung für den Helden des Romans, der soeben erst ein Stück Leben an das Theater gesetzt und von dessen Wirkung und Wichtigkeit die höchste Meinung gehegt hat. Dafür aber ist sie eine geborene Erzieherin, wie sie denn auch die Erziehung Mignon's übernimmt. Sie hat mit Lothario's

Schwester Natalie, der „Amazone" Wilhelm's, einen Bund zu gemeinsamer Erziehung einer Anzahl von Kindern gemacht, wobei sie es übernommen hat, die lebhaften dienstfertigen Haushälterinnen auszubilden, während ihre Freundin diejenigen zu entwickeln sucht, an denen sich ein ruhigeres, feineres Talent zeigt; „denn", setzt sie hinzu, „es ist billig, daß man auf jede Weise für das Glück der Männer und der Haushaltung sorge". Sie ist mit einem Worte ein Wesen, das völlig jenem Goethe=schen Wunschgedichte entspricht, das da lautet:

> „Ich wünsche mir eine hübsche Frau,
> Die nicht Alles nähme gar zu genau,
> Und die dabei am besten verstände,
> Wie ich mich selbst am besten befände."

Daß sie nicht Alles gar zu genau zu nehmen gesinnt ist, gesteht sie selbst, wenn sie einmal in Bezug auf Lothario's Liebelei mit Lydie äußert: sie würde vielleicht, selbst wenn Lothario ihr Gatte gewesen wäre, den Muth gehabt haben, ein solches Verhältniß zu ertragen, weil sie überzeugt sei, daß eine Frau, die das Hauswesen recht zusammenhalte, ihrem Manne jede kleine Phantasie nachsehen, und seiner Rückkehr jederzeit gewiß sein könne. Sie ist daher wie geschaffen für einen Mann wie Lothario, und man empfindet es als einen Act ästhetischer Gerechtigkeit, daß der Dichter zuletzt die schein=bar unüberwindlichen Schranken, welche diese beiden Menschen so plötzlich und so furchtbar von einander zu trennen schienen, durch die endliche Aufdeckung des über Theresen's Geburt schwebenden Geheimnisses glücklich beseitigt.

Was nun Wilhelm's Verhältniß zu diesem weiblichen Wesen anlangt, das in so vieler Beziehung das ausgesprochene Gegen=theil seiner eignen Natur, seiner Lebensanschauungen und seines

Strebens darstellt, so sehe ich darin nur einen neuen Beweis seiner reichen, vielseitigen und für alles Gute und Schöne empfänglichen Natur, daß er sich, trotz jener Verschiedenheit, von jener „neuen hellen Erscheinung" lebhaft angezogen fühlt, ja daß er es gar bald sich ausmalt, „welche Wonne es sein müsse, in der Nähe eines so ganz klaren menschlichen Wesens zu leben". Klarheit und Helligkeit sind in der That recht eigentlich der Grundton ihres Wesens. Alle ihre Gedanken haben eine durchsichtige Klarheit und eine logische Einfachheit, welche uns immer auf's Neue entzücken. Die Art und Weise, wie sie über Ehen und Mißehen sich ausspricht, läßt uns in den tiefsten Grund einer Verstandesbildung schauen, die nicht blos in ihrem Geschlechte zu den Seltenheiten gehört. Sie hat von der Ehe den höchsten und reinsten Begriff, an den gehalten allerdings die Mißheiraten viel gewöhnlicher als die Heiraten sind, „da es leider mit den meisten Verbindungen nach einer kurzen Zeit sehr mißlich aussieht". Was man aber gewöhnlich Mißheiraten nennt, die Vermischung der Stände durch Eheverbindungen, verdient nach ihrer Meinung nur insofern also genannt zu werden, „als der eine Theil an der angebornen, angewohnten und gleichsam nothwendig gewordenen Existenz des anderen keinen Theil nehmen kann. Die verschiedenen Klassen haben verschiedene Lebensweisen, die sie nicht mit einander theilen noch verwechseln können, und das ist's, warum Verbindungen dieser Art besser nicht geschlossen werden; aber Ausnahmen, recht glückliche Ausnahmen" — setzt sie sofort hinzu — „sind möglich. So ist die Heirat eines bejahrten Mannes mit einem jungen Mädchen immer mißlich, und doch habe ich sie recht gut ausschlagen sehen". Für sich selbst kennt sie nur eine Mißheirat, und dies wäre eine solche, welche sie „zu feiern und zu repräsentiren" zwänge. Lieber würde sie jedem ehrbaren Pächterssohne aus der Nachbarschaft ihre Hand geben.

So ist es denn nur natürlich, daß ein weltgeprüfter lebenserfahrner, an bedeutender Wirksamkeit hangender, von den nebelhaften Illusionen der Jugend und Leidenschaft freigewordener Mann wie Lothario, der die Welt kennt und weiß, was er in ihr zu thun und was er von ihr zu hoffen hat, in einer Frau, wie diese Therese, eine Gattin zu finden glaubt, wie sie ihm erwünschter nicht sein kann, eine Genossin, die überall mit ihm wirkt, und die ihm Alles vorzubereiten weiß, deren Thätigkeit dasjenige aufnimmt, was die seinige liegen lassen muß, deren Geschäftigkeit sich nach allen Seiten verbreitet, wenn die seinige nur einen geraden Weg fortgehen darf. „Welchen Himmel", ruft er gegen Wilhelm aus, „hatte ich mir mit Theresen geträumt! Nicht den Himmel eines schwärmerischen Glückes, sondern eines sicheren Lebens auf der Erde: Ordnung im Glück, Muth im Unglück, Sorge für das Geringste und eine Seele, fähig das Größte zu fassen und wieder fahren zu lassen. O, ich sah in ihr gar wohl die Anlagen, deren Entwicklung wir bewundern, wenn wir in der Geschichte Frauen sehen, die uns weit vorzüglicher als alle Männer erscheinen: diese Klarheit über die Umstände, diese Gewandtheit in allen Fällen, diese Sicherheit im Einzelnen, wodurch das Ganze sich immer so gut befindet, ohne daß sie jemals daran zu denken scheinen."

Was Wilhelm anlangt, so ist auch er, wenn auch nicht ganz in demselben Maße wie Lothario, von dem Werthe seiner neuen Bekanntin durchdrungen. Er findet sich in der Lage, der Pflicht zu genügen, welche ihm eine Mutter für seinen verwaisten Knaben zu suchen gebietet. Er findet Therese frei, und ihre unverhehlte Neigung zu Lothario macht ihm um so weniger Bedenklichkeit, als ihre Verbindung mit demselben durch ein sonderbares Schicksal für immer getrennt und unmöglich gemacht zu sein scheint. Therese hat in Bezug auf ihr weiteres Lebensschicksal stets zu ihm von einer Heirat, wenn auch mit Gleichgültigkeit, so doch als von einer Sache gesprochen, die sich von selbst verstehe. Daß er für seinen Knaben keine bessere Mutter als Therese finden könne, daß dieses weibliche Wesen, dieser Person gewordene liebenswürdige Verstand gerade dasjenige sei, was für ihn in seiner Lage passe, ist ihm, je näher er sie kennen lernt, um so weniger zweifelhaft. Und so entschließt er sich, nachdem er schriftlich die ganze Geschichte seines bisherigen Lebens für sie aufgezeichnet hat, sie in einem kurzen das übersendete Manuscript begleitenden Briefe „um ihre Freundschaft, um ihre Liebe, wenn's möglich wäre", zu bitten und ihr seine Hand anzubieten.

Therese nimmt sein Anerbieten an. Sie kennt ihn genug, um überzeugt zu sein, daß sie mit ihm glücklich sein werde. Daß er ein Bürgerlicher, sie eine Adlige ist, gilt ihr, bei ihrer Denkart über Standesverschiedenheit und sogenannte Mißheiraten, für kein Hinderniß einem Manne wie Wilhelm gegenüber, dessen Werth und dessen innerstes Wesen sie, wie kaum irgend ein Anderer in der ganzen Dichtung, erkannt hat und zu schätzen weiß. Da sie es sich und ihm nicht verhehlt, daß keine Leidenschaft, sondern Neigung und Zutrauen sie beide zusammenführen, so findet sie in diesem Umstande sogar die Beruhigung, daß somit beide Theile „weniger wagen als tausend andere". Ihre Hoffnung, daß sie zu ihm, er zu ihr passen werde, gründet sie, wie sie Natalien selbst gesteht, vorzüglich darauf, daß er dieser von ihr so unendlich geliebten und hoch=

gestellten Freundin ähnlich sei, daß er also eine wünschenswerthe Ergänzung zu ihrem eigenen, dieser Natalie in vielen Stücken unähnlichen Wesen bilden werde. Diesen Sinn, diese gerechte Würdigung einer höheren Natur bezeichnete auch Schiller als einen der schönsten und zartesten Charakterzüge in dem Bilde Theresen's. Indem sich in ihrer klaren Seele auch dasjenige abspiegle, was sie selbst nicht in sich habe, erhebe sie sich mit einem Schlage über jene bornirten Naturen, die über ihr dürftiges eigenes Selbst auch in der Vorstellung nicht hinaus können: und der Umstand, daß ein Gemüth wie das ihrige an eine, ihr selbst so fremde Vorstellungs= und Empfindungsweise glaubt, daß sie das Herz, welches derselben fähig ist, liebt und achtet, ist, wie Schiller hinzusetzt, zugleich ein schöner Beweis für die objective Realität derselben, der jeden Leser erfreuen muß.

Wie fein und richtig sind die Pinselstriche der Charakteristik, mit denen sie Wilhelm's Wesen in ihren Briefen an Natalie schildert! „Ja!" ruft sie aus, „er hat von Dir das edle Suchen und Streben nach dem Besseren, wodurch wir das Gute, das wir zu finden glauben, selbst hervorbringen!" Die ganze Stelle ist zu wichtig für die Charakteristik aller drei Personen, als daß ich sie nicht vollständig hier hersetzen sollte. „Wie oft habe ich Dich nicht im Stillen getadelt", heißt es weiter in jenem Briefe Theresen's an Natalie, „daß Du diesen oder jenen Menschen anders behandeltest, daß Du in diesem oder jenem Falle Dich anders betrugst, als ich würde gethan haben. Wenn wir, sagtest Du, die Menschen nur nehmen wie sie sind, so machen wir sie schlechter; wenn wir sie behandeln als wären sie was sie sein sollen, so bringen wir sie dahin, wohin sie zu bringen sind. Ich kann weder so sehen, noch so handeln, das weiß ich

recht gut. Einsicht, Ordnung, Zucht, Befehl, das ist meine Sache."
Sie erinnert dann weiter daran, daß Jarno einmal von ihrer
Erziehungsmethode gesagt habe: Therese dressirt ihre Zöglinge,
Natalie bildet sie; ja daß Jarno sogar so weit gegangen sei,
ihr die drei schönsten Eigenschaften Glaube, Liebe und Hoffnung
völlig abzusprechen, indem er bemerkte: Therese habe statt des
Glaubens die Einsicht, statt der Liebe die Beharrlichkeit und
statt der Hoffnung das Zutrauen. Allerdings gesteht sie, daß
sie, ehe sie Natalien kennen lernte, nichts Höheres gekannt habe,
als Klarheit und Klugheit. Aber Natalien's schöne hohe
Seele hat sie überwunden und ihr gezeigt, daß es noch etwas
Höheres gebe als jene Eigenschaften. „In demselben Sinne",
setzt sie hinzu, „verehre ich auch meinen Freund. Seine Lebens-
beschreibung ist ein ewiges Suchen und Nichtfinden;
aber nicht das leere Suchen, sondern das wunderbare
gutmüthige Suchen begabt ihn; er wähnt, man könne
ihm das geben, was nur von ihm kommen kann."
Kann man tiefer in das innerste Herz Wilhelm Meister's eindringen, als die klare kluge Therese es hier thut? Sie hat
Recht, wenn sie sagt: sie kenne ihn besser, als er sich selbst
kenne, und es ist wiederum ganz in ihrer Art, wenn sie hinzusetzt, daß sie ihn darum nur um desto mehr achte. „Ich sehe
ihn", so schließt dieser wahrhaft entzückende Brief, „aber ich
übersehe ihn nicht, und alle meine Einsicht reicht nicht hin, zu
ahnen, was er wirken kann." Dies letztere Geständniß ist von
einer Größe, daß ich behaupten möchte, der Dichter habe damit
der von ihm mit so viel Vorliebe und Neigung geschilderten
Gestalt Theresen's den letzten Zug der Vollendung geben wollen
und gegeben, während zugleich die letzten Worte ihres Urtheils
auf das Urbild des Wilhelm Meister, auf Goethe selbst, voll-

kommen anwendbar sind. Andererseits dürfen wir es dreist aussprechen, daß der Dichter in dieser Therese das Ideal seiner reifen Mannesjugend gezeichnet hat, und daß der Besitz einer Gattin wie diese seiner ganzen Existenz jene letzte Vollendung gegeben haben dürfte, die derselben durch Schuld eines unglück= lichen Verhängnisses versagt geblieben ist. Die Frau jedoch, die er nach seiner Rückkehr aus Italien seinem Leben zuge= sellte, dem sie ein Menschenalter hindurch eine treue Genossin blieb und deren Wesen er in den liebenswürdigen Zeilen schildert, welche die Ueberschrift „Genug" tragen:

> „Immer niedlich, immer heiter,
> Immer lieblich! Und so weiter,
> Stets natürlich, aber klug;
> Nun das, — dächt' ich, — wär' genug!"

diese Frau scheint wirklich dem Wesen Theresen's in gewisser Hinsicht verwandt gewesen zu sein. —

In der Dichtung jedoch ist Therese nicht bestimmt, die Gattin Wilhelm's zu werden. Die durch Jarno gemachte Ent= deckung, daß Therese nicht die Tochter ihrer Mutter sei, hebt das Hinderniß auf, welches sich ihrer Verbindung mit Lothario in den Weg stellte, und obschon sie selbst anfangs nicht an jene Entdeckung glauben und ihren Verlobten nicht aufgeben will, vielmehr ganz ihrem tüchtigen Charakter gemäß sich der Partei, welche ihr ihren Bräutigam rauben will, selbst bei der erneuerten Möglichkeit, Lothario zu besitzen, mit muthiger Festigkeit widersetzt, so muß sie sich doch bald genug über= zeugen, daß dieser, seit er in Lothario's Schwester, in Natalien, seine Amazone wieder gefunden, sich in einem Zustande des Schwankens und der Verwirrung befindet, dem nur sie allein ein Ende zu machen im Stande ist. Diese Ueberzeugung fördert und erleichtert ihren Entschluß. Sie sagt Lothario zu, seine Gattin zu werden, aber nur unter der Bedingung, daß Wilhelm und Natalie an ein und demselben Tage mit ihnen zum Altare gehen. „Sein Verstand hat mich gewählt, sein Herz fordert Natalien, und mein Verstand wird seinem Herzen zu Hülfe kommen!"

Mit diesen Worten, welche den einfachen Schlüssel zu dem räthselhaften Zustande Wilhelm's enthalten, beschließen wir unsern Versuch einer Charakteristik Theresen's. Daß und wie sie ihr Versprechen hält, wird der nächstfolgende Abschnitt zu zeigen haben, in welchem wir das Bild Natalien's zu zeichnen versuchen wollen.

Natalie.

Natalie ist unter den Frauengestalten, denen Wilhelm auf seinem Entwicklungswege begegnet, die zuletzt hervortretende, weil diese Begegnung bestimmt ist, seine Entwicklung zu einem für seine Zukunft entscheidenden Abschlusse zu führen. Es ist offenbar des Dichters Absicht gewesen, in ihr ein weibliches Ideal, eine durch jede Gunst der Verhältnisse wie der Erziehung zu voller Schönheit und Reife des Geistes und Herzens entwickelte weibliche Natur darzustellen, in welcher alle sittlichen Eigenschaften und geistigen Kräfte in jener vollkommnen Harmonie stehen, welche die Wirklichkeit des Lebens nur höchst selten, und dann allerdings vorzugsweise, ja fast dürfte man sagen ausschließlich, im weiblichen Geschlechte aufzeigen mag.

Alle Liebe, deren sein Herz fähig war, und alle Kunstmittel, über welche sein Genie gebot, hat der Dichter in der Schöpfung dieser Gestalt zu jenem Zwecke aufgewendet. Von dem romantischen Zauber ihres ersten Erscheinens in der Dichtung bis zum Abschlusse derselben ist Alles darauf berechnet, Natalien über die gesammte übrige Frauenwelt des Romans emporzuheben, und zwar nicht blos für den Helden der Dichtung, sondern auch für den lesenden Betrachter.

Natalien's erstes Erscheinen in dem Roman ist wie ein Sonnenaufgang, wie ein Licht aus einer andern, fremden Welt. Der Eindruck von Natalien's erstem Auftreten, den ich, fast noch Knabe, bei der ersten Lektüre des Meister empfand, und der sich im Laufe langer Jahre kaum verändert, höchstens durch die bewußte Einsicht in die Gründe desselben verstärkt hat, — dieser Eindruck der wundervoll plastischen Scene im fünften Kapitel des vierten Buchs, ist das Resultat einer Kunst des Darstellers, die kaum irgendwo ihres Gleichen haben dürfte. Es wäre in der That eine lohnende Aufgabe für einen jener Maler, die heutzutage sich darauf verlegen, ihre Vorwürfe aus unsern großen Dichtern zu entnehmen, diese Scene dem Dichter nachzumalen und uns fühlbar vor die Augen zu stellen.

Wir sind auf hoher waldiger Bergwiese, die sich sanft abhängig zu der einsamen Gebirgsstraße hinabstreckt. Hochschattige Buchen umgeben den grünen Platz, auf dem die wandernde Schauspielergesellschaft am Rande einer eingefaßten Quelle, vor sich eine ferne schöne hoffnungsvolle Aussicht, hier auf duftige Schluchten und Waldrücken, dort auf Dörfer und Mühlen in den Gründen,. Städtchen in der Ebene und sanft abschließende Höhenzüge des Horizontes, so eben noch ihre heitere Rast gehalten hat, bei welcher Wilhelm und Laertes unter lebhafter Theilnahme der im Grase hingelagerten Gesellschaft den Zweikampf Hamlets und seines Gegners einüben, der ein so tragisches Ende zu nehmen bestimmt ist. Aber auch diese Scene der Heiterkeit und des Frohsinns ist seit wenigen Minuten furchtbar verändert. Eine Räuberbande hat die friedlich lagernden Künstler überfallen und den Widerstand der Männer überwältigt.

Die liebliche Bergwiese ist bedeckt mit zerbrochenen Kasten, zerschlagenen Koffern, zerschnittenen Mantelsäcken und einer Menge kleiner zerstreut hin und wieder liegender Geräthschaften; kein Mensch ist auf dem Platze zu sehen außer jener „wunderlichen Gruppe“, wie der Dichter sie nennt, die aus Philine, Mignon und dem verwundeten Wilhelm besteht. Philine auf dem Rasen sitzend, den Rücken gegen ihren geretteten Koffer gelehnt, hält den Kopf des vor ihr ausgestreckten Jünglings, dem sie in ihren Armen, so viel sie konnte, ein sanftes Lager bereitet hat, leise an sich gedrückt, während die weinende Mignon mit zerstreuten blutigen Haaren an seinen Füßen kniet. Der Abend beginnt heranzudunkeln über die Verlassenen, Hülflosen, deren unruhige Besorgniß in Furcht und Schrecken übergeht, als sie einen Reitertrupp in dem Hohlwege heraufkommen hören. Schon fürchten sie, daß abermals eine Gesellschaft ungebetener Gäste diesen Wahlplatz besuchen und Nachlese halten möchte, als sich ihnen in den durch die Büsche hervortretenden Ankömmlingen vielmehr die eben so erwünschte als unverhoffte Hülfe in der Gestalt der „schönen Amazone“ naht. Auf einem Schimmel reitend, von ihrem Oheim und mehreren Kavalieren begleitet, und von Reitknechten, Bedienten und einem Trupp Husaren gefolgt, welche dem langsam den Berg heraufkommenden Reisewagen als schützende Eskorte dienen, erblickt Natalie — denn sie ist es — kaum jene wunderbare Gruppe, als sie auch schon ihr Pferd derselben zulenkt und, vor derselben stille haltend, sich eifrig nach dem Verwundeten erkundigt, „dessen Lage in dem Schooße der leichtfertigen Samariterin Philine ihr, wie der Dichter hinzusetzt, höchst sonderbar vorzukommen schien“. Nachdem sie mit menschenfreundlicher Theilnehmung sich nach allen Umständen des Unfalls, der die Reisenden betroffen hatte, besonders aber nach den Wunden des hingestreckten Jünglings erkundigt, sehen wir sie sofort rasch entschieden alle nöthigen Anstalten zur Hülfe treffen. Sie läßt durch den Wundarzt ihres Gefolges Wilhelm's Wunden untersuchen, beauftragt einen reitenden Jäger, für die Fortschaffung und Unterbringung des Verwundeten im nächsten Dorfe zu sorgen, bewegt ihren Oheim, die nöthigen Geldmittel für die Verpflegung desselben zurückzulassen, und legt scheidend den kostbaren Oberrock desselben, den sie selbst gegen die Einflüsse der kühlen Abendluft um= gethan hatte, als schützende Bedeckung über den halb ent= kleideten Verwundeten.

Die Wirkung ihrer Erscheinung auf Wilhelm ist vom ersten Augenblick an eine überwältigende, seine Phantasie völlig erfüllende. „Er hatte,“ heißt es, „seine Augen auf die sanften, hohen, stillen, theilnehmenden Gesichtszüge der Ankommenden geheftet: er glaubte nie etwas Edleres noch Liebenswürdigeres gesehen zu haben.“ Als Philine aufsteht, um der gnädigen Dame die Hand zu küssen, glaubt er ebenfalls, nie einen solchen Abstand zweier weiblichen Wesen wahrgenommen zu haben. Nie zuvor, selbst nicht der schönen, anmuthigen Gräfin gegen= über, war ihm Philine in einem so ungünstigen Lichte er= schienen; der Ton ihrer Stimme ist ihm zuwider, mit der sie die erste Frage der Ankommenden, ob Wilhelm ihr Mann sei, beantwortet. Ja es kommt ihm vor, als sollte sie sich „jener edlen Natur nicht nahen, noch weniger sie berühren.“ Es ist freilich das erstemal, daß ihm in Natalien die Hoheit einer wahrhaft vornehmen, in sich selbst beruhenden Frauengestalt entgegentritt, gegen welche gehalten selbst die Gräfin, seine erste aristokratische Bekanntschaft, trotz der Lieblichkeit und Feinheit ihres Wesens und der jungfräulichen Anmuth ihres

Betragens weit zurückstehen muß. Als der verhüllende Oberrock von ihren Schultern fällt, wird er, der bisher nur den süßen Klang ihrer melodischen Stimme und „den heilsamen Blick ihrer Augen" festgehalten hatte, von der Schönheit ihrer Gestalt überrascht, und sein Empfinden steigert sich, als sie näher tretend den Rock sanft über ihn legt, zu jener visionären Ekstase, die der Dichter mit den Worten schildert: „In diesem Augenblicke, da er den Mund öffnen und einige Worte des Dankes stammeln wollte, wirkte der lebhafte Eindruck ihrer Gegenwart so sonderbar auf seine schon angegriffenen Sinne, daß es ihm auf einmal vorkam, als sei ihr Haupt mit Strahlen umgeben, und über ihr ganzes Bild verbreite sich nach und nach ein glänzendes Licht." Aber die Ohnmacht, in welche ihn in demselben Momente das Herausziehen der Kugel durch den Wundarzt versetzt, läßt die Heilige den Augen des Hinsinkenden entschwinden. Als er wieder zu sich kommt, sind Reiter und Wagen, die Schöne sammt ihren Begleitern verschwunden.

Der Eindruck, den Natalien's erstes Erscheinen unter so romantischen Umständen auf den zu poetischer Ekstase geneigten Jüngling gemacht hat, ist tief und nachhaltig; er wird verstärkt durch die lange Dauer des Krankenlagers, das ihm Zeit giebt, sich jene Scene in Gedanken zu wiederholen. „Tausendmal", heißt es, „rief er den Klang jener süßen Stimme zurück, und wie beneidete er Philinen, die jene hülfreiche Hand geküßt hatte! Oft kam ihm die Geschichte wie ein Traum vor, und er würde sie für ein Märchen gehalten haben, wenn nicht das Kleid zurückgeblieben wäre, das ihm die Gewißheit der Erscheinung versicherte." Unaufhörlich ruft er es sich zurück, wie die schöne Amazone, auf ihrem weißen

Zelter reitend, aus den Büschen sich ihm genähert, wie sie abgestiegen und hin und wieder gegangen, sich um seinetwillen bemühend, wie das umhüllende Kleid von ihren Schultern gesunken und wie ihr Gesicht und ihre Gestalt ihm glänzend verschwunden. Alle seine Jugendträume knüpft seine Phantasie an dieses Bild, in welchem er die edle heldenmüthige Chlorinde mit eignen Augen erblickt zu haben glaubt. Ja er identifizirt dasselbe mit dem im ersten Buche der Dichtung beschriebenen Gemälde in der Sammlung seines Großvaters, das schon in früher Jugend des Gegenstandes wegen sein Lieblingsbild gewesen war, und das die Geschichte von dem kranken Königssohne darstellt, der sich in Liebe zu der Braut seines Vaters verzehrt*). Mit jedem Schritte seiner Genesung wächst in ihm das Verlangen, seine Retterin wiederzusehen, ihr zu danken, aber alle seine Bemühungen, ihren Aufenthaltsort oder auch nur ihren und ihres Oheims Namen zu erkunden, bleiben erfolglos. Nur so viel erfährt er, daß der Ueberfall der räuberischen Bande eigentlich dem Reisezuge jener reichen und vornehmen Herrschaft gegolten hatte, und mitten in seiner an Verzweiflung grenzenden Betrübniß, daß ihm für den Augenblick alle Hoffnung verschwunden ist, seine Retterin wiederzufinden und wiederzusehen, gewährt ihm wenigstens der Gedanke einen Trost, „daß ein vorsichtiger Genius ihn",

---

*) Die mehrfache Erwähnung dieses Bildes in der Goethe'schen Dichtung und die demselben gegebene Wichtigkeit für den Helden erklärt sich aus dem Interesse, das man damals in der kunstliebenden Welt Teutschlands an dem wirklich vorhandenen, von Winckelmann in seiner Erstlingsschrift so wie von Goethe's Freunde Oeser überschwänglich gepriesenen Werke des Malers Gerhard de Lairesse nahm. Das Bild, über welches Winckelmann's neuester Biograph (Carl Justi, Winckelmann in Teutschland S. 408—410) ausführlich berichtet, existirt noch, und zwar in der Gemälde-Sammlung des Großherzogs von Mecklenburg-Schwerin im Schlosse Ludwigslust, wohin es 1815 zurückgebracht wurde, da die Franzosen es geraubt hatten.

wie es der Dichter in Wilhelm's eigner überschwänglicher Sprache ausdrückt, „zum Opfer bestimmt habe, eine vollkommene Sterbliche zu retten".

Was seine Aufregung noch vermehrt, ist folgender Um= stand. Er glaubt eine auffallende Aehnlichkeit entdeckt zu haben zwischen seiner schönen Unbekannten und der liebens= würdigen Gräfin, die er vor Kurzem verlassen, und deren Bild noch immer in der Erinnerung seines Herzens lebt, und diese Aehnlichkeit wird ihm durch eine Vergleichung der Handschriften Beider, in deren Besitz ihn ein günstiger Zufall bringt, bestätigt. Der Zustand träumender Sehnsucht, in welchen er sich versetzt fühlt, wird ausgedrückt durch das Lied, das er in einer solchen Stunde von Mignon und dem Harfner singen hört, jenes Lied, dessen Anfang und Ende die Worte bilden:

„Nur wer die Sehnsucht kennt,
Weiß, was ich leide!"

Inzwischen tritt jedoch das Leben mit seinen Anforderungen und Sorgen, mit neuen Verhältnissen, Arbeiten und Aufgaben an den Genesenen hülfreich heran. Die Periode seines Zu= sammenlebens und Wirkens mit Serlo und den Seinen, die Erneuerung seines Verhältnisses zu den bisherigen Genossen, die „frevelhaften Reize" Philinen's, die Sorge für Mignon und Felix, das traurig erneuerte Andenken an seine verlorene Mariane, die Theilnahme endlich an dem Schicksale der un= glücklichen Aurelie — das alles legt sich allmählich beruhigend über seine phantastisch=sehnsüchtige Erinnerung an jene traum= hafte Erscheinung, bis nach längerer Zeit ein wunderbarer Zufall, veranlaßt durch Aurelien's letzten Auftrag an Lothario, unsern Helden eben so überraschend als erschütternd mit seiner

Retterin wieder zusammenführt. Wir benutzen diese Zwischen=
zeit, um über die letztere einige Nachricht einzuschalten.

Natalie ist die ältere Schwester der Gräfin und wie
ihre beiden Brüder, Lothario und der blonde Friedrich, durch
den Tod der Eltern früh verwaist, unter der Obhut eines
reichen, kunstsinnigen hochgebildeten Oheims aufgewachsen, der
in großartigster Weise die Sorge für die Erziehung über=
nommen hatte, auf welche ein Freund desselben, der Abbé,
bedeutenden Einfluß übte. Die Erziehungsmaximen des letz=
teren sind Natalien, wie sie selbst im dritten Kapitel des
achten Buchs bekennt, bei ihrer Entwicklung sehr zu Statten
gekommen. Diese Entwicklung wurde begünstigt durch die
schönste aller Naturanlagen: durch eine feste, stets mit sich in
Einklang stehende Naturbestimmtheit. „Natalien", so pflegte
ihr Oheim oft scherzend von dem jungen Mädchen zu sagen,
„kann man bei Leibesleben selig preisen, da ihre Natur nichts
fordert, als was die Welt wünscht und braucht." Diese
Aeußerung des Oheims, hervorgerufen durch die Selbst=
erkenntniß seiner eigenen zwiespältigen Natur, die es ihm
nicht gestattet habe, seine Triebe immer und überall mit
seiner Vernunft in Einstimmung zu bringen, ist der Schlüssel
zu Natalien's Wesen und Charakter. Wilhelm vermuthet
später ganz richtig, „daß ihr Lebensgang immer sehr gleich
gewesen, daß sie sich nie in Verwirrung befunden und nie
genöthigt gewesen, einen Schritt zurückzuthun".

Die Schilderung, welche ihre Tante, die Schwester ihrer
Mutter, in den Bekenntnissen einer schönen Seele von Natalie,
dem jungen sechszehn= bis siebzehnjährigen Mädchen entwirft,
ist zu wichtig, als daß ich sie nicht ausführlich hersetzen sollte.
Natalie ist immer das Lieblingskind dieser ausgezeichneten

Frau gewesen, theils weil sie ihr überraschend ähnlich sah, theils weil sie sich von allen vier Geschwistern am meisten zu der Tante hielt. „Aber ich kann wohl sagen", fährt diese fort, „je genauer ich sie beobachtete, desto mehr beschämte sie mich, und ich konnte das Kind nicht ohne Bewunderung, ja ich darf beinahe sagen, nicht ohne Verehrung ansehen. Man sah nicht leicht eine edlere Gestalt, ein ruhiger Gemüth und eine immer so gleiche auf keinen Gegenstand eingeschränkte Thätigkeit. Sie war keinen Augenblick ihres Lebens un= beschäftigt, und jedes Geschäft ward unter ihren Händen zur würdigen Handlung. Alles schien ihr gleich, wenn sie nur das verrichten konnte, was in der Zeit und am Platze war: und ebenso konnte sie ruhig, ohne Ungeduld, bleiben, wenn sie nichts zu thun fand. Diese Thätigkeit ohne Bedürfniß einer Beschäftigung habe ich in meinem Leben nicht wieder gesehen". — Wem nicht das, allerdings eben so seltene als große Glück zu Theil geworden, einem ähnlichen weiblichen Wesen in der Wirklichkeit des Lebens zu begegnen, der dürfte leicht diese Schilderung für ein poetisches Idealbild zu halten geneigt sein.

Daneben erscheint Natalie in der Schilderung ihrer Tante von Jugend an vorzugsweise gestellt auf praktische Thätigkeit und Sorge für Nothleidende und Hülfsbedürftige aller Art, und zugleich ohne „das Bedürfniß einer Anhänglichkeit an ein sichtbares oder unsichtbares Wesen". Bekennt sie doch später selbst gegen Wilhelm, daß Alles, was uns so manches Buch, was uns die Welt als Liebe nenne und zeige, ihr immer nur als ein Märchen erschienen sei; wie sie denn auch auf Wil= helm's bestürzte Frage „Sie haben nicht geliebt?" nur die Antwort hat: „Nie, oder nimmer!" Ihr Bruder ist der einzige

Mensch gewesen, durch den allein sie, ehe Wilhelm in ihren
Weg trat, wie sie diesem gesteht, „empfunden habe, daß das
Herz gerührt und erhoben, daß auf der Welt Freude, Liebe
und ein Gefühl sein könne, das über alles Bedürfniß hinaus
befriedigt". Ihr Bruder, der Wildfang Friedrich, sagt daher
auch von ihr auf seine Weise, nicht ohne eine gewisse Berech=
tigung, die scherzenden Worte: „Ueberhaupt, Schwester, wenn
von Liebe die Rede ist, solltest du dich gar nicht darein mischen.
Ich glaube, du heiratest nicht eher, als bis irgendwo eine
Braut fehlt, und du giebst dich alsdann, nach deiner gewohnten
Gutmüthigkeit, auch als Supplement irgend einer Existenz
hin." Der Schalk hat wie gesagt nicht ganz Unrecht mit seinem
Spotte. Gesteht doch Natalie selbst, daß es stets „ihre ange=
nehmste Empfindung war und noch ist, wenn sich ihr ein
Mangel, ein Bedürfniß in der Welt darstellte, sogleich im
Geiste einen Ersatz, ein Mittel, eine Hülfe aufzufinden". Und
so überwiegend ist diese Richtung ihrer Natur, so ganz ist ihr
Auge dazu und fast nur dazu gemacht, die Bedürfnisse der
Menschen zu sehen, so mächtig ist in ihr das diese Fähigkeit
begleitende unüberwindliche Verlangen, die wahrgenommenen
Bedürfnisse auszugleichen, daß darunter andere Fähigkeiten und
Empfindungen bei ihr beeinträchtigt werden. Sie selbst be=
kennt, daß sie wenig oder keinen Sinn für Naturschönheit habe,
daß die Reize der leblosen Natur, für die so viele Menschen
äußerst empfänglich seien, keine Wirkung auf sie üben, und daß
dies beinahe in einem noch höheren Grade auch von den Reizen
der Kunst gelte. Ist Natalie nun in dieser Beziehung Wil=
helmen völlig unähnlich, so wird dieser Mangel doch aufge=
wogen durch die Uebereinstimmung seines innersten menschlichen
Fühlens und Empfindens, seiner ihn vorwaltend beherrschenden

gleichen Neigung, überall helfend und ausgleichend einzutreten, wo sich ihm ein Bedürfniß, eine Noth, eine Verlegenheit zeigen, und es ist ein Zug von wundervoll symbolischer Bedeutsamkeit, daß der Dichter diese beiden so tief gemüthsverwandten Menschen einander über dem schlafenden Felix, dem der Sorge und Liebe Beider bedürftigen Kinde, zum erstenmale die Hände reichen läßt.

In der unbedingten Verehrung für Natalien finden wir denn auch alle Personen ihres Kreises, die Tante, den Oheim, Lothario, Therese, den Abbé einig. Ihr Aeußeres entspricht vollkommen ihrem Innern. Die ruhige Harmonie ihres Wesens findet in den Zügen ihres Antlitzes den entsprechenden Ausdruck durch das himmlische, heitere, bescheidene Lächeln, das man, wie der Dichter sagt, an ihr zu sehen gewohnt war, und das verbunden „mit ihrer ruhigen, sanften, unbeschreiblichen Hoheit" den stehenden Charakter ihrer Erscheinung bildet, deren bloße Gegenwart auf Alles, was ihr nahe kommt, veredelnd wirkt. Selbst die sonst so nüchterne Therese wird begeistert in ihren Ausdrücken, wenn sie auf Natalie zu sprechen kommt. „Wenn Sie meine edle Freundin kennen lernen", sagt sie zu Wilhelm von der ihm noch unbekannten Natalie, „so werden Sie ein neues Leben anfangen: ihre Schönheit, ihre Güte macht sie der Anbetung einer ganzen Welt würdig"; und der Dichter selbst begleitet das erste Auftreten Natalien's bei Wilhelm's Ankunft auf dem Schlosse ihres Oheims mit der Bemerkung: „Man hätte sich nichts Besseres gewünscht, als neben ihr zu leben."

Der Dichter giebt uns keinerlei direkte Andeutungen über das Alter, in welchem wir uns Natalie zu denken haben. Aber wir werden nicht fehlgreifen, wenn wir annehmen, daß sie über

die erste Jugend hinaus ist und auch den Jahren nach in der
Vollreife des Lebens steht. Als zweitgeborene ihrer vier Ge=
schwister können wir sie nur um ein oder ein paar Jahre jünger
als ihren Bruder Lothario denken. Lothario aber ist, als Wil=
helm Beide kennen lernt, bereits ein vollgereifter Mann. Er
hat schon, ehe er Aurelien begegnete, in Gesellschaft einiger
französischer Edelleute unter den Fahnen der vereinigten Staaten
den Amerikanischen Freiheitskampf mit durchgefochten, und es
heißt von ihm, daß er schon damals, als er jene Verbindung
mit Aurelien anknüpfte, „mit den meisten verdienstvollen Män=
nern seines Zeitalters in Verhältnissen stand". Als Aurelien's
Auftrag Wilhelmen zu ihm führt, haben wir Lothario als einen
Mann über die dreißig hinaus, und demgemäß Natalie als
dem Beginne dieses Lebensalters sehr nahe zu denken. Ueber=
haupt ist die Mehrzahl der Frauen, mit denen der Held der
Dichtung in nähere Beziehungen tritt, Natalie, Therese,
die Gräfin, Aurelie, Frau Melina, die Baronesse, ja selbst
Philine sämmtlich über jene beliebte Achtzehnjährigkeit der
gewöhnlichen Romanheldinnen hinaus. Der Dichter des Wil=
helm Meister konnte junge unreife Mädchen nicht brauchen
für seine Frauengestalten, die er alle mehr oder weniger mit
Kenntniß der Welt und des Lebens ausgestattet wissen wollte
und mußte, um sie die Aufgaben erfüllen zu lassen, die sie
seinem Helden gegenüber zu erfüllen hatten.

Wir haben bisher Natalie eigentlich vorwiegend nur
durch Urtheile Anderer oder des Dichters selbst über sie und
ihr Wesen kennen gelernt. Beobachten wir sie jetzt, wie sie
selbst in ihrem Thun und Handeln sich vor unseren Augen
bethätigt.

Da ist nun zunächst jene ruhige Haltung zu erwähnen, mit

der sie Wilhelmen bei dem auch für sie so überraschenden Wiedersehen empfängt, das ihn selbst vollkommen außer Fassung zu ihren Füßen wirft. Man muß die Scene selbst nachlesen, um Wilhelm's leidenschaftlicher Bewegtheit gegenüber die ganze Schönheit der Ruhe ihres Verhaltens zu empfinden und zu würdigen, mit der sie sogleich das geeignetste Mittel zu finden weiß, seine Aufregung in die Schranken der Besonnenheit zurückzuführen, ohne sein Empfinden im Geringsten zu verletzen, indem sie alsbald das körperliche und geistige Befinden Mignon's in den Vordergrund des Interesses und der Mittheilung rückt. Die kranke Mignon ist nämlich, wie wir wissen, von Theresen ihrer Pflege übergeben worden, und ihrer ebenso gütevollen als feinen, vorsichtigen Behandlung des in seinem Innersten zerrütteten Geschöpfs gelingt es, das Vertrauen des unglücklichen Kindes bis zu dem Grade zu erwerben, daß es ihr möglich wird, nicht nur seine Geschichte, sondern auch die eigentliche Ursache seiner Krankheit allmählich zu entdecken. Der Einblick, den sie bei dieser Gelegenheit auch in eine sehr bedenkliche Episode aus Wilhelm's Schauspielerleben thut, bleibt ohne allen Einfluß auf ihr Gemüth und ihr Urtheil über den Freund. Die Krone aller Bildung, jene humane Toleranz, welche Menschliches menschlich beurtheilen läßt und welche noch weit hinausgeht über das bekannte schöne Wort, das Alles verstehen gleichbedeutend setzt mit Alles verzeihen, — diese Toleranz, welche schließlich fast zu dem Bekenntnisse gelangt: Alles verstehen heiße zugleich erkennen, daß man eigentlich nichts zu verzeihen habe, — hat Natalie zur höchsten Vollendung in sich ausgebildet.

Ein Beispiel davon ist ihre Bemerkung über die Beurtheilung, welche Wilhelm ihrer Tante, der „schönen Seele", an-

gedeihen läßt. Sie lobt ihn wegen seiner Billigkeit und Ge=
rechtigkeit gegen diese von so vielen Andern ungerecht beur=
theilte schöne Natur, und bemerkt dazu: „Jeder gebildete Mensch
weiß, wie sehr er an sich und Andern mit einer gewissen
Rohheit zu kämpfen hat, wie viel ihn seine Bildung kostet
und wie sehr er doch in gewissen Fällen nur an sich selbst
denkt und vergißt, was er Andern schuldig ist. Wie oft macht
der gute Mensch sich Vorwürfe, daß er nicht zart genug ge=
handelt habe; und doch, wenn nun eine schöne Natur sich
allzu zart, sich allzu gewissenhaft ausbildet, ja wenn man
will sich überbildet, für diese scheint keine Duldung, keine
Nachsicht in der Welt zu sein. Dennoch sind die Menschen
dieser Art außer uns, was die Ideale im Innern sind:
Vorbilder, nicht zum Nachahmen, sondern zum Nachstreben.“

Nicht minder bewundernswerth ist die ruhige Besonnenheit,
mit der sie sich als Vertraute Theresen's dem Verhältnisse
derselben zu Wilhelm gegenüber benimmt. Ihrem tiefblickenden
Auge entgeht es nicht, daß Wilhelm in demselben Augen=
blicke, in welchem sie ihm das Jawort Theresen's überbringt,
bereits „mit Entsetzen die lebhaften Spuren einer Neigung
zu Natalien in seinem Herzen findet“. „Ihre Freude ist
stark“, ruft sie dem verstummenden und erblassenden Freunde
zu, „sie nimmt die Gestalt des Schreckens an, sie raubt Ihnen
die Sprache!“ So gewiß ihr eigenes Herz ohne alle Frage
bereits eine geheime Neigung für Wilhelm empfindet, so fest
entschlossen ist sie doch, das Glück ihrer Freundin über ihre
eigenen Wünsche zu stellen und durch ihr Verhalten und
Handeln zu sichern. Erst als sie durch Jarno's Mittheilung
die Entdeckung erfährt, daß Therese nicht die Tochter ihrer
Mutter ist, als sie durch diese Entdeckung das Hinderniß aus

dem Wege geräumt sieht, welches dem Glücke Lothario's, des von ihr über Alles geliebten Bruders, bisher im Wege stand und dessen Verlöbniß mit Therese auf eine so grausame Art gelöst hatte, erst da sehn wir sie nach kurzer Ueberlegung entschieden auf die Seite des Bruders treten. Sie verlangt vor Allem, daß Nichts im ersten Moment entschieden werde, daß man Geduld habe, sich Bedenkzeit nehme und das Unwiederbringliche nicht übereile, — ein Verlangen, das diese edelschöne Frauengestalt als die rechte und echte Tochter des Dichters selbst erkennen läßt, dessen erstes, seinen Umgebungen und seinem eigenen Selbst geltende Wort bei ähnlich überraschenden Vorfällen des eigenen Lebens jener mahnende Ruf: „Nur ruhig, Kinder!" zu sein pflegte*). Als trotzdem die lebhafte Therese gegen Nathalien's Rath und Wunsch handelt und auf ihrer Verbindung mit Wilhelm besteht, kann die Freundin ihre Unzufriedenheit mit diesem übereilten Schritte, der drei Menschen, Lothario, Wilhelm und letztlich Therese selbst, in seinen Folgen unglücklich zu machen droht, nicht verhehlen, wenn sie dieselbe auch in die mildesten Worte kleidet. „Was Gott zusammenfügt, will ich nicht scheiden", ruft sie lächelnd aus, als Therese den Freund umschlungen haltend um ihren Segen bittet, „aber verbinden kann ich euch nicht, und kann nicht loben, daß Schmerz und Neigung die Erinnerung an meinen Bruder völlig aus euren Herzen zu verbannen scheint". Allerdings ist es das Glück dieses Bruders, das ihrem selbstlosen Herzen am nächsten steht; aber eben so wenig täuscht sie sich darüber, daß Wilhelm und Therese nicht eigentlich zusammengehören, daß Beide über sich und ihr Empfinden für einander in einer Selbsttäuschung befangen sind, die ihrem

*) S. Riemer.

Lebensglücke verderblich werden muß. Daß sie sich in Betreff Wilhelm's nicht irrt, dafür haben wir das eigene Zeugniß desselben in jenem Selbstgespräche des siebenten Kapitels im letzten Buche, worin Wilhelm zugleich sich und uns die Geschichte seiner verschiedenen Liebesverhältnisse in kurzer Uebersicht vorführt.

„Ja", sagte er zu sich selbst, indem er sich allein fand, „gestehe dir nur, du liebst sie, und du fühlst wieder, was es heiße, wenn der Mensch mit allen Kräften lieben kann. So liebte ich Marianen und ward so schrecklich an ihr irre. Ich liebte Philinen und mußte sie verachten. Aurelien achtete ich und konnte sie nicht lieben; ich verehrte Theresen und die väterliche Liebe nahm die Gestalt einer Neigung zu ihr an; und jetzt, da in deinem Herzen alle Empfindungen zusammentreffen, die den Menschen glücklich machen sollen, jetzt bist du genöthigt, zu fliehen!" — Er faßt den festen Entschluß, den Kreis, in welchem er sich befindet, zu verlassen und sich an den Gegenständen der Welt durch eine größere Reise zu zerstreuen. Er vertraut Natalien seine Absicht; und Natalie?

Auch hier wieder sehen wir sie getreu ihrer Maxime: in verwickelten Verhältnissen vor allen Dingen Nichts zu übereilen, mit bewunderungswürdiger Klugheit und Feinheit handeln. Sie nimmt es als bekannt an, daß er gehen könne und müsse, und obschon ihr gewiß nicht verborgen bleibt, wie sehr den heimlich von ihr geliebten Freund diese ihre scheinbare Gleichgültigkeit schmerzt, so überwiegt bei ihr doch die Ueberzeugung, daß in Lagen wie diejenige, in welcher sich Wilhelm und Therese, Lothario und sie selbst befinden, die Absonderung einer der in gemeinsame Verwirrung verflochtenen Personen schon eine Erleichterung für alle herbeiführen mag.

Indessen kommt es, wie wir wissen, nicht zu der Abreise. Wilhelm ist zu schwach, den Entschluß auszuführen; er befindet sich in einem Zustande, in welchem er, wie der Dichter es mit so tiefer Seelenkunde ausdrückt, nichts was ihn umgab, weder zu ergreifen noch zu lassen vermochte. Erst als seine Braut, als selbst Therese in ihn dringt, den Reisevorschlag des Markese, in welchem sich Mignon's Oheim entdeckt hat, anzunehmen und denselben auf seiner Rückkehr nach Mignon's Heimatlande Italien zu begleiten, willigt er ein, sich von Natalien zu trennen.

Inzwischen verzögert sich durch mehrere Umstände die Abreise Wilhelm's auf's Neue. Die Katastrophe mit dem Harfenspieler und Felix tritt ein, aber selbst die unverhoffte Rettung seines Knaben aus furchtbarer Todesgefahr vermag nicht Wilhelm's trübe Stimmung auf die Dauer zu ändern. Er findet sich durch die heftigsten Leidenschaften bewegt und zerrüttet; die unvermutheten und schreckhaften Anfälle hatten sein Innerstes ganz aus aller Fassung gebracht, einer Leiden=schaft zu widerstehen, die sich seines Herzens so gewaltsam bemächtigt hatte. Felix war ihm wiedergegeben und doch schien ihm Alles zu fehlen. Alles drängt ihn zur Abreise, alle Anstalten dazu sind getroffen, und es mangelt nichts als der Muth, sich zu entfernen. Da endlich zerhaut die tolle Laune des Wildfangs Friedrich den unauflöslich scheinenden Knoten der Verwicklung durch das verwegene Aussprechen dessen, was Allen auf der Zunge schwebt und was doch Keiner von Allen auszusprechen den Muth hat. Er hat Natalien's und Theresen's Gespräch heimlich behorcht und Natalien's Geständniß ihrer Liebe für Wilhelm vernommen. In der Nacht, als der zum Tode vergiftet geglaubte Felix auf ihrem Schooße ruhte und Wilhelm, die geliebte Bürde theilend, trostlos vor ihr saß, hat sie das Gelübde gethan: wenn das Kind stürbe, Wilhelmen ihre Liebe zu bekennen und ihm selbst ihre Hand anzubieten, während zugleich Therese diese Verbindung beider Liebenden zu der Bedingung gemacht hat, unter welcher allein sie sich entschließen würde, Lothario ihre Hand zu reichen.

„Ich kenne den Werth eines Königreichs nicht, aber ich weiß, daß ich ein Glück erlangt habe, das ich nicht verdiene, und das ich mit nichts in der Welt vertauschen möchte." Mit diesen Worten des glücklichen Helden der Lehrjahre endet das Gedicht; und wer hätte das Herz, ihnen widersprechen zu wollen?

Wie der stille blaue Alpensee des Leman, im Angesichte dessen ich diese idealste Frauengestalt des Dichters nachzuzeichnen versuchte, überragt wird von dem Gipfel des einsamen Alpenriesen, dessen weißer Templermantel rosig angeglüht von der scheidenden Sonne sein Haupt in den lichten Himmel erhebt, so ragt über dem Spiegel der Goethe'schen Dichtung unter den Frauengestalten derselben die hehre Lichtgestalt Natalien's empor in einfach erhabener Hoheit, sanft erglühend von der für sie aufgehenden Sonne der Liebe, —

„Und hocherstaunt sehn wir in ihr vereint
Ein Ideal, das Künstlern nur erscheint!"

Ich glaube diesen Versuch einer Charakteristik nicht würdiger beschließen zu können, als durch die Mittheilung eines Wortes, das Schiller über Natalie in einem seiner Briefe an Goethe ausgesprochen hat. „Ich wünschte", sagt er, „daß die Stiftsdame ihr das Prädikat einer schönen Seele nicht weggenommen hätte, denn nur Natalie ist eigentlich eine reine ästhetische Natur." Vor Allem schön findet er es, daß sie die Liebe, als einen Affekt, gar nicht kenne, weil die Liebe ihre Natur, ihr permanenter Charakter sei. Auch die Stifts=damе, Natalien's Tante, kenne eigentlich die Liebe nicht, aber aus einem unendlich verschiedenen Grunde. Den Unterschied zwischen diesen beiden Frauen drückt er dahin aus, daß die Stiftsdame eine Heilige, aber nur eine solche sei, während Natalie als „heilig und menschlich zugleich, und darum als ein Engel erscheine". Was endlich das Verhältniß Natalien's zu Theresen anlangt, welche er als „eine vollkommne Irdische" bezeichnet, so findet er, daß zwar Beide Realistinnen seien, daß aber bei Theresen sich auch die Beschränkung des Realis=mus zeige, während bei Natalien nur der Gehalt desselben zur Erscheinung komme.

Mignon.

Nicht absichtslos erscheint die Gestalt Mignon's in dieser Gallerie der Frauengestalten des Wilhelm Meister als letztes in der Reihe unserer Bilder. Einsam und abgetrennt von allen übrigen Frauen, zumal des ersten Kreises, wie ihre räthselhafte Gestalt in der Dichtung selbst dasteht, allein mit sich in ihrer tiefen Verschlossenheit, gebührt ihr der Platz an der Seite der edelsten von allen, an der Seite Natalien's, umsomehr als Natalie es ist, der allein sie zuletzt einen Blick in ihr Inneres, in ihr Schicksal verstattet.

Wir haben von Goethe's „Gretchen“ gesagt, daß sich ihr in der ganzen alten und neuen Litteratur keine einzige dichterische Frauengestalt vergleichen lasse.

Dasselbe ist der Fall bei Mignon und zwar in noch weiterer Beziehung.

Denn — zu allen andern weiblichen Gestalten, welche der Genius des größten aller Frauendichter geschaffen, wird der sinnende Betrachter derselben wenigstens irgend welche Ana=logien und Parallelen aus der Wirklichkeit vergleichend heran=zuziehen im Stande sein, oder es wird ihm seine Erinnerung Gestalten vorführen, in welchen andere Dichter wenigstens annähernd Aehnliches zu schaffen, die tiefe Innigkeit des deutschen Volksgemüths in seiner Ursprünglichkeit, in seiner unendlichen Liebes- und Leidensfähigkeit in ähnlichen Erscheinungen auszuprägen versucht haben.

Keins von beiden aber wird ihm bei Mignon gelingen. Denn bei ihrer Betrachtung läßt uns die Wirklichkeit völlig im Stiche, und der einzige deutsche Dichter, Immermann, dem man nachgesagt hat, daß er in der Figur seines „Flämmchen" — in dem Romane „Epigonen" ein Seitenstück zu Goethe's Mignon zu schaffen beabsichtigt habe, dürfte von dem Vorwurfe der Nachahmung frei zu sprechen sein. Auch hat es der zu früh dahingegangene Dichter mir selbst ausgesprochen, daß ihm ein solcher Gedanke völlig fremd gewesen sei und daß er vielmehr in Goethe's Mignon, diesem „Opfer des Schweigens", wie ich es gegen ihn genannt hatte, ein Wesen sehe, das nur einmal da sein könne und da zu sein brauche, weil es eben in seiner Einzelheit und Einzigkeit selbst Gattung sei.

In der sonnigheitern Halle der Goethe'schen Dichtung, welcher diese Gestalt angehört, in Wilhelm Meister's Lehrjahren, bildet Mignon das düstere tragische Element. Unter all' den lichtvoll aufgeschlossenen, frei sich darlegenden, beredt sich ergießenden und vor uns ihr innerstes Wesen in behaglicher Breite erschließenden Wesen und Gestalten sind sie und der Harfner, ihr Vater, der einzige „anonyme" Punkt. Nicht nur „ein Schwur", wie sie klagend singt, „schließt ihr die Lippen zu", — ihr ganzes Wesen vielmehr ist Unaufgeschlossenheit, tief in sich verborgene geheimnißvolle Innerlichkeit. Sie ist eine Knospe, die erst der Kuß des Todes auf einen kurzen Moment zur vollen Rosenpracht aufküßt. Aber das Roth, das die verschlossene Rose färbt, ist das verströmende Blut

ihres gebrochenen Herzens. — Mit ihrem Tode scheint auch
die belebende Seele der Dichtung zu erlöschen. Denn nicht
mit Unrecht bemerkt Körner in seinem bekannten Briefe an
Schiller, daß in ihr gleichsam eine Poesie der Natur erscheine,
und daß überall, wo Meister durch die äußeren Verhältnisse
abgespannt werde, Mignon's Erscheinen und ihr Anschauen
seinem Wesen einen neuen Schwung verleihe*). Auch war
Goethe sehr unzufrieden mit dem Urtheile der Frau von
Staël, die in ihrem Buche de l'Allemagne Mignon bloß als
Episode bezeichnet hatte, „da doch das ganze Werk" — wie
er 1814 gegen den Kanzler von Müller äußerte — „dieses
Charakters wegen geschrieben sei"**).

Man hat gesagt, daß die Gestalt Mignon's ein Tribut sei,
den Goethe der Romantik dargebracht habe, und selbst Novalis,
der von dem Goethe'schen Romane behauptete, daß in ihm das
Romantische und die Naturpoesie zu Grunde gehen, Natur und
Mysticismus in ihm ganz vergessen seien, hat sich doch dem
tiefen Eindrucke der Romantik in Mignon und dem Harfner
nicht zu entziehen vermocht. Aber der Poet der blauen Blumen-
mystik verlangte allerdings mit Unrecht, daß der Dichter der
Tageshelle das Krankhafte als das Gesunde, das Dunkle als
das Lichte darstellen und feiern sollte. Dagegen bewunderte es
vielmehr Schiller als einen der schönsten Züge des denkenden
Dichters, „daß derselbe das furchtbar Pathetische, das praktisch
Ungeheure im Schicksale Mignon's und des Harfenspielers von
dem theoretisch Ungeheuren, von den Mißgeburten des Verstandes
abgeleitet habe, so daß der reinen und gesunden Natur nichts
aufgebürdet werde". Denn „nur im Schooße des dummen

<hr>

*) Briefwechsel zwischen Schiller u. Körner Th. 3, S. 383 (2. Ausg. 1859).
**) Goethe's Unterhaltungen mit dem K. v. Müller S. 9 (1870).

Aberglaubens“ — jetzt er hinzu — „werden diese monstrosen Schicksale ausgeheckt, die Mignon und den Harfenspieler verfolgen.“ Er findet es vortrefflich, daß der Dichter „diese ungeheuren Schicksale“ — und wir werden sehen, daß der Harfner selbst von einem „unerbittlichen Schicksale“ spricht, das ihn verfolge und seine Nähe allen denen verderblich mache, die an ihm Theil nehmen — „von frommen Fratzen ableite“, und er nennt den Einfall des Beichtvaters: eine leichte Schuld in's Ungeheure zu malen, um ein schweres Verbrechen, das er aus Menschlichkeit verschweige, dadurch abbüßen zu lassen, einen würdigen Repräsentanten dieser ganzen Denkungsweise.

Erinnern wir uns, um das Gewicht dieses Schiller'schen Urtheils ganz zu würdigen, an die erst am Schlusse der Dichtung erzählte Vorgeschichte Mignon's und ihrer Eltern. Unnatur ist der Boden, in welchem ihr Dasein wurzelt. Einem grillenhaften Vater, einem lombardischen Markese, wird von seiner Gattin nach drei Söhnen noch im späteren Lebensalter eine Tochter, Sperata, geboren. Aus Furcht vor dem Lächerlichen — denn die Klasse der Gesellschaft, der sein Stand angehört, findet ein solches natürliches Ereigniß, einen solchen Beweis später ehelicher Zärtlichkeit lächerlich — trägt er Sorge, die Geburt dieses Kindes aller Welt, mit Ausnahme seines Beichtvaters und eines vertrauten Freundes, zu verheimlichen. Seine Absicht gelingt ihm. Das Kind, in der Ferne geboren, von Fremden erzogen und von jenem Freunde für seine Tochter ausgegeben, wächst heran zu wunderbarer Schönheit, ohne daß nach dem Tode des Vaters die Brüder in der unfern von ihnen wohnenden Jungfrau ihre Schwester ahnen. Augustin, der jüngste der Brüder, eine schwärmerische, ganz seinen Studien, wie der Musik und Dichtkunst zugewendete Natur, der gegen den Willen des Vaters das Kloster und den geistlichen Beruf erwählt hat, lernt Sperata kennen. Die Liebe zu ihr heilt ihn von den religiösen Ueberspannungen, in denen er sich bis dahin unablässig verzehrt hat. Seine Liebe wird erwidert, er entdeckt sich seinen Brüdern und erbittet von ihnen, daß sie ihm zur Befreiung von seinen geistlichen Gelübden verhelfen sollen. Sie sind dazu bereit, aber in demselben Augenblick, wo sie mit ihrem Beichtvater darüber verhandeln, erfahren sie, daß — Sperata ihre und Augustin's leibliche Schwester sei.

Inzwischen ist Sperata bereits Augustin's Weib geworden. Der Unglückliche weist anfangs die ihm von den Brüdern gemachte Entdeckung als ein Märchen zurück. Als er die Wahrheit nicht mehr bestreiten kann, bekämpft die Sophistik seiner Leidenschaft die Folgen, welche diese Entdeckung für ihn nach Gesetz und Sitte haben soll. Aber die Kirche ist wachsam. Es gelingt ihr, den Unglücklichen wider seinen Willen in sein Kloster zurückzuführen, wo der Schleier der geheimen Kirchenzucht das Aergerniß verdecken soll. Sperata indessen soll geschont werden; sie soll nicht erfahren, daß ihr Geliebter, der Vater des Kindes, das sie heimlich geboren hat, zugleich ihr Bruder sei. Aber sie soll trotzdem auf die nothwendige ewige Trennung von ihm vorbereitet werden. Um dies zu bewirken, wird ihr von dem Pater, dem man sie überantwortet hat, das Vergehen, sich einem Geistlichen ergeben zu haben, als eine Sünde gegen die Natur, als ein Incest dargestellt. Bei ihrem von Natur zur Religiosität geneigten Gemüthe wird der beabsichtigte Zweck nur zu bald erreicht. Zerknirscht entsagt sie auf ewig dem Geliebten, der während dessen in strenger Klosterhaft gehalten, nichts von Mutter und Kind erfährt, und in dessen weichem Herzen mehr und mehr die altgewohnten Begriffe seiner

Religion, die ihn für einen Verbrecher erklären, Herrschaft gewinnen über das freie Nachdenken seines ungebundenen natürlichen Verstandes. Das Kind Sperata's, bei seiner Geburt ihr Glück und ihre Wonne, wird Gegenstand ihres Abscheues und ihrer Verzweiflung, als wenn das wahre Verhältniß selbst ihr bekannt gewesen wäre, und der Geistliche triumphirt über das Kunststück, daß es ihm gelungen ist, in der Reue der Unglückseligen Gott ein gleiches Opfer derjenigen Reue und Buße verschafft zu haben, welche die Aermste empfunden haben würde, wenn sie das wahre Verhältniß ihres Fehltritts erfahren hätte! — Die Künste dieser „frommen Fratzen" — wie Schiller sie nennt — tragen ihre Frucht. Die herzzerrissene Mutter verfällt in stillen Halbwahnsinn, der schließlich, als das Kind, welches man schon lange von ihr genommen hat, verschwindet und von ihr und Andern in den Fluthen des Sees ertrunken geglaubt wird, in fromme wundersüchtige Exaltation ausläuft und sie als Visionärin und Heilige enden läßt.

Das Kind dieser unbewußten Sünde, das Erzeugniß und schuldlose Opfer der Unnatur, ist Mignon. Vater- und mutterlos wächst es auf bei guten Leuten am See, zu denen es die Oheime gebracht, und zeigt bald eine sonderbare Natur. „Es konnte sehr früh laufen und sich mit aller Geschicklichkeit bewegen; es sang bald sehr artig und lernte die Zither gleichsam von sich selbst. Nur mit Worten konnte es sich nicht ausdrücken, und es schien das Hinderniß mehr in seiner Denkungsart als seinen Sprachwerkzeugen zu liegen." Klettern und Springen, in Knabentracht die Kunststücke herumziehender Seiltänzer nachzuahmen, weit in die Schluchten und auf die Berge zu laufen, erscheint ihr als natürlicher Trieb und ihre Lust; und man läßt sie gewähren, weil man sicher ist, sie auch nach längerem Ausbleiben immer wieder unter den Marmorsäulen der Villa am See wiederzufinden, wo sie auf den Stufen von ihren Irrgängen auszuruhen oder schweigend die Marmorbilder in der offenen Halle zu betrachten sich gewöhnt hat.

Aber dieses nachsichtige Gewährenlassen wird bestraft und das Kind bleibt eines Tages aus. Man findet seinen Hut auf dem Wasser des See's schwimmen, und da alle Nachforschungen sich als vergeblich erweisen, vermuthet man, daß es bei seinem Klettern von einem der überhangenden Felsen gestürzt und in der Tiefe des See's begraben sei.

Dem ist jedoch nicht also. Umherziehende Gaukler haben das auf seinem Umherstreifen verirrte Kind gefunden und statt die Kleine, wie sie ihr versprochen, nach Hause zu geleiten, sie nur um so eiliger als einen guten Fang und Zuwuchs für ihre Gesellschaft mit sich fortgeführt. Nachts in der Herberge hört sie, die man schlafend glaubt, die rohen Scherze über ihre Angst und die Betheuerungen, daß sie den Weg nimmer zurück nach Hause finden solle, den Weg nach ihrer Heimat, den sie den grausamen Menschen so genau beschrieben hatte. „Da überfiel das arme Geschöpf eine gräßliche Verzweiflung, in der ihm zuletzt die Mutter Gottes erschien und es versicherte, daß sie sich seiner annehmen wolle. Es schwur darauf bei sich selbst einen heiligen Eid, daß sie künftig Niemand mehr vertrauen, Niemand ihre Geschichte erzählen und in der Hoffnung einer unmittelbaren göttlichen Hülfe leben und sterben wolle." So ist auch diese ihre verhängnißvolle Entführung aus der Heimat in die unbekannte Fremde eine Folge des Geheimnisses, in welches fremde Schuld sie vor sich selbst gehüllt hat; denn die Räuber, welche sich beeilt haben würden, das gefundene Kind des vornehmen Geschlechts der Cipriani in sicherer Hoffnung

auf reiche Belohnung zurückzubringen, empfinden keinen An=
reiz, dem Kinde der namenlosen Landleute am See dieselbe
Gunst angedeihen zu lassen.

Jenseits der Alpen, weit, weit von ihrer schönen italischen
Heimat, im kalten deutschen Norden taucht die Verlorne, die
Geraubte wieder auf, im bunten Ganklerwämschen als Wunder=
kind und Mitglied einer Seiltänzerbande. Der Held der Dich=
tung wird von dem Sonderbaren und Räthselhaften der Er=
scheinung betroffen und angezogen, deren Geschlecht, ob Knabe
oder Mädchen, er anfangs kaum zu erkennen vermag. „Ein
kurzes seidenes Westchen mit geschlitzten spanischen Aermeln,
knappe lange Beinkleider mit Puffen standen dem Kinde gar
artig. Lange schwarze Haare waren in Locken und Zöpfen um
den Kopf gekräuselt und gewunden." Seine ersten Fragen
beantwortet Mignon nur durch einen scharfen schwarzen Seiten=
blick, worauf sie sich schweigend von ihm losmacht. Die geist=
reiche Philine bezeichnet sie treffend als ein „Räthsel". Erst
bei der zweiten Begegnung giebt sie Wilhelmen in gebrochenem
Deutsch kurze halb unverständliche Antworten: Man nennt sie
Mignon; ihre Jahre „hat Niemand gezählt"; ihr Vater? „der
große Teufel ist todt!" Es ist das Geheimnißvolle, Verschlossene,
Räthselhafte in der Erscheinung und dem Zustande dieses Wesens,
mit einem Worte das ahnungsvoll Poetische, was Wilhelm
„unwiderstehlich anzieht" und seine Phantasie unaufhörlich be=
schäftigt. „Er schätzte sie zwölf bis dreizehn Jahre; ihr Körper
war gut gebaut, nur daß ihre Glieder einen stärkeren Wuchs
versprachen oder einen zurückgehaltenen ankündigten. Ihre Bil=
dung war nicht regelmäßig aber auffallend; ihre Stirn geheim=
nißvoll, ihre Nase außerordentlich schön und ihr Mund, — ob
er schon für ihr Alter zu sehr geschlossen schien und sie manch=

mal mit den Lippen nach einer Seite zuckte, noch immer treu=
herzig und reizend genug. Ihre bräunliche Gesichtsfarbe
konnte man durch die Schminke kaum erkennen."

Es folgt in der Dichtung die brutale Scene, welcher Wil=
helm durch den Loskauf des gemißhandelten Geschöpfs von dem
durch sein leidenschaftliches Einschreiten erschreckten Prinzipal
der Seiltänzergesellschaft ein Ende macht. Aber erst nachdem
die Bande die Stadt verlassen hat, kommt Mignon aus ihrem
Versteck hervor, und durch Laertes' Scherz, daß sie von den
beiden Freunden gekauft und deren Eigenthum geworden sei,
bis sie die von ihnen bezahlte Summe zurückerstatte, wird sie
zu dem Entschlusse gebracht, die Geldschuld dadurch abzutragen,
daß sie die Freunde aufwartend bediene. Eifrig entfernt sie
jede Spur der Schminke von ihrem Gesichte, und möchte selbst
das bescheidene Roth, welches ihre schöne natürlich braune Ge=
sichtsfarbe erhellt, durch fortgesetztes Waschen und Reiben ver=
tilgen, weil sie auch dies für Schminke hält. — Während sich
darin ihr Widerwille, ja ihr Abscheu gegen die ihr aufge=
zwungene Gauklerbeschäftigung ausspricht, ist dies Behaben zu=
gleich ein Zug, in welchem ein bedeutungsvolles Element ihres
Wesens, ihre gänzliche Wahrhaftigkeit und ihr tiefer Abscheu
vor jeder Art von Lüge und Verstellung symbolisirt erscheinen:
Eigenschaften ihres Wesens, welche zugleich ihre Abneigung
gegen alle äußere Schaustellung und gegen das ganze Schau=
spielerwesen, dem ihr Beschützer sich hinzugeben im Begriff ist,
erklären. Dieser Zug ihres Wesens ist es zugleich, der sie mit
der gebornen Schauspielerin, mit Philine, dem ersten weiblichen
Wesen, mit dem der Dichter sie zusammenführt, und das auf
ihr Schicksal eine so verhängnißvolle Einwirkung auszuüben
bestimmt ist, von vorn herein in einem schneidenden Contraste

erscheinen läßt. Um so verwandter dagegen ist sie eben durch
diese ernste Wahrhaftigkeit und Verstellungsunfähigkeit ihrem
Beschützer, der durch dieselben Eigenschaften seiner Natur von
Anfang an zum eigentlichen Schauspielerberufe unfähig erscheint; und es liegt ein tiefer Sinn darin, daß sie, dies sonst
so stummverschlossene Kind es ist, die im Schlosse des Grafen,
als sie selbst sich beharrlich weigert, bei dem Festspiele aufzutreten, auch ihren Beschützer mit flehentlicher Bitte angeht,
„von den Brettern zu bleiben".

Der Dichter verweilt mit künstlerischer Liebe bei der Ausführung ihres äußeren Bildes und ihres Behabens, um die
Wirkung erklärlich zu machen, welche Gestalt und Wesen des
„sonderbaren" Kindes auf Wilhelm ausüben und all' sein Denken über sie im Unbestimmten lassen, während ihre Erscheinung
ihm „immer reizender" wird. „In all' seinem Thun und
Lassen", heißt es, „hatte das Kind etwas Sonderbares. Es
ging die Treppe weder auf noch ab, sondern sprang; es stieg
auf den Geländern der Gänge weg, und ehe man sich's versah,
saß es oben auf dem Schranke und blieb eine Weile ruhig."
Wilhelm bemerkt auch, daß es für Jeden eine besondere Art
von Gruß hat. „Ihn grüßte sie seit einiger Zeit mit über die
Brust geschlagenen Armen", — die von der Natur selbst ein-
gegebene Geberdensprache zum Ausdruck des völligen Hingegebenseins, welches sie gegenüber ihrem geliebten „Herrn", wie sie
ihn auch benennt, vom ersten Momente an empfindet, ein Gefühl, dem ihre wortlose Verschlossenheit keinen andern Ausdruck
zu geben vermag. Zu Zeiten ist sie ganz stumm, manchmal
nur giebt sie mehr Antwort auf verschiedene Fragen, „immer
sonderbar, doch so, daß man nicht unterscheiden konnte, ob es
Witz oder Unkenntniß der Sprache war, indem sie ein ge-

brochenes mit Französisch und Italienisch durchflochtenes Teutsch sprach". Und so groß und mächtig ist die Kunst des Dichters, daß wir diese gebrochene und gehemmte Sprach= und Ausdrucksweise Mignon's zu hören glauben, obschon der weise Künstler — merkt es Euch, ihr modernen Realisten — nicht ein einzigesmal seine Mignon in dieser Sprechweise redend einführt! Das Bild wird vervollständigt durch folgende weitere Züge. „Das Kind war unermüdet in seinem Dienste und früh mit der Sonne auf; es verlor sich dagegen Abends zeitig, schlief in einer Kammer auf der nackten Erde und war durch nichts zu bewegen, ein Bett oder einen Strohsack anzunehmen." Es erscheint dies als ein Gelübde, das sie der heiligen Mutter Gottes gethan, als ein Opfer für ihre von der Madonna erhoffte Rückführung in ihre Heimat — Gelübde und Opfer, wie ich sie in Italien bei Kindern gleichen Alters gleichfalls kennen gelernt, deren eines, ein elfjähriger Knabe, der mich in Sorrent bediente, für die Herstellung seines Schwesterchens der Madonna das Gelöbniß, den Sommer des Jahres hindurch nicht im Meere zu baden, als Opfer dargebracht hatte, Mignon aber ist Italienerin und eifrige Katholikin. Sie geht allmorgentlich ganz früh in die Messe, und Wilhelm, der ihr einmal dorthin folgt, sieht sie „in der Ecke der Kirche mit dem Rosenkranze knien und andächtig beten". —

Ein unbewußter Zug und Drang ihres Innern hat sie vom ersten Augenblicke an zu Meister hingezogen. Ihm allein scheint sie zu vertrauen, zu den andern Personen hat sie in der ersten Zeit gar kein Verhältniß. Ihm zu gefallen ist ihr einziges Trachten. Ihm zu Liebe überwindet sie sich, das Kunststück des Eiertanzes ihm vorzuführen, das die Mißhandlungen ihres früheren Herrn ihr nicht abzuzwingen vermocht hatten. „Seine

Farbe" ist es, welche sie von ihm erbittet, als er ihr zur Be=
lohnung ihrer Kunst ein neues Kleid verspricht. Sie hat ihm
abgesehen, daß er seit Marianen's Verlust nur „das stille Grau,
die Farbe der Schatten", zu seiner Kleidung gewählt hat; von
gleicher Farbe will sie ihre Knabentracht, das neue Westchen
mit den Schifferhosen. Noch immer bemerkt indessen Wilhelm
nicht, aus welcher Tiefe verschlossener Empfindung dies Alles
hervorgeht. Erst als Mignon derselben gegen ihn in jenem
Augenblicke Worte giebt, wo Philinen's leichtfertiger Wankel=
muth in tief verletzt und seine Eifersucht gereizt hat — erst
als sie dem von sich durchkreuzenden Entschlüssen Gequälten
und Beunruhigten die Worte zuruft: „Herr, wenn du un=
glücklich bist, was soll Mignon werden?" — erst da, als der
Strom ihrer Zärtlichkeit für ihn durch die Schranken ihrer
Natur hindurchbricht und das ganze Wesen der in Krämpfen
sich windenden Creatur zuletzt in einen Bach von Thränen un=
aufhaltsam dahin zu schmelzen scheint, empfindet er, daß dies
geheimnißvolle Geschöpf mit ihrer Liebe und Treue auf ewig
ihm sich verbunden fühlt. Bei Beiden äußert sich dieses Gefühl,
hier in der Empfindung des Vaters für sein Kind, dort in der
des Kindes für seinen Vater. Das Zauberwort: „Mein Kind!
Du bist mein! ich werde dich behalten, dich nicht verlassen!"
löst ihren starren unendlichen Schmerz, und Kind und Vater
genießen, eins in den Armen des andern, „des reinsten un=
beschreiblichen Glücks", während vor der Thür des Hauses
der unglückselige wahre Vater des Kindes, dessen Nähe, ja
dessen Dasein er nicht ahnt, seine Harfe und seine herzlichsten
Lieder erklingen läßt.

Bald darauf singt Mignon ihrem Beschützer, ihrem Vater,
ihrem Geliebten das Lied von Italien, in das der Dichter all'

seine eigene Sehnsucht nach dem Lande seiner Liebe gelegt hat. Sie will ihm zu erkennen geben, wohin es sie zieht. Als er Italien nennt, bittet sie ihn: „Gehst du nach Italien, so nimm mich mit, es friert mich hier!" Aber auf seine Frage: „Bist du schon dort gewesen, liebe Kleine?" giebt sie keine Antwort: sie wird still und es ist nichts weiter aus ihr herauszubringen. Ihr Schwur hat ihr die Lippen versiegelt — versiegelt auch gegen den geliebtesten der Menschen. Aber ihr ganzes Wesen, ihre ganze Natur ist und besteht, wie später der Arzt richtig erkennt, aus tiefer Sehnsucht; und zwar ist diese Sehnsucht eine doppelte: nach ihrem Vaterlande, das sie wiedersehen, und nach dem Geliebten, mit dem sie Eins sein möchte. Mit beiden Sehnsuchtswünschen greift sie in eine unendliche Ferne, beide Gegenstände liegen unerreichbar vor diesem einzigen Gemüthe, und so verzehrt sie sich selbst in dieser Doppelsehnsucht; an ihrer tief verborgenen Gluth verlodert innerlich dies wunderbare Wesen, das den Keim seiner Zerstörung schon von Anfang an in sich trägt.

Der prosaisch verständige Jarno, der sie „ein albernes, zwitterhaftes Geschöpf" nennt und nicht begreifen kann, wie Wilhelm „sein Herz an ein solches Wesen hängen möge", vermehrt nur noch des Helden liebende Theilnahme für das „gute kleine Geschöpf", das sich ebendeshalb nach jenem Gespräche Wilhelm's mit Jarno seines ungewöhnlichen Ausdrucks von Zärtlichkeit zu erfreuen hat. Mignon, sonst gewohnt, ihre heftigen Liebkosungen von ihrem Beschützer vielmehr abgelehnt zu sehen, „hing sich so fest an ihn, daß er sie zuletzt nur mit Mühe los werden konnte". Aber noch rührender bricht ihr Gefühl hervor, als Wilhelm in einem jener schönen Ergüsse seines warmen Herzens die Vornehmen, über deren Mangel an

herzlicher Gemüthlichkeit seine Genossen sich beschweren, viel=
mehr als bedauernswerth denn als zu schelten darstellt, weil
sie von dem Glücke, das er und seinesgleichen als das höchste
erkennen, selten eine erhöhte Empfindung haben. „Nur uns
Armen," ruft er aus, „die wir wenig oder nichts besitzen,
ist es gegönnt, das Glück der Freundschaft in reichem Maaße
zu genießen. Wir können unsre Geliebten weder durch Gnade
erheben, noch durch Gunst befördern, noch durch Geschenke be=
glücken. Wir haben nichts als uns selbst. Dieses ganze Selbst
müssen wir hingeben, und, wenn es einigen Werth haben soll,
dem Freunde das Gut auf ewig versichern. Welch ein Genuß,
welch ein Glück für die Geber und Empfänger! In welchen
seligen Zustand versetzt uns die Treue! sie giebt dem vor=
übergehenden Menschenleben eine himmlische Gewißheit, sie
macht das Hauptkapital unseres Reichthums aus."

Es ist die schönste Charakteristik Mignons, daß der Dichter
sie bei diesen Worten sich dem Sprechenden, der ohne es zu
ahnen, in denselben ihr innerstes Wesen und Gefühl für den
Geliebten ausdrückt, nähern, ihre zarten Arme um ihn schlingen
und ihr Köpfchen an seine Brust gelehnt sich immer fester an
ihn anschmiegen läßt. Denn dasselbe Gefühl, dem seine beredten
Worte den schönsten Ausdruck verleihen, das Gefühl unbedingter
ewiger Treue und vollständigsten Hingegebenseins ist es, was
ihre ganze Seele durchdringt und erfüllt. Es bewährt sich dies
Gefühl der todverachtenden Treue in der folgenden Scene jenes
Anfalls, den die Reisenden durch räuberisches Gesindel erleiden,
wo Mignon den schwachen Arm zur Vertheidigung des Geliebten
erhebt, und seine Wunden mit ihrem Haar zu verbinden sucht;
es steigert sich durch die Eifersucht auf Philinen, als Mignon's
verrenkter Arm, dessen schmerzhaften Zustand sie tagelang ver=

heimlicht, sie zwingt, jener die Pflege des Geliebten zu über=
lassen, und es tritt mit verstärkter Kraft hervor, als Phili=
nen's plötzliche Abreise ihrer Liebe und Treue wieder das
Feld zur Bethätigung frei giebt.

Noch aber ist ihr selbst das geschlechtlich sinnliche Element
ihrer Liebe und Neigung verborgen. Und wieder ist es Philine,
deren Leichtsinn ihr darüber in jener von dem Dichter mit so
wundervoller Sinnlichkeit und doch zugleich mit so keuschen
Farben gezeichneten Nachtscene, welche dem Feste nach der ersten
glücklichen Aufführung des Hamlet folgt, einen verhängniß=
vollen Aufschluß zu geben bestimmt ist. Bei jenem Festgelage,
bei dem man den süßen Wein auch für die anwesenden Kinder
der Gesellschaft nicht gespart hat, flammt die südliche italische
Natur Mignon's in mänadenhafter Wildheit auf. Ihre Lustig=
keit steigert sich zu einer Art von schwärmender Wuth. „Sie
raste die Schellentrommel in der Hand um den Tisch herum,
ihre Haare flogen, und indem sie den Kopf zurück und alle
ihre Glieder gleichsam in die Luft warf, schien sie einer Mä=
nade ähnlich, deren wilde und beinahe unmögliche Stellungen
uns auf alten Monumenten oft in Erstaunen setzen."

Jetzt erfolgt die Katastrophe, welche in Mignon's ganzem
Wesen eine ihr Schicksal entscheidende Wandlung hervorbringt.
Wir erfahren dieselbe in der Dichtung erst später aus dem
Munde des Arztes, dem Natalie das Bekenntniß Mignon's ver=
traut hat. Durch leichtfertige Reden Philinen's erregt, „war
ihr der Gedanke so reizend erschienen, eine Nacht bei dem Ge=
liebten zuzubringen, ohne daß sie dabei etwas weiter als eine
vertrauliche glückliche Ruhe zu denken wußte". Die Neigung
für ihren Beschützer „war in dem guten Herzen schon lebhaft
und gewaltsam; in seinen Armen hatte das gute Kind schon

von manchem Schmerze ausgeruht, sie wünschte sich nun dieses Glück in seiner ganzen Fülle. Bald nahm sie sich vor, ihn freundlich darum zu bitten, bald hielt sie ein heimlicher Schauder wieder davon zurück. Endlich gab ihr jener lustige Abend und die Stimmung des genossenen Weines den Muth, das Wage= stück zu versuchen". Aber in dem Augenblicke, wo sie im Be= griffe steht, ihr Vorhaben auszuführen, muß sie gewahren, daß eine Andere, — daß Philine ihr zuvorkommt! Sie empfindet unerhörte Qualen; „alle die heftigen Empfindungen einer leiden= schaftlichen Eifersucht mischten sich zu dem unerkannten Ver= langen einer dunkeln Begierde und griffen die halbentwickelte Natur gewaltsam an. Ihr Herz, das bisher vor Sehnsucht und Erwartung geschlagen hatte, fing mit einmal an zu stocken, und drückte wie eine bleierne Last ihren Busen; sie konnte nicht zu Athem kommen, sie wußte sich nicht zu helfen, sie hörte die Harfe des Alten, eilte zu ihm unter das Dach und brachte die Nacht zu seinen Füßen unter entsetzlichen Zuckungen hin." —

Als Wilhelm sie am andern Morgen wieder sieht, erstaunt, ja erschrickt er über ihren veränderten Anblick. Sie scheint ihm über Nacht größer geworden zu sein. Aus dem Kinde ist eine Jungfrau geworden. „Sie trat mit einem edlen Anstande vor ihn hin und sah ihm sehr ernsthaft in die Augen, so daß er den Blick nicht ertragen konnte. Sie rührte ihn nicht an wie sonst, da sie gewöhnlich ihm die Hand drückte, seine Wange, seinen Mund, seinen Arm oder seine Schulter küßte, sondern sie ging, nachdem sie seine Sachen in Ordnung gebracht, still= schweigend wieder fort." Auch ihre Anrede lautete von jetzt an anders; sie nennt ihn fortan nicht mehr Herr oder Vater, sondern mit seinem Namen, Meister. Dennoch kann sie sich nicht entschließen, sich von ihm zu trennen, als er sie zu Therese bringen lassen will. „Behalte mich bei dir, Meister", sagte sie, „es wird mir wohl thun und weh!" Als er ihr vorstellt, daß sie nun herangewachsen sei, und daß doch etwas für ihre weitere Bildung geschehen müsse, erwidert sie bedeutungsvoll: „Ich bin gebildet genug, um zu lieben und zu trauern". Auch die Sorge für ihre Gesundheit durch Behandlung eines Arztes lehnt sie ab mit den Worten: „Warum soll man für mich sorgen, da so viel zu sorgen ist". Alle anderen Vorstellungen, die Meister ihr macht, überhört sie in ihrer Insichversunkenheit und endet schließlich mit den Worten: „Du willst mich nicht bei dir? Vielleicht ist es besser, schicke mich zu dem alten Harfenspieler, der arme Mann ist so allein!" Sie bekennt, daß sie sich nach dem Harfner „jede Stunde" sehne, obschon sie sich früher vor ihm gefürchtet habe. Aber nur „seine Augen", die Augen des Wachenden, waren ihr furchtbar; „wenn er schlief, setzte sie sich gern zu ihm, sie wehrte ihm die Fliegen, sie konnte sich nicht satt an ihm sehen". Ein geheimnißvoller Zug der Natur und die Gleichheit des Unglücks verbindet sie mit ihm, dem stummen Vertrauten ihrer Leiden, und ihn mit ihr — seinem unerkannten Kinde. Endlich läßt sie sich dennoch bewegen, mit Felix, — zu dem sie das Mutterbedürfniß ihres Wesens hinzieht und in welchem sie zuerst mit seherischer religiöser Ahnung Wilhelm's Kind vermuthet hat — zu Therese zu gehen.

Fortan aber ist ihr Leben nur noch ein schmerzhaftes Sich= selbstverzehren. Ihre Herzkrankheit bildet sich stärker und stärker aus, je mehr das arme Geschöpf seine Reizbarkeit zu unterdrücken und die tiefen Empfindungen, die es durchglühen, in sich zu verschließen bestrebt ist. Als Natalie sie bei dem Geburtstags= schauspiele in weißen lichten Gewändern, mit goldenem Gürtel und Diadem und mit goldnen Schwingen an den Schultern,

die Lilie in der einen, das Gabenkörbchen in der andern
Hand, in der Mitte ihrer Mädchen auftreten läßt, überrascht
sie Alle durch das engelhaft Verklärte ihrer Erscheinung und
das Lied, das sie am Schlusse zur Zither improvisirt, das
himmlisch schöne:

> „So laßt mich scheinen bis ich werde,
> Zieht mir das weiße Kleid nicht aus!
> Ich eile von der schönen Erde
> Hinab in jenes feste Haus —"

es ist der Schwanengesang des wunderbaren Wesens, das in
diesem Liede seine letzte Sehnsucht ausspricht: die Sehnsucht
nach der Gemeinschaft mit „jenen himmlischen Gestalten", die
„nicht nach Mann und Weib fragen", und in deren Bereiche
sie, die, „vor Kummer zu frühe gealterte" — „auf ewig
wieder jung" zu werden hoffen darf. —

Seitdem behält sie das lange weiße Frauengewand statt
ihrer früheren Tracht bei. In dieser veränderten Erscheinung
sieht Meister sie wieder, als er Natalien's Schloß besucht.
Sie erscheint ihm völlig „wie ein abgeschiedener Geist", als
er sie, mit seinem blühenden Felix auf dem Schooße, wiederfindet. „Es schien als wenn Himmel und Erde sich umarmten."
Die Liebe zu seinem Kinde, zu dem Wesen, das ihm die unglückliche Mariane geboren, ist jetzt das Einzige, was sie an
das Leben fesselt. „So lange mein Herz auf der Erde noch
etwas bedarf, soll dieser die Lücke ausfüllen", spricht sie, als
sie dem Geliebten zum Wiedersehnswillkommen ruhig lächelnd
die Hand reicht. Sie weiß, daß sie nicht lange mehr auf
Erden etwas bedürfen wird. Dies Bewußtsein giebt ihrem
Wesen eine milde Ruhe und ihrer Liebe zu ihrem Beschützer
eine himmlische Sanftheit. Sie scheint sich allmählich wieder mehr

und mehr an seine Gegenwart zu gewöhnen, ja nach derselben zu verlangen, ihm ihr Herz wieder völlig aufzuschließen und überhaupt mehr Heiterkeit und Lust am Leben zu zeigen. Sie hängt sich beim Spazierengehn, da sie leicht müde wird, gern an seinen Arm. Wie rührend es ist, wenn der Dichter erzählt: „Nun," sagte sie, „Mignon klettert und springt nicht mehr, und doch fühlt er noch immer die Begierde, über die Gipfel der Berge wegzuspazieren, von einem Haus auf's andere, von einem Baume auf den andern zu schreiten. Wie beneidenswerth sind die Vögel, besonders wenn sie so artig und vertraulich ihre Nester bauen!"

Da endlich tritt das Letzte ein. Therese, Wilhelms Verlobte, langt auf dem Schlosse an. Mignon, mit Felix wettlaufend, ist die Erste, die ihre Ankunft verkündet: aber als sie Wilhelm und Therese einander in die Arme stürzen sieht, als sie hört, wie auch ihr Felix sich von ihr abwendend die Neuangekommene als „Mutter" begrüßt, — da bricht ihr lange schon zum Tode krankes Herz. „Sie fuhr auf einmal mit der linken Hand nach dem Herzen, und indem sie den rechten Arm heftig ausstreckte, fiel sie mit einem Schrei zu Natalien's Füßen todt nieder." —

Die folgenden Exequien geben mit ihrer ausführlichen Schilderung ein künstlerisches Gegenwicht zu dem erschütternden Ereigniß dieses Todes: der heilige Ernst, zu dem sie begeistern, hebt die Seele in das Gebiet des Unendlichen empor. So urtheilt Körner in seinem Briefe an Schiller, und dieser selbst theilt die Empfindung des Freundes. „Dieses reine und poetische Wesen," sagt er, von Mignon's Todesfeier sprechend, „eignet sich vollkommen zu diesem poetischen Leichenbegängnisse. In seiner isolirten Gestalt, in seiner geheimnißvollen Existenz,

seiner Reinheit und Unschuld repräsentirt es die Stufe des
Alters, auf der es steht; es kann zur reinsten Wehmuth und
zu einer wahrhaft menschlichen Trauer bewegen, weil sich
nichts als die Menschheit in ihm darstellte. Was bei jedem
andern Individuum unstatthaft sein würde, wird hier erhaben
und edel." *)

Die Auflösung der pathetischen, das heißt der leidenschaft=
lich=leidvollen in die schöne Rührung bei der Wirkung von
Mignon's Schicksal ist es, was Schiller als besonders gelungen
rühmt. Sein Wort, nach welchem Mignon's Gestalt „wahr=
scheinlich bei jedem ersten und auch zweiten Lesen der Dich=
tung die tiefste Furche zurücklassen werde", hat sich erfüllt
und wird sich immer auf's Neue erfüllen, so lange das Ge=
fühl für das Tragische und für den Zauber der Poesie des
Leidens nicht in der Menschenbrust erstorben sein wird. Das
Tragische aber in diesem Sinne ist dasjenige, welches die tief=
sinnigste Frau Deutschlands in die Worte gefaßt hat: Tragisch
ist das, was wir durchaus nicht verstehen — wohin unsere
innerste Natur uns treibt, reißt, lockt, unvermeidlich führt
und hält; wenn dies uns zerstört und — alle Kraft nur
dazu dient, die Zerstörung zu fassen und zu fühlen. —

―――――――

*) Körner Briefe, 3, 386. Schiller Br. mit Goethe 1, 168.

Die Frauen der Wahlverwandtschaften.

Ottilie.

Werther und die Wahlverwandtschaften, der erste und der
letzte Roman Goethe's, sind beide aus eignen Erlebnissen
des Dichters hervorgegangen, behandeln beide psychologische
Probleme, mit deren Lösung er selbst gerungen, krankhafte
Seelenzustände und leidenschaftliche Verhältnisse, aus denen er
sich selbst zu befreien die Kraft gehabt hatte. Sie sind also
in erhöhtem Maaße — was Goethe von allen seinen Dichtungen
aussagt — Selbstbekenntnisse des Dichters. Allein der große
Unterschied zwischen beiden Werken ist der, daß merkwürdiger=
weise der Goethe, der mit vierundzwanzig Jahren den Werther
schrieb, in viel größerer Freiheit über dem stofflichen Inhalte
seiner Dichtung stand, als der Sechzigjährige, der, während
er die Leiden Ottilien's und Eduard's schilderte, das eigne
Herz noch von tiefer Wunde bluten, die Hand noch von der
Glut und Pein leidenvoller Leidenschaft nachzittern fühlte.

Dies tritt uns vor Allem entgegen in der Zeichnung
Ottilien's, nach deren Namen der Dichter ursprünglich die an=
fangs nur auf eine kürzere Novelle angelegte Dichtung benennen
wollte*). Wenn irgendwo, so bewahrheitet sich hier sein be=
kannter Ausspruch: daß die Hand, welche noch von eigner Leiden=
schaft bebe, nicht fähig sei, Leidenschaft richtig zu zeichnen. —

---

*) Riemer II, S. 604.

Wir sind, im Vergleich zum Werther, leider nur sehr unvollständig unterrichtet von den Umständen und Verhältnissen der Liebesepisode in Goethe's Leben, aus welcher der Roman der Wahlverwandtschaften erwachsen ist. Alles was bis vor Kurzem darüber bekannt geworden ist*), beschränkt sich auf folgende Mittheilung, welche der englische Biograph Goethe's (Lewes II, 311) bekannt gemacht hat. In der Familie des mit Goethe nahe befreundeten Buchhändlers Frommann zu Jena lebte um das Jahr 1807 ein junges Mädchen, Minna Herzlieb, als angenommenes Kind des Hauses. Sie war schon als Kind ein Liebling Goethe's gewesen; zur Jungfrau herangewachsen, übte sie auf ihn einen Zauber, gegen den seine Vernunft sich vergebens sträubte. Der Unterschied der Jahre war groß; aber wie oft schenken junge Mädchen die erste Blüthe ihrer Neigung Männern, die ihre Väter sein könnten, und wie oft glühen Männer im vorgeschrittenen Alter noch von der Leidenschaft der Jugend! In den Sonetten, die Goethe an Minna Herzlieb richtete, und in den Wahlverwandtschaften, mit denen er sich von den schmerzlichen Eindrücken dieser Leidenschaft zu befreien suchte, kann man es lesen, wie stark die Glut dieser Leidenschaft war, und wie mächtig er sich dagegen wehrte. Sie hatte ihn befallen, kaum ein Jahr, nachdem er seiner Verbindung mit Christiane Vulpius die kirchliche Weihe gegeben hatte, und es scheint, als habe er, von ihr hingenommen, selbst an eine Lösung seiner Ehe gedacht. Was ihn rettete, war neben der eignen Kraft auch die sorgende Umsicht der Freunde, welche den Gegenstand seiner Leidenschaft in eine fernere Pension schickten und durch völlige Trennung beide Theile vor Unglück bewahrten.

*) S. jedoch jetzt den S. 203 erwähnten Anhang zu dieser Ausgabe.

Diese Minna Herzlieb, deren Namen in einem liebevollen Wortspiele des „Charade" überschriebenen Goethe'schen Sonett's aufbewahrt ist*), gab dem Dichter das Motiv zu der „Ottilie" der Wahlverwandtschaften. Sie wurde nicht lange darauf die Gattin eines jungen Gelehrten. Goethe aber fühlte die Wunde noch lange im Herzen nachbluten. Er selbst schrieb später von dem Tage, an welchem der Druck der Wahlverwandtschaften beendet ward: „Niemand verkennt an diesem Roman eine tief= leidenschaftliche Wunde, die im Heilen sich zu schließen scheut, ein Herz, das zu genesen fürchtet. Der dritte Oktober 1809 befreite mich von dem Werke, ohne daß die Empfindung des Inhalts sich ganz hätte verlieren können". Und ebenso empfahl er um dieselbe Zeit seinem Freunde Zelter das neue Werk mit den Worten: „Der durchsichtige und undurchsichtige Schleier der Dichtung werde ihn nicht verhindern, bis auf die eigentlich intentionirte Gestalt hineinzuziehen".

Diese „eigentlich intentionirte Gestalt" ist eben keine andere als die verlorene Geliebte des Dichters, der entsagen zu müssen sein Herz mit dem tiefsten Schmerze erfüllte. Die Idealgestalt Ottilien's, zu der er ihr Bild in der Dichtung umzuzeichnen versuchte, trägt daher auch nothwendig die Spuren einer durch tiefleidenschaftliche Bewegtheit in ihrer Freiheit mannigfach beeinträchtigten und gestörten Hand des zeichnenden Dichters, und wenn Goethe später gegen Eckermann äußerte: „daß in den Wahlverwandtschaften kein Strich sei, der nicht erlebt, aber auch keiner, so wie er erlebt sei", so ist dies Letztere leider bei der Zeichnung Ottilien's in einem Maaße vorherrschend,

---

*) Es ist das siebzehnte und letzte der Sonette. Auch in dem zehnten ist eine Anspielung auf den Namen der Geliebten in der Zeile:

„Lieb Kind, mein artig Herz, mein einzig Wesen!"

das dem Bilde nicht immer zum Vortheile gereicht. Denn hauptsächlich in dem naturbestimmten Wesen, in dem Charakter und Schicksale der Heldin der Dichtung liegt die wahre Ursache jenes Eindrucks des „Bänglichen", den Goethe selbst als den wesentlichen Eindruck der Dichtung bezeichnete, von der ihm selbst sein sonst immer zu enthusiastischer Zustimmung und Bewunderung bereiter Freund Zelter gestand, „daß sie geistig wirke, ohne wohlthuend zu sein".

Es ist nicht schwer zu sehen, wie Goethe die beiden Hälften seines eigenen Wesens in den beiden brüderlich verbundenen Freunden, in Eduard und dem Hauptmanne, künstlerisch dargelegt hat; aber es ist schwer oder war bisher vielmehr unmöglich, die Gestalt Ottilien's mit ihrem Urbilde zu vergleichen. Das Wenige, was wir bisher von dem letzteren wußten, war im Widerspruche mit dem dichterischen Abbilde. Danach erschien Minna Herzlieb, wie behauptet wurde, vor allen Dingen als eine jugendfrische, körperlich und geistig gesunde Natur, und diese Gesundheit ihres Wesens verstattete ihr, sich aus der Verwirrung einer jugendlichen Liebesleidenschaft zu erretten und in der Ehe mit einem gleichalterigen mäßig geliebten Manne Ersatz für eine Liebe zu finden, gegen deren Erfüllung sich die Rücksicht auf Gesetz und Sitte, Lebens- und Altersverhältnisse gleichmäßig als schwer überwindbares Hinderniß erweisen mußte. Die Ottilie des Dichters dagegen ist von Hause aus das Gegentheil. Sie trägt körperlich und geistig den Stempel einer Krankhaftigkeit, die uns von Anfang an in ihrer Erscheinung unjugendlich und unheimlich anmuthet. — Erst längere Zeit nach dem Erscheinen der zweiten Auflage dieses Buches gingen mir von verschiedenen Seiten authentische Mittheilungen zu über Charakter, Wesen und spätere überaus

traurige Schicksale des Originals der unglücklichen Ottilie,
welche man im Anhange zusammengestellt findet, und aus
denen sich ergiebt, wie tief und richtig der große Dichter das
Wesen desselben erfaßt, ja selbst das Endschicksal Minna Herz=
lieb's mit einer fast dämonisch zu nennenden Sicherheit voraus
gesehen hat*). — Doch jetzt zurück zu der Dichtung.

Ottilie ist die Tochter einer Jugendfreundin und Ver=
wandten Charlotten's. Nach dem frühen Tode ihrer Mutter
ist sie als eine arme mittellose Waise der Fürsorge Charlotten's
anheimgefallen, die sie mit ihrer gleichalterigen Tochter Lu=
ciane in einem Pensionate erziehen läßt, in welchem sie durch
den Uebermuth der Letzteren die Abhängigkeit ihrer Lage schwer
zu empfinden hat. Ein Jahr vor dem Beginne der Erzählung
hatte Charlotte, damals Wittwe ihres ersten Gatten, den Ver=
such gemacht, ihrer geliebten Pflegetochter durch eine Verbin=
dung mit dem als Wittwer von Reisen zurückkehrenden Eduard
eine glänzende Partie zuzuwenden; aber dieser wohlmeinende
Plan war an Eduard's hartnäckigem Verlangen nach der Hand
Charlotten's, seiner Jugendgeliebten, gescheitert, ein Verlangen,
das ihn über die aufblühende versprechende Schönheit Ottilien's
hinwegsehen ließ. Doch verfehlt dieser Umstand, den Eduard
erst später, nachdem sich bereits die volle Gewalt der Leiden=
schaft für Ottilien seiner bemächtigt hat, durch den Haupt=
mann, den Mitwisser jenes Planes, erfährt, nicht seine Wir=
kung und seinen Einfluß auf ihn auszuüben und ihn in seiner
Leidenschaft und in der Ueberzeugung von der Berechtigung
derselben zu bestärken.

Der Dichter hat Sorge getragen, uns die Gestalt Ottilien's,
ehe sie noch selbst in dem dargestellten Verlaufe des Romans

---

*) Siehe den Anhang: Minna Herzlieb.

vor uns auftritt, von vielen Seiten beleuchten zu lassen. Die
Berichte lauten sehr verschieden. Die Briefe der Pensionsvor=
steherin klagen, „daß ein so schön heranwachsendes Mädchen sich
nicht entwickeln, keine Fähigkeiten und keine Fertigkeiten zeigen
wolle". Ihr bescheidenes Zurücktreten, die stets gefällige Dienst=
barkeit, der gänzliche Mangel an Sinn für Toilette, ihre über=
mäßige Enthaltsamkeit im Essen und Trinken, für die jedoch
in einem körperlichen Leiden an Kopfschmerz eine Art von Er=
klärung angeführt wird, sind ebensoviele Anlässe zur Unzu=
friedenheit mit dem „übrigens so schönen und lieben Kinde".
Ganz anders lauten die Berichte des Gehülfen. Er bezeichnet
Ottilien als ein Wesen, das, wenn auch nicht zu irgend welcher
äußern Repräsentation, wie ihr Gegenbild Luciane, so doch
sicher „zum Wohl, zur Zufriedenheit Anderer und gewiß auch
zu seinem eignen Glücke geboren sei". Nach ihm ist ihr ganzes
Wesen auf langsame und später auf gründliche und kernhafte
Entwicklung angelegt. Sie begreift langsam und schwer, und
nur im Zusammenhange, bei langsamem Unterrichte, während
sie einem rascheren Lehrer nicht zu folgen vermag und „unfähig,
ja stöckisch vor einer leicht faßlichen Sache steht, die für sie
mit Nichts zusammenhängt. Dabei ist sie, obschon sie Vieles
und recht gut weiß", nicht Herrin über ihr Wissen; sie kann
„nicht äußern, was in ihr liegt und was sie vermag", und
erscheint deshalb, wenn man sie fragt oder bei einer sonstigen
Prüfung als unwissend. Bei dieser geistigen Schwerfälligkeit
schildert der Gehülfe das junge Mädchen, an dem sein Herz
einen sichtbaren Antheil nimmt, in sittlicher Beziehung mit
desto helleren Farben. Sie ist bescheiden und bedürfnißlos,
unfähig zu irgend welchem Scheinen, nie Etwas für sich ver=
langend, tapfer bis zum Stoizismus im Ertragen ihres körper=

lichen Leidens und entschieden bis zur Unwiderstehlichkeit nur in dem sanft und ohne Worte, nur mit Blick und Geberde bittenden Ablehnen dessen, was ihrem Wesen widerstrebt.

Wir sehen, es ist ein Mignonartiger Zug in diesem jungen, frühverwaisten, ohne die lebendige Liebe und die gesunde Lebenslust des Elternhauses unter Fremden erwachsenen, in einer „Pension" erzogenen und von einer hochmüthigen, eitlen, launenhaft übermüthigen Genossin unaufhörlich gedrückten Wesen, in dieser herbverschlossenen Natur, der die Gabe versagt ist, zu sagen, was sie fühlt und leidet. Aber gerade diese knospenhafte Insichgeschlossenheit verleiht auch ihr einen ganz besondern Reiz, der, verbunden mit der großen Schönheit ihrer äußeren Erscheinung — an der vom Dichter besonders die holden Augen des „schönen, runden, himmlischen Gesichtchens" und die Anmuth der Bewegungen ihrer feinen schlanken Gestalt hervorgehoben werden — bei ihrem ersten Eintreten in den Kreis der Hauptpersonen des Romans sofort seine Wirkung übt.

Gleich am andern Morgen äußert Baron Eduard zu seiner Gattin, daß Ottilie „ein angenehmes, unterhaltendes Mädchen sei", und ist nicht wenig betroffen, als ihm Charlotte verwundert bemerkt: daß ihre Nichte ja „bisher den Mund noch nicht aufgethan habe!" Trotzdem erweist sich aber in der That Ottilien's Eintritt in den Kreis des Hauses ihrer Pflegemutter nach allen Seiten und in allen Beziehungen als ein wohlthuender. Charlotte findet in ihr nicht nur eine treffliche Helferin in der Beschickung aller häuslichen Geschäfte, deren ganze Ordnung sie ebenso schnell begreift, ja wie es der Dichter ausdrückt, „empfindet", als sie dieselben mit geschickter und für alle Hausgenossen erfreulicher und wohlthuender Thätigkeit zu handhaben weiß, sondern auch eine mittheilsame und unterhaltende Gefährtin ihrer einsamen Stunden. Den Männern wird ihre Schönheit um so mehr ein täglicher Augentrost, als Ottilie jetzt auch, auf den Wunsch Charlotten's, kein Bedenken trägt, gegen ihre frühere Gewohnheit und Neigung, eine größere Sorgfalt auf Zierlichkeit und Putz in ihrer Kleidung zu verwenden, wobei sie ebensoviel Geschicklichkeit als Feinheit des Geschmacks bethätigt. Sowohl Eduard als der Hauptmann werden seit Ottilien's Eintritt in den Kreis des Hauses geselliger, aufmerksamer und wetteifern mit einander in freundlicher Huldigung gegen das junge, ebenso liebenswürdige als schöne Mädchen, das hinwiederum seine anmuthige Dienstbeflissenheit gegen alle Hausgenossen zu Charlotten's großer Freude mit jedem Tage zu steigern sich beeifert. „Je mehr sie", heißt es, „das Haus, die Menschen, die Verhältnisse kennen lernte, desto lebhafter griff sie ein, desto schneller verstand sie jeden Blick, jede Bewegung, ein halbes Wort, einen Laut. Ihre ruhige Aufmerksamkeit blieb sich immer gleich, so wie ihre gelassene Regsamkeit. Und so war ihr Sitzen, Aufstehen, Gehen, Kommen, Holen, Bringen, Wieder-Niedersetzen ohne einen Schein von Unruhe, ein ewiger Wechsel, die ewige angenehme Bewegung. Dazu kam, daß man sie nicht gehen hörte, so leise trat sie auf."

Es ist ein ganz zufälliger Umstand, der es veranlaßt, daß sich gleich von vornherein Eduard mehr zu Ottilien gesellt, da Charlotte und der Hauptmann durch die gemeinsame Beschäftigung mit den neuen Bauplänen und Parkanlagen vorwiegend auf einander angewiesen werden. Aber dieser Umstand wird verhängnißvoll. Wie von einer dunklen Naturnothwendigkeit getrieben, schließen sich bald diese beiden, so verschiedenen und doch wieder auch so verwandten Wesen enger und enger aneinander.

Zuerst ist es „eine stille freundliche Neigung“, welche Eduard gegen Ottilie in seinem Herzen empfindet. Ihre ausgesuchte Zuvorkommenheit und Sorge für ihn in allen seinen kleinen Eigenheiten und Bedürfnissen, mit der sie Alles, was er wünscht, zu befördern, was ihn ungeduldig machen konnte, zu verhüten versteht, macht sie ihm bald wie einen freundlichen Schutzgeist unentbehrlich, ihre Abwesenheit ihm peinlich. Angezogen und ermuthigt von dem Kindlichen, das er sich auch bei zunehmenden Jahren bewahrt hat, ist Ottilie ihrerseits in seiner Gesellschaft und mit ihm allein, ebenfalls gesprächiger und offener als sonst. Schon als sie noch Kind war, hat seine stattliche Schön= heit auf sie einen sehr lebhaften Eindruck gemacht, als heran= wachsende Jungfrau ihm von Charlotten als Gattin zugedacht, hat sie Gelegenheit gehabt, diesen Eindruck auf's Neue und in verstärktem Maaße zu empfinden, und die Vereitlung jenes Planes ist sicher nicht ohne Wirkung auf ihr verschlossenes tiefinnerliches Wesen geblieben. Jetzt, in seiner Nähe, für ihn lebend und wirkend erneuert sich jener frühere Eindruck. Der im siebenten Kapitel des ersten Theils geschilderte einsame Waldspaziergang, nach welchem Ottilie dem für ihre Gesundheit sorglichen Freunde das Miniaturbild ihres Vaters übergiebt, ist dafür ein sprechender Beweis, und Eduard empfindet ganz richtig, wenn er diese Handlung in dem Lichte ansieht, als ob sich eine Scheidewand zwischen ihm und Ottilien niedergelegt hätte.

Denn von diesem Momente an ist das Schicksal dieser beiden Menschen unwiderruflich entschieden. Gleich die Art und Weise, wie Eduard bald darauf ihre Ansicht über den Bau des neuen Sommerhauses mit leidenschaftlicher Gewaltsamkeit zur ent= scheidenden macht, der Stolz, den er darüber empfindet, daß die Andern Ottilien's Vorschlag als den richtigsten und zweckmäßigsten anerkennen müssen, zeigen uns, daß der Funke der Neigung bei ihm bereits zur Flamme der Leidenschaft aufzulodern beginnt. Die Symptome der Entwickelung und Steigerung dieses Zustandes — Eduards Verleugnung seiner sonst so ängstlich gewahrten Eigenheiten Ottilien gegenüber, und hinwiederum Ottilien's halb bewußtes, halb instinctmäßiges Eingehen und Sicheinleben in dieselben, die Art, wie sie ihn am Klaviere begleitend ihre Spielart völlig zu der seinigen macht, ja sogar seine Handschrift sich bis zur völligen Gleichheit aneignet — von dem Dichter mit unvergleichlicher Meisterschaft gezeichnet, bleiben denn auch den beiden andern Personen nicht verborgen. Aber selbst mit der eignen, noch ernsteren und gefährlicheren Neigung für einander beschäftigt, sehen Charlotte und der Hauptmann diesen Zeichen „mit einer Empfindung zu, wie man oft kindische Handlungen betrachtet, die man wegen ihrer besorglichen Folgen gerade nicht billigt und doch nicht schelten kann, ja vielleicht beneiden muß". Jene Neigung Charlotten's und des Hauptmanns ist aber dem Blicke Eduard's gleichfalls nicht entgangen und sicher ebensowenig der Aufmerksamkeit Ottilien's verborgen geblieben; denn nichts macht scharfsichtiger als die Liebe, sobald es sich darum handelt, das Weichen der Hindernisse zu erkennen, welche sich ihr entgegenstellen, und das Wachsen der Umstände wahrzunehmen, welche sie zu begünstigen scheinen. Jene Einsicht in das Verhältniß ihrer Pflegemutter zu dem Hauptmann, verbunden mit den ebenso geistreichen als leichtfertigen Erörterungen über die Ehe, welche der Besuch des Grafen und der Baronesse herbeiführt, und deren Ohrenzeuge sehr gegen Charlotten's Willen das junge Mädchen sein muß, beschleunigen daher die Entwickelung von Eduard's und Ottilien's Liebesleidenschaft und bewirken es, daß sie seine stürmische Liebeserklärung bei Erblickung seiner von ihr liebevoll nachgebildeten Handschrift mit dem schweigenden Eingeständnisse ihrer Liebe erwidert und ihm beseligt in die Arme und an das Herz sinkt.

Von diesem Augenblicke an ist dem leidenschaftlichen Eduard „die Welt umgewendet". Aus seinen Gesinnungen und Hand= lungen verschwindet alles Maaß, und zwar um so mehr, als er in diesem seinem Verhältnisse zu Ottilien zum erstenmale in seinem Leben die Leidenschaft der Liebe kennen lernt. „Das Bewußt= sein, zu lieben und geliebt zu werden, treibt ihn in's Unendliche. Ottilien's Gegenwart verschlingt ihm Alles: er ist ganz in ihr versunken; keine andere Betrachtung steigt in ihm auf, kein Gewissen spricht ihm zu; Alles, was in seiner Natur gebändigt war, bricht los, sein ganzes Wesen strömt gegen Ottilien."

Und Ottilie? Hören wir auch über sie den Dichter selbst.

„Ottilie," so heißt es am Schlusse des dreizehnten Kapitels, „getragen durch das Bewußtsein ihrer Unschuld, auf dem Wege zu dem erwünschtesten Glück, lebt nur für Eduard. Durch die Liebe zu ihm in allem Guten gestärkt, um seinet= willen freudiger in ihrem Thun, aufgeschlossener gegen Andere, findet sie in sich einen Himmel auf Erden."

Dies ist einer von den Zügen in Ottilien's Wesen, welche uns beim ersten Eindrucke räthselhaft, ja fast möchte man sagen unheimlich anmuthen. Wie? Dies reine, edle, ganz auf Wahr= heit gestellte Wesen, das für sittliche Empfindung so seines Gefühl hat, soll „getragen sein von dem Bewußtsein ihrer Un= schuld", soll in ihrem Innern keine Spur von Abmahnung, keine Ahnung von Gewissenszweifeln empfinden, während sie durch ihre Liebe, durch Hingebung an den Ehegatten Charlotten's, durch ihren heimlich unter den Augen und in dem eignen Hause derselben geführten Briefwechsel mit Eduard die geheiligten

Rechte einer Gattin, einer Frau verletzt, in der sie ihre Pflege=
mutter, ihre treusorgende Freundin, ihre Wohlthäterin mit
kindlicher Dankbarkeit zu verehren hat? Selbst Charlotten's
Versuche, die beiden Liebenden auf alle Weise auseinanderzu=
halten, die „leisen Andeutungen, die ihr entschlüpfen," sollen
auf Ottilien nicht wirken, weil — nun, weil Eduard sie von
Charlotten's Neigung zum Hauptmann und von deren Wunsche,
ihre Ehe mit Eduard geschieden zu sehen, überzeugt hat!
Aber diese letztere Mittheilung ist ihr doch erst nach jenem
Momente gemacht worden, in welchem sie das Geständniß
von Eduard's Liebe mit dem ihrigen erwiderte, ohne eine
Spur von Schuldbewußtsein zu empfinden! und Charlotten's
schmerzvoll klagende Frage, die sie später an ihren Gatten
richtet: „Kann Ottilie glücklich sein, wenn sie uns entzweit,
wenn sie mir einen Gatten, seinen Kindern einen Vater ent=
reißt?" ist eine solche, welche sich jedes nicht allen sittlichen
Bewußtseins baare junge Mädchen in ähnlicher Lage selbst thun
müßte. Das Räthsel dieser psychologischen Unmöglichkeit scheint
Manchen nur durch die Annahme lösbar, daß der Dichter hier
das Abbild mit dem Urbilde verwechselt, daß sich Minna Herz=
lieb in seinem Bewußtsein an die Stelle Ottilien's gedrängt
habe. Von Jener, meint man, konnte vielleicht das „getragen
von dem Bewußtsein ihrer Unschuld" gelten, von der Ottilie
der Dichtung nimmermehr. Allein eine tiefere Betrachtung
läßt erkennen, daß der Dichter zu seinem Verfahren berechtigt
war, weil er mit diesen Zügen eben die Leidenschaft der Liebe
in ihrer alles verschlingenden Gewalt und das völlige Aufgehen
des von ihr erfüllten Gemüths in der urtheilslosen Empfindung
zur energischen Anschauung zu bringen beabsichtigte.

Als ein schlimmer Zug, als eine wirkliche Verzeichnung des

hohen, edlen und reinen Charakters der Heldin des Romans, an den wir glauben sollen, erscheint aber allerdings die Art und Weise, wie Ottilie dem Geliebten, um ihm zu beweisen, daß der Hauptmann „nicht ganz redlich" gegen ihn sei und handle, die Aeußerung des Letzteren gegen Charlotte über Eduard's „Flötendudelei" hinterbringt. Diese Aeußerung des Freundes, so roh beleidigend sie auch ist, war nicht für ihr Ohr bestimmt; sie hatte dieselbe sicher gegen Wissen und Willen des Hauptmann's und Charlotten's gehört, und sie mußte sich sagen, daß jene Aeußerung, an Eduard hinterbracht — sobald die Ueberbringende nicht hinzusetzen konnte, daß Charlotte dieselbe dem Hauptmann verwiesen oder ihn wenigstens zur Toleranz gegen eine Liebhaberei ihres Gatten ermahnt hatte, der doch an seinem Flötenspiele ein harmloses Vergnügen empfand, und solches auch Andern zu bereiten glaubte, — auf Eduard den peinlichsten Eindruck machen und ihn nicht weniger, ja mehr noch als gegen den Freund, gegen seine Gattin einnehmen mußte, die dem Hauptmann solche Vertraulichkeit gestattete. Eduard's Empörung darüber ist vollkommen berechtigt, aber es spricht weder für Ottilien's Verstand noch für ihr Herz, daß sie dieselbe durch ihre Unvorsichtigkeit herbeiruft, und der Zusatz des Dichters: „Kaum war es heraus, als ihr schon der Geist zuflüsterte, daß sie hätte schweigen sollen," vermag nicht das Peinliche und Häßliche dieses Zuges zu mildern.

Das Richtfest des neuerbauten Lusthauses bringt endlich die bisher von allen Seiten verdeckt gehaltene Lage der verschiedenen handelnden und leidenden Personen zur Klarheit. Die beiden Gatten sprechen sich zum erstenmale gegen einander aus, doch beide nicht ohne Rückhalt. Charlotte, so offen sie sich auch sonst ausläßt, verschweigt ihre Liebe für den Hauptmann und die Gewalt, die sie sich angethan hat, den ernsten Vorsatz zu fassen, „auf eine so schöne und edle Neigung zu verzichten". Eduard sucht durch allerlei Wendungen Zeit zu gewinnen. Er beschließt endlich, sich auf einige Zeit zu entfernen, unter der Bedingung, daß Ottilie, auf deren Entfernung Charlotte gedrungen hat, im Hause bleibe.

Ottilie fühlt sich anfangs durch diese Trennung wie ver= nichtet; ihr Leiden, ihr Schmerz sind grenzenlos und es gelingt ihr erst dann, sich einigermaßen zu fassen, als sie sich über= zeugt, daß es nicht auch auf ihre Entfernung abgesehen, daß ihr zu bleiben verstattet sei. Aber selbst als ihr Charlotte durch die Mittheilung von der bevorstehenden anderweitigen Verheiratung des Hauptmanns den Wahn zu benehmen sucht, als ob sie selbst, wie Eduard der Geliebten versichert hatte, an eine Verbindung mit dem Freunde denke, bringt diese Nachricht in Ottilien's Innern keineswegs die von Charlotten gehoffte Veränderung hervor. Sie wird vielmehr nur mißtrauischer gegen ihre Pflegemutter, beobachtet nur um so aufmerksamer jeden Wink, jede Handlung, jeden Schritt Charlotten's. „Sie wird klug, scharfsichtig, argwöhnisch, ohne es zu wissen." Sie scheint ruhig, aber sie ist es nicht. All' ihr Interesse an Dem, was um sie her geschieht, bezieht sich auf Eduard, bezieht sich darauf, ob sie es als Zeichen seines baldigen Wiederkommens anzusehen habe oder nicht. Sie fühlt nur, daß sie mit seiner Entfernung Alles verloren hat und empfindet in ihrem Zu= stande nur die „unendliche Leere" ihres Herzens. Sie sieht, daß Charlotte ihre Entsagung als ausgemacht und entschieden annimmt; aber sie entsagt dem Geliebten keineswegs, sein Bild wird vielmehr nur täglich fester in ihrem Innern.

Da geschieht es, daß Charlotte sich Mutter fühlt und, in

diesem glücklichen Umstande die sichere Bürgschaft für die Her=
stellung ihrer Ehe und ihres Glücks freudig begrüßend, Ottilien
ihr hoffnungsreiches Geheimniß mittheilt. Ottilie „fühlt sich
betroffen, sie geht in sich selbst zurück, sie hat nichts weiter zu
sagen. Hoffen konnte sie nicht und wünschen durfte sie nicht.“
Eine „dunkle Fühllosigkeit“ kommt über sie, aus der sie sich
nur mühsam durch vermehrte äußerliche Thätigkeit zu retten
sucht. Die mitgetheilten Auszüge aus ihrem während dieser
Zeit geführten Tagebuche geben uns keinen Aufschluß über ihr
Inneres. Der Inhalt derselben ist überhaupt eine psychologische
Unmöglichkeit. Ein junges Mädchen — mit der Wunde einer
Leidenschaft wie die Ottilien's im Herzen, das, in solcher Lage,
statt Alles auf sich und ihren Zustand zu beziehen, statt ihre
Leiden, ihre Verzweiflung, ihr Bangen und Hoffen, welche es
keiner lebenden Seele anvertrauen kann, wenigstens sich selbst
auf den verschwiegenen Blättern seines Tagebuchs auszusprechen,
vielmehr in demselben vorwiegend nur allgemeine Maximen
und Beobachtungen, Reflexionen und Bemerkungen über Kunst,
Religion, Leben und Menschen verzeichnet, die eben ihrer Tiefe
wegen nur das Resultat einer langen Lebenserfahrung sein
können — ein solches junges, liebendes, von tragischer Leiden=
schaft erfaßtes und beherrschtes Mädchen ist mindestens eine
große Unwahrscheinlichkeit. Wir haben von diesen goldnen
Sprüchen, die dem Dichter recht eigentlich nur als ausfüllende
Lückenbüßer dienen mußten, für die Beurtheilung Ottilien's
gänzlich abzusehen.

Charlotten's Niederkunft naht heran. Ottilie „hat sich zwar
völlig ergeben“, sie wünscht sich für Mutter und Kind und für
Eduarden „auch noch ferner auf das Dienstlichste zu bemühen“;
aber sie sah nicht ein, wie es möglich werden wollte. Ihre

Verworrenheit steigert sich von Tag zu Tag; das Gefühl, wie reich sie gewesen und wie arm sie geworden, zerwühlt ihr das Herz. Endlich, als sie das von Charlotten geborne Kind, das sie um des geliebten Mannes willen mit mütterlicher Zärtlichkeit pflegt, zum erstenmale auf ihren Armen in den hellen Frühlingssonnenschein hinausträgt, „wird es ihr auf einmal klar, daß ihre Liebe, um sich zu vollenden, völlig un= eigennützig werden müsse". Sie „glaubt sich fähig, dem Ge= liebten zu entsagen, sogar ihn niemals wiederzusehen, wenn sie ihn nur glücklich wisse. Aber ganz entschieden war sie für sich, niemals einem Andern anzugehören."

„Wenn sie ihn nur glücklich wisse!" Diese Klausel giebt uns zu denken. Denn noch immer ist ihr Herz „von der Liebe zu Eduard, mit dem selbst ihre Träume sie im innigsten Ver= hältnisse halten, ganz gedrängt ausgefüllt", so daß selbst ihr Empfinden für die stille, tiefe Neigung des Architekten „auf der ruhigen, leidenschaftslosen Oberfläche der Blutsverwandt= schaft" bleibt. Bei dem Besuche des Grafen und der Baronesse aber, die jetzt, dem Glücke der gehofften Vereinigung nahe, wieder im Schlosse erscheinen, „dringt ein unwillkürlicher Seufzer aus ihrem Herzen". Manchmal freilich, wenn sie sich den in der Welt umherschweifenden, von Allem, was ihm werth ist, durch sie getrennten Freund vorstellt, faßt sie den Ent= schluß: „es koste, was es wolle, zu seiner Wiedervereinigung mit Charlotten beizutragen, ihren Schmerz und ihre Liebe an irgend einem stillen Orte zu verbergen." Aber als dann endlich Eduard selbst zurückkehrend ihr zu Füßen stürzt, da vergehen im Ablick des Geliebten und seiner stürmisch hervorbrechenden Liebe alle diese Bedenken wie Spreu im Winde. „Ich bin die Deine", ruft sie aus, „wenn Charlotte es vergönnt!" Sie erwidert auf das Zärtlichste seine Umarmung, sie wechselt „zum erstenmale mit ihm entschiedene freie Küsse und inmitten ihrer gewaltsamen schmerzlichen Trennung fuhr die Hoffnung wie ein Stern, der vom Himmel fällt, über ihre Häupter hinweg".

Aber zwischen Kelchesrand und Lippe stürzt sich jetzt das Ungeheure des urplötzlich eintretenden Unheils. Das Kind Charlotten's ertrinkt, ertrinkt durch ihre, durch Ottilien's, der Unseligen, Unschuldigen Schuld.

Jedoch nicht diese Katastrophe ist das wahrhaft Schreckliche. Weit entsetzlicher ist die Wirkung, welche dieselbe auf Ottilien ausübt, oder vielmehr — wir müssen es sagen — die der Dichter grausamer Weise durch diesen Tod des in doppeltem geistigen Ehebruche erzeugten Kindes auf die Unglückselige ausüben läßt. Denn während Charlotte jetzt zur vollen Einsicht gelangt, daß sie die eigentliche Schuldige sei, daß die Eingehung ihrer Ehe mit Eduard eine unbedachtsame Handlung, ihr bisheriges Widerstreben gegen die Lösung des im tiefsten Grunde unsittlichen Ehebundes ein Unrecht gewesen ist, daß für Ottilie und Eduard nur Rettung und Weiterleben möglich seien, wenn Ottilie ihm durch ihre Liebe zu ersetzen hoffen kann, was sie ihm als Werkzeug des wunderbarsten Zufalls geraubt hatte, daß also die Scheidung der unglückseligen Ehe und die Vereinigung der beiden durch unwiderstehliche Wahlverwandtschaft auf einander bezogenen und zu einander gezogenen Menschen eine Nothwendigkeit sei — wobei sie zugleich die ferne Möglichkeit einer Erhörung der Wünsche des Hauptmanns wenigstens nicht ganz abweist — während sie, sage ich, durch jene Katastrophe aufgerüttelt so vollkommen richtig empfindet, und auch der klare, ruhige Verstand des Hauptmanns, ihres Freundes, vollkommen ebenso von dem Tode des Kindes berührt wird, der ihm zu der allseitig glücklichen Lösung der verworrenen Verhältnisse und zur Errettung der Betroffenen als ein nothwendiges Opfer erscheint: ist die Wirkung, welche dies Ereigniß und das traumwache Anhören der Unterredung Charlotten's mit dem Hauptmanne in Ottilien erzeugen, eine völlig entgegengesetzte, gewaltsame, eine über= und darum un= natürliche. Beim Erwachen aus jener Halbohnmacht steht ihr Entschluß, „nie Eduard's zu werden", plötzlich unerschütterbar fest. Dieser Entschluß ist für sie unmittelbare göttliche Ein= gebung: „auf eine schreckliche Weise hat Gott mir die Augen geöffnet, in welchem Verbrechen ich befangen bin!" Dies Ver= brechen zu büßen soll jetzt ihre einzige Lebensaufgabe sein. Charlotte und Eduard sollen, müssen verbunden bleiben. Sie will es; gleichviel, ob Eduard dadurch unglücklich bleibt, ob Charlotte und Eduard es beide wollen und wünschen oder nicht. Es ist für ihre Buße nothwendig, und sie knüpft daran in unerhörter Eigensucht sogar die Drohung des Selbst= mordes! „In dem Augenblicke, in dem ich erfahre, Du habest in die Scheidung gewilligt, büße ich in demselbigen See mein Vergehen, mein Verbrechen!"

Wenn die bisherige absolute Unbewußtheit Ottilien's über ihr Handeln, der gänzliche Mangel jeder Gewissensbeunruhigung bei ihrer ersten Hingabe an die Leidenschaft für den Gatten ihrer mütterlichen Freundin uns als ein fast Unbegreifliches erschien, so erfüllt uns der furchtbare Egoismus dieser Ent= sagung in seiner unvermittelten Starrheit mit wahrhaftem Entsetzen. Auch vermag selbst Charlotte nicht an diesen alle Betheiligten durchaus überraschenden Entschluß zu glauben. Getäuscht von der scheinbar wiederkehrenden Ruhe Ottilien's, die jetzt sogar Charlotten „zu unterhalten und zu zerstreuen" sich bestrebt, nährt diese fort und fort die stille Hoffnung, „ein ihr so werthes Paar verbunden zu sehen". Allein mit Ottilien steht es anders. Durch ihre Reue, durch ihren Entschluß fühlt sie sich innerlich befreit von der Last ihres Vergehens. Sie hat sich selbst verziehen, aber nur unter der Bedingung des völligen Entsagens, und darum ist ihr diese Bedingung eine für alle Zukunft unerläßliche. Sie hat jedem Glücke für immer entsagt, und will nur in dem Lichte einer „durch ein ungeheures Unglück geweihten" und darum ganz „dem Heiligen" gewidmeten Person betrachtet sein. Jeder Verdacht, jede leise von Charlotten angedeutete Hoffnung der Möglichkeit einer Annäherung an Eduard regt sie im Tiefsten zur Abweisung auf, und kein Gedanke kommt ihr dabei, daß sie mit diesem ihrem Entschlusse, statt etwas unwiderbringlich Zerstörtes wieder aufzurichten, vielmehr nur noch das bestehende Unheil vervollständigen und den Geliebten gleichfalls zu Grunde richten kann!

Und also geschieht es. Charlotten's geradezu unbegreifliches Abfordern des Versprechens, Eduard nie wieder zu sehen, nie mehr mit ihm zu sprechen — eine Forderung, die mit Allem, was Charlotte bisher seit dem Tode des Kindes gethan und gesagt hat, äußerlich im offenbarsten Widerspruch, aber, wie wir sehen werden, mit ihrer innersten Natur in desto größerem Einklange steht — beschleunigt nur die endliche Katastrophe. Ottilie nimmt und hält dieses „strenge Ordensgelübde des Schweigens", das sie „zufällig, vom Gefühl gedrungen, über sich genommen", wie sie selbst sagt, „vielleicht zu buchstäblich". Sie ist entschlossen, zu sterben. Der Gedanke, daß ein „feindseliger Dämon" sie von Außen beherrsche, daß sie gegen „die ungeheuren zudringenden Mächte" auch in der wiedergefundenen Einigkeit mit sich selbst keinen Schutz finden könne, treibt sie zum Selbstmorde durch freiwillige Enthaltung von Speise und Trank. Erst jetzt, erst nachdem sie, ohne daß Jemand es ahnet, diesen Entschluß gefaßt hat, überläßt sie sich noch einmal in den letzten Tagen dem Glücksgenusse liebevollen schweigenden Beisammenseins mit dem Geliebten. Sie will und kann sich jetzt „dieser seligen Nothwendigkeit nicht entziehen", die das Eine zum Andern von selbst und ohne Vorsatz hinbewegt, dieses Glücksgefühl der schweigenden, reinen Nähe, die ohne Blick und Worte, ja ohne Geberde und Berührung Beiden genügt, Beide völlig beruhigt, ja Beide nicht als zwei Menschen erscheinen läßt, sondern als Einen im bewußtlosen vollkommenen Behagen mit sich selbst zufrieden und mit der Welt. „Das Leben war ihnen ein Räthsel, dessen Auflösung sie nur miteinander fanden."

Und ein solches Menschenpaar sehen wir getrennt, auseinandergerissen und dem Untergange und der Vernichtung zugeführt werden — nicht durch die Wirklichkeit und den Zufall, was jammervoll und kläglich genug wäre, sondern durch die Willkür, des frei schaffenden Dichters selbst, dessen schönstes Vorrecht eben die Freiheit der Gestaltung, dessen höchste, künstlerisch-sittliche Pflicht es ist, die Vernunft innerer Nothwendigkeit und Folgerichtigkeit erhebend und tröstend für das Menschenherz an die Stelle der Laune des Zufälligen zu setzen! Fürwahr, das ist nicht tragisch; das ist ein *μιαρόν*, ein Gräßliches im Sinne der antiken Aesthetik, eine Sünde wider den heiligen Geist der Kunst!

Vergebens wendet der Dichter alle seine eigne Liebe zu der Gestalt Ottilien's auf, in welcher sein Auge immer zugleich die eigne Geliebte erblickt, der er und die ihm hat entsagen müssen. Die Liebesworte, mit denen er sie besonders gegen den Schluß hin so reichlich bezeichnet, wenn er sie bald „das gute", „das schöne", „das liebe", „das herrliche" oder gar das „himmlische Kind" nennt, finden keinen vollen Widerklang im Herzen des unparteiischen Lesers und die schließliche Erhebung der todten Heldin zu einer Art von heiliger Märtyrerin im Sinne des katholischen Wunderglaubens, deren Leichnam „zufällig oder durch besondere Fügung" (!) Wunderkuren bewirkt, vermehrt nur den Eindruck des Unheimlichen und Ungesunden, welcher in Ottilien's Gestalt und Schicksal vorwaltet.

Mit einem Worte: Ottilie ist nach dieser Seite hin kein Erzeugniß gesunden, kräftigen Lebens und Empfindens; sie ist ein Geschöpf greisenhafter Reflexion, die dem Originale völlig gerecht zu werden nicht den Muth besaß und sich von realen Verhältnissen abhalten ließ. Goethe gestand in einem Briefe an Bettinen, „daß er es sich zur Aufgabe gemacht habe, in diesem einen erfundenen Geschicke wie in einer Grabesurne die Thränen für manches Versäumte zu sammeln; und wie er selbst bei der Entwicklung dieser herben Geschicke tief bewegt gewesen und seinen Theil Schmerzen getragen, so habe er nun auch die Freunde zur Theilnahme auffordern wollen!" Das ist eine pathologische Erklärung, keine ästhetische Rechtfertigung der gegen Ottilie von ihm geübten „Grausamkeit", die ihm Bettine mit Recht vorgeworfen hatte. Bettina's Urtheil gehört zu dem Besten, was sie je über eine Goethe'sche Dichtung gesagt hat. „Wie konnte doch", so ruft sie klagend aus, „Ottilie früher sterben wollen? O, ich frage Dich: ist es nicht auch Buße, Glück zu tragen, Glück zu genießen? Konntest Du Keinen erschaffen, der sie gerettet hätte? Du bist herrlich, aber grausam, daß Du dies Leben sich selbst vernichten läßt! Nachdem nun einmal das Unglück hereingebrochen war, da mußtest Du decken, wie die Erde deckt, und wie sie neu über den Gräbern erblüht, so mußten höhere Gefühle und Gesinnungen aus dem Erlebten erblühen, und nicht durfte der unreife, jünglinghafte Mann so entwurzelt weggeschleudert werden." Bettine nennt es „nicht kindlich, daß sie den Geliebten verlasse und nicht von ihm die Entfaltung ihres Geschicks erwarte"; sie nennt es unweiblich, daß sie nicht lediglich und allein sein, des Geliebten Geschick berathe. Sie nennt es falsch, zu glauben, daß der Leib abgelegt werden müsse, um durch Irrthum und Vergehen hindurch in den Himmel der Freiheit zu kommen. Des Dichters Aufgabe sei es, das neue Leben der sich im Menschen selbst vollziehenden, durch seine eigne Kraft und durch die Liebe bewirkten Befreiung und Reinigung zu ent= falten; „er hebt die Schwingen und schwebt über den Sehenden, und holt sie und zeigt ihnen, wie man über dem Boden der Vorurtheile sich erhalten könne. Aber -ach! Deine Muse ist eine Sappho; statt dem Genius zu folgen, hat sie sich selbst hinabgestürzt."

Eine unbefangene Prüfung wird schwerlich umhin können, dieses Urtheil zu bestätigen. Goethe selbst muß ein Bewußtsein davon gehabt haben, daß er gegen Ottilie und Eduard ungerecht verfahren sei und daß die Liebe, die Leidenschaft und die Schönheit in seiner Dichtung keiner innerlich nothwendigen Gerechtigkeit, sondern dem Vorurtheile einer auf dem Schein gebauten Welt zum Opfer fallen. Er würde sonst nicht auf den gerade bei ihm und seiner Weltanschauung völlig unbegreif= lichen Ausweg verfallen sein: den die beiden Opfer seiner eigenen Schwäche bedauernden Leser am Schlusse der Dar= stellung mit der Aussicht auf eine Entschädigung derselben im Jenseits tröstend zu entlassen. —

Charlotte und ihre Tochter Luciane.

— —

Um der Gestalt der Charlotte in der Goethe'schen Dich=
tung der Wahlverwandtschaften gerecht zu werden, ihren
Charakter, ihre Lebensanschauung und ihre Handlungsweise,
durch welche hauptsächlich das Schicksal aller bei dieser Tragödie
betheiligten Personen bestimmt wird, zu verstehen und zu würdigen,
müssen wir zunächst in die von dem Dichter an drei verschiedenen
Orten kurz angedeutete Vorgeschichte derselben zurückkehen.

Charlotte gehört, wie der ganze Kreis der mit ihr in der
Dichtung verbundenen Personen, derjenigen Lebenssphäre an,
welche man als die „große Welt", als die vorzugsweise so=
genannte „Gesellschaft" zu bezeichnen pflegt. Tochter einer
altadligen aber nicht eben reichbegüterten Familie, und deshalb,
wie sie selbst es bezeichnet, „ohne sonderliche Aussichten", das
heißt ohne die Freiheit und Möglichkeit einer unabhängigen
Wahl für ihre Lebensstellung, findet sie die letztere als Ehren=
fräulein eines der vielen deutschen Höfe, die damals, wie noch
heute, als nächste Zufluchtsstätte und Aushülfe für unbemittelte
junge Edelfräulein aus sogenannten guten Familien sich dar=
bieten. Hier trifft sie zusammen mit einem jungen Manne
ihres Standes, der, ihr an Alter gleichstehend, seine Laufbahn

ebenfalls im Hofdienste zu beginnen bestimmt ist. Jugend und Schönheit machen Beide sehr bald an dem glänzenden Hofe zu „hervorleuchtenden Gestalten", zu einem, wie der Graf sich ausdrückt, „wahrhaft prädestinirten Paar", auf das Aller Augen sich mit Wohlgefallen richteten. Obwohl Beide vielfach umworben, zeigt es sich doch bald, daß ihre Neigung für einander eine sehr lebhafte ist, daß sie sich einander recht herzlich lieben. Die Hindernisse, welche sich ihrer Liebe entgegenstellen, die Mühe, welche sie anzuwenden haben, um dieselben für kurze Momente zu beseitigen, vermehren den Reiz des Verhältnisses der beiden Liebenden. Doch ist dasselbe bei allen Beiden eigentlich kein tieferes, die ganze Seele beherrschendes, zumal nicht bei Charlotte, die von vornherein als eine kühlere, eigentlicher Leidenschaft unfähige, reflektirende und berechnende Natur erscheint. Ihre Freundin, die Baronesse, eine Genossin jener Jugendzeit, sagt von ihr in ihrer Gegenwart*), als der Graf Eduarden tadelt, daß er damals nicht beharrlicher gewesen sei, da er doch durch festes Ausharren seine wunderlichen Eltern wohl zum Nachgeben bewogen haben würde: „Ich muß mich seiner annehmen. Charlotte war nicht ganz ohne Schuld, nicht ganz rein von allem Umhersehen, und ob sie gleich Eduarden von Herzen liebte, und sich ihn auch heimlich zum Gatten bestimmte, so war ich doch Zeuge, wie sehr sie ihn manchmal quälte, so daß man ihn leicht zu dem unglücklichen Entschluß drängen konnte, zu reisen, sich zu entfernen, sich von ihr zu entwöhnen." Charlotte in ihrer eigenen Darstellung jener Jugendverbindung mit Eduard übergeht diesen Zug mit einem für ihren Charakter nicht bedeutungslosen Stillschweigen. Ihrer Erzählung nach sind es lediglich die Eltern,

*) I. Kap. 10.

zumal Eduard's Eltern, welche die Verbindung der beiden Liebenden gehindert haben. „Wir wurden getrennt", sagt sie, „du von mir, weil dein Vater aus nie zu sättigender Begierde des Besitzes dich mit einer ziemlich älteren reichen Frau verband; ich von dir, weil ich, ohne sonderliche Aussicht, einem wohlhabenden, nicht geliebten, aber geehrten Manne meine Hand reichen mußte." Das sieht so aus, als ob Eduard zuerst sich anderweitig verheiratet habe und sie nur seinem Beispiel gefolgt sei, während uns doch, wie wir sehen, die Baronesse später darüber anders unterrichtet. Eduard, durch ihre Koketterie und ihr „Umhersehen" gequält, hat sich, leicht erregbar wie er ist, zum Reisen und zur Entfernung von der Geliebten bestimmen lassen, ohne darum seine leidenschaftliche Neigung für die Geliebte aufzugeben. Zurückgekehrt fand er sie vermält, und es spricht für die Stärke seines Gefühls und seiner Neigung zu der ihm jetzt, wie es scheint, für immer versagten Jugendgeliebten, daß er nun den Absichten und Plänen seines Vaters keinen Widerstand entgegenstellt. Er läßt sich die Ehe mit der reichen, bedeutend älteren Frau — sein „Mütterchen" nennt sie Charlotte — eben nur darum gefallen, weil ihm jetzt jede Verbindung, da ihm die Geliebte seines Herzens versagt ist, gleichgültig erscheint. Durch die Annahme dieses Motivs wird zugleich das Widerwärtige in Etwas gemildert, welches sich sonst unserm Gefühle angesichts dieser Handlungsweise beimischen würde. Denn ein junger Mann, der sich zu einer Heirat mit einer reichen älteren Frau von seinem Vater nöthigen *läßt, erscheint in einem sittlich bei weitem unvortheilhafteren Lichte, als ein Mädchen, das ähnlichen Einwirkungen und Rücksichten nachzugeben sich herbeiläßt.

Jedenfalls liefern diese beiderseitigen ersten Ehen der späteren

Gatten ein nicht eben günstiges Zeugniß für den sittlichen Charakter und die Anschauungen derselben über die Bedeutung der Ehe. Selbst ein Weltmann wie der Graf nimmt keinen Anstand, diese Heiraten als „so eigentlich rechte Heiraten von der verhaßten Art" zu bezeichnen.

Aber auch die Ehe, um deren Schicksal es sich in der Goethe'schen Dichtung handelt, die Ehe Charlotten's und Eduard's krankt von vornherein an einem bedenklichen sittlichen Schaden.

Eduard, der nach dem Tode seiner ersten Frau von Neuem auf Reisen gegangen ist, findet bei seiner Rückkehr die ehemalige Jugendgeliebte gleichfalls als Wittwe wieder, der er während der ganzen Zeit eine lebhaftere Erinnerung, als sie ihm, ja eine „hartnäckige romanhafte Treue", wie der Dichter es nennt, bewahrt hat. Müde des Umhertreibens in der Welt, der Unruhe des Hof= und Militairlebens, sich nach Erholung ländlicher Abgeschiedenheit an der Seite einer geliebten Gattin sehnend, erscheint ihm jetzt, wo alle Hindernisse weggeräumt sind, der Besitz Charlotten's als die langersehnte Erfüllung aller seiner Wünsche. Er trägt ihr seine Hand an. Charlotte aber zaudert mit ihrem Entschlusse und sie hat dazu vollwichtige Gründe. Die Gleichheit des Alters, wenig bedeutend in der Zeit ihrer ersten Jugendliebe, ist seitdem zu einer sehr wesent= lichen Ungleichheit geworden. Eine Frau von nahezu vierzig Jahren und als solche haben wir Charlotte anzunehmen, Mutter einer mannbaren Tochter, ist bedeutend älter als ein Mann von siebenunddreißig, einem Alter, in welchem, wie Charlotte selbst einmal gesteht, „der Mann erst liebefähig und erst der Liebe werth wird". Dazu kommt in dem vorliegenden Falle noch, daß Eduard seinem Naturell, seiner lebhaften Empfänglichkeit nach, von Natur viel jugendlicher ist als Charlotte, und daß seine kurze seltsame Ehe mit einer bedeutend älteren Frau, die ihn mütterlich verhätschelte, ihn jünger, unausgefüllter, leiden= schaftsfähiger und aufregungsbedürftiger gelassen hat, als Charlotte es nach einer ungleich längeren Verbindung mit einem Manne bleiben konnte, der ihr dem Alter nach vollkommen zupassend, ihr schon lange vor ihrer Verheiratung mit treuer Neigung gehuldigt hatte, und dessen liebenswürdige Eigen= schaften selbst auf eine Frau wie die Baronesse eine für Char= lotten nicht ungefährliche Anziehungskraft ausgeübt hatten*). Noch Anderes gesellt sich dazu. Es bedurfte nicht allzuvieler Klugheit und Menschenkenntniß, um in Eduard's nach so vielen Jahren erneuter Bewerbung weit mehr den Eigensinn und die hartnäckige Caprice eines eigenwilligen Herzens, als wahre Liebe und tiefes Bedürfniß der Leidenschaft zu erkennen; und Charlotte ist klug und kannte den Charakter des Mannes, mit dem sie es zu thun hatte, besser als er selbst. Was sie selbst betrifft, so war ihr schon damals nicht verborgen, daß der Hauptmann, der ihr bereits in jener Zeit als Freund nahe getreten war, ein ungleich schicklicherer Lebensgefährte für sie sein möchte, als sie ihn sich in Eduard versprechen durfte, für den sie daher auch in ganz richtiger Einsicht der Verhältnisse vielmehr eine Verbindung mit ihrer Nichte Ottilie, der ver= waisten mittellosen Tochter ihrer verstorbenen liebsten Freundin, im Stillen geplant hatte. Wie nahe ihr schon damals der Hauptmann stand, geht schlagend aus dem Umstande hervor, daß er es ist, dessen sie sich dazu bedient, diesen ihren Plan in's Werk zu setzen. Von ihr angestiftet übernimmt es der= selbe, den ihm befreundeten Eduard auf die Schönheit und Liebenswürdigkeit ihrer geliebten Pflegetochter aufmerksam zu

---

*) I., Kap. 10.

machen, der sie gar zu gern „eine so große Partie" zuwenden möchte, und die sie zu diesem Zwecke absichtlich dem von seinen Reisen zurückgekehrten Eduard vorgeführt hatte. „Denn an sich selbst in Bezug auf Eduard dachte sie nicht mehr", setzt der Dichter hinzu, und sie hatte dazu allerdings, wie wir sahen, hinreichende Gründe: nicht allein jene äußeren, sondern auch den inneren des klaren Bewußtseins über ihre eigene Empfin= dung, über den Mangel einer zwingenden Neigung für den Mann, der in ihrem Besitze „sein einziges Glück zu sehen schien", und, was das Entscheidenste ist, über den mehr als wahrscheinlichen Gefühlsirrthum des Letzteren in Bezug auf seine eingebildete Leidenschaft für sie selbst, die ihn gegen alle Hinweise des Hauptmanns unempfindlich macht. Es heißt von denselben: „Eduard, der seine frühere Liebe zu Charlotten hart= näckig im Sinne behielt, sah weder rechts noch links, und war nur glücklich in dem Gefühl, daß es möglich sei, eines so lebhaft gewünschten und durch eine Reihe von Ereignissen scheinbar auf immer versagten Guts endlich doch theilhaft zu werden."

Wenn also Eduard's Handlungsweise in Bezug auf die Eingehung seiner Ehe mit Charlotte darum als unsittlich im höheren Sinne bezeichnet werden muß, weil die treibende Ursache der Eigensinn eines verwöhnten Herzens ist, so trifft Charlotten jener Vorwurf in noch höherem Grade. Denn indem sie, die ältere, erfahrenere und dabei völlig leidenschaftslose Frau seinem Andringen nachgiebt, blos „weil sie ihm nicht versagen mag, was er für sein einziges Glück zu halten schien", handelt sie offenbar gegen besseres Wissen und Ueberzeugung. Sie hat davon auch gleich zu Anfange der Dichtung ein geheimes Bewußtsein. Wir sehen das sowohl aus dem vom Dichter ganz besonders hervorgehobenen Umstande, daß sie in ihrer Unterredung mit Eduard, „so aufrichtig sie zu sprechen schien, doch ihrem Gatten jene frühere geheime Absicht, ihn mit Ottilie zu verheiraten, verhehlt", als auch daraus, daß sie, als Eduard mit seinem Plane, den Hauptmann in das Haus zu nehmen, herausrückt, ihre Einwendungen gegen denselben zuletzt mit der lebhafter als gewöhnlich abgegebenen Erklärung schließt, daß „ihr Gefühl diesem Vorhaben widerspreche und eine Ahnung ihr nichts Gutes weißsage".

Ihr Gefühl und ihre Ahnung haben nur zu guten Grund. Es ist nicht bedeutungslos, daß sie ihrem Gatten gegenüber, als dieser ihre Befürchtungen wegen der Störung eines Verhältnisses durch das Hinzutreten eines Dritten mit der Bemerkung zu widerlegen sucht, dergleichen könne wohl bei Menschen geschehen, die nur dunkel vor sich hin leben, aber nicht bei solchen, die schon durch Erfahrung aufgeklärt, sich mehr bewußt seien, die Erklärung abgiebt: das Bewußtsein sei keine hinlängliche Waffe, ja manchmal eine gefährliche für den, der sie führe. Charlotte ist sich sehr bewußt über ihre Lage. Sie ist trotz der kurzen Dauer ihrer Ehe — die Gatten sind zu Anfange der Erzählung wenig über ein halbes Jahr verheiratet — doch schon zu der Einsicht gelangt, daß sie Eduard's Leben nicht ausfülle, der sich bereits in der selbst gewünschten ländlichen Einsamkeit an ihrer Stelle ein wenig zu langweilen beginnt und eben deshalb den Hauptmann, seinen Jugendfreund und früheren Reisebegleiter, als Gesellschafter sich herbeiwünscht. Gerade diesen aber möchte Charlotte am wenigsten in ihrer Nähe haben, weil sie sich ihrer Neigung für diesen Mann bewußt ist, der ihr an Charakterstimmung und Temperament gleich, und dabei voll tiefer Verehrung für ihren Werth, jedenfalls für sie, wie schon vorhin bemerkt, ein weit mehr zupassender Gatte gewesen wäre, und den sie auch sehr wahrscheinlich nach dem Tode ihres ersten Gemals für sich gewählt haben würde, wäre nicht Eduard's hartnäckige Bewerbung, und daneben auch die Mittellosigkeit des Hauptmanns, hindernd dazwischengetreten. Denn Eduard ist reich, und Charlotte, die von Hause aus unbemittelt ist — das Vermögen ihres verstorbenen Gatten ist schließlich doch Eigenthum ihrer Tochter — gehört einem Lebenskreise an, welcher den Reichthum sehr zu schätzen weiß. Sie ist überhaupt nicht frei von einer sehr starken Dosis jenes Egoismus, der sich selbst, sein Behagen, seine Ruhe immer in erste Linie stellt, und Eduard hat nicht so ganz Unrecht, wenn er gleich anfangs ihr Verhalten in Bezug auf den Hauptmann und Ottilie und die Aufnahme Beider in ihr Haus geradezu als äußerst „selbstsüchtig" bezeichnet.

Auch das Verhalten Charlotten's in Bezug auf ihre Tochter ist nicht ganz frei von dieser Selbstsucht. Zwar stellt sie selbst die Sache so dar, als ob ihr Entschluß, sich von derselben zu trennen, kein freier, sondern ein durch Eduard's Verlangen bedingter gewesen sei, da dieser es ausgesprochen hatte, daß er „nur mit ihr allein" leben und das Leben genießen wolle. Auch läßt sich die Bemerkung nicht abweisen, daß die Anwesenheit einer mannbaren Tochter — und Luciane haben wir in einem Alter von etwa achtzehn Jahren zu denken — keine passende Zugabe sein konnte bei der Verheiratung der Mutter mit einem noch jungen leidenschaftlichen Manne. Andererseits jedoch hätte gerade dieser Umstand für sie nur um so schwerer in die Wagschaale der Gründe fallen sollen, welche in ihrem eigenen Innern gegen die Eingehung ihrer Ehe mit Eduard sprachen, da ihrerseits keinerlei Gefühl irgend einer zwingenden Leidenschaft jenen Gründen das Gegengewicht hielt, und da sie es sich unmöglich verbergen konnte, wie sehr ihre Tochter der mütterlichen Aufsicht und Leitung bedurfte, um das Ueber-wuchern der vielen schlimmen Eigenschaften ihres Charakters zu verhüten oder doch zu mäßigen. Denn nicht ohne Ursache scheint der Dichter bei der höchst unerfreulichen Schilderung Lucianen's so ausführlich verweilt zu haben. Das künstlerische und psychologische Motiv, welches ihn dabei leitete, war nicht allein das des Kontrastes, der Hervorhebung von Ottilien's Wesen und Erscheinung durch ihren schneidenden Gegensatz, sondern ebenso sehr, wo nicht noch mehr, die Absicht: eine wesentliche Seite in Charlotten's Charakter herauszustellen, die man gemeiniglich bei ihrem ehelichen Zerwürfnisse zu über-sehen pflegt, und ohne die dieselbe doch nicht richtig verstanden, die Handlungsweise Charlotten's nicht gehörig erklärt und ge-würdigt werden kann.

Luciane.

————

Wenn sich ein Dichter die Aufgabe stellte, die innere Hohl-heit und Gemüthlosigkeit, das Scheinwesen und das Leben und Weben in demselben, die rücksichtslose fast naiv zu nennende Selbstsucht, die leichtsinnige Verletzung aller fremden Empfindung zur Befriedigung der eigenen Eitelkeit, den gänzlichen Mangel an Selbsterkenntniß und das daraus entspringende, durch Nichts zu störende Gefühl der Selbstgerechtigkeit zu schildern, wie wir ihnen in den Kreisen der großen Welt an weiblichen Wesen von glänzender äußerer Begabung durch Schönheit und Reich-thum, mannigfache Talente und Fähigkeiten begegnen, — er würde sich mit dieser Aufgabe nur eine vergebliche Mühe machen. Denn in seiner Luciane hat Goethe dieselbe mit höchster Meister=schaft bereits gelöst, indem er in dieser Frauengestalt mit einer fast grausam zu nennenden und von einer gewissen Erbitterung nicht freien Ausführlichkeit alle jene Züge und Eigenschaften vereinigt dargestellt hat, wodurch eine Frau der „höheren“ Lebenskreise, wie der Gehülfe es mit stiller Ironie ausdrückt, „in der Welt jener Kreise emporsteigt“.

Wie erscheint nun Charlotte in ihrem Verhalten gegen diese ihre Tochter? Wenn es auch vielleicht zu hart sein würde, das alte Volkswort, daß der Apfel nicht weit vom Stamme falle, in seinem ganzen Umfange hier anzuwenden, so läßt sich doch nicht in Abrede stellen, daß zwischen Mutter und Tochter nach mehreren Seiten hin und besonders in Betreff des Egoismus als einer Haupteigenschaft der Letzteren, eine starke Aehnlichkeit stattfindet. Wir haben bereits bemerkt, daß Charlotte allzuleicht sich bereit zeigt, ihre Pflichten als Mutter und Erzieherin ihres einzigen Kindes bei Seite zu setzen, wobei sie sich allerdings mit dem Gedanken tröstet: daß sich ihre Tochter „freilich“ in der Pension mannigfaltiger ausbilden werde, als bei einem ländlichem Aufenthalte geschehen könnte. Nicht als ob sie selbst von ihrer eignen Fähigkeit als Erzieherin und Bildnerin so gering dächte! Durchaus nicht. Es thut ihr sehr leid, daß sie ihre Nichte Ottilie aus Rücksicht auf Eduard's Verlangen gleichfalls hat von sich und in dieselbe Pension mit ihrer Tochter thun müssen, da sie sich bewußt ist, daß sie, wenn es ihr ver=stattet wäre, Erzieherin oder Aufseherin zu sein, dieselbe „zu einem herrlichen Geschöpfe heraufbilden wollte“, während Ottilie in jener Pensionsanstalt durchaus nicht am rechten Orte ist. Aber freilich bei der „armen“ Nichte handelt es sich um eine andere Bestimmung, um eine andere Zukunft und darum auch um eine andere Art der Ausbildung als bei der reichen Luciane. Dort gilt es die Entwicklung und Pflege rein menschlicher Eigenschaften und Tugenden edler Weiblichkeit, während es sich bei ihrer Tochter, wie sie das mit der höchsten Naivetät ausspricht, um ganz andere Dinge handelt. Ihre Tochter ist, wie sie sich ausdrückt, „für die Welt geboren", und soll sich in der Pension, die Nichts anderes ist, als eine Abrichtungsanstalt, zu diesem Zwecke „für die Welt bilden". Was unter dieser Bildung zu verstehen sei, das hören wir die Mutter mit um so behaglicherer Ausführlichkeit entwickeln, als die Briefe und Monatsberichte, welche sie von der Vorsteherin erhält, und die „immer nur Hymnen sind über die Vortrefflichkeit eines solchen Kindes", ihr die erfreuliche Kunde geben, daß ihre Tochter in dieser ihrer „Bildung für die Welt" die höchsten Fortschritte mache. Charlotte ist erfreut, daß, wie sie sich ausdrückt, ihre Luciane „Sprachen und Geschichtliches und was sonst von Kenntnissen ihr überliefert wird, so wie ihre Noten und Variationen vom Blatte wegspielt, daß sie bei einer lebhaften Natur und bei einem glücklichen Gedächtniß, man möchte sagen, Alles vergißt und sich im Augenblicke an Alles erinnert, daß sie durch Freiheit des Betragens, Anmuth im Tanze, schickliche Bequemlichkeit des Gesprächs sich vor Allen auszeichnet und durch ein angebornes herrschendes Wesen sich zur Königin des kleinen Kreises macht". Es thut ihrer mütterlichen Eitelkeit wohl, daß die Vorsteherin der Anstalt ihre Tochter „als eine kleine Gottheit ansieht, die nun erst unter ihren Händen recht gedeihen, die ihr Ehre machen, Zutrauen erwerben und einen Zufluß von andern jungen Personen verschaffen werde"; und wenn Charlotte auch, wie sie hinzusetzt, „jene Hymnen recht gut in ihre

Prosa zu übersetzen weiß", so ist es doch andererseits um so unangenehmer auffallend, daß in der Aufzählung aller jener Vortrefflichkeiten über Alles, was die wahre sittliche Bildung des Herzens und Gemüths, die Veredlung des Charakters, kurz das innere Wesen gegenüber dem äußeren Scheine betrifft, nicht nur mit Stillschweigen hinweggegangen wird, sondern daß wir die Mutter auch ganz offen zu Tage tretende, sehr üble Eigenschaften des Herzens an ihrer Tochter mit einer wahrhaft erschreckenden Leichtigkeit entschuldigen und beschönigen sehen. Allerdings gesteht sie, daß es ihr „eine unangenehme Empfindung mache", wenn ihre Tochter, „welche recht gut weiß, daß die arme Ottilie ganz von uns abhängt", sich ihrer Vortheile übermüthig gegen sie bediene und dadurch Charlotten's und Eduard's Wohlthat gewissermaßen vernichte. Allein die hier zu Tage tretende Herzensrohheit ihrer Tochter und Ottilien's Leiden unter derselben entlocken ihr nichts weiter als die Bemerkung: „Doch wer ist so gebildet, daß er nicht manchmal seine Vorzüge gegen Andere auf grausame Weise geltend machte? und wer steht so hoch, daß er unter solchem Drucke nicht manchmal leiden müßte?!" Ja die egoistische Mutter beruhigt sich sogar über das herzlose Verhalten ihrer glänzenden Tochter gegen ihre „arme" Verwandte mit der jedes gesunde Empfinden beleidigenden Betrachtung, daß am Ende doch „durch solche Prüfung Ottilien's Werth wachse!" Zwar fügt sie hinzu: „Seitdem ich den peinlichen Zustand recht deutlich einsehe, habe ich mir Mühe gegeben, sie (Ottilien) anderwärts unterzubringen." Daß sie ihrer Tochter über deren unverantwortliches, geradezu von einem bösen Herzen zeugendes Betragen*), wie sich's

---

*) Man lese nur die Scene, über welche der Gehülfe in seinem Briefe an die Mutter im sechsten Kapitel des ersten Theils berichtet, in Folge deren er eine Entfernung Ottilien's von ihrer Quälerin Luciane als nothwendig andeutet.

gebührte, den Text gelesen, sie auf ihr Unrecht hingewiesen habe, davon verlautet nichts.

Diese Tochter aber ist vor wenig mehr als einem halben Jahre unter den Augen und unter der Leitung der Mutter aufgewachsen, die sich erst kurz vor ihrer Verheiratung mit Eduard von ihr getrennt und sie in die Pension gesendet hat. Was sie sittlich ist, das ist sie unter den Augen ihrer Mutter geworden, nicht erst in der Pension, in welcher sie etwa ein Jahr zugebracht hat. Denn ein Jahr nach der Verheiratung Charlotten's hat Luciane bereits die Pension verlassen und ist „in die große Welt getreten." In der Hauptstadt, im Hause ihrer reichen Erbtante, von zahlreicher Gesellschaft umgeben, durch ihr lebhaftes Gefallenwollen auch Gefallen erregend, erfolgt fast unmittelbar darauf ihre Verlobung mit einem jungen sehr reichen Baron, in dem sie durch ihr glänzendes Auftreten in der Gesellschaft ein lebhaftes Verlangen nach ihrem Besitze erregt hatte. Das Wesen des Bräutigams, der übrigens seine Erkorene „unendlich liebt", schildert Goethe mit dem unübertrefflich bezeichnenden Worten: „Sein ansehnliches Vermögen gab ihm ein Recht, das Beste jeder Art sein eigen zu nennen und es schien ihm nichts weiter abzugehen als eine vollkommene Frau, um die ihn die Welt so wie um das Uebrige zu beneiden hätte." Als eine solche ist ihm die siebzehn- bis achtzehnjährige Luciane erschienen. Sehen wir zu, wie diese Vollkommenheit sich uns in dem Gemälde darstellt, welches der Dichter von ihr und ihrem Auftreten im vierten bis sechsten Kapitel der Dichtung entworfen hat.

Sie überfällt im eigentlichen Sinne mit ihrem Besuche ihre durch des Gatten plötzliche Entfernung vereinsamt lebende Mutter, ohne alle und jede Rücksicht auf deren peinliche Lage, ohne, wie dieselbe es gewollt, nähere briefliche Abreden und Bestimmungen abzuwarten, ja ohne auch nur ihre unerwartete Ankunft anzumelden. „Wie im Sturm" bricht ihr Besuch über das Schloß und über Ottilien, der die ganze Besorgung der Wirthschaft obliegt, herein. „Man glaubte", heißt es, „schon die dreifache Herrschaft im Hause zu haben, als der Troß der Kammerjungfern und Bedienten mit Brancards voll Koffern und Kisten angefahren kamen: aber nun erschienen erst die Gäste selbst: die Großtante mit Lucianen und mehreren Freun=dinnen, der Bräutigam, gleichfalls nicht unbegleitet." Alles sehnt sich jetzt nach einiger Ruhe, nur Luciane nicht. Sie läßt sogar ihrem Bräutigam nicht einmal die Zeit, sich, wie er gern möchte, „seiner Schwiegermutter zu nähern, ihr seine Liebe, seinen guten Willen zu betheuern." Ihre Rastlosigkeit, ihr unersättliches Verlangen nach stets wechselnder Zerstreuung und aufregenden Vergnügungen halten Alles unaufhörlich in Athem. Ihr wildes Umherstreifen zu Pferde und zu Fuß in ungünstigster Jahreszeit, an dem sie die ganze Gesellschaft Theil zu nehmen zwingt, setzt Alles in Unbequemlichkeit, während ihre meilen=weiten Nachbarschaftsbesuche nicht verfehlen, das Haus ihrer Mutter mit Gegenbesuchen zu überschwemmen, und so die Last derselben noch zu vermehren. Eine Virtuosin ersten Ranges in allen Künsten der Koketterie, weiß sie nicht nur die Jugend „durch ihr wildes wunderliches Wesen" zu entzücken und zu fesseln, sondern es gewährt ihr auch ein ganz besonderes Ver=gnügen, planvoll Männer, die Etwas vorstellten, Rang, Ansehn, Ruhm oder sonst etwas Bedeutendes für sich hatten, sich zu gewinnen, Weisheit und Besonnenheit zu Schanden zu machen. Daneben erlaubt sie sich wieder im trotzenden Uebermuthe auf ihre Jugend und Schönheit, ihren Rang und Reichthum, welche ihr für alle ihre Thorheiten Nachsicht und Duldung verschaffen, die gröblichsten Ungezogenheiten gegen die Gesellschaft, indem sie sich einmal in einem Anfluge von Langeweile mitten in derselben „unglücklich fühlt", daß sie ihren Affen nicht mit= genommen habe. Und Charlotte, statt ihr diese Ungezogenheit zu verweisen, läßt ihr, um sie zu trösten, aus ihrer Bibliothek einen ganzen Folioband der wunderlichsten Affenbilder kommen, was denn der über diese mütterliche Aushülfe „vor Freuden laut aufschreienden" Tochter wieder erwünschte Gelegenheit bietet, „über den Anblick dieser menschenähnlichen und durch den Künstler noch mehr vermenschlichten abscheulichen Geschöpfe die größte Freude zu äußern, und sich ganz glücklich zu fühlen, bei einem jeden dieser Thiere die Aehnlichkeit mit Per= sonen ihrer Bekanntschaft hervorheben zu können." Den Schluß dieser Scene macht sie mit einer für die ganze Gesellschaft beleidigenden Aeußerung, indem sie es unbegreiflich findet, wie man die Affen, die doch die eigentlichen Incroyables seien, aus der besten Gesellschaft ausschließen möge!

„Sie sagte das", bemerkt der Dichter, „in der besten Gesell= schaft, doch Niemand nahm es ihr übel. Man war so gewohnt, ihrer Anmuth Vieles zu erlauben, daß man zuletzt ihrer Unart Alles erlaubte."̓ Allein in der ganzen Schilderung des Dichters sucht man vergebens nach einem einzigen Zuge jener berühmten Anmuth. Man findet nichts als eine durch die sträf= liche Nachsicht der Mutter, durch die schmeichlerische Ober= flächlichkeit der Pensionsvorsteherin großgenährte und durch die blinde Liebe eines seine Braut vergötternden jungen Mannes, wie durch die Nachgiebigkeit einer gegen Jugend und Schönheit im Bunde mit Reichthum und verschwenderischem Gebrauche desselben immer sehr zur Nachsicht geneigten gesellschaftlichen

Umgebung bestärkte Ungezogenheit, die sich zuletzt allen ihren Launen und Einfällen überlassen zu dürfen vermeint.

Vor Allem indessen tritt das Verhalten der Mutter, einer solchen Tochter gegenüber, in den Vordergrund. Denn während es selbst von dem Bräutigam heißt, daß er „trotz seiner unendlichen Liebe für Lucianen doch von ihrem Betragen zu leiden schien", verräth uns der Dichter mit keinem Zuge ein ähnliches Empfinden der Mutter bei dem Behaben einer Tochter, deren Grundsatz bei ihrem ganzen Betragen, bei ihrer rücksichtslosen Behandlung Anderer darauf hinausgeht: sich gegen Andere Alles zu erlauben, was sie selbst von Anderen gegen sich in keiner Weise zu gestatten Willens und geneigt war. „Sie wollte", heißt es, „mit Jedermann nach Belieben umspringen, Jeder war in Gefahr, von ihr einmal angestoßen, gezerrt, oder sonst geneckt zu werden; Niemand aber durfte sich gegen sie ein Gleiches erlauben, eine Freiheit, die sie sich nahm, erwidern."

Wollte man nun auch zur Entschuldigung eines solchen Egoismus das Verhalten einer Umgebung, einer Gesellschaft anführen, die eine solche Behandlung verdiente, weil sie sich dieselbe, ohne Widerspruch zu erheben, gefallen ließ, so bietet der Charakter von Charlotten's Tochter doch noch andere Züge, für die es schwer sein dürfte, irgend eine Entschuldigung aufzufinden.

Dahin gehört zunächst ihre Neigung und Gewohnheit, „an allen menschlichen Verhältnissen schonungslos ihre Spottlust zu üben, an Menschen und Dingen die lächerliche Seite auf das Ausgelassenste" hervorzukehren. Luciane zeigt sich in dieser Hinsicht recht eigentlich als das, was man im gemeinen Leben „eine böse Zunge" nennt, und der Dichter hat ihr denn auch diese Bezeichnung selbst nicht erspart. „Kein Besuch", heißt es, „wurde in der Nachbarschaft abgelegt, nirgends sie und ihre Gesellschaft in Schlössern und Wohnungen freundlich aufgenommen, ohne daß sie bei der Rückkehr ihrer bösen Zunge über die so eben verlassenen Personen und Zustände in der schonungslosesten Weise freien Lauf gelassen hätte. Und wie mit den Personen, so machte sie es auch mit den Sachen, mit den Gebäuden wie mit dem Haus- und Tischgeräthe. Besonders alle Wandverzierungen reizten sie zu den lustigsten (?) Bemerkungen. Von dem ältesten Hautelißteppich bis zu der neuesten Papiertapete, vom ehrwürdigsten Familienbilde bis zu dem frivolsten neuen Kupferstich, eins wie das andere mußte leiden, eins wie das andere wurde durch ihre spöttischen Bemerkungen gleichsam aufgezehrt, so daß man sich hätte wundern sollen, wie fünf Meilen umher irgend Etwas nur noch existirte." Zwar setzt der Dichter — dem bei dieser ganzen Charakterzeichnung ohne Frage ein Original seiner Erfahrung als Modell gesessen hat, weil sich nur dadurch die fast übergroße Ausführlichkeit derselben erklären läßt — entschuldigend hinzu: „Eigentliche Bosheit war vielleicht (?) nicht in diesem verneinenden Bestreben, ein selbstischer Muthwille mochte sie gewöhnlich anreizen." Aber wir können dieses entschuldigende „vielleicht" um so weniger gelten lassen, als er selbst, unmittelbar darauf nicht umhin kann, der „wahrhaften Bitterkeit" zu erwähnen, welche Luciane in ihrem Verhalten zu Ottilien zu bezeigen sich nicht versagen kann. Hier offenbart sich, wie schon in der Pension, der häßlichste Grundzug von Lucianen's Charakter.

Ottilie ist in ihrem ganzen Wesen und Betragen der vollkommenste Gegensatz zu der Tochter Charlotten's; und eben weil dies der Fall, und weil das bescheidene, verständige, rücksichtsvolle, scheinlose, nur auf Wahrheit und Einfachheit gestellte Mädchen ihr im innersten Herzen ein ewiger schweigender Vorwurf ist, wird Ottilie Gegenstand ihres bittern Hasses, den sie in der unzweideutigsten Weise an den Tag legt. Dieser Haß wird noch gesteigert durch das Gefallen, welches Ottilie zugleich durch ihre Schönheit und durch ihre Wirksamkeit als Schaffnerin des Hauses erregt. Auf die ruhige ununterbrochene Thätigkeit des lieben Kindes, die von Jedermann bemerkt und gepriesen wird, sieht sie allein mit Verachtung herab, und als es zur Sprache kommt, mit welcher Liebe Ottilie sich der Gärten und Treibhäuser annehme, spottet sie nicht allein darüber, indem sie, uneingedenk des tiefen Winters, sich verwundert zeigt, daß man weder Blumen noch Früchte gewahr werde, sondern sie ergreift auch sogleich die Gelegenheit, den Gegenstand ihrer Abneigung auf das Empfindlichste zu verletzen, indem sie von da an so viel Grünes, so viel Zweige und was nur irgend keimte, herbeiholen und zur täglichen Zierde der Zimmer und des Tisches verschwenden läßt, Alles nur, um Ottilie empfind= lich zu kränken, die ihre Hoffnungen für das nächste Jahr und vielleicht auf längere Zeit dadurch nicht ohne Schmerz zerstört sieht. Aber selbst dies genügt Lucianen nicht. Sie sucht Ottilien, auf deren Schultern fast die ganze Last des, durch den Besuch und das wilde, von Lucianen stets neu aufgestachelte gesellige Leben im Schlosse, täglich neu in Anspruch genommenen Haus= haltes liegt, die nöthige Ruhe des häuslichen Waltens auf alle Weise zu stören, indem sie dieselbe zu nöthigen weiß, alle die von ihr veranstalteten oder veranlaßten Lust= und Schlitten= fahrten, die Bälle der Nachbarschaft mitzumachen. Gegen die Einwendung, daß für Ottilien's zarte Gesundheit Schnee und Kälte und Nachtstürme bei solchen Fahrten gefährlich werden möchten, hat sie nur die frivole Spottbemerkung, „daß ja auch Andere nicht davon stürben!" Ihr Hauptzweck dabei ist, die stets sehr einfach gekleidete Ottilie bei solchen Gelegenheiten durch die Pracht ihrer eigenen Toilette in Schatten zu stellen, und den Mangel geselliger Talente an der Ersteren durch den Glanz ihrer eigenen Virtuosität recht sichtbar hervortreten zu lassen. Und als ihr weder das Eine noch das Andere gelingt, sucht sie umgekehrt wieder ihre Nebenbuhlerin von gewissen glänzenden Theilen der geselligen Unterhaltung, wie z. B. von den durch sie angeregten Darstellungen lebender Bilder, eifersüchtig auszuschließen.

Ueber zwei Monate lang führt sie im Hause der Mutter dies Treiben fort, mit welchem sie nach des Dichters unübertrefflichem Ausdrucke „den Lebensrausch im geselligen Strudel immer vor sich her peitscht", ohne Rücksicht auf das Befinden ihrer Mutter, deren angegriffener Gesundheitszustand ihr oft nicht einmal an den gesellschaftlichen Vergnügungen ihrer Gäste Theil zu nehmen erlaubt. Luciane selbst, „schon lange gewöhnt, Abends nicht in's Bette und Morgens nicht aus dem Bette gelangen zu können", und dabei, wie die meisten innerlich herz- und gemüthlosen Menschen, von eiserner Gesundheit und beneidenswerther Stärke der Nerven, weiß sich nichts Besseres, als über die Mitternacht hinaus „die sinkende Lust immer wieder aufzujagen." Und als man endlich mit dem Freudenleben im Schlosse in jeder Hinsicht zu Ende ist, wird dasselbe nur noch wüster und wilder erneuert, indem Luciane, auf den Vorschlag eines Gastes eingehend, die Gesellschaft bewegt, auf gut polnisch die Güter der Nachbarschaft in der Runde herum der Reihe nach „aufzuzehren", und jagend, reitend, schlittenfahrend und lärmend von einem Besitzthum auf das andere zu ziehen, bis man sich endlich der Residenz nähert, aus welcher die Nachrichten von den glänzenden Lustbarkeiten der Carnevalsaison Lucianen

und ihre Gesellschaft unaufhaltsam in den Strudel neuer
Genüsse hineinziehen.

Ein Umstand verstärkt noch das Widrige dieser Lebens=
führung bei einem so jungen Mädchen. Luciane ist Braut.
Ein solcher Wendepunkt im Leben eines weiblichen Wesens
pflegt selbst härteren Naturen eine gewisse Weichheit oder doch
den Schein derselben zu verleihen. Keine Spur davon bei
Lucianen. Keine Andeutung des Dichters verräth uns, daß
sie ihrem Verlobten gegenüber irgend Etwas empfinde, das
wie Neigung des Herzens, wie Hingebung und Vorgefühl
wirklichen Eheglücks aussieht. Es ist bezeichnend, daß wir
sie in der Darstellung des Dichters mit allen anderen Personen
des sie umgebenden Kreises sich berühren, zu denselben in
irgend ein Verhältniß des Betragens treten, ihr Wesen an den=
selben äußern sehen, nur nicht mit ihrem Verlobten. Nicht daß
er ihr etwa Gegenstand der Abneigung wäre. Keineswegs!
Er ist für sie und ihre Lebensführung, was ein geschmackvoller
Anzug, ein kostbarer Schmuck für ihre äußere Erscheinung sind,
ein zupassendes kleidsames Stück ihrer Lebenstoilette, ein Er=
forderniß ihrer Stellung in der Welt. Der Betrachter findet
sich von einem unheimlichen Gefühle beschlichen, wenn er sich
vorstellt, daß dieses Mädchen an der Schwelle des wichtigsten
aller menschlichen Verhältnisse steht. Ist es doch, als wenn
der Dichter des Romans, der die Conflikte und Gefahren
einer Ehe zwischen Personen „der Gesellschaft" darstellen soll,
seinen Lesern zurufen wollte: Seht her, in welcher Art in
dieser Gesellschaft die Ehen geschlossen werden!

Fragt man nun nach den Lichtseiten in Lucianen's Wesen,
nach den Eigenschaften, durch welche sie ihre Erfolge erreicht,
so finden wir auch hier wieder neben ihrer körperlichen Schön=

heit, die jedoch nicht selten, zumal in der Bewegung, durch etwas Ungraziöses beeinträchtigt wird, theils lauter solche, deren Bethätigung lediglich auf äußerlichen Umständen ruht, theils solche, die durch die bewußte Absichtlichkeit, welche ihre Ausübung begleitet, den größten Theil ihres Werthes verlieren, und sogar nicht selten durch eigensinnige Uebertreibung Schaden und Nachtheil, ja selbst großes Unglück anrichten.

Sie ist mittheilsam und wohlthuend und stets bereit zum Verschenken, ja zum Verschwenden, weil sie im Reichthum geboren, durch Bräutigam und Tante mit Geschenken und köstlichen Gaben überhäuft und mit stets bereitwillig erneuten Geldmitteln versehen, den Werth der Dinge nicht kennt, weil es ihrer Eitelkeit schmeichelt, überall als hülfreiche oder als geheime Wünsche erfüllende gefällige Fee aufzutreten, und weil ihr selbst solches Thun keinerlei Opfer auferlegt, während es ihr überall umher einen Namen von Vortrefflichkeit zu Wege bringt. Das letztere Motiv ist es denn auch, welches sie veranlaßt, jenem jungen Manne, den seine verstümmelte Hand menschenscheu gemacht und zum Zurückziehn aus der Gesellschaft bewogen hat, ihre vorzugsweise Aufmerksamkeit zuzuwenden und ihn durch eine an „Zudringlichkeit grenzende Dienstfertigkeit und eine fast ausschließliche Beschäftigung mit seiner Person zu bewegen, sich der Gesellschaft wieder zu nähern. Wenn aber diese Bethätigung ihrer geistigen oder vielmehr gemüthlichen Koketterie und Gefallsucht gut abläuft, so fehlt es auch nicht an anderen Fällen, wo sie mit ihrem gewaltsamen helfenwollenden Eingreifen in fremde Zustände für Andere schweres Unheil anrichtet. Ein solcher ist der von ihr ebenso unberufen als ungeschickt unternommene Versuch, die Schwermuth der Tochter eines angesehenen Hauses zu heilen, der in sein gerades Gegentheil umschlägt und

völligen Wahnsinn der Unglücklichen zurFolge hat. Daß Luciane
trotz dieses entsetzlichen Ausgangs — der zwar ihrer Mutter zunächst verborgen bleibt, derselben aber später viel zu schaffen
macht — im Stande ist, ihr Vergnüglingstreiben ungestört
fortzusetzen, erklärt sich aus der vollständigen Selbstgenügsamkeit,
mit der sie bei ihrer, vom Dichter als wahrhaft „grausam" bezeichneten Art der Wohlthätigkeit, stets felsenfest von der Vortrefflichkeit ihres Handelns überzeugt ist, wie sie denn auch nach
dem Eintritte jener durch sie veranlaßten Katastrophe nach ihrer
Weise eine starke Strafrede an die Gesellschaft hält, ohne im
Mindesten daran zu denken, daß sie allein alle Schuld habe,
und ohne sich durch dieses und anderes Mißlingen von ihrem
Thun und Treiben abhalten zu lassen. Sie ist eben eine von
denjenigen weiblichen Naturen, die bei völlig innerer Kälte
das Bedürfniß haben, sich immer auf's Neue mit äußeren
Emotionen gleichsam einzuheizen, um sich die nöthige Wärme-
temperatur zu verschaffen.

Es würde schwer zu begreifen sein, wie sich der Bräutigam
eines solchen Wesens „für den glücklichsten Menschen von der
Welt" zu halten vermag, wenn der Dichter nicht Sorge getragen
hätte, diese Verblendung mit jenem psychologischen Tiefblicke
und jener umfassenden Kenntniß des menschlichen Herzens zu
erklären, die wir an ihm zu bewundern gewohnt sind. Lucianen's
Verlobter ist einer von jenen nicht selten vorkommenden Männern, die zum Beherrschtwerden von ihren Frauen gleichsam
prädestinirt sind, weil sie den Schwerpunkt ihrer Existenz und
ihrer Geltung nicht in sich selbst, sondern in irgend etwas
Aeußerlichem, aber zu ihnen Gehörendem, zu suchen sich gewöhnt
haben. „Er hatte", heißt es von ihm, „einen ganz eigenen Sinn,
Alles auf sie, und erst durch sie auf sich zu beziehen;

und es machte ihm sogar eine unangenehme Empfindung, wenn sich ein Neuangekommener nicht gleich mit all' seiner Aufmerksamkeit auf sie richtete, sondern lieber mit ihm selbst, wie es wegen seiner guten Eigenschaften besonders von älteren Personen oft geschah, eine nähere Verbindung suchte, ohne sich sonderlich um sie zu bekümmern." Solche wunderliche selbstlose Egoisten, die man die Götzendiener ihres Besitzes nennen möchte, sind aber am wenigsten dazu geeignet, irgend eine Frau erziehend weiter zu bilden, geschweige denn ein so glänzendes Irrlicht, wie Luciane, die einer gründlichen Zucht der Ehe bedurfte, um unter der Leitung eines starken männlichen Charakters zur Selbstkenntniß und zur Besserung zu gelangen. So wie sie jetzt vor uns dasteht, dürfte ihre Ehe mit einem Manne, wie ihr Verlobter, vielmehr geeignet sein, alle ihre glänzenden Verkehrtheiten und schlimmen Eigenschaften zur ungehindertsten Entfaltung zu bringen.

———

Anders jedoch denkt und empfindet darüber ihre Mutter. Das Resultat, welches für diese aus der zweimonatlichen Beobachtung des von uns geschilderten Treibens und Behabens ihrer Tochter hervorgeht, lautet vielmehr: „Charlotte war des Glücks ihrer Tochter gewiß, wenn bei dieser der erste Braut- und Jugendtaumel sich würde gelegt haben!" Noch bedenklicher aber ist der Grund, welcher für diese ihre gewisse Ueberzeugung angeführt wird. Es ist kein anderer als der, welcher uns gerade die Befürchtung des Gegentheils erweckte, nämlich das oben geschilderte Verhalten und der Charakter ihres künftigen Gatten und dessen blinde Bewunderung der hohen Vortrefflichkeit seiner Erwählten, in Folge deren er „auf eine wunderbare Weise von dem Vorzuge geschmeichelt schien, ein Frauenzimmer zu besitzen, das der ganzen Welt gefallen mußte." Aber auch noch an einer andern Stelle hat der Dichter dies Verhalten Charlotten's in Bezug auf ihre Tochter mit jener leisen und deshalb nur um so tiefer einschneidenden Ironie zur Sprache gebracht, deren er, wie kaum ein Anderer, Meister ist. „Die große Unruhe" — mit dieser Bemerkung begleitet er die Entfernung Lucianen's vom Schauplatze — „welche Charlotten durch diesen Besuch er= wachsen war, ward ihr dadurch vergütet, daß sie ihre Tochter völlig begreifen lernte, worin ihr die Bekanntschaft mit der Welt sehr zu Hülfe kam. Es war nicht zum erstenmale, daß ihr ein so seltsamer Charakter begegnete, obgleich er ihr noch niemals auf dieser Höhe erschien. Und doch hatte sie aus der Erfahrung, daß solche Personen, durch's Leben, durch mancherlei Ereignisse, durch elterliche Verhältnisse gebildet, eine sehr angenehme und liebenswürdige Reise erlangen können, indem die Selbstigkeit gemildert wird und die schwärmende Thätigkeit eine entschiedene Richtung erhält. „Charlotte ließ" — also schließt der Dichter seine Darstellung ihrer ebenso ober= flächlichen als bei Eltern gewöhnlichen Selbstberuhigung, deren Logik gar ergötzlich an jenen ärztlichen Trostzuspruch erinnert: daß die Schmerzen des Kranken sicher aufhören wer= den, wenn nur erst die dolores cessiren — „Charlotte ließ als Mutter sich um desto eher eine, für Andere vielleicht unangenehme, Erscheinung gefallen, als es Eltern wohl geziemt, da zu hoffen, wo Fremde nur zu genießen wünschen, oder wenigstens nicht belästigt sein wollen!"

Mit derselben leichtsinnigen Verblendung über die wahre Natur der Dinge, mit derselben sträflichen Nachgiebigkeit gegen eigene und fremde Schwäche, mit derselben Täuschung der eigenen besseren Einsicht über die Gefahr ihres Thuns und mit derselben oberflächlichen Beruhigung durch ihre sogenannte Welterfahrung, wie sie dieselben der Tochter gegenüber an den Tag legt, ist nun Charlotte auch ihre Ehe mit Eduard eingegangen. Sie konnte sich Beispiele anführen, daß auch solche Ehen zuweilen nicht übel ausgeschlagen seien, warum sollte sie also für die ihrige nicht das Gleiche hoffen, wenn nur das und das und das geschehe? Wer aber sein und Anderer Schicksal auf ein solches „wenn" zu gründen, die zum glücklichen Erfolge seines Handelns nothwendigen bedingenden Umstände zu erhoffen sich gewöhnt hat, statt sich ihres Vorhandenseins vorher zu vergewissern, der hat sich selbst die Schuld beizumessen, wenn sein Handeln ihm schließlich zum Unheil ausschlägt.

Charlotte ist eine Frau von mancherlei vortrefflichen Eigenschaften des Verstandes wie des Herzens, die sie befähigen könnten, das Glück eines zu ihr passenden Mannes zu machen. Mannigfach gebildet, ist sie im Stande, den verschiedensten geistigen Interessen mit belebendem Antheile zu folgen. Taktvoll, weltgewandt und leichtlebig in großer Gesellschaft, in der sie sich bis zu ihrer Verbindung mit Eduard ausschließlich bewegt hat, ist ihr dieselbe doch keineswegs ein unentbehrliches Bedürfniß geworden und die ländliche Zurückgezogenheit, deren Wahl bei Eduard mehr als Resultat zufälliger Stimmung und momentaner Ermüdung erscheint, ist ihr selbst dagegen alsbald lieb und erfreulich geworden. Denn Charlotte ist häuslich und hausfrauliches Thun und wirthschaftliches Schaffen und Ordnen gewähren ihr eine angenehme Befriedigung. Sie ist sich bewußt, im Oekonomischen „das Willkürliche", wie sie es nennt, „besser zu beherrschen" als Eduard, der auch in diesem Bereiche zu maßlosem Nachgeben gegen seine Wünsche und Einfälle sich geneigt erweist, während Charlotte als eine „gute Haushälterin" und sorgsame Rechnerin immer nur das Mögliche und leicht Erreichbare im Auge hat. Von scharfem Blicke und klarer Gewandtheit in allem Einzelnen, ist sie zugleich bequem und verträglich im Verkehr, immer zum Ausgleichen bereit und geneigt, und wie alle gemäßigten, von starken Leidenschaften freien weiblichen Naturen fast immer Herrin ihrer selbst, aber eben darum auch von Anderen dasselbe verlangend und als nothwendig voraussetzend, ohne auf die Verschiedenheit des Temperaments Rücksicht zu nehmen. Diese letztere Eigenthümlichkeit ihres Empfindens und Handelns ist es denn auch, welche ihrem Gatten gegenüber den tragischen Ausgang vorzugsweise herbeiführt. Charlotte ist ferner von Natur wohlwollend und gütig — sie beweist dies durch die Theilnahme an ihrer verwaisten Nichte Ottilie, der Tochter ihrer Herzensfreundin: aber dieses Wohlwollen, diese Theilnahme werden geschwächt durch ihren Egoismus, der sich in der blinden Liebe und Nachsicht für ihre Tochter Luciane offenbart.

Das Erscheinen des Hauptmanns in ihrem Hause, gegen dessen Aufnahme sie sich, nicht ohne ein bestimmtes Bewußtsein seiner Gefährlichkeit für sie selbst, gesträubt hat, ist vom Dichter geschickt dazu benutzt, gleich von vornherein anzudeuten, daß dem ehelichen Verhältnisse der beiden erst so kurze Zeit vermälten Gatten bereits die Nothwendigkeit eines auf dem Bedürfnisse engeren persönlichen Beieinanderseins beruhenden Zusammenhangens gebricht. Eduard „findet es höchst nöthig", zu dem Hauptmanne auf den rechten Flügel des Schlosses hinüberzuziehen, um Abends und Morgens die rechte Zeit zum gemeinsamen Arbeiten mit dem Freunde benutzen zu können, und Charlotte „läßt sich" eine solche, jedenfalls sehr bedenkliche und für ihre Anziehungskraft keineswegs schmeichelhafte Absonderung

ihres Gatten ohne Widerspruch „gefallen". Allerdings kommt
ihr dabei zu Hülfe, daß sie, „von Natur mäßig", keinerlei
leidenschaftliche oder sinnliche Hinneigung zu ihrem Gatten
empfindet. Aber das Schlimme dabei ist, daß sie später an sich
selbst die Erfahrung macht, daß der Mangel einer solchen Hin=
neigung doch nicht ausschließlich auf Rechnung ihres natürlichen
Temperaments zu setzen ist, sondern vielmehr in dem unzuläng=
lichen Maße ihrer Liebe für ihren Gatten seinen Grund hat.

Die als Wahlverwandtschaft bezeichnete Neigung der beiden
Paare zu einander findet gleichzeitig statt, ja sie tritt eigentlich
bei Charlotten und dem Hauptmanne noch früher ein, als bei
Eduard und Ottilien; und während Charlotte noch im Stande
ist, im täuschenden Gefühle der eigenen Sicherheit und Selbst=
gewißheit die mehr und mehr sich offenbarenden Anzeichen der
wachsenden Leidenschaft der beiden Letzteren zu belächeln, fühlt
sie es nicht, daß ihre eigene und des Hauptmanns wechselseitige
Neigung „bereits eben so gut im Wachsen ist als jene, und
vielleicht nur noch gefährlicher dadurch, daß Beide ernster, sicherer
vor sich selbst, sich zu halten fähiger sind". Wie die Mehrzahl
der Weltfrauen ist sie durch Natur und Gewöhnung in hohem
Grade befähigt, sich jederzeit äußerlich zusammenzunehmen,
oder wie es der Dichter nennt, zu „bändigen", und auch
in den außerordentlichsten Fällen immer noch eine Art von
scheinbarer Fassung zu behaupten. Sie bethätigt diese Eigen=
schaft vorzüglich in dem Augenblicke, als ihr Gast, der Graf,
ihr die Eröffnung macht, daß er eine Stelle wisse, die für ihren
Freund, den Hauptmann, ganz besonders passe, und daß er sich
glücklich fühle, durch eine warme Empfehlung zu derselben den
ihm werthen tüchtigen Mann in eine erwünschte Lebenslage
bringen zu können. Diese Eröffnung macht ihr mit einem

Schlage ihren eigenen Zustand klar und zeigt ihr, wie es mit ihrer Sicherheit vor sich selbst beschaffen ist. „Es war wie ein Donnerschlag, der auf Charlotten herabfiel." Sie fühlt sich „innerlich zerrissen", und nur mit höchster Anstrengung vermag sie ihre Bewegung wenigstens für den Moment vor dem Grafen zu verbergen. Aber „mit wie anderen Augen sieht sie jetzt den Freund an, den sie verlieren soll!" Schon auf halbem Wege zu der Einsiedelei, in welcher sie Verborgenheit zu suchen eilt, „stürzten ihr die Thränen aus den Augen", und kaum dort angelangt, „überläßt sie sich ganz einem Schmerz, einer Leiden=schaft, einer Verzweiflung, von deren Möglichkeit sie wenig Augenblicke vorher auch nicht die leiseste Ahnung gehabt hatte!"

So vollzieht sich an ihr die Strafe für die leichtsinnige Nachgiebigkeit, mit der sie Eduard's Bewerbung angenommen hat, statt der warnenden und abmahnenden Stimme ihrer besseren Ueberzeugung zu folgen. Die Leidenschaft, vor der sie ihr Leben lang so sicher zu sein geglaubt hatte, erfaßt sie nur mit um so stärkerer Gewalt in einer Lage und in einem Zeitpunkte, wo dieselbe in ihren Augen zur Sünde wird. In der bekannten Nachtscene des elften Kapitels im ersten Buche, welche jener Aufklärung über den Zustand ihres Innern unmittelbar folgt, wird ihre Ehe nicht nur von Eduard, sondern eben so auch von ihr geistig gebrochen. Und was schlimmer ist: die Reue, welche sie nach derselben empfindet, gilt nicht sowohl ihrem Verhältnisse als Gattin, sondern sie erscheint bei ihr vielmehr als eine Art von Schuldbewußtsein gegenüber dem Geliebten ihres Herzens! Erst als der Hauptmann Tags darauf bei jener einsamen abend=lichen Kahnfahrt von seinen Gefühlen überwältigt ihr den Zu=stand seines Innern offenbart — erst da kehrt ihr die Besin=nung über sich selbst wieder, und sie dringt nun entschieden auf

Trennung und Entfernung des Mannes, dem ihr Herz ge=
hört. Die Worte, mit denen sie diesen Schritt thut, sind
charakteristisch für ihr ganzes Wesen. „Daß dieser Augenblick
Epoche in unserem Leben mache, können wir nicht verhindern;
aber daß sie unser werth sei, hängt von uns ab. Sie müssen
scheiden, lieber Freund, und Sie werden scheiden. Nur insofern
kann ich Ihnen, kann ich mir verzeihen, wenn wir den Muth
haben, unsere Lage zu ändern, da es nicht von uns ab=
hängt, unsere Gesinnung zu ändern!" Das heißt
aus dem Verstandespathos in einfaches Deutsch übertragen:
„Wir können es nicht ändern, daß wir uns lieben, aber ich
bin einmal die vermälte Frau meines Mannes und muß und
will es bleiben!"

Charlotte ist nicht die erste Frau, die ihren Mangel an tiefer
Leidenschaftsfähigkeit und an Temperament sich als eine Tugend,
und ihre aus beiden hervorgehende Bereitschaft zum „Entsagen"
als ein Verdienst anrechnet. Im entscheidenden Augenblicke siegt
bei ihr die ruhige „ernste Betrachtung". Um ihrer „Gesinnung"
(dies Wort, mit dem sie ihr Gefühl für den Hauptmann um=
schreibt, ist höchst bezeichnend) zu folgen, müßte sie sich zu einem
Schritte entschließen, der ihr in jedem Betrachte unbequem ist,
zur Scheidung von ihrem Gatten. Daß diesem bei seiner ihr
offen zu Tage liegenden Leidenschaft für Ottilien damit nur
gedient sein, daß sie dadurch sein Glück machen könnte, kommt
bei ihrem Entschlusse so wenig in Anschlag als der Gedanke,
daß sie selbst, mit einem mehr als getheilten Herzen, jetzt noch
viel weniger im Stande sein dürfte, Eduard's Ehe mit ihr zu
einer glücklichen zu machen, als es schon bisher der Fall war.
Geradezu fürchterlich aber ist es, daß sie nach jener leidenschaft=
lichen Erklärungsscene mit dem Hauptmann, in ihr Schlaf=

zimmer, in die Stätte ihres geistigen Ehebruchs zurückgekehrt, fähig ist, sich „als Eduard's Gattin zu empfinden und zu betrachten und über sich selbst zu lächeln, als sie des wunderlichen Nachtbesuchs gedachte!" Die Motivirung, welche der Dichter hier anwendet, um Charlotten's Umkehr und ihre Selbstberuhigung zu begründen, ist nicht weniger unheimlich für das sittliche Gefühl, und, genau betrachtet, nur ein Beweis mehr für den tiefen Egoismus dieser Frauennatur, die stets geneigt ist, sich selber zu verzeihen, und ein Opfer, das zu bringen ihr wenig Ueberwindung kostet, als vollgenügende Sühne ihrer Vergebung zu betrachten.

Sobald sie auf diese Art mit sich selbst im Reinen ist, scheint ihr auch alles Uebrige eben so leicht wieder geordnet werden zu können. Ottilien's und Eduard's ihr wohlbekannte Leidenschaft für einander däucht ihr jetzt kein schwer zu überwindendes Hinderniß mehr. Ihr Gedankengang wird vom Dichter in den Worten geschildert: „Ottilie konnte in die Pension zurückkehren, der Hauptmann entfernte sich wohlversorgt, und alles stand wie vor wenigen Monaten. Ihr eignes Verhältniß hoffte Charlotte zu Eduard bald wieder herzustellen, und sie legte das Alles so verständig bei sich zurecht, daß sie sich nur immer mehr in dem Wahn bestärkte: in einen früheren beschränkten Zustand könne man zurückkehren, ein gewaltsam Entbundenes lasse sich wieder in's Enge bringen."

Es ist dies einer von den höchst seltenen Fingerzeigen, mit denen der Dichter uns auf den Grundirrthum Charlotten's hinweist. Sie sagt sich nicht, daß sie es ist, von ihrem eigenen Gefühle für den Hauptmann hingenommen, ihres Gatten Leidenschaft für Ottilien hat zu ihrer vollen Höhe gelangen lassen, während sie dieselbe möglicherweise durch rechtzeitiges Aus-

sprechen gegen Eduard im ersten Anfange zu verhindern ver=
mocht hätte. Sie bekennt sich nicht, daß sie es ist, auf welche
die Schuld solcher Vernachlässigung aus egoistischer Nachgiebig=
keit gegen ihre eigene Herzensverirrung zurückfällt. Ihr inneres
Gefühl, „das Bewußtsein ihres ernsten Vorsatzes, ihrerseits auf
eine so schöne edle Neigung Verzicht zu thun, hilft ihr über
Alles hinweg". Doch wagt sie auch jetzt noch nicht, weder
ihrem Gatten noch Ottilien gegenüber offen mit der Sprache
herauszugehen. Sie versucht durch „allgemeine Andeutungen"
ihren Rath, ihre Warnungen auszudrücken; „aber das All=
gemeine paßt auch auf ihren eigenen Zustand, den sie aus=
zusprechen scheut". Ein jeder Wink, den sie Ottilien geben
will, „deutet zurück in ihr eigenes Herz: sie will warnen und
fühlt, daß sie wohl selbst noch einer Warnung be=
dürfen könnte". Sie greift daher zu kleinen Mitteln, die
nichts fruchten, zu Versuchen Eduard und Ottilie auseinander=
zuhalten, wodurch die Sache nicht besser wird, zu leisen An=
deutungen, die nichts wirken, da beide Liebenden von Charlotten's
Neigung zum Hauptmann überzeugt — und zwar mit vollem
Rechte überzeugt — gewiß zu sein glauben, daß sie selbst
eine Scheidung ihrer Ehe wünsche.

So beurtheilt Jedes das Andre nach sich selbst, legt den
Maßstab des eigenen Gefühls an das Gefühl und Empfinden
des Andern. Charlotte insbesondere hat von der dauernden
Macht und Ausschließlichkeit einer Liebesleidenschaft eigentlich
gar keine Vorstellung in sich. Nach dem Abschied von dem
Hauptmanne „empfindet sie sofort diese Trennung als eine
ewige und ergiebt sich darein". Aus welchem Grunde? In
dem zweiten Briefe des Grafen an den Hauptmann ist auch
von der Aussicht „auf eine vortheilhafte Heirat" die Rede ge=

wesen, und dies reicht für sie hin, „die Sache schon für gewiß anzusehen" und dem Geliebten „rein und völlig zu entsagen". Hatte sie selbst doch in ihrer Jugend Eduard gegenüber bei dessen Entfernung ebenso gehandelt, warum sollte der Hauptmann nicht das Gleiche thun, zumal da ein solches Handeln seinerseits ihren Absichten und ihrem Vorsatze: trotz ihrer Liebe für den scheidenden Freund ihre Stellung als Eduard's Gattin zu behaupten, so wohl passen würde?

Erst jetzt nach der Entfernung des Hauptmanns, schreitet Charlotte zu einer offenen Erklärung ihrem Gatten gegenüber. Der Dichter bemerkt dabei, daß in diesem Gespräche Eduard „die offne, reine und ehrliche Sprache seiner Gattin nicht zu erwidern vermochte", und er hat ohne Zweifel ein gewisses Recht zu dieser Bemerkung, obschon durchaus nicht völlig Recht. Denn Charlotte verschweigt auch hier Etwas: sie verschweigt das Bekenntniß ihres eigenen Zustandes, ihrer eigenen an dem Gatten begangenen geistigen Untreue. Und sie muß es verschweigen, weil sie fühlt, daß sie das Wort, das allein ihr ein Uebergewicht sichern könnte, das Wort: „Auch ich habe den Hauptmann geliebt, aber ich habe mich auf mich selbst besonnen und gefunden, daß ich Dich mehr liebe als ihn" — nicht sprechen kann, ohne das Gegentheil der Wahrheit zu sagen. Was sie statt dessen in dieser Unterredung geltend macht: „die Berufung auf ihr wohlerworbenes Glück, auf ihre schönsten Rechte", so wie die Betrachtung, daß in den Augen der Welt ein Aeußerstes (die Scheidung) unbegreiflich sein und beide Gatten als tadelnswerth oder gar lächerlich erscheinen lassen werde, kann schwerlich auf das von tiefer Leidenschaft ganz erfüllte Herz eines Mannes einen hinreichend starken Eindruck machen, der für Charlotten's „Gesinnung" gegen den Hauptmann und für den Vorzug, den sie demselben in ihrem Innersten giebt, die untrüglichsten Anzeichen hat oder zu haben glaubt.

Charlotte ist vorwiegend eine Verstandsnatur und in diesem ihrem Bereiche, welcher das Regelrechte und Allgemeine umfaßt, durchaus tüchtig. Aber ihr fehlt Gefühl und Verständniß für das Individuelle, Besondere, wie sich das auch in ihren Ansichten und ihrem Verfahren bei Gelegenheit der Umgestaltung des Kirchhofs und seiner Denksteine geltend macht. Das Individuellste und Besonderste aber ist das menschliche Herz und seine Liebesleidenschaft, und für diese fehlt der Gattin Eduard's jedes tiefere Verständniß; ebenso für den Charakter ihres Gatten und Ottilien's. Der beste Beweis für diesen Mangel ist wohl der Umstand, daß sie ernstlich an die Möglichkeit denkt, Ottilie mit dem Hauptmann verheiraten zu können, wie sie denn schon früher durch eine Verbindung ihrer Nebenbuhlerin mit dem Architekten oder dem Gehülfen ein Auskunftsmittel zur Herstellung ihrer Ehe gesucht hatte. So wenig kennt und versteht sie das Wesen ihrer Nächsten, versteht und begreift sie die jede solche Möglichkeit ausschließende Leidenschaft Eduard's, die Gefühlstiefe Ottilien's und selbst die innerste Empfindung ihres eigenen Freundes, des Hauptmanns!

Inzwischen ist Charlotte in Folge jener oben erwähnten nächtlichen Zusammenkunft mit ihrem Gemahl, guter Hoffnung geworden, und sofort ist es bei ihr entschieden, daß jetzt „alles sich wieder geben, daß Eduard sich ihr wieder nähern werde". Sie „muß dies glauben, muß dies hoffen, denn wie könnte es anders sein!" Ohne daran zu denken, daß sie in jener nächtlichen Stunde, an welche sie jetzt Eduard bei der brief=

lichen Meldung ihres Zustandes erinnert, einen geistigen Ehe=
bruch beging, und daß es die geheime leidenschaftliche Hin=
gebung ihres Wesens an einen Andern war, welcher sie ihr
zu hoffendes Mutterglück verdankt, benennt sie jetzt jene Zu=
sammenkunft nur mit dem Namen „einer seltsamen Zufällig=
keit", und fordert ihren Gatten auf: in derselben „eine Fügung
des Himmels zu verehren, die für ein neues Band ihrer Ver=
hältnisse gesorgt habe, in dem Augenblick, da das Glück ihres
Lebens auseinanderzufallen und zu verschwinden drohte!" Wir
wissen, wie sehr sie sich mit diesem Glauben gegenüber von
Eduard's Empfinden täuscht, daß man sicherlich als das ge=
sundere und sittlichere bezeichnen muß. Und in der That liegt
etwas Frevelhaftes in jener ebenso unklaren als egoistischen
Anschauungsweise, mit der Charlotte in ein und demselben
Athem „Zufälligkeit" und „göttliche Fügung" in einander
mischend, die letztere da als unmittelbar wirkend hinstellt, wo
geheime sündliche Begier und gegenseitige Täuschung beider
Gatten jenes Resultat zu Wege brachten. Dies führt uns
auf Charlotten's religiöse Weltanschauung überhaupt.

Die Unklarheit und Verworrenheit derselben tritt am
schlagendsten in jener Erklärung hervor, welche sie un=
mittelbar nach dem Tode des Kindes gegen den Haupt=
mann, den Abgesandten ihres Mannes, abgiebt. Dies Un=
glück hat ihr die Augen geöffnet über ihren Schuldantheil.
Sie fühlt jetzt, „daß das Loos von mehreren in ihren Händen
liegt" und „willigt in die Scheidung". „Ich hätte mich
früher dazu entschließen sollen", fährt sie fort, „durch mein
Zaudern, mein Widerstreben habe ich das Kind getödtet."
Aber diese richtige Erkenntniß hindert sie nicht unmittelbar
darauf die Schuld wieder auf das Walten einer dämonischen

Macht zu schieben, die außer und über dem Menschen hart=
näckig walte. „Es sind gewisse Dinge, die sich das Schicksal
hartnäckig vornimmt. Vergebens, daß Vernunft, Tugend,
Pflicht und alles Heilige sich ihm in den Weg stellen! es
soll etwas geschehen, was ihm recht ist, was uns nicht recht
scheint; und so greift es recht zuletzt durch, wir mögen uns
geberden wie wir wollen!" — Ganz ähnlich spricht Ottilie
von einem „ahnungsvollen Geschick", dem man sich durch
Nichts entziehen könne, wenn es uns zu verfolgen entschieden
sei; von „ungeheuren, zudringenden Mächten", gegen die allein
der Dienst des Heiligen zu beschirmen vermöge, ja sogar zu=
letzt von „einem feindseligen Dämon, der Macht über sie
gewonnen habe" und sie von außen zu hindern scheine, „selbst
wenn sie sich wieder mit sich selbst zur Einigkeit gefunden
hätte!" und es ist ordentlich eine Erleichterung für uns,
wenn wir endlich einmal in ihrer Erklärung, daß „Gott ihr
auf eine schreckliche Weise (durch den Tod des Kindes) über
das Verbrechen, in dem sie befangen sei, die Augen geöffnet
habe", den alten ehrlichen Jehovahglauben an die Stelle jener
unklaren mystisch=romantischen Verhüllungsausdrücke treten
sehen. Dieser unselige fatalistische Wahnglaube an mehr oder
weniger persönlich vorgestellte, das Handeln und Leiden, Glück
und Unglück bestimmende außermenschliche Mächte, der wie ein
Alp auf der ganzen Dichtung lastet, und besonders bei Ottilien
Unheil anrichtet, ist, beiläufig bemerkt, weniger ein ästhetischer
Fehler der Dichtung als eine sittliche Schwäche des Dichters
selbst, der in keiner seiner Dichtungen nach dieser Seite hin
so gleichsam unter sich selbst herabgesunken erscheint. Schwerlich
würde Schiller die Schlußworte der Dichtung haben passiren
lassen, wenn der Freund ihm die Wahlverwandtschaften

ebenso, wie früher die einzelnen Bücher des Wilhelm Meister, hätte zur kritischen Beurtheilung vor dem Drucke mittheilen können! —

Doch zurück zu Charlotten. Um nicht ungerecht gegen sie zu sein, müssen wir anerkennen, daß sie zu ihrem Schicksalsaberglauben sogleich selbst die Ermäßigung hinzufügt, daß „eigentlich das Schicksal nur ihren eignen Wunsch, ihren eignen Vorsatz, gegen den sie unbedachtsam gehandelt, wieder in den Weg bringen wolle". Sie erinnert sich jetzt daran, daß sie ja selbst schon Ottilien und Eduard als das schicklichste Paar zusammengedacht, daß sie beide einander zu nähern gesucht, daß ihr Freund der Hauptmann Mitwisser dieses Planes gewesen sei. Jetzt klagt sie sich an, daß sie den Eigensinn eines Mannes nicht von wahrer Liebe zu unterscheiden gewußt, daß sie seine Hand gegen ihre bessere Einsicht angenommen, daß sie als Freundin ihn und eine andre Gattin glücklich gemacht haben würde. Jetzt sieht sie ein, daß Ottilie nicht leben, nicht sich trösten können werde, wenn sie nicht hoffen dürfe, durch ihre Liebe Eduard das zu ersetzen, was sie ihm als Werkzeug des wunderbarsten Zufalls geraubt habe; und jetzt begreift sie, daß Ottilie ihm alles wiedergeben könne, nach der Neigung, nach der Leidenschaft, mit der sie ihn liebe. Als der verständige Hauptmann, der mit vollem Rechte in dem Tode des Kindes einen für das Glück aller Betheiligten günstigen Umstand sieht, beim Scheiden von Charlotten die Frage wagt: „was er für sich hoffen dürfe?" antwortet ihm diese:

„Lassen Sie mich Ihnen die Antwort schuldig bleiben. Wir haben nicht verschuldet unglücklich zu werden, aber auch nicht verdient zusammen glücklich zu sein!"

„Nicht verdient!" Fast möchte man sich versucht fühlen, der Sprecherin die Worte zuzurufen, welche Shakspeare's Hamlet an Polonius richtet: use every man after his desert, and who should escape whipping! Indeß Charlotten's etwas erkünstelt klingende Bescheidworte sind nicht allzugenau zu nehmen; denn wir sehen aus dem Eindrucke, den sie auf den Hauptmann machen, der sich „mit schmeichelnden Hoffnungen und mit Bildern" einer glücklichen eignen Zukunft an der Seite der geliebten Frau, entfernt, daß er, wie auch wir, die Ueberzeugung hegt, Charlotte werde ihm die gewünschte Ant= wort auf seine Frage nicht für immer „schuldig bleiben". Er darf diese Ueberzeugung um so mehr hegen, als er sich eingestehen muß, daß Eduard's Beurtheilung der Lage der Dinge, wie er sie aus dem Feldzuge zurückgekehrt dem Freunde im zwölften Kapitel des zweiten Theils ausspricht, unwider= leglich richtig ist.

Aber auch die letzte Möglichkeit eines versöhnenden Aus= gangs wird abermals durch Charlotten's Schuld verhindert. Kaum hat diese von der in allen Fugen ihres Wesens er= schütterten und durch den Tod des Kindes in einen Zustand völlig überreizter Empfindung versetzten Ottilie die Erklärung vernommen, daß sie Eduard für immer entsage, als sie auch schon, von ihrem Egoismus verleitet, uneingedenk ihres dem Hauptmann so eben gemachten Bekenntnisses über ihre eigene Schuld und ihren Irrthum, sogleich wieder ihrem Wunsche, ihrer Hoffnung auf die Herstellung ihrer Verbindung mit Eduard Raum giebt. Ohne auf Ottilien's augenblicklichen Zu= stand Rücksicht zu nehmen, ohne eine Milderung, eine Be= ruhigung, eine geistige Herstellung desselben abzuwarten, schließt sie sofort mit ihr jenen „Bund", zufolge dessen sie der Un=

glücklichen das grausame Gelöbniß abnimmt: sich weder schriftlich noch mündlich von jetzt an mit Eduard einzulassen, sondern ihm gegenüber fortan ein absolutes Schweigen unverbrüchlich zu beobachten!

Charlotte mag sich einbilden, damit in gutem Glauben, im Interesse Ottilien's zu handeln, sie vor demselben Fehler behüten zu wollen, den sie selbst einst Eduard's Bewerbung gegenüber begangen; dem tiefer blickenden Beobachter kann es nicht entgehen, daß sie damit in einer Selbsttäuschung befangen, daß ihr wahres Motiv, welches sie zu dieser grausamen Benutzung der Situation bewegt, vielmehr — wenn auch ihr selber nicht ganz klar bewußt — der tiefgewurzelte Egoismus ihrer Natur ist. Es ist wieder ihr Mangel an eigener tiefer Empfindung, der sie die Lage der Dinge, den Zustand ihres Gatten richtig zu würdigen verhindert und an die Herstellung des eigenen alten Zustandes glauben läßt, weil sie dieselbe wünscht, und weil für sie eine solche Herstellung möglich ist. Warum soll für Eduard nicht möglich, nicht schließlich erwünscht sein, was ihrer eigenen Natur, ihren eigenen Wünschen gemäß ist? Ottilie hat daher kaum das Schloß verlassen, als auch schon bei Charlotten die Hoffnung auf Herstellung ihres alten Glücks wieder lebendig wird. „Charlotte“, sagt der Dichter, „war zu solchen Hoffnungen abermals berechtigt, ja genöthigt.“

Genöthigt — allerdings! denn nur so, nur durch die Hoffnung auf den erwünschten Ausgang kann sie sich über die hartnäckige Selbstsucht ihrer Handlungsweise beruhigen. Berechtigt — nimmermehr! es wäre denn, daß diese Berechtigung auf der früher erwähnten Unfähigkeit ihrer Natur beruhte, das Wesen wahrer Leidenschaft zu begreifen.

Der Ausgang aber spricht natürlich gegen sie. Er bestätigt

das Urtheil, das sie sich selbst gesprochen, als sie eingestand, daß sie selbst es gewesen sei, die zuerst durch ihre Nachgiebigkeit gegen Eduard's Werbung und sodann durch ihr Zaudern, ihr Widerstreben, den begangenen Irrthum gut zu machen, das Unglück über sich und die Anderen heraufbeschworen habe. Und dies Verdikt des Ausgangs ist das richtige, ist das gerechte.

Ottilie und Eduard gehen zu Grunde, kläglich, jammervoll, nicht tragisch und erhebend, Charlotte, aus härterem Stoffe gebildet, überdauert die Katastrophe. Ihr ist es aufbehalten, der Todtengräber der Opfer ihres beschränkten Egoismus zu sein, und sie vollzieht diese Pflicht mit einer liebevollen Rücksicht gegen die Todten, die den Lebenden sehr zu wünschen gewesen wäre. Sie giebt Eduard seinen Platz neben Ottilien und sichert das ungestörte Beieinandersein der beiden Liebenden, indem sie durch „ansehnliche Stiftungen für Kirche und Schule" dafür sorgt, „daß Niemand weiter in diesem Gewölbe beigesetzt werde!" Sie folgt aber auch damit nicht sowohl ihrem eigenen Empfinden, das im Gegentheil einer solchen Besonderung völlig entgegen ist, als vielmehr einer Rücksicht gegen das ihr bekannte Gefühl der beiden Dahingeschiedenen, zumal Ottilien's, in deren Tagebuche sie ohne Zweifel das rührende Geständniß gelesen hatte: neben denen dereinst zu ruhen, die man liebe, sei die angenehmste Vorstellung, welche der Mensch haben könne, wenn er einmal über das Leben hinausdenke.

Charlotten's weiteres Schicksal erwähnt der Dichter nicht. Es ist auch nicht von Nöthen. Beruhigt über die Todesart ihres Gatten — ihr erster Gedanke und ihre vorherrschende Beunruhigung sind, daß er durch Selbstmord geendet, daß sie sich und die Anderen einer „unverzeihlichen Unvorsichtigkeit"

anzuklagen haben könne — beruhigt in ihrem Innern durch
ihre den Todten bewiesene pietätvolle Rücksicht, vor der „Welt“,
welche von ihrer eigenen Leidenschaftsverirrung nichts weiß,
als das Muster einer pflichttreuen, aufopfernden, vielgeprüften
Gattin und Dulderin anerkannt und antheilvoll bemitleidet,
wird sie nach einem oder ein Paar Jahren anständiger Wittwen=
trauer die Schuld ihrer Antwort an den Hauptmann ab=
tragen unter allgemeiner Zustimmung der für sie maßgebenden
„Gesellschaft“, und setzen wir hinzu auch der unsrigen, dem
treuen Freunde ihre Hand gereicht haben. —

An Fräulein
Wilhelmine Herzlieb

Wenn Kranz auf Kranz den
        Tag umwindet,
Sey dieser auch Ihr zu=
        gewandt;
Und wenn Sie hier Beyamte
        findet,
So hat Sie Sich vielleicht
        erkannt.

Jena am 22 May 1817

Goethe

[Zu dem Anhange „Minna Herzlieb."]

Anhang.

Minna Herzlieb:
Ottilie in Goethe's Wahlverwandtschaften.

Minna Herzlieb:
Ottilie in Goethe's „Wahlverwandtschaften".

—

1.

Ueber die Persönlichkeit, den Charakter und die Lebens=
schicksale Minna Herzlieb's, sowie über das Verhältniß
Goethe's zu ihr, dem wir die Dichtung der „Wahlverwandtschaften"
und die Gestalt „Ottilien's" in denselben verdanken, war bis
auf den heutigen Tag so gut wie nichts Näheres bekannt.

Die kurzen Andeutungen, welche ich früher darüber nach
Lewes' Mittheilungen gegeben hatte, erwiesen sich bei genaueren
Nachforschungen als unrichtig, ja für die späteren Lebensschick=
sale Minna Herzlieb's die Wahrheit geradezu verkehrend. Das
war natürlich und begreiflich. Denn Goethe selbst hatte nirgends
in seinen bis jetzt bekannt gewordenen Briefen und Tagebüchern
sich irgendwie über das Original seiner „Ottilie" ausgelassen;
auch Riemer, der bei der Frage über die Entstehung von
Goethe's Sonetten, deren sich bekanntlich Bettina ihrer Zeit
einen Theil als an sie gerichtet anzueignen versuchte, hatte das
ihm sehr genau bekannte Verhältniß in seinem Buche mit
der Andeutung abgefertigt, die nähere Auseinandersetzung, wes=
halb jene Gedichte nicht an Bettina gerichtet oder auf sie ge=
dichtet sein könnten, könne nicht gegeben werden*). Die ein=

—

*) Riemer: Mittheilungen über Goethe I, S. 34—35.

zigen aber, welche vor allen andren Aufschlüsse zu geben ver=
mocht hätten, die Mitglieder der Familie Frommann, in deren
Hause Goethe Minna Herzlieb kennen lernte, hatten oder
glaubten Gründe zu haben, keine solche Aufklärungen zu ver=
öffentlichen, und selbst offenbar falsche und unrichtige Mit=
theilungen, wie sie nicht nur in untergeordneten litterarischen
Produktionen, sondern selbst in einem Buche wie die Lewes'sche
Biographie Goethe's zu Tage traten, unberichtigt zu lassen.

Und doch giebt es unter sämmtlichen, immer aus dem
eigenen Lebenskreise entnommenen und in demselben wurzeln=
den, dichterischen Frauengestalten Goethe's keine, bei der es
für das ästhetische und psychologische Verständniß der dichte=
rischen Gestalt interessanter und wichtiger wäre, das zu Grunde
liegende Original der Wirklichkeit näher zu kennen, als eben
die „Ottilie" der „Wahlverwandtschaften". Denn keine der=
selben erscheint dem schärfer eindringenden Betrachter, auch
ohne daß ihm irgend welche Kenntniß der wirklichen Gestalt
zur Seite steht, so nach dem Leben gezeichnet, als diese; und
bei keiner finden wir in gleichem Grade jene, offen aus dem
Rahmen der Poesie heraustretende, leidenschaftliche Neigung
des Dichters zu seinem Geschöpfe, die sich uns bei dieser Ge=
stalt der Dichtung fühlbar macht, und auf die ich in meiner
Darstellung mehrfach hingewiesen habe*).

Daher gereichte es mir denn auch zu nicht geringer Befrie=
digung, aus den mir — veranlaßt durch einen Zufall, der mich
zu weiteren Nachfragen anregte — gewordenen Mittheilungen,
obschon dieselben immer noch von wünschenswerther Vollständig=
keit weit entfernt sind, mehr und mehr die Bestätigung
meiner Ansicht zu gewinnen. Diese Mittheilungen kamen mir

____

*) S. „Goethe's Frauengestalten" Th. II, S. 216.

von sehr verschiedenen Seiten, zu deren näherer Bezeichnung
ich kein Recht habe, wie denn eine solche auch für die Sache
selbst gleichgültig ist. Nur soviel darf ich bemerken, daß die=
selben insgesammt von Personen herrühren, welche der Dahin=
geschiedenen im Leben sehr lange nahe gestanden haben.

———

II.

Christiane Friederike Wilhelmine Herzlieb, geboren
am 22. Mai 1789, war die älteste Tochter des Superintendenten
und Oberpfarrers Christian Friedrich Karl Herzlieb in dem
Städtchen Züllichau, eines Mannes von vielseitigem gründlichen
Wissen und überaus liebenswürdigem Wesen. Als solchen lernte
ihn mein Vater Joh. Ad. Stahr kennen, der als Primaner des
Züllichau'schen Pädagogiums mit andern Primanern seines
Unterrichts in der Lektüre der lateinischen Klassiker genoß und,
wie ich aus seiner handschriftlichen Selbstbiographie ersehe,
das Haus desselben, das er in den Jahren 1791—1793 häufig
besuchen durfte, als eines für die bildende Förderung von
Geist und Herz sehr wohlthätigen Verkehrs dankbar erwähnt.

Minna wurde früh eine Waise. Sie verlor ihren Vater
als sie noch nicht volle fünf Jahre, ihre Mutter als sie acht
Jahre alt war. Beide Eltern starben jung — der Vater kaum
vierunddreißig, die Mutter erst neununddreißig Jahre alt —
und beide an Schwindsucht. Die verwaisten Kinder, zwei Söhne
und zwei Töchter, wurden von Verwandten und Bekannten
aufgenommen, Minna in dem Hause eines wohlhabenden In=
dustriellen, des Kommerzienraths Müller in Züllichau, dessen
Bruder als Vormund für die Waisen bestellt war. Als sie
mehr und mehr heranwuchs, drang der letztere darauf, daß

Minna, da ihr bisheriger Beschützer unverheiratet war, in eine andere Familie gebracht werde. Zu den Befreundeten von Minna's Eltern gehörte auch der Buchhändler Frommann, der im Jahre 1789 von Züllichau mit seiner Familie nach Jena übergesiedelt war, und sich bereitwillig erbot, die verwaiste Tochter des Freundes in sein Haus zu weiterer Erziehung und Ausbildung aufzunehmen. Bald darauf starb ihr erster Pflegevater in Züllichau (1804), nicht ohne ihrer in seinem Testamente mit einem kleinen Vermächtniß gedacht zu haben, dessen Rente der von Hause aus mittellosen Waise sehr zu Statten kam.

Das Frommann'sche Haus in Jena gehörte zu denjenigen, in welchen Goethe bei seinen zahlreichen, längeren oder kürzeren Aufenthalten in dieser Stadt mit am liebsten und häufigsten weilte, und wohl dürfte eine Schilderung dieses Hauses und des in demselben sich um Goethe bewegenden Kreises, wie sie allein die noch lebende Tochter des Hauses zu geben vermöchte, zu den dankenswerthesten Mittheilungen aus jener erinnerungsreichen Zeit und über Goethe's nächste Lebensbezüge gehören*). In diesem Hause war es, wo Goethe Minna Herzlieb kennen lernte. Die Geschichte dieses Kennenlernens und seiner weiteren Entwicklung in Goethe's Herzen erzählt das fünfte der später an sie gerichteten Sonette, überschrieben:

Wachsthum.

Als kleines art'ges Kind nach Feld und Auen
Sprangst Du mit mir, so manchen Frühlingsmorgen
„Für solch' ein Töchterchen, mit holden Sorgen,
Möcht ich als Vater segnend Häuser bauen!"

---

*) Anmerk. zur vierten Aufl.: Ist jetzt geschehen durch Fr. J. Frommann. „Das Frommann'sche Haus und seine Freunde." Jena 1870.

Und als Du aufingst in die Welt zu schauen,
War deine Freude häusliches Besorgen.
„Solch' eine Schwester, und ich wär' geborgen;
Wie könnt ich ihr, ach! wie sie mir vertrauen!"

Nun kann den schönen Wachsthum nichts beschränken,
Ich fühl im Herzen heißes Liebestoben.
Umfass' ich sie, die Schmerzen zu beschwicht'gen?

Doch ach! nun muß ich Dich als Fürstin denken:
Du stehst so schroff vor mir emporgehoben;
Ich beuge mich vor Deinem Blick, dem flücht'gen.

Es bedarf keiner prosaischen Uebertragung dieses poetischen
Bekenntnisses, das in so ausgesprochener Weise den Ent=
wicklungsgang der Gefühle des Dichters von väterlicher Liebe
zu brüderlicher Empfindung und endlich zu heftigster Liebes=
leidenschaft anzeigt. Für die Zeit des Auflammens der letzteren
haben wir einen bestimmten Anhaltepunkt in dem sechzehnten
Sonette, mit der Ueberschrift „Epoche":

„Mit Flammenschrift war innigst eingeschrieben
Petrarka's Brust vor allen andern Tagen
Charfreitag. Ebenso, ich darf's wohl sagen,
Ist mir Advent von achtzehnhundertsieben;

Ich fing nicht an, ich fuhr nur fort zu lieben
Sie die ich früh im Herzen schon getragen,
Dann wieder weislich aus dem Sinn geschlagen,
Der ich nun wieder bin an's Herz getrieben.

Petrarka's Liebe, die unendlich hohe,
War leider unbelohnt und gar zu traurig,
Ein Herzensweh, ein ewiger Charfreitag:

Doch stets erscheine fort und fort die frohe,
Süß, unter Palmenjubel, wonneschaurig,
Der Herrin Ankunft mir, ein ew'ger Maitag."

Nach diesem Gedicht war es der Adventsonntag des Jahres 1807, welcher für Goethe die Ueberzeugung brachte, daß er wieder geliebt sei. Er war damals achtundfünfzig Jahre alt, und es ist nicht zu verwundern, daß das Herz, das noch im vierundsiebzigsten die Glut der Liebe zu empfinden in so hohem Maße fähig war, wie es die bekannte Marienbader Liebesepisode mit Ulrike von Levezow und die daraus hervorgegangene Trilogie der Leidenschaft beweist — es ist nicht zu verwundern, sagen wir, daß dasselbe Dichterherz fast zwanzig Jahre jünger in Theilnahme, in Neigung und zuletzt in Leidenschaft zu entbrennen vermochte für ein weibliches Wesen, über dessen bezaubernde Anmuth, Liebenswürdigkeit und seltene Schönheit alle Zeugnisse der Zeitgenossen eben so übereinstimmen, wie sie in ihr nach allen Hauptzügen ihres Wesens die Ottilie der Goethe'schen Dichtung wiedererkennen lassen. Zwar hat man mir von einer gewissen Seite her die Meinung beibringen wollen: daß „eine Leidenschaft" Goethe's für Minna Herzlieb nicht stattgefunden habe. Indeß diese Meinung, gegen welche Goethe's eignes Bekenntniß spricht*), verdient keine ernsthafte Wiederlegung. —

Anders und fraglicher scheint sich die Sache in Betreff der von dem Dichter Geliebten zu stellen. Doch auch hier spricht mehr als ein Umstand dafür, daß Minna Herzlieb in dieser ersten Periode ihres Aufenthaltes in Jena, wohin sie als halbentwickeltes Kind von 12 bis 13 Jahren gekommen war, von unbefangener kindlicher Neigung und Verehrung, die sich mit den Jahren immer bewußter gestaltete, zu vollerer Herzensneigung und zu jener Erwiderung der Liebe fortschritt, die der Dichter in seinen Sonetten mit so freudiger Begeisterung als

---

*) S. oben S. 200.

ihn beglückend ausspricht. In jener von dem Dichter als „Epoche" erwähnten Adventszeit des Jahres 1807, die er vom 11. November bis 15. Dezember in Jena verlebte, war Minna Herzlieb im 19ten Jahre. Sie stand im einundzwanzigsten, als sie im Jahre 1809 aus Jena und dem Frommann'schen Hause entfernt wurde, wozu die Verheiratung ihrer jüngeren Schwester den Anlaß bot. Der wahre Grund indessen scheint in der wohlgemeinten Absicht der Freunde gelegen zu haben, sie aus dem Goethe'schen Gesichtskreise zu entfernen, und ein Zusammensein zu trennen, welches möglicherweise zu ernsthaften Verwicklungen führen konnte. Denn Goethe war verheiratet; er hatte erst ein Jahr vor jenem Aufglühen seiner Leidenschaft für Minna Herzlieb seiner Ehe mit Christiane Vulpius die kirchlich-bürgerliche Weihe gegeben, und der Gedanke an eine Trennung dieser seiner Ehe, konnte ihm, wenn er sich auch mit dem Thema der Ehescheidungsfrage, und wie wir aus dem bereits im Jahre 1807 entworfenen Plane der „Wahlverwandtschaften" sehen, damals in der Theorie lebhaft beschäftigte, bei seinen Verhältnissen wohl schwerlich in den Sinn kommen, wenn auch die Freunde etwas dergleichen befürchten mochten.

Diese erste Periode ihres Jenaischen Aufenthalts ist der Glanzpunkt in Minna Herzlieb's Leben. Die Auszeichnung, welche ihr Goethe angedeihen ließ, stellte sie in den Mittelpunkt zahlreicher Huldigungen. Zacharias Werner, Riemer, Gries und Andere feierten in Gedichten, die sie ihr offen mittheilten, ihre Schönheit und Liebenswürdigkeit, während Goethe ihr die seinigen immer nur im Geheimen zustellte, wobei ihre Pflegemutter, Frau Frommann nicht unterließ, sie wiederholt darauf hinzuweisen, daß diese poetischen Huldigungen nicht ihr allein, sondern wohl auch anderen gelten dürften. Die

Handschriften dieser Gedichte, sowie die Briefe, welche Goethe in dieser und noch in späterer Zeit an sie richtete, sollen verloren sein. Nach einer mir gewordenen Mittheilung soll sie selbst gegen eine Freundin*) ein Jahr vor ihrem Tode geäußert haben, daß sie dieselben verbrannt habe. Doch haben wir Grund anzunehmen, daß diese Mittheilung irrig und daß jene kostbaren Reliquien noch irgendwo vorhanden sind.

Aus jener Zeit sind uns auch zwei Bildnisse Minna Herzlieb's erhalten. Das eine, ein kleines Medaillonbrustbild von einer Dilettantenhand in Wasserfarben gemalt, zeigt sie uns fast noch als Kind von etwa dreizehn bis vierzehn Jahren mit braunem Lockenhaar, das hinten in einen kunstlosen Knoten geschlungen, vorn an der Stirn in Locken aufgekraust, das lieblichste Gesichtchen mit den anmuthvollsten jugendlichen Zügen einrahmt**). Der Ausdruck ist der eines gespannten Aufmerkens, als ob sie einen Auftrag entgegenzunehmen beflissen sei. Das zweite, von der tüchtigen Weimarischen Hofmalerin Louise Seidler***) in Oel gemalt, im Besitze der noch lebenden jüngeren Schwester befindlich, zeigt sie uns als vollerblühte Jungfrau im zwanzigsten Jahre. Es ist über halbe Figur, in landschaftlicher Umgebung. Ein Tuch über die linke Schulter geschlagen läßt rechten Arm und Hand und die schöne Büste der stattlich schlanken Gestalt völlig frei. Das enganschließende helle, dicht unter dem Busen gegürtete Gewand geht bis hoch zum Halse hinauf, der von einer mehrfach ausgezackten breiten „Freese" in der Art eines Stuartkragens umschlossen ist.

---

*) Fräul. Alwine Frommann, akademische Künstlerin, in Berlin lebend.

**) Im Besitz des Herrn L. Müller in Züllichau.

***) Einiges Nähere über diese Künstlerin findet man in Guhl's Buche: Die Frauen in der Kunstgeschichte (Berlin 1858) S. 287.

Das Haupt ist nach oben von einer starken dunklen Haarflechte umgeben; das sanfte, wahrhaft engelgleiche Gesicht, an beiden Seiten der Schläfen von den Hängelocken des schlicht ge= scheitelten, leise gewellten Haares eingefaßt, die Augen von einem unaussprechlich tiefen, sinnenden und zugleich fragenden Ausdrucke, der Kopf feines Oval, der geschlossene Mund von außerordentlicher Lieblichkeit, der Ausdruck endlich des Ganzen überaus sanft, aber von einer gewissen geheimnißvollen Insich= zurückgezogenheit. Es ist mit einem Worte durchaus die Ge= stalt der „Ottilie" in den Wahlverwandtschaften, die hier in vollkommen entsprechendem Bilde vor uns steht, und die ich mir wenigstens, seit ich dies Portrait gesehen, nicht anders vorzustellen vermöchte.

III.

Und nicht bloß das Aeußere von Minna Herzlieb's Er= scheinung, sondern auch das innere Wesen erscheint nach Charakter und Eigenart dem dichterischen Abbilde der Wahl= verwandtschaften durchaus entsprechend. Ich lasse darüber einige zuverlässige Mittheilungen noch lebender Personen, die ihr im Leben nahe gestanden haben, folgen, ohne dieselben zu nennen. So schreibt die eine derselben, daß sie vor ihm stehe als „eine hohe, schlanke, imponirende Gestalt, schönes Auge, schöne freundliche anziehende Mienen, ein wohlklingendes Organ, durchaus anmuthiges Behaben; in der Kleidung einfach aber gewählt und geschmackvoll. Nicht was man gelehrt nennt, vielleicht auch nicht durch vorzüglichen Schulunterricht gebildet, aber ausgestattet mit nachdenkendem tieferfassenden Geiste. Von einem herrlichen Herzen, dem tiefsten und treuesten

Pflichtgefühl, Freude und Leid anderer innig mitempfindend, fern von aller Selbstsucht, sich vielmehr für Andere freudig aufopfernd. So habe ich sie kennen gelernt und durch mehr als fünfzig Jahre gekannt. Freilich verlangt die Wahrheit hinzuzufügen: häufig zerstreut, was sie selber gern zugestand, und von schwärmerischer Neigung."

Ein anderer meiner Berichterstatter, der sie gleichfalls „von Jugend auf gekannt und alle Gelegenheit gehabt hat sie richtig zu erkennen", läßt sich ähnlich über sie vernehmen. „Minna Herzlieb", heißt es in seinem Briefe, „lebte nur für Andere, und dachte immer zuletzt an sich. Sie wurde von Hoch und Niedrig, Jung und Alt, Gebildeten und Ungebildeten von Jugend auf bis in ihr hohes Alter verehrt und von allen ihr nahe stehenden geliebt. Ich habe niemals auch nur einen Gedanken von Koketterie an ihr wahrgenommen. Bei der ungemeinen Weichheit ihres Gemüths wohnte ihr doch ein überaus strenges Pflichtgefühl bei. Ich habe sie zuweilen, bei der Erziehung eines kleinen Mädchens Thränen vergießen sehen, weil sie dem Kinde einen gehegten Wunsch nicht erfüllen durfte, ohne von ihren sehr richtigen Erziehungsgrundsätzen abzuweichen, in welchen sie sich aber nicht beirren ließ. Und dabei war sie doch ein so schwankender Charakter, daß sie stets einer Leitung bedurfte, so widersprechend dies auch klingen mag."

Eine dritte Mittheilung über ihre Erscheinung und ihr Wesen in der Jenaischen Zeit bis in die zwanziger Jahre lautet: „Eine regelmäßig schöne Gesichtsbildung hatte sie zwar nicht, aber ihr reiches dunkles Haar, und ihre großen braunen Augen mit dem unbefangen freundlichen Ausdrucke, der auch um ihren Mund spielte, ließen nicht an das denken, was ihr etwa fehlen möchte, zumal da Alles in Harmonie war mit ihrer schlanken mittelgroßen Gestalt, und mit der Anmuth ihrer Bewegungen, beseelt durch natürliches Wohlwollen und bescheidnes, hingebendes, auf alle stillen Wünsche und Bedürfnisse der Andern aufmerksames und zugleich neckisches Wesen. So war es natürlich, daß sie auf alle, die ihr nahten, einen unwiderstehlichen Zauber übte" — („eine reale Zauberin" nennt sie eine andere Mittheilung) „der ihr auch noch in späteren Jahren die Herzen gewann. Ihre Gemüthsart und ihr Wesen hat Goethe in der Schilderung Ottilien's, so weit sie sich ihm offenbarten, (?) treu wiedergegeben; die fernere Entwicklung der Begebenheiten des Romans ist jedoch seine freie Schöpfung. Das spätere Leben Minna Herzliebs's war kein glückliches."

Eine vierte Mittheilung endlich, herrührend von einer Seite, von welcher vielleicht die allerumfassendsten Aufschlüsse erwartet werden durften, bestätigt die bisher gegebenen Berichte in allen wesentlichen Theilen, beschränkt sich aber in manchen andern Punkten, welche für das Lebensschicksal Minna Herzlieb's von hoher Wichtigkeit sind, auf nicht immer verständliche Andeutungen. Es sei sehr schwer, heißt es in derselben, ein Bild von ihr zu geben. „So viel weibliche Geschicklichkeit, Talente und Tugenden sie auch besaß, so lieblich sie gern mittheilte — in der letzten Tiefe blieb ein Verschlossenes, Verschleiertes ihr Eigen. — Eine solche Krankenpflegerin möchte nicht leicht gefunden werden. Gern theilte sie Leid und Freude mit Andern; aber bei allem was sie hatte und war, hat das, was ihr fehlte, ihr selbst und Anderen tiefes Leid bereitet. Ihr fehlten Klarheit und Entschluß, was ihr im Tageleben für Viele den größten Reiz gab. Wer sie gekannt, kann sie nicht vergessen, aber es bleibt schwer

ein Bild von ihr zu geben, weil sie gern vor grellem Tages=
lichte sich in ihr Schneckenhaus zurückzog und leicht verletzt
war."

IV.

Die erste Periode von Minna Herzlieb's Aufenthalte in
Jena und im Frommann'schen Hause währte bis zum Anfange
des Jahres 1809. Dieser Aufenthalt hatte sie geistig über
ihre Jahre entwickelt, während alle Huldigungen, deren Gegen=
stand sie von Seiten so vieler bedeutender Personen, und vor
allem Goethe's selbst war, die tiefe Bescheidenheit ihres Wesens
nicht zu verringern vermochten. Ganz wie bei der Ottilie der
Wahlverwandtschaften war ihre Entwicklung eine späte und
langsame, und selbst die Talente, mit welchen sie vorzugsweise
begabt war, das des Gesanges und besonders des Zeichnens,
entfalteten sich nur allmählich, und es war immer mit einer
gewissen zagenden Scheu, daß sie dieselben zu produciren wagte.
Allein die Umgebung, in welcher sie lebte, war wohl geeignet
ihr bei ihrer Entwicklung fördernd zu Hülfe zu kommen. Das
Frommann'sche Haus war ein Mittelpunkt edelster Geselligkeit
und ästhetisch=litterarischer sowie wissenschaftlicher Interessen,
gern besucht von allen bedeutenden Männern und Frauen, die
in den Jahren von 1807 bis 1809 und späterhin, theils dauernd
theils vorübergehend in Jena weilten, alle überstrahlend, alle
erleuchtend und erwärmend Goethe. Und dieser Mann liebte sie,
gestand ihr, daß er sie liebte, war ihr aufgegangen, als „der Stern
ihrer Jugend!" Wir finden ihn in den Jahren von 1807—1808
überaus häufig und lange in Jena verweilend, wo er oft am
Theetische der Frau Frommann die Gesellschaft durch Vor=

lesung neuer Produktionen erfreute*). Zu diesen gehörte auch
das — leider unvollendet gebliebene Festspiel Pandora, ein
Gedicht, in welchem man jetzt den vollen Herzschlag des Dichters
und seine damaligen glücklich=unglückseligen Liebe zu ver=
nehmen glaubt.

„Trostlos zu sein ist Liebenden der schönste Trost.“

Er sollte ihn bald selber nöthig haben, diesen Trost der Trost=
losigkeit. Denn bald darauf ward die Geliebte seinem Gesichts=
kreise entrückt, und wohl konnte er selbst klagend von sich sagen,
was er dem Epimetheus seiner Dichtung in den Mund legt:

> „Mühend versenkt ängstlich der Sinn
> Sich in die Nacht; suchet umsonst
> Nach der Gestalt. Ach! wie so klar
> Stand sie im Tag sonst vor dem Blick,
> Schwankend erscheint kaum noch das Bild.“

Mit aller Kraft wandte er sich zur Vollendung der „Wahl=
verwandtschaften“, in der dichterischen Beschäftigung mit dem
Bilde der von ihm geschiedenen Geliebten Befreiung von seinem
Schmerze, und in den Bezeichnungen des „lieben“, des „guten“,
des „schönen“, des „herrlichen“, des „himmlischen Kindes“, mit
denen er die von ihm geschaffene Gestalt Ottilien's verherrlichte,
zugleich seiner eignen Liebe für das Urbild Genüge zu thun
suchend. Schon im September 1809 sandte er den ersten Theil
der Dichtung an seinen alten Freund Knebel nach Jena. Doch
muß die Aufnahme, welche sie bei diesem fand, keine allzu=
günstige gewesen sein; denn als ihn Knebel um den zweiten
mit Spannung erwarteten Theil bat, schrieb er ihm zurück:
„Den zweiten Theil meines Romans schicke ich Dir nicht, Du

---

*) S. Briefwechsel zwischen Goethe und Knebel I, S. 318, 323 und 325.

möchtest mich darüber noch mehr, als über den ersten aus=
schelten *).“ Der hier gemeinte Brief Knebel's fehlt in der
Sammlung, wie denn überhaupt bei der Redaction derselben
durch den Kanzler von Müller und Riemer sehr eigenmächtig
verfahren worden ist.

Inzwischen war Minna Herzlieb zu ihren Anverwandten
nach ihrer Vaterstadt Züllichau zurückgegangen. Wir können
die Ursachen nur vermuthen, aus welchen sich der kurze Besuch,
auf den es anfangs abgesehen gewesen zu sein scheint, immer
länger hinauszog. Aber gewiß ist, daß sich ihre Abwesenheit
von Jena auf drei bis vier Jahre ausdehnte. Ebenso ist es
unbekannt, ob ein brieflicher Zusammenhang während dieser
Zeit mit Goethe stattfand; denn alle Nachrichten über ihren
Briefwechsel mit ihm und der Verbleib dieses Briefwechsels
selbst, sind zur Zeit noch, wie ich bereits angedeutet habe und
unten berichten werde, in ein undurchdringliches Geheimniß ge=
hüllt. Gewiß ist nur soviel, daß mit dieser Periode die Tra=
gödie ihres Herzensschicksals begann, in deren Katastrophe
dieses holde, ganz zum Glück edelster Liebe geschaffene Wesen
zuletzt mit völlig verfehltem Leben und gebrochenem Geiste
als Opfer fallen sollte.

Geschaffen, überall wo sie erschien, Liebe zu erwecken, fand
sie dieselbe auch in Züllichau wieder. Ein junger schlesischer
Adliger, von Schweinitz, der damals auf der Anstalt zu Zül=
lichau und später in Leipzig seine Studien machte, entbrannte
in Liebe zu ihr, und Minna theilte bald seine Neigung. Aber
die Mutter des jungen Mannes versagte ihre Einwilligung
zu der Verbindung des Sohnes mit der bürgerlichen mittel=
losen, ihr persönlich unbekannten Waise. Das starke Pflicht=

---

*) Brief vom 21. Oktbr. 1809. Goethe und Knebel I, S. 352.

gefühl, das, wie wir gesehen haben, einen Hauptzug in Minna's Charakter bildet, ließ ihr darnach keine Wahl. Sie selbst löste eine Verbindung, welcher die Einstimmung und der Segen der Mutter fehlten, trotz des leidenschaftlichen Widerstrebens des jungen Mannes, der bald darauf in den Freiheitskampf zog und in demselben oder kurz nach demselben seinen Tod fand. Zu spät bereute es seine Mutter, wie sie selbst gestand, als sie nach demselben die Geliebte des Sohnes persönlich kennen lernte: durch ihre versagte Einwilligung das Glück zweier jungen Herzen zerstört zu haben.

Von da ab blieb Minna Herzlieb's weiteres Jugendleben eine fortlaufende Kette herben Mißgeschicks und bitterer Enttäuschungen. Es schien — wie eine der mir berichtenden Personen, welche diese Herzenswirren mit durchlebte — sich ausdrückt: als ob es ein grausames Schicksal darauf angelegt habe, über ein junges, schönes, liebewerthes, mit allem Reize edelster Weiblichkeit so reich ausgestattetes Geschöpf das Schwerste und Härteste zu verhängen, was einem Frauenherzen widerfahren kann.

Minna Herzlieb, auch nach Lösung jenes ersten Verlöbnisses vielfach umworben, hatte sich, als sie im Herbste des Jahres 1812 nach Jena in das Frommann'sche Haus zurückkehrte, bereits wieder einem jungen Gelehrten verlobt, ohne der Frommann'schen Familie vorher davon Mittheilung zu machen. Vielleicht lag bei der Zusage, welche sie diesem Bewerber, einem jungen Professor, vor ihrer Rückkehr nach Jena gab, bei ihr der Gedanke zu Grunde: daß es sicherer und für alle Theile besser sei, wenn sie in die Nähe Goethe's als Verlobte eines Andern zurückkehre. Allein auch diese Verbindung zerschlug sich, ohne ihre Schuld, durch den Wankelmuth ihres Verlobten, eines unbedeutenden

Menschen, der ihren Werth so wenig erkannte, daß er ihr eine Andere vorzog. Sie ertrug es mit Ruhe und Fassung, denn ihre Natur war von aller Leidenschaftlichkeit fern. Noch zwei andere Verbindungen, die sich nach dieser Episode knüpften, und von denen die letzte ganz für sie geschaffen schien, lösten sich ebenfalls ohne alle Schuld von ihrer Seite, die letzte nicht ohne großen Schmerz, da sie diesen Mann, der ihr eine leiden= schaftliche Liebe entgegenbrachte, sich aber durch eine frühere Verpflichtung in seinem Gewissen und seiner Ehre gebunden hielt, wieder zu lieben sich nicht enthalten konnte.

In dieser Zeit, bald nach ihrer Rückkehr in das Frommann'sche Haus, scheint nach der Lösung jenes ersten Verlöbnisses eine lebhafte Wiederannäherung Goethe's an Minna Herzlieb oder doch eine Wiedererweckung seines Schmerz=Gefühls über den ersten Verlust der von ihm Geliebten und Gefeierten stattge= funden zu haben. Ich habe dafür allerdings, bei der strengen Zurückhaltung und Absperrung aller andern Quellen, nur ein einziges Zeugniß gefunden. Aber dies Zeugniß für seine Liebe ist vielsagend, obschon es nur in wenigen Worten besteht; denn es ist das Zeugniß Goethe's selbst. Im ersten Bande der Auf= zeichnungen, Tagebücher und Briefe von Sulpice Boisseré — welche beiläufig einen der wichtigsten Beiträge zur Kennt= niß von Goethe's Wesen und späterem Leben bilden — erzählt derselbe sein drittes längeres Zusammensein und seine Ge= spräche mit Goethe in Wiesbaden, Frankfurt, Heidelberg, Carls= ruhe während der Monate August, September und Oktober des Jahres 1815. Am Schlusse dieses Zusammenseins, wäh= rend dessen Goethe sich mit einer bei ihm seltenen und durch das Leben in der Fremde gesteigerten Offenheit und Vertrau= lichkeit dem von ihm hochgeschätzten und geliebten jüngeren

Freunde über vieles Persönliche ausgesprochen hatte, kamen sie auch auf die „Wahlverwandtschaften" zu sprechen, wobei Goethe „Gewicht darauf legte, wie rasch und unaufhaltsam er die Katastrophe herbeigeführt habe". Dann heißt es weiter: „die Sterne waren aufgegangen; er sprach von seinem Verhältniß zur „Ottilie", wie er sie lieb gehabt, und wie sie ihn unglücklich gemacht. Er wurde zuletzt fast räthselhaft ahndungsvoll in seinen Reden*)."

Es ist dies unter Allem, was von und über Goethe bisher veröffentlicht worden ist, die einzige Stelle, an welcher er selbst dieses seines Verhältnisses zu dem Original seiner Ottilie der Wahlverwandtschaften gedenkt. Um so mehr ist es daher zu beklagen, daß sich Boisseré bei der Erwähnung dieser intim=sten Herzensergießungen des Dichters, gerade hier in den Aufzeichnungen seines Tagebuchs so überaus kurz gefaßt hat.

Vor mir liegt, während ich dies schreibe, ein Exemplar der Ausgabe von Goethe's Gedichten in zwei Theilen (1815 im Cotta'schen Verlage erschienen), ein Geschenk Goethe's an Minna Herzlieb zu ihrem Geburtstage, und ihr auf dem, dem Titel vorhergehenden Blatte vom Dichter eigenhändig mit den folgenden Versen seiner schönen, kräftigsten lateinischen Hand=schrift zugeschrieben:

„Wenn Kranz auf Kranz den Tag umwindet,
Sey dieser auch Ihr zugewandt;
Und wenn Sie hier Bekannte findet,
So hat Sie Sich vielleicht erkannt."
Jena am 22. Mai 1817.

Goethe.

Gegenüber auf der inneren Deckelseite des Bandes ist die von dem blauen Couverte abgeschnittene Aufschrift von Goethe's

---

*) S. Sulpice Boisseré I, S. 289.

Hand: An Fräulein Wilhelmine Herzlieb, sorgfältig eingeklebt. Man sieht es den Zügen der Schrift an, wie sehr der Schreibende beflissen gewesen ist, denselben den zauberſten Ausdruck zu geben, und wie er mit langsam verweilender Hand die Worte niedergeschrieben hat. Das Gedicht war später in die Ausgabe letzter Hand aufgenommen, aber ohne die Person und den Tag zu bezeichnen, denen es gewidmet war, bloß unter der Ueberschrift: „Zum Geburtstag mit meinen kleinen Gedichten“. Nur in den „Aufklärenden Bemerkungen“ zu vielen dieser Gelegenheitsgedichte findet sich zu diesem der Zusatz: „mit meinen kleinen Gedichten, wo Sie sich auf manchem Blatt wie im Spiegel wiederfinden konnte“. Es bezieht sich dieser letztere Zusatz vor allen auf die im zweiten Bande erhaltenen an Sie gerichteten und in den Jahren 1807—1809 gedichteten Sonette, von denen jedoch in dieser Ausgabe nur die ersten fünfzehn mitgetheilt sind. Das sechzehnte und siebzehnte, in welchem letzteren sogar der Name der Geliebten in Form einer Charade ausgesprochen war, mochte der Dichter aus leicht begreiflichen Gründen damals noch nicht veröffentlichen. Und doch hätte es das liebenswürdige Wesen wohl verdient, daß er wenigstens später bei Gelegenheit jenes Geburtstagsgedichts ihren Namen den Sternen seines dichterisch verklärten Liebeslebens als einen der reinsten und glänzendſten eingereiht hätte.

Fast ein halbes Jahrhundert bewahrte Minna Herzlieb dies Buch mit seiner Inschrift als eine ihrer kostbarſten Reliquien aus der Zeit ihrer glücklichen Jugend, bis sie es kurz vor ihrem Tode nebst den übrigen Werken Goethe's einer jungen Verwandten, Fräulein B., vermachte. Diese Heilighaltung von Goethe's schriftlichem Andenken ist insofern wichtig, als sie mir den sichern Beweis dafür zu liefern scheint: daß

Minna die Originalhandschriften der andern von Goethe an
Sie gerichteten und ihr immer von ihm selbst zugestellten Ge=
dichte, so wenig als die von ihm in ihrem Besitze befindlichen
Briefe verbrannt haben wird, obschon die noch lebende Tochter
des Frommann'schen Hauses gegen mich behauptete: dies von
ihr selbst ein Jahr vor ihrem Tode gehört zu haben. Ich
komme auf diesen Punkt später noch zurück.

Nicht ohne Rührung verweilten meine Augen auf den Blät=
tern dieses Buches, das so lange Jahre im Besitze der Dahin=
geschiedenen gewesen, ihr in unzähligen Stunden der Trübsal
das Andenken an ihren „Jugendstern“ tröstend erneuert hatte.
Dabei muß ich eines Umstandes gedenken, weil er mir einen
charakteristischen Zug ihres Wesens auszusprechen scheint. Auf
keinem einzigen aller dieser Blätter nämlich fand ich irgend
ein äußerliches Zeichen, eine Randbemerkung, ein unterstrichenes
Wort, oder auch nur einen Bleistiftstrich an der Seite, die es
verrathen hätten, daß dies oder jenes Gedicht oder Wort die
Leserin näher berührt hatte — selbst nicht bei den Gedichten,
die, an Sie gerichtet, die Verehrung und Liebe des Dichters
für Sie aussprechen! Ich weiß nicht ob es Andere nach=
empfinden — aber mich erfüllte diese keusche Enthaltsamkeit
mit einem Gefühle inniger Verehrung, und ich glaubte auch
in diesem Zuge die Ottilie der Wahlverwandtschaften wieder
zu erkennen. —

Die Beziehungen, welche seit Minna Herzlieb's Rückkehr
in das Frommann'sche Haus zwischen ihr und Goethe statt=
fanden, sind bis jetzt noch in ein undurchdringliches Dunkel
gehüllt. Nur eine Spur davon glaube ich, außer den beiden
so eben erwähnten, in einem Gedicht aufgefunden zu haben,
welches Goethe seinem vertrauten Freunde Sulpice Boisserée ein

Jahr nach dem oben angeführten Gedichte zu Minna Herzlieb's Geburtstage mittheilte. Es sind dies die unter der Ueberschrift: „Urworte, orphisch" später der Sammlung seiner Gedichte einverleibten*) fünf Strophen. Veranlaßt wurden sie durch seine Beschäftigung mit den Arbeiten Hermann's, Welker's und anderer über die griechische Mythologie und die sogenannten Orphischen Gedichte. Er versuchte es, die in den letzteren behandelten Begriffe der Mächte, welche das Leben der Menschen bedingen und gestalten, wie er selbst an Boisserée schreibt, „aus eigner Erfahrungs-Lebendigkeit wieder aufzufrischen". So wurde auch dies Gedicht, wie fast alle ähnlichen, ein Gelegenheitsgedicht und zugleich eine Confession, in welcher sich sein eignes Schicksal wiederspiegelte. Das Gedicht ist unterzeichnet: Jena den 21. Mai 1818, also am Vorabende von Minna Herzlieb's Geburtstage und war höchst wahrscheinlich zunächst ihr selbst bestimmt, wie es denn auch mit der Anspielung auf den Geburtstag derselben in der ersten Strophe:

„Wie an dem Tag, der Dich der Welt verliehen 2c."

beginnt, und im Verlaufe gleichsam eine Geschichte ihres und seines Schicksals giebt. Die Zeilen der dritten Strophe, in welcher nach der Liebe und ihrem Glücke, das Walten herber „Nothwendigkeit" geschildert wird, lauten:

„Da ist's denn wieder, wie die Sterne wollten:
Bedingung und Gesetz und aller Wille
Ist nur ein Wollen, weil wir eben sollten,
Und vor dem Willen schweigt die Willkür stille.
Das Liebste wird vom Herzen weggescholten
Dem harten Muß bequemt sich Will und Grille.
So sind wir scheinfrei denn, nach manchen Jahren,
Nur enger dran als wir im Anfang waren."

---

*) Werke: Ausg. letzter Hand III. 101. XLIX. 107 A.

Und damit kein Zweifel übrig bleibe, wie sehr der Dichter, der es bekanntlich liebte, das Individuelle in ein Allgemeines zu verwandeln, und in dasselbe sein Besonderstes „hinein zu geheimnissen", hier mit seinem eignen Schicksale betheiligt war, hat er diese Betheiligung, die ihn „in der Gegenwart" ganz auf dieselbe Weise „gefangen hielt", selbst in dem Commentare ausgesprochen, mit welchem er später diese Stanzen zu begleiten für nöthig fand. In demselben heißt es von dieser Strophe: sie bedürfe wohl keiner Anmerkungen weiter. „Niemand ist, dem nicht Erfahrung genugsam Noten zu solchem Texte darreicht, Niemand, der sich nicht peinlich gezwängt fühlte, wenn er nur Erinnerungsweise sich solche Zustände hervorrufe, gar Mancher, der verzweifeln möchte, wenn ihn die Gegenwart also gefangen hält*)."

———   ———

V.

Bisher ist von Minna Herzlieb's weiteren Schicksalen nur berichtet und auch in den früheren Ausgaben meines Buches nacherzählt worden: „daß sie sich etwa zehn Jahre nach ihrer Rückkehr in das Frommann'sche Haus verheiratet und in der Ehe mit einem mäßig geliebten, gleichalterigen Manne eine Art ruhigen Glücks gefunden habe". Aber dieser Bericht, obschon demselben diejenigen Personen, welche dazu berechtigt und befähigt waren, aus Gründen, die nur ihnen bekannt sein mögen, niemals widersprochen haben, ist leider falsch, ja es ist das absolute Gegentheil der Wahrheit. Denn umgekehrt begann mit dieser Verheiratung gerade die tragische Kata-

---

*) Werke: Ausg. letzt. Hand XLIX, S. 14.

strophe in dem Leben des eben so schönen und liebenswür=
digen als unglücklichen Wesens.

Es war im Jahre 1821, daß Minna Herzlieb sich mit dem
Oberappellationsrathe Walch, Professor an der Universität Jena
verheiratete. Er war der Nachkomme eines alten gelehrten
Professorengeschlechts, zwanzig Jahre älter als Minna, welche
damals im zweiunddreißigsten Jahre stand, ein kenntnißreicher
Gelehrter, aber beschränkten, kleinen und engen Geistes, gut=
müthig aber pedantisch, schwach von Charakter und ohne Hal=
tung und Würde auch im Aeußeren. Dazu war dieses sein
Aeußeres von abschreckender Häßlichkeit und so bildete auch in
dieser, wie in jeder andern Hinsicht seine ganze Erscheinung den
grellsten Gegensatz zu Minna Herzlieb's vollendeter Anmuth,
Schönheit und Geistesfrische. Wie war es möglich, so fragt
man sich Angesichts einer solchen Disharmonie, daß sie sich
entschließen konnte, diesem Manne ihre Hand zu reichen, der
ihrem ganzen Wesen zuwider war? in eine Verbindung zu
willigen, die, wie sich nur zu bald zeigen sollte, bei solcher
Ungleichartigkeit das Unglück ihres ganzen Lebens ward und
werden mußte?

Ich will versuchen dies psychologische Räthsel, soweit es
nach den mir zu Gebote stehenden Mittheilungen möglich ist,
durch Kombination der thatsächlich feststehenden Umstände zu
lösen.

Die Liebe des armen Walch — denn auch sein Schicksal
ist geeignet uns Theilnahme einzuflößen — zu der schönen
Minna Herzlieb war eine tiefere und andauerndere, als man
von ihm hätte erwarten sollen. Er setzte seine Bewerbungen
Jahre lang fort, und keine Abweisungen seiner Bewerbung,
deren er mehrere von Minna empfing, hielten ihn ab, ihr seinen

Antrag immer und immer wieder zu erneuern. Er war daneben ein Mann von Rang und ehrenvoller bürgerlicher Stellung und besaß zugleich ein für Jenaische Verhältnisse nicht unbedeutendes Vermögen. Minna war arm und mittellos. Mehrfache Aussichten auf eine Verbindung nach ihrer Neigung, die ihr zugleich eine eigne gefestete Existenz hätten sichern mögen, hatten sich, wie wir sahen, zerschlagen. Sie lebte als Pflegetochter in einem nicht eben reichen Hause, in einer Familie, wo eine unverheiratete Tochter durch das Dasein einer allgemein geliebten und bewunderten Schönheit sicherlich nicht in ihren eignen Aussichten gefördert wurde; und mehr als einmal mochte Minna selbst sich sagen, daß sie derselben, bei aller gegenseitigen Zuneigung, doch im Wege stehe, daß sie zugleich dem Hause, das so lange für ihren Unterhalt gesorgt, eine Last sei und noch mehr eine solche mit den Jahren werden könne. Auch wäre es nur menschlich und begreiflich, wenn ihr solche Erwägungen — bei ihrem beständig wiederholten Ablehnen der Bewerbungen eines Mannes, der den äußern Umständen nach, für ein armes Mädchen im Anfange der dreißig immerhin eine sogenannte „gute Partie" heißen konnte — auch von andern Seiten her zu bedenken gegeben worden wären. Trotzdem widerstand sie lange. Aber die Erwägungen obiger Art wurden stärker und dringender, sie selbst war schwach und willenlos, und ihrem innersten Wesen nach ungeeignet den Wünschen anderer beharrlich und auf die Dauer zu widerstreben. Dazu kamen die wiederholten Täuschungen, die sie in ihren Herzenshoffnungen im Laufe der Jahre erlitten hatte. Eine Tradition, die ich nicht verbürgen mag, spricht sogar von solchen Täuschungen, welche absichtlich von dritter Hand zur Aufhebung eines früheren Verlöbnisses herbeigeführt worden seien. Was die Umgebung, die

Familie, in der sie lebte, anlangt, so ist es anzunehmen, daß dieselbe der Bewerbung Walch's sicherlich nicht entgegentrat, ja unter den obwaltenden Verhältnissen dieselbe eher zu begünstigen geneigt sein mußte — ein Verhalten, welches kein Billiger, der Welt und Menschen kennt, tadeln wird. Gewiß aber scheint, daß ein ernsthaftes Widerstreben und Abrathen von dieser Seite nicht stattgefunden haben wird, da nach Allem was wir von Minna Herzlieb's Wesen und Charakter wissen, ein solches Verhalten, das mit ihrem eignen tieferen Widerstreben harmonirte, seine Wirkung unmöglich hätte verfehlen können.

Das endgültige Verlöbniß mit Walch erfolgte im Frühlinge des Jahres 1821. Der Brautstand war ein überaus trauriger, und die schreiende Disharmonie dieses Paares drängte sich jedem auf, der in den Kreis desselben trat. Ein noch lebender Zeuge, ein Lebensgenosse Minna's, der als junger Student sich in diesem Falle befand, schreibt darüber: „Der Professor Walch war gewiß ein ehrenhafter Mann, aber ebenso gewißlich ein höchst trockener Gelehrter und zu Minna's Wesen und Charakter eben so gewißlich ein völlig entgegengesetzter und abstoßender Pol. Ich war mit den schon Verlobten einen Abend im Frommann'schen Hause zusammen, und obgleich damals ein junger und wenig urtheilsfähiger Mensch, konnte ich doch das gedrückte Wesen, welches das Brautpaar in den Kreis brachte, gar wohl bemerken und nur mit innigem Bedauern und übler Ahnung an Minna's Zukunft denken. Die Heirat geschah auf Betrieb und Zureden der Frau Frommann, gewiß von ihrer Seite in guter Absicht; aber die kluge und sehr energische Frau hat sich bitter getäuscht." —

Allerdings ward die Erwartung eines Glückes von dieser Verbindung zweier so disparater Elemente für diejenigen, welche auf ein solches gehofft hatten, zu einer fürchterlichen Täuschung. Der Zwang, den sie sich angethan, rächte sich in entsetzlicher Weise an der Unglücklichen. Unmittelbar nach der im September 1821 im Frommann'schen Hause stattgefundenen Hochzeit, wie einige sagen, jedenfalls kurz nach derselben, verließ Minna ihren Gatten, und entfloh nach ihrer Vaterstadt und zu ihren Verwandten. Sie war in einen Zustand von Gemüthskrankheit verfallen, der sich indessen bald nach ihr Ankunft zu bessern begann. Da ihr Gatte in eine Scheidung zu willigen verweigerte, wurden im Laufe der Jahre, auf seinen Betrieb und mit Unterstützung von Freunden, mehrmals Versuche zur Wiedervereinigung gemacht, zu denen sich Minna um so eher bewegen ließ, als der Zwiespalt in ihrem Innern zwischen ihrer unüberwindlichen Abneigung und dem was sie als ihre einmal übernommene Pflicht betrachtete, ihrem weichen Gemüthe keine Ruhe ließ. Aber alle diese Versuche eines erneuerten Zusammenlebens, welche im Laufe von zehn Jahren und darüber angestellt wurden, erwiesen sich nach kurzer Zeit als vergebliche und hatten stets einen Rückfall in Gemüthskrankheit zur Folge. Bei dem dritten Versuche schrieb sie einem treuen Berather und Freunde: „Es ist schrecklich, aber wenn ich in meiner Stube" — sie hatte bei ihrem Gatten eine ganz eigne Wohnung für sich selbst — „arbeite und Walch's Stimme nur im Hausflure höre, auch wenn ich gewiß weiß, daß er nicht zu mir eintreten wird, so zittere ich schon am ganzen Körper!" „Diese unüberwindliche Abneigung — welche wieder an das Wesen der Ottilie der Wahlverwandtschaften erinnert — war und ist", wie mein Berichterstatter hinzufügt, „grade denen am räthselhaftesten, welche Minna am genauesten kannten, da wir täglich in den langen Jahren unseres Zusammenlebens mit ihr niemals andre Wahrnehmungen gemacht haben, als daß sie mit jedem, ohne Unterschied des Standes und der Bildung auf die liebevollste und geeignetste Weise umzugehen wußte."

So mußten denn endlich alle diese Versuche aufgegeben werden. Minna blieb von ihrem Gatten bis zu dessem Tode (1853) getrennt. Derselbe vermachte ihr einen Theil seines Vermögens, wie er sie auch während der 32 Jahre der Trennung durch eine Pension unterstützt hatte, welche sie nach langem Widerstreben annahm. Noch zwölf weitere Jahre lebte die Bedauernswerthe in stiller Zurückgezogenheit von der Welt ihr verfehltes Leben, das sie als eine schwere Last empfand. Es liegt ein Brief vor mir, den sie an eine entfernte jüngere Verwandte bei dem Tode von deren Mutter im Jahre 1846 geschrieben hat. In demselben äußert sie sich über dieses Ereigniß unter andern mit den Worten: „für sie war ihr Tod sicher eine Wohlthat, da sie so viel gelitten hat. Ich gönne ihr von Herzen die Ruhe, die mir schon Jahre lang als meine schönste Hoffnung erscheint; und doch bin ich körperlich so ganz gesund. Aber desto mehr leidet oft mein Gemüth." Die Züge ihrer großen freien Handschrift in diesem Briefe erinnern an die Handschrift Goethe's, der auch diesen Zug bei seiner „Ottilie" benutzt hat.

Die anhaltend sich wiederholenden Störungen in ihrem Gemüthe, welche von einer unbezwinglichen fortwährenden Unruhe begleitet waren, veranlaßten ihre Angehörigen zu mehrmaligen Versuchen, ihr durch den Aufenthalt in verschiedenen Heilanstalten für Gemüthskranke Herstellung zu schaffen. Ihr Uebel, bei welchem natürlich auch ihr Verstand, wenngleich nur in geringem Grade in Mitleidenschaft gerathen mußte, wurde genährt und gesteigert durch ihr Empfinden, in welchem sie es „sich hauptsächlich als Sünde anrechnete, ihren Mann geheiratet zu haben, obschon sie sich" — fügt mein Gewährsmann hinzu — „lange genug dagegen gesträubt und ihn viele Jahre hindurch mit seinen Bewerbungen immer abgewiesen hatte, bis sie sich endlich, wohl durch unaufhörliches Ueberreden bewogen, zu der unglückseligen Heirat entschloß."

Da ein erster, in Sorau gemachter Heilungsversuch mißlungen war, brachte man sie in eine Heilanstalt in der Nähe von Leipzig, von wo sie nach zwei Jahren als hergestellt zu ihren Verwandten zurückkehrte. Aber nach längerer Zeit kehrten jene Gemüthsstörungen wieder, und sie selbst verlangte zuletzt, auf's Neue in eine Anstalt für Gemüthskranke gebracht zu werden. Vor ihrer Abreise in die Heilanstalt zu Görlitz übergab sie einem Freunde zwei versiegelte Packete, die im Falle ihres Todes, das eine, ihr Testament enthaltend, an ihre Schwester, das andere an Fräulein Alwine Frommann in Berlin gesendet werden sollten. Der Auftrag ward nach ihrem in der Heilanstalt erfolgten Tode gewissenhaft vollzogen.

———

Minna Herzlieb starb am 10. Juli 1865 im sechsundsiebzigsten Jahre in der Heilanstalt zu Görlitz. So endete in einem „Irrenhause" ein Leben, dem in seiner Jugend die hellsten Sterne gestrahlt, ein Wesen, dem der größte Dichter Deutschlands seine Liebe geweiht, sie in seinen ergreifendsten Dichtungen durch den Ausdruck höchster Liebe und Verehrung gefeiert hatte, und das, geschmückt mit allen Vorzügen des Geistes und Herzens wie der Schönheit, ganz dazu bestimmt erschienen war, volles Lebensglück zu genießen und zu verbreiten! Fünfundvierzig lange Jahre still getragenen aber nur um so schwerer empfundenen Unglücks waren das Resultat eines einzigen Schrittes, zu dem sie sich, obschon er ihr im Innersten widerstrebte, aus einer Schwäche hatte bewegen lassen, die eben weil sie einer der liebenswürdigsten Seiten ihres Wesens, ihrer Selbstlosigkeit entstammte, für sie selbst nur um so verderblicher werden mußte.

Ihr ganzes Wesen nämlich, wie wir es durch treue Berichterstatter kennen gelernt haben, machte sie wehrlos und unfähig zu anhaltendem Widerstande gegen lebhaftes Wünschen und Andringen Anderer, aber es schützte sie um so weniger vor den Folgen ihrer Nachgiebigkeit, als ihre zarte sinnpflanzenhafte Natur den Rückschlag doppelt hart zu empfinden hatte. — Minna Herzlieb hat den Schlüssel zu dem Geheimnisse der Umstände, welche ihr tragisches Schicksal herbeiführten, mit sich in's Grab genommen. Gewohnt, Niemanden als sich selbst anzuklagen, verharrte sie ihr Leben lang im Schweigen über die Betheiligung Anderer an ihrem Geschicke, und wie sie dasselbe in der Tiefe ihres Innern begrub, so widerstrebte sie auch, so lange sie lebte, jeder Aufforderung zu Mittheilungen über dasselbe. Selbst Berichtigungen über solche Angaben, wie sie bei Lewes u. a. hervortreten, mochte sie weder selbst geben, noch durch Andere veröffentlichen lassen, und es wird mir gemeldet, daß sogar das Verlangen Kaulbach's um Mittheilung ihres Bildes für seine Goethe'schen Frauengestalten, von derjenigen Person, an die es gerichtet worden war, auf ihren ausdrücklichen Wunsch abschläglich beschieden wurde. Es ist dies dieselbe Tochter des Frommann'schen Hauses, in deren Händen sich aller Wahrscheinlichkeit nach die Autographen der an Minna Herzlieb gerichteten Gedichte und Briefe Goethe's aus jener Periode von 1807—1821 befinden dürften, von deren angeblicher Vernichtung oben die Rede gewesen ist.

Ein mir mitgetheiltes phothographisches Bildniß, welches sie auf langes Bitten ihrer Angehörigen in ihrem letzten Lebensjahre anzufertigen gestattete, zeigt in Gestalt und Haltung der siebenzigjährigen Matrone nicht minder wie in den überaus milden und sanften Zügen des Angesichts noch unverkennbare Spuren jener Schönheit und Anmuth, die einst alle, welche ihr in den Jahren der Jugend nahten, so unwiderstehlich angezogen und bezaubert hatte.

Schließen wir für jetzt diese kurze, später vielleicht noch zu vervollständigende Skizze mit einem dafür sprechenden Erlebnisse aus ihrer Jugendzeit.

Es war in einem der nächsten Jahre nach dem großen Befreiungskriege, daß Minna Herzlieb, damals etwa siebenundzwanzig Jahre alt, von einem Besuche bei den Ihrigen in Züllichau über Potsdam nach Jena zurückkehrend, die Gelegenheit benutzte, Park und Schloß von Sanssouci zu besuchen. In dem Parke mit ihrer Begleitung umherwandelnd erfuhr sie, daß wegen der Anwesenheit des Königs das Innere des weltberühmten Ruhesitzes Friedrich's des Großen Fremden nicht gezeigt werden könne. Ein auf der Terasse auf= und abgehender Offizier begrüßte sie im Vorbeigehn und erregte in ihr ein unangenehmes Gefühl, als er bei erneuter Begegnung nicht nur den Gruß wiederholte, sondern auch die Frage an sie richtete: wie ihr die Gegend gefalle und ob sie nicht das Schloß zu besehen wünsche? Sie erwiderte ihm kurz ablehnend aber schicklich: daß das Letztere allerdings ihre Absicht gewesen, daß sie dieselbe aber aufgeben müsse, da der König anwesend sei. Erst auf die Antwort des Offiziers: „daß dies wohl kein Hinderniß sein werde und sie sich nur getrost melden möge", ein Bescheid, den er mit einer auf das nahe Schloß deutenden gleichsam einladenden Handbewegung begleitete, ward die Angeredete aufmerksam auf den Redenden, und erkannte jetzt erst in demselben den von ihr so hochverehrten König Friedrich Wilhelm III., dessen Wort jetzt natürlich für die Ueberraschte und Erschrockene einem Befehle gleichkam. Zugleich bemerkte sie, als der König sie verließ, an den Fenstern und Glasthüren des nahen Schlosses, eine Menge neugierig auf sie schauender Gesichter, denn eine solche Aufmerksamkeit wie die, welche hier der sonst so scheue und zurückhaltende Fürst einer Dame schenkte, mußte für seine Umgebung allerdings eine Merkwürdigkeit sein. In Potsdam erklärte man sich später dieselbe allgemein durch die Annahme, daß der König nicht nur durch Minna Herzlieb's überaus liebliche Erscheinung, sondern auch durch ihre sehr lebhaft an die verstorbene Königin Louise erinnernde Gestalt und Haltung zu diesem bei ihm so seltenen Beweise von Aufmerksamkeit und Beachtung veranlaßt worden sei. Sie wurde darauf durch einen Kammerherrn mit ihrem Begleiter im Schlosse umhergeführt, äußerte aber später gegen die Ihrigen: „daß sie wegen ihres vorhergegangenen Benehmens gegen den König und in Folge des Gefühls von Befangenheit und Beschämung, das sich ihrer darüber bemächtigt, nichts gesehen zu haben sich erinnere, als viele sie neugierig anstarrende Gesichter." — —

Und so seien denn diese Blätter als ein Zeichen der Erinnerung weihend niedergelegt auf dem Grabe einer Frauengestalt, deren Anmuth und Herzensschönheit einst den größten Dichter unseres Volks bezaubert und zu einer seiner ergreifendsten dichterischen Schöpfungen begeistert hat.